青岛旧事

QINGDAO JIUSHI

于左 著

人民东方出版传媒
東方出版社

1

一点烟灯的焰光在绸衫的衣袖上微闪，袅袅青烟沿着棉被的光滑缎面弥漫开来，烟气酸涩，闻得久了就能分辨出鸦片绵厚的香气。

珍姨卧在榻上，身上搭着绛色大团花的棉被，今天早晨的鸦片烟已经吸得差不多了。床榻的那一边，龚其迈背着手站在窗前，望着外面的一片屋顶出神。

小暖沿着昏暗的楼梯走上来，手里提着开水，过来冲泡一壶茉莉香片，捧到榻前。珍姨闭着眼睛，像是睡着了，小暖小声说："太太，茶泡好了。"珍姨突然轻叹一口气，衔住烟枪，把最后一口烟吸进去，递给小暖烟枪，坐起来，接过茶杯，连忙呷一口茶，把那最后一口烟结结实实闷在胸中。

小暖回身取来一张箔纸，拿起烟钎，蹲在睡榻前仔细把烟枪里的烟灰挑出来，收到箔纸上，包裹严实，放进烟盘里，开始动手收拾床榻。珍姨软软地歪在被垛上，好半晌才透出一口气，慢慢问她："今天买的什么？"

小暖说："买到一点蛤蜊，海边没有卖鱼的，只有几个卖小海货的。"珍姨不满："又是蛤蜊。"小暖小心说："我在海边看见一条大炮船，黑乎乎的，一下子从雾里钻出来！我还听见它朝山上打炮！"

珍姨回头对龚其迈说："听见了吗？炮船都开到这边来了。过几天，日本人的炮弹就会落到院子里来。"龚其迈探头到窗外："日本人要打的是德国人的炮台，离这里远着呢，你怕什么？不等炮弹打到这里，德国人先就支撑不住了。"

珍姨放下茶杯："我怕什么？我怕的事情多了去了。首先一点，这仗一直打个不停，这边的膏局还能不能办下去？你别老待在家里，趁现在膏局里还有货卖，你去那边看一看，多买下一些好烟膏存在手边，省得到时候心慌。”

龚其迈说：“烟膏烟膏，你就知道烟膏！这仗一直僵持下去，拖得久了连吃的都买不到，你还顾得上抽那一口？”珍姨抱怨说：“既然知道这些利害，你还缩在家里看光景？出去转一转，该买的东西多买下一些。你要是心疼银元，等我没烟抽的时候，看我能让你安稳了！”

龚其迈说：“眼下最要紧的是找个地方避一避。铁路已经被日本人占了，没有办法从陆上离开，日本人的炮舰又在外面封锁住胶州湾。我听人说，现在唯一的出路是偷偷摆渡，只要乘船到海湾对面，就可以躲开这块是非之地。”

珍姨恨道：“又要到哪里去躲避？这几年我跟着你从北京躲到天津，又从天津跑到济南。原以为青岛的德国租界稳妥，来了不到一年，这里却又打起仗来。换一个地方，行李就少几件，佣人就少两个。我实话对你说，这一次我宁可死在这里，也不再去别的地方了。”龚其迈说：“那咱们就留在这里，等会儿问问易儿，让他出去躲一躲。”

说话之间，珍姨喝足了热茶，爬起来坐到桌边，由小暖侍候着梳头，自己慢慢说道：“这样最好。小暖的家不是在海那边？易儿要是愿意，可以到她家暂住一些日子，等这边太平了再回来。”

小暖在后面听说此话，高兴得“哈”了一声，猛地把双手合在一起。没想到手里的梳子还缠着珍姨的头发，珍姨疼得直起身子，几根头发已经被挣断了：“嗬！死丫头！轻点儿，疼死我了！头发本来就少，你这样大把地往下薅，要把我薅成姑子吗？”

小暖慌忙按住满心的欢喜，从镜子里瞥一眼珍姨的脸，垂下头去小心梳理手中的发丝。

太阳升起之后，外面的雾气迅速消散。龚其迈戴上帽子走出来，这是一个大晴天，街上的行人比平日少了许多，个个脚步匆匆。龚其迈走到一处高敞的地方，远处的海面上白茫茫一片，没有一艘炮船的影子，不知道早晨那阵“隆隆”的响声又是从哪里来的。

龚其迈做过清廷的工部侍郎，今年春天刚来到青岛，随他同来的有他的小妾珍姨和小儿子龚易。当初的打算，天下的局势已经不可逆转，青岛是德国人的租借地，如果这里的一切让人满意，就要劝说夫人和几个儿子都搬过来。或者北京的情势有了可喜的变化，他就结束在青岛的暂住，带着珍姨母子再回北京。

青岛给龚其迈的印象更像是一处荒岛，一切粗陋不堪，过惯了北京浮华生活的龚其迈实在看不上这里。春天刚来时一切还好，几个月之后欧洲开战，日本和英国一起对德宣战，军舰很快就开到胶州湾外面来。如果战事无限期地打下去，此地自然不宜久居，该做下一步的打算，回北京或者转往别处，这可是一件伤脑筋的事，看来自己的运气太差，还要继续忍受奔波动荡的酸楚。

龚其迈胡乱想着，穿过两个路口，前面的一幢洋楼就是官办的专卖膏局，门前挂着一块大招牌，上面黑底金字，用大大的篆书写着“鸿运膏局”。

推门进去，一个面容和善的青年伙计立刻迎上前来，恭恭敬敬把龚其迈让到一张桌边。桌子上摆着红木的烟盘，里面装有紫竹烟枪，配着象牙的烟嘴，旁边摆放白铜的烟灯、烟钎，收拾得干净利落。

眼前这个铺面布置得如同大户人家的厅堂，门边一道楼梯通往楼上，迎门的墙上挂着一幅董庄的中堂画，画的是色彩艳丽的花鸟，中堂两边的条幅上分别写着：白雪停阴冈，丹葩曜阳林。是晋代左思的两句诗，诗句与画面并不相干，却是一样的色彩鲜明，写在这里不知有何深意。

龚其迈的对面是一长溜柜台，里面沿墙摆放一排黑漆的木橱，两个年长的伙计守在柜台后面，神态漠然。如果不是门外那块大招牌和屋里这一股浓浓的生鸦片的味道，这里更像是一处中药铺。

守在桌边的青年伙计面色苍白，略显清瘦。大概他看出龚其迈气概不俗，不像一个买烟的客商，摸不清来路，不敢贸然招呼生意，态度也就格外谦恭，为龚其迈小心斟上一杯茶水，微笑着垂手等待他的吩咐。

龚其迈说：“拿一些好烟膏给我看一看。”青年伙计赶快答应一声，走到柜台那里，一个旋身，回来时手里就多了几只小铜盒、小瓷壶，还有几个箔纸团，在龚其迈的眼前一个一个打开。

龚其迈并不动手，拿眼睛依次看过去：“东西倒是不少，就不知道哪个好一些。”离开北京之后，珍姨没办法像在北京一样讲究，有时候让儿子龚易到膏局代买烟膏，有时候出来逛街，碰到膏局、烟馆，自己也会走进去买烟膏，很少用到龚其迈，所以他对这种东西并不在行。

青年伙计把箔纸包向前推一推："这些是咱们膏局里自己熬的，用的是正品的云土，潮州人的手艺，香味厚重，最能饱口福，价格也最合适。如果是自己人们享用，要数这个最实惠。"看看龚其迈面无表情，他又拿过那些小瓷壶和小铜盒："这瓷壶里装的是局里存下的陈膏，铜盒里的是从广东过来的熟膏。品味都没得说，带在身边也显得方便气派。"

嘴里说着话，他已经把桌子上的烟灯点起来，拿过烟枪，预备给龚其迈尝一尝。龚其迈摆摆手说："不用了，每一样都包上一两，回去让抽烟的人尝过再说。"

青年伙计答应道："尝过之后，如果有哪样不喜欢，只管拿回来替换。"一边手脚麻利地把烟膏包到一个纸袋中，外面用纸绳捆扎结实，提在手上，很像是一服中药，或者一包茶叶。

一个年轻女子从外面推门进来，在门边轻喊一声"连生"。青年伙计答应一声："佳菊来啦，坐吧。"一边把包好的烟膏交到龚其迈手上，收下银元，送他出来。龚其迈走到门边，特意打量一下进来的女子，见她身材修长，容貌温顺，态度娴雅，穿着一件大袖的粉缎短袄和蓝色筒裙。龚其迈不明白这样的一个女子怎么会到膏局来，不禁想起珍姨吸烟以前的样子，心中感叹起来，默然走出门去。

连生送走龚其迈，回头看见佳菊已经走上楼梯，赶快叫住她："佳菊，掌柜的不在上面，刚和冷叔出去办事了。"

佳菊转过身来，她原来就不希望在这个时候看到父亲，现在父亲果然不在，她倒有些不自在了："……我出来走一走，正好路过这里，想进来看看他晌午是不是要回家吃饭。"

连生说："这个时候出去，只怕顺便就在外面下馆子了。不过，掌柜的没有交代去哪里，想必去得不远，兴许马上就会回来。"佳菊踌躇道："……吃饭的时候怎么还出去？"

佳菊以前经常带着弟弟定魁和妹妹佳桃、佳荷到膏局来，看着伙计们忙碌，或者走到楼上去找父亲。这几年定魁和佳桃懂事了，轻易不肯再迈进膏局里来。定魁是害怕父亲的教训，而且这里实在没有他感兴趣的东西。二妹佳桃的理由却是不同，她认为鸿运膏局的生意很可耻，很怕别人知道自己与膏局有关联。只有佳菊和小妹佳荷两个还经常过来，但也不再结伴，每次都是各走各的。

佳菊来膏局只是习惯的缘故，一个人到街上闲逛的时候，走着走着，抬头看时已经到了鸿运膏局的门外。膏局里的青年伙计连生一向做事勤恳，为人忠实，父亲武振庭很喜欢这个青年，早已经流露出要把佳菊许配给他的意思。在明白父亲的心思之后，佳菊到膏局里来的次数自然比从前少了许多。

连生看出佳菊在为难，很想留住她："过来等一等吧，也许掌柜的马上就回来，到时候一起回家去。"佳菊扫了一眼连生温存的笑脸，在楼梯上迟疑片刻，不情愿就这样离开，便下了楼梯，跟着连生走过来。柜台里的两个伙计知道这位武家大小姐和连生的关系，正好也到了吃饭的时间，就把手头的事放下，和连生招呼一声，一齐从柜台里走出来，到后面去吃饭。

连生害怕佳菊转身离开，说一声："你在这儿守着，我马上回来。"不等佳菊答应，转身飞奔出去。佳菊心中焦躁，大堂里空荡荡的，后面没有一点动静，她不能拔脚走开，慢慢把方桌上的茶杯刷洗干净，给自己倒了一杯茶水，坐下来喝着。十月的日光从窗外透射进来，把窗前照得一片耀眼。

一会儿连生从外面跑回来，手里提着两只竹笼屉："你现在走回家去，只怕他们已经吃过了晌饭，不如在这里随便吃一点。早就听说对面那家面馆的羊肉汤包好吃，我还没有尝过。"

说着把笼屉掀开，一团热气冒出来。连生把它推到佳菊的面前，佳菊看见连生的脸上一片赤红，罩在蒸汽当中，不忍心再对他矜持。等包子凉一些，拿起来吃了几个，就把笼屉推回到连生面前，自己喝着茶水看他吃，一边说道："这几天搬进新家，一直在忙着收拾，事情那么多，到今天还是没有什么头绪，心里感觉烦恼，就出来走一走。"

武家的新宅子是一处背山临海的德式建筑，佳菊和妹妹佳桃、佳荷一起住在二楼上。连生听她说起家事，自己也终于轻松下来，擦去额头上的汗水："住下来了，慢慢收拾就是，不必着急。"

佳菊说："现在的住处，房间宽敞高大，人住在里面总感觉空落落的。夜里睡醒来，觉得是睡在露天下面，要好长时间才能弄清楚这是在哪里。不过，佳桃和佳荷她们倒住得很舒服。"

连生笑着说："这是刚搬进去的缘故，再住一些日子就会习惯。你只要想一想那幢大楼花了多少钱，心里就会踏实许多。"佳菊问："为什么？父亲买楼花了很多钱吗？我没听他说起过。"连生说："花掉二百鹰洋。"佳菊问："二百鹰洋？是买得贵了？"

连生对佳菊的不知事务连连摇头："武大小姐，那可是顶天立地的大楼房，不是乡下的一间磨坊！当初，冷叔只用几句话就和德国人谈妥当，捡了一个大便宜，替武家省下一大笔钱！"

说这番话的时候，连生不再是那个拘谨小心的伙计，神态语气都和武定魁一样，像个青年的学生，那一声"武大小姐"也叫得不同以往。佳菊埋头对着手里的茶杯笑道："你嚷什么？我又不是生意人，哪里懂得这些？"

连生就给她讲起这桩交易的细节。武家的新宅子高大气派，原来的主人是一个德国人，做过几年查烟官，手里积攒下不少银元，于是有了置业的念头，年初才从一个同胞的手里买下这幢大楼。八月初，欧洲开战的消息传来，查烟官还暗自庆幸自己身在青岛，一家人可以躲避欧洲的战乱。可惜没高兴几天，就听说日本对德国下了最后通牒，要求交出青岛。

查烟官对德、日之战全无信心，虽然心有不甘，也只能做最坏的准备。他开始张罗，要把刚刚买下的楼房卖掉，偏偏许多德国人和他有一样的想法，而买得起这种大楼房的人寥寥无几，又是大战在即，有钱人都想少一些累赘，形势恶化时，逃起来也省心。

一幢漂亮的大楼摆在那里，无论贵贱，连问价钱的人都没有一个。查烟官只好找到武振庭，请求他把楼房买下来。武振庭随便答应几句，过后就把这件事忘得一干二净。查烟官等了几天，却等来日本人对德国宣战的消息，他慌忙跑去找武振庭催问，武振庭就把事情交给伙计冷叔去办。冷叔更沉得住气，查烟官邀请了好几次，他才过去看了看房子，也没有询问价钱就走了。

日本人从外围逼近青岛，三层高的大楼房无法藏匿，也不能搬到船上运回德国去。这种样式的楼房明显是德国人的产业，日本人来了，第一个要收获的就是德国人的财产，只怕到时候连房子的主人也会关押起来，当成战俘。

查烟官急得要跳海，跑到冷叔面前，扳住他的肩头，声泪俱下。冷叔刚说出一个“买”字，查烟官便紧紧抱住他，也顾不上还价，接过冷叔拿出的二百鹰洋，带着家小直奔港口而去。还算他们走得及时，第二天胶州湾口就驶来日本和英国的军舰，封锁了整个胶州湾。

佳菊没听父亲说起过买楼房的经过，现在从连生嘴里听到，有些不安起来：“万一这一仗德国人输掉，英国人、日本人来了，楼房会不会被他们没收？”

连生说：“果真到了那一天，等着他们没收的东西多的是，工厂、商行、总督府，哪一个不是更值钱？他们顾不上这些的。而且，许多德式楼房的主人并不一定就是德国人。像你家的周围大多是一样的德国楼房，你没有注意里面住着什么人吗？”

佳菊点头：“许多都是上了年纪的人，有几个脑后还都拖着辫子，面相不善。看他们那架式，好像轻易不理会人。听说都是大清的高官，退回去五六年，咱们可没法见到他们。”连生说：“正是。这些官老爷从北京带来许多的古玩黄金，从德国人手里买下最好的房子，和他们住在一起。所以，随便德国人胜、日本人胜，你只管放心住在楼里就是。”

佳菊托住腮帮，看了连生一眼：“连生，如果买房的生意是你做成的，就更好了。”连生说：“冷叔做事，再妥当不过。我现在还不能像他一样精明老练。”佳菊看着连生那张清瘦的脸：“只怕等你能做大生意的时候，你也变得和冷叔一样，胖成了一团。”

连生说：“其实我现在也做着大生意，你只是不知道罢了。”佳菊问他做的什么大生意，连生正要开口，有人推门进来买烟膏。佳菊起身走出来，在正午的日光里慢慢走回家去，只感觉脚步比来时更轻盈。

穿过几条马路，人还在坡底，先就望见了自己家那幢洋楼的檐角。一路走上来，方石砌就的墙面一点点展现出来，整幢大楼果然轩昂气派。

芸姨娘、佳桃和佳荷正坐在桌边吃午饭。芸姨娘招呼佳菊快过去一起吃，佳菊说她不饿，不想吃，略略站了一会儿便转身上楼。楼梯很宽敞，墙上的窗子开得很高很小，周围就有些阴暗，脚踩在木板的楼梯上，“嗵嗵”的声音在空旷的楼中十分响亮。弟弟定魁养的画眉不知放在哪里，只听得一阵阵地哨叫，声音惨厉，听起来比从前更显脆亮。

与中式房屋相比，这楼房处处高大宽敞，佳菊站在二楼的阳台上，远处的海面一片苍茫，在极远的地方泊着几条灰蒙蒙的大船，看不出那是日本人还是德国人的军舰，也看不出一点打仗的气象。佳菊望着远处发呆，听见佳桃她们走上来，赶快躺到床上去，拿起绣绷，抽出针线慢慢绣起来。

佳荷抢在前面跑进来，佳桃抱着她的黄猫跟在后面，一齐挤到佳菊身边，看她刺绣。黄猫趴在佳桃怀里，探头过来，冲着佳菊叫了几声。佳荷提一提鼻子，又伏到佳菊的肩上嗅一嗅："大姐的身上怎么一股膻味儿！是不是刚在外面吃了羊肉包子？"

佳菊的脸红了："去！哪来的膻味？你是馋羊肉包子了吧？馋了，让他们下午替你买几屉回来。"佳荷挺直身子嚷起来："你身上就是有羊肉包子味儿嘛！噢，你在外面吃过了羊肉包子，当然不饿，当然不想吃！"

佳菊推开她："去去去！你胡诌什么！我在哪儿吃了包子？"佳荷见她不肯承认，更急道："二姐，你也过来闻一闻，是不是闻得出？"佳桃拍着手笑了："你才闻到吗？刚才我一进门就闻到了一股膻味儿，只是没想到是她身上带来的。"

佳菊无法再遮掩，"扑哧"一声笑出来，举起绣绷去打她们两个："馋猫鼻子尖！哪里来的膻味儿？"说着举起双手，自己把两只衣袖闻了一遍："怪诞，吃进嘴里的东西，怎么衣服也沾上了气味？不是滴了油在身上吧？"

那两个人成功戳穿了大姐的一个秘密，更加欢喜得意："肯定是和连生一起吃的，对吗？在哪吃的？"佳菊不理她们，埋下头，拈起针线："好啦，你们别来缠我，我要干活了。"佳荷把脸凑得更近："你这么着急吗？那么，这绣的枕套就是预备的嫁妆啦？"

佳菊说："是啊，你赶快去托请媒人，帮你找一个小女婿，三五天之内嫁了，这个枕套正好派上用场，也省得你在这里烦我。"佳荷一听她说自己，伸手捂住绣绷："好啊你倒说我，不让你绣了，看看哪一个真正着急。"

佳荷是芸姨娘生的，和芸姨娘一样的团脸，肌肤雪白，单薄的眼皮十分精致，相貌和佳菊、佳桃两个迥然不同，佳菊对这个小妹妹的感情似乎比同胞的佳桃和定魁更亲近一些。现在看她对自己撒娇，索性停住手不绣，和她说笑。

正闹着，猛听到楼下一声大叫，是定魁的声音。片刻之后定魁“嗵嗵”跑上楼来，猛地把房门撞开，直冲进来，把手里的一只鸟笼子摔到地上。佳菊坐起身，正要数说定魁几句，看见地上的鸟笼破散了，里面装着两团杂乱的羽毛，却不见了原本养在鸟笼里的两只画眉。姐妹三个还没明白是怎么回事，趴在佳桃腿上的黄猫“喵”了一声，耸身跳到地上，就要蹿出门去。

定魁眼疾手快，急忙将房门关上，黄猫一见转身跑开，早被定魁上前一脚踏住。黄猫嘶声狂叫起来，定魁也不言语，弯腰提起黄猫，朝着墙上狠狠摔过去。黄猫惨叫一声，像一团烂布贴着墙面滑落到地上，浑身抽搐。定魁还不解气，伸脚过去又用力踏了几下。

眨眼之间，一只黄猫已经死在地上，佳菊和佳荷吓得尖叫，佳桃“呜咽”一声，把佳菊腿边的一把剪刀抢在手里，疯子一般向定魁猛扑过来。定魁从她的眼神里看出来，她会把那剪刀狠狠插进他的胸口，绝不会有半点迟疑，于是迅速转身出门，从外面把房门牢牢闩死。门板的另一边，佳桃恨得把剪刀一下一下使劲戳到门上，被佳菊和佳荷上前抱住，于是她“呜呜”哭起来。

定魁站在楼梯上听一会儿，转身慢慢走下楼，心里已经开始后悔。其实他也喜欢那只黄猫，刚才的火气太盛，来不及多想。定魁走到外面，听见上面的窗户一响，慌忙跳到一旁。佳桃从窗里探出身子，把那只鸟笼狠狠朝他丢下来，骂道：“该死的武定魁！给你的烂鸟死鸟！都给你！”

鸟笼落到地上，在定魁面前摔得七零八落，几根羽毛从空中盘旋而下。定魁弯腰拈起地上的羽毛，想到那两只翠绿的画眉变成了猫食，一阵心痛。那一对画眉他养了两年多，平日里也注意提防黄猫，鸟笼一直悬空吊着，这几天刚搬到这里来，忙乱中一时大意，被黄猫钻了空子。不过，自己已经惩罚了那只猫，让它为画眉殉葬，也算对得起两只画眉了。

定魁发一会儿呆，丢掉鸟毛，把笼子踢到一旁。二妹性情刚烈，定魁一直对她有几分忌惮。刚才把黄猫摔死是在盛怒之下，如果冷静下来，他可不敢去招惹佳桃。

2

定魁坐上一辆人力车去找彭志。彭志正陪着母亲在家里打麻将，同坐的还有周税官和周太太。三个人看见定魁，立刻一齐发声，把已经输光了筹码的彭志轰下牌桌。

彭母对定魁说："这种时候炮弹四处飞，你还敢到处乱跑？趁早坐在家里打牌。"定魁说："出来就是要听打炮的，结果一路走过来，根本没有听到。"彭母说："佛祖保佑！没听到才好，那可是要命的东西，快坐下打牌吧。"

彭志抱怨道："打牌打牌，都是你张罗，害得我输掉好多！"旁边的周税官说："输钱总比输掉了性命要好。而且，朋友们坐在一起玩牌，这样的乐趣从别处可是找不到。"彭志冷笑道："你赢钱了，自然是有乐趣。这几天税务局里的人都去给德国人运送炮弹，你却装病躲在家里打牌。"

大眼睛尖下巴的周太太在旁边噘一噘嘴："彭志你有没有良心？我们两口子提心吊胆，大老远跑过来陪你们解闷，你还这么说他，什么道理！"

说话中间，周税官已经码好了牌，回头对彭志说："我要设一个赌：如果这一把我和了牌，德国必胜，英国、日本必败。"说着抓起牌来看，却是一张白板，就随手丢下去，对自己的牌还是充满信心。

彭母说："你当然盼着德国战胜，那样才能保住你在税务局里的职位。"定魁抓了一手烂牌，胡乱打出一张南风，哪想到彭母手里握着三张南风。下一圈定魁再打出一张西风，不曾想彭母手里还有三张西风。彭母大喜，嘴里还不忘提醒周税官说："可你要小心啊，你太太这边也停牌了。"

旁边的周太太抓牌起来，一张涂满脂粉的小脸立刻笑成一朵菊花，"啪"的一声把一张六筒拍在桌子上，自摸和牌。彭志拍一拍周税官的肩膀："看来德国这回一定是要败了。不过，就算英国人日本人胜了，你的收入也不会短少，因为和牌的是你太太。"

定魁说："你们是皆大欢喜。我今天丢了两只爱鸟，又摔死一只猫，身上的晦煞之气太重，哪里会赢钱？根本就不应该坐下来和你们打牌。"

彭母问他缘故，定魁便一边抓牌打牌，一边笑着把摔死黄猫的事说给他们听。周太太伸手过来拍一拍他的手背：“哎哟，武少爷一脸和气，没想到会这么凶。”定魁说：“你不知道，我发起火来，样子也非常可怕。”说着把摸到的一张发财随手打出去，周太太顿时一声啸叫，双手合到一处，竟然和了一个清一色：“谢天谢地！你可知道，只剩下这最后一张发财，我在心里已经祷告了好久。”

彭志笑道：“真是没有道理，你谢了天谢了地，就是不谢给你打出发财的武定魁。”周太太说：“牌桌上怎么可以谢人？谢他就是欠他。”彭志使劲拍一拍定魁：“好好打牌吧，什么猫啊鸟啊，统统从心里清除干净！再这样失魂落魄，你很快就要输光。”定魁摇头道：“他们牌技高明，我便是使出十二分的精神也赢不过他们，不过陪着他们开开心就是了。”

两圈之后定魁面前的筹码便输光了，外面天色不早，大家兑换清楚，定魁告别众人回家。父亲的汽车停在院门外，定魁放轻脚步穿过院子，闪身进门，正好撞见父亲拿着帽子向外走，冷叔跟在后面。定魁到底没有躲开父亲，只好暗叹倒霉，垂手站住。武振庭的脸色一沉，上下打量定魁一眼，哼了一声：“你回来得正好，跟我去见一个客人。”

定魁答应一声，跟着他们出来。汽车载着三个人驶过灰暗的马路，武振庭对冷叔说：“下午德国人找我，要膏局预备八千块钱，全部要现洋，明天上午务必交上。明天你先给他们送去三千块，应付一下，去的时候不要大张旗鼓。眼下局势不明，土货行的生意能做就做，只用现货应付，短少的部分宁可不做。膏局这边也是一样，不能去动小港那边的存货。”

武振庭说的存货，是不久之前才运回来的一船烟土。那时候战争还没有开始，商家们都在谋划如何出去躲避，只有做烟土生意的武振庭有气魄，赶在海路断绝之前低价抢进这一船货。货到之后，他舍弃膏局和土货行的库房不用，让冷叔和连生在小港附近买下两处民居，是两个不起眼的独立院落，把船上的波斯土和台湾土分开秘密存放，派人看守，另外只搬了几箱熟膏到膏局里来卖。

冷叔答应一声，开始向武振庭介绍今晚要去拜访的日本人：“这个人大家都叫他赵栋，日本名字是川田隆史，最早是在中日之间做茶叶生意。日本对德国宣战之后，德国人命令所有的日本人马上离开青岛，有一些日本人悄悄留了下来，赵栋可能还算不上这些日本人的首领，但人脉极广，背景深厚，他敢冒险留下来，必定大有深意。咱们的事，希望他愿意帮忙。”

武振庭说：“不必管他到底是谁，到底是干什么的，只要能帮得上咱们，就值得交往。”冷叔点头称是：“我过去不认识这个赵栋，几次托人向他致意，他一直不太理会，今天终于答应和咱们见面，但愿是一件好事。”

汽车在一个院子前停下，一道石砌的矮墙里面是几间普通的民房，空荡荡的院子里植着两棵龙柏，地上铺着一层黄沙，洒扫得干干净净。冷叔上前拍打黑漆木门的铁环，院子里两只大白鹅“嘎嘎”叫起来，一个身材矮小的老人走出来开门，一语不发，引着三个人走进屋子里。

已经是薄暮时分，屋子里光线略显昏暗，周围的陈设简单整洁，桌边坐着一位精干的中年男人，身穿一件中式的黑绸褂，清瘦的脸上透着一种精明。冷叔向黑衣男人致意，又给武振庭介绍：“这位是赵栋赵先生，这位是鸿运膏局的武掌柜。”

赵栋伸手请武振庭在桌边坐下，沉默良久，突然漫无边际地说：“一天当中，我最喜欢这种暮色苍茫的时候——昼夜交替之际，半明半暗之间，周围一片安静，一个人像这样坐在桌边品茶，如此境界，称得上一个‘妙’字。”

武振庭微笑道：“兵荒马乱的时候，赵先生能有这样的闲情，实在难得。”话音未落，远处传来一阵“隆隆”的炮声。赵栋垂头喝茶，清瘦的脸隐在暗影当中，很长时间一声不响，像是在仔细倾听远处的炮声。

等炮声停息，武振庭接着说：“这场大战不知道还要打多久，振庭因为有一点小生意，不能出去躲避。如果方便的话，希望以后能与赵先生多交往、多走动，许多事情可以来向赵先生请教，先生有什么吩咐，振庭也愿意效劳。”

赵栋端坐着，半晌才说：“我不过是漂泊在此的异乡人，请教的话不敢当。我喜欢开门见山，武掌柜有什么事情吩咐，请直接说出来吧。”武振庭沉吟一下：“德国人在青岛一直实行鸦片专卖，鸿运膏局的生意振庭已经做了十几年，也算是熟门熟路，和各地烟商的往来账目也纠缠不清。所以，不管将来局势如何变化，振庭都希望还能把这个生意做下去。”

赵栋朗声笑道：“武掌柜太多虑啦！你不知道吗？效忠德国皇帝的五千名

士兵现在还趴在他们的战壕里，炮台里的大炮全都填满了炮弹，这场攻城战刚刚开始，胜败还没有确定。”武振庭不和他绕圈子，继续自己的话题：“依振庭看来，膏局专卖的办法其实是最稳妥的办法，当局可以有效管理，防止烟土泛滥，赋税的收益也非常丰厚，非常稳定，实在没有改变的必要，所以……”

赵栋说：“武掌柜一直是德国人的红人儿，自然不希望有什么改变，只怕还盼望着他们能够打败日本军队，以便保全鸿运膏局的生意。中国有句话讲：‘良禽择木而栖’，武掌柜和德国人有着十几年的交情，是不是更喜欢德国这棵大树？”

武振庭苦笑说：“武某人只是一个小生意人，见识浅薄。生意人不管是非，只看输赢。对我这只鸟而言，可以栖身的只有一个地方，要么落下去觅食，要么飘在空中饿死，再没有别的选择，不是吗？”

赵栋在黑暗中“呵呵”笑起来：“好一个‘不管是非，只看输赢’！听起来很像士兵的口气。武掌柜这么精明的鸟儿到什么时候都不会饿死的。”武振庭也笑道：“生意人，挣钱第一重要，只盼一切快快结束，不要有太大的变化，大家才能一起发财。”

赵栋收起笑容，干巴巴地说：“将来，变化肯定是有的，至于怎么变，现在还不到考虑的时候。”武振庭说：“那么，到时候就要仰仗赵先生的关照了。”赵栋扭头看着一直站在一旁的定魁：“我对经商一窍不通，这位是……”武振庭说：“犬子武定魁，以后还请赵先生多多教导。”

赵栋问：“公子也是做生意吗？”定魁说：“不，现在在德华学校里读医科。”赵栋点头：“好。我有一个女儿，只盼望着春暖花开，能把她从京都接到这里来——武掌柜也有女儿吗？”武振庭说：“是的，有三个女儿。”赵栋说：“真是羡慕武掌柜啊！一想到天真可爱的女儿，在欣慰的同时，总会感到一种沉重的责任——女儿来了，我可不想让她住在这么简陋的地方，这种夯土的中式房子虽然结实，对喜欢清爽的人来说，这些窄小的窗户实在让人气闷！”

武振庭说：“我有一处日本式的木房，面朝大海，地势高爽，到时候就请赵先生和女儿住到那里去吧。”赵栋摇头道：“武掌柜真是一个精明的生意人，说来说去，又绕回来和我谈生意。我说过，现在还不到考虑的时候，在局势明朗之前，武掌柜的这一番诚意，我会牢记在心。”

晚饭桌上，武振庭对一家人说：“日本人已经占了李村，这一场大战不知道要打到什么时候，一家人不能都困守在城里。今天夜里有一条船，晚饭之后你们赶快收拾一下，半夜里坐船过海，到乡下躲避一些日子。”

武振庭说的乡下，就是他的老家，住着他的老父亲和哥哥。芸姨娘不大情愿去乡下，当年她嫁给武振庭之后跟着他去过一次，武振庭的父亲不满意儿子做鸦片生意，看都不看他们一眼，一直板着那张满是皱纹的老脸。芸姨娘主动和他搭讪，他只是用鼻子哼几声。

那时候武振庭的生意已经做得很大，城里的住处很宽敞，乡下那种低矮窄小的房子芸姨娘很不习惯，正好又是冬天，破烂的窗纸和简陋的门板挡不住寒冷的冬风。到了夜里，土炕上连一条像样的褥子都没有，只能和衣睡在冰凉的炕上，芸姨娘一夜都不曾合眼。

他们只在那里住了一天。回到青岛以后，武振庭拿出一笔钱送回家里，让哥哥在祖屋旁边替自己建起一座宽大的宅院，请父亲住进去，将来自己再回去，住着也宽敞方便。房子盖好，老父亲死活不肯过去住，武振庭不想招惹他生气，自己再没提回老家的事，芸姨娘也就少了一个大烦恼。

没想到现在又要过海去遭罪，芸姨娘很不高兴，但这一次是为了躲避战乱，没法再挑剔。好在这一次去的人多，乡下还有自己单独的院落，有几个孩子搅和着，自然会比上一次方便自在一些，少去了许多的拘束。

芸姨娘只顾打着自己的主意，一声不响。定魁和佳桃两个都是一副无所谓的神态，最高兴的是佳荷，整天闷坐在家里，早就想着有个机会出去走一走。一家人当中，只有佳菊想到了父亲，让他和大家一道过海，不然留他一个人在这边，大家都会牵挂。

武振庭的心头掠过隐隐的失望，不是对芸姨娘，是对儿子定魁。这种时候定魁应该出来替自己分担忧愁，可他完全是一副无牵无挂的神态。武振庭叹一口气，对佳菊说：“我走了，这一大摊子生意托付给哪一个？总要我这个掌柜的守着。”

佳菊说：“我们都走了，吴妈也跟着去乡下，留下你自己，每天的生活怎么办？不如歇了生意，关掉铺面，这个时候最要紧的是身体平安。”武振庭说：“平日的生活总是好办，这边还有陶姐和来富，也可以让连生住到家里来，他会做饭。人少事情也少，况且只是暂时的，这场仗应该不会打得太久。”

佳菊本想提出自己留下来照顾父亲，现在听说要让连生回家来，她反而不好开口再说。一想到连生和父亲都留在这炮火连天的纷乱之地，佳菊的心中更添加了几分不安。

一家人立刻收拾行装。午夜时分，连生带着几个伙计来到家里，抬起行李出门。夜深人静，大家不敢张灯举火，好在外面星光朦胧，隐约可以辨清脚下的路径。一行人穿街过巷，慢慢走到海边，眼前反而变得更暗了。深夜无风，黑暗中可以听到轻缓的水声，闻到一股带着腥气的海水气味。

连生一直在前面小声招呼大家，踩着海滩上的礁石，深一脚浅一脚。黑暗之中，常有人失脚踩进海水里，“稀里哗啦”的一通水响，别人赶快伸手拉住。

一条小舢板像是凭空冒出来的，突然出现在眼前。这里不是码头，大船无法靠岸，只能用小舢板一次一次把武家人和行李运过去，再登上海上的一条大船。大船上同样不敢点灯，定魁他们爬上去，周围一团昏暗，天地之间混沌一片，人被包裹在混沌的中央，心中茫然一片。

等了很久，大船依然停在海面上，没有立刻要走的意思，看来后面还有要搭船的人。这个夜晚没有风，甲板上一股刺鼻的鱼虾的腥臭气味，混合着另一股浓重的桐油气味。很远的地方隐隐有轰鸣之声，不知道是不是炮响。

终于，那条小舢板再一次靠到船舷旁边，一个瘦小的身影先被人从下面托举上来，坐到定魁的身边，感觉是一个小女孩。黑暗之中，下面突然“扑通”一声水响，有人急声大叫起来，听声音是什么人掉到海里去了。定魁身边的女孩子一下子哭起来，摸索着趴到船边，操着乡下口音冲着下面直喊：“龚少爷！龚少爷！是你吗？你怎么啦？”

大船上有人跳到海里，船上的人一片惊慌，都不敢乱动。只听见黑暗中海水“哗啦啦”响，一会儿，一个水淋淋的人被托了上来。定魁赶快伸出手，抓住一根湿漉漉的胳膊，帮着把那人拖到船上来。那人大声咳嗽，把鼻子喷得很响，冰冷的水滴溅得到处都是。那女孩子拉住他，直叫“龚少爷”，一边哭一边在黑暗中摸索，扯出几件衣服给他披上。

黑暗中有人吆喝一声，什么地方响起“吱吱呀呀”的船橹声，大船终于动了起来。落水的龚少爷换掉湿衣服，依然冷得厉害，牙齿不停地磕碰，身边的人都能听到“嘚嘚”的声音，一旁的女孩子急得直哭。

佳菊坐在定魁身后，听到那位龚少爷颤声喷气，心中实在不忍，就到包袱里摸到一件厚一些的夹袄，想让定魁递给他，定魁却摸索着躲到船头那边去了。佳菊就自己凑过去，把夹袄披到他身上。冬天的海水很凉，龚少爷在海水里泡的时间又挺长，完全冻透了，躺在甲板上还是抖个不停。佳菊担心这样下去会把人冻坏，又摸出自己的一条棉裤垫到腿上，抬起龚少爷湿漉漉的头，枕到自己腿上。这样过了一会儿，龚少爷渐渐安静下来，后来还自己坐了起来。

因为父亲与祖父的关系不好，定魁、佳菊他们小的时候没有回老家去过。稍大一些，遇到伯父渡海过来，定魁他们才跟着伯父回来过几次。这几年祖父的岁数越来越大，过年的时候武振庭都会置办一些东西，让定魁带着伙计送回去。

在白天里搭船到胶州湾的对岸，通常需要三个小时，如果遇到顺风，扯起主帆来，用不了一个小时就能到达。如今，为了阻挡日本人的军舰，德国人在海里布下许多水雷，所以这条船要远远避开那些水面，绕一个大弯，又是在这样无风的黑夜，整个行程自然需要更长的时间。

人在船上坐得久了，慢慢就能在一团漆黑中分辨出甲板上别人的轮廓，映着灰黑的背景。在那黑暗的深处，偶尔会有一点亮光迸出来，一闪而过，定睛细看的时候却找不到了。据说，每天夜里海上都有德国的军舰巡逻，在海湾里四处游荡，但愿今晚不要碰到他们。

涌动的海水拍打着船舷，不知不觉之间，黑沉沉的海面上慢慢显出来大片青灰色的天幕，越来越亮，海天之间的分别越来越明显。回头望去，那夹在海天之间的灰蒙蒙的一团便是青岛。

借着曙光，佳菊看清楚他们乘坐的原来是一条旧渔船，坐在她身边的是一个十二三岁的小丫头，面目周正，怀里抱着个包袱，一副机灵模样。夜里落水的是一个十七八岁的青年，正坐在自己的对面，头发还有些湿，一团凌乱。苍白的脸上，一双秀气的大眼睛里还带着落水时的惊恐，一看就是个富家子弟。

佳菊的脸上突然一阵发烫——夜里匆匆从包袱里摸出来的，是自己贴身的一件粉底的缎面花袄，紧绉绉地披在那个青年的身上，一副滑稽的样子。可是现在晨风很大，佳菊又不好向他要回来，担心他会着凉。

天色大亮，渔船在一处简陋的码头靠岸，众人依次上岸，舒展着腿脚。大半夜的飘摇之后重新脚踩实地，大家的心里自然十分宽慰。到这时落水的青年才看清楚身上披的那件粉色夹袄，急忙脱下来。定魁替佳菊接过去，顺便和他聊了起来，青年人说着一口好听的北京话，他的名字叫作龚易，跟着他的那个女孩子是他家的使女，名叫小暖。还有更凑巧的一点，小暖就是武家庄人，龚易这是要到她家去暂住一些日子，等待城里的局势平静下来。

定魁对龚易生出几分好感，高兴地说："原来大家都是一路的，我们也正要去武家庄。"龚易一样欣喜："这样最好。可惜咱们以前不认识，来青岛几个月了，一直没有合适的朋友，闷得难受。"

这里距离武家庄很远，定魁就让船家到附近的小村里去雇几辆车。龚易又把身上的衣衫整理一下，帮助小暖把那些湿衣服收好。日头已经升起，夜里那种透彻骨髓的寒意全部消散。龚易的心中彻底踏实下来，温和地望向佳菊那边，看清楚站在佳菊身边的佳桃和佳荷。和姐姐比起来，她们二人的姿容更是醒目。

佳桃扭头避开龚易的目光，站到一块礁石上。因为黄猫的事，她一直冷着脸不理定魁，对他新结识的人自然是一样的态度。佳荷却有些按捺不住，上下打量龚易，见他身穿一件蓝布长衫，乱发衬着一张苍白的脸，温和的大眼睛里满是笑意，样子很讨人喜欢。

龚易迎住佳荷的目光，说："我认识你们，你们都是淑范女中的吧？"听他说话的语气，是连佳桃也包含在内。佳荷见佳桃的脸一直扭向海面，没有开口答话的意思，只好自己回答："是啊……你怎么知道？"龚易说："我是礼贤书院的，我叫龚易。我经常从淑范女中的门前走过，看见过你们。你们不认识我吗？"

礼贤书院和淑范女中是一对德国夫妇开办的学校，原本在一处，后来女中的学生数量大增，两下里分开，在距离礼贤书院不远的地方建起独立的女生校舍。女中的管理非常严格，学生都在学校里寄宿，不许无关的男士进入，佳桃、佳荷她们自然不认识龚易。

佳荷说：“可是，礼贤书院那么多男生，每个人穿的又是一样的制服，就算我们远远望见，大家也全是一个模样，哪里认得出哪个人是什么模样。”定魁走回来，接着她的话笑道：“站得远当然认不出来。你笨啊？不会走得近一些再近一些，就认出来了。”佳荷狠狠瞪了他一眼，缩头退回到佳桃身边去。

一会儿，船主领着几个村民推着几辆独轮的木车过来，把大家的行李装到车上。芸姨娘一双小脚走不了远路，也坐到车上，一行人沿着黄沙大路向着武家庄走去。

3

武家庄是一个大村落，靠山面海，定魁和龚易他们走到那里时已经过了晌午。晴朗的午后，站在村头，隔着大海可以望见对面的青岛。这一路走过来，他们才知道夜里行船时在海里绕了多大的一个圈子。

众人在村头的路口分手。小暖的家在村子后边，走进黑漆的院门，眼前一个方正的院子，正面四间屋，东边两间厢房。小暖的家人把龚易迎进去，全家一齐动手，很快把西间屋收拾出来，给龚易一个人住。

小暖替龚易铺展开被褥。龚易走了几十里的长路，夜里又掉进海水里受了一场惊吓，感觉又累又饿，匆匆洗一把脸，喝几口热水，吞下几块地瓜干，扑倒就睡。半夜里龚易突然惊醒过来，听到什么人在耳边喘着粗气，来回走动。龚易慌忙坐起来，听清楚那可怕的声音是来自窗外，“吭哧”、“吭哧”的很响，来回走动的声音非常沉重。

龚易心中疑惧，怎么也想不明白那是什么，再无法入睡。东边屋子里的鼾声高高低低，窗缝中透进来一股股的粪臭，一切在黎明的寂静中变得那么清晰、强烈。好容易熬到了天亮，听见小暖的父亲起来开了院门，龚易急忙跳到地上，快步走到外面，偷眼看一看西屋的窗外，原来那里有一个猪圈，里面躺着两头黑毛的大肥猪。

转一圈回来，已经是吃早饭的时间。龚易在饭桌上说，他看到村后有一排空房，不知道是谁家的，可不可以赁下来，他收拾一下住进去。小暖的父亲名叫薛四根，说那是几间场屋，也是村里的学堂，原来有一个教书的先生住在那里，五月间先生说要回家收麦子，再没有回来。那以后学堂散了，房子一直空着。

龚易说："你能不能帮我收拾一下，我想到那里住。家里太狭小了些，我住在这里，两下里都不方便。"薛四根明白他在这个简陋的家里住不下，问一问小暖，小暖说："少爷喜欢那边，就只管住过去。场屋离家不远，只是那里太脏了。"

龚易说："我看过了，这个事情很好办。东边的两间屋就很合适，与那些房子隔开了，里面有炕，有灶台，只要买些纸来，把天棚和墙都糊一遍，换了窗纸，换一张炕席，就是一个很好的住处。"小暖说："也置办一些灶具，我每天过去替你做饭，省得你来回跑。"龚易说："那我也遵照乡村里的规矩，一天两餐，剩下的时间你就可以留在自己家里，不必再往那里跑。"

薛四根数了数日子，八里地以外的镇子上今天正好有一个集市。龚易和小暖跟着他去赶了一个集，买齐了安家所需的物品。回来吃过晌午饭，全家人都赶到场屋里帮助收拾，扫净尘土，糊棚，糊墙，糊窗子。小暖拖来一大捆柴草，塞进灶膛里一阵猛烧，把空屋里的潮气烘干净，崭新的花炕席铺到炕上，屋里屋外气象一新，变成一个温馨、敞亮的小家。

当天晚上龚易就住在这里，一夜安眠。早饭之后，武定魁带着一个青年找到场屋来。青年的眉眼与定魁相像，却比定魁结实高大，多出一份英武之气，原来是定魁的堂弟，大名叫作武定威，是一个使船打鱼的渔民。

定魁先把一栋房子前后看了一遍，走回屋里说："不错，门上还要挂一层漆，灶边的风箱也烂了。其他的都好，再找一个小嫂子，就都全了。"龚易笑了："我只为住着方便，这样就很满意了。"定魁说："乡村里的规矩是：亲戚朋友搬家，住进新屋，别人要选一个好日子上门来给烧炕。你我也算有同舟的缘分，我自然要遵守规矩，过来为你烧炕。"

龚易笑道："好啊，我正愁着一个人寂寞，不必挑选什么好日子，就明天吧。你们人多，都一起过来玩。"定魁说："你答应得倒快！入乡问俗，你也不问一问，人家若是来了你该做些什么。”龚易说：“现在问也不迟，那么，我应该做什么？”

定魁说：“我们带着礼物过来替你烧炕，你自然该做东道，好好地款待我们。这可是现成的规矩，绝不是我武定魁要讹诈你。”龚易说：“我以为什么难事，我原本就想大家坐到一起热闹一下。那就说好了，明天我让小暖买一些新鲜的海货，你和定威还有各位姐妹都过来，大家免去一切的拘束，在这里痛痛快快地吃一顿。”

定威说他明天要和伙计们一起补渔网，不能过来。定魁在一旁也显出几分踌躇：“我们要来，抬腿走过来就是。不过，小暖那样的小户人家，只怕受不了我们大家的折腾吧？”龚易说：“这个不必多虑。临来之前家父已经想到，乡村人家的生活窘迫，又不想让我在这边受委屈，所以一切的费用预备得十分充足，明天的开销全在我身上，断不会让他们受累的。”

第二天一大早，小暖和父亲到海边去，从钓螃蟹人那里买回一篮子虾虎和活螃蟹，送到场屋来。小暖洗过之后放到锅中，抱来柴草蒸起来。

一会儿就听见定魁在外面喊：“龚易！龚易！赶快出来迎客！”龚易急忙答应一声，迎出门来，看见定魁在前，佳桃和佳荷姐妹两个手牵手落在后面。今天佳桃身穿一件葱绿色的绸短袄，黑洋布的裤子，脚上是白色线袜和一双黑缎面的薄底鞋。旁边的佳荷则是一身天青色的长衫，干净利落。她的肤色比姐姐佳桃更白净一些，但五官不如姐姐那样明丽出众。

早上，定魁转达龚易的邀请，佳荷第一个愿意。佳菊要留在家里陪着芸姨娘和伯母说话，不肯出来，佳荷只好恳求佳桃。佳桃知道龚易是礼贤书院的同学，人也文明干净，心里很愿意过去，但自己还在和定魁生气，不好立刻答应。

定魁希望人多一些，场面热闹，只能放软了自己的姿态，觍着脸劝道：“佳桃，早晨我出去，看见不少野猫在街上跑，样子也都可爱。你看好哪一只，只管告诉我，我马上就去替你捉来，算是赔偿你。”佳桃扭过脸去，恨道：“谁稀罕你的破猫！”佳荷赶快拉住她的手，不停地摇：“二姐，咱们出去走走吧，在屋里闷死了，不如去尝一尝海公子的螃蟹。”佳荷因为龚易那天夜里落入海水，私下里给他起了一个绰号“海公子”。佳桃乐了，不再坚持，换了衣服，挽着佳荷的胳膊，和定魁一道走到场屋来。

龚易一直悬着的一颗心落下来，把三个人让进屋里。定魁把提在手里的两条鳝鱼和几个馒头放下，说：“给人家烧炕，正经的规矩要带鱼、猪肉和馒头，庄里今天没有肉卖，可我带来了这个。”说着从怀里掏出一瓶白酒，又从口袋里掏出一只瓷壶和几只小酒盅。

龚易说：“这个比肉还好！我倒疏忽了，吃螃蟹怎么能没有酒？”再客气几句，让小暖把礼物都收拾下去，炕上摆好案板和碗筷。

佳荷看看门外空荡荡的场院，问：“一个人孤零零住在这个地方，倒是清静，夜里不会害怕吗？”龚易说：“说起害怕，住到小暖家的那天夜里，我倒真的给吓过一次。半夜里突然听到窗外‘呜噜、呜噜’响，还有什么东西喘粗气，不像人的动静，却不知道是什么，吓得我不敢睡觉。”佳荷说：“啊？窗外有什么怪物？”

定魁说：“哪来的怪物，是大肥猪！龚少爷在深宅里长大，没见过活猪。”佳荷和佳桃都拍手大笑。龚易说：“所以说，这里其实比城里更让人安心。天一黑就关门睡觉，害怕什么？咱们都上炕坐吧。”定魁率先脱鞋上炕，靠窗坐下，感觉身下的炕席热乎乎的，回头看见窗前摆着一些笔砚纸张，拿起上面的几本法帖翻一翻：“龚易，你来这里做功课，算是选了一个好地方。”

龚易道：“临行之前，家父再三叮嘱，这次出来恐怕要有些日子，不可虚度了时光，就算不能安心读书，也要把字好好练一练。”定魁说：“如今又不能考举人状元，何必在书法上浪费时间？不如学一些实际的知识。”龚易笑道：“你说这话，是没有尝过书法的乐趣。家父的字写得不错，做官的时候经常有人请他题字，想必是写上瘾了，最看不得空白的纸张。夏天里亲戚朋友到家里来，如果哪个人手里的扇子上没有字画，他一定会要过来，提笔为人家写字。”

定魁冷笑一声：“那你也好好练吧！难怪你要从小暖家搬出来，一个人住进这空落落的场屋里。《聊斋》里的书生专门找那些空屋古寺，一个人住进去用功，依我看，他们其实是在盼望着一份从天而降的艳遇。”

龚易被他说得不堪，看见佳桃在那边微微地蹙眉，似乎对哥哥的话不以为然，就说：“定魁兄不敢戏言，万一引来了邪魅，我怎么敢再住这里？实在是小暖家里门户窄小，出来进去的不方便，两下里都拘谨。”

说话之间，佳荷也学定魁的样子，脱鞋上炕，龚易接过她的一双缎面鞋，替她摆到墙边去。回头再让佳桃，佳桃和龚易年纪相当，不能像佳荷一样无拘无束，不肯上去，只是侧身坐在炕沿上，歪头到佳荷的身边，看她手里拿着的龚易写的字帖，一边说：“我们跑到你这里吃喝，不会耽误你的功课吧？”

龚易摇头：“你们不来，我也是一个人坐着发呆。其实，字练得如何家父并不在意，他只是怕我闲着，平时在家中，他恨不能搬回一套《四库全书》给我抄写。”

这是龚易第一次与佳桃直接对话，只感觉胸口沉闷，像压着一块千斤的重物，让人窒息。佳桃推一推佳荷的腿：“你看，只有咱们像避乱的难民，离家的时候，心里想的全是衣服饮食，身边竟然没有带上一本书一支笔。”佳荷说：“那些东西带来也是累赘，谁有心思练它？”

龚易说：“我这里的笔砚都是现成的，你们若要写字，只管把这些拿去用。”佳桃说：“那样一来，你回去如何交代？我们要练的话，回去再练也不迟。”佳荷说：“二姐，不如我们每天到这里来，大家在一起习练，既热闹有趣又不耽误龚先生的正事，岂不更好？”

龚易大喜，连忙说：“这样最好，这样最好！场屋后面就是青山，写字写得倦了，大家一起去爬山散步，也算得上文武兼修。”佳荷第一个赞同：“那就说好啦，明天先去爬山，回来时到你这里歇脚，顺便练字。”

佳桃看了一眼龚易的双手，笑道：“佳荷，我看那样一点都不好——咱们再来两次，只怕这一张新炕席就要被统统扯烂了。”龚易低头，发现自己心中惶急，说话的同时，十根手指在下边用力扯动炕席的边沿，已经把面前的炕席边沿扯开了一片，落下来许多扯断的篾片。

恰好小暖把热腾腾的螃蟹和虾虎端上来，红彤彤的一盆。定魁为龚易和自己各斟满一杯酒，问佳桃和佳荷：“你们两个也要喝酒吗？”佳桃说：“当然要喝。”定魁就为二人也倒上，拿过一只螃蟹掂一掂：“现在可不是螃蟹最肥的季节，不过，直接从钓蟹人那里买来的，这份新鲜就很喜人。”

龚易道：“无论肥瘦，大家聚餐，只有吃螃蟹是最别致、最有趣的。”说着话想起小暖，让她拣上一些端回家去，和弟弟妹妹们一起吃，不必守在这边。

小暖答应，估量他们确实吃不了这么多，就拣了几个带回家去。

定魁吃着螃蟹说："这边庄户人家的女孩子，名字都是一个字，拖长了声音，叫成了暖儿、环儿，听起来挺好的，喊着也顺口。"龚易说："要用当地的口音叫，才好听。小暖第一次到我家的时候，说她的名字叫暖儿，母亲叫不惯，就胡乱喊她'妮子'。我看她的年纪小，想起杜牧的一句诗：'娉娉袅袅十三余，豆蔻梢头二月初'，就为她起名叫娉袅，她自己十分喜欢，可是别人都嫌太雅太拗口，只好作罢。"

定魁笑了："贾宝玉从一句'花气袭人知昼暖'里抽出'袭人'二字，作为自己贴身丫鬟的名字。看来，你也和他一样的少爷脾气。只是宝玉和袭人的关系非同一般，莫非你……"

龚易原本没有想到这一层，被他如此嘲笑，一时窘得答不出话来。佳桃在一旁冷笑道："一本大书里有多少人情故事，没听你提到过别的，偏偏这种事你记得清楚。"定魁被她抢白得没趣，干咳一声，替佳荷挑了一只有分量的螃蟹，掀开盖子递过去："你快吃，别咬着筷子傻笑，吃这种张牙舞爪的东西，要和它一样张牙舞爪才行，顾不得文明的姿态了。"龚易也连忙举杯喝酒，劝道："这里只有我们年轻人，大家无拘无束，痛快吃一场才好。"

佳荷掰下两只蟹螯，甲壳却又厚又硬，没有家什可以拆开它，干脆拿到嘴里要用牙咬。定魁伸手夺下来，替她把蟹壳掰开："痴巴佳荷，蟹壳里有的是蟹黄蟹肉，你怎么专门要对付这个？"

龚易说："吃螃蟹，按理应该有一套木槌才好，在这里就没法讲究了。"定魁道："我爹有一套银制的器具，有剪子、小匙子、镊子、钎子，亮光闪闪的，乍一看还以为是西洋医生手术用的，后来才知道是专门为吃蟹制作的工具，叫作'蟹八件'，但那个太烦琐了，我不喜欢。"

佳荷举着双手说："我喜欢吃这个，可吃过之后，手上的腥气轻易洗不干净，那股味道很讨厌。"佳桃说："《红楼梦》里有吃过螃蟹后专门洗手的一样东西，用菊花叶和桂花蕊熏的绿豆面子，有没有人试过？是不是好用？"

龚易说："那种东西，又是菊花叶又是桂花蕊，单听名字就十分麻烦，只怕还不如洋皂，简便又好用，多洗几次也能洗干净。"佳荷问龚易："《红楼梦》里，吃过螃蟹之后，大家可是坐在一起作菊花诗，等会儿咱们也要作诗吗？"

龚易说：“你会作诗只管作，我可作不来，家父就看不惯我这一点，没少教训我，可我对那些东西实在没有兴致。”

佳桃点头：“看《红楼梦》时遇到那些诗句，我总是跳过去，想着以后再回头细看吧，可是到后来也就忘记了，实在辜负了写书人的好才情。”龚易喜道：“原来你也是跳过去的，我原以为只有自己心急，看来，大家读书时的这些习惯都一样。”

定魁在一旁正色说：“那是你们啊，我看的时候可没有跳过去，那些诗句一字一字仔细看过，牢记在心中。”佳荷激他：“既然记在心中，你能背诵几首我们听一听，也给咱们这个蟹宴添几分雅趣，那样我才相信你的话。”

原来定魁最喜欢的是《红楼梦》里那位呆霸王薛蟠，一本书中也只记得他的那一首歪诗，现在要说出来，话到口边才突然醒悟，自己两个妹妹坐在一旁，这种诗怎么好说出口？就改口敷衍道：“你们几个礼贤和淑范的学生，竟然拿这种难题来考问一个德华的医科生，好不害臊！”

佳桃“哼”了一声：“我们礼贤书院的人，虽然功课做得不一定就好，可是还能分清楚廉耻，知道的便是知道，不知道的也不敢信口胡说。”一句话说完，才发现匆忙当中把自己和龚易说到一起，全成了礼贤书院的人，暗中羞愧。

定魁却没听出来，不想再和她争辩，回头向龚易举杯，两个人齐齐饮下一杯，边吃边聊。定魁说起自己的父亲，武家庄这里土地贫瘠，地方狭小，庄里的人大多以出海打鱼为生。父亲武振庭忍受不了这里的贫穷，过海去闯荡，最早是给德国人当差，慢慢经营，总算有了自己的一份产业。爷爷一直恨他买卖鸦片，不许他再回来。不过，对定魁他们这些孙辈，爷爷倒还和善。

龚易说：“那咱们两家真是有些渊源了。”就把母亲沉迷鸦片的事坦率地说出来，顺便说起自己的家世。父亲龚其迈做过大清的高官，同父异母的各位兄长都比龚易年长许多，现在都已经成家，留在北京。这几年，龚易跟着父亲母亲四处迁徙，离开北京以后，在天津、济南等地短暂居住，最后落脚到青岛。

佳荷缩一缩头：“原来你是侍郎大人的贵公子，若是大清朝还在，我们这些卑贱的草民可是不容易见到你，更别说和你同船渡海，和你一起喝酒。二姐，咱们今天实在荣幸，对不对？”

龚易说：“哪里有什么贵公子？从我记事起，每天只见到父亲满面愁容，离开北京之后更是居无定所，一路走到青岛来，却在这里遇上大战。说起来，咱们现在一样是避乱的难民。你们还能在这里找到自己的根本，哪像我四处飘荡。”

说着话，佳桃吃过一个螃蟹，不肯再吃。自己到外面仔细洗了手，回到炕边，探身拿过龚易的笔砚文具。只见其中一只玉蟾水丞十分精致，佳桃平日里见过父亲收藏的中西古董，喜欢古旧而有韵味的东西，眼前这只水丞让她眼前一亮，仔细把玩道：“这样雅致的水丞，一定有些来历吧？若是字写得不好，实在辜负了它们。”

龚易说不出水丞的来路，想起还有一只与之相配的玉勺，回身到书箱里翻找，竟然也带来了。佳桃看见那把小巧腻润的白玉勺，更加喜欢，耐不住龚易的撺掇，出去取来清水注入水丞，用玉勺舀一点清水到砚台上，自己慢慢磨了墨，对着法帖，在纸上认真写起字来。

佳荷吃得尽兴，又喝了一点酒，此时满面桃红，靠在角落里不爱动弹，说：“二姐替我打水来洗手吧。”佳桃只管埋头写字，不理她，佳荷扬声说：“喂，海公子的袭人呢？快拿水来洗手。”佳桃忍不住“扑哧”笑出来，佳荷这才发现自己当着龚易的面称呼他的绰号，羞窘万分，扑过来拉住佳桃，不准她笑。佳桃急了：“快放开你的腥手，弄我一身！好，好，我去给你打水。”

龚易没有听出她们话里的机关，只顾和武定魁说得热闹。定魁说：“我和你说话十分投机，我干脆也搬来场屋里住，伯父那边虽然屋舍还宽敞，可一家人都在眼前，拘束得厉害，说话都不敢高声，还是这里自在方便。”

龚易自然高兴，两个人喝得更畅快。不知不觉已经过了晌午，小暖从家里回来，看他们还要什么。一会儿，芸姨娘也派人来告诉佳桃和佳荷：“玩得差不多就回去吧，客走主人安，别打扰龚少爷太久。”

佳荷歪在角落里听定魁他们说话，已经打起瞌睡，佳桃起身叫醒她，替她套上鞋。龚易还要挽留，佳桃打趣道：“我们乡里孩子不懂规矩，已经打扰龚少爷好久了，再不走就要挨骂啦。”

一边扶着迷糊的佳荷走出门去。龚易送出来，他很喜欢佳桃和自己开玩笑，感觉那是另一个佳桃，一个可以亲近、可以做好朋友的佳桃。他目送姐妹二人走出场院，回来再看定魁，早已经丢掉酒杯，躺在那里酣然入睡。

佳桃用过的纸笔摆在墙边，龚易小心拿过来看。在洋皂的气味之外还能闻到另一种香气，可是，把笔杆拿到近前仔细闻时，那香气却又消失了。

佳桃动过的几页纸上，也带着一样的香气，若有若无。写在纸上的字，笔法上还嫌稚嫩，却有一股天然的娟秀之气。看纸上书写的文字，有“佳荷”、“佳桃”、“小暖”这些名字，也有“虾”、“蟹”等字，显然是顺着眼前所见信手写来，其中却找不到龚易和定魁的名字，龚易不免有些失望，翻到下一页，纸上是抄写的一首词：

水天空阔，恨东风、不惜世间英物。蜀鸟吴花残照里，忍见荒城颓壁。铜雀春情，金人秋泪，此恨凭谁雪。堂堂剑气，斗牛空认奇杰。

那信江海余生，南行万里，属扁舟齐发。正为鸥盟留醉眼，细看涛生云灭。睨柱吞嬴，回旗走懿，千古冲冠发。伴人无寐，秦淮应是孤月。

龚易盯着纸页，纸面的文字后面，隐隐显现出来一张瓜子脸，明眸细眉，定睛再看时便消失掉了。龚易赶快掩过一页白纸，砚台里还有一点残墨，用笔蘸着，仔细在纸上描画起来，渐渐画成佳桃的一张脸。然后自己仔细端详，感觉那双眼睛缺少佳桃那样的神采，便揉成一团，丢到一边，上炕睡下了。

4

第二天早晨，定魁和龚易还在沉睡，佳荷和佳桃已经在外面打门，佳荷高声叫道：“两个大懒蛋，要睡到什么时候？昨天说好的事都忘了吗？”

龚易和定魁爬起来，胡乱擦一把脸，跟在姐妹两个后面上山。山上土少石头多，只有一些低矮的柏树，视野开阔，除去树间的坟茔和石碑，再看不到别的。四个人一口气走到山顶，丽日之下，东方的海面上一片白亮，没有一只船的影子。海的那一边，可以大略看到青岛的房舍，灰茫茫一片，苍郁宁静，那里正是两军对峙的战场。一股白烟从那些模糊的房舍中间冒出来，连天扯地，像一棵巨大的柱子立在那里，越向上越粗大，最后变成空中的一团云。那下面的什么东西在燃烧，烟雾如此浓重，说明那火烧得很大。

佳桃向着那边望了一会儿，眼中突然涌出泪水，双手掩住脸，蹲在地上小声啜泣起来。佳荷不明白二姐为何哭泣，陪着蹲在一旁，却不能开口劝解，只把舌尖咬在双齿之间。一会儿佳桃抬起头来，抽着鼻子说："德国人、日本人在那边打得轰轰烈烈……他们这是在咱们家里打斗，咱们却不敢插手，连争斗的资格都没有，只好远远地躲避开，免得伤了自己。"

龚易低头，看见佳桃双眼低垂，泪水沾湿的睫毛有些零乱，鼻头上的泪水被冷风快速吹干了，亮亮的一片鲜红。龚易想起昨天佳桃写在纸上的词句，"忍见荒城颓壁，恨东风、不惜世间英物"。显然，佳桃是在为不幸的国家悲泣，盼望着乱世当中能有英雄出世，拯救国家和民族。

那些词句和眼前这一张柔弱而美艳的脸让龚易激奋，心中生出一份豪壮之气，但那只是一瞬间的事，随之而来的却是一阵怯懦和绝望，比那份豪壮更清晰，更明白。

静默之间，山下传来一阵"吱吱哇哇"的声响，混合着锣鼓的声音。循声望下去，另一边的山坡下面有一处小村落，村头聚着黑压压的一群人，人群前面站着几个穿红戴绿的，扭扭摆摆，看样子是在唱戏。

佳桃慢慢止住眼泪，哑声说道："想一想，在这个世界上，人活着都是辛苦的。他们跑到这里来争斗，是为了他们自己，他们要在一个辛苦的世界里活得比别人更舒服一些，可如此一来，我们岂不是更辛苦、更悲惨？"

龚易随口劝道："不过，比起山下那村子里的人，咱们的生活总要好一些……"话说了一半，龚易便意识到不妥。果然，佳桃拭一拭双眼，站起身，一声不响地走到一边去。佳荷朝着龚易瞪圆了双眼，那样坚持片刻，转身追着佳桃去了。

定魁拍打龚易的胳膊："我这个二妹最难说话，在她面前你可要小心，免得自讨没趣。"龚易讪笑道："没有什么——那边的村庄里在演戏吗？"

定魁看了看："是这地方流行的茂腔，那村里有人花钱请了戏班来，演给众人看的。咱们下去看一看？"龚易说："太远了，不如咱们把戏班子请过来唱。乡下的生活太简单，听戏也算一种消磨时间的办法，好不好？"

定魁说："'咿咿呀呀'的土玩意儿，没什么好听的。要请你请，我若出面去请戏班，会被爷爷和伯父大骂一顿，回家以后如果我爹知道了，更要骂。我为了那种东西挨几次骂，太不值得。"龚易会意："好，那就我请。"

午后，薛四根引着一辆马车驶进场院，龚易走到外面，看见七八个男女从马车上下来，一个汉子跟着薛四根来到龚易面前，给他鞠躬。汉子五十多岁，一脸的皱纹，穿着一件旧蓝布褂子，下面是一条黑布抿裆长裤，人长得很粗糙，但神色并不愚笨，想必是戏班里的头领。看他身后的那几个人，年纪也都不小，一个个满面风尘，只有坐在车上的一个女子年少，身穿一件红上衣，手脸很干净。

汉子要给龚易说说他们准备的戏目，龚易忍住心中的失望："好了，不用说了，就拣你们唱得最好的，先唱两天。"说着，递给汉子六块银元，与他们约好今天搭起戏台，明后两天唱戏，晚上他们就睡在西面那几间空屋子里。

戏班里的人立刻动手，从马车上卸下杆木、帘布，就着东面的山墙搭起戏台。龚易在一旁看一会儿，慢慢走回来，进门之前突然闻到一股烟香，从那边的破窗中飘出来。龚易对鸦片的气味再熟悉不过，放轻脚步走过去，凑到破窗前。只见屋里地上铺开了两张旧席子，戏班的行李堆码在席上，一个年轻的女子蜷卧在行李中间，赤裸着一双天足，正对着一盏灯在抽鸦片。

看她的穿戴，应该就是刚才坐在马车上的那个年轻女子。龚易更加沮丧，这样一班人，除去老的丑的，这一个年轻的算是有点模样，却是一个烟鬼，能指望他们唱出什么好戏来？晚上龚易在油灯下一边写字，一边对定魁说出自己对戏班的失望。

定魁躺在炕上说："你别拿他们跟北京城里的戏班比较，他们根本就是种地的庄户人。这个季节，田里的庄稼收过了，放下锄头镰刀，反正在家里也是闲着，便操起琴弦，到各处去唱一唱，换一些油盐，贴补生活。最不济，也能在外面混一点吃食，给家里省出一份口粮。"

龚易就把下午看到的告诉定魁："种庄稼的也吸鸦片？看起来很干净清爽

的一个女子，太可惜了。”定魁说：“那个女子应该是他们戏班的招牌吧，要么身段模样好，要么嗓子好，明天等着看吧。”一边冷冷笑出来：“唱茂腔的也抽上大烟了。看样子，鸿运膏局的鸦片都卖到乡下来了，我爹可真够风光的，难怪爷爷恨他，他自己也不敢回来。”

他的话不好应答，龚易就垂头去写自己的字。定魁躺在灯影的暗处，斜眼看着他，不禁想起彭志。彭志的面貌和龚易一样清俊，但彭志的眉目中间藏着下流和奸猾，龚易从小受娇宠，神色自然要纯净得多。

第二天一大早，村里的人就早早聚到场院里来，许多小孩子到处乱跑。小暖替龚易扛来一把大椅子，油光光的，只怕用了几辈子，拿来摆放在戏台前最醒目的位置。戏班子是龚易花钱请的，最好的位置自然要给他。

一会儿，定威的母亲陪着芸姨娘来了，佳菊姐妹们跟在一边，龚易和定魁帮她们摆好座位。姐妹三个衣衫鲜亮，引来众人注目。不过，唱戏的锣鼓一响，大家的视线便都转到土台上去。

最先走上台来的两个人，戏服又旧又脏，开口一唱，一个嗓音又破又哑，另一个高亢硬亮，没腔少调。一个粗腰的妇人走到台前，黄而黑的脸上涂了一层胭脂，黑上带红，嘴角一扯动，腮边便显出一道道的皱纹，被那些胭脂衬得更显眼。妇人却是十分卖力气，站在台前说一会儿唱一会儿。下面观戏的妇人和老汉们看得入神，仰脸盯着台上，一会儿感叹落泪，一会儿又拊掌大笑，十分入戏。

龚易听不懂他们唱的是什么，扭头去问定魁，嘴里和定魁说着话，一双眼睛却不由自主地投向佳桃。定魁给他说过几句，看明白龚易的心思根本不是什么戏文，却是在佳桃身上。定魁本来就不讨厌龚易，自己又对台上的戏没有兴致，过一会儿，找了个借口，起身从人群中走出去。

龚易一挪屁股，坐到定魁留下的矮凳上，靠近佳荷小声说：“小暖拿这么高的椅子给我坐，是让我现眼呢。”佳荷起身坐到龚易的高椅上：“你不坐，正好我坐。矮凳上坐着，累得人腰酸。”

佳桃仰脸看着土台，说：“坐了那么久，才知道现眼啊？”龚易不理会她的讥讽，滑坐到佳荷留下的矮凳上：“我听不懂这些戏文，定魁又跑掉了，只好向你请教了。”佳桃说：“看你的架式，实在是城里来的阔少爷。这个时候花钱请戏班子的，都是没有心肠的人。”龚易替自己辩解：“我感觉无聊，才想出这个办法消磨时光，你又来挖苦我了。”

佳桃想一想，龚易那种无聊的感觉，其实也是自己每天的想法，如果说他请戏班是没有心肠，那自己坐在这里看戏又算怎么回事？刚才未免嘴上太刻薄了一些。于是专心看戏，一边把剧情说给龚易听。

这一类的戏剧其实简单明了，冗长的吟唱只是为了渲染主人的欣喜或哀伤，坐在土台前的村妇们听得用心，都默然盯住土台上的人，张开手掌悄悄地拭泪，有人还低声啜泣起来。

到了下午，那个青年的女子终于登台，她的戏服和头面都新鲜艳丽，青春的脸上描着彩妆，格外靓丽。观众们看了一个上午的黑脸、皱脸，再看到她，都感觉耳目新鲜，还没开口就喜欢上了她，小声叫她“小美蓉”，分明就是远近闻名的一个好角色。等她开口唱时，音声果然柔糯细腻，直入人心，听唱的人都恨不能把那个声音一直留在耳边，不放它走。

小美蓉扮演的是一个年轻妇人，元宵节来到京城里观灯，被街上各式的花灯吸引，一路看来一路唱：

……季节灯我越过去，接连着观观庄稼灯。小麦灯，大麦灯，雪白雪白的馒头灯，谷子稻子碾一碾，出了个大米、小米二弟兄。玉米棒子一撮缨，高粱穗子一点红。香油豆油果子油，它就是芝麻豆子和花生。庄稼灯我越过去，接连着观观菜园灯……

龚易在下面听得十分吃力，忍不住咕哝一句：“什么灯啊灯啊的，这么啰唆，实在无趣。”定魁在屋子里躺了一个上午，这时候终于露面，坐在龚易身边，只管盯着戏台上的那个人，听得格外用心，并不理会龚易。龚易看看左右那些妇人老汉，一个个也都张嘴涎脸，听得有滋有味。

细品一下，这个女子的嗓音果然柔美，自有一种让人迷恋的磁力，那张描绘精致的脸也十分媚人。可龚易见过她吸烟的样子，那副颓败的神色与眼前这张艳丽的脸重叠，更让他不以为然。下午佳桃没有露面，龚易感觉无趣，起身走回到场屋里，在悠悠的琴弦声中埋头写起字来。

傍晚散了戏，定魁不知道从哪里拎来一篮子鸡蛋，送到戏班子里去，人就留在那里说话，一直说到深夜才摸回这边。龚易已经睡得迷迷糊糊，只听见定魁在一旁直夸小美蓉的戏唱得好，人也通情识理。

第二天接着唱，上午唱的是一出哭戏，小美蓉扮的是一个小媳妇，被她的恶婆婆百般刁难。婆婆又矮又壮，沙哑着嗓子骂她。小美蓉受了委屈虐待，求助无门，站在那里哭一段、唱一段，惹得下面的观众跟着抹眼泪。这一次定魁把凳子挪到最前边，抱着腿坐在台前，仰起脸只管盯着小美蓉。佳桃今天还是没有来，只有佳菊、佳荷陪着芸姨娘坐在下面看戏。龚易无心听戏，从戏台边悄悄走开，掉了魂儿一样四处转悠，希望能碰巧遇见佳桃。

晌午的时候，定魁突然问龚易："这一伙人要在这里唱几天？"龚易说："来的时候我说是两天，如果喜欢听，可以再延几日。可他们的戏文实在粗糙俗鄙，全是唱给农家妇人听的。下午唱完以后，随便他们走吧。"

定魁说："我原来也不喜欢，跟着听了两回，感觉很有韵味。现在让他们走，实在可惜。"龚易笑道："定魁兄是不是喜欢上了小美蓉？你喜欢听，我就让他们再唱两天。只怕他们人少，戏目也少，要唱重复了。"

定魁说："这倒不必，野路的戏班子都是这样，乍听起来感觉有趣，时间一长也就絮烦了。"说完慢慢走出去，蹲在门边和戏班的人说话。那以后龚易一直留在屋子里写字，一直到晚上睡下，也没有再看到定魁的影子。

定魁失踪了。

龚易早上醒来，发现定魁的被褥并没有展开，看来他昨天夜里没有回来。龚易让小暖到定魁伯父家去打听，那边也没有看到他。伯父和定威到村里各家询问，又到海边寻找。佳菊、佳桃和龚易一起上山去找，深一脚、浅一脚在树林和墓碑中间穿行呼唤，喊哑了嗓子，毫无结果。

龚易突然想起了小美蓉。定魁不是三岁的孩子，在这里又不认识许多人，他消失的理由，说得通的只能有一个。龚易把自己的疑惑说给佳菊姐妹听，佳桃恨道："原来是这样，你应该早说出来，害得别人为他着急。"

几个人从山上回来，果然听说隔壁住着的戏班里也不见了小美蓉，戏班里的人同样在四处寻找。后来有人说，昨天夜里看到定魁和唱戏的小美蓉一起朝北走去，大家的心里都冒出来“私奔”、“淫奔”这样的字眼，但没有人说出口来。

龚易暗中自责，全因为自己一时兴起，要请什么戏班子，让定魁和小美蓉相遇，弄出这样的结果。芸姨娘不敢往坏处猜想，相信定魁是在这里住着无聊，偷偷回家去了。她让定威过海去，一来看一看定魁是不是真的回去，如果没有，这件事也应该及时给武振庭报个信。

武定威赶到武宅时已经是深夜，连生打开大门，带着他去见叔叔武振庭。武振庭听说儿子定魁失踪了，骂了一句“丧门！”叫陶姐和来富先给定威弄一些热饭菜，再派连生去把冷叔找过来。武振庭坐在定威身旁抽烟，看着他吃饭，一边细细地打听父亲和村里的事。

武振庭上一次见到定威时，他还是一个腼腆的少年，几年过去，定威已经长成一个魁梧的青年，沉稳少言，一双渔民特有的坚硬的大手十分醒目。

武振庭喜欢这个侄子，不禁又想起儿子定魁。这些年来，武振庭一直忙着外面的生意和应酬，家里的事有芸姨娘和佳菊照料，他全不在意。几个孩子当中，佳菊最温和懂事，佳桃刚强聪明，最小的佳荷伶俐可爱。只有唯一的儿子定魁不太分明，一直在德华学校里学习医科，平日里父子碰面的机会都很少，武振庭偶尔问起他学业上的事，定魁总是含糊几句，并不想和他多说。

父子天性，这一次定魁在乡下失踪，武振庭知道他一定是和那个唱戏的女子走了。而且，定魁暂时一定不会回家来，他宁可四处游荡。如果哪一天他真的回来，必定是到了山穷水尽的地步。

连生去了很久还不回来，初冬的夜晚清冷沉静，武振庭让定威进屋去睡一会儿，自己也靠在椅子里打盹儿。恍惚之间他到了海上，孤零零坐在一只小船里，小船随着海浪上上下下，船上没有帆布，没有船橹。武振庭盼望着赶快靠到岸上，或者能有一条船来救应他，但海面上苍茫空阔，只有无边无际的海水。绝望之中，他感觉脚下一阵冰冷，是海水涌进船舱里来了，而且越来越深，无处躲避。他低下头去，这才发现冰冷刺骨的海水竟然是黏稠的血，自己的双腿浸在浓浓的血水当中，充满船舱的原来是他自己的血。

武振庭猛地惊醒，听见连生和冷叔开门走进楼里来。睡梦中，他赤裸的双脚给冻得冰凉。武振庭吃力地坐起来，不满地问：“连生，怎么去得这么久？”

原来连生赶到冷叔家里，冷叔不在家。连生找了几个地方，全不见他的踪影，最后只好又折回冷叔家里。冷叔刚从外面回来，说他的一个亲戚要过海去，他过去帮助安排，一直忙到现在。

时间已经过了子夜，武振庭催促冷叔赶快动身，带上两个伙计，跟定威连夜过海去寻找定魁，就算不能把他带回来，也要弄清楚他的下落。

冷叔和定威匆匆离开。武振庭睡意全无，坐在椅子里默默抽烟，想起刚才那个奇怪的梦，心中一阵嫌恶，但愿定魁在外面不会出什么事。

窗上天光渐明，远处传来一阵炮声，是今天落下的第一波炮弹，听起来炮声比昨天距离更近一些。这几天外面的交战异常凶猛，看形势，德国人真的支撑不了多久。武振庭起身，叫过连生吩咐：“昨天夜里心神不定，你去小港那边看一看，让他们小心一点儿，不要出什么差错，快去快回。”

连生走到外面，初冬的清晨冷风阵阵，街巷上灰茫茫一片。远处的炮声响得更紧，把脚下的路面震得不停颤动。走下一段坡路，前面传来“嘚嘚”的马蹄声音，一辆马车迎面过来，两个高大的德国军人跟在马车后面。连生退到路边，看着那车那人从面前走过去。马车上胡乱盖着几件灰色大衣，大衣下面露出来几只光脚，又大又白，硬硬的，轻轻晃动，在晨光下苍白刺目，鲜红的血水顺着马车的底板滴落到马路上。

跟在车后的两个德国军人迈着又大又缓的步子，面色疲惫，颏下的胡须乱糟糟的一团，灰色军装上满是皱褶，沾满了黄泥巴。大清早的，出门来就遇见搬运死尸的，连生感觉晦气，扭头狠啐了几口。

走到码头那边，这里留下来的人家还有不少，一些烟囱里正冒出青烟。连生离开大路，拐向坡顶的小院子。这是一处独立的院落，院子里三间普通的民房，周围一片空旷。这里秘密存放着鸿运膏局的几十箱波斯土，武振庭当初安排一个姓冯的伙计在这里守护。所谓守护，其实不过是冯伙计带着自己的女人住在这里，看上去只是一处寻常人家。这样的方法有些冒险，想一想也许是最妥当的，也节省人手。

连生趴到门缝上向里看，院子里空荡荡的，屋顶的烟囱也不见烟气，正屋的房门大开着。连生心中一紧，推一推院门，院门原来是虚掩着。连生走进去，轻咳一声，不见冯伙计出来，却看见院门边的一口大缸旁边卧着一条花狗，僵直着身子，已经死了。

连生抓起墙边的一把铁锨，放轻脚步走进去。两间东厢房没有门，站在外面就能看见冯伙计，歪着头半坐在墙边，身子下面浸着一大摊黑血。

连生几步跨进正屋门里，冯伙计的女人半裸着身子趴在地上，一动不动，两条臂膀已经像白蜡做成的一样，和刚才马车上的那几只大脚一样僵硬苍白，勒死她的一根麻绳还套在脖子上。再看里间屋，原本堆得满满一屋的波斯烟土全都不见了，一条土炕的炕面也被整个掀开，露出黑洞洞的一片。

连生退出来，把房门带上，再到厢房里看一看。冯伙计是被人用刀刺死的，连生伸手到他腰间摸一摸，手枪已经不在那里。周围没有一点搏斗的痕迹，似乎冯伙计是被人突然袭击，稀里糊涂丧命在这个角落里。屠杀大概发生在昨天夜里，凶手兴许与冯伙计相熟。

连生不敢停留，搬过几捆干草遮住冯伙计的身体，到院门后面摸出一把门锁，从外面把院门锁上，快步走回到大路上，拐向另一处存放烟土的院落。

院门从里面闩着，连生把门叫开，看门的两个伙计引他进去，屋子里的烟土一件没少。这里的伙计并不知道冯伙计那边存放着烟土，也不知道那边出了事。连生嘱咐两个人小心一些，自己关上门出来，走着走着便放开步子跑起来。

武振庭听说波斯烟土出了事，大吃一惊。半船的烟土不是小数目，单单计算成本也要一大笔银元。武振庭暗暗心痛，存放烟土的地方，知道的人很少，会是谁做了手脚？当初幸亏把烟土分开存放，不然这一次的损失可要大伤膏局的元气了。

武振庭吩咐连生："你对外面不要声张，先带一些人过去，把冯伙计两口子悄悄葬了。另一处房子里加派几个人，小心看管，再不能有半点闪失。"

连生答应："是。那些波斯烟土的下落，要不要出去查问一下？"武振庭恼火地问："怎么查？到哪去查？人家早就在暗中算计着咱们，趁着兵荒马乱，狠狠地咬咱一口，自然不会轻易露出马脚。"连生垂手不语，武振庭平静下来："查还是要查，你不必大张旗鼓，平日里要多留意，看看膏局的生意有什么变化。"说着，武振庭又想起定魁的事，心中更添恼怒，挥手让连生出去。

城外的战事一天比一天紧，为了躲避战火，城里人逃走了大半，尽管还有一些烟馆开门，来吸烟的人却是明显少了，这自然影响到膏局的生意。

过了些日子，冷叔回到城里来，他没有找到定魁，但能确定定魁是和唱戏的那个小美蓉一起走的。冷叔找到小美蓉的家，连她的亲朋处也找遍了，都没有发现她和定魁。听戏班里的人说，小美蓉有很大的鸦片烟瘾，两个人在外面恐怕支撑不了多久。

武振庭“哼”了一声：“让他去浪荡吧，现在顾不上理会他。”就把波斯烟土的事告诉冷叔：“这几天你和连生留意，另一处的烟土绝不能再出事。我的货不能白白被人抢去，你们一定要找出烟土的下落。”

冷叔答应一声，和连生一起下楼，听连生仔细讲述那天早晨看到的情形——冯伙计两口子被杀得干净利落，几十箱波斯土劫了个干干净净，膏局损失巨大。可是，要想找回那批货，谈何容易。

两个人悄悄议论一阵，冷叔回家去歇息。连生目送冷叔出门，看见彭志从马路对面摇摆着身子走过来，脚步轻盈，飘进鸿运膏局的大门。他没有戴帽子，头发梳得明亮整齐，脖子上围着一块白围巾，配上洋装皮鞋，十分醒目。

连生招呼他坐下，彭志问：“定魁跑到哪里去了？我到他家里去找，武家的人全都不在。”连生说：“定魁到乡下避一避，已经走了快一个月啦。”

彭志嚷道：“一听见炮响就躲得远远的，他武家少爷的性命那么珍贵？这几天亨利亲王饭店里一直高朋满座，生意照做不误，也没听说哪个人让炮弹炸死了。”连生微笑道：“定魁的爷爷一直想见见他，定魁就趁这个机会到乡下住一段日子，很快就会回来。”

彭志看看大堂里没有杂人，放下手中茶杯，略略侧身，从怀里掏出一把乌亮的左轮手枪，在手里晃一晃：“连生，瞧瞧我带来了什么好东西。”连生说：“你把这种东西揣在身上，就不怕德国人看到，把你当成日本奸细？”

彭志问：“给你看看，怎么样？要不要留下？德国人支撑不了几天，他们垮了，膏局没了靠山，以后一定用得着这个。”连生垂下眼睛，面无表情：“彭先生真会开玩笑，膏局里要是没有几件硬家伙，只怕人家早就抢上门来了。”

彭志说：“这种东西，多备一些没有坏处。正宗的德国造，平常可不好找，机会难得，你得给我出一个好价钱。”连生说：“你放在这吧，回头我拿给掌柜的看一看，兴许他会喜欢。”彭志又从怀里掏出一把子弹，一起交给连生。连生把它们塞进柜台里，回来压低了声音：“还有一件事请彭先生帮忙，如果查得明白，报酬会比几把枪的价钱丰厚许多。”

彭志把头凑近过来，听连生低声说：“你到外面打听一下，哪里有卖波斯烟土的，给我一个消息。”彭志笑道：“鸿运膏局就是卖烟土的，还要到别处买烟土？”连生说：“我们明着卖，还有暗着卖的，我只不过是打听一下。这可是一件要命的事，你知道消息直接过来告诉我，如果到了别人耳朵里，你有多少把枪也保不住自己的性命。”彭志说：“明白。你说过愿意出大价钱，值钱的东西从来都是要命的东西。”

5

彭志离开鸿运膏局，街上空旷无人，天上正落着雪花，冷风刺脸。今天的炮声格外紧密，纷乱的雪中，似乎可以闻到火药焦杀的气味。彭志不急着回家，一路慢慢走到威廉咖啡馆，推门进去，里面冷冷清清，只有一个客人坐在角落里，背对着屋门。

从背影看上去，那人披散着一头长发，发脚剪得十分整齐。彭志走过去，伸手抚弄一下那人的发脚，戏道：“像俞大人一样的头发，这里再找不出第二个，老远就能认出你来。”

那人猛地转头，果然是俞伯庸，瞪着一双肿眼泡，恶声道：“小兔崽子！对我不恭不敬的，小心我收拾你！”彭志在他旁边坐下，柔声说：“在俞老爷面前我哪里敢不恭不敬？”

俞伯庸恨恨地说：“放在五年前，像你这种贼眉鼠眼的东西，胆敢正面看我一眼，我就能让车夫把你拖到街上，打一个半死，你信不信？”彭志缩一缩脖子，做出害怕的样子：“我信，我信！所以我说大清国亡得好！不然我哪有福气和侍郎老爷坐在一起说话？”

俞伯庸“哼”了一声：“这算你小子有造化！要搁在五年前，凭你刚才这句话，就能砍掉你的脑袋瓜子。”彭志笑道：“要在五年前，凭你这一头怪模怪样的头发，就要被革职查问，你哪里顾得上砍我的脑袋？”一边说笑，一边扬手招呼杨威廉，给自己要了一杯咖啡。

威廉咖啡馆原来的主人是一个德国人，名字就叫威廉。杨威廉十四岁的时候来到青岛，在咖啡馆里做打杂的小伙计，整天烧水洗杯，慢慢学会了冲泡咖啡的手艺。后来威廉得了肺病，里里外外的活计全都交给杨威廉去做。半年之后，威廉病死，威廉夫人要带着孩子回德国去，想把咖啡馆卖掉。那时候杨威廉对咖啡馆的生意已经十分熟悉，拿出几年来挣的工钱，又回到高密老家，把属于自己名下的几亩地、几间房子卖掉，再东挪西借，总算凑足了一笔银元，全部交给威廉夫人。于是这一处威廉咖啡馆就到了他的名下，往来的客人只知道他姓杨，都称他“杨威廉”。

威廉咖啡馆距离炮台不远，德国的军官士兵经常到这里来消遣，时髦的中国人来得也多，所以生意一直兴隆。两年的时间，杨威廉就把借下的债务全部还清，本以为一直做下去，自己很快会成为一个家境殷实的大掌柜。可惜命中注定他只有两年的财运，日本人平白无故打过来，一定要把德国人赶走，咖啡馆的生意一下子冷清了许多。

彭志是威廉咖啡馆的常客，眼前这位满清遗老俞伯庸也喜欢喝咖啡，每天都来这里坐一坐。时间长了，两个人彼此相熟，常在一起说些闲话。

彭志呷着咖啡，问俞伯庸为什么躲在昏暗的角落里，不坐到敞亮的窗边去。俞伯庸说：“我怕炮弹飞进来，掀了我的天灵盖。”彭志说：“要是该你死，藏在哪里都躲不过去。城里好多人都躲到乡下去，咱们这些留在家里的，炮弹整天在头上飞来飞去，不也活得好好的？”俞伯庸说：“毛头小子不敢妄语，小心下一颗炮弹落到你头上，把我都连累了。”彭志说：“能和侍郎老爷死在一起，算是我的造化。不过，最好等我喝过这杯咖啡。”

俞伯庸侧耳听着远处的炮声，感叹道：“这些年来，大战一场接着一场，那些炮弹落下来，离我却是越来越近。”说着，扳起手指头细细数来：“光绪二十年甲午一战，是大清和日本人在朝鲜打，在海上打；到了光绪二十六年庚子一战，是大清和八国联军打；光绪三十年的日俄之战，咱们连打的资格都没有了。甲午战争时，我在北京自己的府里，庚子年我随圣驾去了西安。以后贼党猖獗，闹垮了大清，搞得天下大乱，这一回日本人和德国人争夺胶州湾，炮弹已经落到我眼前来了。”

彭志不懂那些旧事的底细，从这个古怪老人的语气中听得出来，他如今的日子不太好过，距离以前的风光差了十万八千里，这让彭志感觉一阵欣慰。

俞伯庸说：“日本人选择这个时候开战，用意深远。当年甲午战后，日本人占领了辽东，德、法等国出面干涉，日本人只好退出辽东半岛。这一次他们要从德国人的手里抢下胶东，一来报了旧仇，再者把握住中华的要害，三者也是与英国人遥相呼应，称得上一举多得。”

彭志胡乱应道：“依照你的说法，现在不如过去，是不是有皇上更好一些。”俞伯庸说：“当然！大总统是个什么东西？你手里有了洋枪洋炮，拉出一帮子亡命之徒，杀人放火，把你的对手全部杀光，你就是天下第一，你就可以做大总统。如果天下人都明白了这个道理，有胆子的都想出来试一试，都想做大总统。你想一想，如此一来，怎么会有太平的日子？”

说话之间，外面又响起一阵炮声，震得房子直抖。这一回的炮声更近更响，透过窗子望出去，前面的炮台上升起一团一团的烟尘，看样子是被炮弹打到了。炮弹炸响的间隙，也能听到炮台里开炮的声音，但在气势上比日本人差了许多。

三个人惊得无语。今天的炮声比往日密集得多，并且落得这么近。看来，日本人沉寂了几天，一直在准备和积蓄力量。彭志慌忙把杯子里的咖啡一饮而尽，正要起身，猛听房顶上“嗵”的一声响，感觉胸口上被推了一下，人就向后仰倒在地上。破碎的瓦片和沙土“哗啦啦”落下来，咖啡馆里腾起一片烟尘，许多的杯子勺子滚落到地上，一通碎裂的杂响。

彭志抱住脑袋，翻身滚到桌子下面，听见俞伯庸和杨威廉在不远的地方胡乱喊叫，但烟尘障眼，看不清楚他们在哪里。彭志摸一摸手脚，庆幸自己并未受伤。外面的炮弹还在往下落，落在沟里土里的，声音沉闷；落到石板街道上的，声音格外响亮，把更多的沙土瓦片从屋顶上震落下来。

留在这里就是等死，彭志从桌子下面爬出来，透过飞扬的尘土看准屋门的位置，跳起身几步蹿到门外，弓着身子一路狂奔。跑出去很远了才敢回头看去，俞伯庸也从咖啡馆里跑出来，一脸灰土，脑后的长发乱蓬蓬的一团，沾满灰土。老大人吓得不轻，直眉瞪眼，提着衣角从彭志面前跑过去，根本没有看到他。

杨威廉最后一个跑出来，跑到彭志身边说：“你们两个还没给咖啡钱。”彭志把嘴里的沙子吐出来：“我的痴儿，都什么时候了，你还想着这个！”

说着，弓起身子，冒着烟尘快步跑开。杨威廉蹲在街角，突然哽咽起来。从这里看回去，他的咖啡馆已经被炸得面目全非。又一颗炮弹落下来，咖啡馆的一个屋角在爆炸声中崩塌，瓦石飞扬，“噼噼啪啪”落在周围。那些破碎的声音让杨威廉心痛如割，后悔不该跑出来，就算自己和咖啡馆一起被炸成了碎片，也会比现在感觉好受一些。

天近黄昏时，炮台里的德军悄悄撤走，周围的炮声渐渐停息。当天夜里杨威廉就睡在残破的咖啡馆里。几天之后，德国人炸毁了炮台和电灯房，宣布投降，一场大战到此结束。杨威廉把咖啡馆里外检查一遍，房屋的筋骨并没有破坏，修整的工程却是不小，自己根本拿不出这样一大笔钱，只能筹借。眼下城中各处的买卖大多停业，还在营业而且财力雄厚的，只有鸿运膏局了。

杨威廉赶到膏局，只见到管事的伙计连生。连生跟着杨威廉去看过咖啡馆，两个人计算了一下，修整被炸坏的房子，再添补一些必要的用具，大约需要三四百块银元。连生就让杨威廉明天带着房契，去膏局里办手续，拿钱。

杨威廉送连生出来，大路那边传来一阵鼓乐之声，两个人回头，看见坡路下面一片光芒闪亮，不停地跃动。光芒之下是一片涌动的灰黄色的身影，密密麻麻，沿着大路向前移动，到了某一个地方，跃动的光芒突然消失，终于可以看清楚了，那是一大队军人，一直在日光下闪闪发亮的，是军乐手们手中的铜号和士兵们枪上的刺刀。

原来是日本军人的入城仪仗。杨威廉恨恨地骂了一句，扭头走回破咖啡馆里。连生闪到街边，一队骑马的日本军人“哗啦啦”走过来，马队后面鼓乐喧天。初冬的艳阳之下，号手们手中的铜号闪闪发亮，随后走来的士兵们一个个面无表情，林立的刺刀冷光逼人。

大队的人马源源不断，向后望不到尽头，竟然来了这么多的日本兵，难怪守城的德国人支撑不住。连生回膏局要走马路对面的路口，他不敢从日本人的队伍中间穿过去，等了将近一个时辰，大队的人马总算过去，后面跟着一大群看热闹的百姓。

连生这才急匆匆跑过马路，那边的人群里突然冒出来一个人，高声叫他的名字。连生回头，喊他的是一个面色憔悴的青年，额头上有两大块黑色的疮疤，身上的一件蓝色长衫肮脏破烂，一边喊叫一边奔到近前来，死死拉住他的胳膊。

连生最先从那个声音认出面前这个人，竟然是定魁，连生又喜又惊："定魁？定魁吗？怎么会是你？"那人说："对，我是定魁。"连生心中一酸："可是，你怎么变成了这样？你怎么在这里？这些日子你去哪里啦？冷叔带人出去找你，你怎么会跟着日本人回来？"

定魁左右看一看："回头再细说——这地方有没有烟馆？你快带我去抽几口烟。"连生心中疑惑，不知他什么时候开始吸上鸦片，嘴上胡乱答应一声，就要带他回膏局。定魁一见，也不言语，掉头就走，连生只好折回来跟上他。

战事安定之后，城里最先开业揽客的买卖便是烟馆，其实就算在炮火连天的日子里，也有不怕死的老板冒死做着这门生意。两个人走进路边的一家烟馆，门里的煤炉上刚烧开了一壶水，热气"突突"地冒出来，对面靠墙的大炕上已经卧着两个烟鬼。定魁闪身过去，连连打着喷嚏，顺手从桌子上摸过一盏灯和一杆烟枪，鞋也来不及脱掉，一头扑到炕上去躺下。

连生掏出一块银元，交给烟馆的伙计，让他给定魁拿一份烟来，自己坐在一旁看着他。这么久不见，定魁的唇上、腮边已经生出一层软软的胡须，身上的长衫污迹斑斑，脚上的一双皮鞋沾满了污泥，耳朵那里还结着几块黑红色的血痂。

算起来，定魁失踪还不到一个月的时间，看他抽烟的样子，似乎抽得并不太久，烟瘾却是不小。连生的眼泪落下来——这段日子，定魁在外面必定吃了不少苦头。这样直接带他回去，武振庭怕是吃不消，要先带他去洗漱一番，换换衣服才行。

这样想着，连生拍一拍定魁的腿："定魁，你在这里歇着，我马上回去给你找几件衣服。一会儿咱们出去洗一洗，吃点东西。你在这里等着我啊。"

定魁刚把一口烟吞进肚子里，答不出话来，撩起眼皮看了连生一眼。连生赶快走出去，心里盘算着，要不要先把定魁的事告诉武振庭。

定魁过足了烟瘾，身上立刻清爽了不少。连生说是回去拿衣服，只怕父亲马上也会知道自己回来的消息，定魁现在最不想见到的人便是父亲。烟馆的大炕热乎乎的，摊开手脚躺在上面，可以熨去浑身的劳乏，直让人昏睡，也让人留恋。定魁却是不敢，躺在那里懒了一会儿，估计连生快回来了，爬起身，匆匆喝几口热茶水，离开烟馆。

正是吃晌饭的时间，街上的行人并不多，更见不到一个德国人的影子，街边的商家大多关着门。定魁饿得难受，看见街角上一家饭馆开着门，赶快走进去。刚才连生给他的一块银元，付过烟钱以后还能买一碗高粱米粥。定魁把热腾腾的一碗粥喝进肚子里，心中彻底踏实下来，刚才又吸足了烟，现在真是最精神的时候。

饭馆里面热气蒸腾，定魁看见门边一男一女两个人也在喝粥，仔细打量，很像周税官和尖下颏的周太太。两个人都是一副风尘仆仆的样子，好像也刚从外面回来，现在正隔着面前的两只空碗盯着定魁，面无表情，也不开口，随即起身离去。

定魁感觉无趣："他们不认识我吗？或者是我现在的样子太寒酸？"一边推开饭碗走出饭馆。既然不想回家，现在可去的地方只有彭志那里。定魁顺着马路走下去，看见马路两边的房屋都和从前一样，附近似乎没有挨过炮弹。

定魁暗想："看样子，日本人的炮弹打得挺准，都落到德国人的炮台上去了。早知这样，当初就不应该跑出去躲避。"

周税官夫妇走在他前面，定魁加快脚步追上去。周太太的皮鞋上沾满了干结的黄泥巴，一件青色的长衫皱得不像样子。他们必定也跑到外面躲避战火，现在的境况比自己强不了多少。

周太太感觉到定魁的目光，从肩上回头看他一眼，脸上微微一笑，却不理他，夫妻二人反而加快了脚步。定魁目送他们离开马路，顺着一道石砌的台阶走上去。台阶顶上有一道黑漆的木门，虚掩着，两个人越走越快，跌跌撞撞上了台阶，推门进去。

定魁走到台阶下面，听见上面的院子里"哇啦哇啦"吵起来，还有厮打和争吵的声音，伴着周太太尖厉的哭喊声。定魁几步跑上台阶，推开院门朝里看。门里是一个整齐的院子，三间漂亮高大的正房，一棵槐树下面站着一个矮小壮实的男人，生了一张大扁脸，唇上一抹黑须修整得十分整齐，赤着上半身，双手握着一根三尺多长的白木棒，正冲着周税官左右挥舞，不时做出猛力劈刺的动作。

周税官吓得面色灰白，围着槐树，一边退后一边大声问："这里是我的家！我是这家的主人！你是谁？你怎么在这里？"矮男人没有停住手里的白木棒，追着周税官，一起围着大槐树转圈，他的后背上刺着一个日本古代武士，大长脸，披散着长头发，嘴里衔着一把武士刀，阴森可怖，定魁于是猜想这是一个日本人。

再一次转过树来，日本人猛一抬头，看见了站在门边的定魁，以为他和周税官是一路的，要进来帮助周税官，立刻怒喝一声，掉转身子跑回屋里去。周太太这时候终于认识定魁了，哭着对他大喊："武先生，天下还有这么不讲理的事！明明是这个日本人趁我们不在，闯进来霸占了我们的家，却不许我们进去！你快来给我们做个证明。"

定魁以前并不知道周氏夫妇住在哪里，没有资格证明什么。他望向屋门："你们走的时候怎么不把门窗锁好？日本人来得这么快！他们还以为捡到了没主儿的房子，能不进来吗？"周太太恨道："我们把房门锁得牢牢的，分明是他硬闯进来霸占的。我要进屋去拿一件棉衣也不行，真是该死！"

正说着，日本人又从门里冲出来，手里的白木棒换成了一把手枪，枪口直指定魁。定魁大吃一惊，撇下周氏夫妇，转身几步跑下台阶，顺着马路一路向前跑去，听见身后响起"轰"的一声枪响。

跑出一段路，定魁再回头看，周氏夫妇也从后面跟了上来，竟然没被枪打伤。周太太满脸泪花，一边走一边冲着周税官嚷："咱们的家就这样让他占啦？你就不能把他赶出去？"

周税官一脸铁青，只管"呼哧"、"呼哧"地喘气，答不出话来。周太太抱怨道："当初就不该躲出去，咱们的房子都好好的，哪有炮弹落下来？都是你天天嚷着会炸死人，非要跑出去遭罪！现在怎么样？房子没有了，身上连一件棉衣也没有，这个冬天可要冻死人了。"

三个人同样有家难回，唯一的去处就是彭志那里。彭志恰好在家，刚把一双德式的黑皮靴套在脚上，在屋子里不停地走，一边低头打量。看见三个老朋友同时闯进来，又都是这样一副模样，忍不住笑出来，上前拉住定魁，问他这一个多月跑到哪里去了，脸上哪来的疮疤？

定魁丧气地说：“出去拜师，学着唱戏。”彭志更觉疑惑：“学唱戏？在哪里学戏？学的什么戏？”定魁说他回老家时遇到一个叫小美蓉的女子，唱茂腔的，模样俊俏，在戏台上的扮相更是一流。认识以后才知道，小美蓉并不喜欢这样的日子，一年四季像个讨饭的一样四处游走，每天站在土台上哭哭笑笑，假痴假狂，顶着日头、呛着大风卖唱，十分辛苦。定魁于是带着她离开那个土戏班，四处游逛，今天刚刚回到城里。

彭志直着眼睛说：“原来是勾引上了一个戏子。”定魁说：“放屁！那怎么是勾引？我们两厢情愿。”彭志“哧”地冷笑一声：“你的脸怎么回事？是被戏班的人打成这样？还是她打的？”

定魁不肯说。周氏夫妇过去经常来彭志家，但这一次和以往不同，他们与定魁一样无家可归，彭志和母亲对他们就不如从前那么热情。天色渐晚，几个人胡乱吃了些东西。彭志出去看了看，街角处有日本人守卫，哪里也去不了。

彭志找出两块德国毯子，让定魁他们三个人睡在堂屋，自己回到屋里，关门睡觉。周税官看见外面的房檐下竖着一圈旧席子，去拿进来，和定魁一起动手铺在堂屋的地上。三个人躺下来，周太太靠墙，周税官居中，定魁靠外。

夜晚的寒风从门槛下吹进来，地面的凉气从席子下面透上来，冻得人发抖，不过总比在外面露宿好一些。周太太躺在黑暗中，又想起他们的家，开始小声啜泣：“多少天没睡在热炕上了？一路上都在盼望，谁曾想现在睡在凉地上！那个该死的东洋畜生！”

周税官不敢应声，“咕哝”几句就睡着了，那么清瘦的一个人打出的鼾声却响得怕人，就在定魁的耳边，一声长、一声短地响。定魁冷得难受，加上这震耳的鼾声，更是睡意全无，隔着周税官，听见周太太还在那边说他们的家：“我要是留在家里，他敢把我怎么样？杀了我吗？”

这对夫妇一个打鼾一个唠叨，让这个寒冷的夜晚变得更漫长。定魁睡不着，在黑暗中嘟囔一句：“他当然不会赶你走。”周太太在墙边“哼”了一声，不再声响。一会儿，定魁觉得脚腕处一阵冰冷，什么东西轻轻探进他的裤脚里，像一条又凉又滑的小鱼，慢慢摩擦他的腿。那是一只女人的赤脚，纤小光滑，在他的裤管下面移动，凉凉的，弄得他的腿上一阵麻痒。

定魁想要闪开，身子却被这边的一根桌子腿挡着，动弹不得，只好像死人那样躺着。一时之间，这只不安分的女人的小脚让他想起了小美蓉，一阵酸楚顿时袭上心头。

定魁在武家庄遇到小美蓉，私下里找她说话，两个人感觉很谈得来。小美蓉说他受够了戏班子的生活，流露出离开戏班的想法。定魁正好在武家庄待得烦闷，那天夜里就带着小美蓉离开场屋。

两个人没有明确的去向，最初几天一直在匆匆赶路，担心被别人找到。后来他们在一个小镇里停下来，选择留在那里的原因其实很简单：小镇的客店里正好有一支烟枪，两个人离开武家庄时太匆忙，小美蓉的物品都没带，包括烟具。现在小美蓉看见了烟枪，便不想再走。

两个人在客店里快活了几天，定魁很快跟着小美蓉学会了吸烟。定魁从小就在鸿运膏局里走动，见过各种各样的烟膏和各种各样的烟鬼，自己从来没有认真吸过。如今有小美蓉在身边陪着教着，立刻就上了路。可惜客店里的烟膏搀了太多的假，抽起来有一股麦子的焦煳气味。定魁抽得直皱眉头，说："以后让你尝尝我家卖的烟膏，抽剩下的烟灰也比这个味道足。"

这话让小美蓉高兴："我觉得我生来就有抽烟的命。到村里来唱戏，竟然能遇见你这个白面青年，原想着你是本分富足人家的公子，跟着你，不必四处卖唱，自己慢慢再把烟戒掉，能过上安稳体面的日子。没想到却是一下子掉进膏局里，那我以后还戒什么烟呢？可以做一个烟仙了。"

定魁说："那你根本是在妄想了。我爹要是知道我抽这个，先会找一根绳子把我勒死。如果你敢说你是武家的女人，必定连你一块勒死。"小美蓉握紧拳头，狠劲捶他几下："武定魁，你说的什么鬼话？我现在还不是武家的女人吗？那我是哪家的女人？你真没良心！刚刚开始你就要赖账？"

定魁抓住她的手："我没想要赖账，是要救你的性命。你要跟着我，又不肯戒烟，咱们就得离开他远远的，不然活不成。"小美蓉这才安静下来："好啊，像这样自由自在，只有咱们两个人，去哪里都行。"

几天以后两个人离开小镇，沿着胶州湾一路游荡，原来打算一起去济南，听说铁路全被日本人占领，他们只好打消这个念头，也不再急着赶路，白天泡烟馆，夜里住客店，逍遥自在。

小美蓉的烟瘾不算大，定魁日夜和她厮守，当初是陪着她玩，一来二去抽上了瘾，反而抽得比她更狠一些。如此每日里的花销就很大，小美蓉唱戏时挣的一点钱早就在自己的烟枪里化成了青烟，一散而光，出来的时候就是两手空空的，全靠着定魁身上的钱支撑。没多久定魁的钱也花光了，又把身上的一块金壳怀表当掉，两个人这才开始认真谋划该不该回家，怎么回家。

一天早上，定魁从客店里出来，在街角上买了两张煎饼，又到一个卖豆腐的人那里，让他给自己切一块热豆腐，卷在煎饼里，蹲在路边大吃起来。街道上的行人渐渐多起来，神色都很张皇。定魁并未留意，自己吃饱了，再给小美蓉买几个火烧，提在手里慢慢走回客店。

街道那边突然乱作一团，一大群带枪的军人跑过来，拿枪圈住街上的男人。定魁听说这是日本兵在捉民夫，赶快跟着大家奔逃，跑过一个街角，迎头一个枪托打过来，结结实实扇到他的耳朵上，定魁头上“嗡”地一响，一头仆倒在路边一块干树根上。

定魁没有被日本人的枪托打烂脑袋，也没有被烂树根戳瞎双眼，他被拉去给日本人拖大炮，而且没被德国人的炮弹炸死，跟着日本人一路回到城里来。

定魁被日本人捉走时，小美蓉还睡在客店的暖炕上，等着定魁买回火烧去吃。现在定魁躺在冰冷的地上，昏沉沉地想：“她等不到我，会以为我偷偷跑掉，还不知怎么骂我呢。”

6

战事结束的消息很快传到乡下，龚易马上去找武家姐妹，商量回家的事。

定魁失踪以后，佳桃她们不方便再到场屋里来玩，有时候龚易出去散步，碰巧能在村路上与她们姐妹相遇，大家在一起走一走，闲谈几句，话题也都围绕着定魁和那个小美蓉，还有大海那边的战事，然后沉默，到某个时候大家道别。这倒成全了龚易的作业，每天的大部分时间他都端坐在场屋中，安心练字，自己感觉大有长进。

又等了几天，在一个晴朗的日子，众人一起动身回城。武家庄附近就有一处简陋的小码头，从这里上船，回青岛的海路缩短了一半。海里的水雷已经清除，海路通畅，不必像来时一样担惊害怕。

冬日的海面上苍茫一片，冷风吹过，把船上的帆布鼓得紧绷绷的，船行得很快。一条木船上都还是来时的那些人，只缺少了一个武定魁。龚易坐在船头对佳菊、佳桃说："只怕定魁也该回家了，到时候，让他带着你们来家里做客。"说着把事先写好的自己的地址掏出来。

佳荷接住，展开来念。佳桃侧头看着那纸上的字："龚先生的字果然写得好，这段日子你倒没有虚度，让我们看了更感觉惭愧。我真的羡慕别人的好字，恨自己的字没有规矩。"

她的话中带着真诚的赞美，龚易高兴，掀开书箱，找出那只玉蟾水丞递到佳桃手里："你喜欢书法，就把这个送给你，希望有时间你也练一练。"

佳桃看见雅致的玉蟾水丞，脸上顿时一片喜色："龚先生专心书笔，我没有道理收下这个礼物。不过，这只水丞实在惹人喜欢，如果我拒绝，也太委屈了自己。"

一句话说得大家笑起来，佳菊在一旁说："真没看见过这样收礼的人，你倒是不委屈了，也不问一问龚少爷委屈不委屈。"龚易摆手道："我家里还有一只。家父读书人出身，家中的金银珍玩不多，像这类文房器物还有一些，可惜许多好的都留在北京了。"

佳桃掠一下鬓角："龚先生如此说，我就不再客套了。这只水丞的妙处，需要那只玉勺的陪衬才能显现，所以……"龚易方才想起玉勺，连忙到书箱中去翻找，拿出来放到水丞中："确是如此，没有它，水丞就是残缺的，实际用起来也不方便。"

大家又笑，佳荷趴到佳桃的耳边悄声问："二姐，他送给你这个，可不可以算作是一件信物呢？"佳桃的脸一下子臊得通红，又不敢声张，就在佳荷腿上拧了一把，佳荷疼得叫起来，佳桃用手指指住她："你小心啊，再敢胡说八道，我把你掀海里去。"

佳荷说："我才没有胡说，你把我掀海里，我再爬上来就是，来的时候龚少爷不也掉到海里去过？"佳菊逗她："那你不是成了海公主？"

龚易已经知道自己那个“海公子”的绰号，惭愧道：“那天夜里实在狼狈，侥幸没有淹死，给人拖上船来。可那海水太凉，把人冻得半死。”佳荷还要再说，被芸姨娘从后面嗔道：“佳荷，坐船的时候，不要乱说那种话。”

船行得很快，黄绿色的海水被船头劈开，化成一片雪白的泡沫，向两边散开。佳菊问佳荷：“打过这一仗，不知道你们礼贤书院和淑范女中什么时候再开学，老在家里闲着，会把人闷坏了。”

佳荷说：“最好快一点开学。我昨天夜里还梦到杜冲老师，他走过来问我：‘武佳荷，每次听见炮声响起，我就想起你们这些淑范女中的小女生，一个个是不是都躲起来了？躲到哪里去了？会不会被枪炮伤到？’我想回答他，却不知道从哪里说起，一着急就醒了。”

佳桃被妹妹的天真烂漫逗笑了，推一推她：“噢，原来你也会做梦，也会不知道从哪里说起。”佳荷仰身靠到佳桃的腿上，扬手攀住佳桃的脖子：“二姐，平常在书院里杜老师对你最好，这几个月你就没有梦到过他吗？其实，你就算梦到了，也不肯说出来，对吗？”

佳桃被佳荷的手冰得直打冷战，垂下眼睑，盯着妹妹的眼睛说：“我不像你这么多的心事，干什么要梦见他？而且也没有你那么大的神通，便是想梦也梦不到。”

佳桃的表情让龚易心中疑惑：“杜冲？是你们淑范女中的老师吗？”佳荷说：“杜老师是礼贤书院的，兼着我们的算术课，还有二姐她们的代数课、几何课。奇怪，礼贤书院的学生竟然还有不认识杜冲老师的。”

龚易确实不认识，佳荷说：“听说，杜老师每天早晨穿着短衣短裤，在礼贤书院的操场上跑步，你果真没有见过？他还在你们北京上过学呢。”

佳荷如此一说，龚易记起一个身材颀长的青年，浓眉黑面，目光明亮，原来那就是杜冲。龚易垂下头去，许久不再言语。佳菊在一旁看出他神色的变化，小心说：“回去以后，请龚少爷常来家里玩。你们这些同学，平日里多往来一些，总会有好处，定魁也需要一个正派的朋友。”

龚易点头，心中那股回家的快慰突然无影无踪。木船正在驶进码头，佳桃和佳荷扭头看向两边泊着的大船，都没有留意龚易脸上的失落。

大战之后的码头里一片混乱，一条高大的轮船正在靠岸，烟囱里黑烟滚滚，夹在其中的黑色烟尘撒落下来，如高粱米粒一般大小。两下里的距离越来越近，轮船的船舷旁边站着许多人，男男女女，衣衫新奇，提着行囊俯视着驶近的木船，嘴里“叽叽呱呱”说着话。佳桃她们仰头看上去，终于明白那些全都是刚刚渡海过来的日本人。

木船再往前去，岸边的几条渔船正在卸货，空气中弥漫着一股鱼腥气。码头上聚集了许多鱼贩，不像往常那样大声叫嚷，买到了鱼便推起车子、担起担子离开。

连生带着几个膏局的伙计正在码头上等候。上岸以后，龚易和武家姐妹道别，带着小暖一路走回家去。

父亲龚其迈正陪着俞伯庸喝茶，龚易上前行礼，俞伯庸拉住龚易上下打量，夸赞他形容俊朗，很有龚其迈年轻时候的风采。龚其迈坐在一旁，感觉小儿子去了一趟乡下，神情气色都比先前雄健了许多，在俞伯庸面前的应答也是从容得体，自然高兴在心头。

龚易陪着他们说过几句话，走上楼来见母亲。几十天不见，母亲的脸色更显暗黄，盯着龚易的脸直说乡下的饭食养人，又夸奖小暖做事尽心，服侍得周全，这回一定要好好赏她。

龚易转身回到自己屋里，一下子瘫坐到椅子上。闭上眼睛，面前全是佳桃那一张清丽的脸，随即，那个杜冲的身影悄然闪现出来，挡住了佳桃。龚易心中气恼，佳桃的样子根本不像在恋爱，自己这样疑神疑鬼、失魂落魄，全无道理。淑范女中里那么多的女生，身为兼职教师的杜冲，关照的学生自然很多，武佳桃最多不过是敬重杜冲而已，每一个女生都会这样的吧。

如此一想，龚易的心情大好，伸手拉过几页白纸在面前摊开，提起笔来。佳桃光洁的额头、清澈的眼睛和柔软的双唇活灵活现，就在眼前晃动，他只要把手中的笔落下去，信笔画来，佳桃的面目便活生生落到纸上，形容真切，态度娴静。龚易接连勾画出几张，并列在桌子上，退后几步端详。

龚易明白，自己喜欢佳桃已经到疯癫的地步，佳桃那张圆长的脸无法从他眼前消失，他也不想让它消失，反而要它更切实一些。龚易的心底生出几分豪气，要学虔诚的僧人写经摹像的方法，沐浴斋戒，用舌尖之血为墨，画一张佳桃的肖像。外面，俞伯庸还坐在桌边，高声说他要去济南，要回北京，要让大清的皇上重登皇位。龚其迈一直不答言，默默听他议论。一会儿窗外下起雪来，俞伯庸嚷得疲惫，再喝几口茶水，戴上帽子告辞回家。

龚易听见父亲出去送客，赶快跑下楼，到李妈房里要一根缝衣针，告诉李妈他在乡下吃的菜太咸了，以后做菜的时候要替他单独做一份，只做素菜就行，不需要鱼肉荤腥，更不要加盐。什么时候可以放盐，他会告诉她。

回到楼上，龚易到窗前端坐，拿出一管簇新的狼毫笔，把一面镜子竖立在面前，对着镜子吐出舌头，用那根缝衣针刺在舌尖上。一点猩红从针刺的地方冒了出来，等血珠涨到米粒大小时，龚易就拿毛笔蘸一蘸，再用毛笔到纸上勾画。

舌血黏稠，运笔生涩，而且蘸过几次之后，针刺处便不再有血液流出来。龚易用牙齿轻咬舌头，只能挤出很少一点血珠。现在他的血太稠，戒盐之后，还要再等几天才好。他相信 这个方法可行，只是完成整个肖像可能要持续很长的时间。

龚易放下毛笔，舌头伸在外面的时间太久，变得凉凉的，木木的，缩回到嘴里，像是含在口中的一块可疑的异物。

这个冬天非常寒冷，进入腊月之后更是冷得离奇。每天天不亮，龚易早早爬起来，瑟瑟哆嗦着披上衣服，到楼下打上来一盆冷水，把毛巾浸湿，快速擦拭一遍身子，冷水刺骨地寒凉，冻得他“呵”、“呵”直叫。擦过之后，龚易穿好衣服坐到窗前，把一块一尺见方的白绢铺在桌上，用缝衣针刺破舌尖，蘸着舌尖的血珠描绘佳桃的面容。

忌盐一段日子之后，舌头刺出的血不再黏稠。寒冬的黎明时分，周围一片寂静，用冷水擦洗过的身体慢慢暖和起来，龚易的身心纯净如水，全神专念，柔软的笔尖轻轻落到白绢之上，一滴殷红的血在洁白的质地上滑过，慢慢化成佳桃的耳朵、眼睛，化成她的双唇或者鼻子。

天光慢慢侵上窗子，外面大亮了。龚易的舌尖上不再有血流出，这一天只能画到这里。龚易放下毛笔，把一块白绢小心收拾起来，熄灭桌上的灯盏，赶快跳到床上，把冻僵的手脚埋进被子里。

一切都像一个仪式，庄严圣洁，从每一天的黎明时分开始。一天一天过去，龚易的血渐渐在白绢上形成佳桃的轮廓，变成佳桃的五官。龚易喜欢这一个逐渐生发的过程，一切都在变化，更重要的是，一切似乎都是他希望的样子，一切都是那么好。

镜子里，龚易的脸反而有些憔悴，唇上的短须乱糟糟的，但人的精神极好。龚易感觉到心底的浓浓爱意，纯净异常的爱，首先就把他自己感动了。

年关渐近，将要到来的新年是龚易在青岛的第一个新年。这些天，父亲龚其迈心绪大恶，当初离开北京的时候，珍姨谋划得比龚其迈长远，府中所有值钱的东西，凡是她有理由拿到手的，她都收集起来，装满了十几只大箱子。她的娘家没有至亲之人，在龚府中又十分孤单，除去龚其迈和亲生的儿子龚易，再没有一个知己的人，她只能把自己的东西悉数带在身边，方才放心。

来到青岛之后，龚其迈把手边的银元都存入德华银行去生利息。日德宣战时他并未担心，等到日本军舰封锁了胶州湾他才感觉不妙，匆忙赶去银行，取出来的却不是亮光闪闪的银元，而是德华银行的银元票。当时还能花出去，不曾想德国败得那么快，德华银行很快停业，手中剩下的银元票也全被禁用。手里的一点活钱眼看着就要变成废纸，龚其迈又急又恨，把德国人日本人都骂了一遍。

龚易被父亲吵得心烦，家里无处躲避，只能往外走。寒风刺骨，积雪冻结在路面上，被往来的人与车碾压得十分光滑。迎面走过来两个日本妇人，瘦小的身上裹着蓝地白花的薄衫，赤脚穿着木屐，在寒风中“呱嗒”、“呱嗒”走过去。

龚易回头看她们的背影，她们一定也是贫寒之人，渡海到青岛来碰一碰运气。龚易实在想不出她们在这里应该如何谋生，兴许她们有父亲兄弟或者丈夫在这里，又或者，在她们的家乡谋生比这里更艰难。

武家的德式楼房矗立在冰雪当中，庄重气派。龚易走进楼前那个宽大的庭院，里面打扫得干干净净。一个胖大的妇人替他开门，带着他穿过门厅，走进一间暖烘烘的大房子里。

佳菊正坐在椅子里做针线，佳桃歪在一旁，手中捧着一本书。姐妹两个见到龚易都很高兴，这让龚易十分欣慰。

佳桃说：“你从外面走进来，带来一股清新的寒气。”龚易搓着手：“今天很冷，你们家里真暖和。”佳桃说：“这种天气，在寒风中走一走，心里会清爽许多，我们只因为畏怯和懒散，不敢走出去。”龚易接过佳菊送过来的一杯热茶，捧在手中：“果真走出去，并没有想的那么冷。定魁回来了？”

佳菊抢先答道：“回来了。”龚易兴奋地站起来，佳菊急忙说：“最近他住在亲戚家里，暂时还不能回家来。”龚易看出她有难言之处，不好再问下去，随便说道：“有时间的话，让他去找我。”一边转身打量武家的厅堂，见周围摆了许多西洋家具，墙边的一座西式壁炉里，木柴烧得正旺，屋地的中央另外还生着一盆红彤彤的炭火。

佳菊问：“龚少爷，北京的冬天也很冷吧？”龚易坐回去：“依照我的感觉，北京的冬天不如这边冷。”佳桃说：“你刚来不久，没有比较的权力。往年这里的冬天并不是这样，今年冷得格外出奇。想必那一场大战里死的人太多，冤魂怨鬼们纠结不散，阴森之气聚集在周围，方才造就了这样一个特别的冬天。”

佳桃今天穿着一件绿地白花的缎袄，蓝色裤角下露出一段白色的线袜。头发没有梳，随便束在脑后，因为炭火的缘故，两腮上一片红霞。龚易看得出了神，佳菊在一旁说：“别听她乱讲——龚少爷走过许多地方，一定见过不少大世面，给我们说说北京的事，也让我们长一长见识，好吗？”

龚易的心思全在佳桃身上，没留意去听佳菊的话，只听清楚她最后的问题：“……怎么长见识？你是说北京吗？”

佳菊知道他没有听见自己刚才的话，抿一抿嘴角：“随便哪里都好，只要龚少爷到过的地方。”心里想的却是自己应该离开这里，留他们两个说话。才欠起身子，就听见外面门声一响，连生带着一股寒气走进来。

佳菊赶快迎过去。佳桃知道连生有事来找姐姐商量，就对龚易说：“你跟我来，看看我写的字，还要请龚先生指点一下。”说着，拿过一只紫铜的瓜棱手炉，从火盆里夹了几块炭火放进去。龚易替她提着，一起上楼，走进一间书房里。

和下面一样，书房里摆放的也大多是崭新的西洋家具，从这些陈设上可以判断，武家大概是在十几年前开始富裕的。与沉闷衰败的龚家相比，武家处处有一种全新的气象，佳桃置身其中，身上自然也有一种清新的气息。

龚易在楼上楼下都没看到佳荷，问道："另一位小学友怎么不在？"佳桃说："佳荷几天前和芸姨娘出去走亲戚，想必快回来了。"龚易沉吟道："你们姐妹之间这般亲热，令人羡慕。说起来，我在家里的地位和佳荷很相像，但我和兄长们异常生疏。"

佳桃感觉大家彼此熟识，也就不忌讳和他谈论这种话题："你们生疏，可能是年龄的缘故吧。我母亲在世时，芸姨娘已经来了，佳荷出生不久母亲就去世了。我们几个年纪都小，只比佳荷大几岁，算是一起长大的，所以亲热。"

佳桃一边说，一边拿出十几天来写的字，全部在桌子上摊开。龚易俯身，看出佳桃临的是赵孟頫的小楷，已经有几分形似，却还谈不上神韵，就说："赵孟頫的楷书带着一些行书的意味，看起来亲切，其实很难把握。"佳桃有些不好意思："我比较了几家的字帖，不喜欢那些四平八稳的字，只有他的字看得舒心，就冒冒失失练起来。"龚易实话实说："可是，要练成这种楷书，并非易事。"

佳桃说："这几天我已经感觉到了。练书法本来就是一件麻烦事，我不想太委屈了自己，不管能不能练成，先要挑选一种自己喜欢的来练。"龚易同意："这话倒有几分道理。原来我也没有耐心，坚持练下去，渐渐就能体会其中的乐趣。"嘴里说着，一双眼睛炯炯地盯着佳桃的脸，要把她眉眼五官的细节牢牢刻在脑子里，作为那幅肖像的样本。

佳桃被他看得不自在，把自己的字推到他的面前："龚先生说得太笼统，还请龚先生单独指出来，哪些字写得不好，哪些字还有一些模样。"

龚易的视线果然被引回到字迹上去，垂下头认真审看。佳桃在一边磨好了墨，龚易不再客套，提起毛笔在她的笔画上圈点。看到佳桃把一个"缘"字写了好多遍，似乎都不满意，就自己拖过一页纸，写下两个"缘"字，果然气韵生动。佳桃禁不住赞叹："这个'缘'字，写得好的话十分耐看。我还要试一试。"说着要过笔来，在旁边临摹几个，感觉总是差了一些火候。

龚易站在她身旁，闻到一股温暖的肌肤的香气，他的眼前是她的一只耳朵，衬着鬓边齐整的发丝，玲珑白皙，龚易禁不住又发起呆来。

高大的房间里一片阴冷，佳桃写了一会儿，双手冻得发僵，埋头去摸桌子上的手炉，不曾想龚易的一双手正捂在手炉上，手指相触，却因为冻得麻木而没有感觉。龚易把手炉向她面前推过来，佳桃不再刻意躲闪，两个人的手一起放在炉上取暖。

外面的楼梯上“噔噔”一阵乱响，有人跑上来，用力撞开隔壁的门，很快又转到这边的门外，佳荷的声音嚷着：“大姐说龚少爷来了。”声音未落，佳荷已经推门闯进来，露在围巾外面的脸冻得通红，额头的发际下面却是一层细汗：“原来你们躲在这里用功。”

佳桃把手炉推给她：“真是一个‘少不了’，刚才我们还在说你，你马上就回来了。”佳荷在手炉上暖着手，扭头看到两个人写的字，自己也拿起毛笔：“你们都说我什么啦？二姐又在写字。”一边俯下身子，照着佳桃的字迹，快速写出几个“缘”字。

龚易看着那几个字，心有所动：“你们仔细看，这个‘缘’字很有意思，笔画向着四面八方伸展，看上去头绪十分杂乱。”

佳桃会意地一笑，并不答言。龚易说：“古人造字，总有站得住脚的道理。所谓缘分，总要走遍四面八方，说不定在哪里就会遇到。而且，这个字看上去杂乱，只要细心梳理，总能理出一个头绪，世上的许多缘分就是在慢慢梳理的过程当中结成的，不是吗？”

佳桃说：“龚先生自己可是走了许多地方的。”龚易说：“算是走过一些。”佳荷插嘴对龚易说：“二姐的意思是问你，走了许多地方，一定结下了自己的缘分。”佳桃打了她一下：“胡说，那是你的意思吧？”龚易说：“我四处奔波，只为寻找安身之地，哪里顾得上恋爱。”

佳荷写了几个字，比起佳桃他们相差许多，就把纸笔全部推到一边：“你们说话可真是闷人！写字更闷人，别写了，龚先生会不会玩这个？”说着拉开抽屉，拿出一副嘎拉哈，“哗啦啦”放在桌上。

佳桃说：“小女孩玩的东西，你这么大了还要玩，也不害羞。”龚易喜道：“原来这里也有嘎拉哈，在家里的时候经常有人玩。”佳荷把嘎拉哈拨弄得“哗哗”直响：“前年有一个从关外来的小女孩教我的，嘎拉哈也是她送的，她玩得最好。”

佳桃将纸和笔收到一边，替她把桌面腾出来：“那个女孩子整日不言语，却是佳荷最好的朋友，我很喜欢看她们玩时的样子。”

嘎拉哈是羊的膝盖骨，四个面分别被称为“坑儿”、“背儿”、“珍儿”、“驴儿”，抛在桌子上，总会有一面朝上。佳荷的玩法是把四枚嘎拉哈丢在桌面上，另有一只装满豆粒的花布小袋子，玩的时候先将小布袋抛入空中，在小布袋落下之前，佳荷的一只手快速翻动嘎拉哈，让它们向上的一面全部是坑儿，或者全部是珍儿，然后也用这只手把空中落下来的小布袋接住，整个过程要求眼疾手快。

佳荷玩得熟练，眼睛先瞄一眼桌子上的嘎拉哈，看清楚它们的形势，再去盯住空中落下的布袋，一只手同时在下面灵巧地翻动嘎拉哈，然后稳稳地接住小布袋。在把珍儿翻成驴儿或者把驴儿翻成珍儿时，她只用食指和中指夹住嘎拉哈，轻灵地一翻，动作快速而轻捷。

龚易看了一会儿，一扬手在空中截住佳荷的小布袋：“我有另一种玩法，也很有趣。”龚易的玩法叫作“欻嘎拉哈”，和佳荷的玩法差不多，把嘎拉哈抛到桌上，先向上抛出小布袋。区别在于，龚易不去翻动嘎拉哈，却要把相同的嘎拉哈抓到手中，再用同一只手接住落下来的小布袋。

所谓“相同的嘎拉哈”，指的是朝上的一面相同，比如都是“坑儿”朝上。这种玩法的难点在于，在伸手抓目标嘎拉哈时，手指不能碰到其他的嘎拉哈。如果有三只相同，难度更大一些，碰巧的话也会有四只全部一样的，如此反而简单，只要把它们全部抓入手中就是。

龚易的手指冻得发僵，抓了几次，要么漏掉嘎拉哈，要么错过小布袋，搞得手忙脚乱。佳桃和佳荷站在一旁，已经看明白这种玩法的要诀，上前试过几次，便玩得熟了。龚易退到一旁，看姐妹俩玩。佳桃的一只手在桌面上拈、抓、抹，快速把她想要的嘎拉哈抓在手里，同时又避开不该碰的那些，几根纤细圆润的手指翻转跃动，像敏捷灵巧的白色精灵。而她抬眼看向空中小布袋的那一瞬，眼神却是凌厉的，与妹妹佳荷完全不一样。

佳桃玩过一阵，把小布袋交给佳荷，对龚易说：“想不到你会喜欢这种玩意儿，必定是在女孩子中间长大的。”龚易说：“住在大宅子里，上上下下人物众多，什么样的人都接触。”停顿片刻又补上一句：“其实，那么多人整天混在一起，想法反而单纯一些。”

佳桃笑道：“天真无邪的少爷可以没有禁忌，那些卑贱的下人可不能没有。

况且，他们也不敢像你一样单纯。”龚易听出话中那一点讥讽的意味，“呵呵”一笑，并不与她争辩，自己变得更小心一些。

佳桃不好太刻薄，转而对佳荷说：“嘎拉哈这种玩意儿，最妙的是那个‘欻’字，要眼疾手快，‘欻’地一下抓到你想要的。”

龚易心有所动，伸手到空中快速挥舞几下：“有道理，我得好好练练，一下子抓住我想要的。”佳荷说：“龚少爷的架势更像要抓人，哪里是抓嘎拉哈。”佳桃急忙把话岔开：“玩过这一会儿，倒不觉得屋子里冷了，‘哗啦啦’的声音，听着也热闹。”

佳菊突然在下面喊佳桃，龚易就和佳桃一起走下楼。连生还坐在那里，龚易料定他们有事与佳桃商量，便告辞回家。

7

佳菊和佳桃一起送走龚易，回来时拉住佳桃，问她还有多少钱。佳桃知道又是为了定魁，定魁一直没有回家，关于他的消息，武家人全部是从连生口里得知。

那天连生把定魁安置在烟馆，自己赶回武宅取了几件衣服，匆匆回到烟馆，定魁早就无影无踪。回到膏局以后，连生没有立刻声张，晚上在武宅等了一夜，定魁并没有回家来。第二天连生又到几家街面上的烟馆去寻找，依然不见定魁的影子。连生不敢继续隐瞒，回去把昨天见到定魁的事对武振庭说清楚，却没敢提起定魁吸烟的事。

武振庭淡淡地应了一句：“我知道啦，你快下去照看生意吧。”连生小心说：“……本来说好要一起回来，没想到他一个人又走开，要不要多派几个人出去找他？”武振庭怒道：“不必去找！就算他自己想回来，我还要让他说清楚了，才准他进门。”

连生只好找到佳菊和佳桃，交代实情。姐妹二人听说定魁的境况，心中不安，各自拿出一些钱来交给连生，让他务必找到定魁，就算不能劝他回来，也不要让他在外面过得太委屈、太凄惨。连生寻了几日，到底在一家烟馆里找到定魁。定魁死活不肯回家，说："我这样回去，会被老头子打死，不如在外面混一混，饿死在街头算啦。"

专营烟土的武振庭从来不碰烟土，也从心底蔑视那些恋着烟枪的人，如果知道自己的儿子成了一个烟鬼，必定又羞又怒，对定魁的处置绝对不会手软。所以连生不敢深劝定魁回去，只问他在何处安身，当初那个唱戏的女子是不是还和他在一起。

定魁摇头，说他现在住在彭志那里。连生和彭志打过交道，知道彭志交际混乱，更替定魁担心。从那时候开始，连生隔几天就去找定魁，送他一些钱，顺带着劝解几句。今天他来武宅，为的还是这件事。

佳桃有些恼火："他怎么还不回家来？到底要在外面浪荡多久？"连生搓着手："二小姐，能劝的话我都劝过他了，根本劝不到他心里去。现在他只要有烟抽，天塌下来也不在意。"佳桃恨道："我们再对他迁就放纵，他在外面更加无法无天，什么时候闯出一个大祸来，咱们岂不是害了他？我今天就把实情告诉咱爹。"佳菊拉住佳桃："你说出来，又是惊天动地的一场。不如先等几天，快要过年了，趁着过年，把定魁劝回家来，笼络住他，别的事慢慢安排。"

佳桃极不情愿，但还是走到楼上去，拿来十几块银元交给连生。佳菊又找出一件棉袍，让连生一起带给定魁。

连生离开武宅，顶着寒风走到定魁常去的一处烟馆，推门进去。屋子里烟气腾腾，一条大炕上躺满了人，烟气、汗气和鞋袜的臭气混合在一起，熏得人直要呕出来。

连生摸着炕沿一路找过去，地上到处是咳吐的浓痰，踩上去又黏又滑。定魁果然在这里，曲身睡在大炕的最里端，刚放下烟枪，眯着眼睛在打盹儿。连生把他摇醒，拿棉袍替他盖到脚上，把银元塞到他手里，嘱咐他仔细收好。

定魁把钱慢慢数一遍，全部揣进怀里，这才坐起来喝水。连生说："刚才我看到龚少爷了，是到府上找你的，还捎话让你有空去找他。眼看就要过年了，佳菊和佳桃都盼着你回去，一家人真应该在一起团聚团聚。"

定魁不言语，只管一口一口朝地上吐痰。连生说："其实，你现在回去，掌柜的绝不会难为你，一来他也想过年的时候全家人在一起团圆，二来最近膏局里的生意兴隆，我看他心境不错，你这个时候回去最合适。”

定魁垂头说：“连生，你这次带来的钱太少，所以过年之前你还得再来一次。你不必再找佳菊、佳桃她们去要钱，她们自己又不会赚钱，手里的钱全是省吃俭用积攒下的，能有几个银元？下一次你只管从柜上直接拿钱给我。你自己数一数，这条大炕上有多少抽烟的？城里到处都是这样的烟馆，每家用的都是鸿运膏局的烟土。如今膏局的生意这么兴隆，武振庭赚了多少钱？就不舍得给我花一点？难道我不是他的亲儿子吗？”

他的声音越来越高，连生吓了一跳，害怕他嚷叫，却是奈何不了他，便胡乱答应说：“好，好，哪天我再来，你保重，你保重。”赶快起身离开烟馆。

定魁吓走了连生，扯过棉袍披到身上。今天的烟膏太差，抽在嘴里没滋没味。这个烟馆不好，人气倒不坏，一条大炕上躺满了烟客，外面还有人往里走，袖手站在炕前，等着哪支烟枪空闲出来。

定魁没兴致再吸，穿鞋下炕，一路走回彭志家里。周税官、周太太几个人守着一盆炭火正在等他打牌，定魁刚回城的那天夜晚，和他们夫妇挤在彭志的这间堂屋里过夜，第二天周太太就不见了踪影，周税官在这里又闷了一天，第三天出去，也是一去不返。

几天不见，周太太模样大变，梳了一个东洋式的发髻，脸上擦了很厚的一层脂粉，嘴唇涂得血红，精心修饰过的一张小脸上，白白红红的好不艳丽，人的神色态度也和前些天大不一样。相形之下，对面的周税官便显得委顿枯干，神色麻木，言谈举动都比过去迟钝了不少。

定魁的怀里揣着一堆银元，正愁无处消遣，于是几个人在桌边坐下。周太太的模样变了，手气也变了，牌桌之上一直不能和牌，看着十拿九稳的一副牌，死活就是不和，几圈坐下来，只能眼睁睁看着彭母和定魁和牌。对面的周税官也一直是一副瘟神模样，闷声陪着她一起输钱，气得周太太大声骂他“丧门样子”，像一个几天没抽烟的烟鬼一样。

定魁今天的手气好得出奇，接连坐庄，像遇到亘古未有的奇迹。身边的周太太“烟鬼长”、“烟鬼短”地骂，把他的烟瘾又骂了出来，不停地打哈欠，嘴里抱怨道：“周太太，你身边就坐着我这个大烟鬼。今天烟馆的烟膏不好，一定是搀了假的，刚从烟馆出来，被你这一通大骂，又骂出我的烟瘾来了。”

周太太“哼”了一声，欲言又止。彭志站在定魁后面说：“定魁，你的烟瘾可是越来越大。那天在咖啡馆里，我听一个前清的侍郎老爷讲烟鬼的故事。说有一个大清的官员烟瘾极大，有人把他告发。按照朝廷的规矩，这位官员要被送进禁烟公所，禁闭七天调验。如果证明他果然吸食大烟，就要革职。官员事先用烟膏做成一帖大膏药，贴在屁股眼儿上。进入禁烟公所之前，每个人都要把随身的衣物除下，从里到外全部换成公家的用品。这个官员脱下裤子，露出屁股上的一大帖膏药。检查官问他这是什么东西，官员说，这是治疗痔疮的膏药。检查官感觉那膏药看起来很像是大烟膏，却嫌它太脏，不敢闻，也不敢尝，以后就对这位官员的一举一动监督得很紧。官员在禁烟公所里面忍了一天，始终没有机会取下屁股上的那块烟膏。第二天他烟瘾大发，实在煎熬不过，就请求检查官睁一只眼闭一只眼，让他把屁股眼儿上的烟膏抽下去……”

周税官听了，幸灾乐祸地对定魁说：“你听听，真是令人作呕啊。烟馆里的烟膏掺了假，起码还可以对付着吸几口，总比屁股上贴过的烟膏要好吧？”定魁不以为然：“你们懂什么！如果是上好的烟膏，就算是从屁眼儿里掏出来的，也比假烟好吸。现在我就指望着多赢周税官、周太太几块钱，明天去买一些上好的烟膏，好好过一把瘾。”周太太把她的红嘴唇用力撇了撇：“原来武少爷要赢我们的烟钱。早知道这样，我给你带一些现成的波斯烟土过来，也省了我们白花花的银元。”

“波斯烟土”几个字听在彭志的耳朵里，春雷一般地响亮，急忙问：“怎么，周税官周太太什么时候做起鸦片生意了？”周太太“哼”了一声：“你看看他的熊样子，能做鸦片生意吗？整天窝在家里，算盘珠子一样，你拨一下，他动一下，吃屎都抢不到一份热乎的，哪有那个本事去卖鸦片？连政府里的一份差事还是人家替他求来的。”

这边的定魁已经停牌，抓到一张九万，随手就要打出去。彭志急忙拉住他，建议留下九万，替他抽出一张八筒打出去。周太太一把抢过八筒来，合拢在掌心中间：“阿弥陀佛！武少爷慈悲，总算让我和了一把。我等这张牌，痴老婆等汉子一样，却原来捏在你的手里，实在可恨。”

定魁收起一个哈欠，这才看清楚手里还握着一张七筒，无论如何都不应该打掉八筒，气得让彭志滚开，恨恨地对周太太说："八筒本不应该打给你，你等到天黑也是白等，都是他在后面胡搅。"彭志只管低头对周太太说："定魁最近的烟瘾大得很，一听说你有波斯烟土，自然要奉承一下。"

和了牌的周太太兴致大好："其实，这块波斯烟土也是冈吉送给我的，不知道会值多少钱。"彭志问："冈吉？哪个冈吉？"周太太拍手笑道："还有哪个冈吉？就是霸占我们房子的那个日本浪人。"

定魁大吃一惊，想起那个赤裸上身、手里挥舞白木大棒的日本男人："就是那天对着咱们开枪的日本人吗？"周太太的粉脸上溢满了笑意："不是他是谁！回头看一看，实在有趣。那天冈吉不准我们进屋去，还朝我们开枪。后来他对我说，那天他还以为我们是来讨饭的，如果我们跑得慢一步，他绝不会手下留情，真会把我们全部打死。"

定魁心有余悸："我看他才像个讨饭的，讨饭的如果带上刀、带上枪，就是明抢的强盗。看一看他背上的刺青，就知道是土匪强盗出身。"周太太的脸上带出来一团柔情："其实，从近处看，那刺青很好看。唉，不是亲家不聚头。如今和冈吉先生交往多了，才知道他原来是非常随和的一个人，有礼貌，又很会体贴人。"

彭志冷笑道："呵呵，日本人真懂行市，知道哪门生意最赚钱，刚到青岛这里，就开始贩运烟土啦。"周太太说："才不是。一个德州商人从正鑫庄里进了一大批货，害怕半路上被查没，托请冈吉出面，把烟土搭上火车运走。事情办成了，德州商人拿出一些烟土作为谢礼。我留着这东西没有用，彭志认识的人多，看能不能替我卖一个好价钱。"

周税官没好气地说："好好的卖它干什么？留着它吧，什么时候厌倦了这个世界，拿来吞一片下去，也就不用投缳赴海了。"周太太狠狠啐了一口："谁活够了，只管自己去死！那大海上又没有盖盖子，直接跳进去就是，连棺材都省下了，还要糟蹋一块上好的烟土干什么！"

彭志"哈哈"大笑，答应帮她试一试。周太太兴致大好，牌运从此势不可当，很快捞回先前输掉的本钱，还把定魁的筹码一掠而光。

天色渐晚，周税官提出散伙，冬天的夜晚太冷，要早些回家去升起炉火取暖。定魁看着夫妇二人的背影，心中疑惑："奇怪，周太太说的那个冈吉，我见过的，他还朝我们开枪，怎么他们突然就成了好朋友？”

彭志歪嘴直笑：“这事我最清楚。前几天周太太独自回家，和霸占房屋的冈吉做了一番交易，所以冈吉才准许她留下，后来又让周税官回家去住，两男一女胡乱住在一栋房子里。冈吉自己又在日本守备军司令部弄到一个职位，还帮助周税官到海关任职，也是负责查办税务。海关的职务比过去更有油水，从那以后，周太太越来越神气，周税官对她和冈吉的事假作不知，闷声不响地做了一只王八。”

定魁“嘿”了一声，想起在他脚踝处摩擦的那只光滑的脚，再与身材矮小的冈吉联想到一起，心里怪不是滋味。

正鑫庄处在大鲍岛一个热闹的路口，是一处专卖洋货的店铺，老板名叫杜云鹏。连生得到彭志的消息，派人暗中查访，那里果然在偷偷卖着波斯烟土。

连生把此事告诉武振庭：“这个杜云鹏是杜云蛟的弟弟，正鑫庄其实是杜云蛟的买卖，平时由杜云鹏出面操持。”武振庭说：“我认识杜云鹏，这个人心肠狠毒，却没有他哥哥那样奸猾。”

连生说：“已经查实了，正鑫庄里卖的正是波斯土。不过，在那里进货的都是一些外地的客商，城里的烟馆好像都不知道。昨天，一位从泰安过来的老主顾对我说，他们那里有一家烟馆新到了一批波斯烟土，价钱低，货色也不错，赚头很大，硬生生抢掉他的许多生意。他派人暗中打探，原来那些波斯烟土是从青岛这边贩过去的。他这次来，就是想进一些便宜的波斯烟土，听说咱们这里没有，他还冲着伙计们嚷起来，责怪咱们欺瞒老主顾，不够朋友。”

武振庭“嘿嘿”一笑：“不是咱们不够朋友，是有新朋友要挤进来撬行啦。”连生说：“看样子，正鑫庄的波斯烟土数量不小，现在海路刚通，不会是从外面运进来的。而且，按照他们的卖价，如果那些烟土是花钱买进的，根本没有赚头。”

武振庭挥手道：“不必再猜疑了，他们卖的就是咱们的那批货。趁着日本人咬德国人的好机会，杜云鹏咬到我头上来啦。杀了我的人，抢去我的烟土，还大模大样地摆在咱们的家门口来卖，这不是逼着我上擂台吗？”

连生说：“他们也许还有更长远的算计。一直以来，城里的烟土都由鸿运膏局专卖。正鑫庄眼看德国人要失去青岛，趁乱劫走那批波斯土，再用低价卖出，招徕客户，先伸一只脚挤进这门生意，再一步一步把生意做大。”

武振庭点头：“那正是他们的打算，抢了我的烟土去做无本的生意。连生，咱们这位新朋友实在精明啊，他这样是把生意做绝了，根本不讲规矩！咱们怎么能做过他们？”连生说：“兴许杜云蛟并不知情，一切只是杜云鹏在暗中捣鬼。”

武振庭沉吟道：“他知道不知道，对咱们都是一样。杜云鹏太性急啦，动了不该动的东西，就是在和我摊牌。人家一拳打过来，咱们就要一脚踢回去，不然的话，云鹏、云蛟之后还会有云虎、云豹出来捣乱。”

连生不再做声，等着武振庭的吩咐。武振庭靠在椅背上，一缕青烟从烟斗中冒出来，隐住他的脸：“连生，快要过年了，本来应该让定魁送些年货去给他爷爷，现在定魁不在家，你替他走一趟。我让人把年货搬到码头上，替你雇一条船。临走之前，你和来富去一趟正鑫庄，把咱们该踢的那一脚踢回去。就你们两个人去，这件事知道的人越少越好，我现在还不想公开和杜云蛟撕破脸。到家里替我问老人家好，问哥嫂好。你就在那里多住一些日子，过了十五再回来。”

连生答应，悄声退了出来。吃过午饭，连生和来富一起离开膏局，连生头戴一顶褐色的毡帽，一条围巾围住下巴和嘴。来富也用围巾包住半张脸，两个人脚步匆匆，刺骨的冷风顺着街巷跑，迎面吹到脸上，顶得人窒息。

正鑫庄的门上挂着棉门帘，从门外看不到里面。来富袖着双手，在路口停住脚。连生掀开棉帘走进去，店堂里摆满了各式的洋钟，光明闪亮，一片“滴滴答答”的声响。地上的一只炭盆里浮着一层轻灰，已经要熄灭了。柜台里面，两个伙计袖着手在闲聊，看见连生进来，都闭了嘴。

连生向上推一推毡帽，打量着那些洋钟表，一边慢慢走到一个年长的伙计面前，低声问他这里可有烟土。伙计的长脸上有许多浅浅的麻子，一副警觉的神态，盯着连生问：“先生想要什么？我们卖的货物都在这里摆着。”连生把嘴边的围巾拉开一些，说：“人家告诉我，这里的烟土很便宜。”

麻脸的伙计迟疑一下：“烟土？什么烟土？”旁边的年轻伙计转身，掀开一道帘布走到后面去了。连生一走进来就嗅到了烟土的味道，而且是波斯烟土的味道，就在这家店里。年轻的伙计很快从帘布后面走回来，一个高大的男人跟在后面，面色黝黑，目光犀利。

来人正是杜云鹏，连生冲他点一点头："我想买的，是这一种……"一边说一边伸手到怀里，再稳稳地掏出来。杜云鹏听到枪声响起来，才看清楚连生手里握着的是一把左轮手枪。细长的枪管里冒出一缕青烟，三颗子弹接连射进杜云鹏的胸口，他的身体被冲到墙上，又顺着墙面滑倒在地。

枪声轰鸣，震得墙上的洋钟表一齐发出一阵金属的和鸣，声音尖锐震颤，钻入耳中，比巨大的枪声更让人难受。两个伙计惊呆了，眼睁睁看着杜云鹏倒下去，胸口的鲜血向外喷溅。两个人猛然醒悟过来，一齐拥出柜台，向后边的门里跑去。

连生掉转枪口，再开两枪，把跑在前面的年轻伙计打倒，正好卡在门口。后面的麻脸人被同伴的身体挡住去路，知道无法逃脱，猛一转身向着连生扑过来，连生急忙扣动枪机，子弹打到他的腿上，麻脸伙计身子一歪，撞出柜台，一头仆倒在地，把地上的火盆撞翻过来，盆里的炭灰扑了他满身，烟气冲腾而上。

连生对着麻脸伙计再扣枪机，枪里已经打空了。店堂里炭灰飞扬，混杂着一股皮肉和衣服焦煳的气味，洋钟发出的金属的和鸣一直还在响，受伤的麻脸伙计在地上乱滚乱叫。连生退到门边，到怀里摸出一把子弹，两个伙计必定会记住自己的模样，不能让他们活下去。

慌乱之中，连生的一双手抖得厉害，无法把子弹装进弹舱中去。门外传来一阵马车的车轮声，来富掀开棉门帘，探头招呼连生。连生不敢再耽搁，把枪和子弹塞回怀里，拉起围巾，推门走到外面，跟在来富后面，向着码头那边快步走去。

膏局的伙计来贵已经等在码头上，一条小木船停在水边，连生踩着满地的冰碴儿走下来，跳到船上，吩咐来富、来贵快回膏局去，给掌柜的报一个口信。

冬日的海面上格外寒冷，连生在船头坐下来。船面上结着一层白霜，手触到的地方一片冰冷。船夫摇动船橹，船舷外面，靠近海面的地方结了一层冰，海水涌动，与水面相接的船舷处露出锯齿一样的冰碴儿。天格外蓝，眼前的海水像黏稠的油。午后的海面上，没有船驶进码头，也没有船离开。

小木船摇出码头之后，海面上的风猛然大了许多，刀子一样刮削着连生的脸。连生打几个寒战，袖起双手把身子团成一团。刚才在正鑫庄，杜云鹏一定被打死了，那两个伙计却无法确定。自己的手枪一直用得很熟，这次却出了一点差错，紧要时候无法填进子弹去，但愿不会坏了事。

8

一夜北风呼号，天亮以后更觉寒冷。武振庭起来，吴妈已经把香炉、烛台准备好。武振庭洗净了手脸，拿出大幅的族谱，挂到北面的墙上，然后在族谱下面摆好香炉烛台，迎接新年最重要的一件事算是做好了。

武振庭刚到城里的时候，许多和他一样在洋人手下做事的伙计都信了洋教，跟着洋人到教堂里做礼拜。武振庭没有改信洋教，对乡下年节时祭祀祖宗的一套也全不在意，那时候他是什么都不相信，一门心思多多赚钱。这几年年纪渐长，他开始按照乡下的那些规矩做起来，完全是不由自主，也不用哪个来教，他只是觉得这样的仪式会让自己心里更踏实一些。

昨天佳荷病了，夜里咳嗽得厉害，身上烫得吓人。芸姨娘慌得手足无措，催促武振庭快想办法。早饭之后，冷叔把郎中接到家里来，说佳荷不过是受了一些寒气，并无大碍，只要注意保暖，吃几服药发发汗就会好起来。

冷叔送郎中回来，武振庭让他坐下，喝一杯茶暖暖身子。冷叔捧着茶杯说："刚才走在路上，听人议论说，昨天下午大鲍岛的一家洋货行里杀了人。有人闯进去开枪杀掉掌柜的，然后逃得无影无踪。"

武振庭轻轻应了一声，冷叔说："今天日本人也赶过去察看，因为洋货行里的人是被枪打死的，日本人十分在意，兴许这几天要开始在城里收禁枪械，膏局里带枪的伙计们都要小心一些才好。"

武振庭说："去和他们说一说，让他们先收起来。连生过海去了，要等正月十五之后才回来。这几天咱们还要出去拜访几位朋友，将来的烟土生意还能不能做，怎么做，由谁来做，这些事情日本人都还没有确定。明里暗里，很多人都在盯着这块肥肉，咱们可要小心，不能让别人钻了空子。”

冷叔说：“这种赚大钱的生意，日本人不会丢到一边，也许他们会收回去让自己的人做。”

壁炉里的火烧得旺盛，武振庭垂眼看着火光在自己蓝色的衣襟上跃动：“他们要自己做，我也没有办法。况且有财力做烟土生意的人，在青岛也不单单武振庭一个人。还有的人野心更大，要做没本钱的生意，抢走我的烟土，打算发一笔大财。”

冷叔端起茶杯，一缕水汽从杯口升上来：“……波斯烟土的事还一直在查，各处的烟馆都在从膏局里进货，目前还没见到什么异常。或许，那批烟土已经被运到外地去了。”武振庭冷笑一声：“那就等等吧。大半船的烟土可以造就一个大富豪，到时候不用我们找，他自己就会冒出来的。”

冷叔说：“好在我们手里还有货，生意可以照常做。烟土专卖的事，掌柜的还要多多活动。日本人眼下顾不上这些，将来就算他们想自己做，没有内地的客商和门路，只怕也是专而难卖。”

武振庭说：“卖烟土并不是长久之计，专卖的事情确定以后，咱们出去走一走，有合适的船买上两艘。依我看来，海上的货运和客运生意以后一定会兴旺起来。”冷叔称是，再商议一会儿便起身告辞。

大战之后的除夕，城里一派冷清，没有了往年那样的喜庆热闹。因为定魁的事，武振庭本来就不开心，佳荷的病又迟迟不见好转，所以一个新年里武振庭一直坐在家里，守着壁炉闷闷地抽烟。

元宵节之后，佳荷不再发热，只是咳得厉害。到了正月二十一，定威提着几条鲅鱼来到武家，新年之后渔船第一次出海，今天刚回来。伙计们在渔码头上卸货，定威知道叔叔武振庭和芸姨娘最喜欢吃新鲜的鲅鱼，便拣了几条，专门过来看望他们。

午饭时武振庭赶回家，在饭桌上问了问老家的事，顺便提道：“连生年前就过海去，原本告诉他元宵节之后回来，为何现在还不见他的影子？”

定威一脸诧异，说年前并没有看到连生，他根本没去那边。武振庭心中暗暗叫苦，赶快把话题岔开，让定威喝酒，不再提连生的话。

坐在一边的佳菊恰好听到了父亲与定威的那一番对话，只觉脑中一片轰呜之声，含在嘴里的一口饭无法再咽下去。连生怎么没去武家庄？那他去了哪里？为什么一直没有回来？佳菊等着父亲问下去，但父亲却再没有提起连生，这更让佳菊生出不祥之感，自己又不能开口。木木地在桌边坐了一会儿，放下饭碗，一个人走出去，躲回自己的房间偷偷流泪。

午饭之后定威要赶回渔船上，芸姨娘收拾一些年货让他带回去，武振庭要去膏局，定威正好搭他的车。车子还没有开动，大门外走进来一个高大清俊的青年，面目陌生，走到车边向武振庭行礼："晚生杜冲，礼贤书院的教员，今天到各位学生的家里访问。"

武振庭仔细看了看青年人，微微点头，大声招呼吴妈，自己与杜先生告辞，乘车驶出门去。芸姨娘和吴妈从台阶上走下来，把杜冲迎进屋里去。佳桃在楼上听说杜冲突然来到家里，慌忙换了一身衣服，下楼来见杜冲。

杜冲站在楼梯下面，穿着一件深蓝色的西式长衣，里面是一套灰色的西装，脚下一双漆光的皮鞋。这身打扮和一头整齐的短发、明亮的眼睛和有力的下巴相配合，英气勃发。听到佳桃的脚步声，杜冲仰脸看上来。他的注视让佳桃手足无措，掠着鬓发叫一声"杜先生"，再不知说什么才好。

杜冲笑道："武佳桃，半年不见，一切还好吧？"杜冲所说的半年，自然是从书院和女中停课之时算起。可在佳桃的意识里，感觉时间已经过去了千年万年。她请杜冲坐下，一边把自己的这种感觉说出来。

杜冲感叹道："是啊，这半年里发生了太多的事情，自然感觉格外漫长。停课之初我去了北京，与旧日的师友相会，因为消息不畅，不清楚这边的形势。战事结束以后，一片纷乱，索性一直过了春节才回来。不知道打仗的时候你在哪里？"

佳桃说："我到乡下躲避一个月。别人跑到主人家里打仗，逼得主人东躲西藏，世界上竟然还有这样的事，实在荒唐至极。"杜冲点头："强权就是道理，这一条是亘古不变的。回来以后我才听说一个不好的消息，淑范女中已经决定停办。"

佳桃十分意外："为什么要停办女中？这些日子一直和妹妹盼望着快快开学呢。"杜冲说："确切地说并不是停办女中。有一部分教员和学生要转到乡下去，继续办校，但这里的淑范女中以后便不存在。"

佳桃无法掩饰心中的沮丧，垂头低语："女校停办，以后没有机会听杜先生讲学了。"杜冲说："礼贤书院那边也遇到许多的难处，停课这么长时间，外地的一些学生不再回来，书院里经费紧张，教员的薪酬都没有着落。不过书院还要办下去，已经商量过了，留在城里的淑范女中的学生可以到礼贤书院去，继续上学。"

佳桃说："女中停办，也帮助我下定了一个决心——我现在想过一种独立的生活，不想再回到书院去。"杜冲不解："为什么？独立的生活又是什么样的生活？"佳桃说："其实很简单，我只想找一份差事做，能够自己养活自己。"

杜冲疑惑："那么，你不想回到书院，是因为经济的原因？难道家里不支持你出去上学？"佳桃摇头："正是因为不想再得到家里的支持，我才打算出去做事。杜先生交际广泛，能不能帮我推荐一下？"

杜冲认真想一想："外面能让女子做的事很少，教会医院里也许会有机会，可是你并不懂医学。"佳桃说："不懂的我可以学习，只要给我机会。"杜冲说："礼贤书院并没有设立医学科，暂时只有家政、缝纫和美术课。你真想出去做事，应该先去学习两年，那样才有更多的机会，也才能把事情做好。"

佳桃明白这个道理："先前已经学过家政。学习美术，不知道我有没有那样的才能，能不能学好。缝纫倒是很实际。"杜冲说："你不必犹豫，先要有开始的决心。"佳桃说："这样的话，我愿意去学习，只是两年的时间太漫长了。"杜冲盯住她："武佳桃，你到底有什么苦恼？为什么如此急着出去做事？"

佳桃正要回话，看见芸姨娘从楼上走回来，就把话题一转，问道："只不知什么时候开学？妹妹佳荷也能一起去吗？"杜冲说："时间不会拖得太久的。武佳荷的年纪小了一点儿——怎么不见她？不在家吗？"

佳桃说："妹妹一直在生病，至今还不大好，躺在床上休息呢。"杜冲提出，方便的话，他想上去看望一下，芸姨娘说："她听见杜先生来了，马上嚷着要来见杜先生，可是全身无力，跟我着急。"说着就和佳桃一起陪着杜冲上楼。

佳荷坐在床上，早把头发梳拢整齐，正在那里心焦，忽然听到母亲和姐姐陪着杜先生上楼来，马上担心自己现在面色难看，不方便见人，慌忙躺下去，拉过被子盖住自己，只把一双眼睛露出来。

杜冲走进来，到床边俯身问候佳荷，把女中迁移的事告诉她，让她安心养病，病好了，也就到了上高级书院的年龄，可以和佳桃一样去礼贤读书。

几句话说得佳荷一阵伤心委屈，眼泪流出来，扑簌簌淌入鬓角，她就拉起被子遮住脸，躲在下面啜泣起来，引起来一阵剧烈的咳嗽。杜冲越劝越安慰，佳荷反而哭得越伤心，芸姨娘和佳桃又是心疼又是愧疚，围着她忙起来。杜冲只好悄悄退出来，一个人下楼去。

佳荷慢慢安静下来，佳桃又陪着她说一些安慰的话，芸姨娘让她下楼去招待杜先生，佳桃的心底却生出几分畏缩和羞涩，拖延一会儿，等佳荷睡着了才走下楼来。下面已经不见杜冲的影子，龚易却端坐在窗前的沙发上。

佳桃和龚易打一声招呼，过年的这些日子，两个人一直没再见过。龚易说："我走进来的时候，在门前遇见杜先生。"佳桃走到门边，向外望一望，回头告诉龚易淑范女中停办的消息。

龚易问："女中停办，你如何打算？"佳桃说："刚才杜先生告诉我，淑范女中留下的女生可以到礼贤书院去，那里专门给女生新设了家政、缝纫和美术科，杜先生建议我过去继续上学。"

龚易一脸的失落无法掩饰："那么，你决定去了？"佳桃说："是，我打算再去学习两年。不上学，又没有事做，要像姐姐一样闷在家里，用不了几天我就会疯掉。"

龚易说："我现在很怀疑书院的功用，在那里只能学到一些陈旧刻板的东西。或者说，书院是一个更适合交际的地方，如果想学到真正的知识，还是要依靠自己。"

佳桃感觉他意有所指，扬起头来问："那么，龚先生你呢？马上开学了，你还要回礼贤书院？"龚易摇头："我不会再回书院。我已经在报馆里谋了一个职位，过几天就要进馆做事。"

佳桃叹道："真是羡慕你。有了职位便可以独立，生活也全部都是新鲜的。"龚易苦笑道："哪里有什么新鲜？不过是重复别人走过的路，重复别人做过的事。而且你马上要到书院，我马上要出去做事，以后只怕大家难有机会像这样坐到一起。"

他毫不掩饰自己的伤感，佳桃被他感染了："是啊，真的很可惜。"龚易说："想一想，或许应该感谢日本与德国的这一场战争，不然我也不会和武佳桃认识。”说话的时候，他的一双眼睛紧紧盯着佳桃，佳桃不安起来：“你真是一派胡言！他们为争夺中国的土地交战，破坏了多少人的生活，害掉多少的生命，你却要感谢他们！”

龚易埋头不语，双手绞在一起，像是在下一个很大的决心。这会儿芸姨娘和佳荷都在楼上，佳菊也一直没有露面，厅堂里一片寂静，只有壁炉里柴棒燃烧的轻微爆响；窗外一片明朗，清冷的初春的午后让人振奋。于是龚易从怀里掏出一方白绢，递给佳桃。

佳桃接过去：“是什么？”一边把白绢在手上抖开来，只见上面用红色的线条勾画出一个人的头像，就把它在膝头展开。龚易坐在对面，脸上僵硬地笑着，拼命要做出一副坦然的样子，还伸手帮助佳桃拉住一块绢角，可惜他那只手抖得厉害，这种颤抖又在轻薄的白绢上显露无遗，他只好把手抽了回去。

佳桃回头看了龚易一眼，目光凌厉。这样的目光让龚易生出一阵绝望，他清晰地感觉到身体里某个地方突然崩塌了。这一瞬间，他明白自己永远不会真正得到佳桃的芳心，他的努力和挣扎，最后换回来的只能是挫败与失望。这样一想，他的紧张和羞窘反而消失得无影无踪。

佳桃说：“原来是一幅画。你画的吗？画的是谁？”龚易敷衍道：“嗯，你仔细看一看，这像哪一个人？”

其实佳桃第一眼就看出，勾画在白绢上的头像是她自己，发式与脸型、眉眼全是她的样子，她仔细端详着，心里想的却是龚易为什么要画自己？他想要干什么？仔细看，在白绢的一角还标着几个端正的小字，写的是：“民国四年初春，龚易。”

佳桃的两颊袭上一抹红晕，到这时她不能再糊涂下去：“龚易，是你画的吗？奇怪，怎么要选用这种颜色？”龚易僵硬的表情舒展了一些：“古代有人用毛笔蘸着自己舌尖的血抄写经卷，或者描画菩萨像，以示挚诚。我学他们的方法，画的却是你。”

佳桃没想到他这么直截了当地说出来，一下子连眼睑都羞红了：“胡说！这根本就不是我！你画我做什么？”说着垂下头去，一双手把膝头的白绢牢牢捂住，不想让那个肖像再露出来。

龚易说：“是不是你，我的心里最清楚。我画的时候，心里想的一直是你。

从武家庄回来之后，每天清晨我都起来画一点儿，画得很慢，因为每次刺破舌尖的时候，流出的血并不多，无法一气呵成。”

佳桃也不再慌张：“龚易，你为什么这样？我不明白……你这样做，让我感觉迷惑，也感觉歉疚，好像我亏欠了你什么，我不喜欢。”佳桃来不及思量，只把心中最直接的想法说出来，忽然感觉自己的话会让龚易难堪，心有不忍，便放柔了语气：“再说，我又不是什么菩萨老君，你如此做法，我怕自己会被折杀。”

这些天来，龚易的心中充满了对佳桃的柔情，把心思全部放在肖像画上。可是，怎么样把画像交给佳桃，佳桃看到之后会有什么反应，自己又该如何应对，龚易事先全都没有想过。所以，尽管佳桃已经尽了努力，她的一番话和说话时坚决的态度还是让龚易手足无措，他哑着嗓子，低低地说一句：“佳桃，无论如何，你拿去吧，送给你。”

说罢起身，快步走了出去。佳桃捏着那一块白绢，又羞又气。在心底，她一点都不讨厌龚易，但忽然之间龚易强加给她一个选择的难题，而且无论做出什么样的选择，结果连她自己都不喜欢，都不满意。

“可恶的龚易！从哪里学来的这一套！你到底要让我怎么样？”佳桃恨道。把白绢收起来，发一会儿呆，慢慢走到楼上。楼上一片寂静，芸姨娘还在佳荷的房中，靠在佳荷的床边打瞌睡。佳桃这才想起来，一个下午都没有看到佳菊。她找了几个房间，最后走到顶层楼，看见阁楼的小门虚掩着，推门进去，窄小的天窗泻进来一线日光，照出窗边佳菊的身影。

佳桃问：“姐，你怎么躲在这里？”佳菊说：“我上来找东西的。”佳桃走到佳菊身边，看见她双眼红肿：“你在哭？怎么了？”佳菊又哽咽起来：“连生不知道去哪里了。”

这真是一个糟糕的日子，似乎每个人都遇到了烦心事。佳桃不知道如何劝说佳菊，轻轻叫一声“姐姐”，抱住佳菊的肩，站在一旁默默陪着她。

晚上武振庭回家来，把佳菊叫到面前。下午在膏局里，武振庭把来富找来，仔细询问连生离开时的情形。年前，正是来富陪着连生去的正鑫庄，事成之后，他又跟着连生直接去了码头，膏局的另一个小伙计来贵已经在码头里替连生租好了船。他们亲眼看着连生上船，看着小船驶出码头。

派去码头打听消息的伙计们回来，他们找不到连生雇用的那位船家。听码头上的人说，那一条小船年前就没了下落，出海的那天夜里，天寒地冻。大家估计那艘小船是在海上出了事，据说船家的亲人已经为他出过殡了。

看来，连生那天确实离开了码头，他应该是在海上出了事。武振庭为连生痛惜，连生从小跟着他做生意，忠心耿耿，是他最信任的帮手。在心里，武振庭早把他当成自己家里人，本打算今年秋天里把佳菊嫁给他。

如果没有正鑫庄和波斯烟土的事，连生不会在那天匆匆过海，年纪轻轻便葬身海底。武振庭心中愧疚，觉得对不起连生，也亏了大女儿佳菊。事到如今，再对佳菊隐瞒实情更不妥当。武振庭就把自己知道的一切都告诉佳菊，只略去了正鑫庄那件事。

“现在只能说连生不见了，没有人知道他的下落。”武振庭还想安慰一下佳菊。佳菊心中一直压抑的悲伤突然迸发出来，趴到父亲的肩头放声痛哭：“我知道，他是死了！我知道连生死了！”

9

武振庭很赞同佳桃去新的书院读书，由佳桃的事他又想到定魁。定魁在外面游荡的日子够久了，武振庭原以为定魁耐不住外面的清苦，很快就会自己跑回家来。他已经准备好了一套训词，要当面痛斥他一番。

武振庭等待好久，定魁却一直不给他这个机会，坚决不回家。武振庭到底有些沉不住气，现在连生不在了，只能让冷叔去找定魁，希望他能回来，继续读书。只要他愿意，随便到哪里去上学，或者可以送他出国留洋。

冷叔找到定魁，以旁观者的身份说出武振庭的打算：“少爷年纪轻轻，一直这样四处浪荡，也不是长久之计。不如借着读书的机会，走到外面去见一见世面。”

定魁点头称是，说中德合办的德华高等学校已经停办，学校里的教员与学生大部分转往上海。他也想去上海继续上学，毕竟他最熟悉的教员和同学都在德华学校，比起一个完全陌生的学校，一切方便许多。

冷叔听出一点希望，顺势劝说定魁回家一趟，与家人见个面，收拾行装，等一切安排好了便可以动身。定魁不肯，态度异常坚决："我离开家快半年了，如此落魄，哪里还有颜面再去见父亲和姐妹？不如直接去上海，一年半载之后风风光光地回家，不是更好？"

冷叔回去，向武振庭转述定魁的话，武振庭冷笑道："真是难得，他也知道'颜面'二字？不回来更好，我也没有颜面见他！"就让冷叔置办一套行装，另外开一张五百元的银票给定魁，作为学费和杂费。武振庭嘱咐冷叔，务必亲自到码头去送定魁，看着他上船，不能再有什么纰漏。

冷叔替定魁把一切安排妥当，拿着买好的船票去找定魁。定魁换了一身新衣服，仔细梳洗一番，除去面色略微发青，看上去还是原来那个漂亮的青年。两个人走出来，定魁不愿意让冷叔送他到码头："我又不是小孩子，手边也没有多少行囊，只要揣好了银票就是，还要你送什么？"

冷叔坚持把他送到码头，去上海的轮船不知道出了什么故障，要推迟到午后开船。冷叔中午约好了与人会面，急得来回转悠。定魁又催他回去，说不必大家一起傻等。冷叔迟疑起来，看看表，再看看定魁："定魁，昨天掌柜的特意嘱咐我，一定要亲眼看着你上船，所以……"定魁皱紧眉头说："我就恨他这一项！总是拿我当贼人对待。冷叔，你再这样疑神疑鬼的，我干脆不去上海了，留在这里，天天提一根烟枪在马路上晃荡，让你们看着放心！"

冷叔说："定魁，我今天就信你一回，你千万别害我，好不好？冷叔这么大年纪了，再让你爹痛骂一顿，一张老脸可就没处放了。"

定魁满口答应，替冷叔招过来一辆人力车，看着他坐上去，等到车子拐过前面的街角，定魁轻吁一口气，把手里的提箱一丢，给自己也叫了一辆车子，先到银号里把那张银票兑出来，直奔彭志家。下车的时候看见周税官和周太太在街边扭打在一起，周税官用力拖拽着周太太，身材娇小的周太太拼命挣扎，不肯跟他走。周税官就把她推到路边，一下一下往石墙上撞，一边撞一边哭，嘴里一边叱骂。

定魁正要上前解劝，看见矮壮的冈吉从坡下跑过来，一脸怒容，嘴里"哇啦"、"哇啦"大叫，冲到墙边，一把揪住周税官的衣襟，挥手猛扇他的耳光。周税官突然温顺下来，不敢反抗，垂手让他打。

冈吉的耳光打得结结实实，声音短促而清脆。周税官被打得满脸是血，终于站立不住，贴着石墙滑到地上，冈吉抬脚用力踢他。一直守在一旁的周太太突然冲着冈吉吼叫起来，扑上前和他撕扯到一起。冈吉脸上的一副凶相顿时消失，任凭周太太扇打，只是不语。

周税官靠在墙角里，总算缓过一口气来，指着冈吉和周太太大叫："你们这一对下流畜生，今天打不死我，我一定杀了你们！"

周太太朝他猛啐两口，架开冈吉打过来的一只手，推着他走开。周税官把嘴里的血水吐到地上，边骂边哭。定魁看不明白，转身进门，周税官也捂着脸跟了进来，自己去打来一盆冷水，蹲在地上慢慢洗掉脸上的血污。

定魁坐下来数钱，彭志走出来，问他从哪里弄到这么多钱，定魁说："我爹给的。"说着把数好的一摞银元推到彭志面前："给，这是欠你的，数一数对不对。"彭志把钱收起来："你怎么骗来的？"定魁说："我没骗，我根本就没见到他。"一边把另一摞银元推给周税官："这是欠你的，当面数清。"

洗去血污之后，周税官的脸肿得更吓人，右边的一只眼睛完全睁不开了。周税官按住定魁归还的一堆银元，把它们全部推到彭志面前："彭志，你手里有德国枪，这些钱全都给你，够不够买一把枪？"

彭志的脸色一下子变得很难看："你放屁！什么枪？我哪里有什么德国枪！"周税官嚷起来："你是嫌钱少吗？你说说，到底要多少钱？不管你要多少，我都得买一把枪，我要把他们全杀了！"彭志骂道："闭嘴！多少钱我也没有！你要害死我吗？我哪里会有德国枪？要是让日本人听到这话，逼我交出枪来，不是要我的性命？"

周税官说："没有枪，有刀也行！我要把那个倭贼骗了！省得他夹着骚卵子，到处勾引人家的女人。"彭志"哼"了一声："还不知道谁勾引谁呢！你信不信，你敢把他骗了，周太太就敢把你骗了？要我说，你干脆做一个顺水人情，成全他们。凭你一个税官，有钱有地位，什么样的好妮子找不到？"

周税官的眼泪一下子流出来，使劲摇头："不行，不行！我离不开她，别的女人再好，我也不要！"彭志说："我可没看出来她哪里好，让你这样留恋。其实女人最无趣，远远地看着还行，离得太近就让人生厌，对吗定魁？"

定魁的心思全部都在银元上，胡乱应道："确实无趣，确实可厌。我以前说过，你们有钱只管借给我用，我要多少你们借给多少，别怕我还不上。”

周税官没好气地说：“以后我不会再借给你钱，不是怕你赖账，我怕你爹。”定魁得意地说：“你怕他，我可不怕。我胆子小，在这个世界上我谁都怕，连路上跑的野狗野猫都怕，就不怕我爹。”

彭志在一旁应道：“是啊，你一个抽大烟的，只要有烟抽，是没什么好怕的。”定魁更得意：“卖大烟的武掌柜，儿子变成了大烟鬼，不是正合适吗？武振庭嫌我丢他的脸，不让我进家门。好啊，我就不进，我天天在马路上逛，我给人家磕头作揖，向人家借钱，求人家给我一口抽的。我等着武振庭来把我杀了，可是他不敢，还得拿出钱来哄我去上海读书，让我离他远远的，我偏不走！”

彭志懒懒地歪到一边：“定魁，别逞英雄了。你知道你爹不会把你怎么样，才敢这样张狂。你不怕，我可害怕，现在有钱了，你到别处去住吧，我真怕你爹气急了，派人来杀我。”

周税官仔细把脸上的血再收拾一次，那张脸明显比刚才大了许多，然后戴上帽子，起身出门。定魁手里一下子富裕起来，一定要和彭志出去，好好犒劳犒劳。两个人便去了亨利亲王饭店，大吃一顿。酒足饭饱之后，出来慢慢走向海边。

路上行人稠密，街角上聚着一大群人，都在低头看着圈子里的什么。定魁挤进去，看见里面坐着一个瘦长脸的男人，面色苍白。男人面前摆着一块纸板，上面楷书写着“哑相”两个字。彭志从定魁后面伸长了脖子，问那男人：“相面吗？哑相，你是不是哑巴啊？哑巴怎么能够给人相面？”

瘦脸的相面人翻眼看了看他们二人，伸手把那一块纸牌翻转过来，原来后面同样写着字：“坐地不语，我非哑人；一相二角，概不哄人。”

定魁一看，立刻来了兴致，要看看他不开口说话，是怎么一个相法，便说：“那你就给我看看，我父母怎么样？我兄弟几个？”

相面人把定魁上下仔细看过，也不说话，拿过一片纸，提笔写道：“父母双全不能克伤一位。昆仲一位不能二三。”定魁左看右看，不太明白：“你这个写得含糊不清，我娘早死了，我只兄弟一个。”相面人也不言语，探笔过来，在那纸片上点了两下，指给定魁看。定魁在他的笔下读道：“父母双全不能，克伤一位。昆仲一位，不能二三。”

彭志在一旁说：“你给他相得还真是准，再替我看一看，我是兄弟几位？”定魁从旁边说：“顺便替他看看，现在有没有夫人？”相面人打量彭志一眼，拿过另一张纸片，在上面写道：“昆仲一位不能二三。鳏居不能有妻。”

定魁道：“他和我一样，你果然看得准。”彭志赶快拦住定魁，不许他多说话，问相面人：“你可说明白了，我到底是兄弟几个？有没有女人？”相面人和刚才一样，用笔在纸上点了两点，推到彭志面前来，上面是：“昆仲一位，不能二三。鳏居，不能有妻。”

定魁摇头说：“怪诞，怪诞！你再看看我能活多大年岁？”这一回相面人不肯再看了，用笔点一点纸牌上写的“一相二角，概不哄人”，意思是让定魁先拿钱来。定魁从怀里掏出一块银元交给他，他把银元掂一掂，仔细揣好，才在纸上写道：“长寿之相，天机不可泄。”

一个渔民从后面挤进来，身上带着一股子鱼腥气，让相面人看看他这辈子有没有儿子。定魁受不了那股鱼腥气，来不及细问自己的寿命，赶快从人群里退出来。

两个人到了海边，滨海的路边新开了一家日本刺青店，推门走进去，店里的日本刺青师清瘦异常，颏下一丛黑须，修剪得整齐利落。定魁想起冈吉背上刺的那个衔刀的武士，就问彭志要不要给自己刺一个。彭志坐下来，慢慢挑选一个樱花的图案，要把它刺在自己的肩头。

定魁却有几分迟疑，一定要看彭志刺过之后他才肯刺。彭志脱去衣衫，露出苍白瘦削的肩头。定魁站在一旁，看着那一簇樱花慢慢爬上他的肩头，又慢慢显现出叶的绿、花的粉，被彭志那身白肉一衬，果然十分艳丽。

定魁突然笑起来：“我终于想明白，刚才咱们让那相面的骗了。”彭志疼得轻声哼起来，像是呻吟，又像是冷笑。定魁说：“刚才我问他我有兄弟几个，他写‘昆仲一位不能二三’。你问他时，他也是这么写。然后把它点成‘昆仲一位，不能二三’。如果你说自己是兄弟两位或者三位，他就点成‘昆仲一位不能，二三’，不管你兄弟几个，反正他是不会错的。”

彭志恶狠狠地笑出来：“你才明白啊？亏你还上过洋学堂呢，却让一个走江湖的骗了！依我看，除了骗你爹，你在学堂里什么也没学会。”定魁说：“不过，他能一眼看出你是鳏居，不能有妻，就凭这一条也值一块银元。”

彭志气得笑起来，却不敢乱动。定魁拿过来身边的一大本画册翻看，里面除去龙、虎、凤、鱼，还有许多好看的花枝图案和一群梁山英雄。定魁最后看中了一个丰颊细眉的日本艺伎，可惜，彭志肩头的樱花刺完的时候，外面天色已晚，今天只好作罢。定魁替彭志付了钱，又把自己的一份钱预先交给刺青师，约好改天再来刺。

隔了一天，彭志肩头的樱花看上去更丰润艳丽了一些，彭志催促定魁也去刺一簇同样的樱花。定魁先去烟馆里吸足了烟，出来和彭志一起到刺青店去。定魁坚持要刺那个日本艺伎，刺青的位置选在肚皮上，还特别嘱咐刺青师，一定要用自己的肚脐做日本艺伎的嘴。

定魁脱下衣服躺到席子上，刺青的针具绑在一根细长的竹柄之上，密密的一簇，刺到皮肤上，发出一种轻微的爆破声响。针刺处，一种锐利而轻浅的疼痛让人兴奋，与鸦片带来的迷醉截然不同。定魁禁不住呻吟起来，彭志在一旁托着定魁的头，让他看清楚那艺伎的高髻、圆脸和细长的脖颈怎么样一点一点爬上他的肚皮。

这一处刺青做得很慢，两天之后才把轮廓刺好，再一点一点刺出颜色。又过去两天，方才全部完成。定魁突发奇想，一定要刺青师给艺伎的嘴上再添一只大烟枪。刺青师听明白他的要求，面色紫涨，十分不满，因为原来的图案中并没有烟枪，等于是凭空多做了一个小图案。刺青师一边刺，一边在嘴里嘀嘀咕咕，到黄昏的时候总算刺完了。

定魁坐起来，走到镜子前去打量。肚皮上的日本艺伎用一只纤手托着嘴边的烟枪，定魁的肚皮光滑细润，做成她的脸蛋，看起来比画册里的图像更逼真更细腻，肚脐做成的樱红的小嘴尤其生动。定魁用力吸气，让肚皮收缩，再将它鼓起来，艺伎红红的小嘴就一缩一开，如同真的在吸烟一般，让他看得入迷。

彭志站在一旁，看着镜子里抽鸦片的艺伎，忍不住笑起来，猛然伸出双手把定魁的裤子向下一褪，咧嘴大笑道：“定魁，你的艺伎到底是男是女？怎么长着一大把胡须？”

定魁也笑起来，索性把裤子完全拉下去，那艺伎的颏下果然像生长了一团黑胡须，彭志又笑道：“她的胡子很浓，可惜脖子太细了。”

笑过一回，定魁穿好衣服。外面走进来几个外国水兵，蓝眼黄须，骨骼粗大，把小小的刺青店挤得透不过气来。彭志和定魁赶快走到外面，定魁抚着肚皮说：“怎么回事？肚子上多了一个人，感觉身子沉重了不少，女人带着身孕的时候也是这样吧？”彭志说：“这种事我怎么知道？你应该去问你的女人。”

武佳桃进入新的书院，周围大多是陌生的同学，于是佳桃与杜冲的接触更频繁，彼此之间更有一份亲切之感。周末下课以后，杜冲与佳桃在书院门口相遇，并肩而行，走出一段长路，看见路边的威廉咖啡馆，杜冲就请佳桃进去坐一坐。

杨威廉端过来热咖啡和两碟点心，佳桃端起咖啡：“想不到这里还开着咖啡馆，我喜欢这个地方，以后要常来。”杜冲说：“我们都喜欢喝咖啡，以后就一起来吧。”

佳桃摇头：“我喜欢这里，可不是咖啡的缘故，因为我更喜欢喝绿茶，和咖啡相比，绿茶的香气更轻灵，更飘逸。”杜冲放下杯子：“不为咖啡，那你喜欢这里的原因是什么？”佳桃抿一口咖啡：“除了杜先生，年轻人当中把洋服穿得很有模样的，我只见到这一位小掌柜的。”

杜冲扭头看一看杨威廉，身上穿的是一套蓝色洋装，头发也梳拢得一丝不苟。杜冲不以为然：“开咖啡馆的人，得风气之先，穿一件洋装也是自然的事。”

佳桃说：“依我看，青年人就应该穿洋装，人显得很精神。长袍马褂，总让人带出一股沉沉的暮气。”杜冲苦笑道：“可是真正穿上洋装，感觉很受拘束，不敢懈怠。所谓精神，其实是牺牲掉散漫和自在换来的。”

佳桃使劲点一点头，欲言又止。杜冲一下子笑出来：“佳桃，你刚才的点头姿态，那么殷切。”佳桃被他说得羞涩，辩道：“那只是表示我非常赞同杜先生的话，并不是什么殷切。”

说笑之间，街上传来木屐踏在石板路上的声音，轻快脆亮。一会儿，两张日本女人的粉脸出现在窗口边，只露出蓬大的发髻和细长的眉眼，向窗子里面窥视着杜冲和佳桃，正好遇见杜冲明亮的目光，两个人立刻把头缩回去，藏在窗下，轻声咕哝几句，突然爆出一阵“咯咯”的笑声，一路跑开，脚上的木屐又是一阵乱响。

佳桃使劲搅动杯中的咖啡：“如今走到哪里都能听到这些木屐声，简直要让人发狂。”杜冲说：“我突然想起一个谜语，你来猜一猜。”佳桃说：“我最不会猜谜了。”杜冲说：“这个很简单，你听好了，谜面是：‘可以托六尺之孤，可以寄百里之命。遇刚则铿尔有声，遇柔则没齿无怨’。想一想这是什么？”

佳桃扬脸沉思，杜冲会突然想起这一个谜语，谜底肯定与眼前的什么东西有关联，感觉好像就在嘴边，却一时蒙住了：“这是什么呢？你先不要说……一定是很简单的东西……遇柔则没齿无怨，这一句有些莫名其妙——算了，我猜不出，你快告诉我吧。”

杜冲拿勺子指一指她：“真糊涂！刚才你自己已经说出谜底来了。”佳桃更觉困惑：“真的吗？可是，刚才我说了什么？想不起来了，你不必卖关子，快说吧！憋得人头痛，我说过不会猜谜的。”

杜冲说：“这是宋朝的一道谜语，谜底就是穿在脚上的木屐。”佳桃皱眉道：“我道是什么！把一双木屐说得这样好听。”杜冲说：“青岛的道路都是石板路和砂性的土路，少有泥泞，穿着木屐走在这种路上，应该很惬意。”

佳桃说：“既然惬意，你为何不自己穿一双？我看见那东西就不顺眼，‘趿里踏啦’不利索，也很不方便。”杜冲认真地说：“我喜欢木屐。若说它不方便，可是古人还穿着它登山呢。‘脚著谢公屐，身登青云梯。’而且，在炎热的夏日里，穿一双简便的木屐，总比穿一双臭烘烘的布鞋强得多，也更经济，更方便。今天我们舍弃了祖先的木屐，实在是一种退步。”

佳桃说：“虽然经济方便，但它让我想起日本人，就凭这一点，你就不应该喜欢它。”杜冲看了看佳桃，她的样子很认真，脸上是毫不掩饰的不快，就呵呵一笑：“好吧，那我现在宣布：因为武佳桃小姐的缘故，我也不喜欢木屐，若哪一天穷得穿不起鞋，我宁愿打赤脚。”

佳桃被他说得笑起来：“这样还差不多。可是，也不必因为我的缘故。”杜冲问：“为什么？”佳桃说：“这只是一件芝麻大的小事，武佳桃应该在更重要的事情上有影响力。而且，你既然穿了洋服，就根本不会去穿什么木屐，偏偏还要说那种讨巧的话，很不诚实。”

说着，两个人一齐笑起来。佳桃的欢喜全部写在脸上，她的心中早有了青春的萌动，在所有认识的青年人当中，龚易和杜冲是最出色的两个。一直以来，佳桃最喜欢霸王别姬的故事，常常想象着自己就是霸王身边的虞姬，为了一个顶天立地的英雄献身，才不枉活一世。龚易虽然对她一片痴心，为人行事也不讨人厌，但比起佳桃的理想，龚易实在太孱弱了，像一件祖传的玉佩，岁月长久，早被摩挲得柔润光滑，没有一点鲜明的东西了。两相对照，杜冲就好得多，身姿挺拔，浓眉宽肩，看着就让人欢喜。

杜冲的思绪一直还留在刚才的话题里："中国人后来不穿木屐，或许是与女子裹脚有关吧？裹脚之后，再穿不了木屐。既然女子们都是鞋袜整齐，男子自然也不能太随便。"佳桃说："女人裹脚不知道从什么朝代开始。我们姐妹三个，姐姐裹过几天脚，痛得天天哭。后来还是父亲做主，让她放开。到我这里也就免去了那份刑罚，可是乡村里的女子还在裹。"

杜冲好奇地问："如果不是父亲开明，你会不会裹呢？"佳桃认真想一想："不知道，大概是会裹的。在世俗面前，一个人的力量其实十分弱小。比如现在，让你穿上复古的木屐到马路上去走，你敢不敢呢？"

杜冲摇头："如果一定要穿，我必须先扮成一个日本人才可以。"佳桃说："所以，你还成不了一个革命家，也不能像古人那样'脚著谢公屐，身登青云梯'。"

杜冲被她的话提醒："你说得对，我对政治全无兴趣，不想革谁的命。春天到了，等天气再暖一些，咱们可以约上几个同事同学，一起去登崂山，如何？"

佳桃认为是个好主意。两个人再聊一阵，起身离开咖啡馆，穿过几个路口之后，行人渐多，二人就此分手。杜冲拐到另一条路上，一路走一路回想刚才佳桃说话的神态，脸上不自主地浮出来一层笑意。

10

下一个周末，杜冲和武佳桃一起去爬崂山，书院里的两对教师夫妇和几个青年学生与他们同行。

这是五月里一个晴朗的日子，一行人乘坐两辆马车走到流清河，下车徒步向山上走去。等在山路边的一群轿夫看见来了游人，蜂拥上来兜揽生意，围着他们吵吵嚷嚷。杜冲要让佳桃坐上轿，佳桃不肯，只管迈步向前。轿夫们胸有成竹，抬着轿子尾随着他们，一边慢言劝说，要他们雇用轿子。

向上走出一段，山上树木青翠，巨石叠垒。山路越来越难走，两位老师心疼夫人，各自叫了一顶轿子，让夫人坐上去。杜冲故意放慢脚步，和佳桃落到众人后面，低声再劝佳桃。佳桃的两只脚磨得生疼，仰头望一望曲折的路径，心中气馁，也就不再坚持。杜冲赶快叫过一直尾随身后的一顶蓝布轿子，帮着佳桃坐进去，自己在前面引路。

轿子刚抬起来，佳桃就后悔了——轿子里有一种浓浓的怪味儿，垂挂在眼前的帘布不停晃动，上面带着一块块可疑的污渍，伸手摸到的地方全都滑腻腻的，让人很不舒服。山势越来越陡，山路上满是石头，两个轿夫一脚高一脚低，一顶轿子上下颠簸，不停地晃动。佳桃被晃得头晕，直想呕吐出来。她以为咬紧牙关就会习惯这份颠簸，盼望着轿子会慢慢平稳下来，哪知道再向上走，轿子的起伏更大。佳桃只觉得胸中一阵阵翻涌，赶快掀起帘布，大声叫轿夫停下，自己一步跳到外面，脖子一伸，“呜呜啊啊”地呕了起来。

吐过一阵，佳桃坚决不肯再坐回轿子里去，杜冲只好陪着她步行。前面的几个青年学生渐渐不见了身影，落在后面的两对夫妇走走停停，距离杜冲和佳桃越来越远。两个人处在中间，也就放心走下去，一路观赏周围的景色。

佳桃今天穿的是一双纳底的绛色缎面鞋，走起来十分轻便，只是路上的杂石太多，石隙中间还有陈年的草根和枯树枝，她开始担心这双鞋能不能支撑到下山。看一看走在前面的杜冲，脚上穿的却是一双皮鞋。

佳桃说：“我们今天应该尝试一下，穿着木屐来登山。”杜冲站住：“木屐？为什么？”话一出口，想起那天在威廉咖啡馆里与佳桃的交谈，笑道：“我刚才还在后悔，今天穿了这双皮鞋，害得一双脚受罪。可是，‘脚著谢公屐’来走这样的山路，只怕更不灵便。”

佳桃说：“看来是古人在诗中戏言了。”杜冲说：“那也不见得。他们习惯了木屐，登山的时候，或者会用绳子把木屐绑到脚上，和我们穿鞋是一样的。”

两个人一路走到南天门，佳桃还是第一次进崂山：“这里只能算是一处山凹，为什么要称作南天门？”杜冲指给她看：“这里三面环峰，东南一面却是一片开阔，可以眺望远处的山景，形势很像一处门户。”

站在这里望下去，目力所及，巨石累累，杜冲感叹道：“这些大石头真是可怕，卧在这里已经千年万年，曾经有多少野兽和古人在它面前走过，在它上面留下痕迹？如今那些人、那些兽早已经化为泥土，它们却还安静地卧在这里。”

佳桃说：“这只是你的感慨罢了，石头没有生命，没有感觉，并不知道哪个到过这里。”杜冲同意：“幸亏它们没有感觉。有了生命，就有了寿命的限度，不会一直活到现在。有些人想把自己的印记留下，便在石头上题字刻字，要与它们一样不朽。如果那题字巧妙恰当，也还罢了。如果丑陋浅薄，就很可恶。”

登山之前，众人约定在华楼宫会齐，今晚就在那里过夜。华楼宫在南天门北边不远处，佳桃和杜冲一路走上去，看见几间破旧的殿堂，样式简朴，周围古树参天。那边的檐下坐着几个道士模样的人，几只母鸡趴在地上，用坚利的脚爪在地上抓刨，阵阵尘土飞扬起来。

一直走在杜冲他们前面的那些青年学生却不见踪影，杜冲去向道士们打听，他们并没有看见有学生进来，一边说，一边捻着胡须，眼睛直直盯住佳桃。佳桃转身向山下望，后面的两对夫妇还不见踪影，而天色正在暗下来。

杜冲说：“学生恐怕走错了路，既然约好了在这里会齐，我们就等一等他们。”佳桃从心底不喜欢这个地方，一想到要在这里过夜，愈发忐忑：“天色晚了，如果他们走错了路，轻易不会转回这里来，下一个落脚的地方是哪里？”杜冲说：“是先天庵。不过，现在天近黄昏，去那里只怕要走一段夜路。”

佳桃垂头小声说：“感觉这个道观怪怪的，我可不想在这里借宿。我们可以赶往先天庵，兴许学生们已经到了那里。或者在半路上能遇见几个同伴，人多了，也可以和他们一起回到道观里来。”

杜冲只好和她一起走下来，转向先天庵。天色迅速暗下来，周围的草木渐渐隐入夜色之中。先天庵比想象的要远许多，山路上看不到一个同伴的影子。再向前走，天色更暗，已经分不清脚下的路径。杜冲心中焦急，去一棵树上折下两根粗大的树枝，折掉枝叶，交给佳桃一支，各自拿在手中探路，免得脚下踩空，滚到山沟里去。

再走一段，还是不见先天庵，两个人都心虚起来。佳桃说："怎么还不到？咱们是不是迷路了？"杜冲也疑惑起来："佳桃，今晚咱们露营吧。夜晚的山中，如果迷了路更麻烦，这样胡乱走下去实在危险。"

两个人就地停下，靠着一块大石头坐下来，喝了些水，吃了几块随身带着的点心。杜冲说："刚才我们应该留在道观里。有我在，你害怕什么？"佳桃说："那些道人看上去都很古怪，僻静的深山里，咱们只有两个人，他们有六七个人，怎么敢和他们住在一起？"

杜冲问："现在只剩下咱们两个，却要在荒山里过夜，山里或许有豺狼毒蛇，你就不怕了吗？"黑夜遮住了佳桃脸上泛起的红潮，她轻声说道："奇怪，只有你我单独相对，倒是这样更让人安心一些。"

杜冲被她话语中的单纯和诚挚打动了，一时无语。夜色浓郁，浓重的夜色当中包容着一个阔大的空间，那里面有花草树木，有人兽禽虫，万物杂陈，却全部被化成乌有，只剩下一片黑暗。世界因此变得极其简单，只有无边的黑夜和坐在黑夜中的他们两个人。

佳桃的心中蓦然升起一种亲切的依恋之感，是对身边的杜冲的依恋。长久的沉寂之后，她慢慢说起自己的身世，提到母亲去世时的悲伤，那时候感觉到天塌了下来，那种绝望透彻心髓，刻骨难忘。杜冲听着，一边拿木棍在他们四周敲打，防备虫蛇爬到他们身边来，他也说起自己求学时在北京的见闻，世界上的一切都是纷纷扰扰，动荡无序，令人绝望："佳桃，咱们生不逢时，处在一个乱世当中。依我的看法，许多的混乱才刚刚开始。这样的世道，会有许多的英雄或者强盗出世。"

佳桃问："那么你呢？是要做一个英雄还是一个强盗？"杜冲说："英雄或者强盗，都要在冷酷的争斗当中决定，胜王败寇，要看争斗的结果。我不会想那么多，首先要保全自己，才可能成就自己的理想。"

佳桃感到一点失望："国家动荡，受苦的是百姓，只希望他们的争斗能早一点结束，让百姓过上平安日子。"杜冲说："是，一切的争斗，并不能让百姓安宁。只有发展实业，积累国家的财富，才是最好的办法。"

于是他说起创办工厂的种种好处。佳桃静静听着他说，感觉到身体的倦意，来不及挣扎，人已经沉入到睡梦中去。再醒来的时候，一轮明月悬在头顶，大大的，静静的。佳桃发现自己的头伏在杜冲的肩上，杜冲手里的木棒还一直在轻轻敲打。佳桃默不作声，和睡中一样靠在杜冲的身上，月光皎洁，现在可以看出山中的树木与石头，涂抹了一层月色，在半明半暗之间，恍如仙界。

佳桃抬起手臂，无声地抱住杜冲。杜冲迟疑片刻，转过身来，伸开双臂迎住她。静静的月夜里，他们紧紧抱在一起。最忘情的时刻，佳桃轻声呼唤起来，把杜冲抱得更紧。

山中的各处，清晨来到的时节并不一样。太阳已经出来了，佳桃和杜冲还处在昏暗当中。对面的山顶上一片清亮，山谷中到处是鸟的叫声，高处的一棵柏树也浴到日光中。天亮以后，杜冲反而沉睡过去。佳桃害怕惊醒他，靠在他的怀中不动。

到这时佳桃才看清楚，夜里他们走到一处山坳里，离开一处幽深的水潭只差十几步远。高处那棵柏树的梢尖上正站着一只黄羽的小鸟，不停地啼叫。距离柏树不远的一块大岩石上还有另一只小鸟，一样的颜色，一样的叫声，显然它们两个是一对。

佳桃在心里认定，站在树梢上的必定是一只雌鸟，于是在心中暗卜："如果站在石头上的那只小鸟也落到柏树上去，杜冲与我就会一直美满地相恋。"

岩石上的黄鸟蹦跳着，只管向着柏树上的小鸟哨叫，却没有飞过去的意思。佳桃熬不过它，只好改变自己的主意："柏树的枝条太纤细了，一只鸟站在梢头就已经摇摆不定，再上去一只更站不稳。所以，如果柏树上的小鸟飞到岩石上去也可以，只要它们并到一起，无论是在树上、岩石上，我们都会在一起。"

佳桃的主意刚刚确定，身后的山坡上突然传来一阵呼叫声，呼叫着杜冲和武佳桃的名字。杜冲从睡梦中惊醒，佳桃来不及拦挡，他已经跳了起来，大声回应。喊声在山谷中回荡，岩石和树梢上的一对小鸟受到惊吓，一起振翅飞走。

佳桃一阵沮丧，跟着杜冲走到水潭边，匆匆洗一把脸，一起走上山坡，与两对老师夫妇会合。原来他们昨天走错了路，天黑以后才赶到华楼宫。听道观中的道士们说，黄昏时候来过一男一女，后来又离开，猜测就是杜冲他们。夜里他们在华楼宫借宿，天一亮就按照原先约好的路线走下来，一边寻找杜冲他们。

两下里会合到一起，向着先天庵行进。一路上两位老师拿杜冲二人打趣："你们到道观的时候已经黄昏了，你老实交代，为什么不在那里等着我们，偏要带着武佳桃夜闯深山？是不是想找一处世外桃源，一起过活？"

杜冲笑道："谁知道你们会不会在天黑之前赶上来？荒山中孤零零的一处道观，我们两个怎么敢留在那里。我看那些道士一个个面相不善，害怕他们拿我们二人做成肉包子馅，还不如趁早下山更妥当。"

众人都不相信："杜冲胡说！我们在道观里住过一夜，也没有哪一个被做成人肉包子。"杜冲说："你们人多势众，况且你二人的肉太瘦，道士们兴许不太满意。"众人更坚信杜冲是别有用心，杜冲说："其实是我判断有误，猜想学生们已经去了先天庵，也想趁着天光多走一段路，那样的话今天就可以多去一些地方，哪想到会迷了路。"

众人乱闹一气，一起走到先天庵，青年学生们果然早到了这里，正等得不耐烦。到这里众人重新集结到一起，继续游玩。

杜冲与两位老师打趣的时候，佳桃一直默不作声，看见他把一切包揽过去，将她挡在身后，让她躲过一场窘迫，心中不禁涌上一阵甜蜜。现在走在人群中，她故意放慢脚步，与杜冲拉开一段距离，一路走下来，那个劲健的身影却总是落在她的视线之内，让她心中生出一种温馨甜美的感觉。

这一天，一行人去了明霞洞，再游垭口和太清宫，然后下山回城。佳桃回到家里已经是黄昏时分，佳菊正在厅堂里陪着龚易说话。佳桃草草地和龚易打一声招呼，拖着疲惫的双腿走上楼去，一头扑倒在床上。

龚易每天傍晚去报馆做事，一直要到凌晨才回家。有时候，他会在去报馆的路上拐到武宅去找佳桃，但很少能见到她——绢画的事发生之后，佳桃开始躲避龚易，有事没事的，都会在书院里多留一会儿，看一会儿书，或者和哪个女同学聊天，然后慢慢回家。

佳桃不回来，在家里接待龚易的就是佳菊和佳荷。佳菊陪着龚易说话，手上总会有一件活计做着，一块桌布或者一块窗帘，她总不让自己的一双手闲着。连生失踪之后，这一类的活计她做得反而更勤了。双手的劳作可以让心绪宁静下来，脑子里空空的，什么也不去联想，人就会好受一些。

佳荷的身体在复原，咳得轻了一些，人却萎靡了许多，不再像从前那样活泼。但有她坐在身边，总会让人感觉轻松。龚易是一个聪明人，早看出佳桃在回避自己，但他不想就此消失，那样一来，他遭受的挫败就会尽人皆知。况且，在家与报馆之外，他也需要一个合适的去处。

龚易第一次来武家的时候就发现，武振庭收藏了不少古玩和西洋玩意儿，客厅里摆得到处都是，而且还在不断增加。那些东西有真有假，瓷壶、瓷瓶、镏金或者玉雕的佛像、绿锈斑驳的铜鼎和花里胡哨的西洋彩蛋、玻璃花瓶、各式钟表混杂在一起，新旧驳杂，一片凌乱。显然，武振庭并没有专门的喜好，随便看见什么，只要它足够奇特，他就会把它买下来。

也幸亏这些珍玩，让龚易找到一个合适的理由，可以在武家多坐一会儿。他神色落寞，坐在角落的椅子里，随便拿起一样什么东西在手里摆弄，一看就是小半个时辰。佳菊和佳荷陪着他，有一句没一句地和他说话："早几年，我爹买的都是外国人的洋玩意儿，后来许多京城里的大官人住到这里，他又开始收买一些古旧的东西。要我看，这一屋子的玩意儿没有几样是合用的，平白糟蹋了许多钱。"

龚易说："这么大的房子，总要摆设一些物件儿才好看，不然空荡荡的。既然要摆，总不能拿一堆银元码在这里吧？"佳菊说："那么，龚府里一定摆满了古董和玩意儿。"

龚易摇头："摆这些东西，要么祖荫绵广，世代累积下来许多的珍玩；要么财大气粗，家里有花不出去的大把闲钱。我们现在是前清难民，到了这里讲不起排场。可能父亲也不习惯房子里空落落的，前些日子把他的许多书摆出来，骨子里其实和摆放古玩和西洋玩意儿是一样的，花费却少了许多。"

佳菊说："多看一些书总有用处，像这些东西有什么用？每天还要别人小心伺候，害怕摔了碰了，实在不方便。"

坐在旁边的佳荷插嘴说："前几天，爹带回来两个好东西，我看着喜欢，就自己收了起来。"佳菊扭头看着她，佳荷的脸比从前更白皙，却缺少了过去的光泽，佳菊的心中又泛上一阵酸楚和忧伤，为佳荷，也为自己，嘴上随口应一句："你偷偷藏起来什么宝贝？"

"我去拿来你们看一看，别是一个假东西。"佳荷说着，自己走上楼去，好半天才捧着一只锦盒走下来，已经累得双颊绯红，大口地喘。佳菊拿过手帕替她擦一擦额头："什么宝贝东西，这样上来下去的折腾！你何不请龚少爷跟你到楼上去看？"

佳荷打开锦盒，里面装着一双金镶玉的烟壶，精致异常。龚易看见那烟壶，脸色顿时一片灰白，拿在手里认真察看，告诉佳荷这应该是一对好烟壶，但不会特别值钱。佳荷说："是不是好烟壶我不管。我不抽烟，也不会拿出去卖掉，就是喜欢把它拿在手里，凉凉润润的，上面的画也很好看。"

龚易把烟壶还给佳荷，看着她收进锦盒里，再胡乱应付几句便起身告辞，匆匆走回家。珍姨正靠在藤椅中打瞌睡。龚易到墙边的橱柜中一阵翻找，珍姨惊醒过来，问他要找什么，龚易回头问："以前看见你有一双镶金的玉鼻烟壶，哪里去了？"

珍姨想一想："什么鼻烟壶？你找它做什么？"龚易粗声道："刚才我在朋友家里看见一对烟壶，很像你那一对玉烟壶。"珍姨说："噢，又不是什么稀罕玩意儿，留着它占地方。咱们存在德国银行的钱拿不出来，家里又等钱用，把它当掉不合算，我就让你父亲拿出去卖了。"

龚易气得满面涨红，两眼放光，对着母亲一下子咆哮出来："卖啦？卖给谁啦？什么时候卖的？你们还卖了什么？你们太丢人啦！"珍姨安慰道："你嚷什么啊？不过就是一对烟壶，看看你的样子，像斗鸡一样！你要心疼，将来回到北京咱们再找更好的。"

龚易甩手走开。他对那些古旧的东西全无兴趣，卖与不卖他并不介意。但这一对玉烟壶为何要卖到武振庭手里去？武振庭怎么知道龚家有这个？必定是父亲主动去找他，或者干脆是拿到膏局里去，用它换回来一些烟膏。龚家生活的窘困因此显露无遗，而最让龚易难以忍受的是，这种窘困偏偏显露在武振庭的面前。

或许武佳桃早已经知道这些。联想到她对自己无声的拒绝，龚易更觉羞愧难当——家里已经沦落到典当度日的地步，自己还那样向佳桃表白爱情，简直是自取其辱！这一次，父亲和母亲的过错实在难以原谅。龚易生了好几天闷气，再没有勇气到武家去了。

11

天气渐暖，佳荷的身体更轻快了一些。遇到晴好的日子，佳菊陪着她出来到海边走一走，佳荷感觉疲倦了，就到礁石上坐一坐。正是初夏季节，午后的日光照射在海面上，海水盈盈，在她们的脚边荡漾，天地之间光亮一片。

佳菊望着白茫茫的海水，蓦然想到连生。父亲已经把连生的事说清楚，可佳菊的心底总有几分疑惑：没有人见到连生，或许他并没有死。最近有一种传说，海湾里的日本军舰会把渔民掳去，整天关在黑暗的舱底里，为他们做着苦力，或者送到异国他乡去做苦工。这样的想法延展开去，结果总是让佳菊心如刀割，泪流满面。时光流逝，这些灰暗的联想渐渐淡去，心中的那种揪痛也越来越轻。佳菊明白，连生永远也不会回来了。

日光西斜，海风中渐渐多了一些凉意，佳菊牵着佳荷的手离开海滩。突然听见有人大声叫“佳荷”，扭头看，小暖提着一只菜篮子从那边的马路上跑下来，一边高声嚷着：“啊，真的是你们！我天天盼望，要能在街上遇见你们，到今天才看到。”

佳荷与小暖年纪相当，见到她自然高兴，拉住她的手问她要到哪里去。小暖指一指前面一幢小楼，说那里就是龚家，请佳菊、佳荷进去坐一坐：“按道理，我只是龚家的佣人，没有那样的脸面可以请你们。可你们是龚家少爷的好朋友，今天既然走到这里，又碰巧被我遇见，就算我替少爷请你们了。”

佳菊笑道：“你小小的年纪，从哪里学会这一套酸腐的规矩！龚少爷倒是经常去我们家里，也请过我们几次。不过，现在就这样一步闯进去，只怕不太妥当。”小暖说：“哪里会不妥当？天色还早，这个时候龚少爷在楼上睡觉，家里只有龚太太和李妈。龚少爷常常在太太面前说起你们，太太早说要认识你们呢。”

佳荷对佳菊说：“龚少爷好多天不露面了。一直都是他到我们家来，今天我们就算是回访他吧。我们又不是老爷太太，哪有那么多讲究，你刚刚还说小暖酸腐。”

佳菊被她们说得心动，看看天色还早，就理一理佳荷和自己的头发、衣服，跟着小暖走进龚家。龚家住在临街的地方，一幢二层小楼带着一个浅小的院子。珍姨正坐在窗边喝茶，听见小暖进来说，少爷的朋友到家里来做客，并未在意，安稳地坐在那里不动。等到看清楚进来的是两个标致整洁的小姐，心中欢喜，赶快站起来，伸手把佳菊和佳荷拉到身边坐下，一边怨道："小暖这丫头，说什么是少爷的朋友来了，我还当是哪一个！你绕什么弯子呢？就直接说是武家的小姐好了！"

佳菊说："我们这些晚辈不懂道理，到海边散步，回来路过这里，经不住小暖几句客气话，就冒冒失失闯进来，实在……"珍姨摆手道："什么话！经常听易儿说起你们，他也经常去府上打扰，我还怪他不懂礼数，不请你们来家里玩耍。哪曾想，听我这么一说，他反而不出门了。这几天我正在发愁，怎么才能请到你们。刚才看见你们一步走进来，心里就像天仙落到眼前一样欢喜呢。"

佳菊见眼前这位珍姨生得面目端正，体态丰硕，却是一脸的烟容，显出一种贵妇人的淡漠表情，和她嘴里说出的一番亲热话有些不大相配，便轻轻笑道："我们是乡下长大的，没见过大场面，也不懂规矩，只怕到人前弄出丑态。"珍姨拍着她的手："你们不嫌这个破家寒酸，能进来坐一坐，可见你们的朴实。自然、朴实是最好的，我倒见过许多大场面，也看过许多的排场规矩，不过是显贵们拿来标榜自己的东西罢了。"

龚易听见下面的声音，慢慢走下楼来，头发蓬松，神色委顿，和武家姐妹打一声招呼，安静地坐在一旁。珍姨奇怪道："你怎么不说话？平日里总是把武家姐妹们挂在嘴边，今天人家进来看你，你却像给霜打了一样。"

龚易恼火母亲的话，此时却不敢发作，小声嘀咕一句："看你说的，我能把谁挂在嘴边？又怎么挂？"佳荷笑了："我猜，你肯定是把'武佳桃'三个字挂在嘴边，对不对？"

龚易"嘿"了一声，一脸的尴尬，欲言又止。珍姨问佳荷："佳桃是你的二姐？"佳荷说："是。她每天要去学堂，不然也会和我们在一起。"珍姨转过去，一双眼睛不住地打量着佳菊："那么你就是她们的姐姐啦。"佳菊点头："我还有一个弟弟，叫定魁，与龚少爷是好朋友。”

珍姨非常喜欢佳菊的温和娴静，态度比先前更殷切一些：“听龚易说，你们住得并不远，方便的时候也请你们的母亲过来散散心。我也一直想到府上去认认门儿，可龚易嫌我累赘，不肯带我去。”

佳菊笑道：“这就是龚少爷的不是。平常日子，母亲在家里闷得慌，一直也想有个投缘的人说说闲话，太太若去了，她一定欢喜。如果龚少爷不方便，就让小暖陪着太太去，也是一样。”嘴里说着话，留意到龚易在那边埋着头，用力绞着一双手，猜想是眼前的情势让他很难堪，便不敢多坐，闲话几句，拉着佳荷站起来，就要告辞。

珍姨也因为龚易在眼前，不能无顾忌地说话，便不强留，把她们送到门外。龚易看看天色不早，干脆戴上帽子去报馆，正好陪着她们走回来。一路上龚易的话不多，佳菊后悔道：“都怪我们把你吵醒了，不然你还可以多睡一会儿，今天实在不太妥当。”

龚易叹了一口气：“不妥当，不方便，今天你说了多少遍？所以我说，年轻人最不适宜和老派人在一起，容易变得迂腐。”佳荷说：“对啊，大姐客套得过分，如果换成二姐，就会简洁许多。”

龚易听她提起佳桃，不再言语，心里却希望她们能多说一说佳桃的事。但佳菊又把话题转到珍姨的身上，感叹她那富贵从容的态度。

几个人说着话，踩着石阶慢慢走上坡顶，看见一个女人手提一只小包袱，腆着大肚子站在武宅的门外，仰头向楼上望着。佳荷最先认出那女人，悄声说：“大姐，那不是唱茂腔的小美蓉？”

佳菊听佳荷一说，仔细打量那女人，见她的头发盘在脑后，身穿一件蓝花褂子，脸庞确实很像小美蓉，虽然衣衫陈旧，浑身上下梳洗得倒是异常清奇，再看她的身形，大约已经有六七个月的身孕。佳菊迎上前去，小美蓉没有认出她们，过来拉住佳菊的衣袖，问：“小姐，我要找武定魁。人家告诉我，武家的宅子就在这边，你能告诉我哪个门是？”

佳菊在武家庄戏台上看到的小美蓉身穿戏服，描眉画脸，戴着头饰，眼前的小美蓉却是一脸的憔悴，举止中间带着一种夸张的做派，和寻常的乡下女人完全不一样。佳菊说：“我是武定魁的姐姐佳菊，他现在不在家里，有什么事你可以对我说。”小美蓉一听，又悲又喜，死死抓住佳菊的胳膊，眼中噙泪：“你是他姐姐？定魁在哪？我要见见他。”

佳菊且不理会，几个人一起进门。佳桃一个人坐在厅堂里，埋头在一本书上，轻闲地嗑着瓜子。佳菊请龚易在下面陪着小美蓉，自己叫上佳桃，一起上楼去找芸姨娘商议如何安置小美蓉。

芸姨娘说：“在武家庄的时候，咱们只知道定魁和小美蓉不辞而别，这其中究竟是怎么回事，只有定魁自己最明白。看样子，他们两个人分开已经很久了，现在小美蓉带着身孕找上门来，虽然可怜，但若把她留在府中，也有一些不明不白。眼下定魁又不在，最妥当的办法是等他回来，他们两个自己先把头绪弄清楚了，别人才好插手。”

佳菊说：“小美蓉就坐在下面，可是定魁早去了上海，归期不定。眼下最要紧的是如何处置小美蓉。”芸姨娘说：“这事也不难，只要把实情告诉她，让她回去等着，一切要等定魁回来再说。”

佳菊心有不忍：“看她的样子，只怕再有三两个月就要生孩子。她挺着个大肚子，孤单一个人找到城里来，让她到哪里去？”芸姨娘说：“总之不能留她在家里，咱们下去劝一劝她，少不得拿出一些钱来，答应她，定魁一回来就会去找她。”

佳菊想不出更好的主意，要问佳桃，佳桃却紧闭双唇一语不发。几个人回到楼下，芸姨娘把定魁的去向对小美蓉说明，拿出一笔钱，让她先回家去，一旦家里和定魁联络上，就会把她的事写信告诉他，也许他很快就会赶回来。

小美蓉不肯：“我不要钱，我要见到定魁。我怀着他的孩子，一定要在他身边生下来，不然算怎么回事？”佳菊为难道：“可是，眼下定魁远在上海，你怎么到他的身边？”小美蓉伏在墙边啜泣起来，恨道：“我真心实意跟着定魁，他却把我丢在客店里，自己偷偷跑回城里来享福，害得我好凄惨！腆着这么一个大肚子待在家里，被人家戳脊梁骨。这一次如果找不到定魁，我也没有颜面活在世上。”

众人不明白他们二人相处的细节，一时不知道怎么安慰她。龚易在一旁，看小美蓉哭得伤心，揣摩武家实在不能糊里糊涂留下她。自己是定魁的好朋友，当初定魁在自己的场屋里认识小美蓉，也是从那里跑掉，自己比佳菊她们更了解二人的私情，就提议说：“不如让小美蓉先去我家里住着，将来的事，等定魁回来了再慢慢商量。”

芸姨娘觉得这个主意也好，佳菊为难道：“……这样太麻烦龚少爷了，恐怕不妥当。”龚易说：“有什么麻烦？只要添一副碗筷。况且小暖也都见过她，就让她到小暖房里先住下再说。”

在武家庄的时候，小美蓉经常看见定魁和龚易一起出入场屋，感觉他比武家姐妹们更可亲近一些，自己挺着大肚子，已经在武家人的面前亮过相，等于把以后的事提前知会了武家，不怕武家人不认账。龚易又是定魁的好朋友，跟着他去，不怕将来找不到定魁。

佳菊看小美蓉愿意跟龚易去，暗中长舒一口气，却对龚易十分过意不去，就和佳桃陪伴着，和龚易一起把小美蓉送去龚家。珍姨听说了原委，心底好大的不情愿，暗怪龚易唐突多事，小美蓉眼看着快生了，让一个陌生人在家里生孩子，很犯忌讳。不过，看见佳菊和佳桃这一对玉琢一样漂亮的女子，珍姨心里欢喜异常，也就满脸堆出笑容来，把小美蓉迎了进去。

小美蓉在龚家住过两日，渐渐熟识了周围的路径，她便开始向外走。每天早晨听见龚易从报馆回来，估计他吃过饭睡下了，小美蓉就离开龚家，一个人走到街上去。小美蓉的本能告诉她，定魁并没有像武家人说的那样去了上海，他一定还在城里，小美蓉知道到哪里能够找到他。

城中营业的烟馆很多，大大小小，有的开在街面上，枪多人多，有的藏在小巷里，只摆着三两杆烟枪，做的是左邻右舍的小生意。小美蓉腆着大肚子，挨家烟馆走进去，屋里烟雾腾腾，抽烟的人通常都是头朝里卧在大炕上，吞云吐雾。小美蓉不用看那些人的脸，只管把炕沿上那一溜光脚看上一遍，就失望地走出来。

几天过去，附近的烟馆全都找过了，没有找到定魁，小美蓉这才明白自己太愚蠢——定魁果真留在城里的话，也一定是瞒着武家人，他根本不会到这附近的烟馆里来。

那以后，小美蓉向更远的烟馆去找。定魁和一般人不太一样，他喜欢早上抽烟，过了晌午他通常不再吸烟。所以小美蓉每天早上离开龚家，脚下尽量走得快一些，这样，一个上午的时间她才能走更多的烟馆。如此找过十几天，小美蓉的身子更加臃肿，她要去的地方距离龚家也越来越远，有时候走到了晌午，才能找到这天的第一个烟馆。

“每天的时间都用在走路上，不如在这边找一个住处，住下来寻找更方便。”小美蓉这样想。可她的身上没有几个钱，又不想再给龚易增添麻烦，只好把这个想法藏在心里。

那天早晨，小美蓉出门时还是个晴天，一路向北走，走到大鲍岛的时候天上开始下雨。雨来得急骤，小美蓉匆匆躲到一棵槐树下。大颗的雨滴从枝叶中间落下来，小美蓉的头发很快就被打湿了。透过灰茫茫的雨水，她看见远处一片黑瓦的屋顶，便从树下出来，顶着大雨向坡下走。

那是临街的四间土房，关着房门。小美蓉背贴着门板站在屋檐下，雨越下越急，屋檐上落下一道清亮的水帘，从小美蓉的眼前垂落下去，到下面溅射起细碎的沙土，和雨水一起打到小美蓉的小腿上。小美蓉撩开额前的湿头发，突然闻到身后一股暖热的烟香，从门缝中飘出来，是她最熟悉的鸦片的香气。

小美蓉扭回头，这才看清楚门上挂着一块黑漆木牌，上面写着“福寿烟膏”四个大字。原来这里正是一处烟馆，小美蓉来不及多想，推开门板，里面是一间昏暗的堂屋，有灶台、风箱，正面摆着老旧的桌案，案边一个白头发的老汉曲身坐在椅子里喝茶。左首的西间屋里一团漆黑，右首的门里透出一团光亮，烟香就是从那门里飘出来的。

老汉抬头看了一眼小美蓉。小美蓉的经验是：这个时候要昂头走进去，理直气壮，像一个寻找自己男人回家的愤怒老婆，不能有一点畏缩的神色露出来。小美蓉板紧面孔，一下子掀开门上的帘子走进去，看一眼搭在炕沿上的两双赤脚，皮糙甲厚，是五十几岁的两个男人。前面还有一个套间，门里微微地传出一阵鼾声，小美蓉不甘心这样离开，壮起胆子走进去。

屋里的墙上，一盏油灯静静地燃着，灯光照亮了搭在炕沿上的一双赤脚，瘦棱棱白得刺眼。小美蓉看清楚那些细长的脚趾头，胸口中立刻涌上来一团热流，上前一把攥住那个细瘦的脚踝，抬头看过去，一盏烟灯立在炕里，烟灯旁边，定魁仰脸朝上，张着大嘴正睡得香甜。小美蓉一下子哭出声来，抱住定魁的大腿大声悲哭，一边使劲地在那腿上捶打，使劲地掐捏。

定魁被哭声惊醒，感觉脚下湿漉漉的一大片，慌忙往回抽脚，哪里抽得动。探头看下去，只见一团黑黑的东西伏在自己脚上，伴着女人的悲号之声。定魁挣脱不开，顺手抓住烟枪，伸过去戳一戳，黑黑的东西原来是一颗女人的脑袋。那脑袋抬起来，湿漉漉的头发一团蓬乱，两只泪眼从乱发中间望着他。定魁小心用烟枪拨开乱发，让那张脸露出来，仍然没有认出是哪一个。

小美蓉止住哭声，挺起身子问："你不认识我？武定魁，你不认识我啦？"她的声音让定魁想起她是哪一个，忍不住"哼哼"笑起来，笑得身子直抖："吓死我了！刚才一睁眼睛，黑乎乎的一团，还以为屋里进来了鬼！"

小美蓉破涕为笑，想爬到定魁身边去，可是炕沿太高，她的身子太重，又被湿漉漉的衣服裹着，十分笨拙。她就用力把定魁拉起来，用力摇着他的胳膊："我要是鬼就好了，早就找到你了。你不知道，我找你找得多辛苦。"

说着话，一阵委屈涌上心头，她伏在定魁的肩上又开始抽泣。定魁端起茶碗："你找我干什么？要抽烟？"小美蓉哭得更响，一边使劲捶打定魁："你说找你干什么？你撇下我不管，一个人跑回来，没事儿人一样。我要是找不到你，就只好跳井去寻死。"定魁说："我可没撇下你，我是让日本人抓了。"

定魁就把过去的经历讲给小美蓉听，小美蓉死死抱住他的胳膊，明白自己一直以来咒骂定魁薄情，实在是冤屈了他。可她还是委屈："你回到城里以后，为什么不去找我？我一个人留在客店里，你就放心？"定魁说："不放心又怎么样？我现在像个乞丐，到你家接你，你爹不把我打出来？"小美蓉说："你总是有理，我当初就是被你这张嘴给骗了。"

门边探进来一张青年人的黄脸，看一眼定魁手里的烟枪。定魁把烟枪递给他，伸脚在下面找到鞋，拉着小美蓉从烟馆里走出来。大雨已经停下，天正在放晴。到这时两个人彼此再打量，定魁的脸比从前更瘦更长，颔下多了一层稀疏的胡须；小美蓉的脸却比从前圆润饱满，一个大肚子把衣襟撑得紧绷绷的。两个人默默无言，都在心里比较从前的那个人，为彼此巨大的变化而惊异。

小美蓉要定魁跟着她去龚家取包袱，顺便向龚易交代自己的去向。定魁迟疑半晌，小美蓉的一个破包袱不要也罢，不过，龚易好心收留她，现在如果不去打一声招呼，太不合适，就跟着小美蓉走回龚家来。

半年多的时间，定魁的形容变化实在太大，龚易想不到从前那个随意而温和的定魁会变成这个样子。两个人相对无言，无法再像过去一样随便。龚易希望定魁留下来，和小美蓉一样住在自己家里。定魁不肯，说他自有安排，谢过龚易，带着小美蓉匆匆离开。

傍晚，在去报馆的路上，龚易顺路走到武家，把小美蓉和定魁的事交代清楚。佳菊听了大吃一惊："真的是定魁？他不是去了上海，什么时候回来啦？"佳桃在一旁说："依我看，他不是回来，当初他根本就没走。"

佳菊心中焦虑："这回要让爹知道了，不会再放过他。"芸姨娘说："说起来，定魁在这里其实是一件好事，起码小美蓉有了着落。咱们怎么能让她把孩子生在龚家，那成什么事？"佳菊愁道："可是，定魁自己都已经狼狈不堪，四处浪荡，如今再加上一个小美蓉，还有一个马上出世的孩子，让他怎么应付？"

芸姨娘说："这个不难，只要他手里有钱，就能应付。而且身边有个女人管束，定魁也会安分一些，不再像野鬼一样四处游荡。"佳桃不以为然："如果碰上一个恶女子，定魁只会坏得更快。在去乡下之前，定魁哪里抽鸦片？他就是跟着这个小美蓉抽上了大烟。"

前一段日子，佳菊和佳桃都在用自己的积蓄暗中帮助定魁，芸姨娘害怕武振庭责怪，自己只好装作不知道，佳菊也不来难为她。现在大家都把话说到了明处，佳菊也就不再顾虑，说："小美蓉来了，他们的开销必定不小，恐怕以后还要家里资助一些才行。"

芸姨娘说："这是自然。我的钱也是老爷的钱，老爷只有定魁一个儿子，不过是一时恨他不争气，才不理他。过一段时间，气消了，儿子总还是老爷的儿子，定魁只要回来认个错，一切也都过去了。"说着眼圈一红："如果你们的亲娘还活着就好了，她怎样处置都是对的。不会有我这样的难处，太热了不行，太冷了更不好。"

佳菊说："姨娘已经做得很好，我们哪个说过姨娘半个'不'字？眼下，得赶快找一个稳妥的人去找到定魁，送他们一些钱，帮助他们安顿……"佳菊说着，胸口突然一热，一下子想到了连生。如果连生还在，只要吩咐一声，这种事连生自会安排。佳菊的眼中潮湿，一句话说到一半却说不下去。

第二天，佳菊到土货行找到冷叔，让他找一个合适的地方安置定魁两个。冷叔想了想，武家搬进德式楼房之前的那个庭院现在还空着，原本是要给土货行做存货的库房，老掌柜的轻易不会往那边去，正好可以让定魁他们住进去。

佳菊把钱交给冷叔，让他安排。冷叔在小巷深处的一家烟馆找到定魁，看见小美蓉也卧在大炕上陪着定魁。冷叔叫两个人跟他走，一路上不停地朝定魁抱怨："老掌柜的让我务必把你送到码头，亲眼看着你上船离开，结果我相信你的话，被你诓骗。这一场臭骂我一定是躲不过去了，定魁，你害我丢尽了老脸。"

定魁争辩说："上海离家千里，人生地不熟，你们要让我去那里遭洋罪？再说，你送我上了船又怎么样？我不会再下来？就算到了上海，玩得不顺心不是也可以再回来？"

冷叔点头："这些话你都好好留着，等你爹骂我的时候，你要在一旁替我说出来。"定魁笑道："他恨我恨得要死，我一开口说话，反而更糟。"冷叔说："你留下来，不过是为了玩得开心，玩得舒心。其实，要论起玩耍，哪个地方能比得了上海？你为什么不去？反正你爹不会让你委屈，不会让你缺钱花，你何必留在这里惹他生气？"

定魁说："我害怕到了上海抽不到好烟，才不舍得离开。"冷叔冷笑一声："这就是你没有见识。要论起抽烟，哪里的烟馆都不如上海的，那里烟馆遍地，上好的烟枪、烟灯你这辈子都没见过，还有许多花烟馆，专门有漂亮女人替烟客装……"

小美蓉不爱听这话，在一旁插嘴道："哦，原来你老人家哄他去上海，不是为了上学读书，却是让他去花烟馆里混，你究竟是要帮他，还是要害他？哪有这样的道理？"定魁忙着打圆场，说："冷叔，下一次你不必带钱给我，只要从膏局里带一些纯正的烟膏，也省得钱被那些烟馆赚去。"

冷叔一听这话，变了脸色："你自己怎么不去找你爹要？膏局的事你爹从来不让我插手，我到哪里弄烟膏给你？我为武家做了二十年的伙计，反不如那些青年后生受重用，有油水的营生轮不到我，吃苦挨骂的事全交给我去做。"

定魁觍着脸说："冷叔，你等着吧，等将来我做主的时候，好事全让你去做。"冷叔说："阿弥陀佛！那样的美事我可不敢想，眼前你让我少跟着你挨几次骂，才是正经。"

说话之间来到武家的旧庭院，一个宽敞的院落，原来的许多家具都还在。冷叔把钱交给定魁，缺少什么东西让他自己去买。出门之前，冷叔又几次叮嘱定魁，老掌柜的现在还不知道这件事，他最好不要四处乱跑。

冷叔走了，空荡荡的屋子里剩下定魁和小美蓉。一时之间，他们都想起当初相识的时候，也是在一间空荡荡的屋子里，恍惚感觉时光倒转回去。算起来，从那时到现在还不到一年，但一切都和从前大不一样了。

定魁的烟瘾越来越大，每天早晨爬起来，先要走到烟馆去过足了烟瘾才行。他对烟馆不挑剔，随便哪一家，只要有空闲的烟枪就行。

有过上一次分别的经验，小美蓉不敢再大意，每次定魁离家，不管身上多沉重多难受，小美蓉都要跟着他，寸步不离。定魁躺在烟馆的大炕上抽烟，小美蓉就欠身坐在炕沿上，盯着他的脸。肚子里有了孩子以后，她自己的烟瘾一下子消失得无影无踪，这倒是一件好事。

等定魁的烟抽得差不多了，小美蓉就推开窗子，把街上卖馄饨的叫过来，盛上两大碗热气腾腾的馄饨从窗口递进来，两个人"呼噜噜"连吃带喝，算是吃过了早饭。

赶上烟客稀少的时候，小美蓉就捧着大肚子，小心爬到炕上，在定魁的对面躺下。定魁抽着烟，有时候手里擎着烟枪，会打起盹儿来。那种时候他声息全无，一张灰黄的脸凝固不动，如同死人一般。小美蓉不爱看，也不敢看，赶快伸手把他推醒。

定魁撩起眼皮问小美蓉："你现在不抽烟了，怎么不在屋里歇着？天天挺着个大肚子，跟我跑到烟馆里来闻臭味儿，就那么好吗？"小美蓉说："当然好，只要在你身边，怎么都好。"定魁说："你是怕我跑了？"小美蓉说："没找到你之前，我的心老悬在半空里。你是我的男人，我要在你的身边把孩子生下来，不然算怎么回事？"

定魁瞄一眼小美蓉的大肚子："我不会做爹，也不想做。"小美蓉说："等我把孩子生下来，你自然就会做、就想做了。"又劝定魁道："定魁，你每天早晨爬起来就往烟馆里跑，来给人家送银元。说起来，那些银元都是武家卖烟土、卖烟膏挣的。既然这样，不如让伙计们拿一些现成的烟膏给你，你置办上一支烟枪，安安生生躺在家里享用，也省得这样吃肥了走瘦了。”

定魁使劲咳一声，把一口浓痰吐到地上：“天底下的银元也不能都让武家赚了，总要给别人留碗饭。而且，我就喜欢烟馆里老枪的味道。”小美蓉不敢深劝，转而说到肚子里的孩子：“我天天跟着你来烟馆，闻这股子臭气，不定哪一天我把孩子生在这面大炕上，那样的话咱们可就好看了。”

定魁说：“那样好啊。他爷爷是卖大烟的，他爹是抽大烟的，他若降生在烟馆里也对路。”小美蓉捶一下定魁的腿，说：“最好能生一个小子。你爹不认你这个儿子，还能不认他的孙子？”定魁哼道：“他认不认的，关我屁事！小子小嫚儿你什么都不要生，生下他们来，就要来抢我的烟钱。”

小美蓉的眼中浮出泪花，伸手摸一把定魁的脸：“定魁，全都是我把你坑害了，抽大烟娶戏子，败家的勾当你都占全啦。要不是我，你现在还在家里做着少爷，天天埋在锦绣堆儿里……”定魁不爱听这话，把嘴里的一口烟全喷到小美蓉脸上：“闭嘴。你哭哭啼啼说这种废话，真是丧气，不如唱一段我听，让我抽得高兴点儿。”

小美蓉拭去眼里的泪，爬起来左右看一看，大炕的那一端躺着两个吸烟老汉，她就拖过一只油光光的枕头塞在身下，歪在那里说：“你想听，那我就唱，你要听哪一段？”定魁轻轻摆弄着烟钎子：“随便你唱，只要不是哭戏。”

小美蓉端过定魁的茶杯，喝口茶水润一润嗓子，压低声音唱起来。大炕那边的老汉都从枕头上扬起头来，看向这边。小美蓉的脸上有些羞臊，还是把一段戏唱完，推了一下定魁说：“武定魁，自从跟着你以后，我就成了一个不要脸的女人，什么事都能做出来，再不知道‘羞臊’二字了。”

定魁“哼”了一声：“我看也是，有时候我都替你脸红呢。”这话让小美蓉又惊又恨，使劲掐一把定魁的大腿：“啊，你这么说？真是没良心啊！我全是因为你才这样。”定魁痛得一下子咳起来，嘴里咳出的唾沫喷了小美蓉满脸，她顾不上擦，赶快凑过去接住定魁的烟枪，扶他坐起来，捶打后背。定魁好容易把一口气喘匀了：“我看……我早晚得死在你身上。”

小美蓉不敢再和他斗嘴，摆正了枕头，让他重新躺舒坦，把烟枪送进他的嘴里，盯紧他的脸说：“你死了，我跟着你。我早想好了，咱们两个，我死在先就罢了，你只管好好活下去，只要想起我的时候能替我燃起一炷香，我就知足了。如果是你死在先，我定会陪着你去。”

定魁的眼睛轮过来：“你是唱戏唱痴了，谁死谁活该，你陪我去哪里？去干什么？”小美蓉说：“我不管，我就要陪你去，就要跟在你身边，缠着你，伺候你抽烟。”一边说，一边低头从定魁手里狠吸了一口烟，抱住定魁的脑袋，鼓着腮凑过去，对准定魁的双唇，把一口烟吹进他的嘴里。定魁喘不过气，一口烟全吞到肚子里，小美蓉还贪恋着他的嘴唇，趴在那里不肯起身。

定魁憋得难受，使劲向外推她：“越说你越来劲，看看这是在哪，你真是不要脸了。”小美蓉一下子坐直身子，把散乱的头发撩开，露出红润的双唇，一双眼睛里热情灼人，笑道：“武定魁，随便你怎么说，我才不管！我就是缠定你了。”

12

珍姨相中了佳菊，有心要与武家结亲。小美蓉离开龚家的第二天，她准备了几盒精致的小点心，让小暖提着，一起慢慢走到武家来。芸姨娘和佳菊把她迎进去。芸姨娘模样周正，虽然算不上娴雅大方，却热情坦率，待人亲热。佳菊坐在她身边，更被衬出那一份淑女的态度。

几个人聊了一会儿小美蓉的事，珍姨明白那是武家的一段不好对人明言的事，小心地不去深问，只说小美蓉的样子生得伶俐，挺讨人喜欢，可惜她没能在龚家住下去。

佳菊说：“那天龚少爷说，不如他先带小美蓉回家去住几日，我就把她送过去了。现在想一想，实在不够妥当。”珍姨拉住佳菊的手：“龚易只是不想你们太为难。那天你和佳桃一起送她过去，为何马上就走，不在家里多坐一会儿？平常日子，我在家里闷久了，喜欢有客人来坐一坐，特别是像你们这样年轻漂亮的女子。”

说话之间，珍姨顺便问佳菊定亲没有，佳菊一脸羞涩，垂下头去。芸姨娘在一旁说还没有。珍姨连连点头，慢慢说起龚家的事。自己十六岁嫁到龚府，生下龚易之后，在龚府里过了十几年的好日子。以后大清朝廷垮了，自己开始跟着龚其迈四处飘荡，一直流落到青岛。眼下时局已稳，龚易也开始学着做事，将来再找一个好女子替龚易成亲，她打算就靠着这个儿子，在青岛这里一直住下去。

一席话说得芸姨娘和佳菊无语，都猜到珍姨的意思。芸姨娘不作声，一则是这件事来得太突然，况且人家仅仅流露一点意思，并没有明言；更重要的一点，佳菊毕竟不是自己的亲生女儿，这种事只能由武振庭做主。佳菊更感觉浑身不自在，又随便说了几句闲话，借口要看看佳荷，快步跑上楼去，直到珍姨走时也没再露面。

珍姨回家来，在龚其迈面前不住地夸赞佳菊。早年龚其迈做官时，每天公务繁忙，对儿女的事一贯放手不管，从前几个儿子的婚事他都没有过问。现在虽然闲下来，每日里读书写字，对一切的俗事已经意兴阑珊，龚易又是珍姨唯一的儿子，婚姻大事，只要他们母子愿意，他不会置喙。

珍姨每天躺在烟榻上，对龚易的婚事倒是用了不少心思。从门第上看，武家只能算是青岛的一个土财主，钱财的来路也算不上光明正大，但这里不是北京，龚易已经不再是清朝大臣的贵公子，如果真能与武家结亲，并不算辱没了龚家的门庭。她试探过龚易，虽然对武佳桃不太死心，但佳桃的态度很明白，而且近来与佳菊的接触越多，越能感觉到她的温和、温顺，这是另一路的风情，同样令人迷恋。珍姨看出龚易是愿意的，这让她定下心来。

武家那一边，当天夜里芸姨娘就在枕边说起白天的事，龚家的太太必定看上了佳菊，自己亲自上门来试探。武振庭见过龚易，也和龚其迈打过交道，心里先就感觉满意。芸姨娘却提醒他说："上一次回乡下，我就看出来龚易在佳桃的身上存了心思，佳桃好像不太理会他。现在珍姨看中的却是佳菊，根本不提佳桃，恐怕她是乱点鸳鸯谱。"

武振庭"哼"了一声："佳桃年纪还小，性子也刚烈，她的事以后再说。如果龚家的太太果真看中了佳菊，只要她提出来，你只管答应她。"

因为连生的事，武振庭一直对佳菊暗怀歉疚。当初他本想招收连生做女婿，为自己增添一个得力的膀臂，可惜连生福薄，早早死去。经过这样的变故，佳菊的婚事不好再挑拣，武振庭盼望给她找一个好青年，风风光光地成亲。龚家是满清遗老，看形势的变化和龚其迈行事的风格，肯定没有重新振作起来的机缘，但官宦人家出来的子弟，起码在场面上还能说得过去。如果是在龚家兴旺的时候，他们恐怕不会与自己这种根底浅薄的财主结亲。佳菊真能嫁到这样的人家，也该知足。

没几天，珍姨又一次来到武家，说笑之间果然试探说："我们姐妹间说话很投缘，两家的孩子也是好朋友，如果能够结成一桩亲事，一定和美。"芸姨娘拍手笑道："那样敢情好！我们有三个女儿，佳菊、佳桃、佳荷，不知道珍姨看中了哪一个？"

珍姨说："武家的三个女儿一个比一个漂亮，都惹人喜爱。只是佳桃、佳荷的年纪还小，我盼着龚易早一点成亲，从年龄上看，佳菊和龚易差不多，这样最合适，而且我也喜欢她的柔顺贤淑。"一边说一边自己抚手笑道："你看看，我是越说越狂妄了，其实随便哪一个宝贝女儿，只要珍姨愿意把她嫁给龚易，我和他父亲都一样高兴。"

芸姨娘说："依我看来，也是佳菊和龚易最般配，却不知道他们二人的意思如何？"珍姨说："他们自然愿意，两下里以前就认识，是谈得来的好朋友，如果结亲，比起那些媒人撮合的姻缘必定更稳妥。"

两个人说得满意，珍姨就抄了佳菊的八字回去。龚其迈很懂得一些阴阳五行、六冲六和，拿来龚易的八字放在一起，掐指算了一下，年、月、日、时都搭配得好，应该是一桩美满姻缘。两个人商量，龚家在青岛这边没有什么亲眷，只好请熟识的俞伯庸出面做媒人。

龚其迈写好婚帖，珍姨原本想把自己的首饰拿出去翻新一下，作为聘礼送给佳菊，又怕这里的首饰匠手艺不济，白白糟蹋了好东西。就在首饰盒里挑选出来一副翡翠镯子和一串珍珠项链，品相光鲜，加上从北京带来的几匹绸缎，一起交给俞伯庸。

俞伯庸来到武家，见过武振庭夫妇，武家回了允帖。武振庭对俞伯庸说，孩子们的年纪都合适，希望两边尽快把婚事办了。眼下龚家是客居青岛，有许多不便之处，所以婚事可以一切从简，他不会难为龚家，而且还要给佳菊置办一套周全的嫁妆。

俞伯庸原本以为武振庭只是一个小生意人，现在亲眼看到武家轩敞的德式高楼，还有厅堂里满眼的珍玩，才明白自己小看了武振庭，也对鸦片生意的赚头暗暗吃惊。眼前堂皇的一切反而激发起俞伯庸的虚荣，把龚其迈的家世大大地夸赞一番。

至此，一桩婚事就算确定下来。俞伯庸回去，提醒龚其迈打听清楚本地的风俗，不要弄出什么差错。龚其迈嫌事情办得太仓促，太寒酸。珍姨说："再给你两年的时间筹办，你就能把婚事办得更好吗？只怕到那时候连这一点钱也拿不出来了，就是要仓促一些才说得过去。"

龚其迈被她问得无语，认真选定了两个八月的好日子，按照当地的习俗，让李妈蒸一些饽饽，买上一些新鲜的鱼肉，自己和珍姨、俞伯庸一道去武家送日子。武振庭陪着他们吃饭，挑选八月初六为成婚之日。

这段忙乱的日子里，佳菊一直感觉身在云中，好像周围的一切事情全与自己没有干系。半年多来，她一直听佳桃和她谈论龚易，用的是一种略带讥讽的口吻。从旁观者的立场，她倒十分同情那个懦弱、缠绵的龚易，觉得二妹对他太过分了一些。哪知道造化弄人，父亲为她选中的连生突然消失，活不见人死不见尸，自己却要和龚易做夫妻，不禁又偷偷痛哭了一场，可面对龚易这样的人物，她又有什么拒绝的理由呢？

婚礼的前一天，武家请了几个妇人去给佳菊送嫁妆、铺床，佳荷一定要跟着去，还拉上二姐佳桃，跟着抬箱的伙计们一起去到龚家。龚其迈和珍姨已经搬到了楼下，把楼上的房间全部空出来，清扫糊裱一番，给一对新人来住。武家准备的嫁妆，除去铺盖被褥，日常的用具买的都是新式的洋货，洋灯、洋钟、洋式的桌椅，连床架都是洋式的，全部摆出来，锃亮的一大片。

佳荷看到新房里的摆设，喜道："真气派！大姐明天会穿一套红衫红裙，特别漂亮。"龚易在一旁陪着她们，"呵呵"笑着。与佳菊的婚事确定下来之后，龚易一下子喜欢上佳菊，是真心真意的喜欢。如此一来，他也能够坦然面对佳桃，在她面前摆出一副心地坦荡的样子，好像一切不曾发生过，没有过他的迷恋，也没有过她的拒绝。佳桃也用同样的坦荡态度回应他，她的心思完全放在杜冲身上，对姐姐与龚易的婚事，只是感觉到简单的高兴，没有更多的联想。

佳荷说:“奇怪，那些洋人结婚，女子却穿上一身白裙走进教堂里去，那样的打扮不如中国人的婚礼热闹。”佳桃说:“他们的方式自有他们的道理，不能断言哪个好、哪个不好。”佳荷便问:“那二姐喜欢哪一个样式？是红裙子还是白裙子？”佳桃说:“只要得体，只要两个人满意，哪一个都好。”佳荷说:“我还是喜欢红裙子，还是喜欢坐花轿。”

佳桃“哧”地笑出来:“既然喜欢，明天你快去请媒人，看哪家的公子合适，立刻嫁了吧。”佳荷说:“你别笑我。反正我不会像你一样挑拣，到时候只要有人到我面前来求我，我立刻就答应他。”

一句话戳到龚易心中的疼处，正好两个伙计在楼梯上招呼帮手，他赶快走到外面去。佳荷看见龚易离开，立刻跑到床边，跳一跳，使劲坐下去:“二姐，咱们武家实在太亏了，不但把大姐送过来，又送来这一大屋子的东西。”

佳桃笑着拉她起来:“快起来！你又不是小子，要你来替他们滚床？”佳荷不肯起来:“我今天就要滚床，让他们生几个丫头，长大了也搭上几大车嫁妆。”旁边的几个妇人都笑出来，说:“真要能生下一个像你一样的漂亮丫头，搭上嫁妆也高兴。”

正说笑着，听见外面有人走上楼来，这一回不等佳桃来拽，佳荷自己跳起来，拧身坐到一把椅子里去。

晚上武振庭请了一个小戏班子，在武家的庭院中唱戏。来了许多商会的朋友，一边喝酒一边听戏。武振庭对佳菊的这门亲事十分满意，嫁女的热情比龚家的两位长者都高。

结婚这一天，龚家的客人不多，都是寓居在青岛的旧日同僚，连同他们的亲眷，所以只开了三桌宴席。酒宴到黄昏时才结束，送走最后一个客人，珍姨早已经支撑不住，赶快躺到烟榻上吸烟。龚其迈也疲惫至极，靠在椅子里闭目养神。

屋子里沉静下来。龚易放轻脚步走上楼去，下面的厨房里传过来碗碟的轻响，小暖和李妈在那里收拾，楼上到处弥漫着一股新鲜的气味。龚易轻轻推开新房的门，佳菊独自坐在床边，双手交握。傍晚的日光射进窗子，正好落在她的身上，把那红色的盖头照得更红艳。

下午那些妇人和孩子们在楼上玩闹时，佳菊早已经揭去了绸布盖头，现在听见龚易走上来，自己重又把它蒙到头上。

龚易走到床边，他能看出佳菊双肩轻微的沉浮，她呼出的气息吹到盖头上，轻轻地颤动。佳菊的身材与佳桃相近，如果今天娶的是佳桃，她坐在这里也会是这个模样，这样的想法让龚易无限宽慰。不过，在领教过佳桃的厉害之后，龚易更能欣赏佳菊身上的柔和与谦逊，这些才是一个贤惠妻子应该有的品德。况且从相貌上看，姐姐丝毫不比妹妹逊色，只不过衣着发式不如妹妹那般鲜明罢了。

龚易的心中激情涌动，蹲下去。搁在佳菊膝头的那一双手，像象牙雕琢的一样，龚易把它们抓在手里，这才看清楚那手心里全是汗水，连手指尖上都亮晶晶的沁出一层细汗。龚易笑了:“你热吗？还是害怕？”佳菊不言声，要把自己的手抽回去，龚易却把它们牢牢合在自己的掌心里。

新婚的夜晚，龚易紧紧揽住佳菊。黑暗中，怀抱中那温暖的气息和那滚烫的身子，应该都和另一个人一个样子，龚易很快把自己推到极乐的浪尖之上，在那个瞬间，他伏在佳菊汗涔涔的鬓边，忘情地轻声呼唤，嘴里吐出来的却是佳桃的名字。

这一声听在佳菊的耳朵里，如同霹雳一般响亮。在这个夜晚余下的时间，佳菊一直都伏在枕上，悄声哭泣。

婚后的第三天，龚易和佳菊回娘家。吃午饭的时候武振庭告诉龚易，以后不必再到报馆去，他已经在东莱银行里为龚易安排了一个职位。龚易非常高兴，银行里的收入要比报馆强得多，而且也不必再过那种黑白颠倒的生活。

午饭之后，武振庭离家去土货行。汽车在街上驶过，一个穿蓝布衫的男子垂头慢慢走在前面，中式长衫的下面竟然露出一双高腰的黑皮靴，是从前德国军官穿的那种皮靴。汽车从男子身边驶过时，武振庭扭头看了一眼这个怪诞的男子，见他年纪不大，一张黄瘦的脸被披散的头发遮住一半，那张脸的轮廓和走路的姿态都十分眼熟，很像定魁。

武振庭的耳边一阵鸣哨，一股热血涌上头顶。难道在上海读书的定魁已经回来了？什么时候回来的？武振庭叫汽车在前面停住，跳下车，站在路边等着那个青年走近。现在他看得更清楚，没有错，走过来的那个人就是武定魁。

武振庭上前挡住定魁的去路，定魁只顾埋头走路，差一点撞到他的身上。定魁猛抬头，看见父亲一张铁青的脸，大吃一惊，第一个念头是快跑，但双脚像是给钉到了地上，迈不开步子。武振庭伸手揪住定魁的衣襟，算一算，他快有一年没见到定魁了。几十年来，武振庭见识过无数的烟鬼，男女长幼，高矮胖瘦，什么样的都见过，所以他一眼看出儿子定魁已经变成一个地地道道的烟鬼，一个不可救药的烟鬼。

武振庭的面颊像被针刺一样，喉头处一阵热辣辣的灼痛。这是自己的儿子，他不敢相信他会落到这种地步，这样一个烟鬼会有怎么样的下场，他再清楚不过。武振庭的手掌猛地挥出去，狠狠落到定魁的脸上，定魁“哼”了一声，退后几步，像一捆秫秸一样倒下去。

这一下摔得结结实实，定魁的脑子里一阵轰鸣，一时之间，除了身子下面坚硬的路面，再感觉不到别的东西。他伸手在地上摸一摸，慢慢分清楚哪里是天，哪里是地，又看清楚立在面前的武振庭，听见他朝自己大吼：“你没去上海？没去读书？”

鲜血从定魁的鼻子嘴里流出来，痒痒地流过面颊。他翻身爬起来，盘腿坐在地上，用手擦着脸上的血，这才感觉到脸上和手上的疼痛。他的沉默和他脸上的冷漠更激怒了武振庭，武振庭抢上前来，一脚踹到定魁的胸口上。定魁再一次仰倒在地，索性摊开手脚躺在那里，闭上眼睛，还是不肯吭一声。武振庭再没有力量踢下去，爬回到车上，让司机快走。

定魁听见父亲的汽车走远了，自己慢慢爬起来，只觉得周身像散架一般痛。今天在烟馆里多躺了一会儿，结果在路上遇见父亲，活该倒霉。定魁慢慢走回家去，小美蓉抱着儿子迎出来，看见他的样子吓坏了，问他怎么了。

定魁不理她，踢掉鞋上炕。婴儿在小美蓉的怀里突然哭起来，定魁骂道：“混账东西，号什么丧？你也看不上你爹吗？看不上，你也来打我啊？”小美蓉不敢惹他，赶快抱着孩子走开。

武振庭打过定魁之后，怒气不消，赶到土货行把冷叔痛骂一通。冷叔感觉脸面丢尽，只好把定魁的事全盘说出。

回到膏局，武振庭吩咐来富和来贵去向各处的烟馆打一个招呼，如果哪一家再敢做武定魁的生意，以后就别想从鸿运膏局买到烟膏。晚上回到家，他又在饭桌上告诉芸姨娘和佳桃，定魁的事他自有安排，以后谁再敢暗中送钱给定魁，他绝不客气。

定魁再去烟馆，发现各处的老板突然都对他冷淡起来，明明有空闲的烟枪摆在那里，却不拿给他，也不送过来烟膏。定魁气得大骂："你们这些屌操的！都不认识我了？快拿烟来！"

烟馆的老板一点儿不客气："武少爷，你快走吧！别在这儿羞臊我们了。少爷自己家里开着膏局，还像讨饭一样四处赊烟抽，我们是做小买卖的，搭上好枪好烟，结果钱没赚到，赚回来一顿臭骂。"

定魁奇怪："怎么回事？是我生了大麻风还是你家死人了？这么恶声恶气的？"烟馆老板嘴上回骂几句，转身走开，就是不肯拿烟枪给他。有一个睡在炕上的烟友坐起来，把实情告诉他，定魁才明白是父亲发了话，自己再嚷、再骂都是无用，急得鼻涕眼泪一齐流下来，再到别处去试运气，结果还是一样，走过几家都没抽上一口烟。最后找到一家偏僻的小烟馆，主人却要现钱，胡乱让他吸了几口，慌忙赶他出门，唯恐别人看到。

眼看着烟路要被断绝，定魁想起小美蓉以前给他出的主意，要自己置办一套烟具，在家里吸。可定魁手里没钱，生了孩子之后，花费一下子大了许多，手中的银元去得像流水一样，冷叔又很久没有露面，一下子断了钱的来路。

定魁只好去找彭志，商量再借一些钱。彭志打扮得齐齐整整，正要出门。定魁与小美蓉团圆之后，就从彭志这里搬走，两下里来往得少了，彼此之间竟然生出几分陌生感。

定魁说："你还得借我些钱。家里炕上躺着两个，等着我喂，那些混账的烟馆现在都不再让我赊账。"彭志从怀里摸出几块银元丢给定魁，定魁嫌少，彭志说："我现在没有多少可以借给你，最近要做一笔大生意。"

定魁问他做什么大生意，彭志不肯明说，带着一脸的骄矜，抬起一只脚蹬在炕沿上，埋头用衣袖把皮鞋擦亮："是冈吉张罗的一桩大生意，听说要和正鑫庄一起做。前几天，周太太来约我加入一份股份，她自己和周税官各入了一份，每份要一千块银元，每个月有一分的利。"定魁说："一千块银元，每个月一分的利，那就是一百块，赶得上一个德华大学的教授了。"

彭志一脸的不屑："必须是德华大学里最好的教授，一个月才能拿到一百块。教授还要每天去教书，刮风下雨都不许耽搁，我可是坐在家里，该干什么干什么，该耍就出去耍，让钱在那边帮我赚钱。怎么样，你想不想加入一份？"

定魁说："我想加入，拿什么加入？那可是一千块银元。我看你不必去加入什么股份，有那一千块银元，拿去买上十几杆上好的烟枪，到街面上赁一处敞亮的房子，开一处好烟馆，岂不更好？"彭志摆手："不好，我懒得和你们这些烟鬼打交道，天天追在你们屁股后面去要小钱儿！还是这样省心省力。"

彭志毫不掩饰对定魁的鄙视，让定魁心里不是滋味。彭志不过是一个街头浪子，以前一直都是定魁接济他，打牌吃饭，许多的花费都是定魁出。当初彭志巴结定魁，为的也是银元。不曾想，日本人和德国人打过一仗，把定魁打成一个大烟鬼，却让彭志阔绰起来，转而要经常施舍定魁几块银元，现在竟然像模像样地要入股，做起大买卖来了。

定魁问："彭志，咱们一直是好朋友，你对我说实话，你爹死得早，家里又没有什么生意，你从哪里弄来这么多钱？"彭志说："现在告诉你，也没什么了。"就把定魁拉到窗边，指着下面那几栋房子："那里是德国人的一个仓库，日本人的大炮打得最紧的时候，守仓库的德国兵不知道跑到哪里去了，我忙活了两个晚上，搬回来一屋子东西，手里的钱都是这么来的。"

定魁说："如果是一屋子枪炮，还值一些钱，要是别的东西，就很有限了，再说卖给谁去？"彭志说："你这少爷根本不懂生计，这些东西现在可是抢手货。那天晚上我出去喝酒，身上穿了一件德国的灰大衣，脚上穿一双德国皮靴，在饭馆里遇见两个日本浪人，趁我喝醉了酒，过来抢了我的大衣，扒去我的皮靴，结果我光着脚走回来，冻了个半死。那大衣和皮靴可都是新的，起码值三十元。"

定魁说："难怪你上次那么大方，送我一双德国皮靴，原来出处在这里，还有别的好东西吗？"说着就要往里间屋里闯。彭志慌忙拦住他："你等在这里，我进去找一找。"

定魁坐回到桌边，心中很不是滋味。日本人和德国人打了这一仗，日本人胜了，抢到一大块好地盘。彭志成了富人，周税官还和以前一样做他的税官，周太太捡得了一个日本相好。就数自己最倒霉，城里打仗的时候自己也没有闲着，却是被日本人捉去，给他们拖大炮挖壕沟，险些搭上一条性命，最后两手空空地走回城里来，从此一直倒霉。

彭志提了一双黑皮鞋走出来："你试试这双皮鞋怎么样。"定魁踢掉脚上的皮靴，穿上皮鞋，鞋有点大，又很硌脚。定魁把皮鞋脱下来："鼓捣半天，就找出这么一样东西给我？我武定魁穿不起一双皮鞋吗？"

彭志一听，赶快拿起皮鞋，小心擦掉鞋底的尘土："武少爷看不上眼，正好给我省下一双。"定魁说："放下，你怎么知道我看不上？硌脚也比这皮靴强，不管雨天晴天，脚上总穿着皮靴，臭得熏死人。"

彭志只好把他脱下的皮靴收起来。定魁心里难受，恨道："彭志，你现在可是发财了。我认识的人都混得好，就数我背运，丢了学业，我爹也不认我这个儿子了。"彭志冷笑道："你叫什么屈？你得了一个漂亮女人，刚又生下一个儿子，还想怎么样？"

定魁叹息一声，心中全是苦涩。人穷志短，连精神、相貌都跟着打了折扣。要论身材相貌，自己可要比彭志强得多，以前两个人站在一起，别人夸奖的总是自己。如今彭志一身漂亮的西装，头发梳得锃亮，皮鞋擦得锃亮，比从前更精神，一个人过着潇洒自在的生活。自己却面黄肌瘦，一脸的烟容，只要过足了烟瘾，再不想别的，身边还有一个甩不掉的小美蓉和一个吃奶的孩子。自己现在与彭志的差别，真是天上地下。

两个人走出来，彭志要去饭馆吃饭，却没有像从前一样拉上定魁。定魁在路口与他分手，埋头朝家里走，听着口袋里的几块银元碰撞的响声。拿这些银元去买烟枪烟灯，肯定不够，他也不舍得。钱少，更要仔细花，明天还是要找烟馆去吸烟，那些掌柜的口出恶言，必定是父亲那边传话给各个烟馆，要断掉自己吸烟的路子。但定魁相信，只要钱花到了，总会有人卖的。哪一天被他们逼急了，少不了到膏局里去大闹一场，闹一个鱼死网破。

定魁只顾心中盘算，转过一个街角，险些和迎面走过来的人相撞。抬头看，对面站着一男一女两个青年，那女青年正是妹妹佳桃，旁边的青年身材高大，面目清朗。

定魁叫一声"佳桃"，佳桃原本没有留意，听见这一声呼叫，仔细打量面前的男子，方才认出定魁。去年冬天定魁离开武家庄，兄妹二人一直未曾见面，想不到今天在这里邂逅。

佳桃惊叫一声："定魁，你……" 看他一脸憔悴，衣衫狼狈，心中又悲又惊，眼中顿时蒙上泪花，许多话哽在喉头，半晌无语。定魁从她眼里看出自己的惨状，过去在家里时，除了父亲他最怕的就是这个妹妹，偏偏被她看到自己的这副样子，感觉羞愧难当，胡乱"支吾"几句，逃跑一样走开了。

佳桃不忍心再去望他，昂着头，一路走一路流泪。杜冲在旁边看她如此伤心，不免痛惜。走出去很远了，佳桃眼中的泪水慢慢消退，才简单对杜冲说了一句："他是我的哥哥，武定魁。"

杜冲点头，不好多问，只管默默陪着她。今天晚上他请佳桃出来看电影，因为父亲杜云蛟筹建东云纱厂，杜冲最近每天都在纱厂里忙碌，这几天才有空到武家来找佳桃，也只是坐了片刻便要走。佳桃出来送他，杜冲悄悄说他在水师饭店礼堂订了两张票，今天晚上的，请佳桃一起去看电影。

佳桃早早吃过晚饭，对芸姨娘说她要到姐姐家去，出来与杜冲相会。两个人走到水师饭店礼堂，天已经黑了，门前的海报上写着电影的名字《月球之旅》。

礼堂里坐满了人。晚上七点，电影正式开始。影片里的六个洋人坐着一颗大炮弹，飞到月亮上，在那里见到月亮上的怪人，形状可怕。洋人们走进一个洞穴，里面到处生长着巨大的蘑菇。他们被月亮人抓到，历尽惊险，总算逃脱，重新坐上他们的大炮弹飞回地球，落进大海之中，最后安全回到巴黎。

惊险的电影让时间过得飞快，佳桃心头因为定魁而生出的抑郁也被清除干净，不知不觉之间，电影结束了。佳桃和杜冲走到外面，夜晚一片清凉，两个人沿着马路走下去，夜风迎面吹来，裹着越来越浓的腥气，海水拍击的声音也愈发清晰。

佳桃说："可惜电影太短，感觉刚刚坐下，它就完结了。"杜冲说："我倒没有感觉它短。跟着那几个白人，坐上炮弹跑到月亮上，见过天上那些古怪的月球人，受了一场大惊吓，再坐着炮弹飞回来，这样的旅行还短吗？"佳桃说："他们飞得太快了，我宁愿他们慢一点儿，好仔细看一看月亮上的景色。”

杜冲说：“这不过是一个怪诞的故事，不必当真，要看真实的月亮，只要抬起头来。”佳桃说：“一直替那些人提心吊胆，最后他们总算无事。可是，看过之后心里反而特别失望。”杜冲问：“为什么失望？”佳桃说：“月亮上面真的是那样？我总以为，那里一片清亮，一片晶莹，是一块干净纯洁的地方，没想到住着那样凶恶的怪物。”

杜冲说：“如果月亮上面有人，那上面也会有不幸和烦恼。其实无论在哪里，真正的美满也许只能到自己的内心去寻找。”说着又笑起来：“人家不过是讲故事而已，咱们却入了戏。月亮那么遥远，人怎么能够上去？单单这个前提就是一个假的，后面衍生出来的故事，你只当作神话来看就是了。”

佳桃同意：“这样最好，我希望它整个都是假的。我们都是傻瓜，为了一个假的故事花钱，还替他们的命运担忧。”杜冲沉吟道：“也不能说我们傻吧，这和唱戏是一个道理：戏子站在戏台上，声情并茂，把观者拖进虚假的故事中去，与戏子同喜同悲。其实，大家未尝不知道一切全是做戏，但在那样的情境当中，忧欢悲喜都是油然而生。如果哪个人能一直冷眼旁观，能看出其中全部的破绽，也就没有了趣味。”

杜冲话中的“戏子”让佳桃想到小美蓉和定魁，心情又有一些灰败。夜晚的海滨一片黑暗，海涛的声音从暗处传过来，伴随着潮湿的海风。这里少有人迹，杜冲在黑暗中摸索到佳桃的手，把那只滚烫的小手握进自己的掌心，牵着她走上栈桥。

几点灯光亮在远处，还不如天上的星光明亮。两个人走在石基的路面上，黑暗中，海水相激，水沫飞溅，被海风助推上来，打湿了他们的裤脚。佳桃想起在山中的那个夜晚，当她从睡梦中醒来的时候，头顶一轮硕大的明月，附近的巨石树木都涂着一层月亮的辉光，那时她正依靠在杜冲的身上，万籁俱寂，恍然如在仙境一般。佳桃奇怪，当自己与杜冲拥抱在一起的时候，心情竟然那么平静，似乎一切都是顺理成章。但现在回想起来，那是一个圣洁的时刻，那样的情景，那样的心境，以后大概很难再有了。

杜冲在一旁说起最近的生活：“在工厂里忙碌的感觉，和在书院里有些不同。工厂里的一切实实在在，你今天做了什么，做了多少，全都看得清清楚楚，心里很踏实。在书院里教书却是不同，看着面前的那些面孔，心里常常生出疑惑——我讲的这些东西他们听懂了吗？就算听懂了，对他们真的有用吗？”

佳桃说：“我是听得懂的，而且感觉那一切都很有用。”杜冲摇头：“相比之下，我更喜欢那些创造财富的实业，书院里那种传道授业的事并不适合我来做。”

佳桃问：“你会离开书院？”杜冲说：“暂时不会，因为我还有一个留在书院的理由。或许，我将来做什么要由你来决定。”佳桃垂头道：“我的心里一片迷茫，连自己的未来都不清楚，又怎么能决定你？”杜冲说：“既然这样，一切就交给我来决定。无论我的决定是什么，你都会留在我的身边，对吗？”

佳桃却不回答，脚下的路面变成了木板，路面中央铺有两道铁轨，因为下面没有石基，海浪在钢梁中间穿过，浪涛反而消失了，但海风更大一些。隔着黑沉沉的海面，青岛湾另一端的小岛上，一点猩红的灯光闪闪发亮，在夜色中格外红艳，是岛上的灯塔。

两个人停住脚步，望着那边的灯光，佳桃幽幽说道：“想一想，心中的理想就像那红色的灯光，它在那里，我却不知道怎么才能到达那里。”杜冲攥紧她的手：“也许，你真正到了那里，会发现一切原来都不是自己想象的那样。而且最残酷的是，你只有走到那里才会发现这一点，才会知道真相。”

佳桃站在黑暗中，默然思量着杜冲的话。海风阵阵，那一刻，佳桃的心底突然生出一种厌倦之感，莫名其妙。空虚之中，她很想杜冲能像在山里一样，把自己拉入他的怀里，彼此相拥在一起。但是，这个海滨的夜晚，杜冲平静异常，佳桃的心头掠过一丝莫名的失望。

13

佳桃没有料到，自己竟然会如此喜欢缝纫和美术，把一块衣料按照自己的设想和愿望做成一件衣服，其中蕴含的制造的乐趣简直让她着迷。

佳荷知道二姐在学习缝纫，有些急不可耐，佳桃刚刚开始学裁剪，佳荷已经向母亲讨要了两块衣料，逼着佳桃答应，一旦学会了缝纫，第一个要替她做一套衣服。

佳菊嘲笑佳荷太傻：“佳桃刚刚学会这个手艺，巴不得有一个练习手段的机会，只有你舍得拿出布料，去给她糟蹋。”佳荷说：“我想试一试。平时出去找裁缝做衣服，都是母亲定下的样式，我根本不喜欢。二姐学会了，可以依照我的想法来做。”

佳菊说：“外面的裁缝做了许多衣服，手艺才练得精熟，虽然样式老一些，总还穿得出去。你让佳桃做，长了短了肥了瘦了，不知她能弄成什么样子，就算样式好，穿着不合身，也是白白费掉一块布料。”佳桃在一旁指着佳菊说：“好，好。记住你这句话，到时候你来求我，看我怎么羞臊你。”

与缝纫相比，美术科练习的机会就很多，拿一张纸一支笔，在纸上慢慢勾画，画错的地方只要擦去重画，一切都可以重复。不过，佳桃感觉美术比缝纫难了许多。

这个学期，杜冲不再为佳桃授课。两个人要避开师生们的耳目，在书院里很少来往，即便在楼梯上、操场上遇到了，也只是彼此打个招呼。真正会面的时间是在星期一和星期四的中午，两个人都要到威廉咖啡馆里坐一坐，喝着咖啡，亲热地交谈，有时候也一起去看电影。

星期三的中午，佳桃坐在教室窗前练习素描。正是午休时间，楼下的操场上一片喧哗，佳桃看见杜冲从那边的礼堂中走出来，大步朝着校门走过去。佳桃远远望着那个身影，心底突然涌上一种热热的冲动，马上就要见一见他。这个念头异常炽烈，难以抑制。佳桃丢下纸笔，飞跑出去，把楼梯踏得一阵轰响，在楼梯拐角的窗口还要向外张望一眼，看看杜冲走到哪里了。

佳桃一路冲到操场上，远远看见书院门口那边，杜冲走向一个蓝衣黑裙的女学生，佳桃放缓脚步，杜冲站在树下与女学生交谈几句，然后并肩走出去。佳桃的心狂跳起来，匆匆追出校门。

杜冲和蓝衣女子已经不见了，马路对面停着两辆人力车，佳桃跑过去问车夫有没有看到一对男女走过去，车夫给她指引方向，佳桃跳上他的车，让他快一点追赶。人力车向前飞奔，转过一个街角，前面的路上杜冲和蓝衣女子并肩而行，佳桃赶快叫车夫慢下来，只要跟住前面那两个人就好，不必靠得太近。

杜冲一直在和女学生交谈，看样子他们并不陌生，可是佳桃以前没见书院里有这样一个女学生，也没听杜冲谈起过。两个人走过几个路口，进了临街的一道院门，院子里是一幢日式的木制楼房。

佳桃吩咐车夫把车停在街角处，自己坐在车上，远远望着那一幢楼房。一会儿，那楼上的一扇窗子拉开，蓝衣女子的头从窗里探出来，向大路上眺望片刻，然后转身走开。过了一会儿，杜冲的身影也出现在窗口，双手扶着窗沿，扭回头对屋子里的人说话。

看这情形，杜冲不会马上出来。也许这楼里住着他的什么亲戚，佳桃只觉得胸口里满漾漾的，是一种难以忍受的酸涩。刚才她只顾盯着杜冲他们，这会儿才注意到，那院门外面还停着一辆黑色汽车，看上去十分眼熟，很像父亲的车。

佳桃向后缩一缩身子，那边的院门再一次打开，门里走出来的果然是父亲，身边陪着一个身材矮小的黑衣男人。父亲与那男人道别，走向自己的汽车。佳桃大惊，慌忙叫人力车夫掉转车头，拉她原路返回书院去，越快越好。

周四中午，佳桃和杜冲在咖啡馆见面。佳桃没有提到昨天的事，一边喝咖啡，一边漫无边际地闲聊。杜冲面色坦然，神情态度并无异常之处，让佳桃更觉疑惑，到底还是忍耐不住，问："昨天中午，我在书院里四处找你，你是先走了吗？"

杜冲点头："你找我有什么事？"佳桃说："没什么，突然想和你说说话。"杜冲笑了："想说什么，现在说吧。"佳桃着急，顾不上再矜持："那时候你去哪了？我到处找不到你。"

杜冲说："新来了一个女生，是我引荐的。昨天她第一次到书院来，四处看过之后，我送她回家去了。"佳桃拼命克制住心中的好奇，不让自己问出口来，只拿眼睛看着杜冲，希望他说得更仔细一些。杜冲没有让她失望："是一个日本女孩子，名叫川田雅子，年纪和你差不多，等哪天我介绍你们认识。"佳桃问："你怎么会认识一个日本来的女学生？"杜冲说："雅子的父亲川田隆史先生和我父亲是很好的朋友，他很早就告诉我，女儿要到青岛来，希望我帮助她找一个读书的地方，帮助她适应新的学校。"

昨天佳桃看见父亲也去了那幢房子，父亲一定也认识川田隆史：“那么，川田先生是一个日本商人？你和他们很熟吗？”杜冲说：“大家都称呼他为赵栋，我不清楚他做什么生意。应该是交际很广的一个人，昨天在他家里我还遇到了令尊武掌柜。”佳桃轻轻应了一声：“我父亲和你说什么？”杜冲说：“我认识他，他并不认识我，川田先生给我们介绍，大家寒暄几句，雅子就请我上楼去坐。”

佳桃不再言语。看得出，杜冲心地坦白，对她毫无隐瞒。但自己最亲近的两个人，父亲和杜冲都和那个身材矮小的日本人来往，让她的心中很不是滋味。

杜冲转而问起学业上的事，佳桃说：“学起来都很有趣味，只是美术太难了。每天都在描画一些几何形体，不断地重复，却不感觉枯燥，只怕学不好，白白浪费了工夫。”杜冲说：“练得久了，自然会有心得，等你有了长进，还要请你给我画一张肖像。”

佳桃打量杜冲，杜冲眉目俊朗，脸上线条清晰，是很好的绘画的对象。佳桃禁不住又想起那个叫川田雅子的日本女学生，微微一笑：“嗯，你等一等，迟早会有人帮你画肖像的。”

第二天早晨，佳桃走进学堂，看见杜冲陪着昨天那个蓝衣女生站在楼梯上，正面带微笑俯视着自己。杜冲叫道：“佳桃，快来认识一位新朋友。这是川田雅子，这是武佳桃，以后你们就是同学。”

佳桃走上来，对着雅子点头微笑，一边很仔细地打量她。雅子今天完全是中式打扮，一件天青色的绣花缎子短袄，下面是一件黑色裙子，裙摆处绣着精致的菊花，如果不是举止之间那种异常谦恭的态度，根本辨不出她是一个日本女子。

雅子向佳桃行礼，她的眉毛很黑，对于一个女子来说，那两道眉毛稍稍宽了一些，单薄的眼皮异常精致，配上红润的双唇和洁白的牙齿，那一张瓜子脸显得格外明媚。当她笑起来的时候，一种天然的甜美与柔顺尽显无遗。如果她只是一个陌生的女孩子，佳桃一定会喜欢她，和她做好朋友。可现在，佳桃的心底陡然升起几分敌意，难以去除。

杜冲要去上课，匆匆下楼。雅子一直等候在窗边，看着杜冲走出楼门，探身出去向他招手。佳桃从雅子身边走开，刚才杜冲只给她们两个做了简单的介绍。雅子的来历佳桃还是昨天在咖啡馆里听说的，那么，杜冲会不会在另外一个地方同样向雅子介绍过自己？这样的猜测让佳桃很不舒服，她努力要把它忘掉，却做不到。

中秋节，杜冲约佳桃和雅子去公园。早饭之后佳桃出门，杜冲已经站在路口等着她，两个人坐上两辆人力车直奔公园。佳桃的心中掠过一阵惬意，自己熟悉路径，杜冲还要赶过来迎接自己，可见在他的心目当中，她比雅子重要得多。佳桃随即就为自己庸俗的想法羞愧，脸上热烫，奇怪自己为什么要拿雅子来做比较。

两个人在公园外面下车，雅子坐的人力车正好也到了，她今天完全是日式的装扮，一件淡粉色的和服，脚上套着白色线袜，踏着木屐。因为丰满发髻的映衬，脸显得小了一些，肤色格外莹白。

雅子叫着杜冲和佳桃的名字，眯起眼睛对着他们微笑，笑得别样柔美。佳桃心有所动，姐姐佳菊的身上就有雅子的这种柔顺，妹妹佳荷身上有雅子的那种甜美，自己却一样也没有。佳桃很想看一看杜冲用什么样的表情回应雅子的笑脸，但他走在前面，她看不到他的脸。

公园里树木苍郁，路边点缀着一些刚刚开放的菊花。三个人并肩缓行，杜冲和雅子谈论起路边的植物，说起每年春天的赏花季节，这里的桃花、樱花会开得一片繁盛，艳得让人窒息。他们的交谈全部进到佳桃的耳中，她无意加入，却无法把自己撇除在外。

杜冲突然碰一碰她的胳膊，佳桃扭头，雅子那张涂得雪白的小脸隔着杜冲正对她微笑，艳丽的双唇上光泽闪亮。刚才她在对佳桃说话，可佳桃全未听到她说的是什么。杜冲只好替雅子重复一遍："她刚才问你最喜欢什么花，是不是樱花？"雅子使劲点着头，指着身旁那些樱花树。佳桃说："樱花很漂亮，当然喜欢，不过，我最喜欢的还是合欢。"

"合欢？合欢？"雅子认真地重复，一脸困惑。杜冲四下里望一望，要找到一棵合欢树给她看，却是没有，就说："说起花来，武佳桃的名字里就有一种呢。"雅子一下子提高了声音："啊，我正要说起这个呢，却让你抢去了。是桃花，对吗？”

佳桃听出她语气中带着的一点娇嗔，杜冲却是不觉：“在所有的花中，中国人对桃花有一种偏爱，古人关于桃花的诗句实在太多。我最喜欢的一句，是王维的‘雨中草色绿堪染，水上桃花红欲燃’，还有李白的‘烟开兰叶香风暖，岸夹桃花锦浪生’。单单那颜色的搭配，就是十分艳丽。”

雅子说：“还有一句最有名的，你倒忘了：‘去年今日此门中，人面桃花相映红。人面不知何处去，桃花依旧笑春风。’”杜冲连连点头：“我专门在这上面做了许多功课，怎么会把这一句错过了？实在惭愧。”

他在雅子面前坦承自己专门做了功课，表白他对佳桃的诚挚之情，这让佳桃欣喜异常，嘴上却说：“人家雅子要和我谈樱花，你却来议论我的名字！”

杜冲哈哈一笑，赶快转换话题，向雅子询问书院的事：“这段日子学得可好？听得懂吗？”雅子说：“美术课有些听不懂，但我很喜欢，也还没有问题。可惜，缝纫课的女装部分错过了，现在已经讲到男装，却是西式的。希望将来能教一下和服的制作，自己可以为父亲做一件，那可真是一件骄傲的事情。”杜冲听出来，雅子的口音不甚清晰，说话时有许多犹疑的地方，并不像川田先生夸奖的那样流利。

佳桃说：“学习的事，和世间其他的事一样难料。当初在淑范女中的时候，我花了许多的力气学习德文，每天嘴里像念经文一样，从早念诵到晚，那么辛苦。一场战争之后，城里再看不到一个德国人，到哪里去说德国语？又和谁说？最初还害怕忘记了，自己常常温习，时间长了就懒得再去看。当年的那些心血显然是白白浪费，想一想真让人懊恼。”

杜冲说：“你忘记了一点：德文派不上用场，但在习练德文的时候，锻炼了你的心智。”佳桃争辩说：“如果把那些时间放到别处，学习另外的知识，或者学习几样实用的技能，照样可以锻炼心智，岂不是更好一些？”杜冲说：“当然。世上的许多事情个人无法预知，你不必悔恨这些。”

三个人走到一片开阔的地方，杜冲提议休息一下。雅子抢在大家坐下之前，麻利地拿出几块纸，替各人铺到石头上。佳桃站在一旁，盯着雅子低垂的额头，感觉这个认真而精致的女孩子很难让人讨厌。

杜冲望见那边有一棵无花果树，过去察看，一会儿捧回来十几个成熟的果子，放到石头上："走得口干，正好有这些无花果，可以解渴。"雅子剥开一只小心吃起来，抿着双唇细细地品尝，似乎果肉里有着无尽的滋味。佳桃看着心动，也拿起一只来吃，却还是记忆中那么寡淡的味道，吃了一半便停住。

晴天丽日，远处的海面上一片苍茫，海的那一边，远山青黛。佳桃曾经站在那山顶上向这边眺望青岛，那时候，日本和德国的军人还在互相炮击，争抢着脚下这片土地。不到一年的时间，佳桃却在宁静的秋日里，和一个来自日本的女孩子坐在一起，思想起来，一切都像梦幻一般。

佳桃把心中的这些感受说出来，说到对日德争战的痛恨，又提到深夜渡海的仓皇，还有重返青岛时，在码头上看见大群日本人拥下轮船，那时候心中感受到的巨大冲撞、恐惧和茫然。杜冲几次想要打断她的话，佳桃却不理会。

雅子坐在一边，笑吟吟地听她说，一边不住地点头。她听得懂佳桃的话，她的态度中多少隐含着一点讨好的意味，可是佳桃不需要这些，她心中的敌意和愤懑与雅子全无关系。说话的同时，她的一只手不由自主地伸出去，握住杜冲的手。杜冲吃了一惊，想要把手缩回去，觉得不太妥当，便把掌心翻转上来，握住佳桃那只冰凉的小手。雅子正好把这一切看在眼中，面色顿时涨得通红，赶快扭过头去，好像她自己做了什么不合时宜的事。

三个人沉默下来，许久之后，雅子轻声说她想回家去。三个人穿过一片树丛，拐上一条大路。已经是晌午时分，杜冲建议大家去找一个干净的饭馆，吃些东西，休息一下，然后到海边走一走。雅子不愿再走，说她感觉累了，佳桃的兴致也不高，杜冲只能作罢，到路边叫到三辆人力车，要先送雅子回家，再送佳桃回去。

佳桃笑道："大队的人马招摇过市，那成什么样子？你去送雅子吧，我路熟，自己回去。"雅子说："谢谢杜先生！我不认路，车夫总会认得。早上要出门的时候，还在心里盼望着，杜先生会不会过来接我一下，不然要走错了路。可是坐上车子，车夫一路拉过来，并无半点差错。"

一番话说得杜冲一脸愧疚，讪笑道："雅子，这是我的疏忽，忘记你刚来这里，应该去迎一迎你才对。不过，要说熟悉路径，再没有人比得上这些车夫啦。"

雅子却不理会他的歉意，径直过去，抬腿坐到人力车上，与他和佳桃道别。佳桃也坐到车上，杜冲不再坚持要送她们，看着两个人的车子各自驶远，自己也径直回家去。

彭志入股的生意十分兴隆，每月领回来股息，沉甸甸的一大堆银元，看着喜人。人一高兴，做事就爽快大度，总要叫上定魁到饭店去吃喝一番。定魁吃过喝过之后，还要开口借钱。彭志肚子里刚灌进去几杯热酒，往外掏钱的时候就比平时爽快许多。

定魁的日子越来越难过，就算有几家烟馆偷偷让他抽烟，价钱也是高得离谱，每月从彭志那里借来的钱根本支撑不到月底，九月初才借的钱，到了重阳节就花光了。定魁束手无策，只能再往彭志那里去。

彭志正蒙头睡在炕上，一只胳膊上捆着破布，布上渗出黑红的血水。定魁上前拉开被子，看见彭志面色苍白，脸上有几块青紫的瘀斑，那样子伤得不轻。定魁惊问道："怎么弄成这样？在哪挨了打吗？"

彭志呻吟着坐起来："定魁，这回我算完蛋了，以后你别找我借钱啦。"定魁听得心惊："你是让人抢了吗？"彭志开口骂道："全是那个骚娘们害了我！我要把她和冈吉杀了，扔海里喂螃蟹！"

骂过一通，彭志慢慢给定魁讲事情的缘由。原来冈吉张罗的生意是和正鑫庄一道卖鸦片，日本人沿袭德国人的做法，实行鸦片专卖，由鸿运膏局独揽鸦片生意，所以正鑫庄的烟土只能私下里偷偷卖。每个月正鑫庄的出货量很少，根本不能和鸿运膏局相比，但他们有一样好处，不必像鸿运膏局一样向日本人交纳赋税，如此计算下来，这种私密的鸦片生意有着可观的利润，每份股份也才会有一分的月息。

彭志听信周太太的话，把自己倒卖德国物质赚的一千块银元拿出来，入了一股。开始的两个月，周税官按时把一百元的股息送过来，如此厚利，让彭志十分满意，直怪自己的钱太少，早知道这样，当初找人借钱入股就好了。

到了八月，周税官没有按期把股息送过来。彭志等到月中，钱还没到，他就去找到周税官打听。周税官说他问过太太和冈吉，要再等一些日子才行。到了这个月初还是没有动静，彭志心生狐疑，再找周税官，周税官正在家里发狂——他已经几天没见到周太太和冈吉，两个人彻底消失。

彭志就拉着周税官直接去正鑫庄，洋行里空荡荡的，里外找不到一件像样的货物，只有两个小伙计守着空房子。向他们打听，原来最近正鑫庄出了大事，八月十六那天，日本警备司令部的人突然闯进正鑫庄，里里外外搜索，查到几箱烟土。烟土自然被查没，连同正鑫庄里卖的全部洋货，邓麻子为首的那些伙计也一个没剩，都被抓到警备司令部去。

杜云蛟百般活动，总算把邓麻子他们保了出来，与烟土无关的洋货也返回来一些，但其中最值钱的洋钟、洋车子少了几样。

彭志和周税官心中大惊，赶快再去找到邓麻子，这才知道上个月底冈吉已经把周税官、周太太和彭志的三份股息代领出来，一共三百块大洋，还要把自己和周太太的两份股份撤出来。当时老邓找不到合适的人接收那两份股份，只能折算一下，拿出一些烟土给了他们。

周税官骂道："这对狗男女，一定听到了什么风声，悄悄撤了股份，还把咱们的股息诓走。"彭志心中疼痛，私卖鸦片，一旦被抓住，自然是血本无归。最可恨的是冈吉，卷走了自己一个月的股息。

看周税官的样子，也是一个扛小旗的，埋怨他毫无用处，彭志只有在心中暗暗叫苦。早在春天的时候，冈吉给自己找了一处德国人的房产，从周税官家里搬出去。周太太最初还两下里跑，后来嫌麻烦，干脆住在了冈吉那里。彭志和周税官一起找到冈吉的住处，冈吉不在，房子里还住着另外两个日本人，据说也都有股份投在烟土生意里。

彭志和周税官在那里等了一天，冈吉并未露面，两个人就动手搬房子里的橱柜，要把一百块大洋的损失找补回来。两个日本股东和他们争抢，周税官见形势不妙，马上溜走，剩下彭志一个人，被日本股东狠狠打了一顿，胳膊都险些被砍断。

定魁守在彭志的床边，听他诉说受骗挨打的经过，自己的烟瘾却上来了，感觉腰酸背痛，坐立不安，鼻涕眼泪流得一塌糊涂，连几句安慰的话也顾不上说了。若在往常，彭志看见他这一副瘾样子，总会拿钱给他去抽烟，现在他哪里顾得上定魁？

定魁走到外面，找街面上的几处烟馆去碰运气，各家都把他轰到门外，没有半点商量的余地。定魁一路走回到家里，小美蓉搂着孩子躺在炕上，灶间一片冰冷。定魁舀一大碗冷水喝到肚子里，和衣躺在冷炕上，受了一夜的煎熬。

一大早定魁就爬起来，一语不发，出门直奔鸿运膏局。这一夜他想好了，这样躺在家里受煎熬，早晚会被慢刀子割死，不如找到武振庭大闹一场，随便他处置，顶多是自己痛快地死掉。

来富和来贵看见定魁摇摇晃晃地走进膏局，吃惊不小，赶快出来接住他，给他倒茶水。定魁面色青灰，一眼看见桌子上的烟枪，伸手在自己的脸上狠狠抽了一巴掌，恨道："我武定魁活该出去丢脸！自己家里就有现成的好烟枪，有抽不完的好烟膏，我还厚着脸皮，这里去讨一口烟抽，那里去讨一口烟抽！"

说着他抓过烟枪，让来富拿出局里最好、最贵的烟膏给他。来富和来贵早吓出来一身的凉汗，看定魁今天的架势，摆明了是要豁出去，到这里来大闹一场。武振庭现在就坐在楼上，今天怕是要出大乱子。

来贵悄悄让一个小伙计赶快去武家，叫家里来人，越快越好。来富在那边和定魁周旋，只想着赶快让这位少爷离开膏局，别的事情以后再说，便从柜台里拿出一盒烟膏，悄悄塞进定魁的袖口里，低声赔笑道："少爷难得到膏局里来一趟，这是咱们存的一点台湾陈膏，今天算是来富孝敬给少爷的，少爷拿回去，给朋友们尝一尝。"定魁直起脖子问："尝？给谁尝？现在我走到哪里都有人在后面咒骂，我哪有什么朋友？你快把灯点上，这么好的烟膏，我要自己先尝尝。"

来富陪着小心："少爷带回去尝吧，在家里享用不是更舒服？"定魁说："这里不是我的家吗？这里不舒服吗？"来富快要哭出来了："我们忙着做生意，伺候不周到，少爷疼疼我们，把烟膏带回去抽，好吗少爷？"

定魁不理他，拿过烟枪，双手哆嗦着把烟装好："行，我疼你们，不麻烦你们，你们只管忙去。"说着拿衣袖轻轻一扫，把桌子上的茶壶、茶杯全部打落到地上，"哗啦啦"摔得粉碎。来富惹不起他，只好把烟灯替他点上，送到面前来。定魁凑到灯上抽起来，烟雾吞到肚子里，身上顿时一片酥软，他就踢掉布鞋，抬腿上了桌子，放倒身子慢慢吸起来。

真不愧是鸿运膏局的烟膏，一口抽下去，感觉如仙如醉。那一刻定魁觉得，今天就算父亲把自己打死在这里，自己死得也值了。这么想着，他突然敞开喉咙唱起来，唱的是小美蓉平日哼唱的茂腔。

来富和来贵又急又怕，不知道定魁后面还会弄出什么花样。今天的事情看来要闹大，最终无法瞒过武振庭，那就不如早一点告诉他，更为妥当。两个人正在商议，武振庭已经在楼上大声呼叫，来富慌忙跑上楼。武振庭问："下面乱哄哄的，怎么回事？"

来富支吾难言，楼下又传来定魁嘶哑的吼唱，武振庭逼问："到底怎么回事？谁在下面？"来富只好说："……是少爷在下面。"

武振庭呻吟一声，摆手示意来富下去。武振庭默然抽着烟斗，定魁一定是在外面处处碰壁，混不下去，却不思悔悟，竟然敢一步闯到膏局里来。武振庭现在不想面对定魁，希望他知趣一些，闹过一阵之后自己走开。

但楼下又是一阵"哗啦啦"的响声，有什么东西被打碎，定魁在下面狂笑起来。武振庭的心中一阵焦躁，放下烟斗，慢慢走下楼来。大堂里挤满了人，来富、来贵几个人站在柜台外面，满头大汗。大堂中央的桌子上横躺着一个人，手里擎着一杆烟枪，两只瘦嶙嶙的赤脚搁在桌沿上，因为心中舒坦，瘦长肮脏的脚趾头不停地搓动。

一团恶气顶上武振庭的胸口，他上前几步推开众人，扯住定魁的腿猛地一拽，定魁像一床破败的棉絮，轻飘飘地从桌子上滑落到地上，那一盏烟灯跟着他滑落下来，在地上摔得粉碎，一根烟枪却还死死地抓在手里。定魁向上看着父亲，咧开大嘴无声地笑了。他的丑陋、无耻和无能更让武振庭羞愧、愤怒，他跨步过去，一脚踩住定魁的手腕，夺过那根烟枪，抡起来没头没脑地打下去。

定魁痛得在地上翻滚，刚才抽下的几口烟让他振作起来，呼号的声音十分响亮。抽了这么久的鸦片，又一直在外游荡，饮食无定，定魁整个人已经瘦骨嶙峋，号叫的时候面皮青涨，脖子上几根粗大的青筋暴起，三分像人七分像鬼。武振庭看得又痛又恨，武家的子孙怎么会沦落到这种地步？这样的儿子就算活在世上，也是百无一用。

于是武振庭把手里的烟枪挥得更高，力量更大。来富等人站在一旁为难，掌柜的面色实在是少见的难看，今天是真正动了怒，没有哪个人敢在这时候上前去劝解。一根烟枪很快打折了，武振庭丢到一边，找不到更合适的东西，就把旁边的一只木凳举起来，狠狠砸向定魁。

来富他们不敢再看下去，几个人一拥而上，拼命拦住武振庭："掌柜的，这样要把人打坏了！少爷再大的不是，回头慢慢教训，可不能下这样的狠手。"

"滚开！都滚开！"武振庭踹了他们几脚，却挣脱不开众人的手。定魁瘫倒在地上，一番挣扎之后，衣衫散乱，裸露出肚皮上那个醒目的刺青，细目高髻的日本女伎托着一杆烟枪，一副妖艳之态。聚拢在膏局里的人看见这个刺青，更觉振奋，都要挤到前面来，以便看得更清楚。

这个刺青再一次激怒武振庭，他丢开木凳返身上楼。来富几个人暗暗庆幸，以为一场巨变总算应付过去，剩下的便是如何把地上这一位瘟神弄走。办法还没想好，武振庭已经从楼梯上走了回来，手中多了一把乌亮的手枪。一见手枪，看热闹的人吓得轰然散开，来富他们暗暗叫苦，知道定魁今天怕是要完蛋了。

刚才一顿毒打打得定魁昏死过去，这会儿清醒过来，看到父亲和他手里提着的枪，也知道害怕了，也想逃走，腿脚却是动弹不得，只能躺在地上随便父亲处置。

混乱当中，佳菊匆匆赶到，从门边拼命挤进来，尖叫一声，一下子扑到定魁的身上，紧紧护住他。武振庭怒喝道："佳菊，起来！"佳菊哭着叫喊："爹，他是定魁啊，你不认识他了？他是定魁！"武振庭恨道："你躲开！我杀的就是这个孽障！"一边骂一边揪住佳菊的头发，要把她扯开。

佳菊明白，只要自己和定魁分开，定魁就会在枪下丧命。可她有孕在身，挣不过父亲，索性松开双手，回身抓住父亲拿枪的手，再不敢放开。武振庭气得大吼，要把佳菊甩开，佳菊死死抱住他的胳膊，哀声叫道："爹，饶了定魁吧！饶了他吧！定魁已经有了儿子，那是你的孙子。你杀了定魁，让那孤儿寡母以后指望哪一个？定魁会慢慢改的！"

武振庭吼道："留着这个孽障，他们更没有指望！武家祖宗的脸面要给他丢尽了！"佳菊拉不住父亲，心中绝望，却不敢放手，开始哭喊死去的母亲，数说他们姐弟几个这些年来的悲苦，悲声喊道："娘啊，你在那边孤单了多少年，今天定魁就要去找你了，你等着他。我们几个早晚也会过去陪你，一家人又到了一起，你也就不用再惦记我们了！”

佳菊的这一番话救了定魁的性命，武振庭心里的刚硬一下子崩塌，悲叹一声，甩手推开佳菊，手中的枪却垂下去。来富趁机朝伙计们使一个眼色，几个人一齐上前，抓胳膊抓腿，抬起定魁飞快跑出门。

武振庭转身走上楼去，佳菊不放心，爬起来跟到楼梯上，侧耳倾听，听见父亲重重的几声叹息，一会儿又闻到烟斗中飘出来的烟气，佳菊这才敢离开膏局。

到家以后，佳菊惦记着定魁的伤势，自己又不敢出面去看他，害怕被父亲知道。第二天下午，龚易从银行回家的路上顺便去看望定魁。小美蓉抱着孩子来开门，看见衣冠楚楚的龚易亲自上门来，喜得流下眼泪。

生过孩子之后，小美蓉比从前丰满了许多，也更像一个啰唆的妇人。定魁一脸肿胀，闭紧双眼躺倒在炕上，听见龚易的问候，也只是在鼻子里哼了几声，算是答应他。龚易看出他只是一些皮肉伤，伤势并无大碍，佳菊可以不必担忧了，一边从小美蓉的手里抱过婴儿，逗着他玩耍。

小美蓉说：“孩子早都过了百日，还没有一个合适的名字，今天正好姑夫来了，请姑夫给他起个名字吧。”龚易诧异：“怎么？这么多天，为何定魁还不为孩子起名字？”小美蓉说：“名字他倒是起了，一会儿叫‘烟灯’，一会儿叫‘扦子’，看见什么就拿来给孩子做名字，也不管难听不难听，胡乱叫。姑夫有学问，给咱们起一个好听的吧。”

龚易说：“孩子是武家的长孙，该有一个像样的名字。”定魁在炕里突然睁开眼睛，把一张肿大的脸转向龚易，上下打量一番：“龚易，咱们一起在场院里听小美蓉唱戏，这才过去多久？绕来绕去，她成了我的女人，你成了我的姐夫，想起来像做梦一样。”龚易笑道：“是啊，时间过得真快，连你们的孩子都这么大了。定魁，你也是德华的学生，应该正经给孩子起一个名字了。”

定魁说：“我现在整天心灰意懒，自己都顾不上自己，哪有心思管那些，随便叫就是。”龚易对小美蓉说：“这事不可草率，要么你再等些日子，孩子的名字要查一查武家的家谱，免得犯了长辈的名讳。这种事最好由他的爷爷来决定，是吗？”定魁听龚易提到父亲，在一旁恨道：“我的儿子没有爷爷，这事不用他管！儿子也不姓武！”

龚易劝道："定魁，其实你昨天的做法欠妥，不应该到膏局里去闹，惹爹生气。"定魁挣扎着坐起来："他在外面到处打招呼，逼得我走投无路，我早应该去找他。他竟然对我痛下死手，无情无义。来而不往非君子，我要让武家断子绝孙！"

龚易看明白，定魁现在已经完全堕落了，不想再听他聒噪，胡乱应付几句，把孩子还给小美蓉，起身告辞。小美蓉送到外面，龚易从口袋里掏出一叠银元交给她，低声嘱咐："你知道我们住在哪里，遇到什么难事，只管去找佳菊和我，不要再让定魁去膏局里闹事，也不要委屈了孩子。"

小美蓉的眼中噙满泪水，连连答应，看着龚易走远，才抱着孩子回到屋子里。定魁在炕上说："龚易这小子，娶了佳菊，得到一大笔嫁妆，还在银行里弄了一份好差事。现在衣衫齐整，头发梳得光光的，好不气派。只有我武定魁一日不如一日，越活越不像样子。"

说着又想到彭志，心中更不自在："原来和我相当的人，如今混得都比先前得意。彭志一个二流子，早先都是捡我吃剩的，如今都和别人做起大生意来，天天到饭店里吃喝摆阔。龚易跟着丢官的老爹逃到青岛，娶了武家的闺女，也混成了体面人样儿。在我面前，他们都成了有钱人——刚才龚易是不是留下钱啦？"

小美蓉不敢应声，定魁说："他送钱你就留下，彭志也是一样，这是他们欠我的，我收下一点也不丢脸。小美蓉，这些日子我有点想明白了，当初我武定魁也是有钱人家的阔少爷，整天提鸟笼、骑洋车，爱干什么就干什么，逍遥自在，别人没见过的新鲜玩意儿我先都有了，先都玩了，谁见了我都恭恭敬敬的。自从在武家庄遇见你，我就开始倒霉。先挨了一通日本人的痛打，给他们拉去做苦力。回到城里以后无处安身，四处拜门子要饭，一次又一次被人追打。我武定魁长这么大，以前可从来没挨过一巴掌，如今却落到这个地步，是不是你的缘故？"

一番话，句句戳到小美蓉的痛处，小美蓉被他说得心碎，却不敢哭出声来，垂头对着孩子，让泪水无声地落到孩子的脸上，不敢分辩半句，也不敢答应。定魁说得没错，是自己害了他，如果说有什么人从他们的恋情当中得到了好处，那个人就是小美蓉自己。她对定魁又痛又爱又怜，一片痴迷，愿意为他去死，所以，无论定魁怎么堕落，她都不会抱怨。无论定魁怎么羞辱她，她都会默默忍受。

定魁伸脚踢她："你说话，是不是你的缘故？"小美蓉忍不住放声痛哭："定魁，是我不好，都是我的错，我把你害了！定魁，我愿意替你受苦，愿意替你去死！你不知道，你现在这样子，让我心里多痛，让我多苦！"

她的悲哭让定魁困惑："混账娘们儿，你比我还冤屈啊？你替谁去死？我说过我要死吗？"

14

佳菊嫁到龚家之后，珍姨把家中的事务全部交给她去掌管，自己安心享受。家里的事务其实很简单，最愁人的是安排收入与开支。现在龚家每月的收入只有龚易在东莱银行的一份薪水，还算丰厚，只是除去全家的开支，佳菊还要暗中拿出一些钱去接济定魁，无论佳菊如何精心算计，总是不够花。

另一件事尤其让佳菊烦心：珍姨的烟瘾现在越来越大，常常对佳菊抱怨说，龚易从外面买回来的烟膏抽起来味道不对头，价钱还贵得离谱，会不会是被膏局的伙计们欺骗了？或者是烟膏里掺了假？这种话她每天都要在佳菊的耳边重复几遍，佳菊感觉不安，没有多想就自己走到鸿运膏局去，买了一些上好的烟膏带回来。珍姨尝过之后不停地夸奖说滋味真好，真地道，买烟的事务从此便落到佳菊的身上。最初的几次，珍姨还拿出自己的钱交给佳菊，佳菊不肯收，略略推让一下，珍姨竟然就把钱收了起来，以后顺势而为，根本不再提钱的事，这一份意外的支出也就稀里糊涂落到佳菊的头上。

当初结婚的时候，佳菊也带过来一笔钱，这两年里在定魁的身上花掉不少，已经所剩无几，这时候只好拿出来贴补家用。娘家那一边虽然有钱，芸姨娘毕竟不是自己的亲娘，佳菊回家也不好向她开口，又害怕父亲知道她在暗中帮助定魁，惹他生气。

私下里，佳菊对龚易诉说经济上的困苦，让他想一想办法。龚易自然心中有数，日常的家用倒还好说，母亲的烟钱和对定魁的接济都不是小数目，却一样都不能短少，便说："我知道你的难处，可是这种事我有什么办法？又不能变出钱来，只好在别处省一省吧。"佳菊说："说起来容易，父母双亲都是过不了苦日子的人，让我怎么节省？只盼着定魁早日回头，或者父亲能谅解他，让他回家去，那样的话咱们也少了一个大负担。"

龚易看见佳菊脸上现出愁容，心中禁不住泛起柔情，怜惜地握住佳菊的手："佳菊，刚嫁到龚家，就让你为生活愁苦，这是我的罪过。"

先前，龚易喜欢的一直是佳桃，第一次遇到武家三姐妹，他的眼里只有佳桃，很长一段时间，他都未曾留意过佳菊的相貌。佳菊的身上缺少了佳桃那种锐利的神采，却有一种佳桃比不了的善良和柔顺。结婚之后龚易才明白，佳桃式的媚丽和佳菊式的柔顺，是鱼和熊掌的关系。佳桃那样的刚强和果敢固然让他喜欢，不过，在烦琐平淡的日常生活之中，佳菊式的柔顺更重要，对保持婚姻的安定与长久，益处多多。

佳菊喜欢听那种略带一点自责的关切话语，尤其是从龚易的嘴里说出来，让她格外快慰。她不想再拿那些家庭的琐事来为难龚易，自己仔细思量之后，想出一个办法。下一次她再去膏局买烟，并没有付现钱，只让来富记到账上，等将来手里有了钱，再来结清。

武振庭听来富说起这件事，明白龚家的境况是不太宽裕，佳菊被逼无奈，才会委婉地到自己的膏局里告借。武振庭早就猜到，定魁能在外面支撑这么久，必定有人暗中接济他。佳桃的脾气是绝不肯出面的，那就一定是佳菊在掏钱。一想到定魁已经有了儿子，是武家的后代，武振庭心中对定魁的憎恨消散了许多，甚至生出几分歉疚来。

下一次武振庭再遇到龚其迈，请他为自己的商号题写一块牌匾。龚其迈说："我看膏局的招牌新鲜又气派，好好的为什么要换掉呢？"武振庭明白，龚其迈是不认同膏局的生意，不肯写，就摇头笑道："我请亲家写的，不是膏局的招牌，是'鸿运船运'。"

龚其迈说："鸿运船运？亲家打算要转行吗？"武振庭说："膏局的生意还要做下去。不过，烟土生意并非长久之计，私下里不知道有多少人在咒骂我。我一直有意新办一个航运公司，预订的新船已经在造船厂里建造。"

龚其迈答应，回去之后立刻动笔，写出的字却不能让人满意，便丢在一旁，迟迟没有心思重新再写。前些日子传来袁世凯称帝的消息，各地一片反对之声，群雄纷起。龚其迈从自己读史的经验中得出结论：眼前的乱世当中，敢于挺身而出者才有可能成为胜者，至于最后哪一个成了奸贼、哪一个成了豪杰英雄，还要历史去评判。像自己这样蜗居在海岛上的前清官吏，早已经被抛弃到潮流之外，无人理会，只怕要一直留在这里了。

元旦之日，俞伯庸前来拜会龚其迈，看见书案上写好的几个大字，点头道："龚大人真是洒脱之人，如今外面龙争虎斗，你还有兴致学唐伯虎。"龚其迈苦笑道："唐伯虎可不是洒脱，他分明是生计艰难，需要卖字为生。"俞伯庸摇头："在青岛的生活虽然不比北京，龚大人多少总会有一些积蓄，如今公子在银行里做事，娶的又是膏局老板的千金小姐，总不会沦落到卖字为生的地步吧？"

龚其迈叹息："你只看见鱼喝水，看不见两鳃流。其实，就算卖字为生，也不算什么难堪之事。当年翁同龢写得一手好字，晚年罢官回乡，生活困窘，只因为曾经做过帝师，放不下身段，宁可典当度日，都不肯卖字自给。我才不会做他那样的傻事。"

俞伯庸笑道："确有此事。听说翁同龢死后，他的一副楹联能卖到二十两黄金，可见他书法的精妙。不过还有一种说法，翁同龢、张亨嘉这些文采俊拔者，其实都有天阉的隐疾，无法亲近女色。龚大人的字比他们毫不逊色，不知道……"龚其迈气道："胡说八道！写字与天阉，风马牛不相及，一定是有人妒忌他们的才学，才任意编排。"

俞伯庸感叹道："就算是恶意的编排，我也喜欢那些当年的旧事，如今它们一件一件地远去，难得有人提起了。"马上他又恨声说道："从今天开始，改元洪宪，中华民国又要变成中华帝国了。我早就看出袁世凯的狼子野心，只没想到来得这么快。什么革命党？什么总统？他兜了一个大圈子，不是又要登基做皇帝？还说什么'亿兆推戴，责任重大'！混蛋！简直无耻至极！"

龚其迈明白俞伯庸为何如此愤懑，俞伯庸他们一直和济南的前清遗老们往来频密，寻找机会复辟大清帝制。袁世凯的做法自然让他们这些人深恶痛绝，所以龚其迈只是微微颔首，并不言语。

俞伯庸说："现在全国到处发出反对的声明，西南起兵，北洋将领也是一片抱怨之声，我看袁世凯最后怎么收场。时局如此混乱，依我看，天下大乱未尝不是好事，从大乱到大治，否极泰来，却不知道你和我还能不能等到出头之日。”

龚其迈说：“我最近听说一副对联，说的是民国这几年的新气象，十分恰当。上联是：男女平权，公说公有理，婆说婆有理。下联是：阴阳合历，你过你的年，我过我的年。我再给它加一句横批：天下大乱。”

俞伯庸笑道：“嗯，倒也恰当。你过你的年，我过我的年，年年岁岁花相似，岁岁年年人不同。你我既然生逢乱世，还是要有所作为，不要自甘寂寞才好。”

到了正月十六，龚其迈亲自把写好的字送到膏局。武振庭展开来看，“鸿运船运”四个大字果然写得端庄饱满，雍容气派。武振庭十分满意：“亲家写得一手好字，在这里十分难得。周围各家商号的牌匾许多是请学校的先生或者算命先生写的，有人干脆自己动手，都不像样子。”

龚其迈说：“我看见路边的许多招牌写得确实丑陋怪诞，不过大家都是做生意的，只要别人看得懂就好。”武振庭说：“招牌可是商家的门面，进门之前，看一看招牌就知道商号里面的货色如何。不是那些人不想讲究，不想有一块体面大方的招牌，实在找不到好的书法。亲家如果有闲暇，不妨纡尊降贵，出来为商号题写牌匾，权当是一种消遣。那些商家能得到前清侍郎的真迹，都会感到体面、荣耀，让他们拿出几十块银元酬谢，必定愿意，算是两全其美的一件好事。”

龚其迈明白武振庭的苦心，家中的境况日渐窘迫，佳菊的为难之处龚其迈自然清楚，事到如今，他不能再摆清高的姿态。那天自己与俞伯庸调侃，文人卖字并非不堪之事，心中其实就有几分想法，于是笑道：“那么，以后就讲亲家留意，哪个商家不嫌我的字体粗陋，我愿意献丑。”

武振庭看他如此爽快，心中高兴，满口答应，一边招呼来富，让他请人去制作牌匾。来富上楼来答应，身后带着一个人，一副乡下人的打扮，武振庭看着有些面熟，一时却想不起是哪一个。龚其迈起身告辞，武振庭送他出去，往回走时总算想起来，来人是武家庄的乡亲，名叫张登。

张登上前拉住武振庭，开口之前先哽咽起来，双眼紧闭，嘴里发出一阵阵“吭吭”的响声：“振庭，你家我大叔老了！”武振庭心中一紧，没有料到张登是来报丧的。可是，年前来富刚刚去过那边，回来说父亲的身体很硬朗，怎么就会突然去世？武振庭悲从中来，伏在桌前痛哭。

张登等他收住悲声，说：“初二送了年，大叔就说胸口闷重，一夜没睡好。天明以后，找郎中来扎固好了，不再胸闷，也就没有捎信过来。到了昨天十五，吃晚饭时刚端起碗来，一头扑到炕前去。等把他抬到炕上，已经断了气。装老的衣服都没来得及穿上，就光着身子走了。”

武振庭带着张登回家。佳菊有了身孕，佳荷一个冬天都在咳嗽，她们两个只能留在城里。最重要的是定魁，平时武振庭不愿意看到他，眼不见心不烦，现在父亲去世，送殡的时候不能缺了他。

龚易和冷叔闻讯赶来，武振庭让冷叔跟着过海，龚易和来富去找定魁，务必要劝他一同到乡下去。

龚易和来富到定魁家里，定魁盘腿坐在炕上，听了他们的交代只是轻轻说一声“知道了”，不再言语。龚易催促说：“父亲他们已经去了码头，你赶快收拾一下，跟着一起过海去吧。”

小美蓉在一旁问：“我和孩子也要去吗？”龚易犹豫，武振庭在匆忙之间并没有提到他们，也没有正式认可二人的婚事，现在贸然带他们过去，恐怕不太妥当。龚易就说：“孩子太小了，海上风大，只要定魁自己去就行了。”定魁说：“我去干什么？不去！”龚易说：“定魁，你是武家的长孙，爷爷去世，你不去出殡，于情于理都说不过去。”

定魁说：“武振庭不让我迈进武家的大门，像打死狗一样打我，还拿手枪指着我，那天要不是佳菊拼了性命拦着他，我早就成了枪下的死鬼。我不是他武振庭的儿子，自然也不是武家的长孙，我只是我儿子的爹。”龚易说：“定魁，咱们过去是好朋友，现在是一家人，别的事我不会为难你，但今天的事你必须要去。”定魁说：“你是哪个？我娘死了以后我就没有家了，怎么突然和你成了一家人？”

龚易有些恼了：“定魁，没想到你嘴里会说出这种话来，让我都替你害臊。你住的房子是武家的，你吃的、穿的、抽的都是武佳菊给你的，离开了武家，你一日也活不了。”定魁直着脖子叫道：“龚易，我看这些话用到你自己身上最合适，你一个前清遗少，在北京无法安身，跑到这里来避难。离开了武家，你能有今天吗？”龚易正色道：“定魁，我不想和你争辩。可我告诉你，如果你今天不去，以后休想再拿到我们一块银元！”

定魁看他动了怒，感觉心虚，害怕他以后果然不送钱过来，就放软了口气：“你还别拿这个吓我，我现在什么都不怕。你们让我去那个穷地方，我现在一日也离不了烟膏，到乡下以后万一我犯起烟瘾怎么办？到时候谁都没有办法，不是要我在别人面前出丑？”来富在一旁赶忙说：“少爷放心，烟膏和一应的器物我都准备好了，做成一包给你随身带着，保证都是最好的，你只要不让掌柜的看见，随便你怎么抽。”

定魁听了这话，立刻下炕，几下子就穿戴好了，跟着龚易和来富匆匆赶到小港。武振庭、芸姨娘、佳桃和冷叔他们已经上了船，定魁一到，立刻开船，龚易一个人回去照应家里。

一行人赶到武家庄，天色已晚。武定威把他们迎进门去，亡者的尸身摆放在堂屋里，早已经穿戴妥当。武振庭翻身跪倒在灵前，伏下身子一声不响。老父亲就躺在他的眼前，面皮灰白，枯干的胡须蓬乱一团。上一次武振庭与他坐在一起还是十多年前，父子俩面对面大吵一场，那以后武振庭再没有回来过。

如果死者有灵，一定不愿意看到他跪在这里，不愿意他为自己送葬。武振庭不相信魂灵的说法，但他明白，从今以后父亲不会再恨他了，但同样也不会原谅他，一切全都结束了，这最让人悲伤。武振庭想着这些事，两行热泪立刻滚落下来。

在他的身后，芸姨娘、定魁、定威、佳桃和冷叔都跪下来，默然垂头。点燃的长明灯和线香一起燃烧，冒出一股股的青烟，袅袅而上，热气灼人，烟气闷在窄小的堂屋里，呛得人直想流泪。一个身材矮小、满面白须的老汉从东边的屋里走出来，皱紧眉头，冲着武振庭喝问一声：“快号！怎么都不号？！”

武振庭听见喝叫，果然将头伏低，粗着嗓子哭起“爹”来，声音响亮，芸姨娘赶快跟上。定魁和定威也跟着哭起“爷爷”，哭得声泪俱下。佳桃一直跪在最后，偷眼看一看左右站着的那些人，脸色黑皱，面目却和父亲有些近似。父亲的哭声突然在耳边炸响，佳桃第一次听见他发出这样的声音，羞窘万分，定魁的哭声则让她生出几分愧疚，只好把头深深伏下，盯着地面一声不响。

众人陪着武振庭哭了一回，慢慢收住悲声，搀扶他站起身，拿来孝袍帮他们披上。已经是晚饭时间，众人坐下来匆匆吃了几口。这一晚还要为死者圆庙，大门外面扎起席棚，一班吹鼓手也到了，武家的男女子媳集合起来，抬着纸马纸轿，由吹鼓手在前面引路，沿着村里的大路慢慢行走，到村西的路口烧掉纸马纸轿，再沿着黑漆漆的村路走回来。席棚里掌起灯来，吹鼓手们坐在棚里继续吹，一直要吹到深夜。

第二天下起了小雪。上午男人们由吹鼓手引领着，出去迎旌铭。堂屋里的线香一直在燃烧，草纸被一张一张丢进灵前的瓦盆中，薄薄的纸片在橙黄的火焰中蜷缩、变黑，火焰的梢尖上是青色的烟，袅袅直上，呛得人流泪。佳桃在屋子里坐不住，悄悄走到外面，看见东边厢房的门敞开着，门里的墙边立着几个纸扎的小人，青衣黑裤，黑发白面，僵硬骇人。旁边还立着另外两个纸人，身量约摸有半人多高，面目描画得更精细，是一对用在灵前的童男女。童女的头上粘了一蓬黑纸剪成的长发，用粉色的纸裁剪了一件袍衫，下面配着黑色的纸裤，裤脚底下露出来两根手指粗细的秸秆，戳在地上，算是她的腿脚了。旁边童男的光头上戴了一顶黑色的宽檐帽，身穿一件蓝色的纸长袍，下面是一样的黑色纸裤和秸秆制的腿脚。

童男与童女的面目相当，光滑粉艳，眉眼画得十分俊俏。厢房里光线昏暗，这些光鲜的纸人让佳桃感到一阵可怖的阴森之气，赶快转身退出来。昨天在灵前训斥过父亲的小个子老头从大门外走进来，手里提着一只活公鸡，冲着佳桃说："拿一只碗来。"

佳桃跑进灶间拿一只瓷碗出来，老头示意她把碗放到地上，自己蹲下去，扯去公鸡脖子上的羽毛，用一把菜刀割下去。一片殷红的鸡血涌出来，滴进碗里。老头放下菜刀，松手丢开公鸡，到厢房里端出那一对童男女和小纸人。割断脖子的公鸡还没有死，拱起身子，耷拉着沉甸甸的脑袋，歪歪斜斜向着佳桃这边直跑过来。佳桃大骇，慌忙跳到一边，那公鸡却像是认准了她，就地打一个旋儿，转过身子，脖子上滴着血，再一次向她奔过来。佳桃身后的屋墙挡住了她的退路，无处躲闪，吓得她尖叫起来，眼睁睁看着那公鸡向自己奔过来。谢天谢地，在撞到佳桃身上之前，公鸡的力气全部耗尽，一头扑倒在地，翻腾几下，终于安静下来。

老头把纸人全部摆到屋檐下，端过那一只鸡血碗，嘴里开始奇怪地吟唱，一边用一根钢针蘸着鸡血分别戳到纸人的眼、鼻、口等处。佳桃站在后面，看着老头的黑帽子和帽子下面一段皱缩的脖子，心中的恐惧弥漫开来，赶快从那里走开。

迎旌铭一直迎到晌午，众人回来时已经到了吃饭的时间。从昨天到现在，定魁一直没有找到一个合适的机会抽烟，这会儿坐在饭桌边，不停地擤鼻涕，眯着眼睛把馒头随便塞进嘴里，没滋没味地嚼着。父亲在那边只顾和伯父商量着丧事，定魁再忍不下去，悄悄放下筷子走到外面，找到来富说："我要死了，快把东西给我。"

来富示意他低声，把他引进后面的一间空屋子，点上灯，从怀里掏出烟枪烟膏。定魁歪倒在炕上，来富没有骗人，给他捎带的都是上好的陈膏，烟味醇正绵厚。自从跟着小美蓉吸上鸦片，定魁从来都没有吸过这么好的烟膏。他蜷着身子只顾了陶醉，不知道过了多久，突然听到外面的大号"呜呜"地响起来。来富匆匆跑进来说："我的亲爷！怎么还抽啊！起棺了，外面都在找你呢，快起来！"

定魁这才想起今天是爷爷出殡的日子，自己下午还要出去打幡，急忙爬起来出门。来富在后面替他吹灭烟灯，藏好烟枪。外面一片混乱，棺材正从门里抬出来，安放到一个蟒罩下面，门里门外一片悲号之声。定魁走进人群，只觉得脚底虚飘，像走在绵软的云中一样。冷叔和定威都在四处找他，看见他，赶快拉他到门边去，把一杆长长的纸幡塞进他手里。定威自己也拿了一根，和定魁并列站到蟒罩前面去。

大号小号吹得响亮，在一片悲号声中，十几个人吆喝一声，把沉重的蟒罩抬起来。抛撒纸钱的人走在前面，武振庭和兄长被人搀扶着，跟在后面哀号，童男童女被人捧着，跟在他们身边，后面是定魁和定威手擎招魂的纸幡，跟在蟒罩后面的是同族的妇人，芸姨娘跟在嫂子身后，佳桃也混在女眷当中，跟着走。

出殡的队伍沿着村中的大路慢慢前行，在每一个路口停下来，行礼祭拜。这会儿定魁感觉头脑眩晕，脚底下比刚才更轻飘，感觉根本踩不到实地上。昨天一天没有机会抽烟，刚才又抽得太多太猛，手中的那一根长木杆上挂着纸幡，冷风吹过来，长长的纸幡随风摇摆，定魁拼尽全力才能把木杆稳在怀里。这样太吃力，定魁知道自己支撑不了多久，必须找个人过来帮自己一把，但来富不知跑到哪里去了，定威在蟒罩的那一边，已经哭得泪眼迷蒙，而且手里也抱着一样的纸幡，冷叔在前面扶着父亲，芸姨娘和佳桃则跟在蟒罩后面，看不到这边。

定魁明白，这个时候找不到人来帮助自己，他马上就要瘫倒，就要在众人面前出丑。心中一急，定魁不禁大放悲声，敞开嗓门哭起“爷爷”来。这一哭便无法收场，他干脆停住脚步，把手里的纸幡杆子拄到地上，支撑住自己的身体，放声大哭，只哭得声嘶力竭，酣畅淋漓，把伯父、父亲和众人的哭声完全盖住。

两边看殡的乡亲被他的哭声惊动，凑到他的身边来看他悲号痛哭，都忍不住陪着他落下泪来，说这个城里回来的孙子真是仁义，对爷爷的死如此伤心。他的虚软的样子让人担心，有人就伸手过来搀扶住他。定魁已经完全陷入迷幻与癫狂当中，无法止住自己的哭声，把手里的纸幡随便丢给别人，只管敞开喉咙，呛着寒风号哭，被乡亲们架着，一路哭到墓地上去。

上过头七坟之后，武振庭先要带着家人暂且回城，待五七坟时再回来。船正要离岸，定威从后面追上来，从岸边纵身跳到船上来，对武振庭说：“二叔，我也要到城里去，跟二叔学着做事。”

武振庭问：“你爹知道吗？”定威说：“他要是知道了，不会让我来的。我安排了邻人，吃过晌午饭之后再告诉他。”武振庭不语，沉思良久，吩咐开船。海岸渐渐后退，船与山、船与岸之间，暗灰色的水面越来越大，渔村后面倚靠的青山慢慢显现出它的轮廓，越来越完整，倚在山脚下的武家庄一点点缩小下去，融入到高山之中，最后变成山脚下的一小片灰黑色的点缀，同样的点缀，沿着海岸还有好几处。

武振庭望着远处的山影，那完整的山影渐渐有些迷茫了，武振庭自言自语：“二十多年前，我和定威一样使船打鱼。渔船漂在海上，四下里的海水湛蓝，除了海水，再望不到别的东西。我对自己说：我就算穷死饿死，也要到外面闯一闯，不能一辈子过这种摇风泼浪的日子。”

定威说：“我也要闯一闯，只要不使船，干什么都行。”武振庭接着说：“有一次出海回来，渔船靠在码头上卸鱼，一个土货行的伙计买了一篮子鱼，我提着篮子帮他送回去。那个伙计就是冷叔，我问他哪里有人要用伙计，他告诉我有一个店铺里正缺少一个干零活儿的。我收下冷叔给我的鱼钱，没有再回渔船上去，留在了城里。一天忙下来，只能混饱自己的肚子，过年回家的时候两手空空，没有积攒下一点钱。你爷把我大骂一顿，说：过了年你要是回到渔船上，你就还是我的儿子。要是你还敢回城里去做那些下三滥的营生，我就没有你这个儿子。”

武振庭回头看着定威：“定威，你已经是大人啦，和我当年一样大。你自己愿意出去闯，我依了你。今后是穷是富，是福是祸，可全看你自己了。”

定威茫然地点头。武振庭望着远处的山影，对身边的定魁、定威说：“活着的人，不过是一些来往的过客，只有这山这海最珍贵。你们的爷爷活着的时候，一直恨我怨我。如今把他殡在那山里了，以后我不会再回来。将来等我死了，你们兄弟再把我送回来，也埋到那山里，可是，不要离爷爷的坟太近。”

一番话让定魁和定威不知所措，都把头垂下去。佳桃在一旁听得心酸，对父亲怨道：“定威来投奔你，你不想想应该让他做些什么，却去想那些千百年以后的事，好不糊涂。”武振庭说：“定威的事回去再想，我刚才说的话你也帮他们记住。”

佳桃说：“爹既然恋着这里，到时候他们若忘记了，我送你回来就是。”武振庭摇头道：“做这种事情，女儿都是不中用的，到时候你不知道嫁到哪里去了，我还是相信他们两个。”

佳桃无语，想起爷爷僵硬的脸和直挺的身体，有一天父亲也会是那个样子，还有定魁、定威和自己，最终都要陷落到那个死亡的深窟里去，人生原来是无可奈何的。

15

佳荷的身体强健了一些，就要出去上学。武振庭自然赞同，希望她能到外面去活动身体，多多与青年人交往，总比天天闷在家里好。

佳桃要为佳荷做一件新衣服，因为爷爷才去世不久，芸姨娘找出来一块蓝色衣料，佳桃忙活几天，为她缝出一件直襟圆下摆的短褂。佳荷穿到身上，合体又漂亮，喜得对着镜子看个不停，突然回头说："二姐，你看我的脸，白惨惨的，是不是很像一张死人的脸？"

佳桃轻轻推她："胡说什么！你只是在家里待久了，出去跑一个月，就会晒成黑炭一样。"嘴里这么说着，心中却为妹妹的身体忧愁。佳荷的脸色不单单苍白，而且毫无光泽，完全不是一个女孩子的肤色，人也瘦得厉害，病了一年多，看了许多郎中，吃下无数的汤药，却全无起色，咳嗽的声音混浊粗重，听着怕人。佳桃心里想到了"痨病"，却不敢说出来。其实一家人当中，除了佳荷自己，每个人的心中恐怕都有这样的想法，但谁也不曾说出口。

上学的第一天，佳荷就穿着那件新衣服。这是春天一个潮湿阴冷的日子，佳桃陪着她，一路走走歇歇，到书院门口时佳荷已经累得大汗淋漓，脸色更白得吓人。佳桃说："你能行吗？不如回去吧？你这样子，万一病倒在书院怎么办？"佳荷摇头："好不容易走到这里，我只是身上没有力气，歇一歇就好了。"

佳桃陪着她站在书院门边，还没到上课的时间，操场上人来人往。佳桃从人群中看到杜冲的身影，和他并肩行走的那个娇小的身影，一看就能认出是雅子。两个人远离众人，在操场清静的一角慢慢踱步，一边热烈交谈着。佳桃的胸口挨了一下沉重的撞击，视线突然变得模糊起来。

一个男生从她们身边走过去，已经进了大门又返身退回来，到佳荷的身边问："你怎么啦？要我帮助你做什么？"男生操着浓重的胶东口音，话里透着一股耿直与真挚，也有几分呆气。佳荷要不是累到极点，一定会大声笑出来，现在却只能喘着回答："我没事的，走得太急，有些累了，歇一歇。"胶东男生点头道：“你可快一点，别晚了。”一边说，一边匆匆走进书院。

佳荷是在礼堂里上课，佳桃把她安置妥当，自己回到教室。这个上午她心绪烦乱，捏着炭笔在纸上涂画，心中惦记着佳荷坐在阴冷空旷的礼堂里，能不能支撑下来？会不会着凉？一边又想起操场边两个漫步的身影，那时候杜冲与雅子在谈什么？假期里杜冲一直在他父亲的工厂里忙，年后佳桃又去乡下奔丧，两个人一直没有机会见面。佳桃突然烦恼起来。

星期四，佳桃和杜冲一同到威廉咖啡馆。咖啡馆里一片清静，除去他们一对，只有靠窗的桌边还坐着两个青年人。杜冲问：“佳荷回到书院这几天，身体还行吗？不要太劳累她。”佳桃说：“最初那两天走路都特别吃力，总要累出一头大汗，真不忍心看她。不过，几天下来，她倒挺住了，气色也好了许多。”杜冲说：“与同龄人相处久了，会让她恢复青春的活力，坚持下去总有好处。”

佳桃现在最想问一问雅子的事，话到嘴边，却因为心中的骄傲，硬生生吞了回去。再说几句闲话，咖啡已经喝完了，她还没有动身离开的意思，嘴里只管随便说着书院里的事，眼睛望着那边两个青年人。

杜冲只好让杨威廉再送来两杯咖啡，才喝了一口，那两个青年人起身离开，咖啡馆里只剩下杜冲和佳桃。佳桃立刻推开杯子，起身走到杜冲后面，手中多出一团衣线，她用那衣线量着杜冲的肩，把一段线扯断，拉出另一段线绕过杜冲的脖子，量过之后再扯断。

杜冲大窘，轻声问：“佳桃，你搞什么名堂？”佳桃说：“不要问，你赶快站起来。”杜冲只好站起身，望一望柜台那边，杨威廉垂头翻看着账本。佳桃用线依次量过他的衣袖、身长和腰围，量过一样就把线扯断。当她弯下身子把衣线绕过他的腰时，杜冲看到她头顶上那一道发线，清楚白皙，杜冲不知道她要做什么，但感觉到她的姿态里有着一种真挚的情感。佳桃全部量完，最后把线团收起来，一语不发，坐下来再喝几口咖啡，起身和杜冲走出门去。

佳桃准备给杜冲做一件外衣。她已经给佳荷做过一条长裙和一件夹袄，虽然中间改了几次，穿起来还算合体，佳荷很开心。佳桃有了信心，现在要尝试一下男装。她去商铺挑选了一块蓝色的衣料，回家铺展开来，按照各段衣线的尺寸裁剪妥当，立刻动手缝制。佳菊回家来，看见佳桃伏在衣料上忙碌，走过来把半成的衣服举起来看，认出是一件男式的西装，便问：“佳桃，你给谁做西装？咱爹从来不穿西装，是做给定魁吗？”佳桃只顾埋头忙碌：“为什么要给他做？只怕他拿到衣服，自己不穿，先送进当铺里换钱去了。”

佳菊说：“那么，是给龚易做的？好像尺寸长了一些，太……”佳桃一把抢过衣服，啐了佳菊一口：“嫁到龚家以后，你越来越俗气了。你的眼里除了你的龚易，再没有别人。”佳菊被她说红了脸，这才想到妹妹也到了婚嫁的年龄，她在外面交往的青年人多，必定是为哪一个合意的人做的。佳菊就逼问佳桃那个人到底是谁，怎么不让他到家里来认识一下。

佳桃被她问得不耐烦，想一想，这种事不可能一直瞒下去，迟早要让家里人知道。举家上下，自己将来第一个要告诉的当然是姐姐佳菊，于是垂着眼睛轻声说出杜冲的名字，马上又严正地叮嘱佳菊，千万不可以对别人乱讲。

佳菊听说之后心中一阵欢喜。她见过杜冲，是一个稳重出色的青年人，与佳桃相配再合适不过。其实，佳菊嫁给龚易之后，心里一直充满惶惑，既是对佳桃，又是对龚易。她知道佳桃和龚易才是般配的一对，而真正属于她佳菊的男人应该是连生。自己被长辈们安排嫁给龚易，总感觉亏欠了妹妹，也亏欠了龚易，因为他真正喜欢的人是佳桃。

心中埋藏着这样的惶惑，佳菊对待龚易一直小心谨慎，百般逢迎。在佳桃面前也感到不安和歉疚，盼望她能找到一个比龚易更出色的青年。现在听说她与杜冲相恋，佳菊竟然比佳桃更高兴几分。

佳荷听见大姐回来，慢慢从楼上走下来，坐在沙发里。佳桃问她：“昨天我在书院门口等你，看见那个胶东口音的男生跟在你后面，见了我，他马上闪身走开，不知道为了什么。”佳荷说：“这几天他总跟着我，问我要不要他帮助拿书本、文具，要不要他送我回家，还告诉我他的名字，叫周文密。”

佳菊说：“傻孩子，他是找你搭讪，向你献殷勤。”佳荷不满道：“大姐别乱讲，人家看我行动吃力，关心同学。”佳菊冲着佳桃偷偷撇嘴：“你们学堂里真是风气开放，大家可以自由表达关心。”佳桃说：“不是那样，平时大家其实还是很羞涩的。这个周文密同学看上去很老实，却有这样的勇气来向女生表达关心，也算难得。有时候，最腼腆的人其实最大胆，如果这种人把心底的想法说出来，必定十分惊人。”佳荷笑起来：“噢，我希望他不要在我面前说，他的胶东口音可真难听，听他说话那么吃力，感觉他是在咬着牙说话，我拼命忍着才没有笑出来。”佳桃说：“那只是你的错觉，你自己试一试，咬着牙能不能说出话来。”

佳荷果然去试，却是不行。佳桃说：“胶东的口音是发声的位置与我们不同，更靠后一些。”姐妹三个模仿一回，总不能说出青年一样的腔调。如此闹过一阵，佳荷的双颊显出一片绯红，气色不再像去年那样苍白黯弱，佳菊和佳桃看在眼里，心中为妹妹的健康欣喜。

佳菊感叹道：“一眨眼，佳荷都十四岁了，过几年就要选一个好夫婿出嫁，不知道会做什么人家的媳妇。”佳荷道：“我才不要结婚，看看大姐嫁到龚家才多久，现在成了什么样子？姐夫也不如先前那样洒脱了。”佳菊被她说得脸红：“死丫头，你说我成什么样子了？鬼样？魔样？”佳荷说：“反正是比以前呆傻了许多，开口‘龚易’，闭口‘龚易’，天天都是一副失魂落魄的样子。”

几句话更让佳菊羞得抬不起眼睛，摸摸自己的脸，回头问佳桃：“……佳桃，我真像她说的那样吗？”佳桃垂头钉着衣扣，撇一撇嘴角，淡笑道：“别问我，自己去照照镜子。”佳荷又说：“还有哥哥，那天我在马路上遇到他和小美蓉，哥哥自己走在前面，耸肩驮背，看着像一个六十岁的小老头子；小美蓉抱着孩子走在后面，蓬头垢面，花布腰带露在外面一大截。以前她是多爽净的一个人啊？现在成了家，立刻变得这样！”

佳桃说：“那好，武佳荷，你将来不要结婚，否则，我可……”一句话没说完，突然“哎哟”一声，被钢针刺到手指上了，佳桃连忙腾出手去挤，指尖上快速结出一个鲜红的血珠，她害怕弄脏了西装，赶快把身子扭到一边去。

佳菊掏出手帕来替她揩抹，一边笑道：“巧裁缝怎么伤了自己的手？你躲闪什么？不如就让血滴到那衣服上，让杜先生更明白你的真心，明白你的真情真意。”这句话让佳桃立刻想到龚易，当初他用舌尖血为自己画像，表白心意，自己无声地拒绝了他。那件事当时再没有别人看到，可是听佳菊的话，或许她知道了？肯定是龚易私底下说给她的，不过，看佳菊的神色又不像。

佳桃便说：“你什么时候学会这一套把戏？沾了血在上面，就一定有真意了？只怕那样的真意太多，会让人家感觉到压迫，何必呢？”佳菊道：“哎哟，我可不懂你们这些读书人的意思，反正写血书的是你们，嫌血脏的也是你们。

我就怕你只顾了说话，再刺破手指。等这一件做好了，真的还要劳你大驾，给龚易也做一件。”

佳荷在一旁叫道：“你们听听，又来了，龚易龚易！”佳菊笑道：“去去去，我的话说错了吗？被你这么看着，以后我都不会说话了。佳荷我告诉你，笑人不如人，我看你将来是什么样子，只怕还不如我呢。”

指尖的锐痛让人不安，佳桃想到那个冬天，龚易一次一次刺破自己的舌尖，蘸着鲜血描画她的脸庞，一次一次地锐痛。如今佳桃自己也沉浸在爱情当中，更能体会龚易那一片赤诚之心，也为自己对他的粗鲁态度懊悔，她很愿意为龚易做一件衣服，就说：“你不必提醒，有了时间我会给你的龚易做，将来等定魁回家，也要替他做一件。”

佳荷说：“当初大姐劝我出去找裁缝，怕你做不好，长了短了肥了瘦了，白白费掉一块布料，现在又来求你。”佳菊说：“不许你乱讲，那时候我担心她学不成，看这件西装，她的手艺很好。自己家里有了好裁缝，当然不用再出去花钱。”

佳桃把做好的衣服带到威廉咖啡馆，交给杜冲。杜冲打开纸包，看到一件崭新的男装，这才明白那天佳桃为何拿一根衣线在自己身上比量。杜冲清楚记得她围绕自己忙碌的样子，还有当时自己感受到的那种真挚之情，脱口问道：“要我回家去试，还是就在这里试？”

佳桃含笑不语，其实心里迫不及待地想看到杜冲穿上以后是什么样子，她对自己的手艺太没有把握了。杜冲明白她的愿望，咖啡馆里这会儿正好没有旁人，他站起来快速脱下上衣，把新衣穿到身上。佳桃上前来替他掩一掩衣襟，退后端详。衣服的长短与肥瘦正合体，恰到好处。

佳桃前后看过，脸上呈现一片喜色：“第一次做男装，不过，我的手艺还可以。你再抬一抬胳膊。”杜冲扬起双手：“很好，我的身材比例很标准的，是不是能减少一些制作的难度？”佳桃说：“我是新手，还没有比较的机会，只要不屈枉你的好身材，就好。”杜冲笑了：“惭愧，你还在上学，我怎么可以让你破费呢？”佳桃说：“你请我喝了一年的咖啡，我表一下心意，顺带着练习一下学业，总可以吧？”

杜冲对新装十分满意，脱下来换上旧衣。佳桃说："你不要再换了，就这样穿着吧。"杜冲道："过几天我就离开书院，父亲的东云纱厂正式开始生产，希望我去帮助管理。去工厂的第一天，再穿上它吧。"佳桃沉吟道："纱厂要开工了？我看有那么多日本人的纱厂正在建设，将来你怎么能争得过他们？"杜冲苦笑道："许多事情你并不知道。这个纱厂表面上是我们杜家的，其实雅子的父亲拥有很大的一份股份，单凭杜家的财力，连这工厂都建不起来，更别说去和日本人竞争。"

佳桃想不到杜家与雅子一家的关系这样深厚，心中更掠过一丝阴影，垂头喝着咖啡："你做了工厂主，以后会更忙碌，不能像这样从容地闲坐。"杜冲说："是啊，因为事情难做，父亲才让我过去。和工厂相比，在书院里做事轻松许多，所以先生们才能养成清高的姿态，无论遇到什么事情，都可以摆出一副愤世嫉俗的态度。"佳桃感觉他把话题扯远了，打断他的话，径直问："到了工厂以后，你还有时间到这里来坐？"杜冲明白她的意思："工厂在北边，距离这边太远，以后我们应该换一个地方见面，也不能总是喝一杯咖啡了事，总得喝些酒，吃饱肚子。"

佳桃笑道："你还没做成工厂主，先就谋划好花钱的方法，我对你的经营没有信心。"杜冲看她笑得如此媚丽，忍不住抓住她的手说："佳桃，等工厂的事情有了一些头绪，我们结婚吧？"佳桃不提防他突然说出这话，惊得一颤，杯中的咖啡溅出来，洒到他们的手上。杜冲不管，牢牢握住佳桃的手，不让她收回去。

佳桃说："不知道为什么，想到我们的将来，我只感到一片茫然，想不出一个清晰的景象。"杜冲说："如果只是站在原地不动，当然看不清楚远处的风景。我们一步一步往前走，将来的事就会慢慢清晰起来。"佳桃说："你倒是会说，不过，没有媒人撮合，便这样唐突地向家里人提到婚事，总感觉不安。"

杜冲说："是啊，这种事我们还要遵循老规矩去办，你只要告诉我，你是不是同意。"佳桃把手抽回去："我不知道。"杜冲笑着摇头："有些事，要想从女子的口中讨到明确的说法，实在不容易。"佳桃也笑了："将来的许多事，我都不知道结果会怎么样。"杜冲说："我问的是你对结婚的态度。没有否定就是肯定，我可以这样理解你的意思吗？"佳桃说："我还要怎么样表达才算肯定？你可以教我。”

杜冲点头：“人生的许多事情，注定只能经历一次，没有训练的机会，现在你我全没经验，也是理所当然。但我们心中有真情，就会把事情办好，对吗？”佳桃正要开口，柜台那边突然传来“砰”的一响，是瓷器摔到地上的声音。两个人回头，看见杨威廉站在柜台边，举起手里的杯子一个一个用力摔到地上。杜冲跑过去拦住杨威廉，问他为什么这样，一边掏钱给他。

杨威廉一脸的灰败，推开他的手，跌坐在椅子里，“今天咖啡馆就要关门了。你们两个是我最后的顾客，那两杯咖啡算我送你们的。”杜冲诧异：“这个咖啡馆卖掉了？”杨威廉说：“不是卖掉，这里早就抵押给了鸿运膏局，明天我该把它交出去了。”

原来日德交战的过程中，威廉咖啡馆被炸毁，杨威廉从武振庭那里借了一大笔钱重新修整。借钱时定下的期限是一年，用咖啡馆做抵押。没想到重新开张之后，客人异常稀少，生意出奇地清淡。当初德国人在青岛的时候，来这里的大多是驻守炮台的军官士兵，也有爱摆阔气的中国人。现在那些喝咖啡的德国人都被关进了日本国的战俘营里，喜欢洋气、爱摆阔气的中国人也消失得无影无踪。

苦苦支撑一年之后，杨威廉根本拿不出钱来还债，咖啡馆被鸿运膏局收去。武振庭再给他半年的宽限，如果生意好转还可以赎回咖啡馆。杨威廉提起精神做下去，城里喝咖啡的风气却是越发淡薄，原来流行的咖啡、啤酒换成了绿茶和清酒。杨威廉明白，再这样拖下去只能越陷越深，终于决定把咖啡馆交给武振庭，清偿身上的全部债务，给自己换一份轻松。

佳桃听到“鸿运膏局”，就有些不大自在，自己先走出去。杜冲拍一拍杨威廉的肩膀，安慰几句，赶快去追赶佳桃。剩下杨威廉一个人站在空荡荡的咖啡馆里，他在这幢房子里已经耗了十年，一直为了将来的富足生活辛苦忙碌，到头来却落得两手空空。

16

武振庭接收威廉咖啡馆后，决定在那里开一个饭店。

武定威刚到城里的时候，武振庭不想让他插手烟土的生意，派他到砖瓦窑去。砖瓦窑的经营无关紧要，定威可以先熟悉一下，学习掌管那边的经营和制造，也省去自己的一份心思。

定威感觉住在武振庭的身边太受拘束，定魁那边的房子虽然旧一些，却足够宽敞，定威就搬到那里住下。定魁在家里闲得无趣，经常陪着定威一起到砖瓦窑去，坐在墙边喝茶，看着工人们压砖坯，装窑烧窑。有一次武振庭到砖瓦窑来，正好遇见定魁，父子二人都假当看不到对方，虽然没有和解，但不再像仇人一样。

定威是一个勤快的孩子，手脚闲不住，每天在砖瓦窑亲自和工人们一起干活，烟熏火呛，水里泥里，十分辛苦。武振庭表面不动声色，心中却不忍心让侄子这样受累，而且定魁也经常和定威在一起，更应该找到一个合适的生意给他们兄弟做，也可以借此笼络定魁。

正好杨威廉把咖啡馆交出来，武振庭看出那里适合开办一家饭店，就拿出一些钱来，派冷叔监督，加以改造，请了厨子，一切完备之后，交给定威去经营，也把杨威廉留在饭店里管事，饭店还是沿用过去的名字，就叫作“威廉饭店”。

定威边干边学，如此一来，定魁果然从砖瓦窑那边跟了过来，每天进进出出，愿意动手就帮助做一些杂事，到吃饭的时候坐下来吃饭，一点都不客气，走的时候还要给小美蓉捎带回去一份。威廉饭店开张以后，生意竟然出奇地好。杨威廉看在眼里，心中懊丧不已，暗暗痛骂自己以前真是昏了头，瞎了眼，一头栽进咖啡罐里，除了又黑又苦的咖啡，再看不到别的生意，拿闹市里的一幢大房子去做最冷清的生意，终于把生意做死，看来自己真是生来的穷命。

到了月底，来贵送过来几份工钱，竟然还有定魁的一份。定魁顿时感觉手里宽裕起来，想到很久没和彭志见面，就从饭店里提了一只烧鸡和一瓶酒去找彭志。上一次彭志入股赔钱，挨了打，那以后定魁再没看到他。

彭志不在家，彭母一个人坐在桌边，看见定魁突然走进来，喜得拍手，问他是不是在哪里发了大财，怎么这么久不露面，周税官和周太太也很久不来了。

定魁被她问得羞愧，连忙请她吃鸡。彭母嘴里说着“还不饥困”，眼睛却在烧鸡上溜来溜去，定魁就扯下一条鸡腿递给她，一边陪着她胡乱说些家常话。彭母吃得嘴上手上全是油，看得出来，她很久没吃过什么荤腥之物。定魁就扯下另一条鸡腿，也给她吃掉。

一会儿彭志走回来，看见定魁，说：“在外面就闻到一股香气，原来是武少爷来了。”定魁上下打量彭志，还是从前的打扮，头发却没有原来那样光亮，身上的衣服也显旧了。

两个人开始喝酒，彭志到定魁的腿上捏了捏：“你可是比原来胖了。”定魁说：“我现在天天在威廉饭店里混吃喝，菜里的油水大，要想不胖也不容易。”彭志手头拮据，很久没去威廉咖啡馆喝咖啡了，听说那里改成了饭店，连连摇头道：“定魁，你现在的日子好过啦。我和你犯冲，你的日子过舒服了，我必然要倒霉，反过来也是一样。”

定魁说：“我怎么好过？不过是厚着脸皮在那里混口饭吃。”彭志说：“饭店是你们武家的买卖，你怎么是混饭吃？定魁，你可不能大意，自己吃饱了什么都不管。你爹就你这一个儿子，将来武家的产业不全都是你的？到时候你可别忘了我。”

定魁从小衣食无忧，每天想的就是怎么样才能更快乐一些，父亲在做什么生意，那些生意做得怎么样，什么样的生意赚钱，他全不在意。抽上鸦片之后，他变得更糊涂。小美蓉来了，在他枕头边不停地提醒教导，后来又有了儿子，过上了穷苦的日子，定魁才慢慢开了一点窍。现在彭志又提起这话，看来，以后自己在饭店里不能只是喝酒吃肉，得留心一下生意才行。

定魁直着眼睛想一回心事，彭志已经把一个鸡头啃出来，说：“我上回入股卖鸦片，让日本警备司令部把鸦片没收，你知道那些鸦片后来送到哪里去了？”定魁摇头，彭志恨道：“日本人把鸦片都送到鸿运膏局，做了低低的价，让你爹捡了一个大便宜。”定魁说：“这有什么？我爹开膏局，搞专卖，其实就是帮着人家卖烟土，原先是帮着德国人，现在是帮着日本人。”

彭志道：“反正这回你爹赚了不少，这里面可有我的一份。我拿出去一千块钱，最后只收回来三个月的股息，算上冈吉那个畜生冒领的一个月，一共折掉六百块大洋，这都是鸿运膏局欠我的。我不敢找你爹去要，等你将来做了主子，记住要还给我，还要加上利息。”

定魁恨得瞪大了双眼：“彭志，我今天一番好意，带着好酒好肉过来找你，坐在这里没动地方，就欠下了六百块钱的饥荒，这世上还有没有天理？”彭志笑起来：“武少爷，世上到处是没有天理的事，你猜一猜那个冈吉现在干什么？”

定魁说：“他不是带着周太太跑了？”彭志说：“他们跑到济南去躲了一阵子，私卖鸦片的事情日本人没有再深究，他们又悄悄回来了。冈吉做不成警察，就租下一处宅院，聚齐一些日本女人、朝鲜女人和白俄女人，开起一家妓院，没想到生意十分红火。”

定魁说：“那么，周太太还跟着冈吉？”彭志冷笑一声：“天底下最牵挂周太太的两个大傻瓜，第一个是周税官，第二个就是你武定魁。”定魁骂道：“你放屁！我不过随便问一问，怎么就算牵挂她？怎么就成了傻瓜？”彭志点头：“好，好，你一点儿都不傻。”定魁忍不住又问：“周太太的生意真的很好？”彭志说：“到底怎么样，我不知道，只是听别人说。你可以笨想一下，周太太一贯地见风使船舵，如果冈吉的生意不好，她早跑回去找周税官了，对吗？”定魁说：“她好像是那样。”彭志说：“最可笑的是周税官，没事就往妓院那边跑，要见一见太太，却不敢进去，害怕碰见冈吉。有几次我在路上遇见他，他挤弄着一双狗逼眼，哭哭啼啼，真是天底下第一号的贱种！”

定魁笑起来：“不知道周太太自己在妓院里做不做生意，如果做，周税官只管大摇大摆走进去，点名找周太太伺候。如此，自己遂了意，也照顾了他们的生意。”彭志说：“嗯，也就周税官不嫌弃她那一张黄脸，拿她当成宝贝，换了别人，哪个稀罕她？那里的日本娘们干干净净，俄国女人也都像粉团儿一样。”定魁说：“周太太的年纪不大，好好打扮一下……”彭志拍手大笑起来：“武定魁，你一口一个‘周太太’，还说不牵挂！”

定魁骂他胡说，举杯喝酒。说话的工夫，一只鸡已经被彭志吃出来，他擦了擦嘴，要带定魁去个地方玩。两个人走到外面，天近黄昏，街上行人纷乱，他们叫来一辆人力车，答应车夫多给钱，上去挤坐在一起。彭志的屁股坐在定魁的大腿上，紧贴着定魁。

车子比平时跑得慢，定魁探头看见小妹佳荷迎面走过来，旁边跟着一个壮实的青年，正低头对佳荷说着什么。定魁害怕佳荷看到自己，慌忙埋下头，躲藏到彭志身后。车子沿着马路向着海边跑，拐过几个街角，彭志叫车夫停车，指着对面的一幢楼告诉定魁："那里就是冈吉的妓院，名字叫作平康里，要不要进去见一见你的周太太？"

定魁抬头，看见那幢灰楼上的窗子被漆成艳丽的红色，一扇敞开的窗子里，一个女人正伏在窗台上嗑瓜子，两根尖手指把瓜子掂进红唇里去，瓜子皮随即吐出来，一口一口吐到下面的马路上。夕阳照射过来，把女人敷粉的脸照得一片荧白，头发和衣服却是金黄颜色，从那细眉细眼上，分辨不出她是日本人、朝鲜人或者中国人。定魁有些心动："你说的好玩地方，就是这里？"

彭志说："今天还有更好的地方，改天咱们再来。"一边催促车夫快走。最后人力车在临街的一个院子前停下，彭志在前面引路，穿过院子，走进一道门里。屋子里很暗，早早地掌起灯来，四个男人坐在桌边，正在玩小牌九。

定魁跟着彭志走到桌边，看见坐庄的是一个麻脸人，五十左右的年纪。一个黑胖子抬头看见彭志："你来得正好，我快输光了，咱们的账该清一清啦。"彭志说："输光了你就下来，给别人腾地方。"黑胖子说："邓麻子今天太不仁义，你上来也是个输钱鬼。"彭志狠狠啐了一口："闭嘴！说你娘的丧邦话！你就知道我定然会玩？知道我定然会输？"黑胖子说："你玩不玩输不输，我都不管，今天你得还钱才是真。"

彭志说："我不玩，别人要玩。"对面一个枯爪男人皱起眉头看着彭志："你欠了赌债，说话还这么硬气，真是好样的。到底欠了他多少？不如你来替我舔蛋，舔得好，我替你还钱。"

几个人一齐大笑起来，彭志也笑了："我的亲儿，就数你孝顺，以后爹更疼你，不管输了多少钱，都不会饿着你，拉也要拉给你吃。"说着话，伏到黑胖子耳边低语。黑胖子抬头看了看定魁，一脸疑惑："真的是武振庭的儿子？

鸿运膏局的武振庭？”彭志说：“当然是，你到哪里还能给我找到第二个武振庭？”

邓麻子听他们说，抬头看一看定魁，对黑胖子说：“没钱你就下去吧，我可不兴赊欠。”黑胖子不敢争辩，把位置让给定魁。定魁坐下来，使劲搓一搓手，等码起牌来，邓麻子抽出龙头，拿过三枚骰子摇一摇，猛地丢在骰盅里，定魁一拍桌子，跟着大叫一声“加一点！”。

三枚骰子在骰盅里停下，掷出了八点，加上定魁喊的那一点，一共是九点。龙头的两张牌于是归了庄家，邓麻子打开来看，却是一副“长衫”。定魁抓到的是一副“地牌”，余下两位则是“杂九”、“杂八”，只有定魁一个人赢了庄家。

开局不错，定魁的手风便格外地顺，等转到他坐庄时，接连抓到“至尊宝”、“人牌”、“鹅牌”，彭志看得心花怒放，在邓麻子面前却不敢露出喜色，只好端起一旁的大茶杯，使劲地喝水。

这一晚定魁收获不小，替彭志还清了先前的欠债，最后数算下来，竟然还赢着几十块钱。邓麻子起身，拍一拍定魁的后背：“武少爷好运气，哪天再过来玩。”定魁答应，揣着沉甸甸的银元回家去。

定威还没有回来。到威廉饭店做事以后，总有食客走得晚，饭店要开到深夜，所以定威通常就在店里睡下，很少再回来。定魁浑身困倦，一下子躺倒在炕上，怀里的银元把炕面撞出“嗵”的一响。小美蓉帮他脱衣服，顺手摸一摸，摸到一大把温乎乎的银元，心中欢喜。看定魁困得睁不开眼，小美蓉也不吵他，把银元全部收起来，熄灯睡觉。

过几天彭志再找定魁出去，半路上一定要到妓院看一看。定魁担心遇见冈吉，彭志笑道：“你怎么和周税官一样怕他？咱们现在走进去，口袋里揣着叮当响的银元，咱就是客人，就是大爷啊，他们得好好侍候咱们。就算遇到冈吉，他敢把你怎么样呢？”定魁还在犹豫：“你真的要进去找女人？”彭志说：“我可是为你。咱们进去转一转，如果冈吉在，看看他们都有些什么货色，然后转身就走，只当是没有相中一个，这也没什么的。”

定魁终于放下心来，也很想看一看周太太到底如何做老鸨。两个人在妓院的门外下了车，门边的石墙上钉着一块小小的木牌，上面写着三个楷体的小字“平康里”，很不显眼。走进去才看出，门里是几幢楼房围成的一个大院落，似乎还有许多的人家。正是吃饭的时候，楼顶的烟囱里冒着缕缕的青烟，门里窗里飘出菜香和女人孩子的吵嚷声。

定魁问：“这里怎么还有小孩子？”彭志说：“这个院子里什么人都有，妓院也有六七家，也就是古人说的‘乐户’。每个乐户都有自己的妓女，多的十几个二十几个，少的只有三五个人，大家各做各的生意。”

嘴里说着，彭志选了那幢略显清静的楼走进去。红漆的木门里面光线昏暗，眼前一个待客的大厅，摆着桌椅。可能是时间太早的缘故，大厅里不见一个人影，四周的几扇门也都紧紧关着。扑鼻而来的是一股油腻腻的脂粉气味，混杂着闷哄哄的一股子骚气。

彭志站在楼梯旁边，向上面大声喊：“周太太！周太太！”片刻之后，楼上一阵木屐的声响，一张日本女人的白脸在楼梯上面露出来，冲着他们招招手，很快又缩了回去。彭志和定魁走上楼，一扇屋门敞开着，里面透出来一股酒气。彭志再叫几声周太太，一边走到那门外，看见刚才那个日本女人独自坐在桌边，守着一只火锅喝酒。

“周太太周太太，这里没有周税官，哪来的什么周太太！”桌边的日本女人开口说道。定魁和彭志立刻听出这是周太太的声音，两个人透过火锅上的水汽，再仔细打量日本女人，蓬松发髻下面那一张敷粉的小脸果然是周太太的面目。

两个人大喜，赶快走进去。周太太拍手大笑道：“一听下面喊‘周太太’，我就知道是你们。在这里，别人都不认识什么周太太。”说着拿过两只酒杯，斟满了酒，请他们坐下来一起喝。

彭志看一看四周，小心问：“你一个人喝酒？冈吉先生不在？”周太太说：“别人请他出去喝酒，你找他，可是来向他要账？”彭志举杯喝酒，摇头说：“要不要的，那笔账都在那里，烂不掉。只要他冈吉还活在世上，就欠我一百大洋。什么时候想起来了，我就催一催他，这样不是挺好的吗？”

周太太说：“彭志，你的那一百块利钱，我可一块没动。我和他在钱上分得清清楚楚，这楼里的日本女人全是他的，朝鲜女人和俄国女人全是我的，我们各人干各人的生意，互不干涉。”定魁听到这一番话，暗中舒了一口气：“周太太的生意一定不错。看你这样的打扮，如果不开口说话，实在认不出来了。”周太太瞟了他一眼，鼻子里一哼：“武少爷要是对我有真心，我再怎么变你也能认出来。”

一句话把定魁的脸臊得通红，不敢接言，赶快端起酒杯呷一口酒，举起筷子来看，火锅里炖着豆腐、猪血、海蛎子、墨鱼和肉片，旁边的碟子里还有一个啃了一半的猪蹄子，便伸出筷子夹一块豆腐，热乎乎地吃起来。

彭志说：“上次跟着你们做鸦片生意，折了本钱，那以后一直倒霉，再没翻过身来。你们倒是找到了一个好买卖。”周太太听他又提起那桩事，不再理他，转身对着定魁举起酒杯：“武少爷，我知道你娶了个唱茂腔的太太，可是听了这么久，你也该听腻了吧？以后有时间，武少爷常来我们这里坐坐，也尝一尝鲜，顺便照顾一下我们的生意。”

说着就和定魁碰了杯，自己先一饮而尽，定魁只好陪她干杯。周太太拿起酒壶，再把两个人的酒杯倒满。彭志在一旁说：“周太太，你可别害定魁。定魁因为娶了个唱戏的，又抽鸦片，让他爹打过几次，差没差把他打死，你现在又勾引他逛窑子。”

周太太狠狠啐了一口：“放屁！我怎么勾引他啦？他抽大烟娶戏子，可有一样是我勾引他的？今天可是他两只脚自己走进来的。要说勾引，只怕是你彭志勾引他过来的。”彭志辩道：“我的意思是说，真要想让人照顾生意，你还不如求我。”周太太说：“我倒是想求你照顾这儿的生意，可我们这里只有姑娘，伺候不了你。”

定魁一听，忍不住放声大笑，回头看见彭志面色难看，笑得更欢，赶快喝一大口酒，却被呛得咳嗽起来。周太太也咯咯笑起来，一边笑一边使劲拍打定魁的腿，死死攥住他的一只手不放。

彭志骂道：“你们这些开窑子的都是狗眼看人低！嫌我彭志没有钱吗？实话说吧，我有钱也不会丢到这里来。看看这楼里，从你开始，哪有一个像样的？”周太太正要回嘴，看见门外走过一个人，连忙招呼那人进来。是一个黄头发、灰眼睛的俄国女子，身材高大，一件蓝色的中式缎子袄把丰满的身体裹得紧紧的。

周太太叫着俄国女子，一边冲定魁点头，说：“安娜你快过来，给武少爷倒酒，敬他一杯。彭志，你说我们没有像样的姑娘，你看看她怎么样？”

名叫“安娜”的俄国女子大步走到定魁面前，替他把酒杯倒满。定魁想要拦她，手却被周太太拉住。安娜倒满了酒，端起酒杯直接送到定魁的嘴边来，白手红唇相配，艳得刺目，全都堆呈在定魁的脸前，惊得他不敢撩起眼皮正视，只能在她的手上胡乱把酒喝下去，没喝出酒的辣味，只闻到她手上刺鼻的脂粉香气。

安娜还要斟酒，却被彭志拦住，他今晚要带定魁去打牌九，怕他喝醉了留在这里。定魁已经喝了不少，话也多起来，左手拉住周太太，右手拉住安娜，高声说起自己如何跟着小美蓉吸上了鸦片，如何被日本人打，又如何被父亲狠打，还有他在爷爷出殡时如何抽醉了鸦片，哭爷爷时把乡亲们的眼泪全都引下来，大家夸他是一个仁义的人。说的时候他一直在笑，到了最后却开始抽泣。

安娜不知道如何应付这种场面，暗中抽出自己的手，溜出门去。周太太看定魁这样，也感觉扫兴，不敢留他，帮着彭志把他架到楼下。彭志叫过一辆人力车，和定魁挤上去，到邓麻子那里去。路上的晚风一吹，定魁总算安静下来，下车以后蹲在路边吐过一回，人就完全清醒过来。

邓麻子的院门从里面闩上了，彭志拍打一阵，里面走出一个陌生的蓝衣人，说老邓今晚不在这里，他们换了一个地方玩牌，就在不远的地方。彭志和定魁跟着蓝衣人穿街过巷，周围一片漆黑，能听见海浪在不远的地方翻涌，一下一下撞击着海岸。

海风一吹，定魁胸中的热燥消退，脚底下却有些虚飘。彭志过来抓住他的胳膊，扶着他小声嘀咕：“我今晚怎么感觉怪怪的，邓麻子在搞什么名堂？不行咱们回去吧？”定魁不肯，黑暗之中，周太太和安娜在他手上留下的感觉一下子清晰起来，安娜颀长丰满的身躯在他眼前晃动，他说：“找个时间，咱们再到平康里玩一玩。如果今晚的手气好，明天晚上就可以去。”彭志左右看一看，更感觉心虚，悄声说：“定魁，等会儿你可得机灵点儿，别只想着赢钱，要有什么不对头，脚底下可得跑得快一点。”定魁沉浸在自己的思绪中：“不赢钱怎么能行？周太太可是一个势利的人。就怕遇到冈吉，他不会出来胡搅吧？他们可是要做生意，要挣钱的，周太太不会让他乱来的。”

说话中间他们走进一幢楼里，眼前一团漆黑，头顶上很远的地方有一团昏黄的亮光。蓝衣人在前面引路，走上一道楼梯。周围一股干燥的尘土气味，楼梯扶手上能摸到厚厚的灰土，这地方一定好久没有人来过了。彭志感觉自己的两条小腿在发抖，跟在定魁后面，一路走到顶楼上。蓝衣人拉开一道门，里面射出昏黄的灯光。彭志站在门外不肯进去，问蓝衣人：“这是什么地方？邓麻子呢？”

邓麻子的声音在门里响起来，招呼彭志进去。屋地中间已经摆开一张桌子，邓麻子坐在桌边，一下一下丢着手里的骰子，骰子在桌面上蹦跳旋转。那边的灯影里还站着一个高个子男人，橙黄的烟头在脸前一明一暗。

定魁抢先走进去，他的嘴里满是呕吐之后的酸腐气味，奔到桌边，摸起一只茶碗，里面却是空的。抽烟的人推开一扇窗子，海浪的撞击声重新清晰起来，一股清凉的海风吹进来，驱开屋子里的污浊之气。

定魁坐下，拿过两枚骰子在手里捏弄着，对邓麻子说：“还等别人吗？今晚我来坐庄。”邓麻子咧嘴笑了，哑声说：“不等别人啦，武少爷，今天晚上就咱们这几个人玩，你就是庄，咱们好好玩一次。”

彭志站在一旁，看出邓麻子神色异样，眼角又瞥见蓝衣人在后边把房门掩上，一切都证实了心中那种不祥之感，只不知道邓麻子究竟想做什么。定魁完全蒙在鼓里，几根手指“噼啪”弹着桌子，喜滋滋地等待玩牌的人全部坐下来。

邓麻子伸手握住定魁的手腕，问：“我听别人说武少爷也抽烟？你抽的可是鸿运膏局的烟？”定魁说：“只要味儿足，味儿正，哪里的烟我都抽。”邓麻子说：“那你一定抽过我们正鑫庄的烟，正宗的波斯土。”定魁扬一扬眉毛：“正鑫庄？波斯土？”邓麻子点头：“对，正鑫庄。我们大家伙儿凑起股份，进了小半船的货，可是才卖了一点点就让日本人收去，收得干干净净，一点渣儿都没留下。”定魁把骰子收进掌心：“真倒霉，那你们可赔大了。”邓麻子说：“对，赔得倾家荡产。可是，你知道那些货后来到谁手里了？”定魁说：“反正没到我手里，我好久没抽波斯土了。”

邓麻子乐了：“对，没到你手里，却到你爹手里了。你爹把这批烟土卖掉，赚了一大笔。那可是我们的钱，我们的养命钱。彭志，里面还有你一份儿，对不对？”彭志不应声，定魁说：“我爹的生意，和我无关——今天不是玩牌吗？怎么都不过来？”

窗边的高个子把烟蒂丢到窗子外面，走回到桌边来，猛一伸手，用力抱住定魁。邓麻子同时跳起来，抓住定魁的双手，一齐用力把他拖向窗边。定魁大惊，用双腿在下面勾住桌子，胡乱嚷叫起来。邓麻子说：“武振庭杀我们的人，抢我们的生意，他不还债，我们替他还。”定魁急得大叫“彭志”，彭志待要起身，却被身后的蓝衣人死死按在椅子里，坚硬的手肘压在他的脖子上，让他动弹不得。

看眼前的架势，邓麻子不是为了钱，他想要对定魁下手。彭志的脊背上顿时出了一层冷汗——定魁是武家的独子，武振庭可以恨这个儿子，可以痛打他，也可以任他堕落胡闹。但是，如果换成别人来欺侮定魁，那就是另外一回事了。邓麻子今天真是疯了，大家都知道定魁这些天经常和彭志在一起，如果定魁出了事，武振庭第一个要找的就是自己。彭志心中一急，大声叫道：“邓麻子，鸦片是让日本人抄去，武振庭只是帮他们卖货，你有本事去找日本人！”

邓麻子不理他，和高个子一齐用力，把定魁举到窗台上，按住他的头，把他向窗外塞。定魁拼命地哀号扭动，双脚蹬在墙上挣扎。但在邓麻子他们的手里，他只是一只扑打翅膀的小鸡。他的头被塞出窗外，外面夜色昏暗，黑幽幽的海水在下面很深的地方翻涌。原来这是建在海边岩滩上的一幢楼，下面正对着大海。浪涌跃动，沉重地撞击着楼脚下的礁石，与窗中漫射出去的灯光相遇，乌乌地亮一下，便又沉入黑暗之中。

定魁狂乱挣扎着，想起从前佳桃养的那只黄猫，当初它被愤怒的定魁抓在手里的时候，心中的恐惧与绝望应该与他现在一样。定魁颤声呼叫彭志，又哀求那二人放手，有什么事都好商量，他让武振庭赔钱。彭志也在后面直着脖子吼道：“放开他！邓麻子，你可别乱来！武振庭有人有钱有枪，你要伤了定魁，这屋子里的人一个都活不成！你不就是要钱吗？你要多少？全包在我彭志身上，我拿不出钱来，你们把我丢到海里去。”

邓麻子不应声，只顾向窗外猛推定魁，定魁的双手死死扳住窗沿，双膝顶住墙边，拼命喊叫。窗口窄小，卡住他的身子，把他留在半空当中。酸辣的涎水涌上来，呛得他眼冒金星，喘不动气。这一刻，定魁的力气大得惊人，他知道下面不远的地方就是地狱，只要他泄了劲，立刻就会被推到外面，再也回不来了。

一直按着彭志的蓝衣人突然放手，从身旁拖过一把凳子，看一看邓麻子，邓麻子点头，蓝衣人就举起凳子猛打定魁的手和腿，定魁疼得大声嚎叫，手脚一下子瘫软下来，再也无法支撑，任凭他们把他推出窗外。

彭志眼见得救不下定魁，明白在定魁之后就该轮到自己。死亡恐惧变为惊天力量，突然爆发。彭志猛地蹿起来，挣脱蓝衣人的手，冲到门边，拽开房门，回身踹倒追过来的蓝衣人，几步蹿到门外，“轰隆隆”跑下楼去。在他的身后，定魁的号叫声早已经消失。

17

家菊顺利生下一个女儿。龚其迈在北京的时候已经有了几个孙子，所以新添的这一个孙女并没有让他感觉到惊喜，龚易请他给孩子起个名字，他想了想，提笔写下“龚淑灵”：“就喊她淑灵吧。”

新生的婴儿却是珍姨第一个亲生的孙辈，虽然现在珍姨的心中只有鸦片，对别的事十分淡漠，这个小小的生命还是让她振作了几天，每天要楼上楼下地跑十几趟。一家人围绕孩子忙碌，孩子的哭声尖细悦耳，给龚家添加了许多的生气。

满月以后，龚易把佳菊和孩子送回到武家小住。佳荷抱住那婴儿，凑到眼前细细地端详，再不肯放手。孩子睡得香甜，佳荷摸到她小小的手，看那些纤细精致的手指头，看得入迷。中午佳桃回来，从佳荷手里抱过孩子，那孩子立刻睁开了眼睛，定定盯着她看。

佳荷说：“这个小东西真没良心，我抱了她一个上午，她只管闷睡。二姐刚接到手里，她就醒过来，一定以为是二姐一直在抱她呢。”芸姨娘笑道：“胡说，她还不认人，哪里会有你这么多心事？现在醒来，只是睡足了。”

佳桃垂头看着孩子的小脸："眉眼上一点儿不像大姐，更像龚易。"佳菊很爱听这句话，俯身去亲一亲孩子的额头，露出一脸融融的春意。佳荷说："我看她的模样不俊，还是要长成大姐那样才好。"芸姨娘说："刚满月的孩子，能看出什么俊不俊的？你那时候可比她要丑多了。"

佳荷又把婴儿抱回到怀里，对着婴儿的小脸说："我白白抱了你那么久，既然醒了，就和小姨认识一下吧。"佳桃对她抱怨："我刚刚抱一会儿，你又来抢！人家和我更投缘，你这样勉强，有什么意思？"佳荷说："谁说她和你投缘？就算她不情愿让你抱，现在又不会表示反对。"

佳桃说："我一抱她，她就睁开眼睛看我，这不算投缘？"佳菊说："分明是你抱孩子的方法不对，我们睡得好好的，让你一抱，生生地吓醒了。"佳桃打量佳荷的姿态："我也是这样抱的，怎么就不对了？"龚易在一旁说："你的确抱得不对头，你看佳菊、佳荷抱着婴儿，那姿态里自然就带出一种母性出来。"

佳桃撩了龚易一眼："噢？还是你会看，竟然能看出什么母性公性来，你可来教教我们认识？"龚易不敢和她交手，缩回沙发里，轻轻道："我也只是那么一说罢了。"佳菊看出龚易的怯意，这种怯意从来没在自己面前流露过，佳菊的心中生出几丝不甘："你姐夫的意思是说，你抱得不够轻柔，你让他教，可不是撵鸭子上架？"

这是佳菊第一次在佳桃面前用到"姐夫"这个称呼，佳桃自己从来没有这样喊过龚易，她明白佳菊的小心眼，心中突然一软，怜惜起姐姐，就大方地说："同样的意思，姐姐一说我就明白了，只怪姐夫说得太文雅了一些。"

佳菊听见从她的嘴里喊出"姐夫"，顿时感到老大的安慰，伸手捏一捏婴儿的小脚说："将来，咱们的二姨嫁了人，有了自己的孩子，只怕抱得比哪一个都要细致呢，是不是啊？"

佳桃还要再说，看见定威从外面匆匆闯进来，后面跟着小美蓉，神色慌张。原来昨天晚上定魁出去，一直到天亮还没有回来。小美蓉以为他留在饭店里，早上定威从饭店回来拿衣服，说昨天定魁早早离开了，夜里并没有见到他。小美蓉急了，和定威一起去找彭志，彭志的家里只有一个老太太，人都老糊涂了，说不出彭志的去向，也没见过定魁。

龚易、佳菊、佳桃和定威、小美蓉分成几路，一起到马路上的各家烟馆寻找，一直找到天黑，却无结果。第二天定魁还没有消息，到这时候大家不能再隐瞒下去，把事情告诉了武振庭。

武振庭的心里生出不祥的预感，派出十几个伙计们出去寻找，依然不见定魁的踪影。五天以后，后海的港湾里漂上来一具尸首，是个男子，身上一丝不挂，苍白肿胀，俯身漂在海面上。尸首被拖到岸上，面目已经模糊不清，皮肉被鱼蟹啃咬去不少，成了混乱的一团，最醒目的是肚皮的颜色，上面好像刺有一大块刺青。

定威和龚易、冷叔都去看过，根本无法辨认。破烂的尸体上唯一特别的地方就是那块刺青，可是几个人都没听说定魁刺过刺青。来富、来贵他们看到过定魁的刺青，仅仅一瞥而已，没看清楚，所以也不能确定这是不是他。几个人去对小美蓉说，小美蓉立刻“哇”的一声哭出来，说定魁的肚皮上就刺着一个日本艺伎。

大家慌忙引着小美蓉跑回到海边，惨白的一具尸身摆在暗黑的礁石上面，缠裹着暗绿的海草。小美蓉跌跌撞撞奔过去，还没到跟前，突然长号一声，一下子瘫倒在地——尸体的肚皮上已经看不出叼着烟枪的日本艺伎的脸，但那上面的一团青蓝，分明就是艺伎头上的高髻，肚脐旁边的那一杆烟枪也还没有消退干净。

刻在定魁肚皮上的这些东西，小美蓉再熟悉不过，眼前正是定魁。小美蓉呼天抢地，号叫几声就昏死过去。冷叔叫人把她抬回家去，派人给武振庭送信，剩下的人收拾起定魁的尸身，暂且存放到妥当的地方。

武振庭听到定魁的死讯，神色平静，让龚易、定威跟着冷叔，为定魁打点后事。他们去买下一副上好的棺柩，把死者装殓。定威要过海去，到武家庄后面的山上为兄长开一个穴。武振庭说：“不用了，就在这边找一块地方吧，他在这边出生长大，更喜欢这里。”

定魁的孩子太小，葬礼就办得很简单，没有按照乡下的规矩。丧葬前后，小美蓉几次寻死，撞墙跳海，打定主意要去追随定魁。众人小心看护，武振庭听说了，让把他们母子接到家里来住，小美蓉这才慢慢安定下来。

定魁的儿子已经会蹒跚走路，芸姨娘亲自把他抱给武振庭。这是武振庭第一次见到孙子，孩子生得像小美蓉一样秀气，却有着定魁式的额头，一双漆黑的眼睛紧紧盯着武振庭。武振庭胸中滚热，伸手把孩子搂在怀里。孩子柔软的头发带着一股温暖的香气，二十多年前，武振庭在定魁的身上闻到过这种香气，那时候的定魁也是这么大，也是这样被他抱在怀里。这是自己的骨肉，武振庭的眼中禁不住流下泪水，这泪水一半是为儿子流的，一半是为这个幼小的婴儿。

小美蓉望着爷孙二人，中间少了一个武定魁，那是她在这个世界上最亲近的人，人世间的路才走了不到一半，以后剩下自己和这个吃奶的孩子，什么时候才能走到尽头。如此想着，无限的酸楚袭上心头，已经枯干的双眼里又涩涩地浮出一层泪花，说："定魁一直没给孩子起名字，爷爷给俺们起一个吧。"

武振庭想了想，"就叫贤康吧，武贤康。当年，我盼望定魁能有出息，做一个顶天立地的人，给他起名'定魁'，结果却差得那么远。这个孩子，只求他强壮平安、懂事听话就好了。"

等小美蓉母子上楼去了，芸姨娘悄声对武振庭说："按理，这个时候我不该乱讲。可小美蓉年纪轻轻，人又生得风流俊俏，怎么能一直守寡？留她在府里容易，只怕将来闹着要走路的时候，大家都脸上难看。"武振庭说："我可不是死脑筋，将来她要走路，只管放她走。如果她做事乖巧，我还会拿出钱来帮她置办一些家产，像嫁女儿一样嫁她。不过，贤康可要留下来。"

芸姨娘明白，武振庭真正在意的其实是贤康，便不敢多嘴。

接连许多天，武振庭没有到膏局里去，只管坐在家里抽烟，随便拿过一件什么玩意儿，在手中不停地摆弄，呆着脸，一坐就是大半天。定魁死去的这段日子，他一下子感觉到了自己的衰老。回想几十年来的挣扎和钻营，心中第一次生出一种空虚的感觉。

也许烟土生意真是一件损阴德的事，自从做了这门生意，先是自己的母亲离世，佳菊他们的母亲早早亡故，自己和父亲闹翻。这几年，连生出事，父亲和定魁又相继离开，一桩桩的变故接二连三。现在还不清楚定魁的死因，但武振庭隐约感觉定魁是被害而死，而且是因为自己这些年来结下的某一份仇怨。

武振庭的双眼潮湿了，这样看来，除去自己的母亲，剩下的亲人的故去，都多多少少与他的生意有些干系。定魁这一死，自己创下的这一份家业只怕后继无人。佳菊原来就温和柔顺，嫁给龚易、生了孩子之后，更显出妇人的懦弱天性。佳荷一向是武振庭最娇惯的一个女儿，人也机灵活泼，但这几年身体多病，只求她能长大成人，不敢指望她能承担生意的重担子。剩下的就只有二女儿佳桃了，可是佳桃一直不喜欢鸿运膏局的鸦片生意，平时的语气神态中间总会显露一些。武振庭过去并未在意，也从来就没有指望过她，但现在一切都不同了。

此外还有龚易和定威。就如武振庭过去断定的一样，龚易虽然比连生聪明，但缺少一种做事的勤勉和精明，生意上的大事根本不能交给他去做。定威毕竟是侄子，过去一直在渔船上，许多事还没有进入门径。

这样想了一会儿，武振庭的心中生出一阵悲哀。傍晚时候，佳桃和佳荷从书院里回来，正好芸姨娘和小美蓉也带着贤康坐在旁边，武振庭就把姐妹两个叫过来，随便问了问书院里的事，然后话锋一转："过去我在船厂里定制了两条大船，上个月船厂交了货，准备一条用来载客，一条用来运货。等哪天你们空闲了，我带你们一起上船去看看，抱着小贤康一起去，那可是很漂亮的大船。"

佳荷说："奇怪，爹在家里从来不和我们谈生意的事，今天是怎么啦？"武振庭说："过去我是没和你们谈过，不过，武家的生意你们总要知道一些，懂些门路。不然的话，哪一天我突然去了，你们摸不到半点头绪，会把生意弄得一团糟。"

佳荷说："我们女孩子，懂与不懂有什么分别？又不能出去做事。"武振庭神色黯然："以前我也这么想，这些事不需要你们懂。不管定魁多混蛋，我最后总要把一切交到他手里。现在他没了，不交给你们，难道我能带进棺材里不成？"

佳荷听他提到哥哥，不敢多语。武振庭转头对佳桃说："这些天我头昏得厉害，想事情总是定不下神来。佳桃，以后你别再去书院啦，有空到膏局里帮我管一管账目，顺带着熟悉一下家里的生意。"

佳桃低头说："可是，书院里的功课还没有完成，而且……"武振庭打断她的话："你读了几年书，识了字，会算账，这样就足够了，别的东西书院里学不到。”佳桃说：“我还是愿意多学一些，愿意上学。”武振庭有些不快：“女孩子读书，不过是要学一些斯文规矩，等着嫁人，难道还指望你们学成些大学问不成？”

佳桃要争辩，想一想又忍住了，垂头不语。武振庭问：“佳桃，你是不是觉得父亲的生意不正当？”芸姨娘在一旁悄悄向佳桃示意，但佳桃是倔强的，哑声答道：“是的。”武振庭不动声色：“你不愿意帮我，是嫌膏局的生意不光彩，对吗？”佳桃清一清嗓子，大声说：“对！我不喜欢别人说，咱们武家是卖鸦片的，是做膏局生意的。世上的生意般般样样，咱们为什么偏偏要帮着别人卖鸦片？”

武振庭说：“佳桃，我年轻时种过地，使过船，当年我赤脚来到城里，两手空空，干过最苦最累最下贱的营生。那时候我就发了誓言，我武振庭活在世上，就是要赚钱，赚得越多越好。这个世界上没有比卖烟土更赚钱的生意，我碰巧干上了，就不会收手。将来，等生意传到你们手里以后，你们有的是时间去掂量，这门生意是不是正当，该不该继续做下去。”

佳桃哽咽道：“做这种生意就是作孽！靠它赚的钱，每一块都是肮脏的，罪恶的！这样的生意没有人会去接它！”佳荷听见佳桃的口中说出这样的话，被吓呆了，在一旁拉一拉佳桃的胳膊：“二姐，你……”

佳桃挣开佳荷的手，一直以来憋闷在心中的怨恨与不满全部翻涌上来，她的眼中一下子噙满了泪水，冲着武振庭喊道：“就因为鸦片，定魁才变成那个样子！那是我的哥哥，走在大路上，看见他面黄肌瘦、勾肩驼背，我又痛又恨。四处看一看，像他一样的人到处都是，全都是鸦片害的！定魁死得那么惨，爹的心里就没有一点愧疚吗？”

小美蓉坐在一旁，佳桃的话，一句像一条鞭子，狠狠抽打在她的脸上，打得她血肉模糊。定魁的堕落和横死，其实最脱不了干系的人就是她小美蓉，小美蓉心里清清楚楚，在心里却一直盼望着别人不会这么想，别人会找出来另外的缘由，但是佳桃的一番话把她的这个幻想击得粉碎。

贤康发觉周围紧张的气氛，吓得瘪一瘪嘴，放声哭起来。小美蓉胡乱哄几句，无法止住孩子的哭声，正好抱起他，愧恨地逃开，匆匆走上楼去。芸姨娘知道武振庭的严厉，也清楚佳桃的刚烈脾气，父女两个她哪一个都不敢劝，更不敢帮助哪一个说话，又不能像小美蓉一样走开，只能垂眼顺气，静静坐在一旁。

佳桃的话戳痛了武振庭的心。佳菊、佳桃、佳荷姐妹三个，因为诞生在不同的季节，他分别给她们取名为菊、桃、荷。当初，在定魁与佳桃中间，原本还有一个女孩子生在秋天，名叫佳桂，模样和佳桃一样可爱，却在一岁的时候夭折。所以，当长相与佳桂相似的又一个女孩子出生时，武振庭在失望之余，心中又隐约生出几分不祥的预感。他对这个小女儿的宠爱之中，总含着几分戒备之心，这其中隐含的那种隔阂，别人无法察觉。说到底，武振庭害怕被这个女儿再一次伤害。

在这份复杂的心情中，佳桃六岁了，佳桃十岁了，佳桃十三岁了，她一天天一年年长大起来，没有像那个佳桂一样夭折，而且出落得如此标致。渐渐地，连武振庭自己也把那份疑虑淡忘了。却没有想到，这个女儿在她十八岁的时候，用这种直率、绝情的话语，戳伤了他的心。

武振庭说："佳桃，你爹没有本事，只能赚这种坏良心的钱。如今定魁死了，就是我应得的报应。你刚出生时，我才开始卖鸦片，那时候我和你娘带着你们住在几间草房里。你从小到大，头上戴的身上穿的，你吃饭上学，花的都是卖鸦片赚来的钱。你娘在你这样的年纪，每天像男子一样耕地收割，稍有一点空闲，还要跑到荒山野坡上拾柴草。如今你不必像你娘一样辛苦，天天轻闲自在，读书交友，过上富家小姐的生活，全因为有了那些肮脏的鸦片钱。"

父亲的一通训斥，让佳桃张口结舌，却想不到一句反驳的话语。羞愤之下，佳桃猛地站起身来，对父亲说："好，我花费过多少，将来我全部都会还给你的！一块钱也不会短少你的！那些钱就是肮脏！我一定会还你！"

武振庭还要再说，佳桃已经转身冲出家门。外面天色已经暗了下来，佳桃迎着傍晚的寒风，一路向北走去，悲伤的泪水不停地流下来。父亲说得没有错，自己能如此清高，能远离贫苦的生活，能俯视世间那些俗鄙和罪恶，其实全因为有了鸦片这一桩肮脏的生意。要想把自己过去的生活与鸦片分清楚，就好比自己抓住自己的头发，要把身体提升起来一样，根本无法做到。明白这一点，更让佳桃愤懑和伤心。

心中胡乱想着，脚下已经走到杜冲的东云纱厂外面。一盏电灯悬在工厂的大门边，许多青年女工正从门里走出来。佳桃站在一团树影下面，望着灯光下面那些疲惫的身影。她们辛苦而劳累，生计贫寒，却是靠着自己双手的劳动而生活，自有一种佳桃无法比拟的纯洁与坦然。

纱厂门边的人群散去许久，杜冲的身影终于出现，埋头从佳桃身边匆匆走过。佳桃无声地跑上前去，伸出双手从后面紧紧地抱住杜冲。杜冲吓了一跳，扭头看清楚是佳桃，更觉吃惊："佳桃，这么晚你怎么跑来了？"

佳桃一声不吭，只管紧紧抱着他。杜冲看清楚她脸上的泪水："你在哭？到底出了什么事？"佳桃哽咽道："杜冲，你要帮我，给我一样新生活，好吗？"杜冲揽住她说："出了什么事？你黑夜里突然跑来找我，就为了说这些吗？"

佳桃无法忍住眼泪，刚才在家里和父亲争吵时，她的心中更多的是愤怒。此刻靠在杜冲身边，流下的却全是伤心的泪水。她在为定魁伤心，也在为自己。自从定魁出事，佳桃一直没有哭过，在这个寒冷的夜晚，她依偎在自己的心上人身边，大放悲声，一边哭一边叫着定魁的名字。

杜冲听说过定魁暴毙的事，握住佳桃的手，轻轻把她拉入怀中，默默抱紧。佳桃抽泣着说："我哥哥胸无大志，只知道玩乐，对人总是一副淡漠的样子，许多时候漫不经心。他生性懦弱，禁不住诱惑，有许多可恶的毛病。我一直不喜欢他那样的人，可我知道他不是一个坏人，从来没做过坑害别人的事。不知道是谁那么凶残，要害他的性命。"

杜冲安慰道："慢慢查访，总会查出真相的。"佳桃反而哭得更伤心："他活着的时候，凡事总是让我几分，我却像仇人一样，冷脸相对，如今再找不到那样宽容的兄长了。"杜冲抚着她的背，感觉到她身体的战栗："你出来很久了吧？是不是很冷？别再想定魁的事了，今晚我就对父亲谈一谈咱们的事，佳桃，我们确实应该改变一下生活了。"

佳桃慢慢安静下来，这才感觉身上冷得厉害。杜冲脱下外衣给她披上，再安慰她几句，赶快送她回家去。路上佳桃说，家里出了这种事，最近她不方便与他经常见面。杜冲说："过几天，我到学校去看你。"

杜冲回到家中，父亲杜云蛟也刚从外面回来，杜冲就向他提起佳桃，希望能和她尽快成婚。杜云蛟一脸疲惫："我以为你要跟我说纱厂的事。今天太晚了，这种事明天再说。”杜冲说：“对我而言，这才是最重要的事。”

杜云蛟正色道：“好吧。我见过那个武佳桃，的确是一个好孩子，但这桩婚事根本行不通。”父亲的态度让杜冲大感意外：“为什么？”杜云蛟说：“她是武振庭的女儿，对吧？单凭这一点就行不通。”杜冲说：“她是武振庭的女儿，这又有什么关系？”

杜云蛟说：“简单一句话：杜家和武家不能结亲。当初，你叔叔带着人抢了鸿运膏局的烟土，还伤了武振庭伙计的性命，把烟土拿到正鑫庄私下贩卖。不久，正鑫洋行里闯进来枪手，杀死你叔叔，到现在还没有找到那个凶手。很多人对我说，这件事一定是武振庭手下的人干的。我也明白，这事首先是你叔叔不对，太岁头上动土，坏了江湖规矩。可是，如果真是武振庭派人报复，那他就太过分了。”

杜冲听得发呆，一下子想到佳桃的哥哥定魁：“武家的少爷最近在海里淹死，你不会和这事有关吧？”杜云蛟断然摇头：“我不知道。这些年武振庭结下不少深仇，多少人对他心怀怨恨。你叔叔的死还不能确定就是武振庭做的，不然，我总会做点什么，正大光明地做。而且我绝不会害了他的独子，因为我害怕冤冤相报，我也只有你这一个儿子。所以，你和武小姐的事就算我答应了，武家那边也是断断不能答应的。”

杜冲吼道：“你们为了那些肮脏的银钱，互相厮杀，做出许多见不得人的恶毒勾当，所以才容不得我们相恋！武佳桃心地单纯，对我一片深情，我们的事凭什么要你们这些人来决定？”

杜云蛟并不恼火：“冲儿，你还是多留心厂里的事吧，最近也要小心一点，我会派人保护你。”杜冲恨道：“不要你管！我又没做亏心事，怕什么？”杜云蛟慢慢说道：“你现在开始在外面做事了，凡事要学会克制，再克制。你的婚姻我早有打算。赵栋先生最近常常在我的面前夸奖你，又说起雅子的将来，口气当中似乎是希望两下里结成姻亲。你和雅子交往过，她可是个好孩子。如果真能结成这门亲事，对你们、对纱厂的生意，都是再好不过了。”

杜冲想不到父亲会有这样的算计，大怒道：“莫不是你们把婚事当生意来算计，拿我们二人当成了股份？我的婚事，不要你们来安排！”说罢摔门而去。

18

杜冲许诺要给佳桃一个改变，没想到先在自己父亲这里碰了壁。他去学校找过佳桃几次，绝口不提此事，免得她失望。佳桃也不曾问起，但她的神色之间分明带着几分疑惑和焦虑。

如此煎熬了两个月，杜冲决定直接去见武振庭，只要他答应了这门亲事，自己就要与佳桃成亲。如果父亲坚持反对，自己干脆丢下工厂的事，回到学校去做教员，或者更决绝一些，带着佳桃远走他乡。

杜冲为自己的主意激动，他不需要与佳桃商量，这种行为本身最能说明他的果绝。可是当他走到武家附近时，最初的勇气已经耗尽。武家几个月之前刚刚发生变故，自己突然上门去谈论这种事，不太妥当。于是杜冲返身走回去。过几天再次鼓起勇气，结果却和前一次一样，只能在武家附近徘徊，不敢迈进那扇大门。

这一天纱厂停电，工人们没有上班，杜冲在厂里吃过午饭，又慢慢走到武家附近，双手插在口袋里，远远望着武家的楼房出神。正在进退两难之际，身后突然响起一个声音：“你一次一次跑到这里窥探，很容易被人打死。”

杜冲大吃一惊，回头看，身材胖大的武振庭嘴里叼着烟斗，正站在身后死死盯着自己。杜冲镇定下来，恭敬行礼：“伯父好！我……”

武振庭微微点头：“杜公子，咱们以前见过。听伙计们说，你最近经常在我家附近转悠，这样其实很不安全。”杜冲迟疑道：“我没有恶意……有一件重要的事，我想找伯父谈一谈。”武振庭说：“生意上的事，你可以找冷叔去谈，或者到鸿运膏局找我。”

杜冲说：“是个人的事……我和二小姐的事。”武振庭盯视杜冲片刻，左右看一看：“进去说吧。”

武振庭穿过马路，走进自家的大门。杜冲没想到自己犹豫了许多天，最终以如此方式走进这扇门，心中反而更加忐忑起来。厅堂里没有别人，武振庭在椅子上坐下来，示意杜冲坐下，自己慢慢点上烟斗，默不作声。

此时再迟疑犹豫，只会让事情更糟，于是杜冲直接说明自己的来意：“伯父，我和武佳桃已经认识几年了，彼此爱慕对方。现在我们都到了婚嫁的年纪，所以我请求伯父能把佳桃嫁给我，做我的妻子。”

武振庭说：“杜冲，杜云蛟的儿子，东云纱厂的年轻经理，对吗？”杜冲说：“对。”武振庭说：“你应该还有一个叔叔，杜云鹏。”杜冲不安地扭动双手：“对，我的叔叔几年前已经亡故了。”

武振庭点头：“杜公子果然是士绅子弟。我听人说，杜公子在北京读过书，又在学堂里做过教员。一个青年人跑到别人家里去，冒冒失失，开口要人家把女儿嫁给他，这就是你读书时学到的新学问吗？”

杜冲没料到武振庭说出这番话，一时之间手足无措。正好有人推门从外面进来，是佳菊回家来，小暖替她抱着淑灵跟在后面。佳菊跟父亲打招呼，又对杜冲致意，发觉两个人的神态有些异样，不敢停留，带着小暖匆匆上楼去。

杜冲趁机镇定下来，恳切地说：“请伯父原谅杜冲的唐突。我已经犹豫很久，想找到一个最妥当的方式，亲口对长辈表达我的心愿和我的决心，这也是武佳桃的心愿和决心。”武振庭冷笑一声：“噢？她的决心？我怎么不知道？”杜冲说：“我们一直要找个合适的时机……”

武振庭沉下脸：“杜公子，我没猜错的话，你已经对你父亲谈论过这门亲事，可他不赞成。”杜冲窘道：“……事情还要再商量，所以我……”

武振庭摆手止住他：“你父亲做得对，因为他知道许多秘密，你却不知道。杜公子，我只有一个儿子，名叫武定魁，年纪与你相当，原本在德华大学学医科。后来他找了女人，有了孩子。前些日子有人把他丢到海里，武家人上上下下找了几天，最后海里潮上来一具死尸，给鱼虾吃得只剩下一团烂肉，他们认出来那就是武定魁。”

杜冲说：“定魁的事，我听说过，慢慢查访总会找到杀害他的凶手。”武振庭点头：“对，你说得对，肯定会找到凶手。如果哪一天，我断定武定魁的死与杜家有关，我该怎么办？”杜冲惊道：“不会！绝对不会有这种事！”武振庭指着他说：“我也希望不会，否则我要杀了你，一报还一报，对吗？你看看，我怎么可能让佳桃嫁给你？”

怒火冲上杜冲的头：“你能断定是杜家人害了定魁？”武振庭说：“我现

在还不能断定，所以你才能坐在这里和我说话。好啦杜公子，回家去吧。如果佳桃要与你成亲，我会一枪打死她。相信我，年轻人，我的儿子已经死了，我不怕再丢掉一个女儿。”

杜冲气得面色发白，一字一顿地说：“武振庭，你是个狠心的禽兽！”武振庭点头道：“你说得对！我做的是鸦片生意，一本万利的生意，这些年来，不知道多少人要把它夺走。明里暗里的禽兽我武振庭遇见得多了，时间长了，我比那些禽兽更像禽兽，所以我才能一直把这生意攥在手里。”

杜冲向门外退去：“武振庭，你根本不配做佳桃的父亲。我不会放弃她的，我一定要娶她！”武振庭淡淡地说：“杜公子，我是一个说一不二的人。如果你真的喜欢佳桃，就留她一条活路，好吗？她死了，我也不会留下你活在世上，回去想一想吧。”

杜冲看着武振庭那张冷峻的脸，心中塞满了彻骨的绝望和仇恨，转身而去。

佳菊带着淑灵上楼，佳桃一个人正靠在桌边发呆，佳菊急忙说：“我看见爹和杜冲坐在下面，你不知道？”佳桃吃了一惊：“他什么时候来的？来干什么？”说着慌忙梳理头发，整一整衣衫就要下楼去。佳菊拉住她：“你等一会儿再下去吧，爹在下面陪着他说话。杜冲的样子很严肃，身上穿的正是你为他做的那件西装，像是来和爹谈大事情的。”

佳桃明白杜冲为何而来，心中更加忐忑，让小暖把屋门敞开，自己拿过一把绢面的团扇在脸前胡乱扇着，一边屏息侧耳，希望能听到楼下的交谈，却是枉然。贤康听见这屋里有孩子“喔啊”的声响，自己走进门里来，佳菊怕他吵嚷，赶快把他抱在怀里。又掏出钱来交给小暖，让她出去给贤康买一些果子，下楼的时候要慢慢走，听一听厅堂里在谈些什么，听见了赶快回来告诉她。

小暖答应一声，放轻脚步走出去，佳桃的脸色这才缓和下来。佳菊的怀里揽着两个孩子，怕贤康揪扯淑灵，却又不肯放开他不管，只能小心防备。一会儿她突然叫起来，原来是淑灵把屎拉到她的腿上。佳菊慌忙放开贤康，把着淑灵继续拉，嘴里怨道：“早晨把你那么久，你就是不拉，到了姥爷家里，却在二姨的房里来臭人，你真是能挑选好地方！”

佳桃突然叫了一声“贤康”，用扇子掩住嘴“咯咯”笑起来。佳菊扭头，看见贤康蹲在地上，憋红了一张小脸，竟然也拉出小小的一坨黄屎来。佳菊气得骂出来：“臭小子，人家拉屎你也跟着凑热闹！你的屎倒来得现成！”佳桃掩着鼻子，把手里的团扇一阵紧扇，边笑边皱眉道：“你还怪他！你们母女一来，马上把我这房子变成了臭烘烘的茅房。”

说着起身，脚下躲避着，过去扯了几块纸拿给佳菊。佳菊挽着淑灵，先擦干净自己的腿，把淑灵放在腿上，麻利地给她擦了屁股。佳桃顺手把贤康也给她提过来，佳菊按在腿上给他仔细擦干净，让他们趴到床上，蹲下身去用擦屁股的纸把两摊屎小心团到纸中，擦一擦地板，匆匆走出去。再回来的时候，已经洗净了自己的双手，手里还拿着一块湿尿布，把两个孩子的屁股再擦一遍，又抹一抹脏过的地板。

佳桃在一旁看着佳菊团团忙碌。姐姐在为人妻、为人母之后完全变了一个人，她把淑灵和贤康揽在怀里的样子，娴熟而轻巧，母性的柔和之外再加一份从容利落。如果换成自己，会不会做得这么好呢？上一次龚易说她的举动中缺少了母性，也许真让他说到了关键，自己对照顾孩子、整理家务这些琐屑的事全无耐心，遇见了，总是尽量远远地避开。

于是佳桃又想到楼下的杜冲。他今天必定是来向父亲提亲的，这也是她的心愿，可他事先为什么不和自己商量一下？这样自己跑上门来，很不妥当。杜家的长辈或者亲眷没有露面，说明杜家那边也遇到了障碍，不知道父亲会怎么样回他。

一会儿小暖跑上楼来，气喘喘地说：“少奶奶，刚才我下楼，听见他们好像在争吵，还提到二小姐的名字。回来的时候，在门口撞见杜先生离开，杜先生的脸色特别难看。”

佳桃跑到窗前望下去，庭院里空空的，外面的马路上也看不到杜冲的身影，佳桃的心中禁不住一阵悲戚，不用问，一定是父亲当面拒绝了杜冲。佳菊问：“杜先生今天来，到底为的什么事？你知道吗？”佳桃冷冷一笑：“随便什么事，反正是没有好结果。”

佳菊猜到了几分：“杜先生是来谈你们的婚事？这样太莽撞了，万一父亲不肯，一点回旋的余地都没有了。”佳桃呆望着窗外，嘴里自言自语：“凡事总有预兆的，刚才两个孩子摆了两摊屎给我看，我就应该知道事情的结局了。”

一句话说得佳菊十分愧疚，看佳桃心绪不好，芸姨娘和佳荷都不在，只好抱着淑灵、拉着贤康到小美蓉的房里去。

小美蓉蓬头垢面，正独自一人坐在那里流泪。搬进武家之后，小美蓉一直抑郁寡欢。定魁死了，把她的魂魄也带去，现在她每天想的全都是与定魁在一起的那些情景。她本打算住进定魁原来的房中，但三楼上太空旷，她缺少独处的胆量，只能在二楼的一间空屋里住下，把定魁用过的东西一样一样从楼上搬下来，摆进自己的房中，每天对物思人。好在还有贤康缠着闹着，把她从无尽的怀念中拉扯回来。

上一次佳桃与父亲争吵，当着小美蓉的面提到哥哥那一副烟鬼的形容，让小美蓉羞愧得无地自容。佳桃说得没有错，当年在武家庄的场屋，小美蓉第一次见到定魁，那时候他浑身朝气勃发，常常用一双明亮的眼睛死死盯着小美蓉，咧嘴大笑的时候，会露出洁白整齐的牙齿。在那以后一切都变了，定魁一天比一天落魄衰老，变得那么快。

那样一个青年，她疼的、爱的人，如今和她已经阴阳两隔，独自跌落到一个冰冷黑暗的地方。过往的许多事情，小美蓉越想越悲伤，越想越要责怪自己。如果没有贤康，她早会了结掉自己的性命，去和定魁做伴。

更难受的是，这样的悲伤小美蓉只能埋藏在自己心里，不敢在武振庭和芸姨娘面前流露。家里其他的人，佳桃是难以亲近，佳荷的年纪太小，小美蓉找不到一个可以谈心事的人，也不敢回娘家去，每天只好守在自己的房中，以泪洗面。

佳菊坐下来，她明白小美蓉的难处，逗引她说一些孩子们的事，看着她止住了泪水，自己的心绪却灰败下去。胡乱再说几句话，便叫上小暖，抱着淑灵回家。佳桃闷在自己房中，听见她们走，也没有露面。

刚进龚家，佳菊看见龚其迈和李妈左右搀扶着珍姨，正要下台阶来。原来是珍姨要去茅房，佳菊赶快上前去扶住婆婆，替出龚其迈。

今年夏天，珍姨突然得了腹泻的毛病，一天要跑几趟茅房。原本以为是得了痢疾，龚其迈到药铺里抓了两服消导积滞的方药，让李妈熬给珍姨喝下去，却无疗效。每日里走动的次数反而更多，直把人泻得腰腿酸软，头昏气短，双唇枯干，面色如同白纸一般，还发起高烧来。

龚易眼看着母亲的身体越来越虚弱，连上茅房都要别人搀扶才行，感觉事情不妙，自己去找了一位老中医，带到家里来给母亲诊治。把过脉之后，老先生淡淡问一句："太太可是抽烟？"龚易点头："抽了怕有二十年了，先前抽得还有限，这几年烟瘾格外大起来，每天要抽五钱六钱才行。"老先生说："烟膏可是腐肠药。太太这是得了'烟后痢'，只因为鸦片吸得太久，伤及肠道，是最难治愈的一个顽症。"

龚其迈在一旁听先生这么说，心中凉了半截，却还勉强请先生开了个方子。珍姨躺在床上，眼睛半张不张，听着几个人谈论她的病情，倒也无所谓了。从前她在北京的时候见识过这种病症，得病的人都有几十年的烟瘾，就算能对症下药，终究难以好转。最后把人煎熬得身体虚弱，下体糜烂，渐渐耗成一副枯骨头架子，耗掉最后的一口热气。

老先生开了药方，用的是茯苓、黄芩、丹皮、砂仁等，嘱咐要定时吃下去，还要忌生冷和坚硬食物，只宜吃一些暖热的薄粥，慢慢滋养和温暖肠胃。珍姨煎服之后，每天走动的次数果然减少下去，无奈她的烟瘾太大，根本无法克制，吃药的同时，还要接着抽烟。

龚其迈父子感觉束手无策。珍姨的烟瘾是富贵培养出来的，当初在北京，龚易出生之后不久，珍姨整日里闲得无聊，就开始抽鸦片，烧一个烟泡消磨时光，一来二去上了瘾。不过，那时候一大家子人生活在一起，老的、小的说不定什么时候会走进珍姨的院子里来，虽然有龚其迈宠着她，她也得小心节制，不敢放开了去享受那一口。

离开北京之时，想到将来没有了约束，自己抽烟可以抽个足够，珍姨的心里便十分舒坦，唯一的担忧就是无法承担抽烟的花销。离开北京之前，她把能带上的钱物全部收拾起来，时不时提醒龚其迈，一定要多准备一些银钱。万一在外面花亏空了，一时之间接济不上，又举目无亲，可不是儿戏。

龚其迈嘴上答应，但事情实在难办。收拾行装的那些日子，夫人身边的两个使女每天轮换着往珍姨这边跑，显然是夫人派来的眼线。珍姨敢怒不敢言，只能暗地里朝龚其迈使劲。龚其迈只好把外面的一处房产卖掉，悄悄把那一笔钱带到青岛，却全部存到德华银行里，算是给那银行做了贡献。

那以后，他们依靠变卖手边的珍玩、典当一些旧物，勉强支撑，珍姨的烟膏未曾断过，却不能尽享。等佳菊进门，时常从自己家的膏局里拿一些上好的烟膏，送给珍姨享用。而且龚易到东莱银行做事，龚其迈为人题写匾额，也都有不错的收入，珍姨不再为银钱担忧，按道理正应该从容享受，却得了这样一个可怕的顽症。

这几年，珍姨的心里常常会想到死。夜里醒来，龚其迈在她身边沉沉地睡着，身上散发出一股老人才有的气味。算起来龚其迈大她二十几岁，如果珍姨自己没有得病横死，龚其迈早晚会先她而去，有几十年的守寡的日子在前面等着她。

同样的结局，龚其迈自己也明白，晚上临睡时常常对珍姨说："脱下的这一双鞋，不知道明天早上还能不能再穿到脚上呢。"珍姨听得多了，十分不耐烦，道他："你可别死在我身边，怪瘆人的！估计不好，你就自己睡到榻上去吧。"龚其迈叹息："我又不是得道的高僧，知道自己什么时候能坐化。嗯，要是真能在睡梦中死去就好啦，干净利落。"

他的话让珍姨疑惑，夜里睡醒的时候，总不敢去碰一碰龚其迈，害怕碰到一个冰凉僵硬的身子。她也常常会想自己最后的那一刻会是什么情形，会在哪里，会不会有人守在身边，那个人又是谁。现在看来，只怕死在前面的是她自己了。如此一来，珍姨反而比从前坦然了许多，每日里照样抽她的鸦片，过足烟瘾之后，再端起苦涩的汤药，一口一口吞下去，两不耽误，也不耽误她的抱怨："热烘烘的夏天，却要喝这些苦汤子，你就不能去找一个洋大夫？兴许他们有好办法。"

龚其迈不语，心里算计着，这是他们到青岛的第几个夏天，比起四季分明的北京，他更喜欢这里的气候。珍姨看出他根本没有找医生的意思，恨道："你不肯去，是心痛你的银钱，舍不得花在我身上，盼着我早死，把钱替你节省下来。"

龚其迈不愿再听，把手里的毛笔丢开，起身要到外面去，门外传来一阵笑声，俞伯庸走进来，高声说："你们再想不到是什么样的好消息！龚大人，我知道了，第一个跑来告诉你！"

俞伯庸的相貌又有了很大的变化，龚其迈一时却拿不准到底是变在那里。俞伯庸把手上的一卷纸递到他的面前，展开来看，是一份报纸，上面大字写着“内阁官报”。看纸上署的日期，竟然是宣统九年，龚其迈瞠目结舌：“内阁官报？噢，还是新的！怎么回事？已经有六七年不曾看过官报了，这是……”

俞伯庸笑道：“龚大人，你整日把自己封闭在斗室之中，世界的变化全不知晓。你看看上面怎么写的，张勋张绍轩已经带兵进了北京城，重新拥立宣统皇帝登基！”龚其迈听他如此一说，恍然明白俞伯庸到底哪里发生了变化，原来是他的脑后多了一条粗大的辫子，一边说：“宣统皇帝登基！竟然有这样的事？消息可是确切？”

俞伯庸用力拍一拍官报：“千真万确！白纸黑字写得清清楚楚。这件事其实早有许多人在谋划，几年来花费了无数的心血，拖到现在才做成，我早等得不耐烦了。”龚其迈迟疑道：“皇上登基又不是戏子登台唱戏，踩准了锣鼓点就可以上去。就算眼前勉强能上去，到下台的时候，只怕要更难堪。”

俞伯庸摇头：“时移事易，沧海桑田。民国民国，注定长远不了。他们私底下做过什么龌龊勾当，你身在局外，是不明底细的。所以，皇上复位也是天道使然。”龚其迈说：“我不明底细，也没有那匡扶清室的壮志，只想在这海滨平安地度过残生。”

俞伯庸看见龚其迈满脸的暮气，明白他的淡漠心境，禁不住一阵叹息：“人各有志，我可不想再待在这里。到处是西洋鬼子东洋鬼子，但凡风景好一点的地方，满耳听到的都是‘叽里呱啦’的番话。除去鲜美的海蟹，我看不出这里还有一样好东西。收拾一下，过两天就起程回北京，这种事情宜早不宜迟。”

龚其迈被他说得心动，但一想到自己的年纪和儿子们的态度，立刻感觉气馁。俞伯庸也不再劝说，只问他有什么口信要他捎回去。龚其迈想说的事太多，话到嘴边却只剩下一句：“你只要把我的生活如实告诉他们，就是了。”

俞伯庸再说几句闲话，拿回那一份官报，告辞出去。龚其迈送他到门外，回来时，一直歪倒在榻上的珍姨说：“奇怪，俞伯庸早些年不是剪了头发吗？什么时候又留成那样一根油光光的长辫子。”

龚其迈“哼”了一声：“你是泻花了眼，看不清楚。他脑后哪里是留成的长辫子！就是豆芽菜也不能长得这么快，分明就是一条假辫子。”珍姨说：“皇上登基，像他一样剪掉辫子的大清官吏，实在没有颜面回到紫禁城里去见皇上。也是俞伯庸这个人头脑太灵活，转变得太快。他要像你一样顽固，一直留着辫子，这回也就省掉了做假的麻烦。”

龚其迈说：“赶潮流的事，我是一贯做不来的。”珍姨撇了一下嘴角：“这个我相信，可不是谁想赶潮流就能赶得上的，也得要人家让你赶才行。姓俞的比你小不了几岁，你看看他，精气神儿那么足。看到时机来了，没有辫子还要想办法弄一条假的，和他比一比，你的这条真辫子实在可惜了，派不上一点用场。”

龚其迈听出她在抱怨，嫌自己没有像俞伯庸一样积极钻营，眼看着就要错过这一次大好的机会。龚其迈不想再和她辩论，转身走到书桌旁，埋头写起字来。

19

这个夏天从北京传来的消息特别多。总理辞职，国会解散，大清的皇上复辟，十几天之后又退位，总统换来换去，各地战事不断……整个夏天佳桃都把自己关在房里，一边看着报纸上的时事，一边想她自己的心事。

杜冲上一次来过之后，再没有露面，佳桃始终不知道他与父亲会面的详情，父亲也避而不谈。开学以后，佳桃在学校里没看到川田雅子，向同学们打听，大家都不清楚她的下落。佳桃到东云纱厂去找过杜冲两次，守在纱厂的门外等着他。她完全可以走进去，直接找到杜冲，可她不愿那么做，她想让他们的见面和从前那样，类似于一种偶然的相遇。

可她没能等到杜冲。听工厂的女工们说，纱厂在另一条路上也开着一道小门，现在杜冲每天都从那道门里悄悄离开工厂。杜冲是在躲着佳桃，明白了这一点，佳桃没有力气再去找他。

在家里，佳桃坚决不肯与父亲碰面，除去佳荷和贤康，她哪个人都不理。武振庭在饭桌上见不到佳桃，就让芸姨娘私下里劝一劝佳桃。芸姨娘不肯，当初她刚嫁给武振庭时，佳菊他们都懂事了，佳桃是最小的一个，对芸姨娘的敌意却最强烈。等到佳荷出生以后，这种敌意才渐渐淡了下去，佳桃完全是因为佳荷的缘故，才肯接受芸姨娘。这一切芸姨娘自然无法忘记，后来她对佳菊、定魁和佳桃一直很和善，心里却一直存着几分小心和顾忌。孩子们对她也一样，客气之下藏着几分躲闪。好在家中的大事都有武振庭做主，琐细的事芸姨娘也不过分地计较，彼此之间倒没有大的冲突。

眼下这个时候，她可不想在佳桃最看重的事情上去招惹她，便说：“最近她的脸色很难看，我去劝她，她正好把对你的火气全部发给我，何苦呢？况且她根本不会听我的话。”武振庭说：“佳桃懂道理，只是还没看明白形势，需要别人点拨一下。”芸姨娘说：“那你找别人去劝。几个孩子当中，佳桃最像你，性子刚烈。万一她当面说出难听的话，我们娘们儿们闹翻，撕破了脸，以后怎么相处？”

武振庭觉得此话有理，最初的火气消退之后，他在心中开始怜惜佳桃，只好让佳菊去劝妹妹：“你告诉她，趁早对杜家那小子死心吧。以前在生意上杜家和咱们就有些过节，不单单是钱财上的事，有些话不方便对你们说。佳桃是武家的女儿，我宁愿她老死家中，也不能嫁给杜家人！”

佳菊当然不敢原话照说，找到佳桃，婉转提醒她道：“那天杜冲亲自上门来，竟然是为自己提亲。如此唐突，想必杜家那边并不认可你们的事。”佳桃烦道：“我心里好烦，你别来惹我。”佳菊说：“听爹的口气，他宁可你嫁不出去，也不能答应杜冲。两边的家长既然是这样的态度，你可千万不要太痴心，到头来把自己搁在架上。”佳桃说：“什么叫‘搁到架上’？你怕我嫁不出去吗？我为什么一定要嫁人？”

佳菊说：“别说蠢话。我不是害怕，好像爹有许多事情不方便对咱们说。按理说，那些事情杜冲总应该知道吧？他对你说起过吗？为什么不说？”佳桃摇头，心中的疑惑越发浓重，而且开始怨起杜冲，为什么一直不肯露面？就算被父亲拒绝了，也应该对她说清楚，大家一起商量出路。这样默默地闪避，怯懦之外，其实还含着一种薄情。

佳菊看佳桃出神，进一步说道：“杜家是殷实之家，杜冲生得一表人才。背地里，到底有多少媒人忙着为他提亲，咱们可没有办法知道。依我看，你们这些新潮的人，最后总要顺着老路走，因为走老路方便、顺脚。佳桃，你要放不下他，就再等他十天半月，如果还没有消息的话，不必傻等，姐姐帮你寻一门好亲事，让你嫁……”

佳桃恨道：“媒人！亲事！出嫁！武佳菊，和你坐到一起听不到别的，全是这样一套俗话！你再提这些，我可要赶人啦！”佳菊见她发怒，一点都不恼，转而低头对怀里的淑灵说：“咱们可没有进过学堂，又不懂买卖，眼光短浅，不说这些还能说什么呢？咱们武家的妹妹多，如今又添上这一位龚小姐，媒人啊，亲事啊，出嫁啊，说这些话的日子只怕还在后面呢。”

佳桃无法再对她发火，静默下来，在心中谋划自己的事。当天夜里提笔写下一封给杜冲的信：

杜冲：

我决定离开这里。可能先去济南，到了那里，再决定未来的去向。

父亲反对我们交往，态度坚决。我没去问他反对的理由，武家与杜家究竟有什么不可调解的仇怨，你是否知道详情？如果你知道，为什么先前没有对我说起过？

这只是我打算离开的原因之一。这个家庭一直让我感觉压抑和羞愧，现在是离开的时候了。

后天早晨有去济南的火车，如果你还想和我在一起，我们可以在火车站见面。杜冲，这个时候我希望你与我同行，陪伴在我的身边。

无论能不能见到你，后天我都要离开。

这一封信交给任何人传递，佳桃都不放心，她走出家门，坐上一辆人力车。天上下起了雨，午后的街道湿漉漉的，满是枯黄的落叶，让佳桃的心中生出几分凄凉、伤感。到了可以望见杜家的地方，佳桃告诉车夫她要坐在车上等一个人，她不清楚究竟需要等多久，到时候自会付给酬劳。车夫把车在一棵树下停稳，自己跑到路边的屋檐下抽烟。

稀疏的雨滴打在车篷上，声音细微而清晰。路上行人稀少，佳桃隐身在车中，双手托腮，盯着空旷的马路。以前她跟踪过杜冲，也是这样偷偷坐在人力车里，看他和雅子究竟到哪里去。一时之间，佳桃心中的伤感弥漫开来，她有多爱杜冲，只有她自己清楚。

杜府的房子距离大路不远，是建在半坡上的一幢新楼。以前杜冲多次邀请佳桃到家里做客，佳桃总是寻找各种借口，推托不去。现在佳桃感觉后悔，后悔自己那时候太矜持。她望着杜家那黄色的墙面和红色的屋脊，要想象自己嫁入杜家的情景，脑子里却一片空白。

雨下得更大，路上的行人更少了。佳桃感觉到一阵寒冷，是从心底透上来的一种寒冷，伴生着一种沉重的预感，那么清晰——她和杜冲之间的一切已经结束了，无论怎么样挣扎，他们根本不会再到一起。

佳桃的眼泪禁不住流下来，她不能相信这些，也不愿意相信。成与不成，她都要做下去，直到杜冲把一切明确地告诉她。外面，一柄油纸伞从车边闪过去，一个高大的人影出现在细雨当中，一双黑漆的皮鞋，一条黑色的长裤，上面是一件灰色的西装。那么熟悉的背影，那么熟悉的步态。

佳桃擦去眼中的泪水，没错，眼前走过去的就是杜冲。她盯着他的背影，把他的姿态全部收进眼中去，一边克制住自己，没有喊出声。杜冲走得很快，路面的积水被他的鞋底带起来，闪一下，重又溅落下去。他离开马路走上坡路，佳桃探身向那边檐下的车夫招一招手。车夫跑过来，佳桃从怀里掏出那封信："你把这信送给前边那位打雨伞的先生，只说是别人让你转送的，别的不要说，然后赶快回来，快点。"

车夫答应一声，冒雨跑过去，正好在杜府的门外追上杜冲，把信交给他，一路跑回来。佳桃远远看见杜冲把信揣进口袋，走进家门。车夫跑回来，佳桃让他掉转车头，拉着自己飞快地离开。

第二天清晨，佳桃提上一只竹箱偷偷离开家，徒步走向火车站。中秋的早晨，寂静的街巷中雾气迷蒙，弥漫在周围，整个人如同浸没在一个黏稠的、不真实的梦中。佳桃忘掉了昨天的绝望，心中没有一丝犹疑和忐忑，有的只是欢欣和向往，脚下的步子也就格外轻盈起来。

走到火车站，雾气消散了一些。佳桃买好两张到济南的火车票，在进站口那边找一个醒目的地方，静静站定。今天她穿的是一件浅蓝色的长衫，在周围来往的那些灰黑色的服色中非常显眼。如果杜冲来了，很容易看到她，他们可以直接上车。佳桃还设想过另一种可能：杜冲跑到火车站来拦住她，因为他给两个人找到一条更妥当的出路，他把一切都安排好了，他牵着她的手，从这里直接走进一种新生活之中。

佳桃也设想过一种最坏的结果：杜冲不想和她离开青岛，跑到车站来向她解释，劝慰她。那样的话，佳桃要把一直以来深埋在心里的怨恨发泄出来，最后的结果不论是走是留，起码她的心中会痛快一些，敞亮一些。

身后不远的地方，一道木栅栏的另一边，火车机车“嘶嘶”地排出蒸汽，声音刺耳。已经有人开始进站上车，一个一个在佳桃的身边经过，走进车站的入口，隐约可以看到火车的车身，那些人就在那雾气中隐没。

佳桃的心中突然升起一团疑惑，她的全部设想都是假定杜冲今天会来，现在她开始怀疑了。进站的旅客越来越多，入站口边忙乱起来。有人从下面拉扯她的衣袖，佳桃低头，一个蓬头的小女孩子仰着肮脏的脸看着她：“小姐，给你的。”

女孩手里举着一个信封，佳桃接过来：“谁给的？”女孩子向外面一指，转身跑进人群中去。信封外面一片空白，里面装着薄薄的一张信笺，佳桃抽出一半，轻轻捻开，看见“佳桃”二字，是杜冲的笔迹。佳桃来不及细看，冲出车站，外面人群熙熙攘攘，找不到杜冲的身影。

一阵短暂的混乱之后，进站口前面慢慢冷清下来，两边的入口关上了，只留下中间的一个。栅栏后面传来排放蒸汽的尖叫声，火车就要开了，偶尔还会有人匆匆跑过来，冲进站口。如果佳桃想要上车，必须赶快进站去了。她在写给杜冲的信中说过，无论今天能不能见到他，她都要离开。可是，当最后的时刻到来时，她才发现自己并没有做好独自离开的准备。杜冲没有露面，一切的计划瞬间失去意义，佳桃的双腿酸软无力，根本迈不开步子。

车站里安静下来，火车排气，像是一声无奈、绝望的叹息，然后开始启动，车轮撞击着铁轨，发出沉重的声响，渐渐急骤，又渐渐消失。早晨的雾气完全散尽了，这是一个清爽的秋天的上午。

佳桃看看周围，捻一捻手里薄薄的信封。没错，杜冲收到了她的信，知道她的打算，知道她离开的时间。她用一笺信纸向杜冲说明自己的决定，杜冲用同样的方式回应她，简洁明白，冷酷无比。前天和昨天，甚至刚才赶往车站的路上，她心中那些精心的盘算和计划统统成了泡影，破碎得这么快，破碎得这么干干净净。

佳桃垂下头无声地哭出来，泪水如注，无声滴落，委屈、绝望、愤懑还有伤痛、同时一直悬紧的心突然放下来，浑身一下子轻松了。

现在想起来，自己的那封信更像是一份最后通牒，逼迫杜冲出现，逼迫他带着自己离开。其实杜冲没有失约，因为事先两个人并没有一个约定，他并没有答应一定会到火车站来，没有许诺带着佳桃离开这里，一切的一切全部都是佳桃自己的主张。

一列火车驶进车站，周围重新热闹起来，入站口又被打开，许多人从里面拥出来，带着旅途的疲惫。人流中走出来鸿运膏局的来富，看见佳桃急忙上前："二小姐，是来车站接人吗？"

佳桃敷衍道："不，我来车站送人。"来富说："我们刚从济南回来，现在去见掌柜的，那边有膏局的汽车来接我们，要不要送小姐一程？"

佳桃靠在一根石柱上，感觉浑身的筋骨都被抽去了，绵软无力："好，我感觉很累，你送我回家。"

来富接过佳桃的提箱："小姐等着，我去叫车来。"一边跑到路边去，向街角那边招手。一辆黑色的汽车驶过来，来富跑回来请佳桃上车。佳桃这才注意到自己身后一直站着两个人，是刚才跟着来富从车站里走出来的，佳桃认识其中一个是定魁的朋友彭志，面孔有些肿胀，一脸的晦气，旁边身材魁梧的青年好像是膏局里的伙计。

来富让司机下去，自己开车，佳桃坐到他身边，膏局伙计和彭志挤到后面去，佳桃瞥见彭志的手腕上紧紧捆着一根麻绳。彭志也认出了佳桃，开口问她："你是定魁的妹妹吧，佳菊还是佳桃？定魁的事不是我干的，我和他是好朋友。你去对武掌柜说一说，好吗？"

来富喝令他闭嘴，发动了汽车，马达轰鸣着，震得佳桃身心发麻。车窗外面闪过灰色的楼房和暗绿色的树木，刚才佳桃已经与这些熟悉的景色道别，没想到又被拉回到这里。彭志在后面又说："小姐，我没有害定魁，可我不敢说出实情，那样要死好多人的。我问心无愧，真的和这件事没关系。"

来富回头吼道："让他闭嘴！"彭志突然呻吟一声，安静下来。佳桃明白，父亲一直派人暗中调查定魁的死因，查访知情者，要为定魁报仇。不知道来富从哪里找到了彭志，莫非定魁的死和彭志有关？可是，看他的表情与神色，他的话倒像是真的。

佳桃让来富在前面的路口停车，这里离家不远，她可以自己步行回去。彭志不肯放弃最后一线希望，哀声说：“武小姐救我！你给武掌柜说一说，我是定魁的好朋友，好兄弟。我怎么能害定魁？将来定魁就是武家的掌柜的，好歹总会拉扯我一把，我怎么会去害……”

来富不等佳桃开口，开动汽车，彭志回头望着桃佳，眼神里全是恐惧和绝望，那是垂死的野兽才会有的一种眼神。可惜现在佳桃身心疲惫，无暇体会别人的绝望与恐惧。

回到自己的房中，佳桃终于展开手里那张薄薄的信笺，承受那最沉重的一击：

佳桃：

对不起，我不能与你同行。

知道你会恨我怨我，你会做许多的猜测。但真实的原因只有一个，我却无法说出，我只能说出我的决定——我已经和川田雅子小姐订婚，这份婚约来得很突然，几天前才确定下来，我们的婚礼很快就会举行。

我的决定不是选择的结果，与雅子结婚是我唯一的出路。我把一切归于命运的安排，我与武佳桃没有缘分。如果这个结果伤害了你，那是我的罪恶，我愿意接受所有的惩罚。

对不起！万望珍重！

杜冲谨言。

一股寒流从佳桃的头顶直泻而下，她能听到耳朵里的一阵轰鸣。有好一阵子，她觉得自己的意识与身体分离开了，她轻盈地飘飞在空中，看见自己正提着一只竹箱子，垂头站在自己的房间里，盯着手中的一页纸。秋日的阳光透过窗子，投射到对面的粉墙上，洁白耀眼。她身后的房门大开着，贤康的欢叫声从楼下传过来，遥远而清亮。佳桃看见自己放下箱子，转身走出来，快步下楼。贤康从小美蓉的身边奔过来，抱住她的腿。佳桃看见自己蹲下去，把贤康搂在怀里。贤康盯着她的脸，双手伸过来揪住她的耳朵，轻声叫“姑姑”。佳桃听见自己木然应了一声：“姑姑这会儿要出去一趟，马上就回来。”

然后佳桃看见自己走到屋外，身影斜斜地投射在台阶之上，伴着她快速走出院门。吴妈在她的身后悄悄跟出来，从门里探头望着她，满脸疑惑，冲着她呼叫。佳桃看见自己在马路上匆匆穿行，秋日的正午阳光灿烂，晃得人目眩。她听见什么地方传来嘈杂的人声，还有清晰的片言只语，全无头绪。

这个秋天的正午，似乎只有佳桃一个人拖着斜斜的影子行走在丽日之下，她看着自己一路走到海边，海水融融，一派光亮，没有风没有浪，空旷的海滩上再不见另一个人影。她眼睁睁看着自己走下海滩，一步一步走进海水中去，海水轻轻摇荡，一片湛蓝，那蓝色无边无际，澄澈深邃。

佳桃看着自己向前走，冷冷的海水浸没了她的脚，浸没了她的膝盖，透骨的凉意终于让她清醒过来，看见自己已经站在涌动的海水中。杜冲的一封信还捏在手上，被她的汗水洇湿了一片。佳桃把它再读一遍，阳光下面的白纸一片炫白，墨写的字迹清晰有力。是的，杜冲很坦率，他的话再明白不过，佳桃也没有误解他的意思。再看书信后面的日期，是昨天的，不知道为什么今天才送到佳桃手里。

一切明白无误，杜冲快要结婚了，他的新娘是那个明眸皓齿的雅子。一直以来的憧憬和谋划、一直以来在心中反复酝酿的牺牲与献身的勇气、与家庭决绝的决心，顷刻之间全都没有了意义，全部变成可笑的呓语和胡闹。最让佳桃屈辱的是，自己在憧憬和决心之间苦苦挣扎的时候，杜冲正在忙着筹备他与雅子的婚事！

佳桃把信纸扯碎，丢进海里去。海水荡漾，纸屑零乱，漂浮在水面上，它们很难与海水融合，被潮水带着，缓缓离开海岸。佳桃跟着它们向海里走去，今天的风不大，却很冷，海水自然地涌荡。再向前去，海水浸没她的大腿，下面脚踝处的海水竟然有一些温暖。海水越来越深，眼前一个大世界，远山苍茫，海面占据了绝大的部分，天海之间的空间变得那么小，压得人透不过气来。

佳桃的脑子里一片空白，晃荡的海水让人晕眩，海水越深，她的脚下越虚飘，越没有根底。一阵锐利的凉意从敏感处透射进来，贯穿身体，直抵心髓。那一瞬间佳桃突然发现，原来死是如此容易，只要一直向前走，海水就会帮助她达成心愿，结束生命。佳桃的心中一片清凉，那么敏锐，似乎能触碰到定魁、连生他们浸泡在水中的亡魂。她再向前走几步，脚底有些站不稳了，微微的浪涌拥着她，裹着她，像在与她亲近，准备迎接她飞升的亡魂。

死是容易的，不过，起码在眼前这一刻，佳桃感觉自己是有力量的，她还可以决定自己的生与死。她又想起杜冲，那个把她推到这里的男人，心里没有伤痛，只剩下仇恨。于是佳桃明白了一个简单的事实：现在除了向前走，她同样也可以返身回去，走回到岸上去，为什么不呢?

又一阵海浪涌上来，佳桃不再犹豫，转身拼尽力气走向岸边。刚才在海水里轻拂的衣摆，脱离水面之后垂落下来，涩涩地裹在身上，海水浸湿的身体被冷风一吹，感觉那么冷。佳桃瑟瑟抖动，一阵震颤从小腹的深处袭上来，无法克制。在剧烈的颤抖中，佳桃开始悲声哭泣，身体的震颤改变了她的哭声，听上去像是痛苦的呃逆，又像是在费力地呕吐，异常古怪。

佳桃扑倒在一块礁石上，痛痛快快地哭了一场。当决心赴死的时候，她是那么冷静和坚决，反而是在她决定活下去的时候，她彻底崩溃了。

20

每个月的初六是武振庭查账的日子，武家各处店铺的管事伙计带着账本来到鸿运膏局，由来富和来贵核对数目。武振庭坐在桌边抽烟斗，偶尔会问上几句，或者把某个人叫到一边，单独交谈。

威廉饭店的账目由定威和杨威廉一道送来，两个人在膏局门外正好遇到佳桃来找父亲，于是一起上楼。

佳桃大病初愈。去年的晚秋还有随后的整个冬天，她一直神思恍惚，先是发烧，咳嗽，不思茶饭，症状和当初佳荷一样。医生诊过之后说是受了风寒。服过汤药，也有效力，但整个人依然是精神萧索，恹恹不起。直到春暖之后，佳桃的身体才完全康复，过去饱满的双颊明显凹陷下去，脸也变长了。如此一来，那个青春洋溢的女孩子变成一个沉默、成熟的女子。

三个人上楼，管事伙计们都聚在武振庭的屋子里，大家第一次在膏局里看到二小姐佳桃，感觉新鲜。武振庭暗中惊奇，摸不透佳桃的来意，也不作声，屋子里只有来贵的算盘珠子打得“噼啪”响。

佳桃自己走到窗边，膏局后面是一个大院落，几栋平房里面是膏局的库房和伙计们的住处，正有伙计在灶间熬制烟膏，青烟从烟囱里冒出来，随风飞散。

众人知道父女二人有话要说，核对清楚账目之后，有事的说事，没事赶快走人。来贵、来富等众人全部离开，推开算盘，收拾一下也下楼去。

武振庭问佳桃：“你自己走过来的？”佳桃说：“是，我感觉自己已经很好了。”武振庭点头：“那就好，我最担心你会像佳荷一样。”佳桃说：“她现在也不错。”武振庭沉吟片刻：“听说，杜云蛟的儿子前几天结婚，娶了一个日本姑娘。”

佳桃垂头不语。去年以来，佳菊、佳荷她们一直不敢在她面前提到杜冲，害怕触碰到她的伤心处。这其实很让佳桃恼火，好像她和杜冲做下过一件极羞耻的事，好像她不敢听到那个名字。可她没有办法，总不能恳求她们来和自己说一说杜冲吧？

现在父亲径直提到杜冲，提到他和雅子的婚事，用了一种寻常的语气。看起来，最知晓自己脾气的还是父亲，佳桃的心中泛起一团暖意。武振庭见她不语，只顾埋头说下去：“杜云蛟和那个赵栋结成了姻亲，顺理成章。说起来，赵栋还照顾过咱们鸿运膏局的生意，我应该送上一份贺礼才对，可惜他们没有送给我喜帖。”

佳桃不想听父亲再谈这件事，扬头问：“爹为什么让定威和那个假鬼子在一起？饭店的生意其实完全可以交给假鬼子，只需要派去一个管账的伙计就是。武家的人手本来就少，怎么还让定威窝在那里？”

武振庭听佳桃主动来和自己谈生意上的事，明白她是心意回转，不禁暗喜：“你不说我倒忘记了，是应该把更重要的生意交给定威去做。佳桃，你既然知道武家的人少，不如到膏局来学习一下生意。”

佳桃说：“我来找爹，为的正是这件事。在家里休养了半年多，我对学校完全失去了兴趣。过去我一直指责膏局的生意，这些天来检讨从前的想法，决定自己不妨来一个彻底的改变，首先了解烟膏的生意，亲自做一做，那样得出的结论更稳妥。到时候如果依然反对膏局的生意，反对的理由会更牢固，力量会更大。”

武振庭摇头：“你想的还是反对。佳桃，武家的生意不单单只有一个膏局。我老了，总有一天要把生意交给你们。从现在开始，你应该学习一下，让来贵带着你到各处看一看，不要只做一个旁观者。”

佳桃说：“爹让我学习做生意，先得教我一样本事。”武振庭问：“什么本事？”佳桃绕过桌子，过来拉开武振庭面前的抽屉，那里面空空的，只有一把手枪，佳桃说：“我想先学一学这东西怎么用。”

武振庭伸手遮住枪：“做生意又不是当兵打仗，你干什么要用枪？”佳桃说：“是啊，你不当兵打仗，干什么要藏一把枪在这里呢？”武振庭说：“枪是杀人的东西。有时候，你不想杀人，别人却想杀你。人家拿着枪对付你，如果你两手握空拳，只能等死。”

说着，武振庭拿出手枪，退出子弹，把它交到佳桃手上，给她演示怎么样使用。佳桃握住凉滑的枪柄，立刻喜欢上那种沉甸甸的感觉，认真尝试，最后竟然要求父亲让她把子弹装进去。武振庭板起脸来，把枪收回去：“哪天我带你到外面，找一块空旷之地练一练。不过你要记住，在这个世界上，最能保护自己的不是枪，是实力。”

武振庭中午还有一个约好的饭局，佳桃和他一起走下来，目送父亲坐车离开，自己一路走回家去。转过一个街角，看见佳荷走在前面，旁边并肩而行的是那个周文密。看样子他们也是要回家的，佳桃便不声张，跟在两个人后面走。那周文密一直在对佳荷讲着什么，手里做着有力的手势，神情激动。已经走到武府的门外了，他还没有说完，佳荷听得入迷，垂头站在那里，一只鞋尖轻轻磕着路面。

佳桃只好走上前，向二人打一声招呼，自己走进家门。一会儿佳荷从后面跑进来，佳桃坐进椅子里，一边喝水一边笑道：“周文密在说什么？让你听得那么入迷？”佳荷说：“他给我讲日本人的事。”佳桃点头微笑：“难怪，一路走来都是他一个人在说，你倒像个乖巧的听众。”

佳荷惊道：“什么？原来二姐一直跟着我们？你——”佳桃说：“我可不是故意要跟着你们，我在回家的路上遇见你们，不过是同路罢了。”佳荷气道：“你那样不声不响地跟在别人后面，有多卑鄙！”佳桃笑道：“你可真是又霸道又心虚。我回家，你也回家，我不跟着你们，难道要我故意走一条错路，转到别处去？”

佳荷说：“我怎么霸道？怎么心虚？你悄悄跟在人家后面，还满嘴的道理。”佳桃伸手去抚她的肩膀：“看把你急的，我只是看见你们谈得那么专心，不忍心打断你们。很久不见，周文密好像更高了一些。近朱者赤，我怎么听你说话的口音有些变化，说话的时候好像也咬着牙。”佳荷忍不住笑起来：“胡说！我才没咬牙。而且周文密的口音已经改变了不少，不像先前那样刺耳了。”

佳桃说：“只因为你听得太多，习惯了，才不像从前那样感觉刺耳，并不是他改变了口音。”佳荷的眼睛突然潮湿了，紧紧抱住佳桃的胳膊：“二姐，你和我这样说笑真好。那天你从外面回来，浑身精湿，脸色那么吓人，谁说话你全都不理，如行尸走肉一般，吓得我躲在母亲那里，哭了一个下午。”

佳桃淡淡地说：“行尸走肉，形容恰当。我那天的样子的确狼狈了一些，也很可笑。你害怕什么？”佳荷的眼泪滴落下来：“我害怕二姐做傻事，害怕失去二姐。你后来病倒，我反而不怕了，我知道你能挺过来。”佳桃说：“放心吧，你以前没有失去二姐，以后便不会失去二姐了。”

佳荷转悲为喜：“二姐这样最好。你今天是去膏局了？”佳桃说：“是的。这些天我开始怀疑自己过去的一切判断都是错的，所以要完全改变态度。过去爱的，现在要恨；过去憎恶的，现在要试着喜欢。以前我那么鄙视膏局的生意，现在我偏偏要去看一看，那到底是什么样的生意，真的那样卑鄙吗？”佳荷眉头紧蹙，明白佳桃的改变是因为杜冲，于是小心躲闪着那个名字：“二姐为什么要如此极端？而且，从前爱过的人，又怎么能仇恨他？”

佳桃说：“等你经历过了，就知道这是可以的，还有比仇恨更坚决的，就是彻底的忘记——我不和你说这些，你还是不要有这样的经验才好。”

来贵陪着佳桃去鸿运土货行。土货行位于码头与火车站中间，为的是交通顺畅，方便货物运输。

冷叔不在店里，一个名叫王奎的小伙计带着佳桃前后看一看。鸿运土货行的店面不大，后面的库房却是不小，除了本地的干咸鱼、虾仁、海带等海产，大多的货物是外地运来的一些板栗、核桃、大枣、篾席等。

王奎把土货行的经营详情说给佳桃听。青岛有海陆交通的便利，销往海外的许多土货都在这里集散。鸿运土货行已经经营二十多年，客户遍及山东、山西、河北、河南和日本、朝鲜。日本占领青岛之后的这几年，除去欧美，运货到日本的商船也在增加。土货生意看上去没有膏局的利润大，但认真做起来，还是一门很好的生意，主要的难处是收储货品，需要许多钱进行周转。

说话之间，冷叔从外面回来，正好到了午饭时间，冷叔就带着佳桃和来贵去饭馆。土货行周围繁华热闹，各色饭馆占了半条街道，冷叔挑选一家干净的铺面。

饭桌上，佳桃问起土货行的过去。冷叔明白武振庭是要让这位二小姐学做生意，将来接班，所以一点不敢怠慢，一边喝酒一边给她从头说起，包括自己的身世。

冷叔原本姓唐，在一家胶州人开的土货行里做小伙计，因为面色冷峻，在家里行七，人们都习惯叫他冷七，原来的名姓却极少有人知道。

当年武振庭跟着德国人经营烟土，挣钱后买下的第一个铺面就是这间土货行。因为冷七熟悉土货生意，人也非常精明，武振庭就请他过来掌管土货行。几年下来，生意越做越红火。最早的土货行主要经营各地特产，鲁中鲁西的商人把当地产出的板栗、核桃等运到青岛来，在土货行中换取等价的干咸鱼、虾仁等海产，拿回西边去贩卖，一来一去，挣一些中间的薄利。

冷七建议他们捎带一些烟土，有些胆子大的商贩试着带了一些回去，果然比那些咸鲅鱼、干海菜好卖，获利也丰厚得多。于是越来越多的人选择烟土，额外再添加一些本地土货，只是放在表面做些遮掩，免得路途上遇到什么麻烦。鸿运土货行的名声因此越传越远，慢慢地，山西、河北等地也有许多商贩找上门来。不但土货行生意兴隆，也把鸿运膏局那边的烟土、烟膏生意带了起来，武振庭因此赚了大钱。

几杯酒喝下肚，冷叔的话中渐渐带出来一些牢骚："武家的生意从小到大，我冷七出了不少力气。我是不是做生意的材料，掌柜的心里最清楚。可惜他从来不把要紧的事交给我去做，当初我是这土货行里主事的伙计，二十年过去了，现在我还守在这土货行里，摆弄这些草席咸鱼。那些后来的小伙计，像连生，像来富、来贵他们，一个个岁数不大，管事不少，哪一个都比我强。"

来贵在一旁听他说到自己，不好分辩，只管"呵呵"地笑。冷叔扭头对他说："来贵，你笑什么？我帮掌柜的做事的时候，你的裤裆还没有缝上呢，现在却天天坐在膏局里，风吹不到雨打不到，像个少爷似的！我冷七对掌柜的全心全意，这么大岁数了，还要整天搬弄那些死沉死沉的竹筐麻袋！没享受过一天你们的舒服日子！"

冷叔的口气不是在开玩笑，佳桃只好从一旁劝道："兴许，我爹要给冷叔更要紧的事做，我回去和他说一说，冷叔的年纪，实在应该有一份轻省的差事……"

一句话没说完，佳桃看见雅子走进门来，身后跟着杜冲。佳桃停住话语，垂下头去，摸起筷子慢慢翻弄眼前小碟子里的一只肉丸。杜冲他们在对面坐下来，两个人一边吃喝一边低语，一副亲密的样子。杜冲今天穿着一件崭新的蓝色西装，头发齐整，一副志得意满的神态。雅子则剪了一个短发，完全的中式打扮，一件洋红色滚边缎面短衣把那一张粉脸衬得格外娇艳。

自己最后一次与杜冲面对面交谈是在什么时候？佳桃有些含糊了。那个晚上她与父亲争吵之后，伏在杜冲怀里哭诉，后来她亲自送信给杜冲，只看到一个雨中的背影。今天见到的杜冲已经是雅子的丈夫，那个雨天，那个夜晚和以前的一切，全部像逝去的梦想，没有一点可以把握的痕迹留存下来。

佳桃对冷叔的关切让他不好继续抱怨，仰面把杯中酒喝干，招呼跑堂过来结账。那边的雅子闻声，扭脸看过来，连忙向身边的杜冲示意。杜冲回头，正与佳桃四目相对，立刻远远地叫一声"佳桃"，扶着雅子一起向这边走过来。

佳桃微笑起身，向二人致意。雅子牵住佳桃的手，直问她最近忙些什么，好久不曾见面。佳桃说："我厌倦了书院的生活，在家里懒了好久，反而更无聊，就出来帮着父亲做些事。"

雅子说："我倒喜欢书院的生活，可是那个暑假之后也只好把它舍弃。"佳桃只是点头微笑，雅子反而不好说下去，粉脸上沁出一层红晕。杜冲代替她对佳桃说："佳桃，我和雅子结婚了。婚事办得急迫，所以许多朋友都来不及通告。"佳桃说："我听人家说起你们的婚事，可惜已经错过了婚礼的日子。"

几个人一时无语，正好冷叔结完了账，佳桃便和二人告别，跟着冷叔他们走出来，坐上车子，感觉胸腹当中满涨涨的，好久透不过气来。

佳桃用了半个月把各处的生意看过一遍，和她先前的料想相比，武家的生意要大得多。佳桃希望能在其中挑选一门生意，自己单独去做。

冬至这一天佳桃又到膏局去，向父亲说出自己的想法，武振庭自然高兴："做生意要抛头露面，要与各色人物打交道，你一个小女子总是不方便。你真想做，等结了婚再说吧。"佳桃说："我看未必，像船运公司那样的生意，只与少数的主顾打交道，琐碎的事务交给下面的人去做，算不上什么抛头露面。而且有爹在后面支撑，那些主顾也不会为难我。"

武振庭说："这是自然。鸿运船运那边，我原想让定威去管。他来城里这么久，我一直暗中端详，定威外表粗蛮，其实还颇懂得算计，若在生意场上摔打几年，必定是一块做生意的好材料。他比定魁更像我，总让我想起年轻时候自己的样子，但他终究是个侄子，像膏局这样凶险的生意不能让他插手，船运那边最适合他。"

佳桃想起那天冷叔的抱怨："武家的伙计当中，冷叔的资格应该是最老的，爹为什么一直把他放在土货行，却重用连生、来富、来贵他们？"武振庭说："我刚进城的时候，冷七为我引领门径，教会我不少东西。按情按理，我都应该把他当成最亲信的人。不过，相处日久，冷七的为人让我有些疑惑。鸿运膏局的生意做大以后，我就不再让土货行向外发卖烟土，烟土的生意尽量不让他插手了。"

佳桃问："爹疑惑什么？"武振庭说："许多事情我现在还没有搞清楚，还要再等一等，再看一看。佳桃，如果哪一天我不在了，你最好把膏局卖掉，这门生意太凶险。你只要做土货行和航运的生意。土货行那边也不要再让冷七做了，给他一笔钱，放他回家养老去。"佳桃说："爹是怕他不受约束？"

武振庭正要回答，听见楼下有人大声喊叫。一会儿来富领着土货行的小伙计王奎跑上楼来，王奎神色慌张："土货行那边来了一大群打手，连抢带砸。我们人手太少，根本招架不住，掌柜的快想办法。"

武振庭立刻让来富、来贵他们多带几个人，赶快过去看一看。膏局里一通忙乱，伙计们各自揣好家伙，"呼啦啦"跑出去。

膏局里安静下来，武振庭闭目思忖，想不出会是什么人大闹土货行，是受谁的指使，为了什么来搅他的生意。随即想起今天是冬至，对佳桃说："一会儿你早些回去，中午陪着小美蓉去给定魁上坟，记住要带上贤康。"

佳桃答应，武振庭的脸上显出伤感："这些天总是想起定魁，他回城之后我对他太严厉了。定魁做过的那些混账事，我年轻的时候也做过许多，我也荒唐过，后来慢慢走上了正路。我相信定魁将来会像我一样，慢慢改过，可惜老天不给他这样的机会。"

佳桃问："杀害哥哥的凶手找到了吗？"武振庭说："找人并不难，难的是找到以后如何处置他们。我现在有了孙子，不想滥杀，杀了那些人定魁也无法复活。"佳桃一定要问清楚："到底是谁害死定魁的？"武振庭盯着火盆，那里的炭火正在暗下去："你不用问，该你知道的时候你自然会知道的——火盆里应该加炭了。"

佳桃明白，父亲不想再谈这件事。盛炭的木箱里已经空了，佳桃提着木箱下楼。这会儿膏局里没有客人，柜台里只剩下一个小伙计照看生意。佳桃穿过大堂走到后面，潮州人正在一口铜锅里熬制烟膏。佳桃站在灶边看他如何操作，潮州人看见老掌柜的漂亮小姐亲自走到后面来，要卖弄一下自己的好手艺，连说带比画，给佳桃解释。佳桃听他"哇啦哇啦"了半天，总算弄明白他现在是在收膏，就是用小火慢慢收掉烟膏中多余的水分。

佳桃提起炭箱，穿过灶房，走到后院里的炭棚，装满一箱木炭。返身刚要出去，突然听到灶房中一声惨叫，佳桃探头，看见潮州人扑倒在地，一个人正举起一把钢刀刺向他的后背，然后转身向院子这边奔来。佳桃大惊，慌忙退回炭棚，缩到炭堆后面的角落里。那个陌生人从炭棚的门前跑过去，后院里现在没有一个伙计，所以陌生人很快返身回来，路过炭棚时探头向里望了一眼。佳桃藏身在暗处，看清楚那个人蒙着半张脸，一只手里紧紧握着一把长刀，那只手有些特别，中间的骨节异常粗大，拇指残缺。

蒙脸人跑回膏局。外面安静下来，佳桃想起楼上的父亲，顾不得害怕，跑出来冲进灶间。潮州人浑身是血，趴在灶前一动不动。佳桃抓过一把长铁铲，提着跑回膏局，柜台边的地上一片殷红，是喷溅的鲜血。刚才守在柜台里的小伙计仰面躺在地上，颈间一道深深的伤口，看样子也已经死去。佳桃心中惊惧，飞奔上楼。

楼梯上血迹淋漓，武振庭的房门大开着，异常寂静。佳桃冲进门中，屋里不见人，父亲的椅子翻倒在地，椅子旁边露出一双脚。佳桃奔到近前，看见父亲仰面躺在桌子后边，胸口上露出两个血窟窿，浓稠的鲜血正从伤口处涌出来。

佳桃惊呼一声，扑过去捂住父亲的伤口，尖声叫喊："爹！爹！"武振庭的口中"嘶嘶"出气，双手还在轻轻抽搐。听到佳桃的呼叫，武振庭的双目微微睁开，嘴唇翕动，佳桃再叫，一边掏出手帕，塞进父亲胸前翻裂开的伤口，用手死死按住。武振庭的嘴里发出微弱的声音，像有话说。佳桃哭着伏到他的嘴边，听他含糊地发声，佳桃只听清楚"大事祀"几个字。

鲜血从佳桃的手底下喷涌出来，武振庭双目圆睁，嘴里的气息消失了。无论佳桃怎么厉声呼唤，全不济事，他的魂魄随着他的鲜血，从佳桃的手指缝中流泄出去，捂不住，堵不住。佳桃的脑子里一片空白，除了把全身的力气用到双手上，再想不出别的办法。很快，父亲的嘴里吐出最后一口气，像是一声叹息，然后彻底安静下来。

武振庭死了，死得那么迅疾，让人措手不及，无法相信。膏局里死一般安静，佳桃站起来，桌子上的抽屉拉开了一半，露出里面的手枪。看来父亲刚才是在椅子里打盹儿，发觉有人上来，再想拿枪时已经迟了。佳桃把枪拿出来，她的手上沾满了父亲的血，黏稠的血液干结之后，手上紧绷绷的。父亲说得对，许多时候，单凭一把枪保护自己的性命是靠不住的。

过了许久，来富和来贵带着伙计们回来，都被膏局里的惨相惊呆了。佳桃已经平静下来，担忧家里，让来贵赶快开车回去看看，通报消息，然后小心守候在那里，也不要让家里人过来。又派伙计告诉武家的各处店铺都把生意停下来，伙计们留在原处看守铺面。叫来富找几个老成的伙计，商量父亲的丧事。

大家为武振庭净身穿衣，安放到灵床上，一切整理妥当。那时候已经天近正午，佳桃让来富留下照看膏局，自己和定威护送父亲回家。天气清冷，飘着细碎的雪花。芸姨娘和小美蓉、佳菊她们迎出门来，武家内外哀声一片。灵床安放在大堂上，武振庭的身上盖着白衾，脚下点起长明灯。

第二天，武振庭的哥哥带着几位族亲赶过来，就由他主持大殓。武振庭被放入棺材中，芸姨娘哭得昏死过去。各处的伙计都来吊唁，趴到灵前磕头；龚其迈和许多商号的掌柜也到武家来哀悼。武家门外挂起了招魂幡，天色向晚，大家草草吃些东西，由吹鼓手在前引路，吹吹打打，乐声悲凄，出去为武振庭圆庙，走到一处十字路口，焚烧了纸马纸钱，算是送武振庭的魂灵上路。

佳桃和伯父商议，尽快送父亲的灵柩过海，入土为安。第三天，武振庭的灵柩被送上自家的客轮，伯父、芸姨娘、佳菊、佳桃、佳荷、定威和小美蓉、贤康一起上船。佳桃让冷叔带着几个伙计跟着过海，留下龚易、来富、来贵等人在城里照看各处。

这是冬日里晴朗的上午，天蓝海碧，远山之上一派枯黄。武振庭的灵柩摆放在船头，芸姨娘对佳荷哽咽道："那年过海来为你爷爷出殡，回来的船上，你爹对定魁和定威说过，等他死后要把他送过海来，葬到那山中去。想不到这么快他就回来了，而且定魁已经死在他前面。"

一句话先把小美蓉的泪水勾引出来，搂住贤康痛哭起来，船上随即哀声一片。当年佳菊和佳荷没有过海，除去芸姨娘，听到武振庭那番话的只有佳桃。那时候佳桃还抱怨武振庭妄语，说："既然爹恋着这里，到时候他们若忘记了，我送你回来就是。"

没想到一语成谶，父亲惨死，而哥哥定魁已经不在，果然是她佳桃来完成父亲的夙愿。而且，父亲在人世间的最后一刻，守候在他身旁的也是佳桃。佳桃想起父亲胸口上喷涌出来的鲜血，眼中噙泪。现在，隔着一层棺木，她还能闻到那股血腥的气味。

船到码头，两套车马载着众人和灵柩直奔武家庄。武振庭的灵柩被抬进自家的宅中安放，到这时芸姨娘的心中总算踏实下来，扑倒在棺前，双手拍打棺木，叫喊着武振庭："好啦，振庭，你回到老家来了！你回到自己老家来了！"

一句话喊得众人心碎，趴伏下去，大放悲声。芸姨娘哭得神志不清，佳菊和小美蓉把她扶进屋里去，小心照料。佳桃不敢耽搁，和伯伯一起上山为父亲勘寻一块穴地。当初武振庭说过，他喜欢这里的山，这里的海，在他死后要把他葬在山中，只是不能距离祖父的坟茔太近。佳桃就在祖父坟墓下方寻了一块平展之地，请人开穴。

第二天下午出殡。贤康太小，就由族中的两个年轻晚辈执举纸幡。送殡的队伍行到十字路口，由佳桃为父亲摔了老盆。乡下的规矩，女人不能送殡到山上，可武振庭的身后只剩下这三个女儿，所以佳桃她们一路跟到山上。

砂土中间的一个新坑，就是武振庭的归宿。棺木沉落到坑底，撒下的泥土击敲着厚实的棺板，发出空洞的响声，让人怀疑那里面是不是装殓着一个曾经的活人。

短短几年时间，先是祖父，后是定魁，如今又是父亲，武家三代的男人接连没入黄土。佳桃跪坐到地上，捏着两把冰凉潮湿的泥土，心中悲戚。佳菊、佳荷在一边哭哑了嗓子，可佳桃只管垂头看着坑中的黄土一点一点满上来，眼中没有泪水。

21

转天的一大早佳桃就和定威、冷叔一起过海回城。龚易接住他们，一起到各处巡视一遍，几天来各个店铺都没有开张，平安无事。

回到家时天色已晚，佳桃在家门外下车，暮色当中，看见周文密垂着头，在自家的院墙外徘徊。佳桃知道他是为佳荷而来，过去请他到屋里坐一坐。

周文密不肯："许多天没见武佳荷到书院去，不知她出了什么事。"佳桃说："我父亲去世，佳荷在乡下，恐怕要一个月后才能回家来，到时候你再找她吧。"周文密一时之间不知如何才好，连说几句保重，转身离开。

几个人走进屋里，吴妈赶快端来炭火盆，又把壁炉生起，清冷的大堂里渐渐暖和起来。佳桃先到父亲的灵位前烧一道香，坐回到炉边，感觉浑身疲惫。炉火燃烧，"噼啪"炸响，这里是父亲惯常坐的地方，椅子两边摆满了珍玩古董，几天之前父亲还坐在这里摆弄它们，现在人却躺在海那边又冷又湿的泥土下面，全无知觉。不管佳桃愿不愿意，不管她有没有准备好，她已经坐到了父亲的位置上，脱身不得。

佳桃对龚易说：“今晚你不必守在这里，姐姐要过几天才回来，让你好生照看淑灵。”龚易点头：“佳桃，生意上的事要不要我回来帮你？或者我可以辞掉银行的差事。”佳桃说：“不用，生意上的事我现在也插不上手，全靠下面的伙计们张罗，将来怎么做我还不知道，需要你帮助的时候，我会告诉你。”

定威在一旁说：“叔叔的丧事办完，大伙儿可以静下心来，如今第一要紧的事是找出杀人的凶手，为叔叔报仇。佳桃，你那天在膏局，一点没看到凶手的样子？”佳桃摇头道：“来富他们带着人赶去土货行，我下楼到后面取炭，那些人就闯进来了。有一个人在灶间杀死潮州人，我躲在炭棚里看到了。以前我没见过这个人，他手里提了一把日本刀。他们不止一个人，如果我晚一点下楼，恐怕也遭了毒手。”

龚易点头：“不幸当中的万幸。奇怪，膏局的伙计们刚刚离开，闪露出来一个大破绽，杀手们立刻乘虚而入。我看那天的事必定不是巧合，凶手们早已经谋划好，在那个时候杀进来。”佳桃说：“我仔细看过，钱柜里的钱和账本都不曾动过。他们不为钱财，只为夺命。”说着她哽咽起来：“龚易、定威，那天的事我怎么都忘不了！我跑上楼去，爹躺在地上，血从胸口里涌出来，我用手去捂，怎么都捂不住，血一直在涌出来，涌出来。那时候爹还活着。龚易，是不是我做得不对？如果做得好，爹不会死得那么快，他必定能活下来，对吗？”

龚易拍着她的胳膊：“爹的伤非常重，伤口太大太深，无论你怎么样，都救不活他。”佳桃哭得更响，几天以来哀痛一直压在心中，现在回到家中，坐在父亲的椅子上，心底的悲伤全部喷涌出来，她放声大哭：“能救活的！一定能救活！我进去的时候，他还活着，还在喘气，他还对我说话！”

龚易和定威陪着佳桃落泪，佳桃哭过一回，慢慢收住眼泪。龚易问：“爹最后到底对你说了什么？”佳桃想了想：“我听不太清楚，可我忘不了他的声音。”龚易说：“人生的最后关头，想说的肯定是最要紧的话，你好好想一想，或许爹认识那些凶手。”

佳桃说："那时候他说话已经很困难，断断续续的，我听得最清楚的是三个字'大事祀'，或者是'大十四'？可这又是什么意思呢？"龚易两个琢磨半天，也搞不明白三个字的含义，让佳桃再想一想，是不是听错了。佳桃说："以后再想吧，会搞清楚的。今晚让定威守在这里，龚易可以回去了。"龚易说："你现在是掌柜的，或许也是他们谋害的对象，一定要小心提防，多派几个伙计守护你。"佳桃说："我知道，我会小心。"

第二天，佳桃在膏局找到来富和来贵，仔细询问那天带人去土货行的事。来富说："我们赶到的时候，土货行外面围了不少人，都是看热闹的闲人。进去看，里面摔烂了一些东西，冷叔不在，两个守在铺子里的小伙计都让人打了，伤得却不重，也没有短少什么货物，只是不见那伙恶人，算是虚惊一场。"

佳桃更加确信，那天发生的一切都经过精心的谋划，打砸土货行只是虚晃一枪，只等膏局里的人都赶去救助，趁机来取父亲的性命。究竟什么人如此仇恨武家，使出这样残忍手段？桃佳想起一件事，问来富："定魁死后，有一次我在火车站里碰见你，当时你身边还有一个叫彭志的人。"

来富说："是。当初老掌柜的要下大力气查清楚定魁的事，定魁经常和彭志来往，定魁出事以后彭志就不见了。后来我听说他逃到济南去，就带着人找到他，带回青岛来。"佳桃问："彭志说过什么吗？"来富说："我问过他，他一口咬定定魁的死和他没有关系，如果他说出真相，会死很多人，所以他死活不肯多讲，我就把他交给掌柜的了。"

佳桃疑惑："后来呢？"来富说："按照老掌柜的吩咐，我把彭志关在砖瓦窑。老掌柜的亲自到砖瓦窑去见彭志，当时只有他们两个人在场，不知道说了什么。事后老掌柜的让我拿些钱给彭志，放他走了，那以后我一直没有见过彭志。"

来贵也不清楚彭志的下落。佳桃再问定魁的事，两个人知道得很少，许多最重要的事情过去都是连生在办。有些时候，连生也会让他们两个帮忙，比如正鑫庄杜云鹏那一次。佳桃追问到底，两个人就把如何协助连生杀死杜云鹏、再送他渡海的经过说出来。佳桃恍然大悟，正鑫庄是杜家的产业，杜云鹏是杜冲的叔叔，难怪父亲坚决反对自己和杜冲交往。自己不知道武家和杜家的这些仇怨，杜冲却知道，所以在写给她的信中说大家没有缘分，又说真实的原因只有一个，原来如此。

那么这一次血洗鸿运膏局的人又会是谁？父亲的死会不会与杜家有关系？佳桃暗下决心，不管追查到什么时候，追查到哪里，一定找出凶手，为父亲报仇。而眼前最要紧的是让各处的生意赶快走回正路，别让鸿运公司这座大厦垮掉。父兄先后离世，这千钧的重担只能由她挑起来了。

佳荷在乡下住了几十天，一直为父亲的惨死而悲伤，回来乘船时又受了一些风寒，到家以后旧病复发，一直发烧咳嗽，面颊红赤。

芸姨娘找出以前用过的药方，让人到药铺里抓回药来，煎熬以后喝下去，效力却不如从前显著，佳荷的身上还是发烧，昏睡当中常常胡言乱语。芸姨娘看她这一次病得比前几年更重，心中悲伤，背地里对佳菊和佳桃说："这几年武家的丧事不断，难道下一个要轮到佳荷？她若是不中用，留下我在世上还有什么意思？"

佳桃劝解道："佳荷只是在海上被风吹了，我看没有大事。新年之后如果还不好，我找西洋的大夫替她看一看，换一种治法，兴许有效。"

佳荷的烧慢慢退去，整个春天里却一直在咳嗽，佳桃带她去看过洋医生，尝试一种新治法。这一天，佳桃按照洋医生的指点买回几样西药，回家的路上看见许多年轻人，手里拿着大大小小的旗子匆匆赶路。走到前面的路口，人群从四处汇聚过来，挤得水泄不通，还有人站在中间，嘶声高喊。

佳桃的汽车只好拐到另一条路上，路口的人群突然停止呼喊，四散奔逃。佳桃看见人群里有周文密的影子，急忙开门招呼他，周文密跑过来，坐进汽车。对面的马路上冲出来一大队宪兵，一个个挥舞着大棒。佳桃让司机赶快开车，问周文密在这里干什么。周文密说是为了巴黎和会的事情，又问武佳荷最近可好。

佳桃举起手里的药袋："这个是给佳荷买的药，她一直病着，你要不要跟我一起看看她？"周文密回头看看路上的同学，早已经跑散了，就点头答应。

佳桃带着周文密回家，一进门就对佳荷说："佳荷，今天我可是给你找回一服好药，你要再不好，我就把你掀出门外，丢到马路上去。"佳荷正在和母亲、大姐闲聊，抬头看见周文密的脸从佳桃的身后闪出来，立刻惊叫一声，翻身坐起来。周文密见她一脸病容，连声问候。芸姨娘这是第一次见到周文密，只觉得这个青年人满身带着清新之气，人也生得高大魁梧，而且佳荷在他面前那么欢喜雀跃，让芸姨娘心中十分欣慰，跑前跑后，亲自端茶送水。

周文密说起书院和外面的事，话题慢慢转到国际上的巴黎和会，说中国的会议代表提出要求，把德国在青岛的租借地、胶济铁路等直接交还给中国。可是列强并不答应，要把青岛交到日本人手中，让人十分气愤，现在学生们都想要站起来，表达大家的抗争之意。

周文密说得慷慨激昂，双手在脸前做着愤怒的手势，佳荷看得发呆，有一阵子连干咳都停下来。佳菊听不明白他们在说些什么，一个人悄悄上楼。佳桃在一旁笑着对周文密说："我们佳荷的病，找过许多的郎中，吃过许多的汤药，一直都不见好。今天听到你的一番议论，连咳嗽都止住了，你可是比郎中还要灵验。"

这种玩笑让周文密不知道如何应对，张口结舌，刚才的伶牙俐齿一下子拙笨起来。佳荷在一旁气道："三姐胡说！周文密说的事，哪一个中国人听了不生气？就是有病也都忘记了。只有你这样无良的商人，现在还有心思开玩笑！"

佳荷的愤怒让佳桃想起一年前的自己，心中一阵感叹，也掺杂着羡慕，不敢再去招惹佳荷，和芸姨娘一起上楼，找佳菊说话。

不知道是西药还是周文密发挥了作用，佳荷的病明显好起来，咳嗽轻了许多，脸上的红晕渐渐退去，重现青春的光泽，不过还无法回到书院里上课，每天坐在阳台上，抱着一本书，晒着太阳打发时光。

从巴黎和会上传来消息，德国在山东和青岛的权益转交给日本。舆论哗然，周文密参加了请愿代表团，前往北京，要求政府拒绝在和约上签字，收回青岛。回来之后，周文密比过去更忙碌，只能抽空来看一看佳荷。佳荷整天为他心神不定，感觉日子过得格外漫长。

晚上佳桃回家，看见佳荷一个人缩在沙发里默默流泪。佳桃问她缘故，佳荷马上跳起来，拉住她的手哭诉道："我听同学说，周文密今天上街游行，被警备司令部捉去了。"佳桃急道："今天街上确实很乱，我也听说抓了许多人，你能确定他出事了？"

佳荷点头："昨天他说今天要过来看我，等到现在还不见人影，不是被抓了吗？”佳桃看佳荷伤心忧愁的样子，怕她急出毛病，小心劝道：“或者他有别的事耽误了，你不要乱想。明天我帮你打听，一定把他好好地送到你面前来。”

佳荷这才止住眼泪。第二天，佳桃派人到书院去找周文密，才知道周文密昨天果然被抓进警备司令部，一直没有回来。佳桃让冷叔想办法，冷叔去了一趟警备司令部，空手而回。原来周文密这一次是游行的带头人，警备司令部说要好好惩戒他。

佳桃心中焦急：“如果是父亲遇到这种事，他会怎么办？”冷叔说：“普通的事可以直接去找警备司令部的人，比较难办的事，私下里请求日本朋友帮忙，更好一些。”佳桃问：“父亲结交的日本朋友都有哪些呢？”冷叔说出几个名字：“这些人里面，能办大事的要数赵栋，最好由掌柜的出面去找他。”

佳桃知道那个赵栋是雅子的父亲，杜冲的岳父，当初她曾亲眼看见父亲从雅子家里出来。佳桃的心中有种种的不情愿，但周文密的事不容耽搁，而且这事也不需要和杜冲、雅子他们打交道。佳桃就让冷叔替她约请赵栋，晚上在威廉饭店吃饭。

天黑以后，佳桃先到了威廉饭店。她穿了一件高领的银白缎子短褂，下配暗蓝色裙子，素雅端正。定威已经离开饭店，现在这里的一切都由杨威廉一个人照管，他沏上一杯龙井亲自送过来，垂手站在一边。武家这个新掌柜的年纪小，又是女子，杨威廉却感觉她比老掌柜的更精明，目光锐利逼人，让人不敢正视，心中无底。

佳桃在杨威廉的面前也很不舒服，当初她和杜冲经常到这里约会，喝咖啡的客人少，他们二人自然格外醒目，杨威廉一定记得。但这不是杨威廉的过错，而且他现在把这个饭店经营得不错，佳桃当然不能难为他，便和他随便聊了几句。一会儿，赵栋应约来到，看见佳桃立刻连声赞道：“早就听说过武小姐的芳名，今日一见，果然容貌出众。赵某人能认识武小姐，倍感欣慰。”

佳桃谢过他的夸赞，称呼他为赵伯父，赵栋急忙摆手道：“莫称伯父，莫称伯父。武小姐还是称我‘赵先生’吧，随便一些。”佳桃也不再坚持：“家父亡故得十分突然，生意上的事，佳桃仓促接手。对家父先前的故旧又不熟悉，实在应该早一些与赵先生认识，也能得到赵先生的一些指教。”赵栋说：“武掌柜能有你这样的女儿，年轻漂亮，又有经营的才能，很让人羡慕。”

两个人边吃边聊，佳桃慢慢谈起周文密的事："有一件事要拜托赵先生，不知道赵先生愿不愿帮忙？"赵栋问："什么事？"佳桃说："有一位亲朋的儿子，最近因为行事莽撞，被警备司令部抓走，想请赵先生帮助通融一下，早点把他放出来。"

赵栋问："是一个年轻的学生吧？"佳桃点头，赵栋哈哈笑道："果真是亲朋的儿子？不会是武小姐的恋人吧？"佳桃也笑起来："赵先生乱讲，那青年还不到二十岁。我刚刚与赵先生认识，就冒昧相求，实在有些失礼，这位真的是不能不帮的一个亲朋。"

赵栋摇手道："武小姐不必客气，只要赵栋能办到的事，你只管大方说出来。赵某人可是最重友情的人，当年日、德交战的时候，我就与令尊相识。当时武掌柜有先见之明，看出德国人大势已去，希望日本人来了以后鸿运膏局能继续鸦片专卖。那件事正好我能出得上力，就成全了武掌柜的心愿。"

佳桃说："原来如此，难怪家父生前经常提到赵先生。看来今天的事拜托赵先生，是烧对了香，拜对了佛。"赵栋大笑，伸手过来拍一拍佳桃的手背："赵某人很赞赏令尊的做事风格，慷慨大方，说一不二。我和雅子住的那幢木屋就是武掌柜赠送的。想起来，赵某人与武家、与武小姐都是有缘分的。"

佳桃举杯说："那就请赵先生费心吧。一旦心愿达成，我总要到佛前还愿，而且不能吝啬。这些都请赵先生放心，武佳桃是武振庭的女儿，不会小气的。"赵栋也端起酒杯："武小姐这么说，还是太客套啦。我虽然没有武家那么大的生意，手里却并不缺少什么。不过，自从女儿嫁给杜冲，生活一下子空虚起来，孤单寂寞的滋味很不好受啊。"

说着，赵栋端起酒杯一饮而尽。看上去，赵栋薄薄的嘴唇和尖下巴都和雅子十分相像，微笑时嘴角下垂的样子也是一样。有些事你永远无法躲避开，这样的联想让佳桃不舒服，酒杯举起来，胃中却一阵翻涌。

赵栋把自己的酒杯斟满，对着佳桃暧昧地微笑："武小姐也到了婚嫁的年纪，不知有没有中意的郎君？"佳桃正色道："父亲刚刚惨死，做女儿的就去想什么婚嫁之事，不义不孝，类同禽兽。"赵栋赞了几句，只好把话题转开，佳桃又提起周文密的事，希望能尽快见到他。赵栋把周文密的名字念了几遍，记在心里，告诉佳桃："这些年轻人真是胡闹，根本不懂道理，你劝劝他，以后别再到外面闹事，如果再被抓起来，没有人救得了他。”

第三天周文密果然托人给佳荷捎来口信，说他已经被释放，直接回了书院。佳荷的情绪大好，轻快地跑下楼，正遇到佳菊带着淑灵回家来。佳荷抱过淑灵，逗她说笑，佳菊在一旁撇嘴：“佳荷，我看你的病全是装的。别人有病，要请郎中开方子，吃下药去，对了症状，病才能好起来。你花钱吃药都不济事，单单听到一句话就能好了病。”

佳荷说：“是啊，这会儿感觉好多了，我也奇怪是什么缘故。”佳菊说：“让我说你全是心病，等嫁了人就好啦。”佳荷作势要打她：“真可恶！和你说话，说不出一点新鲜的东西！”然后带着淑灵和贤康，一起上楼去。

佳菊坐在堂上，看着芸姨娘摆牌，一边听她抱怨：“佳荷越来越不爱理我了，佳桃天天在外面忙，你又不常回家来，整天只我一个人坐在这里，连个说话的人都找不到。”佳菊说：“我倒羡慕家里的这份清闲，老想着回来看看，可是那边的事忙得人心焦，哪里找到一点空闲？”于是说起婆婆的病况，近来烟后痢更重了一些，把人耗得元气大伤，家里人束手无策。看婆婆的样子，恐怕时日不多，大家也都不再像从前那样急着四处寻医问药了。

芸姨娘叹息道：“当初珍姨还经常到家里来，和我说说闲话。那么利落的一个人，这才几年的工夫，竟得了这样的顽疾。”佳菊才要开口，隐约闻到一股淡淡的烟香，细一分辨却又不太分明。这种气味佳菊在龚家闻得多了，再熟悉不过，可在自己家中还是第一次闻到。

佳菊心中暗暗吃惊，问芸姨娘什么人在楼上。芸姨娘说：“还有什么人！贤康他娘。整天把自己闷在屋子里，只到吃饭的时候走下来，也不和别人说一句话，胡乱吃上几口马上回去。根本不照管贤康，把他抛在这里，随便他乱跑乱叫。”

佳菊心中狐疑，陪着芸姨娘再聊几句，说要去找小美蓉讨一个鞋样，出来上楼。小美蓉的屋门紧闭，从里面闩上了，佳菊敲门，听见小美蓉在里面应声。等了好一阵，房门敞开一道窄缝，小美蓉把乱蓬蓬的头探出来，叫一声“佳菊”。那一股熟悉的烟气更浓了，佳菊挤开小美蓉，走进屋里。窗子已经打开，看不到烟枪烟灯，但床边的一片锡纸却露出了马脚。

小美蓉果然是在抽鸦片。佳菊拾起那片锡纸，拿在手里慢慢展开：“大白天的，总把自己关在房里做什么？该下去陪着芸姨娘说说话，或者带上贤康出去走一走。”

小美蓉不看佳菊的手：“找谁说话？整天在一个屋子里住着，哪有那么多的闲话？我一个年轻的寡妇，往外面跑得多了，只怕别人又要说我不安分。”佳菊不快道：“你倒有一肚子的怨气。随便怎么样，都比你关在屋子里抽鸦片强。”

佳菊直接戳破了小美蓉的秘密，小美蓉返身，一头扑倒到床上。早先她唱戏时吸上鸦片，与定魁相识之后，拉扯着定魁也染上烟瘾。怀孕之后，定魁不在身边，穷窘逼迫着小美蓉戒除了烟瘾。再次回到定魁身边时，他的烟瘾让小美蓉心中十分愧疚，不敢再拾起烟枪。

定魁死去，小美蓉带着贤康搬进武府，在武振庭和芸姨娘面前百般小心，眼前又有一个贤康在身边闹着，日子倒还过得顺畅。难过的是在夜里，总会思想着那个定魁，想他的种种好处，还有自己对定魁的种种亏欠，想一回哭一回，哭过了再想一回，如此熬过一个一个的长夜。

武振庭出事以后，小美蓉开始为自己的将来忧心，无聊苦闷之际，她不想再约束自己，偷偷拿出平日的积蓄，到烟馆中买回一套烟具和烟膏，关在房子里抽起来。青烟袅袅，在她的脸前缭绕。这烟气、这烟香都是那么熟悉，过去的种种美妙都在烟雾当中浮现出来。她与定魁在武家庄的场屋、在小镇的客店、在马路深处的肮脏烟馆、在自己的滚烫火炕上，互相依偎，一同罩在青烟之中。

小美蓉抽着烟，任凭眼泪扑簌簌落下来。时隔多年，这一次重吸鸦片，感觉烟味要比过去格外淳厚浓郁，吸一口，可以直达肺腑，因为那其中含有她对定魁的深深思念。

抽烟的事迟早会被发现，小美蓉早就料到这一点，只没想到这么快就让佳菊察觉到，她翻身爬起来，去把房门关好，回来对佳菊说：“我关在自己房里抽烟打发时光，又没有碍着别人。”佳菊小声说：“你知不知道，佳桃最厌恶鸦片？爹活着的时候，她为了卖鸦片的事就敢当面顶撞爹。定魁和爹出事以后，她更恨这些。你别糊涂，现在可是佳桃当家，要让她知道了，发起火来，只怕有你的好看。”

小美蓉冷笑：“她能把我怎么样？我是武家的儿媳妇，虽然不是明媒正娶，却为武家生下一棵根苗。佳桃一个女儿家，早晚要嫁出门去的，我干什么、我怎么样，轮得到她管吗？”

佳菊道：“你这话可是戳到她的恨处，在她面前千万提不得，免得她让你这个当嫂子的难看。定魁没有了，爹活着的时候已经开始安排佳桃接手家里的生意，家里的人、外面的伙计都明白，所以才会听她的安排。佳桃的脾气，我这个当姐姐的都不敢惹她。信我一句话，你要还想在这个家里待下去，趁早把这个东西戒掉。”

小美蓉的眼泪落下来：“佳菊，你也是女人，身边有孩子有男人。我带着贤康，心中的苦楚你总能体会吧？武家这么大一份家产，小美蓉不求别的，只要每天能抽一点烟，不算过分吧？”佳菊说：“你好糊涂，抽烟可不是什么福分。我的婆婆一直抽鸦片，你也曾见过她。早几年还那么丰满富态，这两年得了烟后痢，身体一天不如一天，整天离不开一只马桶，把人泻得只剩下一副皮囊，那样子简直生不如死。”

小美蓉眼中噙泪，微笑道：“我抽得少，不会到那个地步。贤康太小，没有了亲爹，不能再没有一个娘，我只是狠不下心来，等再他大一些，哪一天我直接把鸦片吞到肚子里，去找定魁。”佳菊忍不住落下泪来：“别想那种傻事，你要像模像样活着，爱惜身体，把贤康养大成人，那样定魁才会安心。武家现在就这么一棵苗子，不要让武家的香火断在这一代。”

小美蓉说：“贤康什么时候才能长大，他有了出息，我在世人面前才能挺起身板来，不然我这一生实在太冤屈。”佳菊说：“忍一忍，等一等，或许以后还有许多的好事等着你呢。”

如此一番劝说，小美蓉答应，要把烟慢慢戒掉，佳菊这才放下心来。

22

夏天的白昼漫长无聊，最近佳荷一直跟芸姨娘赌气，发誓说暑假结束之后一定要回书院去上学。佳桃劝她再等一等，最近外面局势混乱，等一切安定下来，身体再康健一点，更为稳妥。

佳桃要给妹妹解闷，在外面看见新奇的玩意儿就给她和贤康买回来。这一天路过码头的时候佳桃看见一个卖鸟的，上前挑了两只翠鸟，回来时拐到家门外下车，自己提着鸟笼进门。贤康一个人蹲在门前，看见二姑来家，迎上来跟着跑上楼，奔到阳台上。

佳荷说："二姐为什么这个时候回来？"佳桃把鸟笼拿给她："路上买了两只鸟，先给你送回来，你看一看它们，省得一个人闷。"

佳荷想起定魁："哥哥在时养过那么多鸟，每天一大早叫成一片，好听热闹。可是换水喂米的琐事十分麻烦，我怕养不好它们。"贤康伸手过来拨弄鸟笼，佳桃把他拉到面前问："贤康，怎么你一个人在外面玩？你娘呢？"贤康说："娘在屋里躺着。"佳桃翻看他的衣服："这么脏，你娘也不给你洗一洗。去，找她换一件干净的。"

贤康说："不，这会儿找娘，她会打我。"佳桃蹲下身子："她打你？为什么打你？"贤康说："她躺着的时候，不准我进门去烦她，烦她就要打。"

佳桃把鸟笼替佳荷挂起来，拉着贤康去找小美蓉。小美蓉的房门从里面关住了，佳桃闻到一股烟气，伸手拍打房门，贤康赶快躲到她的身后。一会儿房门打开，一股刺鼻的香粉气扑面而来，小美蓉叫一声佳桃，一边梳拢着头发。

佳桃把贤康拉过来："你关在屋里干什么？贤康脏得像泥猴一样，怎么不给他收拾一下？"小美蓉懒懒地说："他那么浑，收拾干净了，马上又会弄脏。"佳桃走进门，看见一只香粉盒扣在地上，香粉溅了一地。佳桃过去把窗子打开，吹散屋子里的香粉气。小美蓉拉过贤康，一边训斥抱怨，一边忙乱着为他找衣服。佳桃走到衣橱前，蹲下身子，伸手到下面摸索，掏出来一只托盘，上面放着烟灯烟枪，摸一摸还都是热乎的。

佳桃怒视小美蓉："你一直在抽烟？"小美蓉羞臊得抬不起头来。上次抽烟被佳菊发现，小美蓉着实害怕了几天，但佳菊心中同情她，好言相劝之后，并没有告诉别人。小美蓉慢慢安下心来，但苦闷空虚之中，那一根烟枪哪里就能轻易舍掉？白日里，佳桃去膏局照管生意，佳荷有自己的心事，身体又不舒服，自顾不暇，武府里只剩下芸姨娘和吴妈几个。小美蓉就把贤康打发到楼下玩耍，自己关起门来，躺到床上去吸烟，从此一发不可收拾。芸姨娘以前听说过小美蓉吸鸦片的事，现在虽然有所察觉，但仔细思量，由自已去戳破那一层窗纸，接下去的局面如何收拾？所以她一直假装不知。没想到今天佳桃突然闯回来，被她当面撞见。

小美蓉的沉默让佳桃更愤怒，扬手把托盘丢出窗外，烟灯与烟枪落到楼下，摔得"哗啦啦"响。佳桃返身回来，掀起床褥，要找出哪里还藏着烟膏。小美蓉一见，羞恼交加，索性大闹起来，扬手抽了贤康一巴掌，骂道："该死的东西！我让你疯！让你脏！"

贤康"哇"的一声哭起来，佳桃拖过贤康，把他掩到身后，怒道："打他干什么？有话你冲我说！"小美蓉尖叫："我的孩子，我爱打就打！大白天的不在外面玩，不在外面疯，闯到我屋子里来撒什么野蛮？"佳桃说："谁闯进你的屋子里？你说说，这里哪一间屋子是你的？"小美蓉不再转弯抹角，冲着佳桃嚷："好啊，我就抽鸦片了，我干什么，用得着你管吗？"佳桃一字一顿地说："我当然要管，你已经坑害了定魁，难道还要害贤康？"

小美蓉本来理亏，心底一直对佳桃存有畏惧，佳桃提起定魁，气势上一下子把小美蓉压倒。小美蓉拍一拍大腿，放声大哭："武定魁，武定魁，你个死鬼！你撇下我和这个孽障不管，自已清静，让我做鬼不成，做人也难！处处受人欺压，有苦无处诉说，连个安身之地都没有了！"

一边哭一边奔下楼去，芸姨娘早听明白她们在吵什么，慌忙和吴妈在下面拦住她，不放她走。佳桃找不到一点烟膏，怒气难消，把贤康交给佳荷，自已走出来，坐车回膏局。

第三天早晨，吴妈发现小美蓉和贤康不见了，到小美蓉房里看，要紧的东西都不在里面。佳桃听说小美蓉带着贤康走了，让定威、来富他们多带一些伙计，四处寻找。小美蓉并没有走远，坐在码头边的一块石头上等船。两个膏局的伙计发现他们，一个人留下来盯着，另一个飞奔回膏局报信。

佳桃赶到码头，问小美蓉要到哪里去。小美蓉抱紧贤康，埋头不语。佳桃说："嫂子，贤康是武家的后代，他必须留在武家，你不能带他走。你是武家的儿媳，是贤康的母亲，你也不能走。"小美蓉说："我是害人精，我不想留下来讨人厌。"佳桃说："昨天我说话欠妥当，武家有你的位置，谁都不会把你怎么样。我现在是替武定魁挽留你，他地下有灵，也不会让你回去过穷日子。"

小美蓉不理她，只是把贤康抱得更紧。佳桃招呼贤康，孩子看看她，再看看母亲，不敢动弹。佳桃知道劝说无用，示意几个伙计动手，上前按住小美蓉，佳桃自己把贤康拉过来，抱着他上车。小美蓉挣扎咒骂，却是徒劳，伙计们抱头的，按脚的，把她抬到车边，硬生生塞进去，带回武府。

小美蓉房中的窗子被牢牢钉死，房门从外面锁上，临时雇来的两个粗壮的妇人每天守在门外。贤康听见母亲在屋中哭叫，自己也哭个不停。佳荷把他拉到自己房中，百般哄劝，只说他母亲病了，要在房里好好养病，不能见人。过一些日子病好了，还会出来，这才慢慢让贤康安静下来。佳桃每天回来，总给贤康带回来一些新鲜的果子和玩意儿，把他笼络在自己身边，贤康不闹，别人自然不来理会小美蓉的事。

小美蓉眼看着混闹下去毫无作用，自己就没了章程。戒断鸦片的症候很快显现出来，小美蓉整日里浑身发抖，四肢麻痹，咳嗽流泪，便溺混乱，弄得她再没有力气冲撞。稍有一点力气，就在房里悲声唱几段茂腔，或者一声声呼喊、咒骂她死去的定魁。

暑天的一个上午，佳桃正在鸿运膏局楼上写字，看见来富引着赵栋走进来，慌忙起身迎接。赵栋说："今天真热，武小姐竟然气定神闲，练习书法。"

佳桃说："外面日头毒辣，只好躲在屋里。"赵栋环视四周："很好，我从外面走进来，感觉这里一片阴凉。"佳桃说："屋里也热，这种老式的房子，窗子太小，通风不畅，一到夏天简直要把人闷死。"

赵栋走到窗边去，打量墙的厚度："石头砌的厚墙，暑天里是最清凉的住处。通风不畅也有好处，外面的风都是热的。"

佳桃看他只管闲言，不说明来意，不会马上离开，就说："上一次幸亏赵先生出面，让那个青年早早出来，佳桃一直没有合适的机会酬谢赵先生。正好是午饭的时间，想请赵先生一起吃饭，边吃边聊。"

赵栋哈哈一笑，也不推辞，两个人下楼来，坐车到威廉饭店。杨威廉迎出来，佳桃让他准备几个爽口的菜。杨威廉答应一声，引他们坐到清凉的窗边，很快端上来一碟芹菜虾仁，一碟凉拌海参丝，一碟凉拌鸭掌和一碟香螺。赵栋喝的是啤酒，佳桃用汽水作陪。

赵栋几杯酒喝下去，垂头感慨道："做父亲的心情实在复杂啊。雅子嫁给杜冲之后，心思都放在自己的小家中，放在杜冲身上。如今又有了身孕，根本顾不上我这个做父亲的，难得回来看我一次。每次看到他们美满的笑脸，格外感到自己的寂寞孤单。"

佳桃盯着酒杯，微笑不语。赵栋说："这种孤身一人的感触，武小姐也经常会有吧？"佳桃脸上笑着，心中突然感到莫大的委屈，眼中浮上一层泪花。走进商场以来，赵栋盯视她的那种眼神她在许多男人的眼里见到过，令人厌恶却无可奈何。佳桃把杯中的汽水一口气喝干，压下喉中的一阵炽热，不让眼中的泪水流出来，说："谢谢赵先生，其实家父在生前已经替佳桃把婚事安排好了。"

赵栋探头问："真的吗？那人是谁？"站在一旁的杨威廉过来替佳桃把杯斟满，退到一边，佳桃说："兄长不幸死去，家父大受打击，知道武家的生意只能传给女儿。可是，让未婚的女儿抛头露面，总不太妥当。"佳桃向身边的杨威廉一指："家父看他这个人处事机灵，挑选他做我的夫婿，可惜家父还没来得及主持我们的婚事，就出了事。"

嘴里说着，佳桃眼中的泪水已经落了下来。一旁的杨威廉惊得浑身直抖，赵栋瞥了他一眼，双手撑住桌沿"哈哈"大笑："唔？真的是他吗？不过，嫁给自己家的伙计，如同嫁给了家奴，武小姐一定非常委屈，才会伤心地哭出来吧？"佳桃拭去面颊上的泪珠："女子嫁人如同盲人下山，前面是什么只能听凭命运安排。我们武家是做生意的，不看重门第。嫁给一个可靠的伙计，总比嫁给一个骗子、禽兽强些。"

赵栋点头："说的是，说的是。那么，我就等着喝武小姐的喜酒了。"说着挥手示意杨威廉走开，低声对佳桃说："今天我来找武小姐，是有一件要紧事——我想和武小姐合伙做生意，怎么样？"

佳桃警觉起来："如今赚钱的生意很难找，不知赵先生有什么好主意。"赵栋说："不难找，都是现成的生意。我直说吧，我想入股鸿运，大家一起发财。"佳桃认真思量："鸿运膏局的生意，本小利薄，只怕赵先生不会看在眼里。"赵栋哈哈笑道："膏局的生意究竟有多少利润，赵某人不想管它。膏局可是武掌柜起家的生意，武小姐放心，我不会插手的。"

佳桃说："树大好乘荫，其实我倒是盼望赵先生能入股膏局。"赵栋摇头："我想和武小姐商量的是：能不能一起在土货生意上合作？"佳桃没想到他会对土货行感兴趣："听说赵先生一直和杜家合伙开办纱厂，利润丰厚，怎么突然要做土货生意？"

赵栋说："东云纱厂的事，平时并不需要我操心，杜冲做得很好。将来我会把自己的股份划到雅子的名下，算是给她的一份嫁妆吧。这一次我是想自己做一点生意，近几年日中之间的贸易量越来越大。武家的土货行开办多年，货源遍及山东各地和中原多省，只可惜生意的规模一直太小，利润微薄是必然的。赵某人入股之后，可以从日本银行中贷款，到内地大批收购花生、牛脂和棉花，直接运往日本。这种生意只有规模和数量足够大，才会有可观的利润。"

佳桃问："那么赵先生打算入多少股呢？"赵栋笑道："首先申明一点，我手里没有钱，我只需要一个股东的身份，占有多少股份并不重要。"佳桃说："这样的大事，佳桃不敢自作主张，要回去与长辈和伙计们商量之后才能决定。"赵栋点头："当然，那我就等着武小姐的好消息。当初，赵某人帮助武掌柜取得烟土专卖权，武掌柜对我是有过一些承诺的。希望这些承诺能够在武小姐手中兑现，大家一道合作。"

闲聊几句之后，赵栋起身离开。佳桃和杨威廉送他离开，又返身走回来，给自己倒了一杯啤酒，独自喝起来。杨威廉只好守在一旁，等候她的吩咐。佳桃问他："杨威廉，刚才我和赵栋说的话你都听明白了？"杨威廉小心说："听明白了，掌柜的。"

佳桃说："我父亲死前并没有给我安排什么婚事，刚才的话都是我自己的主意，刚刚想到的。"杨威廉赔笑说："明白，明白。"佳桃把杯中酒一饮而尽："可我现在需要一个婚礼，需要一个丈夫。"杨威廉有点困惑，怕说错话，又不好沉默："掌柜的不过是逢场作戏，敷衍一下赵先生。"

佳桃说："今天敷衍了赵先生，明天还会有陈先生、李先生，或者加藤先生、亨利先生，都要一个一个敷衍吗？"杨威廉的额头上憋出一层细汗，不敢再说什么。佳桃问："杨威廉，如果我真的和你举办一个婚礼，会怎么样？"杨威廉笑道："掌柜的喝醉了，拿我开心呢。"佳桃说："我没喝醉，今天我只是想结婚。我做生意，每日都要和男人打交道。如果我是结了婚的妇人，可以免去许多的口舌和麻烦。你就做我身边的那位先生，需要的时候，陪着我应酬一下，你不愿意吗？”

杨威廉偷偷瞟了佳桃一眼：“什么是‘需要的时候’……我还是不太懂掌柜的意思。”佳桃说：“你不需要懂，你去告诉别人，你和我的婚事早已经确定下来，只等我为父亲上过周年坟，明年春天或者夏天就会结婚。杨威廉，这种戏不会演得太久，将来我也不会亏待你。”杨威廉不敢再有异议，嗫嚅道：“这种事，随便掌柜的安排，我只照吩咐去做。”

赵栋入股土货行的事，佳桃找定威商议：“这个日本人的势力难以揣测，既然他提出来要入股，我们不好驳回。他和父亲之间究竟有过什么约定，没人知道，按照他的说法，我们鸿运公司欠他一个人情，而且他不想接受金钱的酬谢。”定威说：“我看他是乘人之危，趁机讹诈。如果答应他，只怕请神容易送神难。”佳桃说：“赵栋不像要图谋我们鸿运公司的产业，最大的可能是想利用我们的土货行，在别处获取利益。我想过了，接受赵栋入股土货行是危害最小的一个选择。这些年来土货行的生意一直由冷叔掌握，父亲睁一只眼闭一只眼，根本不太过问。父亲后来不太信任冷叔，大概也有这方面的原因，所以一直不去追究。我猜想，在父亲的规划里面会不会早就打算放弃土货行，等到必要的时候，把土货行的生意送给冷叔，也算是对他的酬劳？”

定威说：“那只是你的猜想。”佳桃说：“我听来贵讲过，土货行的账目有许多他看不懂的地方。咱们赊人家的、人家欠咱们的，繁杂不清。这次让赵栋进来，我们正好彻底清理一下账目。”定威说：“只怕算出来的是一大笔欠债亏空，冷叔在土货行做了那么久，账目复杂，如果再让赵栋入股，他自然要安排自已的人进来，万一大家合作得不好，可能会把土货行弄成一个烂摊子，无法收拾。”

佳桃说：“让赵栋入股，确实有许多的弊病，结果不可预测，但总比直接拒绝他好一些。我们做好最坏的打算。这一次索性对赵栋大方一点，送给他一成五的股份。冷叔在鸿运公司干了几十年，总要给他一个交代，这一次直接划给他一成五的股份，和他分割清楚。剩下的七成股份还在鸿运公司手里，借这个机会把来贵派过去管账，名正言顺。以后土货行的经营都在明处，出了问题也能早早发现，不怕赵栋别有用心。”

定威不语。佳桃说：“定威，武家各处的生意，我现在最看重的是船运公司，将来只要有钱，就会继续添船，所以你在那边做事千万当心。”

佳桃把自己的决定告诉赵栋和冷叔：“鸿运土货行的股份分作十成，七成留在武家手里。剩下三成的股份平分成两份，一份奉送给赵先生，另一份归到冷叔的名下。这些年来冷叔一直为武家经营，于情于理，都应该获得酬劳。当然，如果清算下来土货行是亏空的，另当别论。”

赵栋欣然接受，并没有派自己的人到土货行做事。冷叔谦让几句，也没有表示什么异议。佳桃因此相信，冷叔与赵栋私下里有过接触，三人之间的关系显然非同寻常。佳桃和他们办好手续，按照原来的想法，让来贵到土货行去管账。

23

春天里，佳桃和杨威廉举行了婚礼。杨威廉是一个虔诚的教徒，提议到教堂去举行婚礼，却被佳桃一口回绝。佳桃的选择很简单，只在威廉饭店宴请宾客，权充婚礼。

宴会盛大，赴宴的客人大多是市里的警政人员，或者平日里与鸿运公司来往的客商，两边的亲朋来得极少，只有佳菊、龚易和定威帮着招呼客人。

佳桃和杨威廉一起向各位客人敬酒。佳桃新做了一件大红的旗袍，妥贴合体，曲线毕呈，下面配一双红色皮鞋，优雅喜兴。杨威廉一身齐整的西装，头发梳拢得格外整齐，举指之间透着一股洋气。单看外貌，他很像一个新潮的掌柜的，但骨子里却是伙计的习气。龚易远远看着他们，心中隐隐感觉到有些酸楚。佳桃选来选去，最后竟然嫁了这么一个不中不洋、不伦不类的家伙。

酒宴持续到午后，几位客人喝醉了酒，杨威廉上前陪着说话，却被他们斥退，闹闹嚷嚷，直到黄昏时候最后一位客人方才离开。佳桃、杨威廉、佳菊和龚易一起坐车回家。杨威廉假戏真做，进门看见芸姨娘，上前扑倒在地，叩头拜见芸姨娘，响亮地叫了一声“娘！”喜得芸姨娘连声叫他“快起来！

快起来！”

芸姨娘很晚才听说佳桃要办婚事，婚礼的安排让芸姨娘心中狐疑，感觉这桩婚事太蹊跷，佳桃必定有许多的隐情不想对她说明。芸姨娘因此感叹，毕竟不是血缘上的母女，如此重要的事佳桃都不肯对自己道出实情。

佳桃和众人聊了几句，推说头痛，拉上贤康回到自己的房里去休息。这几天杨威廉一直忙个不停，闲话一阵，只觉得腰酸腿软，很想倒下来大睡一觉。芸姨娘看出他的倦意，让他不必陪着大家，先去歇息。

吴妈赶快过来带杨威廉上楼。刚才杨威廉留心倾听，佳桃是走进二楼的一个房间里，可这会儿吴妈一直带着他上了三楼，走进最里面的一扇门。房间很大，摆着一张窄窄的木床，床上张挂着一顶新蚊帐。桌椅沙发衣橱都齐全，看起来却不像一间新房。吴妈告诉他，夜里蚊子很多，一定记得放下蚊帐，然后替他掩好门，下楼去了。杨威廉以为这一天佳桃还会有什么安排，不敢睡下，一直坐在沙发里，结果很快就睡着了。

芸姨娘在楼下问起婚礼上的事，佳菊说：“宴席还像个样子，请来的都是生意上的熟人，家里人只有我和龚易、定威在场，杨家的人不见一个。真不明白，佳桃为什么把自己的终身大事办得这样随便。”

佳荷说：“这个杨威廉一副机灵样子，人也干净精神。二姐恐怕是照着杜冲的样子找的。”佳菊慌忙冲佳荷摆手，示意她低声。龚易这一天心情都不好，忍不住冷笑道：“我看佳荷说到点子上了。佳桃想结婚，什么人不能嫁？偏偏找了一个伙计，油头粉面的，不像一个靠得住的人。”

佳菊不满意龚易的一番话：“其实自己家的伙计也有一样好处，相处的时间久了，知道他的长处短处，而且他们也懂得疼人。嫁给他们，面子上虽然不太好看，却比冒冒失失嫁给一个宠坏的少爷强。”龚易扭过脸来，直直地看着佳菊，一声不响。佳菊突然明白刚才那一番话太容易让人想到连生和龚易，进而想到她自己的身上，赶快闭嘴。

新婚之夜，杨威廉坐在沙发里睡过来，一睁眼天已大亮，自己的脸上、手上被蚊子咬得一塌糊涂，奇痒难耐。杨威廉一下子跳起来，担心自己误了大事，下楼来看，佳桃已经吃过早饭去膏局了。

一个“新婚之夜”算是被虚度了。佳桃果然是结婚给别人看的，当初她给杨威廉定下规矩：在外面两个人扮成夫妻，回家来两不相干，在家人面前只能谈生意的事，其他一概不能乱讲。佳桃还说："你可以在外面找女人，但不许带回家来，也不许把你我的实情对任何人讲。"杨威廉向佳桃表白道："随便你怎么看，我可没当这是假结婚，自然不会在外面胡来。"

实际上，近年来杨威廉一直在外面浪荡。新婚之后他开始洁身自爱，要对得起佳桃对自己的青睐。每天饭店里的事情做完，不论多晚都要赶回到武府，盼望着能够感动佳桃，让她改变初衷，容纳他。

如此忍耐了几个月，佳桃对杨威廉的态度没有丝毫改变。其实两个人难得在家里见面，饭店的生意每天结束得晚，杨威廉回到家时，佳桃和家里人早已经睡下。早上杨威廉醒得晚，大家都已经吃过了饭，佳桃早就离家出门。杨威廉独自坐在桌边，吴妈替他把饭菜端上来。两个人反而在饭店和膏局里见面的时候更多。但在那些场合中，杨威廉是伙计，佳桃是掌柜的。

中秋节，佳荷提议一家人一起过节。佳桃看妹妹的精神大好，而且小美蓉的烟瘾彻底戒除，不再像从前一样撒泼，心中高兴，让吴妈多备几个好菜，全家人在一起好好过一个团圆节。芸姨娘怕杨威廉错过，下午让人到饭店去告诉他，今天晚上早一些回来吃饭。

杨威廉错以为这是佳桃的意思，心中大喜，亲自到后面挑选了一大堆新鲜的肥蟹，让厨子放到锅里蒸着，自己先到外面叫了一辆人力车，在门外等着。螃蟹一熟，杨威廉直接装进食盒里，自己提着奔出来，跳上车催促车夫快快赶路。到家的时候，众人刚刚在桌边坐下，杨威廉把螃蟹摆出来，竟然都还是热气腾腾的。

佳桃没有料到他会赶回来，看他跑得满脸赤红，不好再说什么。一家人吃着肥美的螃蟹，佳荷说："可惜大姐他们今天不在。那年在乡下，我们几个聚在场屋里吃螃蟹，以后再没有吃过那么鲜美的好蟹。"

贤康抢着说："我记得，那一回的螃蟹最好吃啦！我还吃了两个！"佳荷笑说："你要是吃了，可是见鬼了。当时只有我、你二姑、你爹，是你大姑父做的东，连你大姑都没吃到……"佳桃不想听那些旧事："许多事都感觉旧日的好。我尝着今天的螃蟹不错，鲜美又不腻人。"

芸姨娘夸道："还是杨威廉细心，蒸了鲜蟹，还这么急着送回来。"杨威廉说："下一次大家都去饭店，各人喜欢什么，只管让厨子做来，保证让各人吃一个畅快。"佳荷说："这种话要从掌柜的嘴里说出来才能算数，听你说，我们只是两只耳朵畅快一下。"

杨威廉"嘿嘿"一笑，看着佳桃。佳桃说："这个容易，只要不是燕窝鱼翅，随便你想吃什么，都可以让你吃个够。"贤康立刻嚷起来："我要吃燕窝鱼！"众人大笑："你要吃燕窝鱼，可是难为别人了，到哪里去给你找呢？"

如此边吃边聊，气氛融洽。一会儿佳桃离开饭桌，独自回到楼上去。杨威廉心中高兴，不觉多喝了几杯，看见佳荷和小美蓉都跟着一个贤康忙碌，自己只能陪着芸姨娘说话，感觉无趣。于是找个机会起身，慢慢上楼，扭头看见佳桃的门外泻出一线灯光，心中踊动，放轻了脚步走过去。

佳桃的房门虚掩着，杨威廉借着酒胆推门进去。佳桃歪在床头，脸上扣着一本书。这还是杨威廉第一次走进佳桃的屋子，只觉得眼前一片莹煌，一双眼睛不知该看哪里才是，假装脚步不稳，过去扶住床栏坐下。

佳桃听见脚步声，拿开书本，杨威廉已经坐到床上。佳桃赶快挺身坐起来，整理一下衣衫："你有事？"杨威廉说："我来看看我的太太。"佳桃皱紧眉头："你喝醉了，让吴妈给你做个汤，醒一醒酒，早点上去歇着吧。"杨威廉粗声说："上哪歇着？今晚我要在这里歇着，这里才像个新房。"佳桃盯住他："杨威廉，快去醒醒酒，别让自己出丑。"杨威廉说："你是我的女人，我不怕在你面前出丑。"

佳桃不再理他，要到外面去喊吴妈。杨威廉猛地跳起来，双手紧紧抱住她，埋下头就往她怀里拱。佳桃叫了一声，想到佳荷、小美蓉她们就坐在下面，要让她们听见了声音才是难堪，就不敢再叫，压低了声音喝道："杨威廉，你干什么？你要发疯？"杨威廉见她不敢高声，更加放肆："是啊，今天我就是要发疯！别忘了，我是你的男人！"

嘴里说着，一双手就在佳桃身上乱摸起来，他的喘息越来越粗重，刺鼻的酒气从嘴里喷出来，直扑到佳桃的脸上，让她作呕。佳桃气急了，低声骂道："混蛋！滚开！"一边伸手往外推杨威廉。杨威廉拿准她不敢声张，索性一不做二不休，一只手滑到下面，掀起旗袍的下摆，径直摸进去。

佳桃又羞又气，扭头一口啐到杨威廉的脸上，猛地向后挣脱，踉跄几步，后腰重重撞到桌沿上，痛得她呻吟起来。杨威廉不肯罢休，抹一把脸，再一次扑上前来，也不言语，张开双臂死死抱住佳桃，努起嘴来到处找佳桃的嘴唇。佳桃大怒，拼命要把他推开，哪里推得动？杨威廉的嘴凑到近前，一下子亲到佳桃的嘴上。

佳桃躲闪着他的嘴，一手死死撑在杨威廉的胸前，另一只手到身后摸索到抽屉，使劲要把它拉开。杨威廉以为她接受了自己，豪情勃发，伸出舌头在她的光脸上舔着，身子紧紧贴住她磨蹭，嘴里咕哝着肉麻的情话。这些下流的情话是在平康里妓女们身上磨炼出来的，情到浓处，脱口而出，总能唤起妓女们的热烈回应，他却忘了现在怀里抱着的是佳桃。

佳桃的手终于伸进抽屉里，摸到了手枪的枪柄。手枪里平时总是子弹上膛，枪机也打开了，随时可以击发。佳桃轻舒一口气："杨威廉，我的手枪现在就对着你的肚皮，你再敢动一下，我就把子弹打进你的肚子里去！"

杨威廉一下子僵住，这才试出下面有一个硬硬的东西抵在腹上，隔着衣衫，他能感觉到那枪口的一丝凉意。他停下来不敢再动，一双手还抱着佳桃，"呼哧"、"呼哧"喘着粗气。

佳桃在他的耳边低声说："现在放开我，从这间屋子里滚出去！马上就滚！"杨威廉盯着她的脸："武佳桃，你真要打死我吗？我是你男人。"佳桃说："不，你不是。"杨威廉道："那我是什么？"佳桃淡淡地说："你是什么你自己知道。"

杨威廉不甘心放手："武佳桃，你不敢打死我，我可不是一只小猫小狗。"佳桃舒出一口气："是不是都一样。我开了枪，天亮的时候有人会发现你躺在马路上。城里的人会说，昨天夜里武家的三女婿被匪人打劫，肚子上还挨了几枪。你觉得这样说行吗？"杨威廉的声音开始抖动："这种假话没有人相信！大家会发现我被你害死，你会受到惩罚！"佳桃冷笑："你以为有人在意你是怎么死的？你想谁会来惩罚我？"

杨威廉盯着佳桃的眼睛，明白她说的都是真话，明白她敢朝他的肚子开枪，不会有半点犹豫。只有乡下的爹娘会为他的死伤心，但他们哪里敢到城里来追究？找谁追究？杨威廉的双臂一下子瘫软下来，松开佳桃，慢慢向后退开。现在他看清楚了，佳桃的手里果真握着一把手枪，枪口正指向他，佳桃的一只手被枪身衬托，更显白皙。

杨威廉的心中突然一阵哀伤，哽咽道："武佳桃，俺娘还以为我在城里娶了富家的小姐……还以为我做了掌柜的……"佳桃说："我早跟你说清楚了，咱们只是名义上的夫妻，而且将来我不会亏待你。"杨威廉的眼泪落下来："我是武家的伙计，拿着武家的工钱，为武家做事。我做得不好，你们可以骂我，可以辞掉我。可我也是个男人，大庭广众之下和你办了婚礼，回家来却被关在门外。"

佳桃说："杨威廉，你不愿意可以搬出去住，我不会真正和你做夫妻的。"杨威廉满腹的怨恨一下子爆发出来，大叫道："武佳桃，你别在我面前装模作样，摆出修女的架势！别人不知道，我可是知道，你心里还想着那个姓杜的。当初你和他就不清不白，我亲眼看见你在他身上摸摸索索，那可是在咖啡馆！私下里，你们不知道还干过什么勾当呢！"

杨威廉的吼叫击中佳桃心中最脆弱的地方，无限的羞恼与愤恨一齐涌上来，她扣动扳机，对准杨威廉连开两枪。如果那两颗枪弹能按照佳桃的意愿飞行，一颗应该打到杨威廉的嘴上，另一颗打到他的额头。但佳桃的手上缺少力气，枪口跳得太厉害，一颗子弹从杨威廉的耳边飞过，另一颗打到天花板上。

杨威廉吓得面无血色，一下子瘫坐到地上。看得出来，佳桃真想把他打死，她会不会再开两枪？如果他现在转身跑开，她会不会照着他的后背开枪？杨威廉哀声道："佳桃，佳桃，我该死！你不要生气，我以后再不敢碰你了，好吗？再不敢碰你了，我现在就走，好不好？"

佳桃握枪的手垂下去，杨威廉慌忙爬起来，拖着生涩的双腿，把自己弄到门外，跌跌撞撞地跑下楼。到这时，佳桃才闻到杨威廉留在她脸上的口水的难闻气味，刚才两个人撕扯当中，杨威廉的一双手亵渎过的那些地方都有一种烧灼之感，疼痛异常。

佳桃不禁想起杜冲曾经留给她的那些温存，位置相同，感觉却天差地别。那只是一个闪念，她马上甩一甩头，要把心中的羞愤发泄出去，对着杨威廉站过的地方扣动枪机，把枪里的子弹一口气全部射出去。

枪声在屋子里回荡，把整个楼房震着"隆隆"响，硝烟的气味冲腾而上。

外面，佳荷和小美蓉已经跑上楼来，贤康跟在后边，大声叫着“二姑”，佳桃听见，赶快把手枪放了回去。

佳荷十七岁的生日到了，佳桃让她找几个知己的同学到威廉饭店来吃饭，过一个热闹的生日。佳荷抱住芸姨娘的胳膊问：“我可不可以请周文密过来？”芸姨娘说：“找两个女孩子来陪陪你就罢了，找那个青年来算怎么回事？”

佳荷摇着母亲的手：“你是不是心痛饭菜，怕他吃得多，才要找女孩子？”芸姨娘笑道：“就算他能吃，又吃得了多少？反正有你姐姐包办，我心痛什么？我只怕请他来了，你怎么给别人介绍。”

佳荷说：“他是我在书院里的同学，就这样介绍，好吗？他独自在外求学，平日里饭食太马虎，这一年多来又四处奔波，为国家为民族奔走呼喊，我想让他美餐一顿，好不好？”

芸姨娘看着佳荷苍白的脸，心中疼爱。如果不是身体虚弱，只怕女儿早该谈婚论嫁了。再或者，武振庭还活在世上，恐怕也要催着给她找夫婿了。芸姨娘不忍心再反对，就说：“你别给我讲大道理，你心痛人家？你还是多心痛自己吧。这种事我不管，你去和二姐商量。”

宴席摆在威廉饭店。中节秋之后杨威廉一直躲避着佳桃，这会儿他只在后面张罗酒菜，不敢出来。等酒菜齐全了，佳桃自己走到后面去，让杨威廉出来一起就座。

佳荷看着围坐在桌边的各位，除去自家人，外来的只有一个周文密，感叹道：“人世间的事无法预料。几年前大姐夫还在北京，嫂子还在乡下四处唱茂腔，定威还在船上打鱼，杨威廉还在城里开着咖啡馆，周文密还在威海的乡下，贤康和淑灵两个干脆还没有出生，谁能想到今天大家会坐在一起？”

龚易颇有同感：“佳荷问得好。其实一个人就好比水上的一片树叶，随着潮流向前飘，咱们这些原本不相干的树叶，碰巧飘到了一起。”佳荷说：“潮流上的树叶，自己无法把握前面的流向，今天聚在一起，不知道哪天又要分散开，像父亲，像哥哥……”

众人无声，佳桃从佳荷的话中听出她的感伤，皱眉道：“你小小的年纪，哪里学来这些悲秋伤时的腔调？今天是你生日的宴会，又不让你作诗文。”龚易赶快打圆场："别人怎么样我不知道，我今天能坐在这里，还要感谢日本人——如果他们不和德国人开战，我怎么能渡海去避乱？又怎么能认识你们姐妹？"

坐在一旁的杨威廉气道："我恨死日本人，你还要感谢他们！如果不是他们打跑了德国人，威廉咖啡馆的生意不知有多红火，我哪里会开什么饭店？"大家盯着佳桃，害怕她发作，佳桃并未理会，垂头在那边剥了一块虾肉，喂到贤康的嘴里。杨威廉也不敢乱讲，借口到后面看一看汤好了没有，离开酒席，再没敢回来。

周文密说："日本人最可恨的地方，你们其实还不知道。"就慢慢把他一年来的见闻说出来，经过这一次的抗争锻炼，周文密明显比从前沉稳了许多，开口说话之前总要斟酌一番。他的慷慨陈词让众人无语，佳菊伏到佳桃耳边悄声说："这个周文密真能说，听得久了，倒觉得他的话还挺好听。"佳桃说："他把这里当成了演讲会，今天是佳荷的生日，只要她爱听，就让他说下去好了。"

一席饭吃到很晚的时候才结束，周文密辞别众人，自己回书院去了。佳荷、小美蓉她们陪着芸姨娘回家。龚易一会儿还要从这里去银行，佳菊就带着淑灵回家，佳桃和她们一道，顺便去膏局看看。

杨威廉看众人散去，让伙计添两个炒菜，自己端出来，陪着龚易再喝一气，感觉比先前少了许多拘束。龚易冷眼打量杨威廉，人是十分乖巧机敏，骨子里却还脱不掉店铺伙计的那种油滑和谄媚之气，佳桃的眼光到底不过如此。

杨威廉说："以前听膏局的伙计们说，武家的儿媳烟瘾挺大。到武家之后很少有机会见到小美蓉，今天我仔细打量，看不出她是一个抽鸦片的人。"龚易因为母亲的缘故，最不愿听人说起"鸦片"三字，淡淡地应了一句："她已经戒掉了。"

杨威廉说："听说佳桃对小美蓉十分严厉，才帮助她把烟瘾戒掉。如果当初武家人能这样强制定魁，兴许结果不会是现在的样子。"龚易说："看来，武家的事情你知道得不少。"杨威廉说："伙计嘛，在一起没事的时候总要议论掌柜的。大伙儿都说，武家的后代当中，大姐佳菊对人最和善，定魁的脾气也很好，佳荷呢有一点娇气，只有佳桃，大概是天生做掌柜的材料。一母同胞的姐妹，差别天上地下。有时候，看着佳菊对你一脸恭顺的样子，实在让人羡慕。”

龚易说：“如今佳桃是掌柜的，对外人严厉、对伙计们严厉，那是自然。不过，回到家来她还是你床上的女人，还不是随便你摆布？”杨威哭丧着脸说：“我床上的女人？我摆布她？我连她的床都没碰过。武佳桃不过是年画上的元宝，只能给我看着开心，其实我还是一个干活的伙计。”

龚易追问：“那么，你和佳桃到底是……”杨威廉借着酒劲，把他和佳桃假结婚的事和盘托出，婚礼之后两个人一直分开住着，中秋节他想和佳桃亲热，差点被她开枪打死。龚易听了，心中百味杂陈，却比先前感觉宽慰，接连灌下两杯酒。

杨威廉的话头一扯开便收拢不住，把自己从前在平康里的艳事统统倒出来，评点百花风姿，脸上渐渐回复了一点尊严。龚易想不到他在外面如此风流，相比之下，自己的日子简直单调贫乏。与佳菊结婚之后，最初的新鲜感早已经消失，琐碎的日常生活让他渐渐生出厌倦，性情谦和的佳菊无法让他生出浪漫的情绪，尤其是女儿淑灵出生之后，佳菊的心思全部放到孩子身上，每天把淑灵揽在身边早早睡下，对龚易大为疏忽。龚易更觉无趣，常常拿一本书来打发时光，心里免不了再拿佳菊和佳桃比较一番。从前佳桃的心里只有一个杜冲，结果阴差阳错，杜冲娶了那个日本女子，佳桃马马虎虎嫁给自家的伙计，真不真假不假的。如果自己当初更坚定一些，再多等一时，会不会如愿娶到佳桃呢？可惜木已成舟，如今只能空想了。

杨威廉看见龚易神色恍惚，似乎是动了心，就要带他去平康里转一转。龚易已经有了五分的醉意，顾不得银行的事，立刻放下酒杯，跟着杨威廉出来，坐车直奔平康里。

24

平康里的院子里灯火通明，高处的窗子里传出来一阵阵男女浪笑。杨威廉带着龚易走进楼门，一群男女坐在桌边喝酒，一个粗壮矮小的男人用沙哑的男声在高唱，唱的是一首听不懂的日本歌。

到了这里，杨威廉的步子突然轻盈了，跨步跳上楼梯。有人迎面走下来，竟然是冷叔，后面跟着冈吉。杨威廉笑道：“冷叔，你怎么在这里？”冷叔看见他们也十分意外：“我过来见个朋友……两位姑爷这是……”

龚易面色紫胀，额头上一下子沁出一层冷汗，杨威廉抢先道：“我们找个熟人，说是在里面……”冷叔看见龚易神色慌乱，猜出二人的秘密，“呵呵”一笑：“两位姑爷果然年轻，家里放着如花的小姐不理会，还要跑出来消遣，真让人羡慕。”

说着话，戴上帽子下楼。龚易十分沮丧：“怎么会遇上他？他不会去对佳桃讲吧？”杨威廉说：“他真要去讲，谁也不能堵住他的嘴巴。”龚易擦拭额头：“我可是第一次来，什么也没做。今天真够倒霉。”杨威廉只好安慰他：“现在害怕也晚了，况且冷叔未必会告诉别人。武家的这位老伙计一向神神秘秘，和那些日本流氓好像都有来往。如果他想对佳桃说，先得说明白他自己到这里干什么，他不见得去惹那麻烦。”

话虽这么说，龚易还是后悔不该来这里。楼梯处光线昏黑，有一股龌龊的香气。两个人折来折去，转进一道走廊上。龚易看不清脚下，害怕一脚迈出去会踩空，感觉两边好像也有许多门，不知里面是不是住着人家。这种拥挤地方的女子只怕姿色十分有限，于是龚易更加后悔。

杨威廉在一道门前停住，举起拳头敲打。有人踩着地板走过来，房门打开，一张苍白的脸从门缝处向外张望，看见杨威廉就咧嘴笑出来，闪开身子让两个人进去。

屋子不大，点着一盏小灯泡，照出昏黄一片。四周的摆设十分简单，当门处摆着一张圆桌，上面一只茶壶几只茶碗。墙角里一只木制盆架上放着一只铁皮的洗脸盆，墙上挂着一块镜子，剩下的就只有窗边的一张大床。

杨威廉一屁股坐到床上，探身到窗边，撩起窗帘在窗台上摸索，再坐回来的时候，手上多出来两只纸烟，他示意龚易到身边来坐下，递给他一根纸烟，一起点上。

烟雾散开，冲淡了屋子里那股黏乎乎的香粉味。烟雾之中，龚易偷偷撩起眼皮，看见那边一双苍白的大脚上套着一双木屐，木屐上的布带勒进脚趾的缝中，让那一个大脚趾显得格外细长。顺着这双脚看上去，黑色绸裤子，白色的棉布衬衣，宽肩膀上面显出一张白俄女人的脸，红唇高鼻深目，最上面一头浓密的金黄头发。

白俄女人抱着肩膀，一双灰眼睛也在打量龚易，脸上带着笨拙的笑意，显得真诚老实。杨威廉拿烟的一只手指了指白俄女人，对龚易说："她叫安娜。怎么样？今晚别回去吧？"

杨威廉问得直截了当，龚易的脸涨得通红："……那算怎么回事……坐一会儿歇歇脚，还是回去吧。"杨威廉笑道："不满意吗？我再带你到别处看看，楼下还有一个……"

一直在对面微笑的安娜突然变了脸色，冲着杨威廉大叫："放屁！"她用了很大的力气，因为口舌不清，发出的声音并不响亮，听着也就不硬气。杨威廉笑着说："安娜，你别怪我，是人家看不上你。"

安娜哈哈大笑起来："放屁！我爱你！"她的笑声异常响亮，让龚易大吃一惊。这是一个爽朗的女人，那高大的异族的身躯让龚易生出几分畏缩，畏缩后面却是几分激奋。杨威廉摇头道："其实，她要说的是'我爱他'。她听得懂中国话，也会说几句，最常说的就是'放屁'，'我爱你'，还有'好啊'、'滚开'。哈哈，所以你可不要惹她。"

龚易放松了自己，再抬头仔细打量安娜。安娜举起一双丰满的臂膀，撩一撩披散在肩上的金发，眼睛一直盯着龚易。这种笨拙的卖弄风骚的神态让龚易的心底生出一阵暖意，刚才龚易没有站起身走人，现在他更站不起来了。

杨威廉明白龚易的心思，丢掉手里的烟蒂："那我走了。对面饭馆里的菜不错，我让他们送些酒菜过来。"龚易来不及说话，安娜在那里抢先答道："好啊。"

酒是情媒，虽然龚易刚刚吃过喝过，一点都不饿，但和一个陌生的异国女人交往，从吃喝上开始，大家会更自然一些。杨威廉戴上帽子，对龚易交代："今天的酒菜算我请客，一切到此为止。以后的事全和我没关系了，你清楚佳桃的脾气，千万不能让她知道是我带你来的。"

龚易听着杨威廉走下楼梯，起身到窗边，掀起窗帘望下去。街道对面还亮着几盏灯，反而把这边衬得一团漆黑，看不见杨威廉的身影。身后传来安娜的脚步声，木屐踩在地板上，"咯噔、咯噔"的声音直接敲打在龚易的胸口上，他转回身来，安娜已经到了他的面前，不由分说，张开双臂把他拥进自己滚烫柔软的怀抱里，紧紧搂住。

杨威廉到饭馆里替他们叫了酒菜，留下菜钱，让他们炒好之后送到平康里安娜屋里去，自己慢慢走回武府。众人都歇下了，吴妈一个人等着给杨威廉开门。杨威廉在黑暗中独自上楼，摸索着楼梯的扶手，走到拐角处，不提防一头撞到一个人身上。

杨威廉吓了一跳，对面的人靠在墙边轻声问："是他姑夫吧？才回来？"杨威廉听出是小美蓉的声音，稍稍安心："这么晚了，嫂子还没睡？"小美蓉叹息一声："睡不着，下去坐一坐。"杨威廉赶快闪开，走回自己的房中去。

小美蓉走到楼下，坐到沙发里。她被佳桃关在房中，苦苦煎熬几个月，总算戒掉了烟瘾。从前和定魁在一起的时候，四处奔波，抽大烟、生孩子，并没有过上几天舒服日子。如今没有了烟瘾，生活安定，小美蓉渐渐显出青春时候的美好姿容，心中那一份没有着落的空虚感却愈发清晰，愈发难耐。

武府的几个人当中，最惹小美蓉留意的就是这位新姑爷杨威廉。佳桃和他结婚，芸姨娘私下里说起来，口气中总透着几分疑惑。这些天来小美蓉用心观察，感觉他们不像寻常的夫妻。中秋节的晚上，佳桃竟然在自己房间里开枪，杨威廉从里面跑出来，一脸张皇，被小美蓉看得清清楚楚，对他们三人之间的事愈发好奇。

饭店里的生意通常要忙到很晚，每天杨威廉回来时已经是深夜。小美蓉躺在床上，听见他从外面走进来，"咚咚"上楼，在三楼并不停留，径直走到楼上去，开门进屋，然后声息全无，每天夜里都是如此，小美蓉便知道杨威廉和佳桃并不睡在一起。早晨，佳桃早早吃饭出门，杨威廉却要睡到太阳老高方才爬起来，洗脸吃饭。这也是他在家里吃的唯一的一顿饭，他与佳桃在家里难得能够相见。

小美蓉开始修饰自己，早早起床，坐在镜子前慢慢梳头，把一张脸收拾得匀整洁净。耳朵一边留意着门外的动静，听见佳桃下楼，听见她出门。小美蓉走到门边，许久之后，头顶上响起杨威廉的脚步声，走来走去。过一会儿，楼梯上响起他的脚步声，小美蓉计算着，在一个最恰当的时候打开房门走出去，正好在楼梯边与杨威廉迎头相遇，彼此招呼一下，一起走下楼去。杨威廉是坐下来吃早饭，小美蓉是要找贤康，或者是到庭院里散步，反正总有不得不做的事情。

正月里，芸姨娘带着佳荷回娘家，一住就是十几日。小美蓉眼前清静，心中更不安分。这一天听见佳桃出门，赶快换上一件崭新的蓝缎袄，穿上年前才买的一双硬底的皮鞋，精心打扮了自己。

昨天夜里，杨威廉回来得比平时更晚，这会儿还没有起来。小美蓉等得心焦，看见贤康蹲在床边摆弄鞭炮，小美蓉过去拉开房门，让贤康到门口放几个鞭炮给她听。贤康把鞭炮放在楼梯上点燃，跑进门里，娘儿俩捂住耳朵，外面"咚"地一响，声音在楼梯间回荡，格外地响亮。

吴妈吓得在楼下大叫起来，贤康喜得"咯咯"笑。小美蓉听一听，楼上还没有动静，对贤康说："再去放，多放几个。"贤康就拿了一串鞭，还在原处点起来，"咕咚"、"咕咚"地一通炸响，杨威廉就是一个死人，也会被震醒过来。小美蓉忍不住要笑出来，摸出一块银元给贤康，贤康一溜烟跑下楼，买自己的玩意儿去了。

楼梯上终于响起杨威廉的脚步声，小美蓉飞奔到镜子前面，拢拢头发，轻飘飘地走出去。杨威廉走下来，头发蓬乱，眼皮浮肿，盯着地上的纸屑怨道："贤康真捣蛋！在这里放鞭，吵死人！"

小美蓉赔笑道："我一看见他要放鞭，追着吆喝他，早点着了，吓得我不敢靠前。"一边赶上前来，要去收拾那满地的碎屑，到了杨威廉面前，突然一闭眼，手抚额头，身子一软就要倒下去。杨威廉大惊，慌忙伸手接住她："嫂子怎么啦？哪里不好？"

小美蓉瘫倒在他怀里，轻声呻吟，把双腿放软，于是全身的重量都压在杨威廉的身上。杨威廉不敢大意，用力把她抱起来，侧身进了她的屋门。小美蓉在他怀里睁开眼睛，定定看着他的脸，一只手伸过去抚弄他的下巴："佳桃的眼光不错，选了你这么一个洋气的夫婿。"

杨威廉大窘，弯腰把她放到床上去，小美蓉的双臂死死圈住他的脖子，不肯放手："姑夫整天忙什么？昨天夜里回来那么晚，到哪里耍去了？"杨威廉说："别胡说，我在饭店忙生意。"小美蓉说："你应该早点回来，这大房子里阴气太重，就你一个长胡子的人物，却整天早出晚归，回家来就跑到楼上把自己关起来，不是可惜了？”

杨威廉惯经风月，早就看出小美蓉的心思。小美蓉唱过几年的茂腔，身段做派与平康里那些妓女大不相同，别有一种韵味。杨威廉看得心动，只因为忌惮佳桃，不敢胡来。现在小美蓉自己送到他怀里来，面色轻红，眼中春光点点，情动于中，杨威廉终于把持不住，一低头，狠狠亲在她的嘴上。

外面，吴妈走上楼来，小美蓉畅快地呻吟着，不管不顾。杨威廉使劲从她的双臂中挣出来，转身出门，替她把门关紧。帮着吴妈把满地的碎屑扫进簸箕，自己提着下楼。小美蓉在上面打开窗户，冲着他的背影唱道：“东庄有个俊相公，西庄有个女花蓉，年貌相当定姻缘。”

第二天下午，膏局的小伙计跑到饭店来找杨威廉，让他马上到膏局去，掌柜的有事找他。杨威廉一路走去，担心那天早上的事传到佳桃耳里了，心中思忖着要如何辩解。

结果却是虚惊一场。佳桃要他准备，过些天在威廉饭店里为定威和小暖举办婚宴。二人的婚事由佳菊做媒，两个人都从武家庄出来，小暖家却是姓薛，彼此算得上知根知底，家里的长辈也都欢喜。两个人先在武家庄正式办了婚礼，佳桃张罗这一次的宴席主要宴请生意上的同伴，还有鸿运公司的一些伙计。

在此之前定威已经租下一处房子，距离龚家不远。婚礼之后，小暖希望每天还去龚家帮助做事，定威也愿意，佳菊自然高兴，和从前一样付她工钱。

芸姨娘看着定威和小暖成亲，坐在家中一阵伤感，悄悄对佳菊和佳桃说：“人生在世，不要论什么贫富贵贱，只要身体安好就是难得的福分。小暖和我的佳荷一样的年纪，如今做了新娘，过几年生下几个儿女，就是一大家子人。什么时候我的佳荷也能和她一样呢？”佳桃安慰芸姨娘：“佳荷的身体正在一天一天好起来，她和周文密两个又那么亲热，等她再强壮一些，周文密大概也上出学来了，我帮他找个事做，到时候再办婚礼，水到渠成。”

芸姨娘听着高兴：“你们是一起长大的亲姐妹，佳荷的事全靠你们帮她。”等芸姨娘离开，佳桃问佳菊：“姐夫一天都没露面，在忙什么？”佳菊说：“他做什么我怎么敢问？问少了懒得理我，问多了就要发脾气。”

佳桃说："想不到龚少爷如今也会发脾气。"佳菊一脸愁戚："真要对我发脾气，我还好受一些。现在他在家里说话越来越少，好容易开口，却爱说一些不着调的疯话。"佳桃问："什么疯话？"问过之后马上感觉后悔，佳菊果然被她问住，支吾道："……那种话……总之他和过去不一样，完全变了一个人。"

说着眼中突然滴出一串眼泪，佳桃扳过她的肩："你怎么了？好好的哭什么？"佳菊哽咽道："昨天夜里我又梦见连生，浑身水淋淋的，一直看着我。"

佳菊掩面轻泣。在那个梦中，她独自站在大海边，脚下的海水突然"哗"的一声响，一个人从水中钻出来，蹚着海水走向岸边。海水像血一样黏稠，从他的头上身上慢慢流下来，他用手抹一把脸上的水，露出脸来。是连生，他的脸色青紫，湿漉漉的头发紧贴着头皮，乌光闪亮。连生向佳菊走过来，人还没到面前，先有一股彻骨的寒气扑面而来。他盯着佳菊一语不发，佳菊拼命尖叫、挣扎，一下子醒来，却是一个虚缈的梦。摸一摸身边，龚易睡得正沉。那一刻佳菊的心中百味杂陈，感觉眼前的生活如同海滩上用沙子砌成的楼台，只要一阵海浪涌上来，就会被冲刷得干干净净，不留一点痕迹。

佳桃听她讲述梦境，明白她和龚易之间出了事，悄声问："姐，是不是龚易做了对不起你的事？"佳菊垂头落泪，许多话在妹妹面前难以启齿，况且佳桃和龚易从前的关系特殊，龚易的事她更不想对佳桃多说。佳桃见她如此，也不好多问。

青岛取引所成立，进行土产和纱布等期货交易。鸿运土货行算是城里经营土产的老字号，自然受到邀请，成为取引所的一家代理商号。

取引所开业这一天，佳桃和冷叔去参加典礼。杜冲也来了，看见佳桃，远远冲她微笑致意。宴会开始以后，杜冲又特意走到佳桃的身边问候。佳桃客气地应答，问他雅子怎么没来？杜冲说："孩子太小，需要她照料。"佳桃已经听说过，杜冲和雅子生了一个女孩子，就向杜冲道喜。杜冲满脸的笑意："多谢。佳桃，现在她才只有这么大，我刚离开她就开始想她了。佳桃你不知道，做了父亲，是我最快乐的事。"

杜冲一边伸出双手比画孩子的大小，他的眼中满是柔情，泪光闪闪。佳桃太熟悉这种深情的眼神，这也是杜冲独有的一种魅力，在山中的那个夜晚，她贴近杜冲的脸，从最近的地方感受过一样的深情。只是现在杜冲钟情的，是襁褓中他的亲骨肉。如果在那个山中的月夜设想未来，佳桃无论如何都不会相信后来发生的一切。可是现在回头再看，过去的一切同样虚妄，同样不可思议，像一个怪诞的梦。

佳桃扭过头避开杜冲的眼睛，呷一口酒，听那边两个人谈论取引所的股票。杜冲一见，明白自己的抒情是找错了对象，眼前这个佳桃与多年前的那一个完全不同了，便深吸一口气，改变了话题："佳桃，武家的生意现在由你掌管，为何不买一些取引所的股票？"佳桃说："我对取引所的事一窍不通，怎么敢做？"

杜冲麻利地把面前的碗碟拿开，腾出一块地方，用他和佳桃的酒杯、筷子来演示取引所里的期货生意怎么做。他的声音柔和深沉，听在耳中那么熟悉，佳桃很高兴自己现在能够从容镇定地打量杜冲，没有躲闪和羞涩，当然也没有欣赏和温情。眼前的杜冲穿着一件挺插的西装，更显出他宽宽的肩膀，腮边的胡须剃得干干净净，将近三十岁的男子，英气勃发，和她记忆中的那一个杜冲不太一样，佳桃甚至能从他身上嗅出来雅子的气味。杜冲的话完全进不到心里去，随便应付了几句，借口有事，一个人离开了。

过几天，来贵回到膏局来，向佳桃说起土货行的生意。赵栋入股之初，没有什么特别的经营，最近冷叔突然安排伙计们收货，主要是收购花生，来者不拒，有多少收多少，顺带着收一些花生油和牛肉。土货行的仓库已经装满了，冷叔又把附近的几间民房租下来，继续收购。眼下究竟收了多少花生，冷叔又是从哪里筹到那么多钱，来贵全不清楚。很显然，土货行里还有另一本账，许多的实情冷叔都瞒着来贵。

佳桃警觉起来，让人去把龚易找来，问他取引所到底是怎么回事？龚易奇怪："怎么想起问取引所的事？莫非你买了它的股票？"佳桃就把鸿运土货行做代理商号的事告诉龚易："我一直不明白取引所是怎么回事，咱们的土货行在里面又能做什么？"

龚易说："取引所其实就像一个大的店铺，只不过来这里卖货和买货的不是寻常百姓，全都是像鸿运土货行一样的殷实商号，在取引所中登记，成为代理商号。那些小的土货行、外地或者本地的小商人，没有资格到取引所里做买卖，但他们可以委托咱们的土货行代做，每成交一笔，除去交给取引所的手续费，也要交给咱们土货行一笔钱。”

佳桃说：“这些天许多人都在谈论取引所的股票，那天杜冲还劝我买股票，取引所真的能赚钱？”龚易微微一笑：“取引所当然能赚钱，但买取引所的股票就不一定赚钱。一般在取引所里做的都是大宗的期货生意，到了月底才在取引所里交货、收货。收货之前或者交货之后，许多商号要把货物存放在取引所的库房里，那些都是要收费的。代理商号的某一笔生意如果亏了，当天就要根据亏损的数额交上押金。取引所的收入包括：每一笔交易中抽取的手续费、仓库租赁费、各种佣金，还有押金的利息，加到一起相当丰厚，而且是稳赚不赔的生意。”

佳桃说：“难怪赵栋要入股土货行，这其中有许多的门道。”龚易说：“是啊。鸿运土货行是代理商号，可以代理别人进行买卖。不过，如果别人的买卖亏损，又交不出押金，取引所就要找咱们的土货行代缴。所以你要提醒冷叔，千万不能大意。”

佳桃说：“来贵告诉我，冷叔最近一直在收进花生，数量大得吓人，会不会是和赵栋有什么谋划？”龚易说：“赵栋是日本人，明白取引所的门道，他这么做，显然有备而来。我猜他是想操纵花生的价格，用不了多久，有人就要赔得血本无归。不过，赵栋的后面必定有一个大靠山，因为这么做需要投入很多钱，而且不能有强劲的对手出来捣乱。”

佳桃问：“那么鸿运土货行会不会赔钱？”龚易说：“赵栋现在成了鸿运土货行的股东，从他的背景来看，这一次大概不会赔钱。他有长远的打算，需要鸿运土货行这块招牌，自然不会搞垮它。但是，在外人眼里，土货行是鸿运的字号，就是武家的生意，万一土货行亏空了，你还要按照股份来均摊债务。古人说：‘唯名与器，不可以假人’，武家要么完全掌握土货行的经营，要么选择适当的时机退出来，和他们区分清楚，不然后患无穷。”

佳桃点头道：“我也这么想，依照冷叔他们现在的做法，即便土货行赚了钱，我也不知情。看来，当初我让赵栋插手土货行的生意是一个错误。”

说话之间天近中午，佳桃起身和龚易一起下楼，问他是不是回家吃饭，可以坐她的车。龚易说：“不用，我还要回银行去办点事。”佳桃看龚易一副倦怠的样子，欲言又止，自己坐车回家去了。

龚易转过街角，扬手叫一辆人力车，直奔平康里。安娜已经叫好了饭菜，正在屋子里等着他。如今龚易只要一有机会就会跑到安娜这里来，晚上不方便，他通常选在中午过来。这个时候平康里的许多人还在沉睡，外面静悄悄的。初春正午的日光从窗帘边透射进来，正好射在安娜的脸上。那张脸白皙异常，饱满肥润的双唇红艳动人，蓬松的金发被日光一照，金灿灿的一片，一双灰色的眼睛直勾勾地看着他。

龚易看得心动，这个高大的白俄女人热情似火，当初龚易第一次和她亲热，刚一碰她她就哈哈大笑起来，笑得毫无忌惮，震得天花板都发出回音，吓得龚易退缩回来。日子一长，龚易听惯了楼上楼下的淫声浪语，明白自己这是在妓院里，大家各玩各的，没有人会理会他做了什么，也没有人会来羞臊他。于是龚易的面皮厚起来，反而迷恋上安娜略带沙哑的欢声。

有时候龚易躺在安娜的怀里，会突然想到佳菊，想她的柔顺，还有那种天然的谦卑。安娜有一对丰满硕大的乳房，一低头就可以用嘴衔住自己的乳头。龚易曾经让佳菊试一试，看能不能用嘴叼到自己的乳头，佳菊又羞又气，不肯听他的。龚易冷笑道："你就是愿意，也够不到。"为了这一句话，佳菊埋头哭了一夜。龚易听到了，心中愧疚，却不明白佳菊为什么没有冲他咆哮喊叫。

奇怪的是，与安娜在一起的时候，龚易也会想起佳桃来，想起那个寒冷的冬天，自己坐在窗前，在明亮的晨光中刺破舌尖。粉色的舌尖上一个黑红的珠子越结越大，用毛笔蘸了，画到白绢之上，他的血在白绢上洇开，一天一天慢慢勾画出佳桃的一张脸。

安娜体格壮健，心地单纯，现在她不再做别人的生意，每天醒来唯一的想法就是等待龚易，趴在窗上望着下面的马路，看人来人往。她从龚易那里得到巨大的欢乐，那种毫不掩饰的欢乐反过来又感染了龚易，让他沉迷，让他疑惑，同时无力自拔。

日子一久，龚易却有些不堪劳苦，身体疲惫，而且每月的开支骤然大增，除去在安娜身上的花销，能交给佳菊的薪水剩不下多少，只好向朋友告贷。最让他愁苦的是这一切将来如何收场。

吃过午饭，外面渐渐有了响声，女人们终于起床了，趿拉着鞋慢慢从廊上走过去，洗脸梳头。龚易过去把窗帘拉上，安娜已经躺在床上。龚易伸手揽过她，垂下眼睛，看见模糊的一团粉红色。安娜凑近前来，张嘴裹住了他的嘴，她的唇舌坚实有力，把他紧紧地吸住，龚易哼了出来，他喜欢这种被紧紧裹住的感觉，它能唤起他最深沉的爱欲。

25

正像龚易猜想的一样，赵栋和冷叔要操纵青岛的花生价格。取引所开张以后，最初的一段日子各种交易平淡。到下个月初，鸿运土货行开始在取引所里卖出花生，卖出的数量并不大，每天一两万斤，买家都是一些小土货行和零散客户，委托自己的代理商号买进。

几天之后，鸿运土货行每天卖出的花生数量渐渐增加到十多万斤，卖出的价格也逐步走低，甚至比鸿运土货行当初购入花生的价格还要低。先前买进的各个商户开始出现账面上的亏损，每天都需要向取引所补交押金，一些机敏的商户感觉到风向不对，转手把刚刚买入的花生卖出，止血出局，但更多的商户选择再等一等。一些大商号也感觉不妙，开始沽出手中的花生。如此一来，取引所里卖出的花生越来越多，价格越来越低，低价抢入者很快就发现，低价后面还有更低价，他们很快也开始亏损。

花生的价格一天比一天低，更多的花生源源不断地涌进取引所。那些早期买入的土货行支撑不住，撒手而去，把亏空甩给了代理商号，让他们叫苦不迭。就在花生连连跌价的同时，花生油的价格也开始下落。

在一个适当的时候，鸿运土货行把自己先前购入的花生油全部卖出，取引所的油价立刻大跌。这一次，各个代理商号不再迟疑，坚决卖出花生油，油价快速下落。此时，鸿运土货行却暗中开始反手做多，慢慢买入花生油，数量并不多，每天只有三四车，并未引起特别的注意。

距离月底交割货物的期限越来越近，鸿运土货行把手中最后的一批花生卖出，花生的价格终于稳定下来，花生油的价格也一直在低位徘徊。鸿运土货行开始大笔买入花生油，通常是上午买进下午卖出，或者上午卖出下午买进，让人捉摸不透。总体上却是买得多，卖得少。到了月底，一个月的交易全部完成，鸿运土货行已经神不知鬼不觉地把售卖花生的钱全部买成了花生油。

许多商号在花生买卖中亏损累累，元气大伤。一些小的投机商户和外地的客商更是血本无归。鸿运土货行却用极低的价格购入大量花生油，输往日本，不但把贱卖花生的损失全部赚回，还获利丰厚。

那些破产的小土货行把怒气发向鸿运公司，掌柜的和伙计们用小车装着那些没用的簸箕、篾席、竹帘，推到鸿运商局的门外，堆在马路中央，一把火点起来。他们围着火堆，向路人哭诉店铺里的损失。佳桃在楼上看见，心中更加后悔，亲自到土货行去找冷叔，询问最近在取引所的交易。

冷叔面露喜色："掌柜的，这次咱们可是大赚了一笔。"按照冷叔的说法，两个月前赵栋和日本国内的商人签订了一份供货合同，所供货物是花生油。如果直接通过土货行收购花生油，再从青岛贩运到日本，按照合同规定的价格顺利出售，这份合同大约也能赚到两千银元。赵栋要赚得更多一些，提议通过取引所打压花生油的价格，降低收购的成本。

冷叔不熟悉取引所的交易程式，就由赵栋幕后指点，赵栋事先和取引所几个有实力的代理商号打过招呼，不许他们出来搅局，如此实现了低价收购。除去在花生交易中的损失，最终折算下来，这个花生油的合同给土货行赚了将近一万元。

佳桃问："这些交易都记到土货行的账上了？"冷叔说："只记了一小部分。赵先生说，这种秘密的操作知道的人越少越好，一旦泄露了消息，操作必然失败，损失巨大。不过，如今交易完成了，该记账的东西，我都会记上，不会有任何隐瞒。"

佳桃说："我不喜欢这样。如果鸿运公司的每一处生意都像这样明一套暗一套，不是乱了吗？"冷叔说："土货行的生意，我问心无愧。"佳桃说："冷叔无愧，我却有愧。这次你们操纵花生价格，让一些小土货行破产，他们找到鸿运商局去吵闹。这一次我们虽然赚了不少钱，却是一笔亏心的生意。"

冷叔说："大家出来做生意，最重要的一点就是赚钱，那些商家破产，只能怪自己看错了形势，经营有误。”佳桃说：“我们宁可少赚一点，也不要再做这种缺德的生意。”冷叔慢慢说：“掌柜的，咱们鸿运公司可是卖烟膏起家的，谈论缺德不缺德，不太恰当。”

佳桃无言以对，明白自己的话有些书呆子气，沉思半晌：“赵先生那边怎么看？”冷叔说：“赵先生很满意，说这次只能算是小试牛刀，以后可以考虑做一做棉花、粮食。”佳桃说：“你们先等一等，如果再有操作，一定事先告诉我。”

上一次与小美蓉滚到一起之后，杨威廉非常害怕，担心此事传到佳桃耳朵里去。他明白，自己在外面胡来，桃佳并不理会，但要在家里弄出丑事，结果必定是另外的样子。看小美蓉的架势是动了真情，最近越来越无顾忌，杨威廉只好躲避着她，不给她发作的机会。早晨早早起来，和佳桃一道吃早饭，然后一道出门。晚上尽量在饭店里多留一会儿，或者去平康里消磨到深夜，再悄悄回来睡觉。

晚饭之后正是平康里最热闹的时候，杨威廉被两个相熟的妓女扯住，胡乱嬉笑一回。扭头瞥见安娜从那边走过，头发披散，面皮肿账，身上胡乱套着一件肥大的袍衫，慢慢上楼去。杨威廉把她介绍给龚易以后就很少能见到她，与龚易倒是见过几次，没听他提起过安娜。

杨威廉问身边的女人：“那个安娜怎么啦？像是害病的样子。”女人说：“怎么啦，几个月前交到一个有钱的客人，整天神魂颠倒，别人的生意全都不做，一天到晚想着她的相好。”

杨威廉暗暗吃惊：“能让安娜如此动心的人，想必是个大财主吧。”女人说：“冈吉早去查明白了，是在银行里做事，听说家里还有一个漂亮的阔太太。算不上什么大财主，却是一个文明体面的人，为什么我就没有这样的好运气？”杨威廉问：“那位相好的天天来见安娜？”女人说：“晚上很少见到他，他总在白天过来。”说着趴到杨威廉的耳边，压低了声音：“安娜的肚子里好像有了孩子，最近总是穿得肥肥大大，躲在自己屋里，轻易不露面。”

杨威廉心中连连叫苦，随便说：“你乱猜的吧？冈吉他们怎么会让她生孩子？做不做生意了？”女人撇一撇嘴：“你以为冈吉他们是傻子吗？女人有孩子不怕，就怕不知道是谁的孩子。我看冈吉打定主意要在他们身上大捞一笔，所以才不难为安娜，平日里有这个常客笼络住安娜，起码不是一件坏事。到最后算一算总账，赚一笔大钱，肯定比平日里零敲碎打合算得多。”

看来，安娜和龚易一直在一起，而且有了孩子。杨威廉心绪大乱，胡乱闹一阵子，起身回家。一路上后悔当初把龚易引去平康里，又恨龚易痴傻多情，干什么和那些风尘女子认真？果真生了孩子，闹出大事来，怎么收场？只怕到时候佳桃会知道自己在其中的角色，自己又该如何分辩？

一路盘算着，慢慢走回到武府。铁门已经关上，杨威廉爬上去跳进院子，伏到吴妈的窗外，轻轻敲打几下窗子。吴妈听清楚是杨威廉的声音，过来为他开门。杨威廉也不敢开灯，在门里脱下皮鞋提在手里，屏息上楼。

走到二楼时杨威廉停住，高处的一扇小窗上树影闪动，探头看一看走廊深处，佳桃的房门下面露出一线光亮，只怕是佳桃这会儿还躺在床上看书。杨威廉屏息蹑足，回身上楼，一双手突然从后面伸过来，软软地圈住他的腰。杨威廉惊得险些喊出声来，伸手去摸，摸出那是小美蓉的一双热手。杨威廉不敢声张，用力要掰开那一双手。小美蓉反而凑上前，贴到他的背上，喘息着说：“今晚你别想走，杨威廉，我可不怕闹出响动来，你信不信？”

杨威廉相信，小美蓉什么事都做得出来。从一开始他就发现，这个寡居的小美蓉身上有一股疯狂劲儿，可惜他没有管住自己，和她纠缠到一起。现在他不敢再挣扎，被小美蓉拖拽着，一步一步退进小美蓉的房里去。

小美蓉把房门掩上，忍不住“吃吃”笑起来。上一次她把杨威廉拽进自己的房中，被吴妈惊散了。杨威廉挣脱之后，小美蓉的心中也很害怕，等了几天，杨威廉和佳桃那边一片安静。小美蓉便猜想吴妈并没有看到什么，杨威廉也没有把那天的事对佳桃讲，小美蓉心中的狂野更难抑制。

这一晚小美蓉如愿以偿，终于让杨威廉睡在了自己的床上。杨威廉把他和佳桃的事和盘托出，如此一来，小美蓉心中的罪恶感大为减轻，哼道：“却原来你是武家的假姑爷，早知这样，先前真不必为你受那么多的惊吓了。”

小美蓉的惊喜之中于是掺杂了几分失望。武家人当中，佳桃对小美蓉最严厉，还把定魁的死归咎到她的身上。发现小美蓉吸鸦片之后，佳桃毫不手软，强迫她戒烟，让她在家人面前尽失颜面。小美蓉在心里对佳桃又恨又怕，她在杨威廉面前卖弄风情，除去对他身上那种风流的喜欢，还有一层想法，要借此狠狠羞辱一下佳桃。一想到佳桃愤怒和发狠的样子，小美蓉简直要痛快地叫喊出来。哪曾想自己连诱带吓，把身子献给这个男人，他却并不是佳桃的男人，到底只是人家的一个伙计。

事到如今，伙计也比独守空房强些。欢喜和失望之后，就是恐惧和忐忑。这种事迟早要被发现，到那时候佳桃会如何发作？等着他们的又是什么？小美蓉和杨威廉都不知道，唯一的安慰是，一份恐惧如今可以由两个人来分担。

月底，佳桃去了一趟砖瓦窑，返回时汽车坏了，司机去给佳桃叫来一辆人力车，回到家时天已傍晚。佳桃累得浑身疲惫，径直上楼去躺在床上。贤康跟进来，爬到佳桃床上，靠在她身边躺下说："二姑真懒，到家就躺下。"佳桃闭上眼睛："二姑在外面跑了一天，累死了。"贤康说："等我长大了，帮助二姑做生意，你就不累了。"佳桃说："好啊，武家的生意本来应该是你爷爷和你爹做，现在他们都不在了，二姑只好自己去做。贤康，你快点长大吧，二姑做够了。"

嘴里说着，佳桃闭目假睡。贤康爬起身，把湿湿的嘴唇凑过来，碰了一下佳桃的嘴唇。佳桃睁开眼睛，骂道："浑小子，沾我一脸的鼻涕，跟谁学的这个？"贤康一脸羞赧："二姑夫就爱这样咬人。"佳桃曼声应了一句："以后你不许跟他学，学不成好样子，听见没有？"贤康说："嗯，我不跟二姑夫学，他还咬俺娘，俺娘替他脱衣服，二姑夫还使劲咬她。"

佳桃的脑袋里"轰"地一响，坐起来，小声说："贤康，不许瞎说。你看到你娘给他脱衣服了？"贤康点头："后来他们把灯熄了，我就睡着了。"佳桃叮嘱他说："贤康，那些事全是假的，只是你做的一个梦，不要对别人再说，好吗？"

贤康答应了。正好第二天芸姨娘要请周文密到家里来吃饭，佳桃告诉杨威廉晚上早点回来，陪一陪周文密。一家人难得坐到一张饭桌上，小美蓉和杨威廉都是神色端正，小美蓉低着头，一双筷子一直在自己的饭碗里拨弄，每次抬起头来，眼神总要在杨威廉的脸上粘一会儿。杨威廉忙着陪周文密喝酒说话，看都不看小美蓉一眼，却时不时地偷偷瞥一眼佳桃的脸色。凭着直觉，佳桃断定贤康没有说谎。

第二天午饭之后，佳桃把来富叫到膏局的楼上，低声吩咐一番。来富下楼，派一个伙计到威廉饭店去，告诉杨威廉带上账本到膏局来见佳桃。杨威廉赶快跟着伙计到膏局，上楼把账本交给佳桃，抱怨道："中午吃饭的时候，客人正多，怎么选这样的时候对账？"

佳桃把账本推到一边，垂头把一只玉勺在手里摆弄。杨威廉明白她不是找他查账，感觉一阵心虚，却不敢开口。佳桃说："杨威廉，你是一个机灵人，做生意的时间比我长。你应该明白，世上有一些事情只能说，不能做，就像咱们的婚事，有名无实，只是做给别人看。"

杨威廉说："我明白，所以……"佳桃打断他："还有一些事，只能做，不能说，就像你在外面的那些下流勾当。"杨威廉的脸一下子紫胀起来，猜想他去平康里的事被佳桃知道了，可是佳桃一直没把他当成自己的丈夫，根本不理会他去找女人。那么，是为了龚易的事？可杨威廉不过为龚易搭了线索，龚易做了什么，其实和他无关。

佳桃抬起头来盯住杨威廉，慢慢说："还有另外一些事，既不能说，也不能做，你明白吗？"杨威廉的眼前一黑，难道佳桃听说了什么？可是，和小美蓉的那种事只要没被当场抓住，是打死也不能承认的。于是他摆出一副笑脸："佳桃，你今天说的话，我听不大明白。"

佳桃点头道："你总会明白。你回去忙吧，账本放在这儿。"杨威廉想不到这么快就能脱身，心中暗暗庆幸，走在楼梯上才发觉腋下一片冰凉，是刚才惊出了许多汗水。

中午膏局里没有什么生意，两个伙计站在楼梯下面，好像在迎候客人。杨威廉走下楼梯，戴上帽子，两个伙计突然伸手，一左一右挟住他，拖着他穿过大堂，快步走向后面。

杨威廉大惊，问他们要干什么。两个伙计一声不响，把他拖进后院，拖进熬烟膏的灶间里。来富和来贵几个人已经在屋里等着他，地上也摆好一条长板凳。两个伙计把杨威廉按到凳子上，三下五除二扒下他的裤子。

来贵去把房门关紧，和来富各人拿起一块宽板子，让伙计们把杨威廉的手脚按住了，杨威廉骂道："丧门！来富、来贵，你们要干什么？反了你们！"

来富说："杨威廉，今天委屈你了，可我们只是人家使唤的小伙计，掌柜的让干什么，就得干什么。"

杨威廉喝道："哪个掌柜的？我还是掌柜的呢！是武佳桃吗？"来富手里的木板已经抡圆了打下来，重重拍到杨威廉肥白的屁股上，板下立刻赤红一片。杨威廉疼得号叫一声，来贵的木板也落了下来，两个人一左一右，"噼噼啪啪"地打起来，手上毫不留情，痛得杨威廉嘶声干号，一边破口大骂。

来富一边打一边冷笑道："反正是管得着你、管得着我的人，你就少喊几声吧，省点力气，还能多熬几板子。"杨威廉吼道："武佳桃！我是你男人，不是武家的奴才！我做错了什么事，你可以骂可以扣工钱，凭什么要打？"

来富和来贵更笑得欢："你们是两口子，晚上有空儿，你好好问问她吧，到时候随便你怎么耍威风。"嘴里说笑着，手上可是一点没闲着，打得越来越狠。到了这个时候，杨威廉明白他们为什么打他，自己怎么号叫都没有用处，哀求他们也没有一点用处，该他死该他活，佳桃早就交代过了。

杨威廉的屁股被打得一片青紫，来富他们才停住手，大家替他穿上裤子，一起动手把他抬到车上，送他回家，半路上还顺便买了一些疗创的药膏。到了武府，众人放轻了手脚，小心抬他上楼。芸姨娘和小美蓉被杨威廉的样子吓坏了，一路跟着上楼，直问是怎么回事。

来富说："中午几个客人在饭店里喝醉了酒，乱砸乱摔，杨威廉上前解劝，反被他们打成了这样。"说着把杨威廉轻轻放到床上。杨威廉躺不下，坐不下，只能趴在床上。伙计们重新褪下他的裤子，忍住笑把药膏替他贴上，一起下楼，说笑着回膏局去了。

小美蓉为杨威廉心痛，恨不能立刻上前去查看他的伤势，看看伙计们是不是把药膏贴得妥当，却因为芸姨娘在眼前，只好问候几句，跟着芸姨娘走下楼来，回到自己房中埋头流泪，为杨威廉心疼，却不敢让人看见。

杨威廉的身上痛得要命，却暗中庆幸，幸亏龚易和安娜那一桩事佳桃不知道，不然，两下里加到一起，恐怕被打烂的就不单单是屁股了。

晚上佳桃回来，走上楼去看望杨威廉。杨威廉听见她走进来，忍住呻吟和满腔恨意，闭上眼睛假寐。佳桃在门边站了片刻，掩上房门，下来吃饭，只字不提杨威廉的事。小美蓉没有颜面与佳桃相见，借口身上不舒服，接连几天不下楼吃饭。芸姨娘害怕她再饿坏了身子，让吴妈把每顿的饭菜送到楼上，劝小美蓉吃下去。

26

等杨威廉养好了伤，佳桃找到他，让他跟她一起去见小美蓉。杨威廉还要辩白，被佳桃止住："等会儿见了她，有你说话的时候。"

小美蓉看见他们走进门，又惊又喜又惭愧，深深埋下头去。佳桃说："杨威廉，明天你搬出去住吧，带上小美蓉。"杨威廉说："佳桃，我对不起你，我不是人。"

他的自责激起小美蓉的爱惜，也顾不上羞愧，昂起头来，要与他分担责备。佳桃扬手止住他们："过去的事不用再提。我要对哥哥定魁有一个交代，而且从名义上说，你我也算是夫妻一场，所以我把威廉饭店送给你们，就当我武佳桃给你们的一点补偿，以后大家各不相欠。"

一番话让小美蓉和杨威廉大感意外，尤其是杨威廉，在威廉饭店里消耗了无数心血，想不到多少年后失而复得。他很清楚现在饭店的收入多么丰厚，比起这个有名无实的姑爷身份，不知道强出多少。杨威廉心中激动，禁不住哽咽起来："佳桃，我和小美蓉的事……"佳桃说："我不想听那些。你要心里有数，饭店主要是送给小美蓉的，房契先留在我这里，到合适的时候我再给你们。而且，我把饭店送给你们是有条件的：不许小美蓉把贤康带走。"

小美蓉不愿意与贤康分开，佳桃说："你不必再争论，争也争不到，到时候弄得大家全没脸面。你们好好商量一下吧，离开武家以后，你们要彼此照应。"

说完佳桃转身走出去。事情到了这种地步，大家敞开了说话，可以计较的东西其实很少。小美蓉和杨威廉都明白，佳桃搭上一座大饭店，用心良苦。他们两个人私底下的那种事，本来就是丑事一桩，佳桃没有和他们计较已经万幸，如果再去和她争执，只怕这一切全成了泡影。不过，小美蓉一想到自己从此要离开贤康，武家也再不会认她这个儿媳妇，忍不住埋头痛哭一场，哭她的定魁，哭她难舍的儿子，哭她的苦命，也哭那不可卜知的将来。

小美蓉和杨威廉从家里搬走那天，佳桃先让吴妈把贤康送到佳菊那里去。小美蓉哭得直不起身子，却无颜再像往常一样大喊大叫她的“定魁”，只是哀声叫着“贤康”、“贤康”，一双手死死扳住门框，扳住楼梯的栏杆，最后还是被杨威廉搀扶到外面的车上去。

中午佳菊带着贤康和淑灵回来，家里少了两个人，一下子空旷了许多。全家人早就知道佳桃和杨威廉只是一对假夫妻，现在突然看见杨威廉和小美蓉在一起，又同时从家里搬出去，十分惊诧。

佳桃对芸姨娘、姐姐和佳荷说起饭店的事。芸姨娘心中不满，这么大的事情，佳桃事先全不和别人商量，显然是没把她放在眼里。不过这件事自己也有几分愧疚——自己天天守在家里，杨威廉和小美蓉就在眼皮底下做成好事，她早都看出苗头，吴妈私底下几次对她嘀咕，只因为芸姨娘不想惹麻烦，假作不知。

贤康楼上楼下跑一遍，没有找到他娘，跑下来问佳桃。佳桃说：“你娘搬出去了，以后不住在这里。”贤康问：“她搬出去怎么不带着我？”佳桃说：“你是咱们武家的人，你叫武贤康，必须住在家里。哪天你想她了，我带你去看她。”

贤康认真想了想，问：“淑灵是不是武家人？她能住在这里吗？”佳桃说：“她不是，她爹姓龚，是龚家人，她也要住在自己家里。”佳菊听到这里突然流出了眼泪，把淑灵和贤康一齐搂在怀里，低声啜泣。

佳荷说：“大姐你怎么了？最近总看你神色恍惚，眼泪那么现成。”佳菊拭泪道：“心里突然酸苦，想一想，人生在世真不容易。”佳桃听她的话莫名其妙，扫了她一眼，待要追问，时候已经不早，赶快起身出门去膏局。

佳菊带着淑灵回家，晚上龚易回来，胡乱吃过几口饭，一个人走到楼上去。佳菊收拾好了上楼来，看见龚易坐在灯下，面色青灰，神色恍惚，默默把淑灵揽在腿上。

近半年来，龚易对佳菊的话越来越少，回到家来，到父母面前问候一声，逗一会儿淑灵，余下的时间就一个人坐着出神。而且拿回家来的钱越来越少，佳菊询问其中缘故，他要么说在外面应酬花掉了，要么说钱被同事借去使用。

佳菊猜出他在外面有了女人，却把全部的委屈埋在心里，钱的事也不再追问，拿出自己的一些首饰典当，权且度日。好在如今龚其迈经常能拿回一些润笔，交给佳菊贴补家用。

佳菊搭讪着与龚易说话，提起杨威廉和小美蓉的事："想不到他们两个能弄出这种事，让外人听说了，实在丢脸。前些日子，佳桃让膏局的伙计们把杨威廉打了个半死，我听说之后还在猜想是什么缘故呢。"

龚易听得心惊，拿不准杨威廉在佳桃那里说了什么，怨道："出了这种丑事，佳桃要担一半的责任。她不知道杨威廉是什么样的人？当初为什么要和杨威廉假结婚？不是引狼入室？"佳菊说："依我看，即便没有杨威廉，小美蓉也不会安分守寡。现在佳桃把饭店送给他们，也算为小美蓉铺了一条出路。"

龚易说："给这个出路，给那个出路，她给你什么了？"佳菊幽幽地说："你不就是我的出路吗？我爹风风光光把我嫁到龚家来，随身的嫁妆也算丰厚，又给你安排了一个好职位，我还奢望什么呢？"

龚易不敢多说。现在杨威廉与他无亲无故，这样更好，免得他说三道四，不定什么时候会把安娜的事透露给别人。杨威廉虽然一时狼狈，毕竟得到了大实惠，以后也可以大大方方和小美蓉在一起了。相比之下，龚易自己的处境却非常不妙。平康里那边，安娜怀孕五个月以后龚易才知道，还是他自己发现的。他问安娜为什么不早一些告诉他，安娜只管垂头盯着自己的肚子微笑。她不善言谈，就算能说明白，她也不想早早告诉龚易，因为她想要个孩子。

安娜的身子越来越笨重，眼看着无法遮掩，龚易束手无策，真的害怕了，接连二十几天不敢到平康里去。周太太和冈吉却异常沉稳，假装不知道，私下里死死看住安娜，害怕她偷偷跟着龚易跑掉。他们现在一心盼望着安娜快一点把肚子里的孩子生下来，而且母子平安，那时候就轮到他们收获钱财了。

安娜的孩子生下来，是一个女孩子，母女安好。冈吉马上穿衣戴帽，到东莱银行找到龚易，当着众人的面向他道喜："龚先生，安娜今天为你生下一个女儿，很漂亮的孩子，你什么时候去看看她们？"

龚易吓得面色苍白，拉着冈吉走到外面，求他不要高声，马上跟着他赶到平康里。周太太带他上楼，安娜正在床上昏睡，腋下露出一张粉红的小脸，是龚易的女儿。龚易看得心碎，一转身走出去。

周太太陪着他走下来："龚先生，安娜这个样子不能继续做生意。算起来，她已经歇了几个月，没挣到什么钱，我们在她身上白白搭进去许多。冈吉和我商量过，打算过几天把她们母女卖掉，要是卖得好，可以少赔一些。"

龚易大惊，和周太太争辩。冈吉拿出当初和安娜订立的合同，说安娜生了孩子，不适合再在这里做生意，在她离开之前，总共需要赔偿周太太两千银元。龚易的头脑一阵晕涨，他现在两手空空，到哪里能筹到两千块钱？

龚易与冈吉、周太太商议，周太太也担心把他逼急了，最后把价钱降到一千二，但只允许龚易带走婴儿，安娜还要留在平康里，完成合同。她催促龚易快一点儿筹钱，三天之内拿不出钱，他们必定要卖人，而且要把这件事宣扬出去。

龚易从平康里出来，不知道去哪里找那一大笔钱，心中焦躁，一头撞进路边一家饭馆，叫了一壶酒一碟虾仁，埋头喝起来。酒入愁肠，格外地心痛安娜母女，一想到亲生的骨肉要被卖掉，龚易心如刀绞。而且，将来父亲和佳菊听说这件事之后，家里少不了还要有一场大闹。

再走出来时，人就有些醉了。龚易坐上一辆人力车，经过鸿运膏局时，望见膏局的楼上还亮着灯。龚易下车，推门走进去。来富带着几个伙计在店堂里，赶快迎过来，告诉他掌柜的还在楼上。

龚易扶着栏杆慢慢上楼，尽量让步子迈得周正一些，却是徒劳。佳桃正坐在桌边写毛笔字，龚易仗着酒劲，大咧咧地走过去："佳桃还不回家？啊，你的字越来越有模样了。"

佳桃看见他面孔紫胀，嘴里喷出一股恶浊的酒气，皱紧眉头，起身给他倒了一杯茶水。龚易拿起佳桃的笔，在纸上挥毫，大大地写下"安娜"两个字，问佳桃："看我写得怎么样？"

佳桃远远地站着："还行，写得不错。"龚易指点着那两个字："你认识这个安娜吗？她是我女儿的母亲。"佳桃盯了龚易一眼，龚易接着说："我说的这个女儿可不是淑灵，佳桃，告诉你一个好消息，我又有了一个女儿！我也是今天才听说。"

佳桃端起茶杯抿了一口："那个安娜是谁？"龚易说："一个俄国人，在平康里做皮肉生意的，她刚刚给我生了一个女儿。"佳桃问："龚易，你真的不是在开玩笑？”龚易大声道：“当然是真的，她叫安娜，她……”佳桃手里的一杯茶水迎面泼到他的脸上：“姓龚的，亏你还是诗书人家的子弟！竟然做出这种勾当，真是猪狗不如！”

龚易慢慢擦着脸上的茶水，头脑清醒了一些，从心底升出一股怨恨：“武佳桃，你是我什么人？这事要你来管？”佳桃冷笑道：“我不是你的什么人，也幸亏不是你的什么人。龚易，你这样做，羞辱了我的姐姐武佳菊，你应该感觉羞愧！”

龚易的喉头一哽：“佳桃，我现在是一个毫无尊严的人，你可以随便骂我。今天我来膏局，是想请你帮帮我，让我能抱回自己的女儿。平康里的冈吉要把安娜和我的女儿卖掉，除非我能拿出一千二百块大洋。”

佳桃说：“龚易，天晚了，你回家去吧。你果真添了女儿，应该先去告诉我姐姐，告诉家里人。”龚易说：“不，谁有钱我告诉谁。”佳桃说：“可我根本不想听，也不会给你一块钱。回家去吧，把事情的前前后后跟姐姐说清楚，她要是想帮你，她知道怎么做。让我叫来富他们去送你吗？”

龚易回到家里，佳菊还坐在灯下等着他。龚易走到床边，低头看着熟睡的淑灵。现在他的酒完全醒了，佳桃说得没错，她不能帮助他，他必须向佳菊坦白一切，求她想一想办法，才是长久的正路。

佳菊起身，要去替龚易打水，龚易突然从后面扯住她手：“佳菊，你等一下。”佳菊回头，看见龚易的脸隐藏在暗处，低声对她说：“佳菊，我需要一大笔钱，赶快拿去救一条人命。”

佳菊吓了一跳：“你说什么？出了什么事？”龚易示意她低声：“佳菊，我对不起你。按道理，这件事最应该瞒着的就是你。可是现在除了你，我不知道还能去求哪一个。”于是把自己如何在平康里与安娜相识，安娜对他一片真情，后来竟然有了身孕，生下一个女儿之后遭人勒索的事和盘托出。

佳菊早就感觉到龚易的异常，最近一年来他经常很晚才回家来，到家立刻疲惫地躺下，几乎不再碰她，也没有多少钱交给她。佳菊还经常在他的衣服上闻到一股陌生的脂粉气味，但她并未盘问过龚易一句，等着他自己悔悟，等着他向她主动说出实情。今天龚易总算把一切原原本本地告诉她，佳菊深埋在心底的委屈突然迸发出来，捂住脸痛哭不已。

龚易见佳菊只是一味地垂头痛哭，什么都不讲，明白自己大大伤害了她，“扑通”跪倒在佳菊面前，抱住她的双腿，小声唤着“佳菊”，不敢分辩半句，也不敢再去恳求她。

佳菊哭了一夜，早晨起来，等龚易出门，她草草打扮一下，到膏局去找佳桃。佳桃正在核对账目，看见佳菊满脸肿胀，问她怎么啦。佳菊的眼泪又流下来：“佳桃，你给我些钱，我有急用。”

佳桃不动声色，让她说清楚要钱做何使用，佳菊便把龚易的事说了一遍。佳桃说：“想不到龚家少爷还能做出这种事，还有脸面求你？那时候你怎么不啐到他脸上？”佳菊说：“他苦苦哀求，看他那可怜的样子，我哪能忍心再怪他？你不知道，和他在一起这么久了，他还是第一次对我这样柔顺。”

佳桃怨道：“姐，我就看不了你这副可怜相。按照我的脾气，一块钱也不会给他。”佳菊说：“气归气，到头来总要帮他爬上这道坡去，这种时候我不帮他，他还能指望谁？”佳桃说：“好吧，武家的生意、武家的钱都不是我佳桃一个人的，你想要拿钱只管拿去，不过要留下一个账。”

佳菊破涕为笑，羞赧地说：“佳桃，我也是可怜那个小孩子，不知会被他们卖到哪里去，怎么说那也是淑灵的妹妹。如果不能救出她来，我这一辈子都不会安心的。”

佳桃生了一回气，开出一张银票交给姐姐。下午龚易带着银票去平康里，周太太接过银票，冈吉在一旁替她看清楚了，说是鸿运膏局开出的银票。周太太听见这话，立刻后悔自己当初没弄清楚这个姓龚的与鸿运膏局是什么样的关系，要价太低。到了这个时候不好再反悔，周太太就提议说：“龚先生，不如你再出六百块，把安娜一块带走，免得她们母女分别，你也不用一直牵挂着她。”

龚易胡乱答应，说安娜的事以后再谈，今天先把孩子带走。他自己不敢上去见安娜，催促周太太他们快上楼去把婴儿抱出来。冈吉就和周太太走上去，龚易站在楼梯下面，能听到安娜的哀求和哭声，还有冈吉的吼叫、叱骂声。龚易捂住脸，心中暗叫：“安娜，眼前我只能顾一个，我不知道如何安置你，你不要怨恨我。”

一会儿周太太抱着婴儿下楼，冈吉把楼上的门关紧，气呼呼跟着下楼。婴儿正在熟睡，龚易接过去，悲喜交加，抱着孩子匆忙赶回家去。

天色已晚，龚其迈还坐在桌边，就着一盏灯写字，珍姨早在榻上睡着了。龚易进门，胡乱和父亲招呼一声，侧着身子上楼去。佳菊靠在床上，身边的淑灵在熟睡。龚易小心把婴儿送到佳菊的身前，展开被子，让孩子露出来。

婴儿还在沉睡，除去一头焦黄的头发，眉眼很像淑灵。佳菊的心底立刻升出来一股母亲的柔情，把脸伏到婴儿的脸上。这个混血的婴儿通过龚易，通过淑灵，其实是和她相连的。

龚易看看佳菊，再看看婴儿，心中感动："佳菊，以后就当她是你我生下的又一个女儿，好吗？"佳菊说："可怜的孩子，我会对她好的，像对淑灵一样。只是苦了她的母亲，自己身上掉下的骨肉，才在怀里抱了几天，就被生生地带走。"

一番话说得龚易无声，转过身去默默抽烟，许久之后才又开口说道："佳菊，以后不要再提她，好吗？你就是这孩子的母亲，你给她起个名字吧。"佳菊贴近婴儿的脸："你可是在难为我，我怎么会起名字？还是让她爷爷起一个吧，跟着淑灵叫。"

龚易说："这样的事我哪里有脸面去和他讲？要么你去说，要么你为孩子起一个名字，随便你叫她什么。"佳菊想一想，实在不敢去找父亲说，自己垂头思忖半晌："她的母亲叫安娜，就叫她'淑娜'吧。孩子长大以后，看见自己的模样特别，总会问起的，到时候免不了要告诉她实情。她一定会喜欢这个名字。"

早晨起来，珍姨听见楼上一阵尖尖的啼哭声，回头看一看，淑灵正靠在龚其迈的腿上，从他的手里抢夺书本。珍姨疑惑，仔细再听，分明就是一个婴儿的哭声，便道："奇怪，龚易的房里怎么有孩子在哭？"

龚其迈的耳朵背，这时候也听到了那尖细的哭声，便叫"龚易"。小暖过来说，少爷一大早就出了门，到银行做事去了。原来龚易无颜面对父母说出实情，昨晚千般恳求，万般奉承，一定要佳菊替她隐瞒，只说这孩子是捡来的。佳菊被他哄得心软，答应了他。

珍姨心中狐疑，让小暖扶着她，慢慢走到楼上来，看见佳菊的床上果然躺着一个孩子，黄灿灿的头发，身上粉团一般。珍姨大惊："果真是有个小人儿在这里，难怪我听见孩子在哭。你们从哪里弄来这个孩子，变戏法儿一样？"

佳菊说："昨天晚上，不知什么人把这个孩子丢在东莱银行的门外，龚易出门时候正好碰到，见孩子的模样招人疼爱，就抱回家来。我见了，也喜欢得要命，想留下她，正要抱给你们看呢。"

龚其迈听说，走上楼来对着孩子看了一会儿，倒没说什么。珍姨跟着龚其迈从楼上下来，悄声说："我看那孩子有些蹊跷，眉眼怎么像龚易呢？只怕是他在外面和什么人相好，生下这个私孩子。"龚其迈说："难怪龚易一直以来神魂颠倒。看起来这倒是一个好孩子。这种事，只要佳菊容得下，咱们装糊涂就是，不必深问。"

27

这些日子，取引所的股票暴涨，据说有许多日本的大财阀要来投资收购，原本十几元钱的股票很快升值了一倍，而且还在继续上涨。早期购入取引所股票的人一夜暴富，于是青岛的大小商户纷纷筹款购入股票，许多日资商户也投入其中，大家收获颇丰。

来富、来贵看得心动，都向佳桃建议说："膏局里钱款充裕，不如拿去购入一些股票，总比放在银行中合算一些。"佳桃拒绝："我看不懂取引所的经营，武家一直是卖烟土烟膏的，到我这里不能不务正业。膏局里的存货还有多少？"来富说："按照正常的营业，大概还可以卖上三个月。"佳桃说："最近不要囤积太多烟土，卖出多少购进多少。"

二人不知道她做何打算，只能照办。中午佳桃坐车回家，带上贤康去威廉饭店。饭店归了自己之后，杨威廉经营得格外用心，小美蓉帮着他在前面招呼客人，她本来就是一个机灵的女子，能言善谈，巧于应对，待人接物分毫不差，高兴的时候还会为客人们来上几句茂腔，许多客人慕名而来，饭店的生意做得风生水起，比过去又好了几成。

杨威廉和小美蓉看见佳桃两个进来，连忙让到一个僻静的角落。正是中午忙碌的时候，因为预先知道佳桃要来，他们专门留下这张桌子。贤康见了母亲，倒有几分羞涩和退却，缩在佳桃身边，佳桃催他几次，才勉强开口低低地叫了一声“娘”。

小美蓉眼里噙着泪花，赶快把备好的饭菜端上，自己坐下来陪着他们吃，伸手扯一扯贤康的衣服，摸一摸他的头，替他夹菜，嘴里不停地和他说话。贤康却在躲闪着她，闷头吃饭，悄悄把她夹到自己碗里的菜挑到一边，再慢慢拨到桌子上去。

佳桃看出来小美蓉已经有了身孕，她已经是别人的女人，很快就会做另一个孩子的母亲了。佳桃的心中突然生出一阵酸楚，为哥哥定魁，也为身边的贤康。杨威廉一直前后忙着招呼客人，不时跑过来问佳桃菜怎么样，还要不要别的什么。佳桃明白他的尴尬，也要给小美蓉留下一点说话的机会，就起身走到厨房中来。

杨威廉正垂首站在一堆碗碟前，佳桃说：“你快要做父亲了吧？”杨威廉搓着手：“嘿嘿，是啊，托掌柜的福。杨威廉能有今天，全靠掌柜的照应。”佳桃说：“让小美蓉好好休养，别累着。饭店里的事别让她做了，多雇一个伙计就是了。”

杨威廉说：“明白，明白，我会小心的。我听说有一处石湾庙，里面大慈大悲的观音菩萨很灵的。前几天带着小美蓉一起去进香，祈求菩萨保佑母子平安健康。”佳桃说：“石湾庙在哪？大姐以前还问过我，要找一个观音庙拜一拜。”

杨威廉说：“在东面，庙前有个村子叫石湾村。石湾庙只是百姓的通俗叫法，其实那个庙叫作大士寺。”佳桃扭头看着杨威廉：“那个庙叫什么？”杨威廉说：“寺门上写着‘大士寺’，供着观音大士，百姓却称呼‘石湾庙’。”

佳桃点头，从厨房里出来。小美蓉正对着贤康抹眼泪，贤康已经吃完了。佳桃又和小美蓉随便聊几句闲话，带上贤康回家去了。

贤康一走，小美蓉立刻号啕大哭，抱住杨威廉的胳膊一通捶打，让他想个法子赶快把她的贤康要回来。杨威廉听了只有叹气的份儿，轻声劝她不要太伤心，免得伤了身子。小美蓉想到肚子里的孩子，不敢胡闹。她明白，等这个孩子出生，自己和贤康之间只能越来越生分，这样的想法让她肝肠寸断。

晚上龚易到饭店来。杨威廉带着小美蓉搬出武家之后，龚易与他一下子疏远了，今天突然上门，杨威廉十分高兴，坐下来陪着龚易喝酒。

龚易把淑娜抱回家，佳菊毫无怨言，对孩子倾心照料，视同己出。这让龚易格外愧悔，不忍再做对不起佳菊的事。可在心底，他终究惦记着安娜，不清楚她的近况，自己不方便去探望，眼下可以依靠的只有当初引他与安娜相识的杨威廉。

两个人喝一阵酒，龚易看见小美蓉走开，立刻凑到杨威廉的耳边悄悄问："知道安娜近来怎么样了？"杨威廉搓着双手，眼睛看着别处："从武家出来之后，我再没有去平康里。"

龚易一脸丧气："昨天夜里梦见她对着我痛哭，说了许多话，我一句没有听懂。醒来之后心中忐忑，勾起许多的心事。"杨威廉说："那种地方的女人，哪个人的结局会好的？前些日子我听一个客人在这里说，周太太把你的银票交给冈吉，让他去银号兑换。冈吉兑出银元，自己截下几百块。周太太和他吵翻了天，想把钱要回来，冈吉不给，周太太就点起一床被褥，说要把平康里烧了。当时天还没亮，楼里烟雾腾腾，大伙儿都以为起了火，惊得光着身子往外跑。安娜本来身体没有复原，受过这一场惊吓就病了。"

龚易听了心中直痛，再往下问，杨威廉也不知道后来的情况，说："龚易，你要还惦记她，就自己去打听吧。那种地方我是不会再去，从前我做的羞臊的事已经不少了。"

龚易把杯中酒喝干，出来直奔平康里，一路上在心中发下誓言：这次打听明白安娜的下落，一定要把心中的牵挂割舍干净，不然以后实在无法面对佳菊。

平康里的院子还和从前一样，正是一天里最热闹的时候，楼上的窗子里都透着灯光，人影闪动。龚易把帽子拉低一些，走进楼门中。周围的陈设和气味都和先前一样，看起来那么熟识。但围拢上来的妓女却都面目生疏，龚易留住一个面目老相一些的女人，也不上楼去，拉她到桌边坐下喝茶，径直问道："早先这里有一个白俄女人，都叫她安娜，是不是还在？"

老女人面容憔悴，拿手指伸进头发里用力抓挠，再用尖长的指甲剔去留在指甲缝中的头屑："哪个安娜？我认识好几个叫安娜的。"龚易说："是一个俄国人……听说，她还和一个客人生下一个女儿。"老女人停住手指，看了一眼龚易："噢，是那个安娜。你认识她？你找她干什么？"

龚易听出这女人知晓安娜的下落，就从怀里掏出两块银元，放到女人面前。女人赶快伸手按住，却不收起来，也不说话。龚易只好再添上一块银元，老女人这才把它们悄悄掖进怀里："你找我来问算是找对了人，知道这件事的人很少。生过孩子以后安娜又大病一场，夏天的时候这个院子里许多人得了霍乱，那时候安娜身子虚弱，自然没有躲过，受了几天的罪。最先染病的几个人中，只有她没熬过来，把命丢了。"

龚易胸中一痛："安娜死了？她怎么会死？"老女人懒懒地说："受够了罪孽，死了好。"龚易还是不肯相信："安娜真的死了？那么后来又怎么样？"老女人打量龚易，怪道："真是蠢话，人死了还能怎么样？"龚易说："我是说，她人被葬在哪里？"老女人说："霍乱死的人，哪个敢去葬她？不过胡乱拖出去，一把火烧了，再找个深沟埋掉就是——我饿了，咱们进屋去吃点东西吧。"

龚易不语，起身上楼直奔安娜的房间，屋门虚掩着，推开看里面漆黑一片，有一股重重的霉味。龚易摸到电灯开关，电灯却没有亮起，借着窗外透进的一点光线，龚易看清楚屋里空荡荡的，床和桌子都搬走了。

龚易退出来，走廊的许多门里传出嬉笑之声，嘈杂一片，听起来和从前一样，差别只是这其中再没有安娜的声音。那种单纯、放肆的笑声曾经让他害怕，让他心动，以后再不会有了。龚易的眼睛潮湿了，站在暗处，用头一下一下撞着墙，泪水滴落到黑暗之中。

一大早，佳桃和定威一起乘车出门。汽车沿着海边大路行驶，最初朝着崂山的方向开去，半路上拐离了大路，转而向北。经过一个村落之后，大路也到了尽头，前面是荒凉的山岭。佳桃下车，让伙计留在车边，自己和定威沿着一条小路上山。远处山间的树丛之中露出灰色的檐角，走近之后发现那里是一处寺院，看起来有些破败。

佳桃加快脚步，走上长长的石阶，看清楚山门上果然写着"大士寺"三个大字。定威跟上来，奇怪佳桃为什么要带自己跑到这里来，佳桃说："父亲临死前对我说了一句话，我一直没有弄懂其中的含义。昨天听杨威廉说这个石湾庙也称为大士寺，我突然想起父亲当初对我说的话，听起来好像是'大事祀'或者'大十四'，会不会正是这个'大士寺'？"

定威说："叔叔不相信神佛，怎么会提到什么大士寺？"佳桃说："他想说的话，总归是重要的，但愿说的就是这里。"

两个人走进山门，正对面是两间正殿，两边几间厢房，高大的庭树之下一片寂静，看不到一个人影。走进正殿，迎面一尊观音塑像，一个瘦瘦的小和尚蹲在殿柱边，面前摆着香烛。定威过去买了两份，佳桃拿到香案前，燃香礼拜，心中祈望自己能弄清楚父亲最后的遗言。

两个人把殿里仔细看过，这里只是一处冷清的庙宇，定威说："叔叔说的肯定不是这里，一处破庙和鸿运公司能有什么关系呢？"佳桃说："既然来到这里了，好好看看吧。大士寺太像父亲说的那几个字，或者只是碰巧。"

两个人绕到大殿后面，一道院墙残破不堪，墙外的山坡上草木丛生，远远可以看见高处还有几座寺庙的建筑。一个灰衣僧人正沿着小路走下来，走到墙边，跨步从院墙的豁口处进来，一抬头看见了佳桃和定威。僧人立刻面色大变，撩起衣襟，一转身跳到墙外，埋头向着山上猛跑。

佳桃急忙说："定威快追，抓住那人！"定威腾身跳出院墙，大步追上山坡，佳桃也跟在后面跑上去。定威脚步敏捷，很快追上那僧人，用力一扯就把他按倒在一棵树下。僧人在地上大叫："武佳桃，我是彭志！是定魁的朋友！"佳桃跑上去，认出他果然是彭志。那年佳桃在火车站遇到他，几年不见，彭志又是一副僧人打扮，如果刚才不是他自己拔腿跑开，佳桃还真难认出他来。

佳桃让定威把彭志拎起来，问："你认识我，为什么还要跑？"彭志说："我不想让别人知道我躲在这里。"佳桃说："我们和你可不是巧遇，今天专门来找你的。"彭志问："你们怎么想到我在石湾庙？这件事只有一个人知道。"

佳桃说："对，就是那个人告诉我你在这里。"彭志摇头："不可能，不可能。"佳桃说："好吧，那我明说吧，是我爹告诉我的。"彭志疑惑地盯着佳桃："年前我听一个香客说，鸿运膏局的武掌柜早被人砍死了。"佳桃说："没错，父亲临死之前亲口告诉我，你在大士寺。"

彭志的喉头动了动，迟疑良久："当初是武掌柜让我躲在这里的，除了他，没有别人知道。"佳桃说："好了，说一说你当初告诉我爹的事。"彭志说："那些事我只能对武掌柜说。"佳桃不耐烦了："现在我就是鸿运公司的掌柜的。"

彭志看了看定威，依然不肯开口。佳桃示意定威走开，定威警告彭志：“别耍滑头，我可懒得追你，你再跑我就让枪子去追你。”说着定威走到一旁，掏出手枪在手里摆弄着，远远看见彭志对佳桃低语。

半个小时之后佳桃走回来，留下彭志垂头坐在树下。两个人从大士寺里出来，佳桃问：“你认识正鑫庄的邓麻子？”定威说：“认识。”佳桃说：“是他杀了定魁，他们一共三个人，把定魁从楼上推到海里，彭志当时逃了出来。”

定威问：“他们为什么要害定魁？”佳桃说：“我以前听来富说过，正鑫庄的杜云鹏抢过鸿运膏局的烟土，所以父亲派连生去杀了杜云鹏，那一次邓麻子死里逃生。但是，真正让邓麻子对定魁下黑手的却不是正鑫庄的这些烟土。后来邓麻子等人集资购买了一批烟土，准备大赚一笔，却被日本人查没，日本人把那些烟土交由鸿运膏局卖出。这一次失手让邓麻子等人损失巨大，他们以为鸿运膏局在其中做了手脚，所以对定魁下手。”

定威说：“彭志知道得这么清楚，为什么不早一点告诉叔叔？”佳桃说：“彭志告诉我，他被来富抓回青岛以后，见到了我爹，把这些都说了出来。我爹让他不要声张，又安排他躲藏到大士寺，这个秘密再没有别人知道。”

定威说：“按照叔叔的性格，知道这些之后决不可能放过凶手，为什么他不报仇，反而秘密安排彭志躲到破庙里来？”佳桃说：“我也在想这个问题，我爹是不是有什么顾虑？可他担心什么呢？”定威说：“叔叔犹豫不定，结果自己也遭了邓麻子的毒手。”佳桃说：“我爹遇害，是不是邓麻子所为，还不能确定。你暗中留意一下这个人，看看他都和什么人来往，不要被他察觉。这件事我再想一想，什么时候动手我再告诉你。”

佳桃收到一份双喜临门的烫金大红喜帖，掀开看，上面写道：

谨订：公历9月30日午时，赵栋与姚佩珠小姐举行婚姻庆典。午时、酉时各于赵宅敬备喜酌，恭候驾临！

赵栋敬呈

看婚礼的日期是在月底，还有十几天。赵栋的婚礼佳桃当然不能错过，可她拿不准自己应该选择午时还是晚间的喜宴。正在犹豫时，赵栋打来了电话，问佳桃收到请帖没有。佳桃说：“收到了，恭喜赵先生！佳桃到时面贺！”

赵栋笑了：“谢谢！我还有一件事：婚礼和喜宴都要在家里举行，因为客人多，喜宴分为午间和晚间两场。我需要找一伙人负责准备饭菜，提供餐具。威廉饭店的菜就很好，能不能请武掌柜安排一下，让你的夫君来办理此事？”

佳桃说：“我和杨威廉的婚姻早已经结束了，威廉饭店现在也不再是武家的产业。”赵栋感叹：“真的吗？武掌柜的婚事实在让人捉摸不透啊，那么我再问问别处吧。”佳桃说：“不必。这件事就让我去找杨威廉安排，人手、食材、炊具、餐具都齐全，我正在犯愁拿什么给赵先生做贺礼，不如就由我包办喜宴吧。”

赵栋说：“这怎么可以？太破费了。”佳桃说：“赵先生不必客气，我会让杨威廉早做安排，保证一切周全。”赵栋说：“武掌柜真是爽快之人，赵某恭敬不如从命。”

放下电话，佳桃把请柬放在醒目的位置，提醒自己不要忘了。下午冷叔过来商量土货行的生意：“几家大的土货行要联手收购小麦，销往日本，赵栋先生的意思，咱们的土货行也要参加，所以来请示掌柜的。”

佳桃问：“还像上次一样操作？这次真正要收购的是什么？”冷叔说：“不一样，这一次比上次简单得多，只是单纯的小麦生意。”佳桃说：“今年春天大旱，麦子的收成不好，哪能收到许多小麦。”冷叔说：“价格定得稍高一点，只要有利可图，自然会有人从西边把小麦贩运过来。”

佳桃问：“土货行过去主要经营土产，为什么突然要做小麦的生意？赚头很大吗？”冷叔说：“主要是日本国内有这样的需求，赵先生希望土货行参加进去。可是日本方面给的价格并不太高，折算下来，只能算是微利吧。”

佳桃说：“抬高小麦价格收购，必定把杂粮的价格拉高，今年年景本来不好，这样做是会饿死人的。况且从生意的角度看，占用的本金太多，收益又薄，得不偿失。”冷叔说：“收购小麦所需的本金，可以向日资的银行贷款。”佳桃说：“那也不做，鸿运公司不想承担这样的风险。”冷叔说：“可是，赵先生的意思是……”佳桃说：“我会找赵先生解释，这次的小麦我们不做。”

赵栋结婚，新郎是黝黑瘦小的日本老头，新娘是丰满圆润的中国少妇。

佳桃选择参加晚上的喜宴，她到的时候杜冲和雅子还在，杜冲一身笔挺的西装，依然是一贯的英姿挺拔。雅子穿了一件崭新的洋红色和服，格外衬出她的典雅风韵和娇小玲珑。两个人已经在这里忙碌一天了，神态中间难掩疲惫。

参加晚宴的以日本人居多，很快就有人端着酒杯吼唱出来。佳桃起身，穿上鞋走出来，绕到房子后面。按照佳桃的吩咐，今天杨威廉停下饭店的生意，带着伙计们来准备宴席，在赵宅的后院里搭起临时的灶台。这会儿大家忙完了菜肴，抽空围在灶边吃饭。

佳桃向杨威廉问候小美蓉和孩子，一提到孩子，杨威廉立刻满脸的笑意：“我和小美蓉商量，孩子起名跟着贤康，叫作贤治，杨贤治。”佳桃刚要回话，赵栋端着两杯酒追出来：“武掌柜怎么出来了？我还没有给你敬酒。”佳桃说：“我出来看看饭店的伙计们。”

赵栋说：“今天的菜做得很好，客人们都夸个不停，特别是那一道葱烧海参，好！”佳桃说：“赵先生喜欢就好，以后大家多多照顾威廉饭店的生意吧。”赵栋把一杯酒递到佳桃手上：“今天还要感谢武掌柜的厚意！我们就在这里干一杯。”

佳桃举杯和赵栋一饮而尽：“赵先生，前些天冷叔提到土货行的一笔小麦生意，我没有答应。”赵栋说：“我听说了，真可惜。这是一笔好生意，当然啦，赚钱不会太多。”佳桃说：“我的经营观念与父亲不同，鸿运公司将来还是要重点发展航运业务，所以我不想在别的方面投入太多。”赵栋说：“其实我也不是一定要做这个小麦的生意。长远来看，中日之间的贸易大有可为，许多人跃跃欲试，我们要通过每一笔生意培养人脉，才能抢得先机。”佳桃说：“赵先生是前辈，生意上的事，以后还请赵先生多多指教。”

赵栋摆手，刚要开口，一个人摇晃着从门里走出来，高声嚷道：“喂，你们不在屋里好好喝酒，跑出来干什么？”

佳桃回头，看见来人个头不高，生着一张大脸，腮边一层黑须，手里提着酒瓶酒杯，冲着佳桃嚷道：“在冈吉眼里，武掌柜是宴席上最漂亮的女人，今天我要陪你喝一杯。”一边要给佳桃斟酒，佳桃向一边微微闪开，瓶中的酒一下子泼洒到地上。来人恼道：“你躲什么？难道武掌柜看不起我吗？”

赵栋说：“冈吉不许胡闹！武掌柜，这位是冈吉义雄，我的日本朋友。”冈吉盯着佳桃说："冈吉也是一个生意人，也是掌柜的，平康里的老板。"说着冈吉给自己斟上一杯酒："川田隆史先生今天娶了年轻美丽的妻子，我也认识了年轻漂亮的武掌柜，今天真是一个好日子，大家应该尽兴！"

冈吉对着佳桃举杯，自己一饮而尽。佳桃突然感觉到一阵窒息，紧紧盯着冈吉拿酒杯的那只手。她见过这只手，父亲遇害的那一天，她藏身在炭棚里，一个蒙面人站在外面向炭棚里张望。佳桃躲在暗处，把那一只握刀的手看得清清楚楚，牢牢刻印在心里，握紧的手指关节和眼前这一只手完全一样，而且蒙面人的身高也和冈吉相似。

佳桃把自己的酒杯伸向冈吉："今天确实是一个好日子，很高兴认识冈吉先生，我就陪冈吉先生饮一杯。赵先生，你要不要一起来？"赵栋慌忙摇头："不喝啦不喝啦，已经醉了。"冈吉给佳桃斟酒，一边笑道："川田先生再喝就上不去床了，误了新婚的好事。"

佳桃从近处把他的手看得更清楚，右手的拇指上有一点残缺，异常粗大的骨节。没错，冈吉就是那个炭棚外面拿刀的蒙面人，是袭击膏局、杀害父亲的凶手之一。佳桃端起酒杯慢慢抿了一口，让酒杯停在唇边，尽量遮挡住自己的脸。

冈吉陪着她喝了一杯："可惜我不抽鸦片，不能照顾武掌柜的生意。武掌柜大概也不会光顾我的生意，哈哈。不过，你的伙计们可是很喜欢来平康里，比如他。"冈吉说着，拿酒瓶指着杨威廉。杨威廉慌忙转过身去，冈吉大声说："喂，很久不见你来了，是不是哪个姑娘惹恼你了？"

杨威廉不敢应声，假装收拾炊具，躲到一边去了。赵栋看佳桃一副心不在焉的样子，怕冈吉纠缠胡闹，拉他进屋。佳桃不想回到宴席上去，趁机离开。

28

周税官到鸿运船运公司来查税，中午武定威请他吃饭，闲谈中间说起前几天赵栋的婚礼，周税官问："那天工商界的人物差不多都到齐了，怎么没见你露面？"定威说："赵先生只认掌柜的，我不过是鸿运公司里管事的伙计罢了，发请帖根本轮不到我。”周税官说：“不去好，不去好，我倒是收到了请帖，结果沾了一身的晦气，好不后悔。”

定威问他怎么回事，周税官说：“我晚上去喝酒，出来的时候已经很晚了。赵栋看我喝醉了，安排我搭他女婿杜冲和女儿雅子的汽车。也是该着有事，汽车行到半路，我感觉尿急，杜冲停了车。我要在雅子面前扮斯文，特意走得远一点，钻到路边的黑影地里撒尿。一切都那么凑巧，那地方一团漆黑，我的脑袋给什么东西撞了一下，伸手去摸，摸到稀稀软软的东西，是一团肉，外面还罩着衣衫。我吓得不轻，只感觉牙根发酸，喉头直抖。壮起胆子继续摸，摸到了悬在半空中的一条人腿，一片冰冷，上面还有一层黏黏滑滑的东西，带着一股子粪臭。我转身就跑，一边大叫杜冲，脚底下又踩到一团软乎乎的东西，让我结结实实摔了一跤。”

定威停住手里的酒杯：“你不会是撞到了死人吧？”周税官说：“你听我慢慢给你讲，这事说起来真像瞎话儿一样。杜冲听见我大喊大叫，也吓得够呛。那地方就在正鑫庄的墙外，杜冲带我先去正鑫庄，叫开店门，让守夜的小伙计点了一盏灯笼，一起回到路边察看。这回看清楚了，树上果然挂着一个直挺挺的人，是正鑫庄的邓麻子，一根麻绳勒在脖子上。地上还趴着一个胖子，也是正鑫庄的伙计。看样子是有人趁着天黑，把邓麻子挂到树上活活勒死的。地上躺着的那一个却像在别处弄死的，特意摆到邓麻子身边来。”

定威说：“必定是邓麻子在外面得罪了人，才落得如此下场。”周税官摇头：“可惜了，邓麻子算是很有办法的人，当年由他牵头，大家集资入股偷运鸦片，在正鑫庄偷偷地卖，我还入了一股，结果赔得很惨。说起来，这件事还和鸿运膏局有关。”

定威说：“我一直以为只有鸿运膏局一处卖鸦片。我来鸿运公司这么多年，叔叔一直不肯让我插手膏局的生意，不清楚这其中的隐情。”周税官说：“鸿运膏局的隐情谁都说不清楚，你叔叔身边的人和他不是一条心，你叔叔大概到死都没搞明白这一点。鸦片生意一本万利，好多人愿意为它搏命。邓麻子那次集资，听说就有鸿运公司的伙计暗中入股。”

定威问：“哪个伙计？”周税官狡猾地一笑：“不知道，我也没打听。人不要知道得太多，不然容易丢了性命。”定威笑着点头：“此话有理。还是说说赚钱的事吧，这两年我经常跟着货船在外面跑，发现赚钱的门道很多，比如贩运日本货。”周税官说：“那要看怎么贩运，日本货的一个好处就是便宜，不过，缴了海关税之后的日本货就不能便宜卖掉，不然要赔钱。”定威说：“所以我要找你商量，你管税，我手里有货船，大家一起合作怎么样？”周税官轻轻点头：“武定威啊武定威，你总算开窍了，此事大有可为。”

周文密在礼贤书院的学业结束了，佳荷要为他祝贺：“你是一贯反对奢华的，所以这一次我请你喝茶，如何？”周文密说：“好吧，恭敬不如从命。”

佳荷选择的是裕泰茶室，环境布置精雅，还有临海的窗子可以观海听涛。一碗绿茶喝下去，周文密谈兴渐浓，从北京紫禁城中的大火谈到胶济铁路的路权，再谈到东京的大地震。佳荷双手托腮，痴痴地盯着他，一边努力让自己的思维跟上他的表达。

可是周文密的思维跳跃实在太厉害，佳荷终于要抗议了：“你这样高谈阔论，如同天马行空一般，让我感觉很吃力。”周文密听出她的不满，顿一顿，转而谈起自己的前途：“以后我要到工厂去，接近工人大众，学习他们的长处，帮助他们争取自己的权益，同时洗净读书人身上的骄娇二气。”

佳荷说：“从你的话中我听不到对于未来的设计。”周文密说：“我首先要找到一个职业，做自食其力的劳动者，同时努力促进整个国家的改变。”佳荷听够了这样的漫谈，顾不上羞涩：“我问的是我们共同的未来，你和我的，你不明白吗？”

周文密认真地看了看佳荷，终于醒悟过来：“当然，我们会结婚，组成我们的家庭。”佳荷说：“可你并没有询问过我的意见，一次都没有。”周文密一下子慌张起来：“怎么，你会反对吗？”佳荷说：“你把事情的次序搞颠倒了，首先应该你向我提出一个建议，我才能表示赞成或者反对。”周文密恍然大悟：“我好糊涂！你说得对，我应该先向你求婚。”说着周文密放下茶杯，整理一下衣衫，拉住佳荷的一只手，诚恳地望着她：“武佳荷小姐，周文密现在正式向你求婚，请你嫁给我，好吗？”

几句话说得磕磕绊绊，他的紧张影响了佳荷，脑海中突然一片空白，无言以对，只好用力地点了点头。周文密说：“我还应该给你一件信物。这是我刚买的一本日记本，很廉价的一本，用它可以吗？”佳荷接过日记本：“当然可以，我喜欢这个，虽然廉价，它却是崭新空白的，我要把我们的幸福和甜美全都记录到这里面，把它填满。”周文密说：“这么单薄的一本，怎么能记下我们全部的快乐幸福？”佳荷说：“那你将来就一本一本地买给我。”

周文密郑重答应，两个人举起茶杯一饮而尽。佳荷让周文密送她回家去，向家人郑重宣布他们正式订婚。

这是预料之中的喜事，芸姨娘抱怨周家没有找一个体面的媒人，没有送过来婚帖和聘礼，不合规矩。佳桃劝她说：“他们是进步的青年，不讲究这个。你连宝贝女儿都给了人家，就不要再挑这些枝节了。”

佳桃替周文密在民政署找了一个好差事，周文密不想去，因为那样一来他必须和日本人共事。佳荷只好再找佳桃商量，佳桃说：“现在好一点的地方都有日本人，避不开的。你们又要有体面的工作，又不喜欢和日本人打交道，这实在让我为难。”佳荷说：“求姐姐费神，再帮他找一找，到时候我们好好谢你。”佳桃只好答应她。

芸姨娘对佳菊抱怨道：“我现在只等着周文密有了职业，就给他和佳荷办喜事，现在一直找不到满意的差事。家里那么多生意都交给外人去掌管，却让自己的人出去找差事，捧别人的饭碗，看别人的脸色，这是什么道理！”佳菊小心劝道：“周文密还年轻，出去闯一闯，混一混人群，对他只有好处，将来少不了还要让他回来做事。”

芸姨娘说：“到那时候恐怕早没有他的位置了。如果你爹还活着，必定不会这样。当初你和龚易刚一结婚，他就让龚易到东莱银行去，替他做了董事。”佳菊说：“龚易哪里做了董事？东莱银行董事的职位一直都是爹兼着，后来换成了佳桃。龚易只是在银行里做差事，拿着自己的一份薪水，和董事差远了。为了这件事，龚易背地里没少对我发牢骚呢。”

芸姨娘说：“什么董事差事，我分不明白！佳桃这样做，是不相信别人吗？把一切都揽到自己身上，自己这一边忙忙碌碌累得要死，别人那一边却没有事情做，薪水也差了好大一截，龚易当然不会满意。”佳菊说：“这件事你可是屈说佳桃了。咱们家入股东莱银行，每个月领取股息，银行董事虽然也有一份薪水，佳桃都是和股息放到一起，算成家庭的收入，她自己一元钱都不要。龚易明白这些以后，也就不好意思再抱怨了。”

芸姨娘说：“我也知道佳桃没有私心，可她何必让自己这么辛苦呢？有事情大伙儿分担着做，大伙儿一块商量，不好吗？佳桃接管生意以后，先是把饭店送给了杨威廉和小美蓉，我不说什么。她又把土货行的股份白白送给日本人，送给冷叔。算一算，你爹一世挣下的产业如今还剩下多少？这么干下去，将来是不是连这个宅子都要送掉？”

佳菊感觉芸姨娘的话太夸张，但也有些道理，自己却不可以顺着她说，只好沉默。下一次佳菊见到佳桃，把这些抱怨婉转透露给她。佳桃感觉很委屈：“生意上的事情，我当然不会事事都和大家商量。爹活着的时候，你看他在家里跟谁商量过生意？周文密的差事，我早问过他愿不愿意回来帮助我，是他自己不肯，所以我才请人替他到外面找事做。”佳菊说：“我感觉呢，周文密与小妹已经订婚，也算是武家的人了，总比外人更可信一些。佳荷和我一样，不打算出去抛头露面。依我看，就算是为了公平，也应该在鸿运公司给周文密安排一个职位。”

佳桃就把佳荷找来，问周文密最近在忙什么。佳荷说：“一直在外面找事做，还没找到中意的。”佳桃说：“让他到鸿运船运去，先跟着定威做两年，怎么样？”佳荷说：“文密不会去的。”佳桃问：“他不喜欢船运公司的工作？”佳荷说：“这和喜好没有关系，只要是武家的生意，他都不会做。膏局的生意害人，这个自不必说。船运公司是剥削船员的劳动，榨取乘客的钱财。银行、土货行、砖瓦窑的生意也都是资本家巧取豪夺，总之都是依靠不正当的手段谋取财富。周文密要做一个自食其力的劳动者，光明正大地做人。”

佳桃回头对佳菊说：“你听听，我劝周文密回来做事，引出她这一大套，以后你们别再埋怨我不给他们安排位置了。”佳菊说：“佳荷，你从哪里学来的这一套？按照你的看法，佳桃是什么人？你和我又是什么人？”

佳荷说：“二姐是盘剥伙计、欺诈百姓的资本家，是贩卖鸦片的黑心商人。你是寄生的食利者，我现在也算是，所以我支持文密出去找差事做，我要做一个劳动者的妻子。”一番话说得佳菊目瞪口呆：“这些都是周文密教你的吧？还没嫁给他，就和他一样成了进步青年。”

佳荷说：“总有一天，你也会明白这些道理的，如同大梦初醒。二姐恐怕永远不会明白的。”说完扭头走开。佳桃说：“你都看见了吧？我帮他们要碰钉子，不帮他们要受埋怨。”佳菊说：“佳荷怎么说怎么想，随便她去，我可是有一大家子人要生活。两个女儿一天天长大了，老人家的身体越来越差，龚易的薪水虽然比别人高，手头总感觉紧得很。佳桃，别笑大姐脸皮厚，你能不能把银行董事的位子让给龚易去做？那样我们的日子就宽裕多了。”

佳桃说：“我不是要把好位置都自己霸着，龚易也有能力，如果爹活着，他可能早让龚易做了银行董事，谁都不会说什么。我原本想给周文密安排一个好职位，那时候让龚易做董事，芸姨娘才能接受。”佳菊说：“现在是他们自己不想做，你又怕什么呢？”佳桃说：“我不怕什么，你就不怕吗？龚易成了董事，地位高了，手里有钱了，你不害怕他乱来？”

佳菊叹息：“以前我也担惊受怕，也疑神疑鬼，可该来的还是会来，也就那样了，再坏还能坏到哪里去呢？而且自从抱回淑娜之后，他好像也安分了。”佳桃说：“你不怕就好，那就等佳荷结婚吧，到时候我把董事的位置让给龚易去做。”

佳菊高兴地回家去，家里正有一个陌生的男人坐在楼下，陪着珍姨说话。那人生得五官端正，却是一副油滑机灵的神色，嘴里滔滔不绝。

佳菊把小暖拉到一旁，悄悄问那是什么人。小暖说：“前几天我在码头上遇见这个人，说是能给人家治病，全不要钱，只为扬名。那时候我有些咳嗽，就上前向他讨了两包药，吃下之后果然不再咳嗽。我想着，这个人的药如此灵验，兴许能治好咱们老太太的病。今天特意跑到码头看，见他还在那里，就把老太太的病症对他讲了，他说要到家里看一看病人，才好对症下药。结果到家以后，他只看了老太太一眼，开口就把她的病症说得一清二楚，真真的像个神仙一样。”

佳菊心中疑惑，珍姨的烟后痢一直没好，当初那位老先生给开的药方很对症，服药之后病势减轻。问题是珍姨一直舍不掉手里的那杆烟枪，病情稍有好转，反而比过去抽得更多。如此一来，腹泻的毛病反反复复，越来越厉害，回头再去吃原来的药方子，根本不起作用了，只好胡乱医治。

佳菊在一旁坐下来，侧耳听那人说道：“常言道：弹打无命鸟，药治有缘人。我看太太您的病是几十年间积下来的，如果吃一般的顶药，今天吃了明天或许就能见效，但到了后日还是不行。就算有那灵验的药方，一块钱一服，也要吃上三个月才能好。算起来，既耗时费钱，太太自己还要多受几个月的苦痛。”

珍姨叹息：“可不是！这些年我让这病缠得要死，却不能痛痛快快地死。只要能早一天好了病，多花一些银钱也是值的。”那人说：“太太是明白人，您这话可是正理，宁要钱受罪，不要人受罪。病有轻重，药有加减。烟后痢最难治好，寻常的方子里只用到了茯苓、黄芩、丹皮等药，可真要立竿见影，只有配了上好的高丽参才行。这样的好药只需要接连吃下去两服，快则五天，慢则十日，管保太太您的病全好。最妙的是，病愈之后不需要戒烟，先前怎么抽，以后您还怎么抽，再不必害怕什么痢。”

珍姨听得入了迷，连声问道：“先生的身上可带着这种现成的药丸？”那人说：“太太您今天遇见我，也算是大家投缘。要配齐这种药方，只在北京能成。这一次我离开北京的时候身上总共带了百十丸，一路走到青岛来，为各地的病者治痢，这个要三丸，那个要五丸，如今身上还只剩下七八丸。青岛开埠的年代晚，喜好抽烟的青岛人都还不到发痢的时候，不然，只怕这几丸药早都没有了。这都是我和太太您有缘分，该着太太您的病快要好啦。”

珍姨问：“那么，一丸药要多少钱？”那人早把龚家的家境猜透：“咱的药中用了最好的高丽参，通常我要卖到十元一丸，十八元两丸。我数了数，这还剩下八丸。我们都爽快一点，太太您想把这些全部留下，我只要太太您五十元，就算送给太太您几丸。”珍姨说：“我索性就把你这几丸药都买下吧，不单单要把我眼前的病治好，防备以后万一再犯了病呢。或者遇见别人有了一样的毛病，送给他两丸，也算做成一件善事。”那人说：“您好了之后不会再犯病的，太太您留着做善事吧。”

说着话，珍姨让佳菊替她把钱拿过来。佳菊心中存了几分狐疑，说：“刚才这位先生不是讲了，只要两丸药就可以痊愈，咱们先买他两丸试一试。再者说，亲朋中间也没有别人抽烟，存下这些东西全无用处。”

珍姨听她不愿意，挣扎着起来，要自己去拿钱来，一定把剩下的几丸药全部留下。佳菊赶快拦住她，不敢再违拗，自己走到橱边，拉开一只抽屉，里面只有几样旧首饰和三五块银元，连买一丸药的钱都不够。佳菊只好上楼，到自己房里取钱来把药钱付了，打发卖药的先生出门。

淑灵和淑娜跟着跑下楼来，站在门边，看见门前走过一个卖糖球的老汉，肩上扛了一篷红艳艳、亮晶晶的糖球。两个人一齐嚷着让佳菊买糖球，佳菊摸一摸口袋："钱都给奶奶买药了，我只给你们买一串，你们分着吃好吗？"

两个孩子都不大情愿，看见佳菊果然只买回来一串，却都抢上前来拿。佳菊对淑灵说："妹妹比你小，让给妹妹拿着吧。"又对淑娜说："你拿着，可要分几个码儿给姐姐吃，好吗？"两个孩子答应了，可是淑娜拿出两个码儿之后，就不肯再给，淑灵不答应，于是大吵起来。

佳菊哄着两个女儿。淑娜比淑灵小，性格却比姐姐强悍，处处争强。虽然不是自己亲生的，佳菊却很喜欢这个金发灰眼、肤色白皙的女儿，总让淑灵让着妹妹。淑灵委屈地嚷道："娘总是向着淑娜，我知道其实我不是娘亲生的。"

说着伤心地大哭出来，跌跌撞撞地上楼去。佳菊心疼大女儿，一边后悔不该为那些来路不明的药丸花掉几十块钱，不然也不会让孩子们这样受委屈。淑娜说："娘，我是亲生的，对吧？"佳菊说："对，你是亲生的，姐姐也是亲生的。你上楼去找姐姐，再给她一个码儿。听话，明天我给你们每人买一串。"

淑娜点头，举着糖球追上楼去。龚其迈从外面回来，听珍姨说起买药的事，拿过药丸仔细察看，再伸出舌头舔一舔，叹气道："你们娘儿俩好糊涂！睁着眼睛让江湖医生骗了，这些药丸子只是在枣泥里掺了一些西药。往好里说，是一些顶药，弄不好，吃下去还会把人吃坏了。"珍姨不爱听，更不服气，恨道："我已经病成这样啦，再坏还能坏到哪里去？我知道你们大伙儿都心疼钱，不想去给我求医找药。今天我自己买药治病，你还跟着说三道四。龚其迈，你还有没有良心？你是不是盼着我快点死啊？"

一边说着，珍姨赌气又把一个药丸吞下去，也顾不上掰开嚼烂，结果给噎住了。龚其迈不敢和她争论，赶快倒了一杯水，让她把药丸送下去，自己躲到桌边写字去了。

晚上龚易回来，佳菊把买药的事悄悄对他说："越想越觉得那几十块钱花得不值，明摆着是一个骗人的圈套，劝她她又不听。"龚易说："咱们要体谅母亲，她是病得太久、太难受，恨不得明天就能好起来。她要相信就让她吃去吧，你只当那些钱丢了。"佳菊怨道："我当然体谅她，可我手里的钱给掏得光光的，女儿要吃糖球，我只能买一串。结果两个孩子争抢起来，淑灵委屈得哭了好久，说她不是亲生的。”

龚易和佳菊不一样，在两个女儿当中更喜爱淑灵，听了这话，心痛道：“你就买不起两串糖球吗？让她受委屈！”佳菊辩道：“我不是要节省一点吗？你不当家，不知道我每天的难处。”龚易说：“既然你总为钱愁苦，不如去对佳桃说一说，分出一份生意到你的名下来，咱们的手头也宽裕一些。”

佳菊不想把银行董事的事早早告诉他，说：“亏你想得出。我是嫁出门的女儿，早已经是你们龚家的人了，这种话我怎么开口去和她说？”龚易说：“怕什么？佳桃不也是一个女儿家？将来会像你一样嫁人，如今老掌柜的不在了，她不应该把生意全都揽在自己手里，分出一些给别人做，那样也好看些。”

佳菊说：“就算分给我生意，我不识几个字，不像佳桃一样会写写算算，也弄不到好处。其实，佳桃的心里并不舒坦，自己的终身大事没有着落，却要一个人支撑那个家。我现在提那种事，不是让她为难吗？”

龚易不爱听她唠叨，扯过一本书来挡在面前。珍姨吃过两个药丸，烟后痢并无起色，又接连把那几个药丸全部吃下去，就像吃了几枚蜜枣，病症照常，但也没有像龚其迈说的那样把人吃坏。珍姨终于明白，自己又被人骗了一回。

这天午后，一个眉目清秀的青年人来到龚家，要拜见龚其迈龚大人。龚其迈见来人骨骼轻盈，瞳光如水，并不认识。青年人说自己名叫楚梅生，是北京的俞大人介绍来找龚大人，并且拿出俞大人的一封信。

俞伯庸早已经回了北京，他在信中细叙回到北京以后的见闻。孙中山死在北京，紫禁城改成了故宫博物院，平常的百姓也能进去看一看。俞伯庸早年的一些门生都在政府里掌了实权，所以他现在的处境要比困在青岛好一些。

信中还交代龚其迈几个儿子的近况，都很风光。俞伯庸与他们见过面，听他们的口气，都希望龚其迈能落叶归根，回到北京去。话是这么说，却没有哪一个儿子要来青岛接龚其迈回去。所以俞伯庸建议龚其迈不要心存幻想，也不必顾及颜面，自己主动一些，早日回京。

关于楚梅生，俞伯庸说是他的好朋友，是京城中一个不错的伶人，艺术精湛，这一次要到青岛谋求出路，请龚其迈多多照应。龚其迈知道俞伯庸年轻时候就喜欢看戏，喜欢跑像姑堂子，对梨园行的人物最熟悉。龚其迈平时不太看戏，对这种事也不在行，问一问楚梅生，原来是擅长演唱武小生。龚其迈心中暗怪俞伯庸多事，突然把一个伶人介绍过来，这里的戏班子很少，自己的交际又不广，如何安顿楚梅生？

龚其迈只好询问龚易是否有办法，龚易倒是认识几个剧场的朋友，而且楚梅生从北京来，得过名师的指点，有真本事。龚易很快就帮他找好一家本地的戏班子，还在里面唱了主角。

龚其迈把俞伯庸劝他回北京的建议告诉珍姨，试探她的想法。珍姨冷笑说："我回北京干什么？这个样子回去，要给他们当笑话吗？"龚其迈说："回到北京，找一个老中医好好诊断，对症开药，兴许就能把病治好了。"珍姨恼道："龚其迈，我知道你急着回北京去，是想和他们团圆。你就不能再等几天？等我耗尽了这口气，归入黄土之中，到时候你一个人回北京，轻轻省省的，有多么好呢？"龚其迈听她这么说，"嘿"了一声，再不敢提回北京的事。

29

周文密在大学里谋到一个教职，很合乎他自己的理想。佳荷一向仰慕大学里的先生们，突然之间自己的夫君成了这样一位先生，她比文密自己更满意，唯一的缺憾是薪水不太高。

芸姨娘立刻张罗二人的婚事，她舍不得宝贝女儿，主张佳荷出嫁不出门，新家就安在家里，自然没有人反对。

周文密孤身一人在青岛，老家那边是乡间的中等人家，周文密又是家中的独子，佳荷要顾及婆家的体面，放下阔小姐的身段，主动提出要到周文密的老家去举办婚礼。众人看她身体病弱，都劝她不要奔波劳顿，可以请周文密的父母亲朋到这边来，佳荷却不答应。芸姨娘含泪备办了一份嫁妆，从中挑选一些给佳荷带在身边。佳桃让定威、来贵等人跟着佳荷，算是送她出嫁。

一对新人回家来的那一天，佳桃让威廉饭店准备几桌酒席，就摆在武宅之中，招待亲朋。天近黄昏的时候新婚夫妇到家，佳荷一路奔波，气色还好。在她离家的这些日子，芸姨娘整日流泪，如今看见一对新人回到眼前来，喜得合不拢嘴，忙着请众人入席。

佳桃和众人喝过几杯酒，起身悄悄离开酒席，独自走到楼上。阳台外面夜色沉沉，灯光点点。这些年来，遇到别人结婚大喜的日子，除非不得已，佳桃总要尽量躲开。不是她嫉妒别人的幸福和幸运，而是这种时候总会有人提到她，提到她的终身大事，她不喜欢这样。

佳桃靠着阳台栏杆眺望一番，听见佳荷和周文密上楼来，赶快走回屋里去。佳荷已经有了几分醉意，走进佳桃的房中便扑倒在床上。周文密帮她脱掉鞋子，把腿抬到床上。佳桃笑道："新娘子喝醉了吧？进错了门，上错了床。"佳荷说："没有错，今晚我要和二姐睡。"

佳桃说："那新郎官怎么办？新婚大喜，你就任性跑到这里来，撇下人家一个人。"佳荷把头埋进枕头："我才不管，我就在这里了。"佳桃说："当初大姐结婚的时候，你跑去给人家滚床，结果真的生下来淑灵这个丫头。这一回轮到你了，前几天我已经让贤康去给你们滚了床，希望灵验。"

佳荷抬起头来，一脸的羞赧："二姐是新青年，也相信这些吗？"佳桃说："我老了，不是什么青年。况且在你的身上，我愿意相信这样的话。"佳荷听了，一脸的幸福，抓住周文密的手，仰脸看着他。周文密垂下双眼温和地盯住佳荷的脸："你先在这歇息吧，我还要下去陪伴客人。"

佳荷不语，手上并不放开他，周文密也就坐在床边守着她。佳桃在一旁看他们如此亲密，不觉眼中湿润。佳荷身体病弱，她和周文密能如此深情，实在让佳桃心中羡慕。她不想再打扰他们二人，让周文密陪着佳荷，她替他下去招呼客人。

办完佳荷的婚事，佳桃把武定威、龚易、周文密、赵栋、冷叔、来富、来贵等人找到鸿运膏局，说要一起商议膏局的生意。众人不明白商量膏局的事为什么要把赵栋请来，赵栋自己也疑惑，不知道年轻的女掌柜有何打算。

佳桃开门见山："今天找大家来商量一件大事，我想把鸿运膏局转让出去。"众人大惊，龚易最先问出来："好好的为什么突然转让膏局？"佳桃说："这个一点都不突然，我一直不喜欢膏局的生意，你们也都知道。当初就因为这个我和父亲争论过，定魁死后，我还狠狠和父亲大吵一次。父亲很固执，我奈何不了他，结果父亲自己最后也死在膏局之中，至今不知道谁是凶手，但是背后的缘由必定和烟土有关。所以我恨极了膏局的生意，现在我掌管了鸿运公司，我个人更喜欢做船运的生意，希望赚一些干干净净的钱。”

冷叔道：“烟膏、烟土的生意多少人抢着要做，就算武家不做，中国也不会缺少一两烟土，没准儿还会更多一些。”佳桃说：“我们做烟膏的生意是为了赚钱，和卖纱布、卖花生一样。想赚钱，除去办膏局，其实还有许多很好的生意。比如前些日子来富和来贵劝我买一些取引所的股票，我却拿钱买了烟土。取引所的股票后来一直在上涨，许多人大赚特赚，可见这个世界上赚钱的门路很多，就看我们的见识够不够。”

龚易说：“开办船运公司、办纱厂、面粉厂都能赚钱，可你是外行，勉强去做，能做成什么样子很难说。放着现成的赚钱生意不做，你却要去冒那些风险，实在糊涂。”佳桃说：“我们的船运公司虽然船少，已经运营了几年，积累了经验。转让膏局这件事你们不必再劝我——眼下的问题是如何转让出去，而且卖上一个好价钱。冷叔、来富、来贵，你们都是武家的伙计，如果愿意做，你们可以把膏局接过去。”

来富和来贵最清楚膏局的家底：一座临街的大楼，全套的铺垫，还有库房里满满的存货，就算青岛最殷实的大商人要想接手，也得好好掂量一下。冷叔迟疑道：“我老了，许多的新玩意儿弄不明白，也学不来啦。武家做膏局生意这么久，如今突然放手，连我这个做伙计的心中也是难以舍弃，二小姐还应该好好思量。”

佳桃说：“佳桃明白，冷叔一直跟着父亲做生意，不忍看着膏局落到别人手里，可我对膏局的生意实在厌倦了。冷叔交际广泛，你帮着张罗张罗，看看有没有人愿意接手。无论什么时候，开膏局都是一门好生意，只要手里有好烟膏，就不愁没有买家。”

冷叔问：“如果有人问价钱，我该如何答复？”佳桃说：“整个膏局，连同后面的存货，折变成两万股，每股卖价银元十二元，一共是二十四万元，不还价。当然，如果是冷叔想接过膏局的生意，价钱上可以做一些折扣。其实只要把库房里的那些存货卖出去，购买膏局的钱也就回来了，等于白白嫌了一个膏局。”

冷叔说：“我明白，可我一个做伙计的，一下子到哪里筹得来那么大一笔钱？”佳桃说：“今天我把赵栋先生和冷叔请来，其实还有另一种想法。你们二人在鸿运土货行都有一成五的股份，我可以允许你们用土货行的股份来置换膏局的股份，一股换一股。如此一来，你们二人在膏局里就占去三成的股份。按照我刚才定的价格，剩下的七成股份还需要十六万八千元，你们可以出钱买下，或者约集有财力的朋友出资，与你们共同持股。”

一直没有开口的赵栋说：“刚才我还奇怪，武掌柜为什么让我坐到这里来。看来，武掌柜是想把冷叔和我赶出土货行了。”佳桃笑道：“赵先生想多了。首先是我想转让膏局，再者，我也不想隐瞒，我不喜欢和别人合伙做生意。膏局是很赚钱的买卖，拿土货行的股份来置换，绝没有亏待赵先生和冷叔。今天我和伙计们打招呼，算是让到了各位，膏局出让是肯定的，我不会久等，如果你们不愿意接手，以后我就要到外面寻找买主。”

冷叔脸色大变，他很清楚，鸿运膏局经营二十多年，一直生意昌隆，如果武振庭活在世上，他宁可关掉别处所有的买卖，断不肯舍弃膏局。佳桃年轻无知，做事却比她父亲更果断。眼前的机会称得上千载难逢，就算“鸿运膏局”这块招牌不算价钱，单是这一处房产，外加膏局里的存货，价值远远超过佳桃的要价。问题是，股份的交易完成之后，必定引进来一个更懂行的大东家，只怕自己这个大伙计就做不成了。如果不同意，硬着头皮继续留在土货行，看佳桃这个架式，自己一定不能再像从前一样方便行事。

种种的不情愿，种种的诱惑，让冷叔颇费一番思量，最后很不情愿地说：“我没有那么多钱购买额外的股份，但我愿意置换股份。请赵先生买吧，将来我给赵先生做伙计。”赵栋说：“既然武小姐不愿合伙做生意，赵某也不强求。我也同意置换，至于增购股份的事，再容我考虑一下吧。我和武掌柜不太一样，喜欢和别人合伙做生意，看看能不能约一些朋友来入股。”

商议完毕，赵栋和冷叔等人起身离开，剩下龚易、周文密和定威。佳桃告诉龚易，下个月她会把银行的董事一职让给他，龚易嘴上谦让了几句，心中异常高兴。佳桃又对周文密解释说：“我和佳荷都没有离家，所以和大姐不太一样。”

周文密轻轻摇头："我不管这些家务事。刚才我坐在这里听你们谈论股份，开口就是十几万元、几十万元，真是可怕。"佳桃说："鸿运公司是父亲经营一生的结果，和那些实力雄厚的纱厂、布厂比起来，根本算不了什么。"周文密说："你可要知道，现在纱厂里一个熟练女工一个月的工钱只有二十元。我在大学里教书，一个月忙下来，才可以赚到四十元。"

佳桃说："不能这样比较。比如建设一个纱厂，需要投入大量的金钱，建造厂房，购买机器和原料，雇佣大批的工人，训练他们的技能，所有这一切都要花钱。况且，这样一个纱厂如果经营不善，也可能赔钱，许多人因此而倾家荡产。相反，一个纱厂的工人并不需要投入资本，只需要用自己的劳动换回一份薪水，他不会赔钱，更不会破产。"

周文密说："问题是：工人获得的薪水根本就不是他全部的劳动价值，这其中的大部分都装进了工厂主的腰包，这里面存在着巨大的剥削，所以你们才能聚敛起几十万元的财富。"佳桃不想再和他争论："难怪佳荷最近满口的大道理，出处原来是在你这里。近朱者赤、近墨者黑，这话一点都没说错。"

周文密说："希望普通大众都能明白这个道理，我也要努力宣扬。"佳桃说："好吧，我一定注意，要做一个善良的工厂主。"周文密轻笑道："世上也许有善良的工厂主，但是工厂主的资本，没有一元钱是善良的。"

赵栋很快拉来入股的朋友，他自己买了几千股，加上原有的那一部分股份，成为膏局最大的股东。平康里的冈吉这些日子一直在和周太太缠斗，被弄得心灰意懒，早就想从平康里的生意中脱身，一听说有这样好的机会，哪有不做的道理？一下子购买了两成的股份，并且从平康里搬出来，住到了膏局的楼上。冷叔财力有限，因为害怕被排挤，凑钱买了一些股票，在份额上与冈吉一样，剩下的股份也很快被人抢光。

佳桃花了十几天的工夫，与赵栋等人把股份和财物交割清楚。对膏局的伙计，赵栋毫不手软，除去熬制烟膏的两个潮州人，其余的全部辞退，换上赵栋、冷叔和冈吉的朋友。

挂了二十年的"鸿运膏局"的牌匾被摘了下去，换成"日青膏局"。赵栋还是一贯的风格，自己躲在幕后，不在膏局里担任职务，让冷叔做了董事长，冈吉担任经理。膏局里的一切都是现成的，换牌的第二天日青膏局就正式开门营业，生意和从前一样兴隆。

佳桃用转让股份的钱购进两艘货船，又开始在码头上建造两座仓库，鸿运船运公司的实力大增。公司要增添人手，佳桃就让来富带着膏局里出来的那些伙计一起过来。武家的生意面目一新，佳桃颇感欣慰，定威更是踌躇满志。

这天下午定威正在仓库的工地上巡视，一个伙计飞奔而来，说是胶州湾里沉了一艘客轮。定威心头一颤，鸿运公司的一条客轮这个时候也在海上，定威跟着伙计跑到小港。码头上已经聚了许多人，在海上救人的几条小渔船正在靠岸，船板上躺着水淋淋的人，到了近前才看清楚，那些人都是死的。

死尸被抬到码头上，定威挤过人群，上前问船家："怎么回事？是哪里的船出事了？"船家说："一条客轮触到了暗礁，船破进水，沉了。现在海上乱得很，只看清楚那是一条机轮，别的都不清楚。"

更多的渔船和商船从海上回来，载运回来更多的落水者。定威终于找到几个幸存者，问明白出事的客轮名叫现德丸号。定威知道那条船，船主是日本人，每天往返青岛和胶州湾对岸的红石崖。定威稍稍放心。码头上摆放的尸首越来越多，还不停地有救援船驶回来。抬下来的死人多，活人少，尸体摆满了码头，横七竖八的一大片，那样子真是惨。

人群里突然有人大叫"武掌柜"，定威循声望去，见那边的地上坐着一个赤膊的男人，浑身全被海水打湿了，几绺稀疏的长头发贴在光滑的脑门上。定威看了又看，终于认出那是周税官，赶快跑过去："周税官，你这是……"周税官带着哭腔说："今天捡回一条命来！你先给我找一套衣服来。"

定威招呼伙计，让他快回船运公司去找几件干净的衣服，自己蹲下来，帮周税官点上一颗烟。周税官大口吸烟，慢慢镇定下来："我昨天去盐场那边查税，今天回来的时候在红石崖码头上船。渡海的人特别多，几百上千人挤在码头上，可是渡船只有一条现德丸号。我找了码头上的朋友帮忙才挤上去。那条船太小，只能搭载一百多人，很快就挤满了，后面的人还在往上拥，贪财的日本船主也帮着把船上的人往船舱里面推。这哪里是渡人呢？简直就是装运牲口，我们这些船上的人都不干了，一起拦阻。这么闹了半天，岸上的人上不了船，船也开不了。"

定威知道，周税官遇到的那些渡客大多是闯关东的，由南部和西南各县而来，准备渡海先到青岛这边，再换乘大船去营口、大连等地，最近几年这一类渡客的数量越来越多。

周税官说："后来日本人想出一个变通的办法，先让现德丸号开走，驶出一段之后在海中停下来，岸上的渡客乘坐几条小船尾随而至，再由小船转上现德丸号。我们这些现德丸上的乘客当然不肯，和日本船员打成一团。小船上的渡客趁机爬上现德丸号，我被一点点挤到船舱里去，感觉外面的人越来越多，不知道究竟上来了多少。船舱里面人挨人，天气又热，简直透不过气来。一会儿现德丸号重新开动，我憋得要命，开始拼命往船舱外面挤，总算给我挤出去，看见甲板上到处是人。没多久，船身突然震动一下，停住了。我就知道不好，一会儿船舱里有人喊'进水了'。里面的人拼命往外挤，可是甲板上的人已经不少，就算跑上来又能跑到哪里去？"

定威说："那边海里确实有一片暗礁，今天又是低潮位，现德丸号塞得满满当当，吃水太深，很容易触礁。它又是一艘木壳船，礁石一碰就破了。"周税官说："大伙儿一听说船底漏水，全都慌了，一齐向外挤。人推人，有人被挤倒了，后面的人根本闪避不开，只能踩过去。小小的一条船上根本无处躲避，船尾灌进的海水越来越多，慢慢沉到海里去，船头却翘得老高。在倾斜的甲板上，如果人的手里不抓着一件固定的东西，根本站不住，有的人滑到海里去，有的人干脆自己跳出去，当然都是有去无回。幸好是白天，胶州湾里的船不少，都赶过来救援。有一条比较大的商船抛过来缆绳，这边的人接住，拴到船头上。挤到船头的人顺着绳子一个一个爬过去，许多人力气不济，爬到中途掉到海里。"

说话之间，伙计给周税官找来了衣服，周税官穿戴好了，惊魂已定。那时候鸿运公司的客轮也进港了，定威彻底放心。天色渐晚，码头的地面上摆满了尸体，幸存者们看着那些遇难的同伴，惊恐悲凄。据他们说，这些还是捞起来的，海底没捞起来的还不知道有多少人。

定威带着周税官离开码头，要找个地方替他压惊。晚些时候，日本客轮现德丸号也被拖回小港中，满舱的尸身，都是直接被闷死在船舱中的。据说现德丸号一共搭载了四百多人，侥幸活下来的只有一百余人。

龚易做了东莱银行的董事，高兴得意，要请大家一起看戏。那一晚演的是《挑滑车》，楚梅生扮演戏中的高宠，披白蟒，扎白靠，扮相十分俊美，手中使着一杆长枪，枪法娴熟。从京城里来的伶人，扮相和身手确实不同凡响，剧场里一片叫好之声。

散戏之后，龚易又请大家去威廉饭店吃饭。小美蓉问他："大姐夫最近有什么喜事？突然这么大方？"龚易说："突然大方？难道我以前不大方吗？"小美蓉说："反正没看到你做东，或者是在别处对别人大方了，我们不知道。"

龚易说："那是因为我以前没遇到大喜事。如今鸿运公司面目一新，佳荷和周文密新婚大喜，这些不都应该好好庆贺吗？"佳荷问："姐夫偏偏不提你的银行董事，其实那才是最让你高兴的大喜事，对吧？"龚易郑重地点头："坦率地讲，是这样。一共三桩大喜事，谁遇到了都会大方的。"

说话之间，楚梅生卸了妆，也匆匆赶到饭店来，龚易正式向大家介绍他："这就是刚才戏台上的高宠，北京来的名武生。"楚梅生向各位拱手，报出自己的名号，然后入座。戏台上扮好之后的楚梅生英气逼人，到了台下依旧俊爽挺拔，人却是谦恭有礼，异常安静。

贤康看到楚梅生，简直就像遇到了盖世的英雄，楚梅生在戏台上使的那一柄好枪让他着迷，这会儿拉住楚梅生不停地盘问铁滑车的厉害，盘问高宠的武艺究竟如何，怎么样才能练成那样一套厉害的枪法。佳荷说："贤康，你只生了一张嘴巴，这样不停地问，不吃饭了吗？"

贤康赶快埋头扒几口饭，忍不住又扭头去问楚梅生。佳荷说："别问了，先吃饭吧。改天咱们把楚梅生请回家里，让你问个够。"

到家以后贤康还惦记着楚梅生，对佳桃说："二姑把楚梅生请到家里来吧，教我武艺，教我唱戏。"佳桃说："练习一点拳脚，可以强身健体，我很赞成，学戏就免了吧。"贤康说："唱戏不好吗？人往戏台上一站，穿着漂亮的戏服，下面那么多人盯着你，给你叫好，多风光啊。"

贤康毕竟是小美蓉的儿子，虽然从来没有接触过戏剧，却对戏剧有一种天然的喜好。佳桃警觉起来，认真回道："贤康，你爹死得早，你是武家唯一的男孩子，你爷爷希望将来由你接手武家的生意。二姑现在只是替你掌管，这些年来我天天盼着你快一点长大。唱戏、看戏的事，只是消遣的玩意儿，不要太当真。那些伶人在戏台上风光，平常的生活有多么辛苦，你根本想象不出。”贤康说：“好吧，那我不学习唱戏，只学一学楚梅生的武艺。”

佳桃感觉楚梅生这个人挺安分，不惹人讨厌，就托龚易向楚梅生致意，请他闲时到家中来指点贤康学习一点武艺，她会付给楚梅生相应的报酬。

青岛的居民比北京少，有钱有权的闲人也不如北京那么多，其中懂戏的、喜欢看戏的闲人就更少了，所以平时剧场里演出京戏的时候，上座儿并不太好，戏班子也就不敢多演。如此一来，伶人们登台的机会自然也少。楚梅生虽然是戏班的主角，因为唱得太少，收入也比在北京的时候大大减少。现在有这样一个好机会，既能打发闲暇时光，又能获取一份额外的收入，楚梅生当然高兴。

佳桃事先在私下里提醒楚梅生，只许教贤康一些武艺，不许引导贤康在戏剧上的兴趣。楚梅生答应，不演戏的时候就到武家来，教贤康练一练腿功、腰功，打几趟拳。贤康这才发现一切都不像当初想象的那样轻松，那样简单，最初几天练得连连叫苦，腰腿疼痛。又听楚梅生说什么“月棍年刀一辈子枪”，感觉十分泄气，但也还能坚持得住。

那段日子里，佳桃经常带着贤康去看楚梅生演戏，贤康看不懂京剧，好在楚梅生的戏都是武戏，热闹好看。问题是楚梅生的戏并不太多，看得日子久了，难免重复。贤康自己数着，光是《长坂坡》他就看过了四次，《挑滑车》看得更多。贤康向二姑抗议，不想再去，佳桃坚持要去，因为她不想让自己和贤康在家里闷着，名为看戏，其实是要出来走一走，散散心。

每次看戏之后，佳桃总会带贤康去下馆子，随便他要吃哪一家，都成。有时候佳桃还会请楚梅生一起去吃。吃饭中间，楚梅生总会讲一些梨园掌故，讲一些武林的故事，这些都让贤康喜欢，也就愿意忍受剧场里的枯燥和重复了。

中秋节前，佳桃请楚梅生去吃西餐，当然带着贤康一起。一进餐厅佳桃就看到杜冲一个人坐在角落里，埋头喝酒。佳桃坐下来，点了沙拉、蘑菇汤、洋葱牛肉、辣虾、鸡肉饼和蛋糕，又给自己和楚梅生要了两杯葡萄酒。

吃到一半，杜冲端着酒杯从那边走过来，向佳桃敬酒：“你们这是朋友聚会？家庭聚会？”佳桃介绍说：“楚梅生，京剧武生，贤康的师傅。”杜冲有些醉了，扶着楚梅生的椅背，俯身打量他的脸：“唱武生的楚梅生，我认识他，从北京来的。”说着，拍一拍楚梅生的肩膀：“英俊的白袍小将，来，敬你一杯酒。”

楚梅生慌忙起身，陪杜冲喝了一口。他已经隐约感觉到杜冲口气中的敌意，却不敢得罪他，敷衍几句，借口说晚上戏班子还要排戏，要先走一步。杜冲却不放他走：“酒我敬过了，现在该你给我使一趟拳脚了，我要见识一下赵子龙的本领。”

楚梅生拱手：“改天晚生请杜掌柜去剧场看戏，还要请杜掌柜多多指教。”杜冲打断他：“我不喜欢戏台上的花架子，今天要看你练几套。”说着扭头招呼餐馆的伙计：“过来几个人，把桌椅搬开，给楚掌柜腾出一块场子。”

杜冲是西餐馆的常客，伙计们明知道他的要求无理，却不敢得罪他，真的过来了两个人。楚梅生只好看向佳桃，佳桃说：“杜冲，对不起，楚梅生今天是我请来吃饭的朋友，你要看他表演，只好换个日子了。”杜冲看佳桃表情生硬，随时可能发作，心有不甘地扯一扯领带：“既然武佳桃开口，我也只好从命了。”

楚梅生赶快向各位拱手告辞，杜冲也不客气，坐到楚梅生的位置上，又给自己要了一杯酒，一边漫无边际地和贤康闲聊，问他都和楚梅生学习了什么。

佳桃打断他：“杜冲，你是要找我谈什么事吗？有事直接说吧。”杜冲把杯中的酒一饮而尽，深深呼吸：“对，佳桃，我遇到了大麻烦。”佳桃用手里的刀叉专心对付自己盘子里的一只虾，头也不抬，平静地等着他说下去，或者不说也行，反正她根本不感兴趣。

杜冲停顿片刻，明白佳桃不会来问，讪讪地说：“我父亲购买取引所的股票，亏了很大一笔钱，那些钱大部分是挪用东云纱厂的。”佳桃终于开口：“取引所的交易一直很正常的，怎么就会亏了很大一笔钱？”杜冲疲惫地说：“应该是买和卖的时机不对，几年下来，累积了大量的亏空。父亲一直通过挪借来遮掩，我也是最近才发现，已经无法补救。最要命的是，如果这个月底之前不能筹到一笔钱，杜家就要完蛋了。”

佳桃说：“东云纱厂是杜家和赵栋合资办厂，我听赵栋说过，他准备把自己的股份当成女儿的嫁妆送给你们。”杜冲问：“这是他说的？什么时候？”佳桃说：“是他说的，大概几年以前吧。”杜冲冷笑一声：“他才不会如此慷慨。当初两家合资创办纱厂，父亲拿出半生的积蓄，占了六成的股份。赵栋用他在日本采购的机器入股，折算下来，大约占有两成多的股份，另外还有几位小股东。工厂建成之后，父亲做了董事长，日常的经营一直由我在管理。前几年的收益很好，最近几年工人经常提出各种要求，罢工闹事，而且市里又新开了几家日资的纱厂，竞争激烈，工厂的收益大不如前。赵栋却把一切都归咎到我的身上，对我的管理越来越不满意。因为父亲造成的亏空，这几个月我都是从银行借款来周转，现在已经到了告借无门的地步。厂里欠了工人的薪水，原本答应这个月一起发放，眼看着发薪的日子马上就到了，账上却还是一片空白。”

佳桃说：“你可以对赵栋讲清楚，争取他的谅解。他在别处的收益我不清楚，单单膏局一处，他占有将近一半的股份，每个月的分红就相当可观。”杜冲沮丧地说：“我让雅子试探过了，他说他手里有钱，如果我想借用，必须拿出杜家的纱厂股份来交换。”

佳桃说：“那就换吧，从生意人的角度来看，这样的要求理所当然，一点都不过分。”杜冲苦笑：“父亲倾尽所有才办起这一家纱厂，决不肯拱手让人。赵栋和父亲是老朋友，他竟然开出这样的条件，父亲受到很大的伤害。我害怕他出事，一直在犹豫要不要向你求助，今天恰好遇到你，希望你能借钱给我。”

佳桃轻轻地说：“我不会借钱给你。”杜冲的脸色一下子难看起来：“为什么？你不会说你手里没钱吧？”佳桃说：“不，我还有一些钱。大家做生意，总会遇到不够周转的时候，我也帮助过别人，但我不会借钱给你。”杜冲问：“你还在恨我？”佳桃微微摇头：“早就不恨了，我只是不想和你交易，不想和你有金钱的来往。”

杜冲说：“我实在无路可走，希望你能伸手救急，帮助我渡过难关。”佳桃摇头：“杜冲，我不会借的，想想别的办法吧。”杜冲说：“我试过了，这笔钱的数量太大了。”佳桃说：“那就按照赵栋说的去办。自己做错了事情，要有勇气承担后果——贤康吃好了吗？咱们走吧。”

说着佳桃站起身，要带着贤康离开。杜冲叫了一声“佳桃”，推开酒杯，一下子从椅子上滑下去，跪倒在地。佳桃扭头看着他：“杜冲，别这样，起来！”杜冲垂头说：“我是一个有尊严的人，今天向你开口恳求帮助，对我并不是一件容易事，但我实在没有别的办法。”

佳桃恼道："大庭广众之下，你这样，置我于何地？"杜冲的脸色涨得通红，慢慢站起来："对不起，我喝醉了，太着急。"佳桃的心中一软："……明天你到土货行来找我吧。"

30

佳菊见过几次楚梅生之后，突然生出一个想法，问佳荷："你看楚梅生这个人怎么样？"佳荷说："他这个人话太少，我从前以为唱戏的伶人应该活泼、生动一些，他却不是。"佳菊说："这才像个男人的样子。我问过他的年纪，和佳桃差不多，也还没有娶亲。你看他们两个站到一起是不是很般配？"

佳荷皱眉道："你又来了。你以为二姐经常看楚梅生的戏、请他吃饭，就是喜欢他？二姐根本是为了哄贤康的。"佳菊说："我当然知道。依照佳桃的脾气，如果是一个她讨厌的人，就算为了贤康她也不肯这样敷衍的。凭这一点就能知道，起码她不讨厌楚梅生。两个人年纪相当，楚梅生的人物也整齐好看，这不就是天然的一对吗？"佳荷说："那你就试试吧，反正我猜是不行。"

佳菊回家对龚易提到此事，龚易连连摇头："你这是乱点鸳鸯谱，他们两个根本就没有这样的意思。"佳菊道："他们没有这个意思，才要别人帮助撮合一下。你和我当初不也没有意思吗？婚姻的事就是这么怪，心里一直惦记的也许最终会落空，随便撮合的反而可能相伴终生呢。"

龚易被她的一句话戳中心病，干咳一声："既然如此，你就替他们撮合吧。"佳菊说："不是我愿意多事，我们姐妹三个，最小的佳荷也结婚了，只撇下佳桃一个人，我的心里总是不好受。父母都不在了，芸姨娘又不是亲娘，佳桃的婚事我这个当大姐的不替她张罗，谁替她张罗？难道要她自己开口吗？你是她的姐夫，在外面交际的人多，应该介绍几个人给她，可你好像对佳桃的事一点也不热心。"

佳菊说的句句在理，龚易的心里也怜惜起佳桃来："好啦，我能为佳桃做什么，你就说吧，我马上照办。"佳菊说："你先把楚梅生的身世搞清楚，不要光听他自己说，最好找几个知根知底的人问一问。如果没什么问题，你再直接试探一下楚梅生的意思，最后我再去找佳桃谈。”

龚易说：“佳桃是鸿运公司的掌柜的，真要嫁给一个唱戏的，你不替她委屈吗？”佳菊说：“世上的婚姻有几桩是不委屈的呢？佳桃年纪不小了，她又不会给别人做妾，很难找到年纪合适的人。”

龚易想了想，当晚就提笔给俞伯庸写了一封信，询问楚梅生的底细，包括楚梅生前些年在北京的交往，请俞伯庸帮助打探清楚。

一个月之后俞伯庸的回信寄到了。信中详述楚梅生的过往经历，原来楚梅生是湖北人，家里很穷，大约六岁的时候被卖给戏班的师傅，被带到北京来学戏。成年以后，楚梅生离师自立，因为演技平平，一直没有大红起来。北京某位富商的姨太太迷恋楚梅生的英俊，成为他的忠实戏迷，经常到戏园来给他捧场，请楚梅生去家里唱堂会，一来二去，两个人背着富商做成了好事。富商在天津、山西也有生意，经常要亲自前去料理，给了楚梅生和姨太太许多机会。时间一久，二人之间的事终于被富商察觉，找人到戏园子大闹，扬言要废掉楚梅生。楚梅生无法在北京继续演戏，这才悄悄躲到青岛来。

佳菊听过楚梅生的故事，感觉十分失望，却不甘心：“看来楚梅生确实没有结婚，而且和那位姨太太的事已经过去了。”龚易说：“你既然这样大度，当初就不必费事去打听他的过去。”佳菊说：“还是打听一下才放心。楚梅生的过去其实没什么的，佳桃不是也和杨威廉结过婚吗？”龚易说：“那桩婚事根本就是做给外人看的，你又不是不知道。”佳菊说：“佳桃当初就不应该搞什么假结婚，别人怎么能看出真假呢？假的也被当成真的了。”

龚易说：“我当面问过杨威廉，他们真是假结婚。”佳菊看了龚易一眼：“我说你不关心佳桃，看来是屈说你了。”龚易拖过一本书来：“我可是给你打听清楚了，你自己拿主意吧。”佳菊说：“主意还得佳桃自己拿，我要想一想怎么样把这些告诉她。”

下一次佳菊回娘家，见到佳桃，故意把话题引到楚梅生的身上：“当初，淑灵爷爷的一位朋友介绍楚梅生来投奔我们，这位朋友了解楚梅生的过去。楚梅生没有娶亲，不过，他在北京的时候有过一段情缘，与一位富商的姨太太私通，被发现之后才躲到青岛来。”

佳菊一边说，一边偷偷观察佳桃的表情。佳桃不动声色，只是淡淡地问：

“好好地你怎么这样关心楚梅生，还跑到北京去打听人家的私事？”佳菊说：“我看他也算得上可靠的人，相貌也好。现在的京剧名角儿一个个都很风光的，报纸上经常能看到他们的消息，北京、上海、济南到处表演。现如今，伶人的身份也不像从前那样卑贱，有些大户人家的女儿还和伶人结婚呢。”

佳桃说：“你绕了这么大一个圈子，是要给我做媒吗？”佳桃一下子把佳菊的底牌掀开来，让佳菊的心里生出一丝不祥之感：“怎么样？你看楚梅生还不错吧？”佳桃说：“他怎么样我心中有数，而且我自己的事情自己安排，求求你别再出去打听楚梅生的家世和过去了，怪丢人的。”佳菊说：“我不打听，可你也别这样一直闷着，这算怎么一回事呢？你要是对楚梅生满意……”

佳桃打断她：“好啦大姐，我求你别说了。我要是想结婚，到时候直接会把人领回来，就像上一次领回杨威廉那样。”佳菊说：“可别那样。如果你嫌我不会办事，我可以请别人做媒。”佳桃说：“不，我自己去找楚梅生谈吧。”

这一天楚梅生陪着贤康练拳脚，快要结束的时候，正好佳桃要坐车出门，说可以顺路捎他一程。楚梅生穿好衣服，跟着上了车。佳桃让司机先把汽车开到海边去，在那里和楚梅生一起下车，沿着小路走上山坡。

初冬季节，海边的风已经很冷。佳桃问楚梅生：“认识你这么久，我还没问过你的家世。”楚梅生说他是湖北人，从小被父亲卖给戏班，以后一直在北京学戏唱戏。佳桃直接问：“在北京这么久，你为什么一直不结婚？”楚梅生说：“唱戏的收入少，自己糊口都不容易，哪里敢。”佳桃笑了：“可我听人说，北京其实有你喜欢的人。”

楚梅生垂下头：“是有一位，因为和她的事我才悄悄躲到青岛来。她的男人势力强大，如果他们知道我在这里，那我只能换一个地方了。”佳桃点头：“以后呢？你们就不再见面了？”楚梅生说：“互相之间都不敢通个音信，哪里还能见面？”

佳桃改换了话题：“我看你在戏台上身手矫健，你的武艺很好吗？”楚梅生说：“我的嗓音平常，唱功上不太容易出彩儿，手脚却是灵活，师傅就专门给我请了一位教师，传授武艺，让我习练武生。这二十多年摔打下来，虽然不敢以武艺行走江湖，但三两个人还是可以对付的。”

佳桃指着山坡上的一栋别墅："你看那边的高墙和墙里的洋房，你现在能不能爬到那房顶上？"楚梅生笑道："武掌柜这是让我做江洋大盗吗？"佳桃说："戏台上的表演都是假的，我想看看你的真实武艺。随便你用什么办法，只要能爬到房顶上，而且不能惊动了房里的人，你行吗？"

楚梅生不明白佳桃的真实用意，却看出她是认真的，回头打量一下那高墙和洋房的形势，脱下长衫，轻轻说一句："我去试试。"说完穿过草径走到那高墙外面，突然紧跑几步，向上一纵身，伸手搭到了墙顶，脚下顺势一蹬就翻身上了墙顶，蹲在墙上看清楚院里的形势，一挫身跳了进去，不见了人影。

等了一会儿，墙里角落的一棵柳树的枝条抖动几下，一个白色的身影从一蓬灰色中显出来，轻轻一闪就贴到了洋楼的窗台上，是楚梅生。他在那个窗台上稍坐片刻，像在琢磨下一步应该到哪里落足。窗台旁边是两道石墙形成的一个夹角，楚梅生背贴墙面，双脚蹬在另一面石墙上，蹭几蹭，伸手够到了上面平台的边沿，翻身上去。

从平台到屋顶就很容易了，但这种洋房的屋脊异常陡峭，人在上面很难站住脚。佳桃为楚梅生担心，也害怕房里的人发现他，惹出一场麻烦，就向楚梅生招手，让他赶快回来。楚梅生没有看到，手足并用，一直弓身爬到了洋房的最高处，跨坐到屋脊之上，回头望向这边，这才看到佳桃挥舞的手。

返回之路，楚梅生走得格外轻松。佳桃一直望着那边的院门，担心有人突然追出来，结果是虚惊一场。楚梅生脚步轻捷地走回来，佳桃问："那房子里没有人吧？让你这样上来下去的。"楚梅生说："有人，一楼的桌边坐着一对中年的夫妇，在喝茶。二楼上一个女子趴在床上读书。"佳桃说："他们竟然没有发现你，很好。你有这样的好功夫，完全可以行走江湖，做出一番慷慨的大事业，何必卑贱地唱戏呢？"楚梅生穿回他的长衫："学成文武艺，货卖帝王家，也要有人用我嘛。"佳桃笑了："想不到你是待价而沽。"楚梅生说："也不是。杀人越货的勾当并不好做，除非迫不得已，很多人是不愿意铤而走险的。人世间的许多英雄和贼寇，其实都是时势造就的。"

佳桃点头："楚梅生，如果你现在有了一大笔钱，你做何打算？"楚梅生说："刚开始学戏那些年，我天天想这个问题，这几年不再想了，因为根本不可能。"佳桃说："现在再想一想：假如你有了很大的一笔钱，唱一辈子戏都赚不来的一笔钱，你最想做什么呢？”楚梅生毫不犹豫地说：“回家。六岁离家之后我再没有回去过，听说父母都还在。希望能回老家，买下十几亩好地，娶妻生子，奉养父母双亲，在那里终老一生。”

佳桃问：“一点不恋戏台？不恋北京的朋友？”楚梅生神色迷茫：“那个地方不属于我，别人买我为徒，教我唱戏，不过是为了赚钱，和农夫买牛、买驴一样，哪有耕牛会恋着犁耙、田地呢？北京的朋友不过是拿我解闷儿，没有我，她可以去找另一个武生、男旦，或者去打牌、看电影、跳舞，有趣儿的玩意儿很多。可是我只想回家去，只想过平稳的日子。”

佳桃放心了：“很简单的心愿，我可以帮助你实现。不过，在那之前你还要替我做成一件事。”楚梅生问她什么事，佳桃不肯明言：“对你来说很简单的一件事，现在跟我去公司，我给你仔细的交代，今年的春节你肯定可以见到父母双亲了。”

东云纱厂的工人开始罢工，要求工厂补发几个月来的工资。前些日子，佳桃借给杜冲两万元钱，纱厂的工人安静了半个月。可是纱厂累积的欠账太多，杜冲左支右绌，又支撑了两个月，工潮再起。杜冲被搞得焦头烂额，没有颜面再去向佳桃求助，东云纱厂只能全面停工。

两下里僵持不下，市里许多纱厂的工人也闹起罢工，一些学校的学生也上街声援纱厂工人。杜云蛟大怒，把警察请进工厂，逮捕带头闹事的工人，另一些工人被开除，罢工最终失败。

一番动荡，东云纱厂的经营困境毫无转变，反而在债务的泥潭当中越陷越深，杜冲想不出破解之策。赵栋趁机提出增发新股，筹集资金，补充纱厂的流动资本。杜云蛟只好同意，眼睁睁看着赵栋出资买下大部分增发的新股，一变成为东云纱厂的最大股东。这一次赵栋毫不客气，取代杜云蛟坐上了董事长的位置，让女婿杜冲继续留在经理的位置上。

杜云蛟悔恨至极，气闷交加，得了一个痴呆症，人变得糊涂起来，在深秋的一个清晨离家，不知去向，半年以后人们才在一片山林中发现他的尸身。

东云纱厂罢工期间，周文密带领许多学生出来声援工人，他还在报纸上发表文章，抨击工厂主和警察当局。佳桃看到那些文章，心中不满，提醒周文密不要对政治太过热情，多在学术上用心，多关心佳荷，因为佳荷怀孕了。

怀孕之后的佳荷身体反应剧烈，最初大家都猜想她怀的是一个男孩子。几个月之后，佳荷的身形变化格外明显，大家又猜想会不会怀了双胞胎。佳桃和周文密带着她去看过中医和洋医生，都没发现什么异常。

产期将至，为了保险，佳桃早早把佳荷送到医院。等了十几天，佳荷终于生产，果然生下一对孪生婴儿，而且是一对男婴，佳荷自己也平安。芸姨娘得到如此一对宝贝，喜到极点。

佳荷出院，佳菊带着面点、活鸡和鸡蛋，领着自己的两个女儿一起回家来送汤米。襁褓里的两个男婴正在甜睡，样子惹人喜爱，佳菊把他们小心抱在怀里，左看看，右看看，不平道："佳荷这个丫头看起来弱弱的，小小的，结果一下子生下两个儿子，本事真不小。"

佳桃笑道："这里面还有贤康的功劳呢，佳荷结婚之前，我特意让贤康去替她滚床。"佳菊说："贤康这小子真灵啊。只怪我结婚太早，那时候家里没有一个男孩子去替我滚床。"佳桃说："你结婚之前有人替你滚床了，你不知道吗？"佳菊感觉困惑："真的？哪个替我滚了？"佳桃朝着床上的佳荷扬一扬下巴："这位三小姐心痛咱们武家陪送的嫁妆，自己爬到你的新床上，要让龚家也生几个丫头，将来也陪送一大些嫁妆。"

佳菊恨道："死丫头，怪道我们接连来了两个丫头，原来是你使坏！连小暖生的也是丫头。"淑灵在一边问："娘，你为什么要怪三姨？生女儿不好吗？"淑娜也说："是啊，娘不喜欢我们女孩子吗？"佳菊赶快说："女儿好，女儿好，我喜欢你们，我就是恨你三姨，她太坏了。"佳荷软软地笑道："大姐，你快少说吧，说多了，你这两个女儿就够你招架的了。"

佳桃从床边走开，一个人下楼，坐下来刚端起茶碗，定威从外面匆匆跑进来："刚才听伙计们说，日青膏局着火了。"佳桃匆匆穿上大衣，跟着定威走出门，站在院子里就能看到远处天空上的一片红光，闪耀跃动，看这样子火势不小，好像半个天空都在燃烧，却不能确定究竟是哪里在燃烧。

定威开车，载着佳桃直奔日青膏局。深冬夜晚的街道上行人稀少，汽车驶过几条马路之后，路上的行人渐渐多起来，都在向膏局那边跑。转过前面的路口，眼前被火光照得一片通亮，坐在汽车里都能闻到一股呛人的烟气，夹杂着一股烟膏才有的浓烈香气。

燃起大火的果然是日青膏局，黑红的焰火从膏局的门窗里蹿出，翻卷向上，直冲夜空。火头之上连着浓黑的烟，升腾而上，又在风中弥漫开来，把楼前的马路完全遮住。马路上挤满了围观者，佳桃和定威只好下车，分开众人，徒步走上前去。

膏局后面的院子里火势更旺，看样子大火最先是从那里烧起来，再蔓延到膏局的大堂和楼上去。佳桃知道，后院里建有仓库，是几间独立的房舍，与伙计们的住处和灶房都隔开，与膏局的铺面之间也隔了一条过道。那几间房舍是膏局里的最重要的地方，存放着烟土、烟膏，平时严防烟火。一旦那里着起火来，整个膏局就毁了。

膏局的楼门大开着，涌出浓浓的烟气，几个伙计赤着身子跑出来，手里抱着从火中抢出的东西。晚风裹着大火从膏局的后门涌进大堂，穿堂而过，把后面的火头引进来，逼得那些伙计们无法再冲进门去。

大堂里的烟柜、桌椅都是喜燃之物，火舌舔过，舔出一阵“噼噼啪啪”的爆响，青烟冒出来，灼热逼人，再一阵热风吹进去，大堂里“腾”的一声蹿起一大团火，火星四溅，火焰顺着楼梯蹿到楼上去，那里也已经烧成一片。

柜台里同样装满了烟膏、烟土，不论是陈膏陈土还是新膏新土，也不论是存放在盒里、罐里、纸里，全部在烈焰的烘烤之下燃烧起来，烟液横流，在燃烧之中化成阵阵青烟，散发出浓烈的香气，随着烈火从窗口和门口喷涌出来，闻上去像是有几百几千个人同时在抽烟过瘾，这可是别处的火灾没有的景象。

现在日青膏局的前前后后全部被烈火包裹，火光映红了大半个夜空，盘旋的寒风也被大火灼热，变成逼人的热浪，伴着一阵阵焦烈的烟气，呛得人流泪。大火烧到这个地步，神仙来了都无法扑救，也根本没有人扑救。住在附近的人们担心自己的房子会被大火殃及，提着水桶、端着水盆爬到自家的屋顶，接连把水泼到屋顶上，防止那些火苗蹿过来。

佳桃站在人群中，脸被大火的热浪熏得滚烫，定威提醒她站得远一点，她却不肯。眼前的膏局诞生在父亲手里，几十年间为武家赚得大量财富，但也给武家人带来巨大的伤痛。一切的好与坏，都被眼前的大火吞噬，即将在这个夜晚全部消失。

算起来，膏局转让出去已经一年多了，赵栋、冷叔和冈吉他们经营得很好。今天晚上他们原本有一场宴会，地点就在膏局附近的酒楼中，赵栋和冷叔都邀请了佳桃，佳桃今天要接妹妹回家，不能赴宴。

人群里的几个声音在谈论起火的原因，据说，日青膏局的伙计们今天外出喝酒，天黑以后，喝醉酒的伙计们陆续回来，那以后膏局里突然起了大火，估计是醉酒的伙计们不小心引起来的，发现的时候大火已经爬上了膏局的屋顶，不能救了。又有人说，膏局的日本经理也在楼里，大概是喝醉了酒，没跑出来。另一种说法是，膏局的两位掌柜的都在楼里。

众说纷纭之际，膏局里的大火烧得更猛烈。人群后面突然传来骇人的一声悲吼，一个老男人嘶声悲喊着，拼命挤开人群冲向膏局的大门。那是冷叔，定威要去拦住他，却被涌动的人群隔开。

膏局的大门里赤焰冲腾，几个膏局的伙计死死抱住冷叔，不肯放他过去。冷叔哀声哭号，被他们拖到一旁。日青膏局的招牌现在也燃烧起来，和楼上的窗子一起掉落在地，溅起一阵碎焰和流星。人群涌动躲闪之际，冷叔突然挣脱了伙计们，疯子一样尖叫着，几步冲上台阶，弯腰迎着火头直冲进去，门里的火焰为之一暗，随后那个黑色的身影上蹿出火焰，立刻与周围的烈火融合到一起，难分彼此。

冷叔彻底消失在门里，膏局的大火没有因为他而熄灭，当然也没有烧得更旺一些。那火就像先前一样热烈地燃烧，一直要烧尽所有可燃之物，它才会停下来。

佳桃不想再看下去，让定威送她回去，身后突然响起一个枯干的声音："烈焰在自己的身上跳跃奔腾，那是一种什么感觉？"

佳桃和定威回头，看见赵栋站在他们身后，手中拄着一根手杖，望着黑暗中那一团大火。佳桃伸手擦着额头："赵先生？"赵栋张开嘴，无声地笑出来，火光映亮他的脸，张开的嘴就变成了一个黑洞："我在这里，我比他们慢了几步，所以现在我还活着。"

佳桃说："冷叔原本也在外面，可是刚才他……"赵栋声音嘶哑："我知道，我和他同时得到消息。膏局对他更重要，他比我更看重财产，所以他会冲进去。”佳桃说：“可怕的大火，膏局里一向把防火当成第一要务，怎么会这样？”赵栋盯着佳桃，脸色阴沉，依然沉浸在自己的思绪中：“烈焰烧灼着身体，那是一种难以忍受、却又只能忍受的痛苦，那是一种什么滋味？可惜他们无法回来告诉我了。今天真是美妙的一天，刚刚我们还在一起举杯相庆，庆贺日青膏局的成功，踌躇满志。转眼之间他们就和整个膏局一起化成了一团烈火，灰飞烟灭。”

佳桃说：“冷叔一定是急昏了头，才会那样糊涂。”火光在赵栋的脸上闪动，他慢慢说：“冷叔是自己投身火海，冈吉也在楼里，他们一起葬身于烈火之中，都称得上死得其所。如果不是我贪酒，留在外面多喝了几杯，现在恐怕也和他们一样，被大火带往天国之中了。”

佳桃说：“鸦片的美妙，需要火，需要燃烧才能激发出来。对于膏局而言，在烈火当中消失，没有比这更恰当的结局了。”赵栋点头：“说得好，武小姐也吸鸦片吗？”佳桃说：“不，我讨厌鸦片。”赵栋说：“算一算膏局的损失，真的感觉心里在滴血啊，那种滋味一定比身陷火海更难受，我有点明白冷叔为什么会扑进膏局里去了。武小姐，你真是做了一笔好买卖！好的买卖，成交的时机比成交的价格更重要。当初我们买下膏局，我和冈吉、冷叔都认为是一桩很合算的交易，没想到，就是这一桩人人看好的交易耗掉了他们一生的积蓄，夺去了他们的性命。”

佳桃说：“赵先生的话实在让人惶恐，买卖膏局是一年前的事了，这种无妄之灾谁能预知呢？”赵栋说：“好一个无妄之灾，武小姐的表达真是恰当，无妄之灾！哈哈！”一边大笑，赵栋一边转身离去。

深夜，佳桃回到家里，佳菊她们已经离开，佳荷母子也睡下了。佳桃的耳中还留着烈火燃烧的轰鸣，脸颊上还记得烈火熏烤的那种灼热，相比之下，家中的厅堂那么宁静温和。佳桃在黑暗中坐了很久，起身走到父亲的神位前燃香。

芸姨娘还没有睡，闻到了热香的烟气，走出来看见佳桃站在那里默默流泪，问她怎么了。佳桃说：“没怎么，突然想起了爹。”芸姨娘说：“刚才来贵跑来找你，说膏局那边着火了，可能还烧死了人。”佳桃说：“我知道，我去看过了，膏局全被烧光了。”芸姨娘说：“那可是你爹一辈子的心血，当初我来的时候，那栋大楼刚刚建起来了，你爹的一颗心全都放在那座楼里，天晚了也舍不得离开，最终连人也是死在那楼里的。”

佳桃说：“现在一切都没有了，连同杀害爹的凶手，爹可以安息了。”芸姨娘问：“你知道杀害你爹的凶手？是谁？”佳桃说：“我不知道，但爹知道，他在天有灵，一定会喜欢今天发生的事，可这些还不是最后的结局。”

日青膏局的一场大火一直燃烧到第二天，整个膏局在燃烧的同时坍塌，变成一堆黑色的瓦砾。从膏局的废墟来看，大火最先从库房里开始，蔓延到大堂，再烧往别处。冈吉经理和他的助手醉卧在楼上，葬身火海。偌大一个日青膏局，除了大股东赵栋和几个小伙计，全被烧得干干净净，一两烟土也没抢出来。

随后的那些日子里，大家都在谈论日青膏局的奇怪大火。关于起火原因众说纷纭，有人说是天谴，是天公劈下来一道神火，把这个害人的毒窝烧掉。有人说是中日股东之间争利内斗，某位股东一怒之下纵火泄愤。也有人说是一场意外，伙计们熬制烟膏的时候不小心失火。

日青膏局死了，膏局所在的位置是闹市区里的繁华地段，大有可为。膏局的大股东如今只剩下一个赵栋，这一场大火让他损失惨重，大伤元气，他认为这里是不祥之地，不肯再在这里花钱，就报出一个价钱，要卖掉这块地皮。

周税官看好这块地方，更重要的一点，这里是他最痛恨的冈吉的葬身之地，他喜欢。于是周税官去找周太太，百般鼓动，周太太终于动心，打算和他一起出钱买下膏局的地皮，清理废墟，在原地建造起一座二层的新楼，开一家百货商店。

赵栋听过他们的规划，心有所动，提出一个建议：他用这块地皮折价入股，和他们一起经营百货商店。周太太是个机灵人，如果赵栋愿意入股，一来可以省下一笔买地钱，二来可以借重他的势力和人脉。周税官却不喜欢，自己刚刚躲开一个冈吉，现在又遇到一个赵栋，种种的不痛快却不敢说出口来，只能暗中自叹晦气。

大家都在关注着膏局的巨变，纷纷攘攘之间，只有极少数的忠实戏迷在另一个地方发现了一点变化：剧院里已经很久没有上演武生戏了，剧院门外的戏牌上没有了《挑滑车》，没有了《长坂坡》，也不见了楚梅生的名字。认真一打听，原来楚梅生早已经离开了戏班子。

关于楚梅生的去向，有人说他去了上海的大戏班子，有人则说他在北京的时候结下了仇家，最近仇家寻到青岛来，楚梅生逃往武汉去了。但也有相反的说法：楚梅生嫌青岛的戏迷太少，返回北京去演戏了。说法种种不同，没人能确定哪一个才是真实的，可以确定的是，以后再没有人在青岛看到楚梅生，看到那个英姿勃发的武小生。

龚易也是很晚才察觉到楚梅生的消失，还特意赶到他的住处去察看，那里早已经人去屋空。龚易大感疑惑，回家以后对佳菊说起此事。佳菊说：“难怪这么久没见到他了，不会是出了什么事？”龚易说：“出事的话，早应该听到消息了，我看他还是走了。他一个唱戏的，走到南走到北，最后总是走到一个戏台上，至于戏台在哪个城市，并不重要。”

佳菊说：“当初他可是投奔你来的，要走的时候起码应该对你打一声招呼才对。”龚易说：“楚梅生不辞而别，必然有他的道理，有他的隐情。最近你没听佳桃说些什么？”佳菊道：“没有，难道是因为佳桃？当初他们来往那么频密，我还以为他们好呢。现在楚梅生突然不见了，佳桃这边却是一切照常，问都不问一句。”龚易说：“所以我劝你不要乱点鸳鸯谱，佳桃的心思你猜不透的。”

佳菊说：“也许楚梅生离开之前和佳桃打过招呼，佳桃知道他的下落。”龚易感叹道：“依我看，佳桃知道的可能不止这些。佳菊，你们姐妹三个，你温厚而不能事，佳荷纯真而不懂变通，幸亏还有一个佳桃，不然的话，老掌柜留下的这一份基业恐怕难以长久。”

佳菊不解道：“我明明在和你谈论楚梅生，你怎么引出这样的议论？莫名其妙！”龚易轻轻摇头：“所以我说你不懂。”

31

南京国民政府接管青岛、将其设为青岛特别市之后，佳桃又给鸿运船运公司新添了一艘汽轮货船。新船到货，佳桃和定威上船查看，在胶州湾里行驶半日，再回到码头时已经是午后。

傍晚佳桃回家，周文密正在厅堂里踱步，等着要找她谈点事情。以前周文密很忙，除了学校的工作，还经常往工厂里跑，又要写文章支持工人罢工运动，佳桃在家里很少见到他。

佳桃把周文密让到自己的屋里，周文密直截了当地说："佳桃，你的鸿运公司正在做着罪恶的勾当，为了一点蝇头小利，正在牺牲整个民族的利益。"佳桃不高兴："文密不要乱讲，我早已经把鸿运膏局转让出去了，你不知道吗？"周文密说："我知道，我现在讲的不是鸿运膏局，是鸿运船运，它的罪恶甚至超过了以前的膏局。"

佳桃问："鸿运船运有什么罪恶？我把父亲经营几十年的膏局卖掉，就是为了远离罪恶的生意。"周文密问："那么，船运公司的经营是你在掌管吗？"佳桃说："奇怪，你从来不关心自家生意上的事，今天为什么问起这些？船运公司一直由定威掌管，他这些年做得很好，添了几条船，公司的规模越来越大。日常经营的细节和具体的事务很多，我不可能事事过问，只有一些重大的决定由我来做。"

周文密点头："所以你不知道，定威一直利用公司的货船在走私日本货。"佳桃不以为然："公司的货船经常去大连、营口，运输花生、棉花，回来时装运木材。船员们会顺便捎带一些日本货，都是普通的日常用品。回来以后，有的船员可能会把这些东西卖掉，补贴家用，许多船运公司的船员都这么做的。"

周文密问："这是定威说的吧？"佳桃说："对，我问过他。船运公司的薪水不高，船员们常年漂泊在外，非常辛苦，这种事不必太过苛求。"周文密说："定威是在避重就轻，据我所知，定威这两年在大量走私日本白糖和人造丝，数量远远超出你的想象。最近各地走私猖獗，走私货到处泛滥，日本人借此在国内搜刮银元、铜元，走私回日本，以此来破坏中国的经济。"

佳桃沉思不语。其实她早就开始注意定威，前不久定威新买了一辆别克轿车，他在船运公司的薪水并不太高，平时花钱又大手大脚，喜欢赌博，交给小暖的家用钱很有限，全因为小暖持家勤俭，才没有让孩子受委屈。按照定威自己的说法，他最近在牌桌上的手气非常好，买汽车的钱大部分是他用手里的骰子赚的。佳桃也留意船运公司的账目，并没有发现什么问题，定威生活上的私事当然不能过于追究。但是，如果定威利用鸿运公司的货船进行走私，就不能不管了。

周文密又说：“现在全国民众都在抵制日货，定威他们的做法是冒天下之大不韪，削弱国家财力，破坏民族工业，是在犯罪。更严重的是，现在有人认为定威暗中帮助别人走私军火。”佳桃说：“我会仔细调查，你不要再对别人谈论此事。”

第二天一大早佳桃就赶到船运公司，说她要看一看最近的经营账目。定威把账本交出来，自己坐到窗边，点燃了烟斗，等着回答佳桃的问题。账面上记录的大宗货物有煤炭、铁、木材、粮食、棉花等，余下的杂乱货物也都是公司经常运输的，看不出一点异常。

佳桃放下账本：“有人说咱们公司在走私日本货。”定威安静地抽烟，慢慢说：“所谓走私，说得明白一点就是逃税，逃掉那些本来应该交给政府的海关税。如此一来，同样的货物就可以在市面上卖得更便宜，政府应该得到的那些税，其实是被走私者和购买货物的老百姓平分了，老百姓得到了实惠，走私者获得了利润。”

佳桃说：“你讲的很像是歪理，但还说得通。”定威说：“歪理、正理，还要看一看政府收了税以后拿去做了什么。前几年的北洋政府拿着那些税款去购买军火，进行军阀混战，让百姓遭殃。既然如此，为什么还要交税给它呢？”

佳桃说：“周文密的看法和你不一样，他认为现在的走私货太多，冲击了国货，让国内的许多工厂倒闭，工人失业，危害严重。”定威不屑道：“周文密身上的书生气太重，整天关在书斋里，不清楚外面的形势。这种事我们不去做，别人照样会做，市面上的日本货一件也不会少。道理很简单：有利可图，而且利润丰厚，风险很小，这样的事情就很难制止。你出去看一看，和别处相比，青岛这边的船运公司还是很克制的，北方的许多货船公开走私，船上都有日本浪人带枪押运，海关缉查看到了也不敢拦阻，走私到河北的日本货物堆积如山。”

佳桃说：“外面的事情咱们不必管，也管不了。鸿运公司做生意要有自己的原则，就是不做那些违背民意的事。定威，‘鸿运’这一块招牌上留有许多从前的污点，这些年我一直努力要把它们一点点擦去，你应该帮助我，不要为我帮倒忙。”定威为难道：“我们做船运公司，平时接触的主顾各有来路，人家把生意送上门来，我们挑拣一次，下一次人家就不找我们了。”

佳桃说：“我明白。定威，我是一个商人，我对你的要求也是一个商人的要求，不是革命家的要求：首先你不要给鸿运公司惹来麻烦，不要影响公司的名声。第二，你不要影响公司的利润，不要把公司的钱揣进自己的口袋。你记住，鸿运公司里的每一个人都是可以替代的，包括我自己，做得不好，都要被别人取代。”

定威满口答应，等佳桃离开之后，定威立刻开车去东云纱厂找杜冲。近几个月来鸿运公司的货船一直跑大连运输铁材，铁材分量重，每次定威又故意少装一些，货舱里留下很大的空间，装的都是日本的人造丝。运到青岛之后，这些人造丝全部被杜冲秘密收下，但迟迟不付钱款。既然佳桃已经有所察觉，定威决定赶快把钱款结清，暂时收手。

杜冲却不肯付钱：“定威，你只顾催要钱款，却不管你的人造丝的好坏。我用你的人造丝与真丝混合，织出来的绸绨品质欠佳，不少商家要求退货，纱厂因此损失很大。”定威不悦道：“怎么会？最近几年我一直运进这种人造丝，各家用得都很好。”杜冲说：“大家用的不是一批货，我感觉你们运输过程中保管不当，人造丝受潮发霉，影响了品质，另外还有许多虫蚀的痕迹。”

定威强按住心头的怒火：“那么，你要怎么办？”杜冲说：“大家交往这么多年，也算是熟人，这些人造丝我就不退给你了，多费一些人工，挑着用吧。但是我只能按照国产丝中的最低档来计价。”定威说：“这个价钱欺人太甚。我的人造丝好不好，不能你一个人说了算。咱们现在就带上一些人造丝，带一些你们织好的绸绨，一起去找几个明白人看一看，究竟是哪里的问题。”

杜冲伸出手指在桌面上轻弹：“如果人家问起这些人造丝的来历，我应该怎么回答呢？”定威终于明白，杜冲吃定了他的人造丝是走私货，吃定他不敢声张。定威现在确实不肯发作，他要先找个人问一问：“好吧，价格的事我先回去商量一下。”杜冲故意问：“找谁商量？佳桃吗？难道她也知道这件事？”

定威说：“杜冲，有一句老话说：凡事留一面，日后好见面。”杜冲呵呵一笑：“武定威，你从前就是一个打鱼的，靠着你叔叔、姐姐的提拔混到今天，恐怕这辈子也就能走到这里了，跟我说什么日后、日后的？”

定威回头盯视杜冲良久，戴上帽子走出来，直接去找周税官。彭志也在那里，身披僧袍，面容清瘦。定威一见他，反倒不肯开口了。周税官明白他的意思：“武掌柜应该认识彭志，我的朋友，从前也是定魁的好朋友，我的事情他全知道，咱们说话不必背着他。”

定威就把杜冲赖账的事说出来，怒形于色。周税官劝道：“就按杜冲说的办吧，你不要再和他理论，不要把事情闹大，忍一忍，不然会把我也牵扯出来。”定威不服：“人造丝明明都是好的，他在讹诈我。”周税官说：“你知道东云纱厂的大股东是谁吧？是日本人赵栋，财力足，人脉广，你怎么斗得过他们？况且，你说杜冲讹你、骗你，你的证据在哪里？你拿出来的所有证据，首先就是你走私日本货的证据，闹出去你肯定会吃官司，还要罚税，到时候把我也害了。”

定威恨道：“依你这么说，我只能吃这哑巴亏了？”周税官说：“没有别的办法，你只能吞下这颗苦果，谁让你认错人了呢？”定威说：“为了这次的人造丝买卖，我借了好多债。按照杜冲给的价格计算，这桩生意亏得够大，都要由我一个人承担。”周税官安慰他：“做生意总会有风险，自己想办法把账还了，千万不要声张，把我也扯出来。来日方长，鸿运船运公司的规模越来越大，你我赚钱的日子还多着呢。”定威咬牙道：“这笔账我要给杜冲和赵栋记着，将来一定找他们清算。”

等定威走了，彭志连连感叹：“世事难料，定魁活着的时候，定威还是一个使船的渔民，呆头呆脑的，现在竟然做了掌柜的，还有了自己的汽车，做着成千成万的大生意。”周税官说：“我可是一直没变，这么多年来老老实实做着税官。”

彭志说：“这个更需要真本事。德国人在的时候你做税官，日本人来了，你进了海关，照样管着收税。北洋政府时期更不用说，现在到了南京国民政府当政，你照样还在海关做着税官，风光体面。”周税官被他奉承得飘飘然：“你只看见我的风光，不知道我受过多少委屈。况且，你如今身在三界之外，这些都不过是过眼云烟罢了。”彭志说：“我可没有跳脱出去，一天都没有。当初只是被逼出家，邓麻子死掉之后才敢回来。如今母亲已经故去，家里的房子也早卖掉，就算羡慕你们，也无法归回了。”

佳荷生过孩子，短短几年的时间就变成一个丰满的少妇。两个孩子纬民和纬国非常调皮，楼上楼下跑个不停。芸姨娘要找人帮助照看孩子，佳荷不肯，一定要自己照料，每天追着两个男孩子上楼下楼，被他们累得筋疲力尽。

最近几年，周文密不再往工厂里跑，似乎失去了对政治的兴趣，开始专心学术和他在学校里的教职。秋季开学之后，周文密申请了一处教工宿舍，把自己的行李搬过去住下。他解释说，他准备写一部学术著作，武家距离学校太远，每天往返，在路途上浪费了大量的时间。

开始的时候，每逢周末周文密还回家来，陪一陪佳荷和孩子们，拿一些换洗的衣服。以后他回来得越来越少。佳荷以为他忙得顾不上，自己跑到学校，送去换洗的衣物，替他收拾整理住处。每次回家来，佳荷都是面色凝重，她明显憔悴下去。学校放寒假了，周文密依然不回家，芸姨娘猜想夫妻之间出了问题，可佳荷的嘴很严，什么都不说。芸姨娘就让佳菊和佳桃去试探，照样问不出来。

春天的一个周末，佳荷从学校回来，一个人关在屋里痛哭。这一次佳荷终于开口，原来她在周文密的衣袋里发现了一张照片，是周文密和一个年轻女子的合影。佳荷拿照片去质问周文密，他只说那女子是他的学生。佳荷和他大吵一通，从此不再去学校，周文密也不再回家来。

佳菊让龚易去学校打听，原来关于周文密情变的事情在学校里早已经是公开的秘密。北洋政府时期，周文密热心学运和工运，国民政府来了之后，他比过去安分了许多，但情感上越来越活跃，似乎会很轻率地爱上一个人。不过，一旦细究他恋爱的对象，众人却是看法不一，也就是说，滥情的周文密并没有固定的爱恋对象，或者他有，但大家都不知道。

芸姨娘听到这些说法，恨得咬牙："没想到姓周的是这样一个人！我们佳荷是漂亮的富家小姐，当初嫁给他，看中的就是他诚实可靠的人品，哪想到他原来是一个伪君子！武家的儿女都是怎么了？个个遇人不淑。"佳菊说："眼下一切都只是传说，还不能确定。况且，男人年轻的时候难免做一些荒唐事，慢慢就好了。"芸姨娘说："谁像他这样荒唐？她大姐夫虽然不明不白地抱回来一个孩子，人可是一直守在你身边，不像周文密这样大模大样地抛家弃子，在外面胡来。"

佳菊不提防自己心中的疮疤被这样狠狠扯了一把，羞窘异常，一时语塞。芸姨娘全没意识到，只顾心疼自己的女儿："佳荷一直对周文密很痴心，可怜的孩子，她的天一下子塌下来了，佳菊，你们千万要好好劝劝她。"

那以后的一段日子里，佳荷出奇地安静，经常呆呆地坐着，或者垂头打瞌睡，然后她突然会哭出来，哭得很安静，哀哀戚戚。问她缘故，她什么都不说。如果坚持问下去，她就会破涕为笑，说不为什么，她就是想哭一哭，哭过之后会感觉心里很舒服，很透亮。某些时候她还会有另一种哭法：她把两个孩子揽在怀里，一边流泪，一边小声诉说自己将来某一天离世，两个孤单的孩子如何悲惨地生活，越说越哭，越哭越说。两个孩子被她吓坏了，号啕大哭。于是母子三人哭成一团，直到别人过来劝住他们。

芸姨娘难过地说："佳荷的头脑坏掉了，我怕她会垮下去，不死也会被夺去半条性命，可怜啊！"佳桃安慰她说："佳荷上过学，是有知识的新式青年，对情感的事情应该能看得开，而且她还年轻，生活还可以重来。"

话虽这样说，佳桃也怀疑佳荷受到了精神的刺激，头脑有些昏乱了。悲伤的佳荷比过去安静，食量也更大，人变得更胖了。她喜欢一个人安静地坐在阳光下，垂头打着瞌睡。乍看上去，她完全是一个安详的妇人，白白净净，生活富足美满，心无挂碍。佳桃远远看着她，或许现在这样子对佳荷最合适，忘掉了过去，感觉不到一点痛苦。不过，一旦佳荷开始哭泣，佳桃立刻明白，起码这个悲伤的佳荷心里并不糊涂，她记得自己所有的伤心事。

这天早晨，吴妈突然跑上楼来找佳桃，说佳荷的样子不太对头，让她快去看看。佳桃披了件衣服跑下楼，佳荷坐在沙发上，手里的一张报纸把自己的脸完全遮住。

佳桃说："你那样读报，不嫌油墨的气味熏人？"佳荷伸手把报纸拉开一点，看了佳桃一眼，清一清嗓子："二姐听着，我要给你读一份报纸上的宣告。"

佳桃坐下，佳荷高声说："山东大学周文密先生与市民武佳荷女士经自由恋爱，缔结婚姻一十年，育有二子。日前，因周文密移情别恋，姻缘破裂，经过双方协商，正式解除婚姻，二子由武佳荷独立抚养。特此宣告。周文密，武佳荷。"

佳桃伸手抢过报纸，看见那些文字果然印在报纸上，惊道："真胡闹，你们这是干什么？”佳荷问：“这个宣告写得好吗？是我自己写的。”佳桃问：“离婚？是你的主意？周文密同意吗？”佳荷一字一顿地说：“这是武佳荷庄严的宣告！不需要谁的同意！我爱的人，我绝不会与别人分享，一丝一毫都不可以。我可不像大姐那么软弱，那么宽容！周文密是两个孩子的父亲，我不能亲手杀了他。我也可以把自己杀掉，可是那样太便宜我了，我要惩罚自己的愚蠢，所以只能这样了。”

佳桃说：“可……我一直以为你们是最幸福的一对儿，怎么突然闹到这种地步？”佳荷说：“一点都不突然，周文密早就恋上他的女学生，只是最近才被我发现。二姐，我是个傻子，一个彻底的大傻子！”佳桃说：“难道就无法挽回了？何必这样大肆宣扬，把事情做绝呢？”

佳荷说：“二姐，我有一本日记本，是周文密向我求婚时给我的信物。按照我们的约定，我把我们在一起的美好时光都记在上面，可这日记本太小太薄，我们的幸福又太多，我挑了又挑，只记录那些最难得、最值得记忆的事情。当初他说，这一本写满了，我们再买一本新的，一本一本写下去。现在这本日记本被我写满了，后面的几页写的却是我的痛苦，最后的一页正好用来写一份离婚声明。幸福和痛苦都应该结束了，我和他之间的一切都是命中注定，对吗？”

佳桃明白，事已至此，任何的劝解都毫无意义，周文密真的伤害了佳荷。

周文密对于武佳荷在报纸上的宣告没有任何异议，回武家一次，搬走自己的书籍。两个孩子跟了佳荷，佳荷拒绝周文密来见他们。

初秋的午后，周文密找到佳桃，说他最近要离开这里，不知道什么时候才能回来，行前希望能看一看孩子们。这样的要求佳荷肯定不会答应。第二天，佳桃说要带纬民和纬国出去玩，把两个孩子带出去，交给周文密，约好两个小时之后到海边接孩子，自己去了船运公司。

公司的库房外面围了很多人，定威带着公司的伙计们守在库房门外。佳桃的汽车驶近，定威从人群里挤出来，上前迎住佳桃。佳桃问：“出了什么事？这些人是谁？”定威说：“不知道从哪里跑来这一群学生，冲进码头，要检查咱们的库房和商船，查找走私货，我不许他们进去。”

佳桃说：“告诉伙计们，不要伤了人，不许乱来。”定威说：“我马上打电话给警备局，让他们赶快派人过来。”佳桃说：“等一等，我可不想在这里出乱子。咱们只是做航运的，老老实实做生意，心中坦荡，他们要看就敞开门给他们看好了。”

定威气道：“绝对不行！如果随便什么人跑过来指着我的鼻子说：武定威，我们怀疑你走私，我就乖乖地敞开仓库的大门让他们随便查看，以后还怎么做生意？”佳桃问：“定威，不会是咱们的仓库里真有见不得人的东西吧？”定威说：“仓库里的货品大部分是贸易商、船运公司存放在这里的，人家交纳租金，我们负责保管，从来不过问货品的来源。”

佳桃说：“那就好，我去和他们商量。”佳桃走到学生们面前，说明自己的身份，诚恳地说：“我们鸿运公司以航运为主，这个仓库里只有一小部分货物是我们自己的。代替客户存储的那些货物是不是走私品，这个要由海关的税官来判断，我们并不清楚，你们单看外观，恐怕也弄不清楚。”

一个学生说：“我们今天不单单是查禁走私品，还要抵制日货，只要发现了日本货，我们都要反对！”他的同伴们一齐高声回应：“对！我们也要查日货！查日货！”佳桃为难道：“我们只是做生意的商人，用商人的眼光来看，只要政府没有明令禁止的生意，我们都可以做。当然，以后我们要更慎重地经营，响应民众的呼吁。”

学生们嚷起来：“黑心商人！不要狡辩！快开门，让我们进去检查！”佳桃不肯退让：“请大家冷静！仓库里存放了许多货物，我们要为货主负责，不能发生破损和遗失，所以不能放大家进去。”学生们不听，情绪更加激奋，佳桃只好退让一步，让学生们选出几位代表，由她亲自陪同，到仓库里查验货物。

学生们商量一下，决定接受她的建议。佳桃带着几位学生代表走进仓库，刚查了一会儿，外面突然响起一阵哨子声，混杂着吵嚷和吼叫，乱成一团。佳桃赶快跑出来，仓库前面来了许多军警，正挥舞着大棒驱赶外面的学生，学生们四散奔逃，有人被军警抓住，有人被打伤，呻吟哭泣，硬生生被军警拖走，码头上很快安静下来。

佳桃很生气：“定威，为什么急着把军警招来？”定威说：“学生们来找麻烦，对付他们就得用这种办法，不然今天查过了，过几天又会跑来捣乱。这样闹下去，我们还怎么做生意？”佳桃说：“只要我们没有违法的勾当，就不怕别人捣乱。定威，咱们的仓库里是不是藏着走私货，你应该最清楚。你带着伙计们清理一下，鸿运公司要正大光明地做生意，宁可少赚一点钱。”

定威勉强答应一声，面色难看。一番闹腾之后，天色已近黄昏，佳桃惦记着周文密那边，赶快坐车赶往海边。两个孩子蹲在海滩上玩着沙子，周文密一个人坐在礁石上，看见佳桃脸色不好，问她出了什么事。

佳桃说：“码头上的事，一些学生要进仓库检查走私货，来了许多军警抓人。”周文密说：“不应该伤害那些学生，他们也是为了这个国家呼号奋争。”佳桃说：“我是要配合学生的，可定威叫来了军警，赶走了学生，让我心里很难受。”周文密说：“这几年走私越来越严重，我却没有了年轻人的热情，很少关注这些了。”

佳桃感觉疲惫，不想再谈码头的事，在礁石上坐下来：“文密，认识你这么多年了，你的变化很大，唯一不变的是你的口音。”周文密笑了：“有些东西我们一生都改变不了。”佳桃说：“刚认识你的时候，我和佳荷背地里经常拿你的口音开玩笑。”周文密说：“刚到青岛的时候，我一直为自己的口音感觉自卑。如果知道你们背后嘲笑我，我绝对没有勇气和佳荷交往。”

佳桃轻轻笑道：“没什么的，我们只是感觉有趣。”周文密深吸一口气：“佳荷最近还好吗？”佳桃说：“比最初好了一点，每天围着两个孩子忙碌。”周文密欲言又止，眼里浮出一层泪光，伸出双手捂住了脸，深深垂下头去。

佳桃慢慢说：“武家的几个孩子都是赤诚之人。定魁虽然不成器，把他的赤诚献给了鸦片，但人不坏。我们几个当中，佳荷是最单纯的一个。”周文密哑声说：“我最了解佳荷的赤诚和单纯，我对不起她。”

佳桃说：“文密，我只是一个生意人，对政治根本没有兴趣。你对我说实话，你是不是加入了某种组织？”周文密抬头看向大海，许久之后慢慢说：“人在世上，很难做到无所挂碍。如果让我遵从自己的天性去选择，我宁愿自己是只属于佳荷、只属于我的孩子们的一个人，可现在我做不到了。”

他的声音已经平静下来，佳桃听不太懂他的话，但确信自己的猜测是对的。周文密说：“我的父母双亲还在乡下，他们只有我这一个儿子，我却不能守在他们身边。结婚以后，我只带着佳荷回去过一次，佳荷不习惯那里的生活，以后再没去过。我接他们过来住，他们也不习惯这里。最近几年我回去得越来越少，佳桃，等纬民、纬国他们长大了，告诉他们别忘了爷爷、奶奶。”

佳桃说：“你是他们的父亲，这种话应该你自己对他们讲。”周文密望着沙滩上的两个孩子：“对，应该我讲，我这会儿先对你说一下。纬民和纬国外貌酷似，性格上其实差别很大。纬民更像佳荷，纬国像我。他们太单纯，长大以后让他们远离政治，能做学问就做学问，不然的话学一门可以安身立命的手艺。”

他的脸扭过去，佳桃看不到他的表情，却听出他话音中的哽咽。沙滩上的两个孩子突然叫一声，一起跑回来。一波海浪涌上沙滩，又快速回落，把他们刚才精心建造的城堡融解，变成了模糊的一团。周文密说：“我们活在世上，每一个人都费尽心机，埋头经营着自己的生活，精雕细琢。其实就好像纬民他们在海滩上营造的那些宝塔、高楼，时代的大潮涌上来，立刻把它们冲击得粉碎，一切都荡然无存。或者，留下的只有一些伤痛和伤感。”佳桃说：“是啊，在时代的大浪面前，个人太渺小了。多少人的梦想被大时代摧毁，多少人的野心被时代成全——天色不早了，我带他们回去吧。”

他们招呼两个孩子，一起离开海滩。孩子们上车之前，周文密紧紧搂住他们，佳桃再一次从他的眼睛里看到了泪光。周文密看着孩子们坐到车上，轻声对佳桃说：“我还是希望能见一见佳荷。”佳桃说：“她不会答应的，今天出门之前我还问过她，她不肯一起过来。”

周文密说：“我只要看一看她就行，不需要直接面对面，也不需要让她知道。”佳桃犹豫道：“听起来好复杂，怎么能做到？”周文密想了想：“你带她去裕泰茶室吧，我和她以前经常去那里。我先去，预订下两张桌子，让伙计在中间隔一道屏风。你们进去以后，选择坐到屏风外的那张桌子坐下来。我在另一边，既可以看到她，又能听到她的声音。”

佳桃说：“何必搞得这样曲折呢？你现在就和我一起去家里，和她正式地见上一面，她总不会轰你出门吧。”周文密说：“我考虑过，那样只能带来不愉快。我了解佳荷，不想违逆她的意愿。我明天下午就要离开，明天上午九点之前我去茶室安排好，在那里等你们，好吗？”佳桃说：“我试一试吧。如果十点钟我们还没到，你就不用再等了。”

第二天是个晴天，芸姨娘在早饭桌上夸赞两个孩子："昨天纬民和纬国在外面玩了一个下午，变得好听话，饭量也大了许多。"佳桃借机说："佳荷，你天天关在家里怎么行，人要闷坏了，今天我带你出去走一走。"佳荷说："带我去哪？去吃西点？去海边洗脚丫、玩沙子？去和周文密见面谈心？"佳桃说："好啊，你喜欢哪一样？"佳荷懒懒地说："哪一样都不喜欢，我只要待在家里，哪儿都不去。"

佳桃说："今天天气好，去打扮一下，陪我去买衣服，就咱们俩，不带纬民他们。"佳荷终于动心了："出去就出去，为什么要打扮？二姐是带我出去相亲吗？"

佳桃笑了："是啊，我要替你寻一个英俊的青年，所以你要打扮漂亮一点。你这样不梳头不洗脸的样子，走在我身边，你不在意我还在意呢。"佳荷依然坐在沙发里不动："嫌我丑，我正好懒得出去呢。你一个人去吧，有好青年你自己留着吧。"

佳桃只好让陶姐拿来梳子、脂粉，自己帮她梳头打扮，再哄着她试过几件衣服。一番折腾之后，佳荷突然来了兴致，让陶姐把自己结婚那天穿的裙子拿出来："我要漂漂亮亮地走出去，最好能遇到周文密，或者咱们直接去学校找他，我要让他后悔。"

佳桃担心佳荷知道了什么，偷偷观察她的表情，但佳荷找不到结婚时穿的那一双皮鞋，婚礼的裙子又瘦了点，最后选了一件印花的布裙，佳桃这才放下心来。

两个人在街上逛了两家小店，佳桃看看时间差不多，说："早饭的时候只顾劝你出来，没吃好，这会儿肚子饿了。"一边拉着佳荷走向前面的裕泰茶室。几个小乞丐追着她们走，却都默然不响，裕泰茶室的台阶下面也坐着一个肮脏的老汉，向着她们摊开一只粗黑的手掌。茶室的伙计眼疾手快，伸脚就要踢那老汉，却被他闪开。

佳荷恼火，不肯进去，佳桃拉住她，连哄带求，总算带她进门。茶室的角落里，一张空桌的后面果然树立着一块屏风。佳桃拉着佳荷走到桌边坐下，要了两杯茶，几块面包，慢慢吃起来。

佳荷左右看看：“好多年没来了，这里还是原来的样子。”佳桃问：“你什么时候来的？”佳荷闭嘴不语，垂头抚弄着茶杯。佳桃问：“昨天纬民、纬国回去，怎么跟你说的？”佳荷说：“也没说什么，他带着他们去吃了西点，然后一直在海边玩。”

佳桃说：“就是这些吗？”佳荷说：“就是这些，别的我没细问。”佳桃说：“为什么不问呢？听说最近周文密要出远门，很久才能回来。”佳荷不语，头埋得更深。佳桃趁机低头，看见屏风的下沿那里露出一只黑皮鞋，一动不动，周文密果然在这里。

一会儿佳荷坐起来：“二姐吃完了吗？咱们走吧。”佳桃说：“快了，你也吃一点啊。”佳荷摇头：“我吃不下，我在这里很难受。”佳桃小口啜茶，希望多坐一会儿，佳荷说：“我最近很爱读一些作家写的小文章，写他们真实的经历。有一个东北的女作家写她经历的贫困，写她曾经的饥饿。借钱、跑当铺、街头乞讨和偷窃，一块面包，一碗热汤，半角钱的熟肉，一张可以容身的床，只要几角钱就可以熬过几天。看过这样的文字，我总是感觉胃口特别好。”

佳桃说：“这里没有书，没有报纸，没办法给你开胃。”佳荷说：“二姐的心肠很硬。我真想去尝试一下那样的生活：居无定所，身无分文，唯一的财富就是一个真心相爱的爱人，两个人一起出力流汗，为了每一角、每一元钱挣扎，每天都有饥饿、寒冷和死亡在身后催逼，来不及胡思乱想。”佳桃淡淡地说：“傻瓜，那种生活一点都不浪漫，你只要看一看街道边有多少倒毙的穷人。”佳荷说：“我只是想一想罢了，让自己感受一下刺痛。我可没有那种勇气，况且还有纬民他们。”

一番话并没有引起佳荷进食的欲望，她的脸色反而越来越难看：“而且，我也没有一个可以陪伴我的爱人，曾经有过，却被我弄丢掉……”她突然垂头，肩头开始轻轻颤动。佳桃担心她情绪失控，只好起身。

佳荷喝一口茶，让自己平静下来，拿一块纸片包住自己的面包。茶室外面，刚才那个乞讨的老汉已经不在那里，又一个抱着婴儿的妇人坐在街边，仰脸望着来往的路人。佳荷把手里的面包放到孩子身上，孩子原本在昏睡，闻到了面包的香甜气味，一下子睁开眼睛。佳荷又摸出两元钱，放到妇人的手里。佳桃带她去绸缎铺里挑选了两块衣料，直接回家去。

32

休息的日子，天气晴好，龚易就和佳菊带着淑灵和淑娜一起出来逛街，走到百货商店，佳菊想起要给两个孩子买鞋。龚易感觉累了，让她们进去挑选，自己在台阶上坐下。

面前的这一条马路沿着缓坡向下，一直通到海边，行人熙熙攘攘。两辆黑色的汽车从坡底开上来，穿过人群，停在龚易面前。车上下来一对男女，男的四十多岁，精明干练，一身笔挺的西装。女的年轻秀丽，紫色的旗袍裹住纤细的腰身，挽着男人的胳膊走进百货商店。一个黑衣的青年人也下了车，陪同二人进去，另外几个人留在车里，机警地四处张望。

这个架式让龚易感觉不安，起身走进店里。佳菊已经给两个女儿选好了皮鞋，龚易催促她们快一点。淑灵突然扯一扯佳菊，小声说："看，姨父在那边。"佳菊和龚易回头，看见周文密提着一只皮包走进门来，龚易刚要开口打招呼，周文密也发现了他们，却把头扭向一边，匆匆走上楼。

龚易摇头，自己去付鞋款，在心里慨叹人情的变化。店员替他们把鞋盒捆扎起来，楼上突然响起几声爆响，随即一片惊叫之声，楼下的众人惊惶张望。刚刚上楼的周文密从楼上飞跑下来，另一个满脸血迹的黑衣青年在后面紧紧追赶，一边大叫："抓住他！抓住他！"周文密回头举手，一缕青烟从他的手中冒出来，随即是一声轰响，黑衣青年应声倒在楼梯上。

楼下大乱，众人夺路而逃，佳菊一把拉住淑灵，回头却不见了淑娜，慌忙大叫，龚易也冲进人群中去找。此时，大群的顾客从楼上蜂拥而下，神色惊惶，嚷着有人被打死了，于是楼下更加混乱。

门口的人群中传来女孩子的尖叫声，是淑娜。原来淑娜反应快，枪声响起时立刻奔向门边。大家都抢着出门，门边拥挤成一团，卡在那里。淑娜被挤在人群中间，又慌又痛，进退无路，急得大哭。混乱之中，她的一只鞋被人踩住，人群向前一拥，淑娜痛苦地倒下去。已经挤出门的周文密听见身后的哭声，回头看见淑娜，急忙返身。众人一见他手里的枪，吓得拥回店里，周文密趁机拉起淑娜，夹着她一起出门。

商店门前同样一团混乱，等在汽车里的几个黑衣人跳下来，拔出枪来。周文密把淑娜放到地上，自己挤入纷乱的人群，顺着街道快步离开。几个黑衣人返身追过来，街上响起又一阵枪声。

龚易拼命从人群中挤出来，总算找到淑娜，淑娜的手臂和腿都蹭破了，指着枪响的地方哭道："姨父在那边。"

龚易示意她不要乱讲，佳菊和淑灵终于跑出商店，一家人一起匆匆离开这块是非之地。前面的一段马路上空荡荡的，许多行人站在远处，一个黑衣人捂着流血的肩膀，弯腰站在墙边。马路上趴着一个人，两个黑衣人蹲在旁边，在他的身上摸索。

龚易伸手遮挡住淑娜的眼睛，和佳菊一起护着两个孩子，一路小跑着穿过马路。淑娜挣扎着回头："……是姨父……"龚易拖着她跑过一个街角，佳菊跟过来，身子突然一软，瘫倒下去，一边响亮地啜泣出来。龚易伸手拉她起来，佳菊哽咽道："他还活着！我看见他还在动！"

龚易沉默，他也看清楚周文密趴在马路上，身子下面汪着一大摊血，似乎周文密还在微微地抽搐。佳菊一旦哭出来，人就彻底崩溃了，哭泣的声音越来越响，无论龚易怎么样呵斥她闭嘴，全都无用。龚易让淑灵带上淑娜，顺着马路一直向前走，不要回头，自己用力拖起佳菊，连拉带抱，快速离开。

龚易送佳菊和孩子回家，自己匆匆赶往鸿运船运公司。佳桃听说周文密出事，这才如梦初醒，眼泪立刻落了下来："难怪他这两天要见孩子，要见佳荷，原来他早知道这样的结果。"龚易说："最后看到他的时候，他还活着。当时太慌张，离得又远，兴许文密只是受了伤。"

佳桃让定威赶快出去打听消息，一会儿佳荷从家里打电话过来："二姐为什么还不回家？"佳桃说："今天公司里忙，可能要晚一点回去。"佳荷说："今天下午心里一直慌慌的，会不会出什么事？"佳桃说："别乱想，你是在家里闷得太久了，乍一出去，不太适应。"佳荷说："我好后悔，今天没有穿婚礼那条裙子。皮鞋其实就在那里摆着，我竟然没有看到，二姐也不给我提个醒。"

佳桃有些哽咽："你的事情，我哪里记得这么清楚。今天没穿，下次再穿。”佳荷说：“谁知道还有没有下一次呢？”佳桃说：“你又来了，等我回家再说吧。”

一直等到天快黑时定威才从外面回来：“警察局的朋友说，白天在百货商店发生凶杀案，一位姓李的官员和一名随员被打死，两位随员受伤，凶手被当场击毙。警察局现在还不清楚凶手的身份，也不清楚他的动机。”佳桃的眼泪又落下来：“他死了！这几天他果然是在和亲人们告别，那天他说了许多话，我当时怎么没想到这一层？如果好好劝一劝他，不会是这样的结果。”

定威劝道：“你劝也无用，事情很复杂。听警察局的朋友讲，那位姓李的原本是共产党的人，后来归正改良。现在猜测这是一次肃清行动，凶手可能是他党内的同伙。”龚易说：“这种事报纸上登载过，以前我就猜想周文密是共产党，他的思想太偏激了，有今天这样的结果，并不意外。”

佳桃慢慢收住眼泪：“果真如此的话，周文密得到这样的结果，也算是死得其所，只可怜了佳荷和两个孩子。”龚易说：“我们都曾经算是周文密的亲戚，现在遇到这种事，还是应该避嫌。政治上的事，稍有不慎就会引祸上身，务必小心。”佳桃说：“小心当然要小心，定威还要找一找关系，找到文密的尸身，把他安葬。他是纬民、纬国的父亲，将来他们要追祭自己的父亲，也知道去哪里找。”

晚上佳桃回到家里，佳荷已经早早睡下，大家还都不知道周文密的事，佳桃也就不说，只是叮嘱大家最近不要把报纸带回来，尤其不要让佳荷看到。佳桃自己却留意着，可十几天过去了，报纸上一直没有任何消息透露出来。佳桃这才放下心来，以为这种消息大概不会在报纸上登载。

不曾想，一家人当中反而是佳荷最先在报纸上读到那个可怕的消息。周日的上午，佳荷带着纬民和纬国出去散步，不久两个孩子慌慌张张跑回来，大声喊叫。芸姨娘出来，看见佳荷面色死灰，手里捏着一张报纸。

芸姨娘慌了：“佳荷，你怎么啦？”佳荷不语，把报纸交到芸姨娘手上，埋头上楼，把自己关在屋子里，随便芸姨娘怎么呼叫，就是不理。芸姨娘吓坏了，打电话给佳桃。佳桃立刻赶回来，也一样叫不开房门。拿过佳荷带回来的报纸，在不太醒目的地方看到一则简短的小文：

“半月前发生在百货公司的枪杀案告破。杀手身份日前查明，姓周名文密，系本市大学历史系教员。本月初，周犯在百货公司当众行凶，致使李姓男子和一名卫士中弹身亡，两名卫士受伤，周犯亦被当场击毙。”

到底没有瞒住佳荷。佳桃把周文密的事都告诉了芸姨娘，芸姨娘恨道：“这种坏心肠的人死就死了，有什么好伤心的？佳荷太痴心！”

佳桃担心着佳荷，让纬民和纬国过去叫门，也是不灵。佳桃只好自己上前再劝：“佳荷，其实那天我带着纬民、纬国去见文密，他对我说了许多话。现在我才明白，他那是在和亲人们道别，你不想听一听他的话吗？快开门吧。”

房门一下子打开，佳荷扑过来抱住佳桃，痛哭道：“二姐，文密从来没有背叛我，他是害怕我和孩子受连累，才故意这样的，对吗？”芸姨娘悬着的一颗心终于放下，过来抱住佳荷和她一起哭。佳荷说：“我好狠心，那样对待他，那天为什么不和孩子们一起去见他一面，他一定很想见到我，一定有许多的话要对我说。”

佳桃只好实话实说：“文密确实很想见你。其实就在出事那天，他已经见到你了。”佳荷盯着佳桃，泪眼婆娑：“你胡说，他哪里见过我？我怎么不知道？”佳桃说：“记得那天你陪我出去买衣服吗？我们还去了裕泰茶室，那就是周文密的主意。我们的桌边竖着一道屏风，当时他就坐在屏风后面，他能看到你，能听到你说话。”

佳荷定定地盯着佳桃：“你骗我，什么屏风？我没看到，那天茶室里只有我们两个，他根本不在那里。”佳桃说：“我没骗你，他真的在那里，和你之间只隔着一道屏风。”佳荷木然而立，突然发出一声骇人的悲号，瘫倒下去。佳桃赶紧抱住她：“佳荷别这样，我原本以为告诉你这些你会好受一些，可你现在这样让我很难过。”

佳荷悲泣：“他爱我，他知道自己马上就要死了，他想要见我一面，跟我说说话，你为什么不告诉我？”佳桃含泪道：“你好糊涂，那时候我怎么知道他的心事？我怎么知道他会死？你想一想，如果我当时告诉你是他想见你，你会相信吗？你会去吗？”

佳荷无言以对，又哭道：“幸亏我跟你去了茶室，不然这一辈子我都不会原谅自己！那天我真应该穿上那条裙子的，应该漂漂亮亮地去见他，我是怎么了？为什么一定要找那双皮鞋呢？”

佳桃说：“你那天很漂亮，周文密就坐在屏风后面，他看得清清楚楚，也能听到你的声音。”佳荷哭道：“他就要死了，我和他之间只隔了一层薄薄的纱布，却不能相见。我好糊涂，好固执！一想到这个，我就心痛。”

在随后的日子里，佳荷反复追问佳桃，最后几次见到周文密是在哪里，周文密都说了些什么，他是怎么谈论她的，一边问，一边哀哀地哭。这样的追问无穷无尽，不断重复，甚至让佳桃疲惫厌倦，到最后佳荷总会补上一句：“如果他提出来要见我，我肯定会去的，他为什么不提呢？”

佳荷还在哀伤，还在痛悼。另一方面，她的气色却越来越好，越来越像当年那个热恋之中的武佳荷。佳桃终于明白：周文密对爱情的背叛，对佳荷的伤害最大。如今他虽然死了，佳荷却发现他并没有背叛她，这让她大感欣慰，于是他的爱情仍然在滋润着佳荷，给了她复活的力量。佳桃觉得妹妹可怜，同时也为她感到欣慰。

夏天的一个午后，龚易的三哥突然到东莱很行来找他。三哥名叫龚尚，是龚其迈的嫡子。

当初，龚其迈以为自己在青岛这里只是暂时居住，是中途一站，一年半载之后，根据形势的变化，要么继续南下去上海，要么返回北京，所以龚其迈对这个乱七八糟的荒岛没有特别留意。

住下来之后龚其迈才发现，自己找不到一个离开这里的理由了——留在北京的几个儿子都长大成家，可以独立支撑门户，有的还在新政府里谋了一个不错的职位。当初北京危难之际，龚其迈只带着小妾珍姨母子离开，撇下一家老小，明着暗着带走了许多的珍玩细软，这种狠心的事那几个儿子绝不会原谅。

最初几年龚其迈经常写信给儿子们，叙说近况，再询问家中的一切和北京的局势，又细心叮咛一番处世从政之道，洋洋洒洒写了十几页纸。可是信寄出去如同石沉海中，再无消息。等了几个月，龚其迈忍不住再提起笔来，有些信名义上是写给老妻。信中小心修饰，即要语气庄重诚恳，内中又隐含着几分关切。在北京那个家里，要说真正还有几分思念龚其迈的，恐怕只有这个结发老妻了。龚其迈盼望着她能主动劝他回去，那样一来，他就可以体面地返回北京。

这些信寄出去，照例没有下文。龚其迈终于明白过来，几个儿子铁了心不再理会他。老妻也恨他当初没有把她一起带到身边，家里媳妇孙子一大帮，也分了老妻的心，况且她又不会写字，就算有心回复龚其迈，儿子们也会阳奉阴违。或者，他们根本就把龚其迈的信瞒着老太太，再或者，对她谎称龚其迈早已经死掉。

龚其迈十分气恼——他这一世打下的江山，他的财产和他的名望全都留在北京了。在这个小小的海港里，他只是一个过客，是随着潮流漂到浅滩上的一条大鱼，眼睁睁看着远处的海水，巴望着能再涌上来一股大潮，把他带回到深海里去。

下一次提笔写信，龚其迈直奔主题，开口就向那几个不孝的儿子索要东西，列举出一份清单，写了满满几页纸。最后发狠说，如果收不到这些，他要亲自返回北京，当面清算。信发出去一个多月，终于有了回复，是从北京寄来的九只大箱子，沉甸甸的。打开来看，所有箱子里装的全是龚其迈的书，当然，那些值钱的善本书全都不在其中。

龚其迈差一点气死，立刻穿上衣服要回北京去，还没走出大门，自己心里先就怯了，对着天空大骂一通，回到屋子里接着再骂。接下去的日子里，整天关在家里高声慨叹，吵得龚易心烦。

前几年，留在北京的老妻去世，彻底断了龚其迈返回北京的念头。他看出佳菊是一个善良的女子，打算在青岛一直住下去，倚靠龚易夫妇，了却残生。

现在北京的三儿子龚尚突然主动找到青岛来了。无论相貌还是性情，龚尚、龚易这一对同父异母的兄弟完全不同。龚尚身材不高，有一颗光秃秃的大脑壳、一对浮肿眼泡和一张食欲旺盛的大嘴。平时与北京的贵族子弟互相往来，帮闲凑趣，几十年间一直过着清闲自在的生活。

和龚尚一起来的还有他的夫人，一个天津女人，身材圆滚，大眼大嘴，两个人站在一起，看上去更像一对亲兄妹。

龚易离开北京已经快二十年，依稀记得三哥的模样，寒暄几句之后立刻带他们回家。一路上龚尚不停地打听跑马场的事，龚易说："我不喜欢赌马，只是为了应酬才去过几次。"龚尚一脸的失望："天津也有一块跑马场，春秋两季各赛几天。每个赛季开始之前，岳父大人早早写信把赛程告诉我，提醒我早点过去。因为我对天津跑马场的那些马、那些骑师太熟了，谁赢过哪场比赛，谁跑短程好，谁跑长程好，谁不怕雨天，谁喜欢和强手争，这些东西统统装在我脑子里。每个赛季我都帮着大伙儿选马、买票，赢的钱可是多了去了，嘿，把我忙的。"

他的夫人在一旁撇嘴："得了吧，你只吹你赢钱，看走眼的时候怎么不提？"龚尚说："那是千年才有一回。反正我每次到了天津跑马，岳父大人都是好酒好菜地陪着我。可是天津的赛马只在春秋两季，夏天没有，因为天津的夏天太闷热。听说青岛也有跑马，这几年在北平也能买到青岛的马票，坐火车过来玩的人还不少。特别是夏天，顺便也可以去海滨的浴场洗海澡，一举两得。所以今年我和你三嫂也过来试一试，当然，最主要的是来看望老父亲，捎带着赛马，捎带着赛马。"

龚尚的话只有一半是真的，夫妻二人一门心思想的都是赛马，在坐了大半天火车之后龚尚才突然想起来，青岛不但有跑马场，有海水浴场，还有一个多年未见的老父亲，于是猛地一拍大腿，把夫人吓得够呛，骂道："你这是要诈尸啊！"龚尚大声说："老爷子！我忘了老爷子！"夫人问："什么老爷子？谁的老爷子？"

龚尚说："我老父亲啊，他也在青岛，还有珍姨和我一个弟弟。"夫人哼了一声："自打我嫁给你，就没听说你还有个爹，我以为他早死了。还有一个弟弟？你到底兄弟几个啊？"

火车驶到德州，龚尚下车去买了几只脱骨扒鸡，预备着带去见父亲。回到火车上，扒鸡的诱人香气透过蒲包传出来，氤氲不绝。二人忍耐了一阵子，龚尚首先熬不住，解开蒲包拿出一只扒鸡来，说好了只是尝一尝滋味。这一尝可不要紧，香肥的鸡肉吃得口滑，一发不可收拾，两个人在火车上一只接一只，把几只扒鸡吃了个干干净净。龚尚边吃边说："天气太热，这东西带到青岛就捂臭了，不如吃掉省心。"

到了青岛，夫妻二人住进饭店，先坐上一辆双驾的马车直奔海滨浴场，痛痛快快洗过一个海澡。上岸再看，距离沙滩不远的地方就是跑马场，平展开阔，晴天丽日，碧草茵茵，阵阵海风从辽阔的海面直吹过来，带着浓浓的大海的气味。龚尚大喜，认为自己大老远的坐火车跑过来，很值得。

然后二人随便买了几盒点心，一起去东莱银行找到龚易，由他带着回家去见父亲龚其迈。龚其迈看见胖胖的龚尚突然站到自己面前，大感意外，一时间把心中积聚多年的恨怨都忘记了。

第二天，龚易和佳菊陪着龚尚夫妇去跑马场。几个人好说歹说，把龚其迈也带来了。跑马场的北面有一个大看台，摆着藤椅，张着遮阳伞，供应咖啡饮料，是贵宾和会员的坐席，看台的下面是骑师的更衣室和酒吧。与大看台相对，在跑马场的另一端还有一处普通看台，设有长条凳和遮阳大棚。

龚易把大家安置到大看台上，龚其迈坐在遮阳伞下，啜着苦涩的咖啡，皱紧眉头看着下面那些奔跑的快马。他对西洋传入的东西一概疑虑重重，怀疑那是诱使国人堕落的邪门歪道："这些东西有什么看头？玩物丧志！不如坐在家里泡一杯茶，读书写字。"

龚尚说："你多来几次就会喜欢。一到了赛马的日子，我在家里可是坐不住，非得到跑马场里去，不一定赌马，只要听到这种马跑的声音心里就高兴。"

龚其迈和龚易都不懂赌马，龚尚喝着咖啡给他们讲："到跑马场里来就要买马票。马票分为几种，一般有独赢票、马位票、摇彩票和大香槟票，其中的独赢票和马位票是最常见的两种马票。每场赛马开始之前，观众根据自己的判断，在参赛的马匹当中选择一匹押注。如果买的是独赢票，只有当押注的马匹跑了第一名，方才算是赌赢。如果买的是马位票，押注的马匹只要跑进前三名，就算赌赢。也就是说，独赢票的赌赢概率比较小，所以票价比较低，一般只要一元，赔率却比较高。马位票的价格比较高，三元或者五元，赌赢的概率稍高一些，赔率比较小。"

龚其迈说："十几匹马一起跑，事先谁能知道哪个跑得快？就算知道，跑的时候万一有个闪失，也就不灵了。"龚尚说："这就要看你的眼力了，赌马可不是弯腰拾钱，你得搞清楚每一匹马的能耐，知道每一个骑师的本领，这些都看准了，还要再加上三分的运气，才能赌赢。种种的难以捉摸，也正是它的趣味所在。"

龚易问："这么难，不如就试一试摇彩票，或者大香槟票，全靠运气，如何呢？"龚尚说："论起跑马场里的彩票，各地有各种不同的玩法，最常见的就是香槟票。最早的赛马，获胜的奖品是一瓶香槟酒，所以把奖票取名为香槟票。后来奖金越来越高，当然票价也比较高，一般是十元一张。在马赛之前好多天就四处广告宣传，向民众推销。每张香槟票都有一个独一无二的顺号。比赛之前，先要根据参赛马匹的数量、彩票的销售情况进行摇号，使用的是特制的号球。每个号码的摇出要分为两个步骤，第一个步骤是摇出马号。比如有十匹马进行比赛，卖出了两千张香槟票。就把十个号球放进一个大铜球里，摇出一个马号，再在另一个大铜球内摇出一个彩票的序号。打个比方，摇出的马号是五号，摇出的彩票号是1350。马号是八号，摇出的彩票号是412。马号是十二号，摇出的彩票号是99。也就是说，比赛之前先摇出十个彩票的号码，分别与十匹赛马绑定。其中哪个号码能得大奖，要通过赛马来决定。摇号之后才进行比赛，如果胜出的是八号马，那么412号彩票就中大奖了。如果胜出的是五号马，1350号彩票就中大奖。所以，一张香槟票中奖，既要看它本身的号码，也要看赛马的结果。偶然性非常大，中奖的难度也非常大。"

龚易听得似懂非懂："要想中奖实在太难。"龚尚说："总有那运气好的一个，奖金可是真诱人啊。你猜猜看，上海跑马场的头奖是多少？十多万！后面还有二彩、三彩等等多个级别，奖金依次减少，可也非常可观。只要中奖一次，就可以一夜暴富，所以每个人都想赌一赌自己的运气，盼望自己侥幸中得大奖。"

龚其迈哼了一声："你从小就是这样，说起这些斗鸡走狗的营生，立马就来了精神，瞪着一双牛眼，没有你不知道的。一到了读书做文章，你就打起瞌睡来！"龚尚嘿嘿笑道："您老人家还是那个脾气，训起儿子来一点不留情面，我可是快五十岁的人了。再者说，斗鸡走狗怎么了？那也是一门学问不是？"

龚易被他说得心动，催他去买几张马票试一试。龚尚对青岛跑马场的马匹不熟，天气热，又懒得走过去看马，就随便买了第三场的两张马票，一张五号马雷震的独赢票，一张十一号马大方的马位票。马票是印刷的一张纸券，上面印着“青岛竞马会”、单券、价钱，标明赛马的时间，第几场，第几号马。又特别注明，马票在比赛结束的半小时之内有效。

龚易要陪三哥凑趣，想照样去买两张。龚尚不许，建议他买雷震的马位票，独赢票买九号马勤快：“要是在天津，我就让你跟我买了，保准不会输钱。在青岛我可是没谱儿，别和我一样买。”

第三场比赛开始，群马飞奔，场边一片呼啸。龚尚夫妇站起来，伸长脖子冲着场上大喊“雷震！”“大方！”喊得声嘶力竭。龚易和佳菊被他们感染，也跟着一起大喊，他们喊的是“勤快！”“雷震！”。龚其迈皱紧眉头看着他们：“看看你们的狂样子，真像一群疯癫之人！”

这一场赛马结束，只有雷震跑了一个第三名，龚尚的两张马票都没买中，龚易的马位票中了奖，八元钱。龚尚笑道：“你要是跟着我买，白白错过了八元钱，是不是？”

一支管乐队走进场中，开始吹吹打打。押中结果的观众忙着去兑奖，别人忙着买零食，熟识的朋友忙着寒暄应酬，好一阵热闹。因为等一会儿还有一场赛马，场里的观众大多没有离开。

龚易取钱回来，看见一个男人在大看台下面的人群里走来走去，身穿白衬衣，配着一条吊带的白色西裤，头发梳拢得油光整齐，样子很像杨威廉。龚易走过去，果然是他，热得满头大汗，手里捏着几张马票，正在等着下一场马赛开始。龚易招呼一声，杨威廉回头，没想到在这里能遇见龚易。

龚易这才知道，原来杨威廉加入了马会，花钱买了一匹青马，名字叫作大头，下一场就要出场比赛。两个人站在场边聊了一会儿，杨威廉惦记着自己的马，不停地回头看着马道。一会儿龚尚也从看台上走下来，龚易给两个人介绍。龚尚是赌马的行家，拿过杨威廉的马票看一看，微笑不语。

第四场赛马开始，杨威廉趴到栏杆上，对着驶过的马群大吼大叫。跑在最前面的那匹青马就是他的大头。龚尚伸着脖子看过去，领先的大头渐渐被后面的马群赶上，又被超越。杨威廉的嗓子都喊哑了，拼命捶打着面前的栏杆，但是毫无用处，大头到底落到了后面。

龚尚连连摇头：“这匹马有力量，步法灵活，跑得不错，输得太可惜。”杨威廉沮丧地说：“我换过几位骑师，这一位算是骑得最好的，今天到底还是输了。”龚尚问：“你给骑师多少钱？”杨威廉说：“跑一场我给十元，如果名次好，跑马场会分给丰厚的奖金，这些奖金我取七成，剩下的三成给骑师和饲养员去分。”

龚尚点头：“差不多各地方都是这样的分法。青岛跑马场的奖金怎么样？”杨威廉说：“一般的比赛，第一名可得二百元，第二、三名分别是一百元、五十元。如果是大香槟赛，头名的奖金是三百元。”

龚尚说：“听起来很诱人嘛。不过有些时候，别人私下里愿意给骑师更多的钱。某些马赛的结果看起来莫名其妙，原因就在这里。”杨威廉说：“我的骑师可是跑马场经理介绍给我的，应该不会有问题。”

龚尚笑了：“千里做官，为了吃穿。骑师们到跑马场上出力卖命，也不过是为了多赚几块钱。别人愿意拿出钱在私下里收买骑师，当然也是为了得到更大的好处。打一个比方，今天的比赛大家都看好你的大头，许多人买了它的马票，独赢票、马位票都有。如果大头果然跑了头名，跑马场可就亏大了。这个时候，拿出二百块钱买通骑师，就很合算。你想一想，骑师就算跑了第一名，在你这里能拿到二百元吗？”

杨威廉被他问住了：“你是不是说我的骑师在捣鬼？”龚尚摇头：“我只是说，你的大头没有跑到头名，很可惜。我还不熟悉大头，不知道它的本事，不敢乱猜。”

龚尚和杨威廉聊得十分投机，龚易在一旁听得不耐烦，催了龚尚几次，龚尚根本不理会，龚易只好自己到看台上招呼父亲和佳菊，先回家去了。龚尚夫人饿了，走下来催促龚尚先找一个地方吃饭。杨威廉一听，立刻带着二人回威廉饭店，顺路又去看了看大头。

那是一匹美国的夸特马，马头较小，马脖子短粗，肌肉发达，通体铁青，带着一点暗纹。这匹马是由一位欧洲骑师从上海带过来的，转了几次手，最后被杨威廉买下。龚尚了解这种 马，特点是机敏灵活，善于转弯，起跑的速度快，最适合短程的比赛。

三个人谈论着大头，一路走回到威廉饭店，杨威廉吩咐厨师炒几个好菜，把龚尚夫人交给小美蓉去照应，自己和龚尚坐下来，一边喝酒一边畅聊。

原来杨威廉这些年一直在赌马，可是运气不佳，买十次马票中不上一次。

于是他又开始买跑马场的彩票，期待得到一个头奖，一下子翻身，当然这更是千载难逢之事，他越陷越深。

杨威廉终于明白过来，要想稳赚不赔，最好能成为跑马场的股东。问题是这样的美事哪里轮得到他？而且他的财力也太单薄，只好退而求其次，自己出钱买一匹好马，加入马会，成为一个马主。

威廉饭店的经营一直不错，但杨威廉手中的积蓄这几年都被自己输掉，他就瞒着小美蓉把饭店抵押出去，借到一大笔钱，买回来这一匹西洋的赛马。马的名字原来叫作镔铁，杨威廉感觉"镔铁"这个名字虽然贴切，叫出来却有些拗口，赛马的时候，玩家喊起来不够响亮，想来想去，他决定给它改名叫大头。

龚尚认为大头是一匹好马，可惜的是骑师没有骑出来。他说他在天津认识一个蒙古的骑师，技艺了得，拿过许多的头名。去年秋天在遛马的时候把腿摔坏了，一直在养伤。如果能把他请过来，保准大头能跑出好名次。杨威廉大喜，夏天肯定是来不及了，就请龚尚秋天的时候早早把那位骑师带过来。

33

下一次佳菊回家，跟佳荷说起在跑马场的见闻。佳荷被她勾起了回忆："我对跑马场的印象不深，记得小时候，遇到晴好的日子，爹会带着咱们去看赛马，顺道去海边。在那里能遇到成群的德国男女，女人们身穿长长的裙子，手上戴着黑色的长袖手套，头上戴着宽沿的大帽，也有人撑着一把阳伞。男人们简单一些，一身白色的西装，嘴里叼着粗大的雪茄烟。"

佳菊说："那时候跑马场刚刚建立起来，玩家主要是德国人，每年春秋各有一个赛马季，春天是在四、五月间，秋天是在十月末，每次几天的时间，有时候在节日里也搞赛马。去跑马场的中国人很少，我们一家算是时髦的，算起来已经好多年没再去了。"

芸姨娘在一旁听她们闲聊，颇有兴致。芸姨娘原本很喜欢赌马，武振庭活着的时候经常带她去跑马场。后来孩子们渐渐长大了，武振庭担心影响他们，不肯再带她去，芸姨娘自己也极力克制。

现在芸姨娘看佳荷整天闷在家里，害怕她闷坏了身体，晴好的夏天正是逛跑马场的好季节，芸姨娘就提出明天要带孩子们去看跑马。她没有说出的另一个理由是：跑马场一向是很好的交际场合，她希望佳荷多去这样的地方露面，或许能遇到一份合适的情缘。周文密尸骨已寒，佳荷现在还年轻，芸姨娘希望她能找一个人陪伴。可是这样的话不能说出来，那样的话佳荷肯定不会去，而且要远远地躲开跑马场。

纬民、纬国听说要去跑马场，极力鼓动母亲，佳荷经不住他们的吵闹，答应明天去。可是，第二天出门之前佳荷又和母亲争吵起来，芸姨娘认为佳荷的打扮太草率："你就这样出门吗？衣服皱皱的，蓬着头，像什么样子？"

佳荷恹恹地说："这样挺好啊，我不是一直这样吗？"芸姨娘叹气："你让孩子们看一看，你这个邋遢样子出门，他们愿意吗？"纬民和纬国盯着母亲，默不作声。佳荷看出他们也嫌自己的样子不够体面，只好进去梳头，换了一条素雅合体的长裙。

贤康也去，再加上前一天就约好的淑灵和淑娜，大家一起前往跑马场。芸姨娘让佳荷为大家买了门票，不算太贵，每位只要三毛钱。走进去，只见开阔的草场之上人头攒动，草短沙柔，轻衫绚丽，裙裾飘曳，看得人心情舒畅。

贤康提议大家去买马票，赌一赌运气。芸姨娘兴致大好："今天你二姑不在，咱们要玩呢就玩一个最刺激的，你们每个人都可以选一匹马，不买什么马位票，都买独赢票。我出钱，如果能够中奖，我带你们去吃大餐。"

孩子们大喜，立刻跑去马厩选马。纬民最先跑回来，报给芸姨娘一匹五号马，名为大力，是一匹蒙古马。芸姨娘问他为什么要选大力，纬民也没想出什么理由，带一点羞涩地说："我喜欢它。"

淑灵挑选的是一匹黑色的西洋马，八号，名叫黑龙："它长得高高大大的，毛色像黑缎子一样有光亮。"淑娜在一旁很不满意："姐姐真讨厌，本来我要挑选黑龙的。"淑灵说："你现在也可以选啊。"淑娜说："已经被你选了，我才不和你一样。"芸姨娘问她要选什么，淑娜说她要再等一等，看看贤康选什么。

贤康和纬国走回来，贤康说："远远地看一看那些马，就断定哪一匹马会胜出，其实很盲目的。这样的选法，和闭上眼睛随便摸一匹马差不多。"淑娜说："可你总得选一匹下注啊。"贤康说："那我就选十五号的白蹄儿吧，一匹山东马。"

淑娜就说："好吧，那我也选白蹄儿。"淑灵奇怪："你刚刚还说不要跟别人选一样的。"淑娜辩道："我说的是不要和你选一样的。白蹄儿今天肯定会赢。"淑灵撇一撇嘴，欲言又止。芸姨娘问纬国："就剩你自己了，说说要选哪一个？"

纬国问："姥姥，我选对了就可以得奖，赢回来几倍的钱。选对的人越多，得的奖钱也越多，对不对？"芸姨娘说对。纬国说："我看好多人都挑选五号大力，如果大力赢了，马场不是要赔给大家好多钱？如此一来，马场不就赔钱了吗？"

芸姨娘的兴致被他引起来："马场不会赔钱，只是赚得少一点。怎么，你看哪里不妥吗？"纬国说："卖出马票最少的那一匹马胜出，许多人都会赌输，这样的结果，马场的人肯定最喜欢，对吗？所以我要选那匹九号马，拳毛。"淑娜在一旁嘲笑他："纬国是傻瓜，那匹拳毛的样子像是生病了，怎么能胜？我没看到哪个人选了它。"

纬国坚持要选拳毛，芸姨娘让淑娜把大家的选择记录下来，她自己填了一个十号马宝贵，又让佳荷也选一匹，佳荷说："我没有看马，就跟着纬民和纬国选吧，和纬民一样选五号大力。"

芸姨娘就拿出七元钱给贤康，让他去给大家分别买回马票，一共七张。贤康回来交到各人的手上，又去买了几斤樱桃分给大家，坐下来吃着，等待马赛开始。

佳荷看见定威和小暖也带着女儿来了，摇手向他们打招呼。定威一家人走过来，定威对赛马没有什么兴趣，也不喜欢赌马，他更相信自己，更愿意到赌桌上去决定胜负，但他喜欢群马齐奔的那种气势。

下一场赛马开始了，十几匹马一起出发，马头踊动，马蹄翻飞，泥尘飞扬。买了马票的观众高声呼喊着自己的马，芸姨娘也和大家一齐呼喊，大叫："宝贵！宝贵！快跑！快跑！"一边用力拍打着木栏杆。

比赛的结果，跑在最前面的竟然是拳毛，第二名宝贵，第三名是一匹青骢马。七个人当中只有纬国中奖，他和贤康跑去领回来十元钱。淑灵赞道：

“幸亏有了古怪的纬国，不然我们全要输了，白白丢掉七元钱。”

佳荷说：“刚才娘喊得可真响，给你的‘宝贵’助威，那个样子我还是第一次看到，真惊人。”芸姨娘笑了：“我年轻的时候可不像你这样老实，在跑马场上也很能疯的，后来跟了你爹，慢慢让他和你们给扳成了这样。”佳荷说：“你喊得山响，可你选马并不高明。”

芸姨娘心有不甘：“我一直看好十号的宝贵，按理说应该买它的马位票，也能赌赢。今天只是为了和你们凑趣，才买了它的独赢票。过去我买马票，赢得多输得少，这其中其实是有门道儿的。先说说看马吧，要看马的体格、精神，要知道每匹马的特长。另外还要看骑师，好的骑师能让一匹马跑出它最好的状况。所以我说，贤康、纬民、淑娜都是胡乱选马。淑灵知道观察马匹，可她看的地方不对，要看马的骨架和腰身，不要光看它的皮毛。能跑的马必定样子骏美，但是骏美的马不一定能跑。像纬国这样的买法，虽然今天给他押中了，只能算是侥幸，如果经常玩马票，这样的玩法会输得很惨。”

佳荷听不进去，也不想再看下去，张罗着去吃饭，请定威一家一起去。定威不肯，还要留下来再看两场。这里距离威廉饭店不远，芸姨娘担心贤康不满意，先问他的意见：“咱们去威廉饭店吃饭，好不好？”贤康说：“随便哪里都好。这顿饭是纬国的功劳，问问他吧。”于是芸姨娘和大家一路慢慢走过去。

杨威廉不在店里，小美蓉出来招呼大家。芸姨娘点了饭菜，请小美蓉坐下来一起吃，小美蓉借口要招呼客人，躲到后边去了。人是离开了，心里还惦记着贤康，藏在门边偷偷地望过来。看出贤康又长高了不少，脸庞身材都像极了他的父亲武定魁。小美蓉远远地看不够，心中悲欣混杂，暗吞泪水，到底忍耐不住，去厨房里让厨师炒了两份贤康最爱吃的菜，自己端出来，放到靠近贤康的地方。芸姨娘再让她，她就趁势在桌边坐了下来。

闲聊当中又说到赌马，小美蓉禁不住落下眼泪：“今天杨威廉也去跑马场了，这两年他迷上赌马，把前些年的积蓄全部输掉。饭店的生意一直不错，原本我们还想扩大店面，开设一些客房，供给客人们住宿，就像亨利亲王饭店那样。可手中的积蓄全部被杨威廉荡尽，又花大价钱买了一匹赛马，我百般劝说，他只当是耳旁风，说得多了，他就要朝我吼。”

佳荷和母亲劝她不要愁，事情总会有转机。小美蓉不想让大家扫兴，也怕自己太絮叨，惹贤康烦恼，便起身躲到厨房里去了。

大家痛痛快快吃了一顿，一起回家，佳桃正坐在厅堂里等着他们。纬民抢先告诉佳桃："我们去跑马场了，纬国买对了一匹马，九号拳毛，给我们赢了一顿大餐。"佳桃皱眉道："赌马？是不是贤康的主意？"芸姨娘在一旁赶快说："不是贤康，是我。我看今天天气好，就带孩子们去跑马场转一转，他们还都不知道马票是怎么回事，就让他们尝一尝新鲜。"

佳桃有些不快："去跑马场看一看就好了，场里也有许多别的玩意儿，教他们赌马可不是好事，许多恶习就是这样慢慢沾染的。"芸姨娘说："我知道。我看佳荷老闷在家里，难得哄她出去走一走，多和外面的人见一见，让她多认识一些人，总是好的。"

一番话让佳桃不好再说什么，贤康和纬民、纬国看看形势不对，悄悄躲到楼上去了。佳荷说："我们去威廉饭店吃饭，小美蓉对着我们直流眼泪，那个杨威廉这两年迷上了赌马，在跑马场输掉许多钱，还要自己买马，做马主。"佳桃冷笑一声："他这个人就是这样，不成器的事情总少不了他。"

芸姨娘感觉疑惑："威廉饭店的生意一直很红火，玩一玩跑马怎么就能输掉那么多呢？"佳桃说："你只要看一看马会里那帮董事们的奢华生活，看一看他们的大宅子，就知道杨威廉这些人为什么输那么多了。杨威廉一直有发财的梦想，野心太大，威廉饭店里一盘菜、一碗汤地赚钱，他嫌人慢了。"

佳荷说："定威也是一样，好赌，小暖见了我总要一番哭诉，真够可怜，你应该劝一劝定威。"佳桃说："小暖找过我好几次，我也劝过定威，没用。他是咱们的堂兄弟，可他也在鸿运公司里管事，我可不喜欢去管伙计们的家务事。"

佳荷感叹："那年咱们到乡下躲避时，定威还是一个渔民，粗手笨脚的。几年的工夫，他的变化可真大。"佳桃说："学到了不少本事，也学了许多坏毛病。生意上的事，大姐和你都没有兴趣，龚易闲散惯了，只有定威是最能干的一个，现在只能依靠他。我现在盼着贤康、纬民、纬国他们快快长大，替我分担。"佳荷说："也许过几年我会有兴趣，到时候你不怕我向你夺权？"佳桃说："你最好早点来，不用夺，我就给你。"

秋天的赛马季节，龚尚如约而来。这一次他没有带夫人，身边跟着一个胖大的蒙古汉子，大脸细目，身材不高，非常壮实，走路有点歪，名字叫作巴特尔。杨威廉跑到火车站去接他们，直接带着他们去了马厩。巴特尔看过大头，扯住缰绳飞身上马，在马厩前跑了跑，感觉十分满意。

杨威廉看出这个巴特尔果然与前几位骑师大不相同，骑术精湛。问题是巴特尔闲得太久，身上已经长出来不少赘肉，超出了规定的骑师体重，于是最初几天严格减食，只能眼巴巴看着龚尚在一旁大吃海鲜，馋得要命。

龚尚一边吃一边安慰他："等跑完了这个赛季，你就可以放开肚皮吃了。你看我天天吃得香甜，可我心里并不舒坦，我带着你跑到这里来，错过了天津的赛季，岳父大人不知道在家里怎么骂我呢，我这完全是为了帮助杨威廉，谁让我和他是朋友呢？"

一番话让杨威廉感觉过意不去，也更殷勤地款待二人。龚尚吃饱喝足，开始和杨威廉商议赛马的策略："过去大头跑得一直不好，巴特尔来了，不妨再继续输几场。嗯，秋天的赛季就是那么几天，大头也不能输得太多，就输第一场吧。"杨威廉急道："输？我恨不能明天就让大头跑一个头名。"龚尚说："你这就是一根筋了，这样做马主必定赚不到钱。养马既要会赢，还要会输，如此才能赚大钱。"

杨威廉不明白跑输了怎么可以赚钱，龚尚给他解释："有些时候需要隐藏实力，比如先让某一匹马故意输掉几场，玩家们的印象里就认为这匹马能力不强，以后不再问津。到了某个预定的场次，此马突然爆发，一鸣惊人。当然，知道底细的人事先已经买好这匹马的马票，特别是香槟票，弄好了可以大赚一笔。"

杨威廉恍然："原来还可以这样玩。"龚尚说："跑马场偶尔会让一匹热门马跑赢，让玩家们尝一尝甜头，他们会四处夸耀自己的好眼力，逢人便讲，这种故事是对跑马场最好的宣传，可以引来更多的人下注。相反，那些玩家不会向别人提起自己赌错了多少回，赔进去多少钱，把这些全部埋藏在自己心里。如此一来，市面上只有一个又一个赢钱的故事在流传，很少听到赔钱的故事，给人的印象似乎是大家都在跑马场里赢了钱。大家只记得那些一夜暴富的传奇故事，不管它是真是假，不管它多么难得一遇。那些倾家荡产的输家，那些悬梁投海、家破人亡的惨剧很容易被人忘掉。”

杨威廉黯然道：“我输了钱从来不对别人讲，讲也没有用。”龚尚冷冷一笑，继续说他的赛马经：“如果每场赛马大家都能押中，那庄家可要赔惨了，赛马、赌马也就玩不下去了。所以赛马场必须做些手脚，有时候是跟骑师去谈，让他故意输掉，当然要给骑师一些好处。这种办法比较简单，只需要骑师配合，故意在比赛过程中出现一些失误，影响马的速度或者体力。这个一定要做得逼真，不要被人看破。这种办法不能常用，有些骑师也不愿意配合，害怕一旦泄露出去会破坏自己的声誉，本来可以跑赢的比赛如果输掉了，会影响玩家们对骑师的信任。最绝妙的操作境界，是让大家觉得比赛的结果‘出乎意料却在情理之中’。可是，跑马场不能场场比赛都跑出一匹大黑马，所以最常见的还是在马身上做手脚。”

这个是杨威廉最担心的：“怎么做手脚？跑马场的赛马都养在马厩中，有专门的保安，只有饲养员和骑师可以进入，而且只能照顾自己的马，比赛之前不许接近别人的马。每个马主和骑师都对自己的赛马严加防范，比如我从来不许别人靠近大头，就是防着他们暗中做手脚。”

龚尚伸出手指敲一敲杨威廉的胸口：“你以为你防卫严密，只是因为你没有见识过那些手段。我在天津的跑马场混了这么多年，见过无数的阴招。比方说，可以给自己的马服用兴奋药，让它跑得更快，当然这个办法容易伤到马匹，一般人不舍得用。另一种是暗中给实力强大的对手投药，催眠药，迷幻药，各种各样，主要是影响它的体力和状态，影响速度，让那些实力不济的赛马胜出，出人意料。”

杨威廉说：“这几天跑跑看吧，实在不行我也要狠狠心，喂大头兴奋药。”龚尚说：“这种手段大家都明白，一定要做得隐秘，神不知鬼不觉。”

商量妥当，巴特尔每天骑着大头跑几圈，人和马彼此相熟了，巴特尔的体重也慢慢降下来，杨威廉感觉越来越有把握。

马赛的第一天，杨威廉头天夜里就睡在马厩里，看着伙计给大头添饲料。天亮之后，巴特尔和龚尚也早早来到，一起牵着大头去跑马场。

比赛要等到临近中午时才开始，知道大头今天要输，杨威廉一张马票都没买。龚尚不买马票没法过日子，研究半晌，买了几张。他最看好的是二号马，一匹西洋马，通体雪白，名为闪电。

比赛开始，白色的二号马真如一道闪电一般，含首纵蹄，一马当先。大头的爆发速度和以前一样好，巴特尔收着缰绳，并不催它。马群争夺激烈，最终果然是闪电胜出。大头落到了最后，但没有被抛开多远。龚尚对这样的结果很满意，巴特尔也说，如果让大头放开跑，它很可能超过闪电。

第二天大头被排在第一场，杨威廉和龚尚早早来到跑马场，先去买好了马票。杨威廉倾尽所有，买了一大沓大头的马票。龚尚比较谨慎，买了大头的独赢票和一份香槟票："香槟票赌的是运气，我从来不玩。我喜欢马位票，玩的是自己的眼力，赢面大，每次赢钱不多，起码保证不输钱，积小胜为大胜。"

这是一个好日子，高天之上白云朵朵，有一点微微的风，远处海水瓦蓝，近处青草茵茵，黄沙绵软。杨威廉走过跑马场，这是改变命运的一天，今天大头一定会赢，给他赚来很大一笔钱。到时候他可能把威廉饭店还给武佳桃，自己开一处更气派的买卖，他还没有想好做什么买卖，反正他要堂堂正正地做一个掌柜，不像现在，总感觉短少了一口气。

马赛开始了。今天巴特尔不再收敛，纵马扬鞭，大头的爆发力出色，一开始就把群马远远抛在身后。杨威廉和龚尚大喜，捏着马票狂吼出来。杨威廉对自己的爱马再熟悉不过，大头起跑快，但过去最多也只能超出对手半个马身。今天的势头和往日大不相同，跑出不远便超出一个身位，而且越跑越快，把群马抛下一大截。

龚尚最先发现了问题，拉住杨威廉："大头怎么这么快？昨天可不是这样。"杨威廉说："巴特尔的骑术好，而且昨天咱们要输，让他收着点儿。"龚尚望着场里："可它快得吓人了，这不对啊。"

杨威廉看着远处的大头，也感觉到了异样。大头的脚步渐渐慢了下来，与群马之间的距离慢慢缩短。当它从面前跑过时，杨威廉看见它的鼻中流淌着白涎，双目暴突，样子十分可怕。马背上的巴特尔却看不到这些，频频扬鞭，催促大头奋力向前。

杨威廉急了，冲着巴特尔大叫，却被马蹄声的轰鸣遮蔽。受到鞭策的大头精神一振，腾身纵跳，似乎恢复了先前的神勇，重新拉开了与大队的距离。

可惜好景不长，大头随即又陷入迷茫当中，巴特尔抖缰绳、踢马镫，大头的脚步却不再轻盈。群马向它迫近，一个接一个轻松超过了大头，疾驰而去。

大头完全退出了角逐的行列，最终胜出的是十四号，一匹毫不起眼的黄色山东马。杨威廉和龚尚跑到大头身边，它的样子不同寻常，浑身大汗淋漓，马腿抖得厉害，不停地喷着鼻子，左右甩头。

巴特尔直接把它牵回马厩。跑马场里有几位兽医，一般的马匹疫病、外伤都能处置，杨威廉把他们全都找来，却看不出大头究竟得了什么病，也不敢给它用药，害怕自己担责。无论杨威廉怎样央求，都是无用。到了下午，大头的情况越来越糟糕，已经无法站立起来。邻近的几位马主怀疑大头是染了什么可怕的疫病，害怕自己的马被传染，赶快把马牵到别处去了。

杨威廉急得团团乱转，拿来一大堆药，但大头牙关紧闭，哪里灌得进去。龚尚在一旁冷眼观察，暗暗失望。他原本指望这个秋天在青岛好好玩一玩，顺便在大头身上赚一笔，没想到遇上这种事，大感晦气。根据他的经验，大头的样子很像是中毒，必定是什么人暗下黑手。就算大头侥幸不死，再想恢复到原来的样子也要三五个月。

万一大头死了，杨威廉必定大闹起来，跑马场追究此事，恐怕自己要受到牵连，不知道要盘查多久，自己很可能陷在这里无法脱身，甚至被人栽赃陷害。想一想这几天对杨威廉说过的那些话，弄不好杨威廉会怀疑他暗中捣鬼，到时候有口难辩。

龚尚越想越害怕，趁杨威廉和巴特尔不注意，悄悄退出去，跑回饭店草草收拾一下，坐上当天下午的一趟火车，也不管是开向哪里的，先离开青岛再说。

晚饭之后，杨威廉和巴特尔到饭店来找龚尚商议，才发现他悄悄跑了。杨威廉大怒，怀疑大头的异常是龚尚搞的，气得破口大骂，立刻去找警察。巴特尔一看形势不妙，担心自己受累，当天夜里也悄悄溜掉。

杨威廉在警察那里碰了钉子，独自回到马厩。小美蓉给他送过来饭菜，夫妻二人守着奄奄一息的大头过了一夜。黎明时分，杨威廉忍不住睡了一会儿，再醒来时天光大亮，身边的大头已经咽气了。

杨威廉急火攻心，只觉得脑中一热，像在脑门处敞开了一扇窗子，清爽的海风直吹进去，让人感觉心中、脑中一片光明透亮。杨威廉踢了一脚地上僵硬的大头，对小美蓉哈哈大笑：“你好好看着它，让它多睡一会儿，我自己去跑一个头名！”

杨威廉转身走到跑马场，新一天的马赛还没有开始。杨威廉和平常一样去买马票，指名要买大头，人家告诉他大头病了，今天没有它的比赛。杨威廉坚持说大头会参加今天的比赛，那些人不再理他。杨威廉暗暗高兴，今天只有他一个人知道大头在这里，它会参加今天的比赛，这是一个秘密。

杨威廉揣着他的秘密走进人群中，四处游荡，小美蓉一直跟着他，朝他嚷叫，向周围的人哭诉，要把他拉回去。这让杨威廉很生气，使劲踢她。小美蓉不走，他就打她的耳光，轰她滚开。

人群躁动起来，脚下的大地微微震动，那是许多马蹄奋力蹬踏的结果，今天的第一场马赛开始了。人们不再理会杨威廉，手里捏着马票为自己心仪的赛马呐喊，盼望着天大的好事降落到自己的头上。

杨威廉看到马群奔跑过来，快速脱光自己的衣服，使劲推开小美蓉，赤条条地翻过栏杆，奔进跑马场中，弯腰伸臂，在马道上一路狂奔，他现在就是大头，他今天跑得真好。观众们大笑，使劲给他鼓掌，朝他鼓噪狂叫。杨威廉更加兴奋，他的前面没有一匹马，现在他是头名。他感到地面在颤动，身后传来隆隆的马蹄声，大群的赛马向他跑过来。

观众们感觉到了惊恐，有人大声提醒杨威廉赶快躲开，有人依然向他鼓噪。骑师们现在都看到了前面那个赤身的男人，可没有人愿意停住自己的马，希望杨威廉主动避让。杨威廉心中焦急，我今天跑得很好，他们怎么会追上来？扭回头看，看到一片踊动的马脸，一片晃动的马腿。

骑师们纷纷拨转马头，马道上一下子混乱起来。赤裸的杨威廉陷入纷乱的马蹄中间，马蹄踏起的泥沙、草末飞溅到他的身上，杨威廉奔向一匹大青马，嘴里大叫大嚷：“我来了！我是大头！”

马上的骑师慌忙扯动缰绳，让大青马避开杨威廉。大青马跑得太快，一只马蹄还是踢到杨威廉的身上，杨威廉惨叫一声，扑倒在马道上。马场的伙计们跑过来，按住他的手脚，抬出去丢到一边，狠狠踹了几脚，警告他别再过去捣乱。

杨威廉疯了，一场马赛生生被他搅乱，骑师们兜转赛马，走回去重赛。

定威在船运公司里告诉佳桃，他今天又在跑马场看到贤康了，他和贤康打招呼，贤康却悄悄躲开。

今天贤康应该在学校，难道他迷上赌马了？佳桃立刻赶往跑马场，今天是秋天赛季的最后一天，赌马的人格外多，场中拥塞难行。佳桃穿过人群，绕过半个场子，在人群中遇见杜冲和雅子带着他们的两个女儿。佳桃停下脚步和他们寒暄，杜冲的大女儿名叫原樱，身材高挑，眉目清朗，看上去很像父亲杜冲。二女儿名叫原枝，白皙小巧，身材容貌都像极了母亲雅子。

说话之间，佳桃瞥见人群中闪过一个瘦高的身影，慌忙与杜冲一家道别。那个瘦高的身影在栏杆边转过脸来，果然是贤康。贤康也看见了二姑，闪身想要躲开，早被佳桃扯住了胳膊。他只好乖乖跟着二姑走出人群，离开跑马场，一路走到海滩上。贤康一路解释着，说他是第一次来，买了大香槟票，他想在最后一天的跑马赛中试一试运气。

佳桃沉默良久，慢慢给贤康讲起十几年前定魁的惨剧："在你很小的时候，有一天我们听说你爹不见了，一家人四处寻找，后来在海边的一块礁石下面找到他的尸体。他是被人害死的，其中的细节后来我们才知道。有人因为生意和咱们武家结下仇怨，他们用赌博引诱你爹，趁着黑夜把他抛进大海。"

贤康垂头盯着手中的香槟票，佳桃说："人的变化是很快的，你爹像你这么大的时候，也是一个本分之人，不到一年的时间就染上鸦片烟瘾，从此沉沦下去，一蹶不振。贤康，我现在很担心你。"

贤康把手里的香槟票慢慢撕碎，丢进海里："二姑，我不会像他那样。"佳桃也不想多说，和他离开海滩，送他回学校。汽车转过一个路口突然停下来，一个行人挡住车前的去路，在马路中央慢慢晃动。

司机开门下车，高声训斥那人，要把他推到路边去。那个人毫不理会，坚持要走在马路中央。佳桃看不到他的脸，但那个笔挺的腰板和沾满污泥的西裤、皮鞋足够她认出杨威廉。佳桃昨天听芸姨娘说起过，杨威廉的精神好像出了问题，整个人有些疯疯癫癫的。

佳桃和贤康下车走过去，果然是杨威廉，他的西装和衬衣还没有弄脏，神态也很安详，看见佳桃还不忘拢一拢头发，微笑致意，恭恭敬敬地叫一声“掌柜的。”

佳桃问他要去哪，一边在心里怀疑芸姨娘的说法。杨威廉轻轻地说：“去跑马场，今天大香槟彩票要摇奖的。”说着伸手到怀里摸索，掏出一叠大香槟票。贤康拿过来看：“这些都是以前的废票，没有一张今天的。”佳桃不想谈论跑马的事，提醒杨威廉：“走路要靠边走，你这样很容易被碰伤。”

杨威廉对佳桃的服从已经深深刻印到骨子里，听见这话赶快躲到路边去，一边回头看着马路：“一开始，大头就要占住马道的中间位置，靠边跑的话怎么能跑赢呢？”佳桃不明白他说的什么：“大头是谁？”杨威廉说：“我的赛马啊，一匹美国的夸特马，为了借钱买下它，我把威廉饭店都抵押出去了。”

现在佳桃相信芸姨娘的话了：“杨威廉，上车吧，我捎你一程。”杨威廉跟着他们上车，佳桃吩咐司机去威廉饭店。杨威廉坐在佳桃身边，摆弄着他的马票：“掌柜的，看看我存了多少香槟票。”

香槟票每张面额一元，一般的玩家每次会花十元钱，可以买到十一张连号，看来杨威廉这些年果然没少买彩票。佳桃把马票还给他：“收起来吧，不要掉了。”

杨威廉接过去，垂头仔细数。佳桃看着这个男子，心生怜悯。他头脑灵活，早早离家学做生意，几十年来勤勤恳恳，只有一个简单的心愿，就是要赚大钱。他有一些毛病，但不是坏人，几十年的钻营与挣扎之后，留下来的只有一片空洞，就像他手里这一叠无用的香槟票。

小美蓉正要出来找杨威廉，没想到佳桃和贤康亲自把他送回来：“这些天我都盯着他，不许他跑出去，可是一忙起来，稍稍疏忽一点就被他跑出去。”佳桃说：“他这样在马路上乱跑很危险，他怎么会变成这样？”

小美蓉的眼睛红了：“都因为赌马。前几年他开始买马票，当时花销不多，偶尔还能中奖，我也就没拦他。可他越买越多，越陷越深，输掉许多钱，后来干脆又买了一匹马。哪知道前几天遭人暗算，那匹马被投药毒死。马死了，买马时借的钱还不上，威廉饭店也保不住了，这些年的辛苦全都白费。他又痛又悔，就变成这样了，现在不但不敢指望他帮助做事，他还四处乱跑，不肯老老实实留在店里。”

佳桃安慰她："失去钱财不可怕，可怕的是沾染恶习。有了恶习，一座金山也会被败光。你先给杨威廉治病吧，病好了，一切从头开始。"小美蓉慢慢摇头："我累了，不想干了。"

佳桃说："就算威廉饭店抵押出去，我也可以赎回。只是武家的资产不是我一个人的，我不敢随便处置。"小美蓉哭道："我明白。你当初已经把饭店给了我们，对我和杨威廉仁至义尽，是我们不争气，落到今天的地步。杨威廉变成这样，已经是一个废人，无法做事了，就算给我们也无法像从前那样经营了，我不敢再存奢望。"

杨威廉一直安静地坐在一旁，好像佳桃她们的谈话与他无关。有时候他会摸出一张马票，垂头凝视，嘴唇微微翕动。佳桃看着他，明白这个人已经不可救药。她为他、为小美蓉、为他们的这个家感到绝望。

小美蓉哀哀地说："佳桃，我一定是个妨人的女人，容易给亲人带来晦气。当初定魁和我在一起，命运大变，早早丧命。现在又是杨威廉，在一起过了几年好日子，好端端地又变成了这样，必定是我的缘故。"

说到伤心处，小美蓉泪如雨下："佳桃，我原本是在乡间唱戏的一个戏子，若是当初没有遇到定魁，我会嫁给一个庄稼人，或者嫁给戏班子里拉琴的，现在还要四处唱戏讨饭。我过了一些好日子，这辈子也值了。要说不足的地方，也有。我生了两个儿子，他们都是好孩子，我恐怕不能活着看见他们长大成人。我在这世上再没有别的亲人，如果我死了，他们就都交给你了。贤康的事不用我操心，贤治虽然没有武家的血统，毕竟也是贤康的弟弟，你看在贤康的分上多多关照他，帮扶他。贤康最听你的话，也请你教导贤康善待弟弟贤治。"

佳桃止住她："你不要胡说，我不爱听这种话。"小美蓉悲伤地说："好，我不乱说。我欠武定魁一个死，当初我对他说过，我们要生在一起死在一起。算起来，武定魁死去快二十年了，我偷生这二十年，足够了，我现在只是没有颜面去见他。"

佳桃安慰她几句，和贤康告辞出来。贤康在车上问："二姑真的要把饭店再赎给杨威廉？"佳桃说："威廉饭店这个位置很好，有机会的话我当然要赎买回来，也可以继续交给他们经营。将来我会把它交给你，到时候如何处置，你自己来决定。”

两天之后的清早，佳桃刚到船运公司，小美蓉的儿子杨贤治跑来找她，怀里抱着一本账本：“我娘前天把这个账本交给我，嘱咐我说，如果她出了什么事，让我带着它来找您。昨天饭店里修整灶具，没有营业，吃过晚饭之后，我娘领着我爹出去，一夜没有回来。”

佳桃心中疑惑，接过账本，上面记的都是威廉饭店的往来账目。佳桃生出不祥的预感，派人去学校叫贤康回来，自己跟着贤治赶到威廉饭店。店里的伙计们已经分头出去寻找，饭店里冷冷清清，小美蓉和杨威廉的睡房里空无一人，收拾得干干净净。

佳桃猜到了结果，伤心不语。贤康赶来，和贤治分头出去寻找。第二天，小美蓉和杨威廉的尸体都在海边找到了。一根麻绳，这一端牢牢捆在小美蓉的腰间，另一端死死捆住杨威廉的腰。不用问，这是小美蓉的主意，杨威廉已经成为一具行尸走肉，绝望的小美蓉带着他一起离开了这个世界。这个世界曾经带给她快乐和满足，也留有她的想望，留着她牵挂的骨肉，现在她带着她的悲伤和绝望走了。

虽然有名无实，佳桃毕竟和杨威廉做过一段夫妻，那也是她唯一的一段婚姻。杨威廉落得如此结局，让她倍感辛酸。

贤治一下子失去父母双亲，面对他们的遗骸却是异常平静，沉默无声，反而是贤康为母亲流下了许多眼泪。

34

鸿运船运公司新添了一艘客轮，佳桃命名它为“运隆号”，准备运营青岛到大连的航线。

正式营运之前，为了给运隆号客轮做宣传，顺便打响鸿运船运公司的名号，佳桃建议在电台上做一次宣传：三天之内，本市民众乘坐运隆号游览沙子口，一律半价收费，幼童免费。

前来一探新奇的人还真不少。第一天佳桃要随船出去，也约上了佳菊和佳荷。一大早，佳桃和佳荷带着纬民、纬国坐车赶到小港。佳菊带着淑娜已经等在那里，龚其迈也跟着来了。珍姨到底被烟后痢耗尽了体力，死在去年的冬天。这让龚其迈大受打击，整个人一下子衰老了许多，今天佳菊和淑娜一定要他到海上散散心。

大家登上运隆号，由佳桃陪着到船上各处转了转。客船是上海船厂建造的，比外国船便宜了许多。甲板上的头等舱、二等舱都很宽敞，下面的普通舱只是一个大统舱，乘客可以席地而坐，或者直接躺在地板上。后面还有一个散货舱，可以装运不少货物。

大家回到甲板上，陆续还在有人赶到码头来，佳桃看船上的人已经不少，吩咐来富开船。运隆号从小港出发，慢慢驶出胶州湾口，向着东北方向驶去，周围海天辽阔，长风猎猎。

佳桃在船尾遇到了小暖，牵着蹒跚学步的小女儿玉娇。小暖平时很少有机会见到佳桃，在她面前有些拘束："我听佳菊大姐说，今天大家要坐船出海，就带着女儿过来了。如果被定威知道了，一定会骂我。"

佳桃说："定威干什么要骂？你别把我兄弟说得那么不堪。"小暖笑了："其实，我从小在海边长大，海边什么样的风景没看过呢？我只是听说掌柜的今天也在船上，正好有个说话的机会，所以来了。"

佳桃说："我天天各处跑，也不知道都忙些什么事，姐妹们难得有机会坐到一起说说话。"小暖的眼圈突然红了，扭头看着船舷外的海面，努力要做出一个笑脸来面对佳桃，结果眼泪还是流了下来，她掩住脸，边哭边说："我好难受！定威迷上了赌博，每天夜里回来得很晚，有时候通宵不归，给我的钱也越来越少。"

佳桃伸手把玉娇拉到身边，不让她靠近船舷。其实这些年佳桃对定威越来越不放心，她想自己正式担任船运公司经理的职位，只把一些日常的事务留给定威管理，却一直找不到合适的机会，现在应该是下决心的时候了。

船过崂山。从海上望过去，崂山姿态雄奇，日光之下巨石累累。佳桃忆起若干年前的山中一夜，明月高天、幽山静树、石壁森然。她和杜冲相依相偎，似乎有一段万世的情缘在等着他们。谁知道那只是一枕黄粱，而且醒得那么快。佳桃坚决地打断回忆，扭头望向大海，海面一片迷茫。

船到沙子口，大家游兴已尽，佳桃吩咐返航。到港时已近黄昏，从码头里出来，佳桃、佳荷与大姐一家分手，听见卖报的童子吆喝得格外卖力，佳荷买一份看，才知道中日军队在北平交战。

形势骤变，反日浪潮一天比一天高涨，到了八月，开始有日本的侨民撤离青岛。九大日商纱厂停业，日资工厂和商店陆续关闭。八月下旬日本向中国增兵，封锁中国海岸。九月初，日商工厂全部关闭，更多的日侨撤离，中日全面战争越来越近。

国立的山东大学将要西迁到内地西安，市里的小学、中学全部停办。贤康已经在大学的物理系读到了三年级，自己希望能在学校里完成学业，自然要跟随学校西去。

佳桃不放心，不舍得贤康离开。当年哥哥定魁就是出去躲避战乱时，偶遇乡间的小美蓉，那以后才有了人生重大的转变，最终导致悲剧。而且贤康此一去路途遥远，人地生疏，不知道什么时候才能回来，一个人在外面孤孤单单，难以预料的事情太多。但一场大战就在眼前，如果把他留在这里，距离战争的凶险更近。恶战当中，家庭和亲人能给他的庇护实在微不足道，而且贤康自己也不愿意留下来。

佳桃左右为难，贤康的弟弟贤治也在上学，佳桃问他的打算：“你哥哥孤身远行，我不放心，如果你们能在一起，彼此可以互相照应。”贤治说：“我不走，也不想再读书了，我要留下来学做生意。”

佳桃很失望：“为什么要急着做生意？再读几年书不好吗？”贤治说：“我爹在我这个年纪，早已经一个人来到青岛学做生意。我的学问够用了，不想再让二姑为我花钱。”佳桃说：“钱不是问题，只要你愿意，可以像贤康一样上大学。”贤治态度坚决：“不，我喜欢做生意。”

佳桃无奈：“这样也好，那你就回威廉饭店，学一点经营，学一点厨艺，将来也能给贤康做一个好帮手，好吗？”

贤治答应。佳桃反复权衡，终于决定让贤康跟学校走。行期近在眼前，留给他们准备的时间不多，佳桃带着贤康去买回几块衣料，立刻亲自动手裁剪，日夜忙碌，给贤康做好几套衣服。

龚易一家人也在争论同样的问题。淑灵刚进大学学习国文，这一次也想跟随学校内迁，母亲佳菊坚决不肯："一个女孩子奔波千里，孤身在外，十分辛苦的。而且乱世当中，一家人一旦分离，不知道什么时候能再见面，不知道还有没有机会再见面。你要是走了，也会把我的心带走。"

淑灵说："我怎么是孤身在外？贤康就和我在一个学校里。"佳菊说："贤康不过是一个青年学生，在家里娇生惯养，到了外面只怕连他自己都照应不过来，哪里顾得上你？我不许你去。"

淑娜在一旁插嘴："我讨厌日本人，我也要跟姐姐一起去。"淑灵说："好啊，你可以先到那边的中学读书，如此一来，我更不孤单了。"

佳菊说："那你们不如先把我杀了！龚易，你怎么不说说她们？"龚易吸着烟斗，慢慢说："做决定之前，先要看清楚形势。当年的日德战争打得比较激烈，因为青岛是德国人在中国的立足点，是必守之地。德国人要么投降，要么死守，再没有别的选择。双方的争夺只集中于青岛一点，规模小，所以结结实实地打了一场，分出了胜负。这一次却不相同，是日中之间的全面战争，一场大战到底会打到什么时候，打到什么程度，难以预料。再看一看青岛这个地方，城市的形势并不适合固守，中国军队已经把重要的设施全部炸毁，显然是做好了放弃的准备。所以这里不是决胜之地，也不会发生大战，我估计战斗的烈度绝对比不上日德之战，甚至不会有战事发生。"

淑灵说："我们跟随学校西迁，不完全是要躲避战火，苟全性命，而是要继续学习，并且准备着亲自参加到抗战当中去。"龚易说："我不和你们谈大理想，只谈去、留的利害。目前日本的力量更强大，占领青岛应该很容易。日本人过去占领过青岛，又在这里经营多年，此前不久才刚刚从青岛撤出，这一次只能算是重新回来。如果你们留下来，有没有什么风险呢？当然有，中日开战，青岛的日资工厂首当其冲，日本人回来之后会不会实施报复，都是未知之事。城市里许多重要的设施都要毁于战争，日常的生活很不方便，留下来恐怕要过一段很艰难的日子。一个最简单的例子，我喜欢喝的啤酒恐怕就很难买到。"

佳菊皱眉道："说了这么多，只管兜圈子，没听明白你到底要讲什么。你只要告诉她们，谁都不许去！"龚易说："对，我的意见就是：一动不如一静，贤康怎么样我管不了，淑灵就留下来吧。"佳菊这才松了一口气，对淑娜说：

“你也听到了？都老老实实留在家里。”

佳桃送走贤康，一颗心也被贤康带走，日夜牵挂。她让伙计把市面上能买到的报纸都买下来，每天查看。报纸上关于内地的消息繁杂混乱，一些新闻只有寥寥数语，佳桃只能从字里行间猜测当前的局势，想象贤康他们走到了哪里，可能遇到什么样的境况。

战争正在迫近，青岛市长下令实行焦土抗战，日商经营的纱厂、丝厂、油厂、橡胶厂等等都被炸毁，接下来还要炸掉港口里一些重要的设施。城市中每天响起阵阵轰鸣，浓烟蔽空。发电厂和自来水厂都被炸了，每天吃水、照明都成了问题，人心惶惶，许多市民逃出城去。

两个月前芸姨娘就打算参照二十多年前的办法，渡船回武家庄去躲避战乱。只是今昔变化巨大，兄嫂已经去世，两个侄子定威在城里帮助佳桃做事，他的弟弟定仁一直在武家庄务农，不肯进城来。

武家过去在乡间建造的几处屋舍年久失修，佳桃明白了芸姨娘的打算，就提前让来贵去武家庄找定仁，赶快把老宅子重新修整一下。城里的学校全部停课之后，佳荷准备带着纬民和纬国，陪着母亲一起回乡下。佳菊也让淑灵、淑娜姐妹二人跟着姥姥去，自己留下来陪伴龚易。

大家乘坐鸿运船运公司的轮船过海。经过这些年的苦心经营，鸿运船运的规模慢慢变大，小船换成大船，旧船换成新船。目前一共拥有两艘客轮，四艘货轮，另外在码头里有两处仓库。此时两艘客轮和两艘货轮都在港中，另外两艘货轮运煤去了江苏，刚刚离港不久，要半个月之后才能回来。

十二月，各地的战事相继爆发，日本军队已经在山东半岛登陆，即将沿着胶济铁路向东进军，同时封锁青岛的海面交通。

鸿运船运停在码头上的四艘船都被征用，两艘吨位较大的客轮运昌号和运隆号准备用来运兵，剩下的两艘小火轮将全部被炸沉到海中，以堵塞航道。

佳桃斟酌再三，决定由来富带领两艘客轮一起运兵南下，定威认为来富一个人照应不过来：“南下以后，两条船的去向要听从军队和政府的安排，不一定在一起。来富没有分身之术，必须每条船上都派一个可靠的人。”

佳桃问他该派谁去，定威说他自己就应该去：“我在船运公司里做得最久，当然应该跟着船走。家里的两条货船都要被凿沉，去江苏运煤的两艘货轮也十有八九会被截下征用。我手里没了船，留下能做什么事？”

那天在海上与小暖交谈之后，佳桃原本要撤掉定威的职务，没想到形势突变，这种时候还得要倚重定威。来富毕竟只是伙计出身，两条船上一共几十个伙计，要定威亲自跟去，才能镇得住。

佳桃听从定威的建议，告诉伙计们：“在外面遇到疑难之事，需要决断之时，定威一定要和来富多商量。”来富问：“如果商量之后想法还是不一样，到底该听哪一个的？”佳桃说：“听定威的吧。”

佳桃带着小暖、陶姐到码头为伙计们送行，叮嘱大家：“此一去，最要紧的是小心珍重，大家都要活着回来，带着运昌号和运隆号一起回来。家里的事你们不用牵挂，我会按月派发你们的薪水，保证你们家人的生活。”

定威的大女儿玉美哭着要跟他一起走，小暖怀里抱着小女儿玉娇跟在一旁，也哭得泪人一般，佳桃和陶姐拉住她们母女。两条轮船依次离港，渐渐驶远，码头上的亲人们哭成一片。

黄昏时，送行的人们散去，佳桃还留在码头上。海港里没有了平日的拥挤热闹，只剩下一些残破的旧船，空荡荡的一片。远处出港的航道上停泊着七八艘船，是一些老旧的军舰，也包括鸿运船运公司的两条货船，它们的命运更可悲。船上的伙计们和工兵一起把那些船底凿穿，搭乘几条小舢板摇回到岸边。佳桃和伙计们望着那些大船渐渐沉没，最后水面上只露出一小段烟囱。伙计们忍不住眼中泪水，那是他们赖以养家糊口的大船，曾经日夜厮守，如今成为焦土抗战的牺牲品。

一群士兵过来，催促码头上的人赶快离开这里。佳桃带着伙计们走出来，身后远远传来一阵隆隆的巨响，大地震动，烟雾升腾，码头上一切有价值的东西全部被炸毁，包括鸿运公司的两处仓库。

佳桃感觉身体一下被掏空了，空虚无物，随之而来的是深沉的疲惫感。当初她把父亲创建的鸿运膏局转让出去时，没有感觉到一丝不安，心中只有轻松和沉静。鸿运船运公司在她的手中一点点成长起来，寄托着她的期、她的志向，凝结着她的心血。如今突然变得支离破碎，名存实亡，怎不让人心痛？

1938年1月，青岛沦陷。

天气转暖之后，局势完全安定下来，佳荷陪着母亲和孩子们回到城里，对佳桃说："二姐，我想出去做些事。"佳桃奇怪："你从来没做过事情，怎么突然生出这种想法？"佳荷说："纬民他们现在都上学了，不需要我每天照料。闲在家里无所事事，总要回忆过去，想到的又都是那些伤心之事，不如走出去做一些事情。"

佳桃赞同："你早应该这样，做些事情会让人的心胸开阔起来。"佳荷说："可我没有一点经验，不知道自己能做些什么。"佳桃说："经验依靠学习，你想干什么呢？"佳荷想一想："随便什么都好，只有一点，我不要在二姐的身边做事。"

佳桃笑道："奇怪，为什么一定要避开我？我就那么讨厌吗？"佳荷说："我刚开始做事，肯定经常出错，我可不想被你看笑话，更不想听你的教训。"佳桃说："随便你吧，我确实喜欢训人。武家的生意就那么几处，我在船运公司的时间比较多，现在船运公司也没了，城里重建，需要大量的砖瓦，窑厂那边更忙一些，需要我经常在那边。要不你就去土货行吧，来贵有耐心，性子软，你可以慢慢跟他学习生意。"

佳荷郑重地问："我的身份怎么算呢？"佳桃笑了："你刚才还说自己什么都不会，怎么又要一个身份？"佳荷说："既然要做，就要名正言顺地做，确定了身份，才好决定我的薪水。"佳桃说："你刚去，只能算是学徒，连伙计都算不上，哪里会有薪水？"佳荷点头："我开始领教资本家的贪婪和冷酷了，你就不怕我把伙计们组织起来，成立一个工会吗？"佳桃说："害怕，我最怕这个了。好吧，你胜利了，我给你薪水，不过只能是来贵的一半。"

三月，治安维持会宣布，青岛开始使用中国联合准备银行的纸币，也就是联银券。东莱银行的业务陷入萧条，佳桃和龚易商量，都认为银行的业务前景不好，决定转让所持的股份。龚易失去了董事一职，这些年来他已经习惯了养尊处优的生活，不甘心在银行里居于人下，干脆回家赋闲。

日本人开始修整中断的胶济铁路，重建被炸毁的九大纱厂，同时清理港口和航道当中的那些沉船。清理工作的速度比预想的快得多，只用了几个月的时间，港口内外的航道都被疏通。佳桃暗暗为鸿运公司那几条轮船心痛，感觉当初焦土抗战的做法欠妥，那些沉船并没有妨碍日本人占领青岛，沉得太不值。

定威他们没有消息，当初去江苏运煤的两条货船悄悄回到了青岛，佳桃暗喜。不过，沦陷之后的青岛一切都发生了变化，日本人为各家的商船定立新规，所有中国轮船必须获得许可，在船的醒目位置钉上一块“大日本海军管理”的牌子，船员当中的重要位置也要由日本人担任，如此才可以投入运营。

鸿运公司的两条货船取得了运营的资格，却被派去向日本运送煤炭、盐、布匹，回来的时候顺便运送军火。佳桃不喜欢这样，坚决把两艘货船卖掉。至此，鸿运船运公司只剩下一个空壳子，码头上的两处仓库也变成一片废墟。佳桃二十年的苦苦经营如同一片云烟，在世事的狂风之中飞散，全无痕迹。

青岛的商会重新组建，赵栋来找佳桃，要推荐她出任副会长。

在最近的巨变当中，赵栋并没有受到损失。早在去年的年初，嗅觉敏锐的赵栋已经预测到中日之间的战争即将到来，提前把自己名下的东云纱厂的股份全部转移到杜冲的名下，私底下再和杜冲签订另一份秘密协议：一旦时局缓和下来，杜冲必须将那些股份归还赵栋。如此一来，东云纱厂表面上成为一家完全的中资纱厂，在后来的风波当中没有被查没，更没有被炸毁，安然躲过一劫。赵栋在别处还有几份隐秘的股份，其中就包括日青百货公司，因为知道的人非常少，他没有做任何处置。

战前赵栋带着女儿雅子和两个外孙女离开青岛，与两万日侨一起撤回日本。在日本，赵栋把外孙女原樱嫁给了一位日本军曹。日军占领青岛之后，赵栋和雅子、原枝很快返回，原樱留在了日本。

杜冲非常不满意大女儿的亲事，一来赵栋根本没有和自己这个做父亲的商量，而且女儿嫁在日本，和娘家的往来非常不方便。赵栋听了杜冲的抱怨，只轻描淡写地说，军曹很快会被派到中国来，到时候原樱自然会跟着他一起回来。

东云纱厂也出了问题，与它相邻的新泰纱厂是一家中国纱厂，规模比较小。战争爆发之后，新泰纱厂的厂主把机器搬到内地去，只剩下搬不走的一些厂房，被日本人没收。赵栋不知道怎么搞到手里，派人拆掉了新泰纱厂的院墙，与东云纱厂正式合并到一起，统称为“新东云纱厂”。

赵栋不但收回了自己原来的股份，还把新泰纱厂的资产折变成新东云的股份，归到自己的名下。如此一番巧妙安排，他一个人就占去新东云纱厂的八成股份，杜冲只剩下一成多。杜冲还和过去一样担任新东云的经理，但已经完全成为一个傀儡。

赵栋的实力比战前更强，对于商会的事务更热心，佳桃却没有兴致担任商会的职务，婉拒道：“如今鸿运公司的实力已经大不如前，船运公司没了，银行的股份转让了，只剩下一处土货行还稍稍像个样子。青岛的工商企业众多，一些纺织、印染企业规模大、实力强，许多企业家、贸易商实力雄厚、能力卓越。无论从能力、名望还是实力来看，佳桃都难以胜任这个副会长。”

赵栋说：“商会是工商企业协商合作、协调纠纷的地方，不是公司的董事会，所以不太看重实力，名望和信誉更重要一些。”佳桃说：“有一个人比我更合适，我推荐他代替我，更恰当地说，是代表鸿运公司。此人就是我的姐夫龚易，以前一直是东莱银行的董事，目前闲在家里。”

赵栋笑了：“商会又不是养老院，不缺闲人。会里有许多实力雄厚、能力超群的工商人士，美中不足的一点是缺少一个出色的女性工商领袖。我在这里几十年，十分了解青岛商界，我认为由武佳桃小姐出任这个副会长，实至名归。”佳桃说：“佳桃参加商会可以，副会长就免了吧”

赵栋见她态度坚决，也不勉强，又提起跑马场：“从前青岛有两桩好生意，一桩是膏局，另一桩是跑马场。跑马场最早由德国人控制，后来被美国人和俄国人控制，前几年生意红火，获利巨大。据说一年的利润能达到百万元，令人羡慕，可惜我一直没有机会参与进去。日中开战，跑马场也安静下来，我想集合一些朋友，各人出一些资本，趁机把赛马的事再办起来，武掌柜有没有兴致？”

佳桃说：“我的朋友前几年赌马失手，最终落得家破人亡。在我看来，赛马场和膏局是一样的祸害，己所不欲，勿施于人。我好不容易从膏局的生意中抽身出来，不会再踏进这块泥潭中去。”赵栋点头：“明白啦，武掌柜最根本的原则是不同赵栋合作。”佳桃笑了：“哪里，如果有合适的生意，我会主动来找赵先生。”

一直杳无音信的贤康终于寄回一封家信，信被辗转送到龚易的手中，晚上龚易和佳菊一起带信过来。佳桃惊喜万分，仔细看地址，竟然是从四川寄出的，她的眼泪立刻扑簌簌落下来："怎么会到了四川？贤康长这么大，从来没有离开过我，现在他一下子跑到了四川！"佳菊催促她："你等会儿再感慨，先看看他在信里说的什么。"

贤康在信中说，他跟随学校西行，先到了安徽，再辗转进入四川的万县，目前已经复课。自己第一次离开青岛，眼界大开，感觉收益良多。也有许多不适应的地方，比如气候，比如饮食。当然，适应的过程也是锻炼成长的过程。

佳桃对着信纸一阵茫然："万县在哪儿？那么远，他们是一步一步走去的吗？"龚易说："学校挑选那些远离战火的地方，自然偏僻遥远，生活难免清苦一些。"佳桃说："好，好，先要平安，贤康一定要坚持下来。"龚易说："这样的锻炼对他也是好事，你看看，他自己都说眼界大开，他会很快成熟起来，如此才堪当大任。"

35

龚易在家里闲了几个月，北京的三哥龚尚突然来访。龚尚这一次到青岛，当然也不是冲着老父亲和兄弟，他的一位李姓恩师被委任为青岛特别市的副市长，在市政府给龚尚安排了一个清闲的秘书职位。

闲谈之间，龚尚听说龚易在家闲居，要显示一下自己的能量，介绍龚易进入联合准备银行青岛分行。龚易原本就熟悉银行的各种业务，加上李副市长和龚尚的这种关系，一进去就做了科长，看起来前途无量。

和恩师一样，龚尚也没有长远留在青岛的打算，没有带着家眷随行。青岛可以消遣的地方本来就少，如今跑马场又被停掉，龚尚少了一个消遣、赌钱的好去处。杨威廉和小美蓉又死了，少了威廉饭店那样一个混饭吃的好地方，龚尚更是大感失望，每天办完了公事就感觉非常无聊，只好到龚易家里来坐一坐。

几年前那个秋天，龚尚突然不辞而别，让龚其迈很生气，这一次对龚尚的态度非常冷淡，认为他和副市长给日本人做事，有亏气节。父子二人闲谈时，龚其迈张口“汉奸”，闭口“认贼作父”，脸色也非常难看。龚尚并不是很有自尊的一个人，但老父亲嫌恶的态度太过明显，到底让他感觉难堪和拘束。另外，他和龚易之间也缺少共同的志趣，所以到家里来得越来越少。

有一次大家在龚易家里吃饭，龚尚认识了佳桃和佳荷。龚易的这一对妻妹如此漂亮，让龚尚大感兴趣，第二天便买了礼物，让龚易带着来到武宅拜访芸姨娘。武家的厅堂里摆了许多武振庭留下的中外古玩，真假杂陈，龚尚最喜欢这些东西，也真懂行，随便拿起一件来就能东拉西扯地说上半天。

龚尚原本就是人堆里混出来的人精，说话办事滴水不漏，很会讨人喜欢，芸姨娘和佳荷都喜欢听他胡侃，感觉那一口京腔真的好听，佳桃也不讨厌，龚尚因此到武宅来得很勤，有时候还会留下来吃饭。

佳桃又收到贤康的一封信。大学复课不久就发生了变故，国立的山东大学停办，师生全部转入到国立的中央大学继续学习。查看寄信的地址，这一次是从重庆发出来的。看来，随着战局的变化，贤康在不停地向西移动，距离青岛越来越远了，佳桃更加后悔。

仲春时节，来富带着船运公司的二十多个伙计回到青岛。当初定威带着他们和两条客轮南下运兵，形势变化太快，国军仓促登岸，撤得无影无踪。沿海的港口都被日本人占领，又不清楚青岛的局势。定威只好带着运昌号和运隆号继续南下，几经波折，最终在香港落脚，使用鸿运船运公司的名号经营客运，收入还不错。

定威把旧日的爱好带到了香港，暂时找不到赌博的牌友，就去赛马场赌马。不久他在赛马场认识了一位国军军官的遗孀，二人很快打成一片。定威对待伙计们的态度也疏远了许多，大家都感觉心冷，惦记着家人，听说青岛的局势早已经安定下来，都不想继续留在香港。定威也不勉强他们，但坚持要把客轮留在香港。来富和他争论，定威摆出鸿运公司经理的架势，来富只好带着大家空身而回。

佳桃为那两条客轮心痛，当初就不应该让定威跟着南下，现在后悔也迟了，只好叮嘱来富他们，不要把定威的事告诉小暖。定威南下，佳桃按月把定威的薪水发给小暖，可小暖感觉在家太闷，就又回到龚家做事。定威不回来，起码小暖和女儿的生活还过得去。

盛夏的晌午，佳桃躺在房中，等着佳荷回来吃午饭。陶姐带着王奎跑上楼来，王奎神色张皇，一见佳桃就哭了起来："刚才土货行里来了许多日本军人，四处搜查，把佳荷和来贵带走，土货行被封了门，账本也被拿走了。"佳桃只感觉头脑晕眩："怎么回事？他们为什么抓人？"王奎哭道："不知道，他们进来就抓人，什么都不说，我上前理论，被他们踢开。"

佳桃坐下来，这段日子她很少过问土货行的事，时局动荡难测，生意不好做，也不敢多做，佳桃只想简单地维持下去。佳荷做事的热情高，土货行里又有来贵和王奎帮衬，佳桃索性让她们去做，自己落得清闲。

现在日本兵突然跑上门来抓人，此事不寻常。佳桃立刻给龚易打电话，芸姨娘听说女儿出事，吓得大哭，一家人没心思吃饭，焦急等待。

午后，龚易终于带着龚尚一起过来，龚尚说："我在市府打听明白了，这一次佳荷恐怕要出大事。六月的时候，市公署发布过一条命令，严厉管制市内的物资，禁止商户把鱼、肉、小麦、面粉、水果、鸡蛋、野菜这些食物向外输出，你们不知道吗？"

佳桃说："知道，我还特意向土货行的伙计们交代，要他们小心做事，别惹麻烦。"龚尚说："他们到底惹了大麻烦。日本宪兵在平度那边截获了一卡车鲜鱼和三卡车面粉，抓到一个名叫彭志的和尚，那个彭志供出了佳荷和鸿运土货行。据说这个彭志在外面联络广泛，佳荷和他联手，一直秘密向城外运送小麦，数量不小。"

佳桃说："佳荷好糊涂，土货行的生意多得是，她何必做这些。"龚尚说："他们可不是简单做生意，那些面粉是运给城外抗日武装的，现在日本人怀疑彭志、佳荷他们可能还偷运过军火枪械。"芸姨娘在一旁吓得哭了出来："他们一定搞错了，你去和他们好好说一说，佳荷不会做那种事的。"

龚尚说："现在的问题是查获了货物，同时有人指认佳荷，如此一来恐怕佳荷很难洗清自己，这种罪名可能会被处死的。"芸姨娘大哭，佳桃也感觉浑身瘫软："都怪我，当初如果不答应佳荷到土货行做事，或者我经常过去看一看，应该不会出这种事。现在有没有补救的办法？"

龚尚说："试试吧，这个案子由日本宪兵队处理，别人很难插手，我回去再找一找副市长，谁让咱们是亲戚呢。"佳桃说："这事就麻烦三哥了，需要打点的地方，我们不会吝啬的。"龚尚满口答应："钱就不必了，我看家里的老玩意儿不少，我随便拿上两样吧，用这个去打点，比钱好使。"

一边说一边用眼睛溜着周围摆着的那些文玩。这些东西都是芸姨娘的宝贝，平时把它们看得很紧，轻易不许别人乱动。此时救女心切，哪里顾得上心痛东西？芸姨娘让他需要什么只管拿去好了，龚尚也不客气，从橱里拿了一柄玉如意和一对梅瓶，抱着走了。

一家人等得心急如焚，第二天台风来袭，天色阴沉，风越刮越大。中午龚易又陪着龚尚过来："上午我已经见过副市长，副市长亲自给问了。事情很严重，但现在还不清楚日本人要如何处置这些犯人。"佳桃急道："佳荷被关在哪里？现在到底怎么样了？我们能不能见一见她？"龚尚说："关在警察局里，由日本宪兵看守。下午我再试一试，你们准备准备，等我的电话。"

说着龚尚匆匆告辞，临走之前又挑了一只玉杯、一对瓷盘带走。下午大风依旧，又开始下雨，佳桃替佳荷挑选了几件换洗的衣服，芸姨娘亲自动手，和面、剁馅，准备好了材料，要做佳荷最爱吃的韭菜合子。一直等到晚饭之后，龚尚终于打电话过来，说已经安排好佳荷与家人见面，今晚八点钟，只有半个小时的机会，而且只能进去一个人。

佳桃打电话通知龚易，龚易匆匆赶过来，芸姨娘的合子也烙好了，拿一条新毛巾包好，希望佳荷吃到的时候还是热的。龚易陪着佳桃出门，天色漆黑，雨下得更大，汽车穿过黑暗的街道，最后停在一幢楼前。

佳桃跟着龚易下车，走到楼旁的角门外，龚尚和一个日本军官穿着雨衣站在门里，打开角门放他们进去，重新把门锁上。几个人走进大楼里，走廊中间隔着一道栅栏门，门里守着两个卫士，默默开门。这一次龚尚、龚易和军官都留在了门外，只有佳桃一个人进门。卫士重新锁上门，把佳桃带来的小包袱抖开，认真翻看一下，带着她向前走。一旁的窗子外面是空荡荡的广场，灯光明亮，是警察局的大院。

卫士走到一扇门前，打开电灯，开门放佳桃进去。屋里空荡荡的，只有一张窄床，一个灰色的人影蜷缩在床上。佳桃轻轻叫一声"佳荷"，那个灰色的人影动了一下，飘起来，一团蓬乱之中露出一张模糊的脸。佳桃不敢相认，直到那张嘴里叫出一声“二姐”，她才确认面前的人正是妹妹佳荷。

佳桃上前抱住妹妹，眼泪洒落。几天不见，佳荷被折磨得完全变了样子。佳荷说：“你怎么进来的？我以为再也见不到你了。”佳桃说：“龚尚带我来的，你为什么做出这种糊涂事？”佳荷问：“你听到了什么？”佳桃说：“他们认定你和鸿运土货行违背禁令，贩卖禁运物资。”

佳荷问：“没有连累到你吧？”佳桃摇头：“我真不应该让你出来做事。”佳荷说：“昨天日本人对我说，那个彭志供出来许多事，好多事情我都没听说过，辨不清真假。反正就让他们都安排到我身上就是，也少了你们的麻烦，这个就叫作一了百了。”佳桃着急道：“为什么？你为什么不替自己辩白？如果罪名成立，结果很严重的。”

佳荷淡淡地应道：“最多不过就是一死。其实文密死了之后，我的心早就凉了，可我不知道怎么样去见他才好。现在这个样子去，最好。如果再晚几年，我变成了老太太，只怕文密认不出我来了……”佳桃拦住她：“先别说这些，娘给你烙了合子，现在还有热气呢，你快吃吧。”

佳荷接过合子，咬了一口就停下来：“这味儿真好闻。我身体里的什么地方被他们打坏了，就算能出去，恐怕也活不久的。感觉我这辈子最对不起的就是娘，前些年我的身体一直不好，她为我操了许多心，和周文密结婚以后，又接连出事。”

佳桃说：“佳荷，我不能待太久，咱们抓紧时间，你想想还有什么辩白的理由，我回去再想办法，一定要尽快救你出去。”佳荷摇头：“没用的，你不必浪费钱财，我明白这件事的轻重，我也知道那些禁令。其实，我并不认识和我做生意的那些人，卖这几卡车的食物也赚不了几个钱。我就是想，如果换成文密在我的位置，他会怎么办？我知道文密一定会做这些生意的，所以我才做。我只希望我做过一些有意义的事，希望文密能知道，希望他能喜欢。”

佳桃哽咽道：“你可真傻啊。我让你出来做事，把你害了。”佳荷说：“不，二姐是成全了我，没有害我。我的老娘和两个孩子都交给你了，希望大姐二姐以后一直对他们好。纬民、纬国都长大了，这样的世道，就算爹娘活着，也要靠他们自己到外面闯荡，今后只要你稍稍给他们指一指路。”

佳桃想起周文密当初的一番嘱托，心中生出不祥之感："不许你说这些。"佳荷说："好，我们姐妹之间不必交代这个。出事的前一天，我看见纬国躺在沙发上睡着了，想把他抱到床上。可我试了几次，根本抱不动他。想起他们小的时候，我左手抱一个、右手抱一个，一切好像都在昨天。这么快他们就都长大了，我也老了，连一个纬国都抱不动。为了这个发现，那天夜里我哭了好久。"

佳桃说："哭什么呢？他们总要长大的。我给你带来几件干净衣服，你还需要什么东西，下次我带给你。"佳荷翻看着那些衣服："不用了，别的我都用不上。这件蓝色绸衣还是你给我做的，很合身，是我最喜欢的一件上衣，我和文密订婚那天就穿着它，他说很好看，不知道现在还能不能穿上了。"

卫士在外面拍了拍门，催促佳桃离开。佳荷拉住佳桃的双手不肯松开，泣道："二姐，我不想离开你们。"佳桃说："不会的，我今晚就去找人，恳求他们想办法，一定救你出去。"

说罢抽出自己的手，一路哭着走出来。外面只剩下龚易一个人，陪着佳桃上车，问："佳荷好吗？"佳桃说："不好，很不好，吃了许多苦头。我要救她出来，龚尚怎么说？"龚易沉吟："我的感觉，三哥在这事上已经尽力了，很难指望更多。"佳桃说："好吧，送我去赵栋那里。"

赵栋还没睡，一个人坐在桌边喝酒，看见用人把佳桃引进门来，高声道："寂寞的雨夜，有尊贵的客人来访，称得上意外之喜。偏偏来者又是一位迷人的名媛，我真的应该长啸三声了。"佳桃说："深夜突然闯来打扰赵先生，实在冒昧。"

赵栋请她坐下："外面的雨很大吧？在青岛住了这么多年，这是最大的一场风雨，我坐在这里，感觉整个房子都在风雨当中呻吟。"佳桃说："赵先生，我是来……"赵栋扬手止住她："我知道，如果不是迫不得已，没有人会在这样的夜晚出来拜客的，先喝一杯酒吧。"说着探身拿过一只酒杯，替佳桃斟满。佳桃端起酒杯，一饮而尽，示意赵栋再替她斟满，然后又端起酒杯。

赵栋慌忙按住她的手："放下，放下，武掌柜，酒可不能喝得这么急。"佳桃放下酒杯："赵先生，我的妹妹武佳荷现在被关押在警察局里。最近几个月我身体不好，由她暂时管理土货行的生意，她没有经验，被不法商人引诱，违反禁令交易小麦，如今被警察局拘押，饱受酷刑，请赵先生快救救她！”

赵栋垂头无语，半晌说道：“武掌柜，你听外面的雨声。少年听雨歌楼上，红烛昏罗帐。壮年听雨客舟中，江阔云低，断雁叫西风。而今听雨僧庐下，鬓已星星也。悲欢离合总无情，一任阶前，点滴到天明。”

佳桃无心听他吟咏，端起酒杯，再次一饮而尽。赵栋说：“我很喜欢中国南宋词人蒋捷的这一首《虞美人·听雨》。只是今天的雨太狂躁，不太适合倾听。所以我只好伴着雨声，自斟自饮了。”

佳桃不想在赵栋面前流泪，泪水却悄悄淌过面颊：“妹妹不懂生意，又不清楚相关的禁令，铸成大错。赵先生，只要能救我的妹妹，我愿意倾尽所有。”赵栋点头：“武掌柜是一个慷慨之人，赵某人早就领教过了。不过，就算武掌柜愿意为了妹妹牺牲一切，听起来更像是一句空话，因为你现在手里根本就没有什么了。”

佳桃说：“对，赵先生很清楚鸿运公司的状况，时局动荡，这几年公司损失惨重，元气大伤。我只能说，我愿意倾尽所有、愿意用自己的性命来挽救妹妹。”

赵栋说：“十几年前，我十分倾慕武小姐，爱慕武小姐的青春美貌。我曾经有过一个很好的设想，并且很冒昧地向武小姐当面提了出来，却被委婉地拒绝。如果我没猜错的话，武小姐和杨威廉之间所谓的婚姻是专门为了拒绝我的。”

佳桃说：“不，那时候我需要一个婚姻，爱慕我青春美貌的不单单一个赵先生。”赵栋大笑：“原来如此。一个人的美貌是难以遮蔽的，而且，人的某些心愿也是很顽固的，武掌柜明白我的意思吗？”佳桃说：“不太明白。这里只有我们两个人，赵先生可以把话说得更直白一些。”

赵栋盯着佳桃的脸：“好吧，这个风雨交加的夜晚，请武掌柜留下来陪我度过。”佳桃把杯中的酒一饮而尽：“这是交换的条件吗？我说过，只要能救出妹妹，我愿意拿出我所有的一切，也愿意接受一切，哪怕是我最憎恶的羞辱。”

赵栋点头：“我明白，可我不喜欢‘羞辱’这个词，太文人气了。仔细品味一下，‘羞辱’只是一种心灵的感受罢了。比如你和我之间亲热，如果我们都把它当成是平等情爱的自然流露，都会感觉到快慰。如果你偏偏要用一种受害者的心情来体会，当然感觉屈辱，感觉受到了羞辱。”

佳桃的头脑开始发晕：“现在一切都无所谓，我只想救出我的妹妹。”一边伸手去拿酒瓶，赵栋已经把酒瓶挪到一边：“不要再喝了，今天晚上我可不想面对一个烂醉的武佳桃，我希望你一直清醒。”佳桃坐回去，挺直了身体，直视赵栋，直视这个形容干瘪的老男人。赵栋招架不住她的目光，低头看着自己的酒杯：“我都有些迫不及待了。现在这里只有我们两个，就请武掌柜宽衣解带，先让我欣赏一下你的芳体吧。”

佳桃推开酒杯，开始一件一件地脱掉自己的衣服。这是一件异常艰难的事，不得不做的一件事，她想象这里是自己的卧室，除了自己再没有第二个人，这让她的心里好受一些，最后，她赤条条地站在那里。

赵栋起身，过来围着佳桃慢慢走，一边上上下下打量她的身体。他的目光锐利、贪婪，肆无忌惮地抚过佳桃的身体，戏侮她的种种隐秘。当再一次绕到佳桃面前时，他伸出一只手握住她的乳房，那是一只冷漠的手，枯干无力，在佳桃的身体上停留片刻，无力地垂落下去，干巴巴地说：“虽然依旧美丽，可四十岁的女人，总是老了……好啦，请穿上衣服吧。”

佳桃把衣服一件一件穿回去，动作迅捷。赵栋说：“我也老了，而今听雨僧庐下，鬓已星星也。武掌柜，咱们都算是生意人，应该明白一个最简单的道理：当我们手里握有某种资本、可以拿来和别人交换的时候，一定不要犹豫，否则我们可能会追悔莫及，因为资本的价值是会改变的。”

佳桃给自己倒一杯酒，一饮而尽。赵栋说：“如果我们把今晚的事当成一笔交易，那么这笔交易其实并没有完成，买方在验货之后感觉不满意，取消交易，所以买方不必付款，对吗？”佳桃哑声说：“对。”赵栋“呵呵”笑出来，一边摆手：“我刚才说的只是一种假设。我和武佳桃认识二十年了，我们是好朋友，朋友之间不可以拿这种事情做交易。既然武佳桃开口求到了我，这一次我当然要出手相救。宪兵队的朋友会给我面子的，一定让你的妹妹早日回到你的身边。”

佳桃俯下身去，趴在那里哽咽道：“我妹妹命悬一线，请赵先生千万救她！”赵栋垂下眼睛望着俯伏在地的佳桃：“武掌柜，这些年来我总在回忆日青膏局的那一场大火，回忆那个夜晚的前前后后，我有一个可怕的想法：那一场大火、那样的结局是精心设计的结果，而且武掌柜事先知道这个设计。”佳桃坐起来：“我不懂赵先生的意思。”

赵栋说：“不，你懂。这个想法是不是很可怕？”佳桃说：“火灾发生时，膏局已经转手很久了。对那一场大火，我知道的不比街头的百姓更多。”赵栋“嘿嘿”笑出来：“在这个风雨交加的夜晚，我们却在谈论多年以前的一场大火，多么怪异！可是，你不觉得那一场大火怪异吗？”

佳桃问：“赵先生到底想说什么？”赵栋说：“日青膏局的董事长和经理，还有膏局里所有的财物，全部付之一炬。如果不是我贪杯，大概我也难逃一劫。”佳桃起身：“人在世间总会遇到大大小小的劫难，比如我的妹妹现在就在劫难之中。膏局的故事我们以后再谈，妹妹还在等着我去救她，请赵先生兑现刚才的诺言，电话就在那里，打一个电话吧。”赵栋点头：“放心吧，赵栋是一个守信用的人，明天听我的消息。”

佳桃默默出门，外面的风比刚才小了一些，雨却下得更大。佳桃站在雨中，失魂落魄，龚易在车中看见，赶快跑过来，撑开雨伞接她回到车上：“怎么样？赵栋答应帮忙了？”佳桃不语，突然伏下身子失声痛哭。龚易闻到她身上的酒气，拍一拍她湿漉漉的后背，示意司机开车。

那一夜佳桃睡得不好，辗转反侧，在满耳的风雨声中想着如何解救佳荷。又想起在赵栋那里受到的羞辱，如果赵栋真的能兑现他的诺言、拯救佳荷，这样的屈辱是值得忍受的。

天快亮的时候，佳桃终于睡着了，睡梦之中见到了佳荷，却是少女时代的那个佳荷，面容清瘦苍白，独自站在一个深而阔的大房子里，在一张大桌子前玩着嘎拉哈，她的纤细灵巧的手指滑过黑色的桌面，一只花布小袋子被抛到空中去，佳荷仰脸向上看，苍白的手指轻捷地翻动桌面上的几枚嘎拉哈，如同跳跃的精灵。但是，抛到空中的那一只小花布袋迟迟没有落下来，佳荷就那样向上微微仰着头，看着，等着，桌面上骨质的嘎拉哈和她纤细的手指一起泛着莹白的光泽……

突然响起的一阵敲门声把佳桃从睡梦中惊醒，外面天色大亮，风早已经停了，雨还在下。

敲门的声音一直不停，佳桃匆匆穿好衣服，开门看见陶姐和龚易站在门边，龚易的头发和衣服都湿漉漉的。佳桃暗暗吃惊，生出不祥的预感。龚易推开陶姐走进来，回手把房门掩上，神色怆然："今天早上，佳荷已经被枪决。"

佳桃惊得叫了出来，龚易说："我刚听三哥说的，天不亮的时候就在警察局的院子里执行的，一共六个人。"佳桃哽咽道："啊？不会，不会的！佳荷不会有事的，你哥哥搞错了。"龚易说："我也害怕搞错了，反复问过他，他保证说消息千真万确，他亲眼看到佳荷的尸首之后才打电话给我的，他说佳荷穿了一件蓝色绸衣。"

佳桃眼前发黑，双腿抖动，昨天晚上她带给佳荷的就是一件宝蓝色绸衣，可是佳荷怎么会死？龚易催促她："三哥说，亲属可以前去认领尸首，所以我立刻赶过来找你。佳桃，不管真的假的，我们都应该去看看。"

佳桃挣扎着跟龚易下楼，芸姨娘站在楼梯下面，小心审视佳桃和龚易的神色。佳桃招呼陶姐替她倒一杯水，捧着水杯站在墙边，努力让自己的神色安定下来，让两条腿放松下来，一边告诉芸姨娘，他们出去办件事，很快就会回来。

雨还在下，街道上空寂无人，只有嘈杂不断的雨声，雨水从天上、檐上落下来，绵绵不绝，汇聚在路面上，向着低处奔流。

汽车停在警察局的大门外，可以远远看见空荡荡的广场上有几团模糊的东西。龚易上前，跟守卫的警察交涉几句，一个打伞的人走出来，佳桃的双腿不再抖动，但浑身无力，面颊痉挛。龚易发现她的异样，一手撑伞，一手用力挽住她，半扶半拖着她穿过广场。

那是一段无比漫长的路，终于走过去了，透过绵密的雨帘，佳桃看到了她最害怕看到的。没有错，那是佳荷，仰面躺在雨水当中，面色苍白如纸。佳桃挣脱开龚易的手，扑向佳荷，人却一下子瘫倒在地。她爬过满地的雨水，过去扑到佳荷的身上，失声痛哭："佳荷！佳荷！是二姐无能，没办法救你出来！"

佳荷的身体是凉的，僵硬的，她的脸同样苍白僵硬，对着灰蒙蒙的天空，茫然仰望着，脸色很像佳桃夜里梦见过的样子。她的身上穿着昨晚佳桃带给她的那件宝蓝色的绸上衣，一双手从后面被麻绳牢牢捆住，胸前绽开两个模糊的洞口。她在地上躺得太久，先前流出的鲜血早已经被雨水冲刷干净，伤口处依然有一丝一丝的红线冒出来，又迅速被洒落的雨水稀释，再跟着雨水一起流失。佳桃大张着嘴悲号起来，感觉自己的一颗心也被呕了出来。

龚易用力把佳桃从雨水中搀起来。更远处还有几具凌乱的尸体，那里面有身穿僧袍的彭志，没有来贵。

36

按照芸姨娘的意愿，佳荷应该和周文密安葬在一起，而且应该葬到武振庭的身边去，将来她死了，也可以与他们父女团聚。佳桃就让龚易和定仁操办此事。

安葬佳荷之后，芸姨娘带着纬民、纬国住到武家庄，迟迟不肯回来。佳桃在乡下陪着他们，看芸姨娘的样子，将来大概要回这里定居，需要早做筹划。佳桃让定仁带着自己到各处转一转。武家庄的许多乡亲使船为生，耕地不多，主要在山脚之下的平地上开垦出来。过去武振庭没打算回乡下置办产业，只有两处宅院和几十亩地，田地一直由定仁在耕种。

武振庭的墓地在一处山坡上，周围的林地是邻村几户人家所有，佳桃让定仁去找那些人家谈一谈，最终买下了那些林地，连同相邻的一大片耕地。依靠这些，芸姨娘完全可以度过一个安逸的晚年。

安排妥当，佳桃惦记着城里的生意，劝芸姨娘和她一起回去，说纬民、纬国正是读书、求知识的年纪，在乡下住得太久，会耽搁他们的学业。芸姨娘不再固执，带着两个外孙子又去女儿的坟前痛哭一场，坐船回城。

来贵已经放了出来，人瘦得不像样子，一条腿也瘸了。停业两个月的土货行获准重新开业，但库房里的存货丢失了大半，遭此一劫，土货行元气大伤。佳桃让来富等几位老伙计过来帮助来贵。那是多灾多难的一年，八九月间的台风袭过，随之发生了海啸，沿海一带损失惨重，农业歉收，随后又爆发了霍乱疫病。

佳荷之死让龚尚大失颜面，不好再往武宅跑，又无处消遣，只好硬着头皮到龚易这里。他是一个不能安分的人，看到侄女淑灵正当妙龄，姿色出众，龚尚就要为她做媒，物色一个好青年。相来看去，看中了一个日本青年，比淑灵大三岁，父亲松本是联合准备银行的日本顾问。龚易认识松本，也见过他的那个儿子，那个青年人在市里担任一个闲职，相貌普通，头脑有些不太灵活，说话时口齿不清。

龚易当然不满意，这样一门亲事太委屈淑灵了，所以在心中暗恼三哥龚尚，认为他多事，想用这门亲事来巴结松本。不过，松本在联合准备银行里算是龚易的上司，大权在握，如果自己直接拒绝，只怕要影响在银行里的前程。佳菊听说之后，更不愿意，去跟龚其迈讲。龚其迈一直很疼爱两个孙女，听说此事，气得连声大骂龚尚，吓得他好些日子不敢登门。

佳菊又来找佳桃商量："这两年常常有人要给淑灵做媒，她爷爷和我们都挑挑拣拣，不肯答应。想不到现在冒出这样一茬儿，龚易又不敢得罪上司，真是难办。"佳桃说："不知不觉的，淑灵也到了出嫁的年纪。我喜欢淑灵这孩子，高挑水灵，这么好的孩子怎么舍得嫁给别人呢？何况还是那样一个呆子？"

佳菊说："这两天淑灵的爷爷一直在生气，我们两个也发愁，不知道怎么回绝那个松本。"佳桃说："愁什么？大不了辞掉银行的职位，总归不能委屈了淑灵。我的意思，不如就让贤康娶了她吧。"佳菊笑道："如果他们表兄妹能结成夫妻，敢情好。"

佳桃说："其实我早有这个打算，本想等贤康从大学里毕业，成熟一点以后，再谈他们的婚事。没想到突然打起仗来，现在很后悔让贤康离开。"佳菊担心："贤康在外面这么久，又是那样一个俊美的青年，恐怕早被哪个好人家看上了。"

佳桃说："正好我也想贤康了，不如催促他回来，成全他和淑灵。"佳菊说："龚尚提的那门亲事怎么回他？"佳桃说："这个容易，就说淑灵的爷爷早就把她许配给她的表哥了。这事儿你可得盯紧了，别让龚易一时糊涂，拿女儿去交换自己的前程。"

过几天，正好有贤康的一封信寄回来，信中说：目前战局僵持，大家在大学里根本无心学业，对未来的一切颇为迷惘。重庆那边的气候与生活的一切，均不适应，终日乡愁萦怀。学业即将结束，到时候也许会转向云南去寻求发展。

沦陷区与西南地区的通信一般要通过香港和海防等地中转，颇费时日。从日期上看，贤康的这封信写在三个月之前。佳荷出事之后，佳桃曾经写信给贤康，通报消息，贤康在这封信中根本没提佳荷的事，看来他写信时还没有收到那封信。

贤康的迷茫让佳桃稍感放心，立刻回信给贤康，再把佳荷的事交代一遍，说明自己遭遇事变之后大受打击，身体和精神的状况大不如前。几年来，武家的产业接连受创，未来的振兴全要倚靠贤康，所以希望他能尽快回到青岛来。

因为佳荷的事，夏秋之间佳桃一直精神抑郁，寝食不安。与贤康的通信让她精神为之大爽，在一个晴好的日子，与佳菊一家人走到海边散步。

淑灵、淑娜姐妹两个正当妙龄，青春美丽。姐姐淑灵身材修长，穿了一件月白色的长衫，外面一件立领红黑方格的镶边长罩衫，脚上平底的皮鞋，带着女学生的爽净清新，得体而且惹人喜爱。淑娜的打扮要比姐姐解放许多，红色的毛衣下面套着一件新款的阴丹士林旗袍，紧紧裹住她苗条的身体，腿上穿着长丝袜，脚上是高跟皮鞋，显得比姐姐更有活力和热情。

天高海碧，秋风习习，佳菊感叹道："当年我第一次去龚家，就是在这里遇见小暖，她要带我们过去，我还担心不合适，不想去，一转眼淑灵和淑娜都这么大了。"淑灵和淑娜追问那一天的细节："后来你就去了？见到谁了？"

佳菊说："去了，见到你奶奶。那时候你父亲还在报社里工作，下午正在家里睡觉，我们去把他吵醒了，我后悔不该去影响他休息。"淑娜说："如果不去，你就不会嫁到龚家，不会有姐姐和我了吧？"

龚易担心佳菊信口说下去，会说出自己年轻时种种不堪的情形，急忙转移话题："当年我刚到青岛，在这个沙滩上看见许多德国人，而且第一次看见女人露着大腿戏水散步。后来又是日本人、美国人，来了又走，走了又来。青岛这个城市就像一个风尘女，随便一个豪强就可以戏侮她。"

佳桃也有同感："这里也像一个大戏台，不停地变换角色，变换戏码。我们既在观戏，也在戏中。"淑娜说："二姨说得好，我感觉人人都是看客，同时又是演员。"

淑灵还在想着母亲的话："娘第一次到龚家来，是一个人吗？"佳菊说："不，还有你二姨。"佳桃努力回忆着："不对吧，我是因为小美蓉的事，跟你一起过来的。在那以前，是佳荷跟你来……”

一句话没说完，佳桃的心中突然一痛，方才醒悟到佳荷现在与自己已经是阴阳两隔，泪花立刻涩涩地浮出来。大家沉默下去，刚才的轻松欢快一扫而净。再走一会儿，佳桃说她累了，要回去。

大家分别，龚易和佳菊直接回家，淑灵和淑娜各自搀扶二姨的一只胳膊，陪伴她慢慢走回去。佳桃心中的沉郁一点点淡去，转过街角，对面的马路上快步走过来一个青年男子，穿着一身深蓝色的学生装，头戴黑色鸭舌帽，手里提着一只大皮箱。

佳桃轻声说：“奇怪，前面那个青年怎么像贤康啊，是我眼花了吗？”淑灵和淑娜看那青年走向武家的院门，也确信那是贤康，一齐大喊“武贤康”。青年人转过身来，突然丢下皮箱奔跑过来。果然是贤康，人高了，黑了，瘦了，唇边生出一层黑须，神色比两年之前成熟了许多，原本的清秀之外添加了几分英俊之气。

佳桃惊喜交集，伸手抱住贤康的肩膀：“贤康，你要回家来，怎么不先写一封信给我们，就这样一步闯到面前来？”贤康说：“接到二姑几个月前的信，知道三姑出事，我突然打定了主意回来，收拾一下就动身了。先到了香港，从那里乘船到上海中转回到青岛，人比信走得快，就没写。”

佳桃回头责怪淑灵两个：“你们这些年轻人的眼神还不如我，认不出贤康表哥吗？贤康，这是淑灵、淑娜，你没看到我们吗？”

两年不见，贤康感觉两个表妹变化很大，都出落成漂亮的姑娘，尤其是淑娜，让贤康眼前一亮：“已经走到家门口了，我只顾激动，根本没看到你们。”淑灵微笑道：“都是这顶帽子的缘故，戴上以后完全变了一个人，而且我们也没有太留意。”淑娜说：“就是啊，刚才我倒是看到表哥了，还在想，从哪里走来这样一位日本学生？”

贤康把鸭舌帽摘下来：“在上海换船的时候，看见街上许多青年人都戴着这种帽子，就给自己买了一顶。”淑娜说：“给我戴上试一试。”把帽子要过来戴到自己的头上，看上去别有一种妩媚秀丽。

大家说笑着一起进门，贤康见过芸姨娘，又到祖父的神位前拜过，佳桃拉住他的手坐下来：“贤康，别的事情都放到一边，你先告诉我，你在外面有没有恋爱。”贤康笑道：“我们跟着学校到处奔波，每天心里想的都是抗战和学习的事，担忧着国家和自己的未来，哪里顾得上谈恋爱？而且学校里根本没有几个女学生。”佳桃坚持要问明白：“你只要简单地告诉我，有没有恋爱。”贤康羞涩地看了看淑灵和淑娜：“没有。”淑娜指着他笑道：“你可不许撒谎，要对二姨说实话。”贤康说：“是实话，真的没有。”佳桃点头：“这样最好。你先休息几天，咱们再商量你的未来。”

贤康问起三姑佳荷的事，佳桃细细给他讲了一遍，惹得芸姨娘在一旁又流下许多眼泪。纬民、纬国和贤治陆续从外面回来，与贤康见过。贤康赶快拿出在上海买的麦乳精、鲜肉月饼、条头糕，分给大家品尝，一边说起两年来在外面的经历和见闻，感叹道：“这个世界很大，每个人都微不足道。有一天我们步行前去新校区，我和大家走散了，山路崎岖，我不知道应该走向哪里，身边经过的也都是陌生的异乡人，向他们问路，他们听不懂我说的是什么，我也听不懂他们古怪的口音。我走得筋疲力尽，却不敢坐下来歇息。我怕自己会死在那里，没有人知道我在那里，也不会有人过来寻找我，平生第一次感到那样巨大的恐惧和绝望。”

佳桃问：“后来呢？找到路了？”贤康说：“走了很久，总算从山里走出来，顺着大路走到一个小镇上，遇到几个同样失散的同学，第二天大家一起找到了大队。”佳桃眼中噙泪：“你在外面一定吃了许多苦。”贤康说：“还好。这两年，我见到太多赤贫的人，见过他们的灾难和苦楚，和他们相比较，我的经历根本算不上苦。”

淑灵和淑娜都羡慕贤康有机会去外面闯荡：“表哥走过许多地方，这不是平安回来了吗？母亲真是多事，拦着我们不让出去，少了多少见识？”贤康说：“其实我在外面常常感到后悔，后悔不该出来受苦。”

淑灵和淑娜向他说起自己的近况，原来淑灵已经工作，在一家日本纱厂里做会计。淑娜刚刚上大学，参加了大学的剧社，而且是一位活跃分子。贤康盯着她：“重庆、昆明的许多女学生都像你这样的打扮。”这话让淑娜非常高兴，嚷道：“是吗？我们剧社的同学也喜欢这种搭配，哪天你到学校来看一看。”贤康很痛快地答应了。

第二天，贤康去看望大姑佳菊，中午佳菊准备了一桌饭菜款待他，龚易也从银行里赶回来陪伴。淑灵中午在纱厂吃饭，没有回来。下午淑娜陪着贤康去自己的学校，路上谈起她们的剧社，淑娜带着几分神秘说："告诉你一个秘密，你不许对别人讲：这个月底我们就要正式演出一部戏剧，剧名叫作《名优之死》，请表哥一定来看。"

贤康说："我在重庆看过这部话剧，你们学校的剧社可以演出这样的大戏，真是实力不凡。"淑娜神秘地说："哪里是学校的剧社。年初的时候，一位学长看我喜欢表演戏剧，介绍我去了一个商业的剧团，在里面表演几个小角色。我怕家里反对，一直瞒着他们，只说是参加了学校的剧社。"

贤康不解："为什么要瞒着家里？"淑娜说："爷爷和父亲都是刻板的性格，如果他们知道我在商业剧团，肯定会反对，还会限制我的自由。表哥可是第一个知道这个秘密的人，千万替我保密啊。"贤康说："你如此痴迷戏剧，却只能表演小角色，实在不公平。"淑娜得意地说："在《名优之死》里我的戏份很重，而且这一次可以拿到正式的酬劳。等着吧，我很快就能成为万人瞩目的明星。"贤康说："那样的话，你我之间的距离可就远了。"

淑娜改换了话题："你从大西南回来，你是共产党员吗？"贤康摇头："不是，我对政治不感兴趣，也没有政治的立场。"淑娜一脸掩饰不住的失望："为什么我一直不能遇到一位革命党？像三姨父周文密一样的人物。"贤康问："你想怎么样？"淑娜说："当年我亲眼看见周文密开枪除掉变节者，那天如果不是为了我，他一定能够逃脱，不会死在街头。我希望能遇上那样一个人，爱上他，他也爱我。"

贤康想不到她能这样坦率地谈论感情之事，大胆、直率，让他无法应对。淑娜沉默良久："前些日子，我听母亲和二姨在一起议论你的婚事。"贤康问："我和谁的婚事？"淑娜说："不知道。你昨天说在外面没有恋爱，我不相信你说的是实话，太不可思议。"

贤康乐了："当然是实话，我当然也向往过爱情，但是没有机缘。"淑娜说："我相信机缘要由人来创造，我感觉我快要恋爱了。"

贤康没有应声。他在外面两年，有了一些识人的阅历。在他看来，淑灵和淑娜虽然称为姐妹，但相貌迥异，性情上的差别尤其明显。淑灵拘谨安静，保守退缩，淑娜活泼时髦，积极主动，他很喜欢这两个表妹。

淑娜在新剧《名优之死》当中扮演花旦萧郁兰，贤康去看过几次剧团的排练，郑重提出自己的看法。淑娜信服他的观点，经常和他讨论。

正式演出那一天，贤康赶到剧场观看。演出结束时已经很晚，淑娜卸了妆出来，贤康在剧场外面等着她。两个人走到海边，那里行人稀少，清凉的晚风从海上阵阵吹来。

淑娜问："我演得好吗？"贤康点头："很好，演出了一个活泼的花旦，很有正义感的真实人物。"淑娜有些得意："我喜欢这个人物，可我的能量在她身上还没有完全发挥出来。我想再进一步，能够扮演主角刘凤仙。"贤康摇头："那个太难了。刘凤仙、刘芸仙两个角色在剧中都有唱段的。你没有京剧的功底，恐怕演不好。"淑娜不服气："刘凤仙演唱的部分并不是很多，我可以学习。"

贤康说："演唱可以学习，可是你的相貌太突出了。表演剧中的一个配角，大家还不太注意。要演刘凤仙就不行，哪有一头金发、高鼻梁的刘凤仙呢？"淑娜神色黯然："我为什么会是这个模样？我一直搞不清楚自己的出身，多少次问过母亲，她都说我是父亲从外面捡回来的，是被亲生父母遗弃的婴儿。关于我的出身，你听说过什么吗？"

贤康说："我也听说你是捡的。"淑娜说："我不相信。你有没有发现，我和姐姐淑灵在许多地方其实很像的，我们的额头，嘴，还有我们的身材，是不是很相像？"贤康说："我倒没有特别留意这些，你们一起长大，彼此之间会不会有一些影响呢？"

淑娜有些伤感："可怜我长这么大，还不知道自己的亲生父母是谁，人在哪里。"贤康安慰她："我倒是知道父亲是哪个，母亲是哪个，可他们都已经不在人世了。姑妈、姑父对你那么好，还有慈爱的祖父，对你胜过淑灵，他们就是你的亲父母了。"

淑娜站住，很认真地问："贤康，你说实话，我和淑灵哪一个更美丽？"贤康说："你们姐妹二人性格不同，体貌不同，每个人都很好。"淑娜说："你不要含糊，必须比较一下我们两个谁更美丽。"贤康想一想："你更美丽。"淑娜不屑道："这么简单的问题你竟然想了这么久，可见是在敷衍我。到了姐姐面前，你又会说她更美丽。”贤康真诚地说：“我是认真的，你更美丽。”淑娜追问：“那么，你更喜欢我，对吗？”贤康说：“当然。”淑娜高兴得一下子扬起双臂：“既然你喜欢，我为什么要管自己的出身呢？”

灯光之下，淑娜的长发在海风中飘扬，贤康盯着她美丽的身影，无法让自己的视线移开。淑娜说：“贤康，其实我真正想扮演的人物不是萧郁兰，也不是刘凤仙，而是娜娜。”贤康摸不着头脑：“哪一位娜娜？”淑娜说：“有一本法国的小说《娜娜》，你看过吗？娜娜就是书中的女主角。”

贤康看过，可是对书中人物并没有太深的印象。淑娜就给他说起这位娜娜的身世，那是一个金发少女，容貌美艳但出身贫贱，小小的年纪就沦落为妓女。后来一家下等剧院的老板看中了娜娜的色相，请她主演一部歌剧，名为《金发爱神》。娜娜没有任何表演的天分，嗓音沙哑，在舞台上手足无措。但老板自有办法，他让娜娜裸身登台，呈现肉体的诱惑力，结果大受观众欢迎。娜娜被一大群好色的富豪围绕，生活放荡，挥金如土，最终病死。

贤康奇怪：“你为什么喜欢扮演这样一个角色？”淑娜说：“因为同学们都说我的容貌和娜娜很相像。书上说娜娜十八岁，身材魁梧，容貌美丽，有一头金色的秀发，蓝色的眼睛，粉红色的双唇，还有一对可爱的小酒窝。你看我的容貌是不是很像她？年纪也差不多。但我可能不如她那么高大，那么胖。”

贤康打量着淑娜，为她的美艳而心动，却想象不出那个娜娜的样子：“听起来她是一个很有个性的女子，她的命运也引人同情。”淑娜说：“对，我就是喜欢有个性的角色，行为大胆、夸张，不同凡响。”说着她突然伸出双手攀住贤康的脖子，换成一副粗哑的声音：“武少爷，我是娜娜，来，我们一起跳舞吧？”

她的肌肤柔腻微凉，紧紧贴着贤康的脖子，贤康大惊：“淑娜，这像什么样子！你快放手！”淑娜不肯，左右摆动身体，一边哈哈大笑：“武少爷害怕了？你看看我像不像一个下等妓女？”贤康急道：“淑娜，别胡闹，我哪里知道下等妓女是什么样子。”淑娜终于放开他：“我也不知道，我想应该就是这个样子，你害怕了？”贤康看看四周：“我真是被你吓到了。”淑娜恢复了自己的嗓音：“你搞错了，刚才吓到你的不是我，是娜娜！”

两个人谈论着娜娜，慢慢从海岸边走上来。街角的一家饭馆里还亮着灯，他们走进去叫了两盘菜，外加啤酒，慢慢喝着，贤康继续刚才的话题：“你的相貌适合扮演娜娜，可她的行为大胆奔放，怎么可以在剧场里演出？”淑娜脱下身上的长衫，说：“疯狂大胆的举动才会有震撼力，观众才喜欢看，演员表演起来才有激情，大家都希望能扮演这种角色。”

贤康不以为然：“娜娜在舞台上赤身露体，这样的表演是不是太大胆了？”淑娜说：“我们表演的时候当然不会在舞台上裸露身体，只是穿得轻薄一些。”贤康说：“这样的角色也许别人可以演，你不可以，姑父姑妈不会同意的。”

淑娜说：“为了话剧的艺术，我什么都敢表演，为什么要他们同意呢？”贤康说：“这个角色的行为太大胆了，我想象不出你扮演她的样子，也不会喜欢那个样子。”淑娜很失望：“你不同意我表演娜娜？”贤康说：“对，我认为，你只要扮演萧郁兰这样的角色就很好了。”淑娜说：“好吧，你不喜欢，我可以不演。”

相邻的桌子边坐着三个年轻的日本人，守住几只空碟子和冷碗，一直在“叽里呱拉”地说话。其中小眼睛的一个日本人手里端着酒杯，一边诉说一边流泪，杯中的酒洒溅出来，弄得到处都是，他只是那么端着，一口也没有喝进嘴里。对面的同伴矮小壮健，嘴边有一块紫色的疤痕，皱紧眉头听他唠叨，自己不停地喝酒，每喝一口就要把酒杯狠狠顿到桌子上，大声呵斥小眼睛一番。

小眼睛的日本人突然趴到桌子上，大声呜咽，把桌子拍得“嗵嗵”作响。另一个细高个子一直没有开口说话，只是一边不停地摇头，一边“呵呵”地冷笑。

淑娜扭头看了一眼：“这些人真能吵，烦死了，他们嚷什么？”贤康小声止住她：“别惹他们，他们像是私卖鸦片的烟贩子。”淑娜把木凳拖到贤康身边，离那三个人远一些。三个人因此注意到淑娜，放下酒杯盯着她。距离最近的疤嘴在木凳上转过身来，拉一拉淑娜裸露的胳膊：“喂！”

淑娜甩开他的手，把木凳再向贤康身边挪一挪。小眼睛的日本人起身，端着木凳走到淑娜身边坐下来。淑娜起身要躲开，一只手却被他拉住，疤嘴也凑过来按住淑娜的肩膀，让她动弹不得。

贤康一见，赶快起身去解救淑娜，要把他们推开。疤嘴突然怒喝一声，抡起手，结结实实抽了他一个嘴巴。贤康没料到他会向自己动手，大怒，挥拳打到疤嘴的脸上。疤嘴号叫一声，和贤康扭打到一起。小眼睛也放开淑娜，和细高个子一齐扑过来围打贤康。早些年贤康曾经跟着楚梅生习练过拳脚，可惜都是一些好看的花架子，真正打起架来缺少威力，唯一的好处是身手比别人灵活一些，今天却被饭馆里拥挤的桌椅妨碍。如此贤康很快就落了下风，被三个日本人缠住，随即被打倒在地。淑娜在一旁急得尖声大叫，抓起桌子上的碟子朝日本人摔过去，却救不起贤康。

门外跑进两个男子，抄起木凳打向几个日本人。两个人身体敏捷，出手沉重，几下子就把他们打翻在地。饭馆的掌柜害怕在这里打死日本人，慌忙跑上前拉住二人，苦苦哀求。两个人也不纠缠，丢开日本人，搀起贤康出门。淑娜追出来，问他们是谁，要带贤康去哪里？他们说是鸿运公司的伙计，叫了几辆人力车，送贤康和淑娜回家去。

贤康被打得不轻，佳桃非常生气，看贤康痛苦的样子，不忍再训斥他，就把淑娜叫到一边，问明白事情的缘由经过，一边打量淑娜，看她手上搭着一件长衫，身穿薄绸的粉色旗袍，露出来圆润的臂膀和修长的腿，皱眉道："那么晚了，你怎么还不回家？还穿得这样露胳膊露腿的，在外面闲逛！怎么能不惹祸！"

淑娜委屈地说："我们不是特意出去逛的，贤康去剧场看我演戏，散场之后陪我回家，中途想吃一点东西，才碰到那些坏人。"佳桃责道："演戏演戏，一个女孩子不好好上学，跑到大庭广众之下又哭又笑，疯疯癫癫的，像什么样子？你爹娘真是太娇纵你。幸亏我让两个伙计暗中跟随贤康，不然的话今天贤康可是要吃大亏。"

淑娜心中委屈难平，如果是在平时，必定要和二姨争辩一番，今天确实是自己连累贤康受伤，有了短处，只好忍受她的训斥。佳桃也不能切责，让淑娜坐自己的汽车回家。淑娜不放心贤康，临走之前又跑上去看他："你好好休养，我要天天过来照料你，一直到你康复。"

贤康浑身疼痛，还不忘给淑娜一个笑脸："我没事，睡一夜就好了。"淑娜悄悄说："原来那两个人是鸿运公司的伙计，二姨专门派来保护你的。"贤康恍然，随即心中生出几分不满，这一次幸亏两个伙计及时赶到，救出自己，可是一想到这些天来一直有人暗中尾随自己，自己的一举一动，包括和淑娜的那些亲热举动都被他们看到眼里，贤康感觉很不舒服，认为二姑的做法太过分了。

这一夜，贤康周身疼痛，尤其是左臂，刺痛钻心，难以入眠。终于熬到天亮，感觉手臂疼得更厉害，只好去医院，医生诊断是左臂的骨头被打断了。

看见贤康那张肿胀的脸和胳膊上厚厚的绷带，佳桃心痛万分，对佳菊说："贤康伤成这样，我心里真是后怕。万一那天晚上他有个三长两短，我绝不会原谅自己的。也许我不该把他召回来，他在千里之外，我虽然牵挂，却不像现在这样时时不放心。"

佳菊说："这次出事都怪淑娜，我才知道她偷偷在外面演戏。这一次吃了亏，没闯出大祸，真是万幸，但愿贤康和淑娜以后都会学得乖一些。"佳桃怨道："这些日子贤康怎么和淑娜走得这么近，我不知道你也不知道吗？为什么不告诉我？"佳菊说："我哪里知道？有时候他是去看我，有时候是去看淑娜排练，然后再送淑娜回家来。"佳桃说："他一直往你家里跑，分明是喜欢上了淑娜，你就没看出一点眉目？"

佳菊迟疑道："我是看出一点眉目来，贤康和淑娜互相喜欢。淑娜的年纪和淑灵差不多，如果能让她嫁给贤康，必定美满。"佳桃说："按理说，淑娜这孩子聪明漂亮，我很喜欢。但贤康的身上有着定魁、小美蓉他们的堕落气质，淑娜的性情过于奔放，我担心她会激发贤康的劣性。相比之下，淑灵安静、贤惠，由她陪伴贤康生活，可以防止他走邪路。这件事也怪我，写信催贤康回来是为了让他和淑灵成亲，我却没有早早告诉他。"

佳菊有些不满："原来你处处都是为了贤康。可你想过没有，如果贤康不喜欢淑灵，不是要让淑灵委屈一辈子？"佳桃说："贤康当然喜欢淑灵，只是这一阵子他和淑娜接触得太多，才把淑灵冷淡了。"佳菊说："那只是你的看法，我可不想让淑灵再走我的老路。"佳桃不爱听这话："姐姐的老路不好吗？这一辈子过得不开心吗？"佳菊说："开不开心我自己知道，我就是不想让淑灵受委屈，也不想让淑娜伤心。"

佳桃说："此事难两全。如果贤康非要在淑灵、淑娜中间选择一个，只能是淑灵，你不愿意吗？"佳菊叹气："淑娜若是我自己生的，我可能也会让淑灵嫁过来。现在淑娜也喜欢贤康，我先要让她满意，我的心里才安定。”佳桃说：“姐姐好糊涂，这种事情不容商量，要么是让贤康娶淑灵，要么我为贤康再挑选别人家的女儿。”

佳桃的态度如此坚决，佳菊只好回去和龚易商量，龚易也赞同佳桃的想法：“当初三哥给淑灵做媒，咱们都不同意，急着给她找婆家，你和佳桃才商定把她嫁给贤康，不好食言。淑娜这孩子天性冲动浪漫，从小就被咱们娇纵坏了。她应该知道贤康要娶的是她姐姐，偏偏还要闯进来。小孩子任性，咱们当长辈的可不能糊涂，这件事就按照佳桃的想法办，赶快给淑灵准备婚事，别再拖延。”

贤康从医院回家，佳桃叮嘱他好好养病，伤好之后马上与淑灵结婚。贤康感觉突然，却也在意料之中，二姑喜欢淑灵，其实他也喜欢，只是感觉愧对淑娜。又想淑娜也许只是生性活泼，喜欢交际，又受戏剧的浪漫故事影响，会有一些空想，其实对自己并没有深意。而且二姑谈过婚事安排之后，淑娜再没有露面，大概自己对淑娜的想法只是单方面的，于是安下心来养伤。

其实那些日子淑娜来过武宅几次，吴妈却不肯给她开门，隔着大门告诉她，掌柜的吩咐过了，一定要让贤康好好休息养病，不许任何人打扰他。淑娜大感疑惑，又不好深问，只盼望着贤康快快好起来。

佳桃和佳菊商量贤康的婚事，要找个人来充当媒人，居中联络，许多事情办起来才有模样。媒人是现成的，不用到外面去找，就是那个闲人龚尚。龚尚原本就喜欢撮合、调剂，早就想给自己的侄女说媒，和贤康的婚事虽然不是自己的主意，他也乐得跑脚，而且武宅又是他惯来的地方。

龚尚跑来跑去送聘书、聘礼，佳菊又忙着给淑灵张罗嫁妆，淑娜自然知晓，那一刻的感觉如同万箭穿心。她的骄傲让她不肯去向母亲和姐姐证实，当然更不能再去找武贤康，可是心中的痛苦实在又让人难以忍受，她就去向爷爷诉说自己的不平：“武贤康喜欢姐姐淑灵，可他更喜欢我。现在母亲要把姐姐嫁给贤康，爷爷，我好难受。”

龚其迈说：“你年纪还小，又在上学，结婚还早呢。”淑娜抱住龚其迈：“我才不喜欢上学。爷爷过去经常给我们讲孔融让梨的故事，姐姐也知道贤康更喜欢我，她为什么还要和我争抢贤康呢？”龚其迈说：“傻孩子，婚姻的事不好谦让。而且这是两个人的事，贤康那边的聘礼是下给你姐姐的，他们想娶的不是你啊。”

淑娜哭道：“可是贤康亲口告诉我，我比姐姐漂亮，他更喜欢我。”龚其迈说：“贤康是武家的独苗，由他二姑抚养成人，婚姻这种人生的大事，当然也要由她二姑决定，贤康只能听从。”淑娜哭得更委屈了：“是，我知道二姨更喜欢淑灵。如果让贤康自己挑选，他一定会选我。爷爷，我真的不甘心。”龚其迈叹气：“你以后就会明白，人世间不如意的事情太多，慢慢忘掉这件事吧，你还小，将来会遇到更中意的人。”

淑娜忘不了贤康，暗自流泪伤心，双眼肿得像一对粉桃子。她的个性是毫不掩饰自己的伤心和愤怒，昂着头走来走去，让大家看清楚她肿胀的眼睛，看清楚她受到的伤害。可惜姐姐在为幸福的将来忙碌，根本就不曾留意她。父亲假装没有看到，母亲看到了，却不敢安慰她，这更增添了她的失望。

37

贤康的新房不在武宅之内，而是去年新盖的一处独立的院落，院子里一幢二层的小楼，这是佳桃专门给贤康结婚预备的。

佳菊不明白佳桃的用意：“家里的地方很宽敞，让他们和你们住在一起多好。”佳桃叹气：“真的好吗？咱们家自从住进德国人的这栋洋楼，一直祸事不断，定魁、父亲、周文密、佳荷先后出事，还有小美蓉和杨威廉。佳荷和周文密就是在家里办的婚事，我和杨威廉也办过一次婚礼，结局都不好。”佳菊说：“他们各人有各人的缘故，你怎么也相信这个？”佳桃说：“以前我不相信，这些年年纪大了，疑惑的事情越来越多。无论是不是房子的缘故，既然感到了疑惑，我就不能再让贤康和淑灵走老路，希望他们一世平安。”

结婚的日子，佳桃跟着贤康去迎亲。贤康向龚其迈、龚易、佳菊恭敬行礼谢亲，然后和迎亲的人一起坐下来吃面条。佳桃上楼去看淑灵，见她一身红装，开面之后，颜色更显端庄娇媚，佳桃十分满意。淑灵生性乖巧，知道自己这桩婚事全靠二姨成全，拉住二姨的手，亲热说笑。

楼下那边却出了事，淑娜突然出现在贤康面前，身穿一袭白色长裙，过来紧紧挽住贤康的胳膊："终于找到一个现成的新郎，你要帮帮我。"贤康上下打量她，喜道："淑娜今天真漂亮，帮你什么？"淑娜抚一抚长长的裙摆，退后一步："你先看看，我像不像一个新娘？"

佳菊从一旁问："淑娜，你怎么这副打扮？"淑娜说："我从剧团里借了这一件婚纱，要练习扮演一个新娘。"龚易一下子板起脸来："胡闹！什么时候练习不好，偏偏挑选今天！为什么又要拉上贤康？"淑娜扬起头来："贤康是新郎啊，他不用表演，一切都是真实的。本来我还想找一块红盖头，要练习中式的婚礼，可是那样一来，我的脸就要被蒙住，别人看不到我的表情，所以我要练习西式的婚礼。"

佳菊说："好了好了，试一下就行了，不要耽误了姐姐的婚礼。"淑娜再次拉住贤康，把他挽得更紧："这才刚刚开始，我们还要说出彼此珍爱的誓言，要互相佩戴婚戒，要向客人们鞠躬致意，对吗贤康？"龚易觉察到淑娜的异样，厉声说："淑娜，快回屋去，不要胡闹！"淑娜尖声说："不！我没有胡闹！我还要贤康当众吻我，要听到你们的祝福！"

龚易又惊又气："你这孩子怎么啦？疯了吗？"淑娜喊："我没有疯，是你们疯了！这个婚礼的新娘本来应该是我，贤康喜欢的人是我！你们偏偏让淑灵嫁给他。贤康，其实你最喜欢的是我，你亲口对我说过，对吗？"贤康没想到她的举动如此大胆，不但抖搂出二人私底的谈话，又一直向他逼问，一时之间手足无措。

龚易和佳菊一起上前，把淑娜从贤康身边拉开，龚易气道："够啦！你还是小孩子吗？这里不是戏台，今天是你姐姐大喜的日子，你到底想干什么？"淑娜喊着贤康："你快告诉他们，你最喜欢的人是我！你快说啊！"

佳桃在楼上听见下面吵嚷，急忙走下来。龚易一见，更急着要把淑娜拉出门去，却被她挣脱开，哭着跑上楼去，故意把楼梯跺得"嗵嗵"响，一边尖声喊着："我恨你们！我恨武贤康！"

龚易害怕她会去找淑灵大闹，叹气一声，追上楼去。贤康心中担忧："二姑，淑娜她……"佳桃厉声喝道："她的事你不必管！别忘了，今天是你和淑灵结婚的日子！"佳菊也对贤康说："刚才的事，你千万不要告诉淑灵。"佳桃催促道："行了，贤康现在就上去接淑灵下来，一起回家，一切的俗套都免了。"

大家随着贤康一起上楼。还好，淑娜没去找姐姐的麻烦，只在自己屋里痛哭，淑灵一个人安静地坐着。

贤康、淑灵结婚之后，淑娜出奇地安静，每天去学校，和过去一样排练戏剧。有时候贤康陪着淑灵回娘家，淑娜和平常一样对待他们，似乎婚礼那天没有发生过那场不愉快。淑娜的平静反而让佳菊心中不安，和龚易一起暗中观察，也没发现什么异常。

龚尚给淑灵做过媒人，与父亲的关系大有改善，最近经常过来。龚其迈的身体明显虚弱下去，自己心中明白大限不远，所喜的是身边有两个儿子，所以对待龚尚也不像过去一样严苛。

这天晚上，龚尚在闲聊时谈起书法，后悔自己过去贪恋享乐，虚度了许多时光，没有像龚易那样跟着父亲好好练习书法，想起来非常后悔。

龚其迈喜欢听这种话："如果真正想练，什么时候开始都不晚，我认真习练书法也是在三十岁之后。"龚尚说："那我就定下心来试一试。还要几幅父亲的得意之作，方便学习观摩。"龚其迈高兴，自己挣扎着到一堆故纸堆里翻出几幅旧作，龚尚接在手里，展开来细细观览，再小心地收起来。

闲话当中，龚尚提起龚家收藏的拓片："在北京的时候我就听朋友们说起过，咱们龚家藏有几份罕见的拓片，我可是从来没有见过，自己家里的事情竟然不如外人清楚。"

龚其迈不应声，龚尚只好转向龚易："你见过吗？咱们家里到底有没有这种东西？"龚易看了看父亲，搓了搓手，不敢乱讲。龚尚急了："说啊，你到底见没见过啊，到底有没有这种东西啊？"龚其迈说："你别朝他嚷，有没有他也不知道。早年间，我手里确实有几份拓片，普普通通的东西，没有外面传说的那么稀罕。"

龚尚说："既然不是什么宝贝，就别藏着掖着了，我看看到底什么样子。"龚其迈被他纠缠不过，让龚易拿出那几份拓片，小心展开来给龚尚看。龚尚仔细端详一番："我是外行，真没看出这东西好在哪里，他们诓我。"

第二天龚尚又来了，还带来几张破旧的拓片："昨天回去和副市长说起拓片，他手里竟然也有几份，不知道好坏，拿来给父亲鉴别一下。”龚其迈接在手里，随便翻了几下，摇头放到一边去。

龚尚又要出父亲珍藏的拓片，与这几张旧拓片摆放在一起，比较优劣，向父亲请教。龚其迈随便给他说了几句，感觉累了。龚尚把所有的拓片收拢起来，放到一边：“歇歇吧，我陪您出去散散步。”

龚尚搀扶着父亲出门，大约一顿饭的工夫，龚尚一个人匆匆赶回来，要取回副市长的拓片，说市里派人来找他，有一件紧急公务等着他回去处理。佳菊陪着他到父亲的书桌边，看他匆忙收拾好拓片。出门之前龚尚又叮嘱佳菊说，父亲还要在海边坐一坐，让佳菊过一会儿再去迎一迎他。

佳菊答应，目送龚尚离开，自己去把淑娜晾晒的衣服收回来，送到楼上。感觉外面风有点大，找出父亲的一件衣服，对小暖打一声招呼，自己找到海边去。龚其迈独自坐在一块礁石上，佳菊走过去说：“父亲出来很久了，该回家了。”

龚其迈怨道：“龚尚说海边的风大，要回去给我拿帽子，让我等了这么久，被风吹得难受。”佳菊赶快替他披好上衣，搀他起来，说龚尚刚才到家里拿走他的拓片，已经回去了。龚其迈说了一声“不好！”脚下一着急，险些跌倒在地，被佳菊一把扶住。

龚其迈匆匆赶回家，进门直奔书桌，胡乱翻找一番，嘴里大叫一声，一下子瘫倒下去。原来他珍藏多年的那些拓片全都不见了。佳菊问小暖，刚才自己出门之后有没有别人进来过，小暖说没有。

龚其迈大怒，这才明白龚尚最近几天来的种种作为，目的只有一个：那些拓片。龚易回家听说此事，气得立刻跑去找龚尚。龚尚不在住处，到市府打听，原来龚尚已经跟着那位李副市长回北京去了。

龚其迈被自己的亲儿子骗走最珍爱的拓片，恼恨交集，病情转重。龚易安慰他说：“过几天我赶去北京，一定把拓片追讨回来。”佳菊私下里问他：“为什么还要过几天？现在去不行吗？”龚易叹气：“我不过是安慰老人家几句罢了。拓片到了龚尚手里，神仙也讨不回来。我去找他，有什么证据吗？他会反咬一口，说是咱们把拓片私吞了。”佳菊难过：“可叹老人家，老了老了，还让自己的儿子耍了一回。”

龚易说：“父亲还是没活明白，几张拓片，他又不能带走，终究要落到我们这几个人手里，何必这样上火呢？”佳菊说：“他必定是打算留给你的。”龚易叹息：“这种东西，我们几个做儿子的，谁拿到算谁的。况且，就算留给我又能怎么样？将来我又留给谁呢？”

龚易的宽慰到底无法抚平老父亲的愤懑和伤心，龚其迈的病势转重，最终死在那个秋天。

忙过父亲的后事，龚易回到银行上班，闲暇时翻看报纸，在页脚处看到了一份话剧的海报。这份海报占用的版面要比平常的戏剧版面更大一些，并且配有一张舞台剧照，照片中央站着一个曲线婀娜的白衣女子。配文中说的是：光明剧场近期上演新剧《娜娜》，少女魅力，真实性感，主演的名字叫龙娜娜。

接连几天龚易都在报纸上看到同一份广告，显然剧团为这个话剧投入了大本钱。龚易心生疑惑，对着那张剧照反复观看，照片不太清晰，但是站在中央的那个白衣女子让他想到女儿淑娜。晚上回家，龚易问佳菊：“淑娜最近在干什么？你知道吗？”

这些日子佳菊和龚易一样，一直在为父亲的后事忙碌，无暇顾及淑娜：“昨天她告诉我，学校的剧社这两个月在赶排一出新戏，每天都要忙到深夜。”

晚饭之后，龚易站在桌边写字，一直等到深夜才听见外面门响。龚易赶快凑到窗边看出去，一辆人力车正在离去。淑娜开门进来，一副疲惫的样子，径直上楼。龚易叫住她：“干什么去了，回来这么晚？”淑娜粗哑着嗓子说：“在学校排戏了。”佳菊赶快要给她端饭，淑娜说她已经吃过了，一边上楼去，扑到床上就睡。

第二天，龚易给淑娜的学校打电话，询问学校的剧社最近是否在排戏。学校的人回应说，剧社是学生自发的社团组织，学校不清楚他们的活动。不过，本校的剧社这几年基本已经不再排戏，联谊的性质更多一些。

放下电话，龚易直接去了光明剧场，这个周末的晚上还有一场话剧《娜娜》上演，龚易买了一张戏票，回家没有声张。

周末晚饭时，淑娜没有回家。饭后龚易说要出去拜访朋友，一个人悄悄赶到光明剧场。剧场里已经坐满了观众，各色人物都有，靠前的座位上都是一些油头粉面的浮浪子弟，后边和角落里的男人却是粗衣蓬头，贩夫屠户的样子。这样的观众先让龚易十分不自在，如果不是为了一探究竟，他早已经起身而去。

大幕拉开，话剧开演。这是一出外国戏剧，一些男男女女在光线昏暗的舞台上走来走去，装扮奇特，行动莫名其妙，嘴里吵吵嚷嚷，龚易看了半天也没搞明白他们在表演什么，也没看到淑娜。龚易开始怀疑自己跑到这种地方来找女儿，是对女儿的贬低。

周围的观众突然一阵躁动，发出声声啸叫，舞台上的灯光明亮了许多，一个金发女子扭摆着身子从幕后走出来，穿着一身白色的紧身衣服，曲线毕呈，正是报纸广告上的那个女子。

观众们激动起来，有人大声叫着“娜娜”，金发女子转过头来，向着台下送出一个媚丽的笑容，同时开口说话，用的是一种很做作的粗哑嗓音，腔调愚蠢。龚易的身子悄悄缩下去，不敢抬头，额角开始冒汗。虽然动作夸张变形，说话的腔调虚假、做作，虽然距离远，看不清楚金发女子的面容，但是没错，舞台上那个妖娆的女人就是他的女儿淑娜，说话时那种不经意的鼻音，走路时的某种草率的姿态，都是淑娜特有的，龚易对这些再熟悉不过。

看上去，舞台上的淑娜和平时一样美丽，可她的这一身妆扮，她的夸张的表演都让龚易浑身不自在。淑娜的表演非常卖力气，她扮演的娜娜看起来粗鲁可笑，唯一能吸引观众的是她年轻的肉体。她一定知道自己的表演有失体面，担心被家里发现，所以在海报上编造了一个假名龙娜娜。

龚易硬着头皮再看一阵，终于坐不下去，走出来直奔后台。后台的小门从里面锁着，龚易用力打门。小门打开，一个黑衣的壮汉伸头望了龚易一眼，龚易说：“我来找女儿，龚淑娜。”壮汉一脸木然，没有反应，龚易提高了声音：“就是台上那个娜娜，也叫龙娜娜，她是我的女儿！我要找她！”

壮汉终于开口：“找谁都不行，不许进！”说着把龚易推开，重新锁上门。剧场里传来淑娜粗哑的声音，夹杂着放荡、夸张的大笑，还有观众的胡乱喊叫。龚易心中揪痛，好不容易挨到了幕间休息，剧场里蜂拥出来一大帮人，有的跑去厕所撒尿，有的跑到后台的门口，吵着要进去看一看换装的娜娜是什么样子。

龚易一下子被挤了出来，周围一片喧嚷之声，还有浓烈的尿臊气味，与前面那个灯光辉煌的舞台形成鲜明的对照。

龚易离开剧场，叫了一辆人力车回家，佳菊正坐在桌边等着他。龚易径直走到父亲的灵牌前，翻身跪倒，泪流满面，嘴里大声说道："父亲，龚易教女无方，教出淑娜这样一个伤风败俗的女儿，有辱龚家的门庭！龚易对不起父亲，对不起列祖列宗！"

佳菊被他的样子吓坏了，慌忙过来陪他一起跪下："龚易，你这是怎么了？你在说什么？淑娜怎么了？"龚易痛心疾首："淑娜怎么了？她骗了我们！这些日子她根本不是在学校里排戏。我刚才去了光明剧场，淑娜一直在那里演戏。"佳菊稍稍放心："你刚才可要把我吓死了。淑娜在哪演戏都一样，她喜欢表演。"

龚易吼道："那是什么狗屁的表演！她根本就是在出卖色相！她在几百个男人前面赤身露体，搔首弄姿！那就是淑娜，我的女儿龚淑娜！我真恨不能上去把她掐死！"

佳菊大惊："淑娜不会那样的，我看过她的表演，你搞错了吧？"龚易恨道："混账话！难道我连自己的女儿都不认得？你没看到她今晚在戏台上的样子，那个样子……"龚易越说越生气，伸手使劲扇打自己的面颊："都怪我自己，怪我行为失检，这是现世的报应，活该！活该！"

佳菊上前拉住龚易的手："龚易，不要这样怪自己，我们对这个女儿问心无愧。"龚易哭了出来："不，我有愧！父亲生前疼爱淑娜，是我没有管教好，让她沦落到如此地步。"

说着，龚易起身，到厨房里找到铁锤和木板、铁钉，拿到楼上淑娜的房间里，把木板钉到窗子上，把前后两个窗子全部钉死。佳菊跟在后面问他这是干什么，龚易吼道："我要好好管教她！管不好她，我就一锤子敲死她，绝不许她再出去胡来！"

然后龚易坐下来等着淑娜，佳菊不敢再劝他，小心陪坐在一旁，心里直为淑娜担心。这些年来龚易从来没有打过两个女儿，连一句重话都没有说过。佳菊嫁给他二十几年了，还是第一次看到今天这个架式，一定是淑娜的行为太出格，只怕她回来之后要吃苦头。佳菊很想自己迎出去拦住淑娜，让她暂且到别处躲一躲。又害怕那样会激怒龚易，惹他做出更过激的举动，而且深更半夜的，淑娜又能躲到哪里去？

佳菊在担心和犹豫之中煎熬，一直等到深夜，淑娜终于从外面回来，一脸倦容。龚易一见她，怒火中烧，几步冲到她面前吼道："你在学校里排戏！你演的好戏！从今以后，再不许你离家半步！不然我宁可打死你！"

淑娜懒懒地说："怎么啦？你突然这样大吼大叫的？"龚易说："我今晚去了光明剧场，台上那个娜娜是不是你？"淑娜想不到父亲会跑到剧场去，顿时慌张起来："……那个剧团缺少一个演员，到学校里请我暂时代理一天。"龚易指着她喊："撒谎！还要撒谎！你一个女孩子，在众目睽睽之下裸露肉体，淫声荡气，真是伤风败俗，廉寡鲜耻，不知羞愧！"淑娜争辩道："我怎么啦？那些都是表演！我在剧中表演娜娜，娜娜就是那样一个放荡的女人，我要演得真实。"

龚易问："你为什么要演那种剧？要演那种放荡的角色？看看你在台上的样子，听听你说话的腔调，真让人无地自容。"淑娜说："你感觉难以忍受，说明我的表演逼真、可信，这就是戏剧艺术，你不懂。"龚易吼道："不用你来教训我，我只懂礼义廉耻！不要去懂什么艺术道理！你以为你的表演是艺术的，你以为大家欢迎你，错了！坐在台下的那些浮浪子弟懂什么艺术？又有几个是来欣赏你的艺术的？他们纯粹是来窥探你的身体，是来把玩你淫荡的表情和腔调。"

龚易越说越生气，伸手拉着淑娜上楼。淑娜尖叫起来，一脸惊恐。佳菊跟在一旁，不敢拦阻龚易，又担心淑娜受苦，嘴里不停地说："淑娜，听爹的话，他是为了你好，听话。"龚易把淑娜拖上楼，推入她的房中："从今天起，再不许你离家，不许你去搞那些放荡的表演。"

龚易从外面把房门锁上，任凭淑娜呼号哭叫，绝不理会。佳菊替淑娜求情，说她还没有吃饭，这样熬一夜会饿坏的。龚易不听："就是要让她难受，难受了，她才能好好反省。"

淑娜哭闹了一阵子，累得自己睡着了。佳菊却为她心痛，一夜未眠。好容易熬到天光放亮，赶快到厨房，亲自动手给淑娜做了一大碗卤面，中间卧了两个鸡蛋，请求龚易把淑娜的房门打开。这一夜龚易也没有睡好，昨晚的怒气已经消去了大半，上楼给佳菊打开房门。

佳菊把卤面端进去，叫醒淑娜。淑娜也是饿急了，翻身爬起来，蓬着头坐在床上，把一大碗面条吃了个干干净净，出来解了个手，回到床上继续大睡。龚易自己再亲手把房门锁好，他下定了决心，这些日子哪也不去，一定要管束好小女儿。

淑娜睡到午后，惦记着剧团的演出，在房里大喊大叫，要求放她出去。龚易任凭她踢门打门，就是不理会。傍晚的时候，剧团派来一个青年人跑到家里来，询问龙娜娜今天为什么不露面，大家都在等着她演出。龚易大吼一声："滚开！这里没有龙娜娜，只有龚淑娜！"青年人吓得转身就跑。佳菊慌忙追出去叫住他，解释说女儿龚淑娜昨天得了急病，不能再去演戏。青年人胡乱答应一声，以后再没来找淑娜。

最初几天淑娜闹得很凶，佳菊害怕她急出病来，把淑灵叫回来，母女二人避开龚易商量办法。佳菊说："淑娜刚生下来就没了亲娘，抱在我的身边抚养，其实就像我自己皮里出来的一样。你们姐妹二人当中，我更偏疼她一些。她喜欢表演戏剧，我就让她去演，以为她是追求艺术。没想到惹得你爹如此痛恨，她到底演的是什么？"

淑灵说："我以前到学校里看过她的表演，淑娜很投入，演技却是平平，一直演不上主角。最近听贤康回来说，淑娜的表演很大胆，许多时候他在台下都坐不住。我也没有细问，总之是不大得体。"

佳菊叹息："你爹不是脾气火爆的人，我头一次看他这样生气，必定是淑娜太过分了。"淑灵说："再让淑娜在外面任性，只怕要毁了她的一生，爹这样坚决也是好事。"佳菊说："我就怕管得太狠，弄出什么事来，你上去劝劝她。"

龚易也愿意让她们姐妹到一起好好聊一聊，上楼打开了门锁。不曾想淑娜自己在里面闩上了门，不放姐姐进去。淑灵就搬了一把椅子坐到淑娜的房门外，隔着门对里面说话，淑娜却不理她。

淑灵了解妹妹的禀性，要想让妹妹搭腔，必须自己先露出一些破绽，就说："我们女儿家的言谈举止总要有女儿家的样子，在外面不能太疯癫，太解放。比如我吧，走路的时候从来目不斜视，态度如执盈，时刻保持一个淑女的仪范。”

淑娜一直不回声，听到这里忍不住小声说了一句：“虚假！虚伪！”淑灵耳朵灵，偏偏听到了这一声，心中暗喜，自己只管说下去：“当然，回到自己家里可以轻松自由一些，这些不可以被嘲笑为虚伪和虚假。大体而言，龚淑灵的举止可以作为现代女性的楷模。”

淑娜忍不住提高了声音：“真无耻！”淑灵努力不让自己笑出来：“某些偏激的人会说我无耻，但她们只敢在暗地里悄悄说，不敢堂皇地讲出来，不敢与我面对面比较。”淑娜不服气，要和姐姐当面争辩，想到门还闩着，悄悄起身，蹑足轻行，过来悄悄开了门，赶快跑回去躺到床上。

淑灵听到了门闩的响声，停顿片刻，把椅子搬开，轻轻推门进去。淑娜躺在床上，背朝着门。淑灵踢掉鞋子，爬到床上，抱住妹妹的肩膀：“啊，好久没看到我们的大明星了。”

淑娜坚持不回头：“爹骂我是放荡的女人，你离我这么近，不怕跟我学得放荡？”淑灵笑道：“好啊，我正好奇，你在外面究竟表演了什么，惹得爹如此愤怒。你演给我看。”淑娜说：“你又不懂艺术，演给你看你也不懂，而且我现在提不起兴致。”

淑灵说：“我已经看过小说，感觉那个娜娜的行为太夸张，我们东方人无法接受。”淑娜沉默良久：“这几天我闷在家里，仔细想过了，我在台上的那些表演确实够癫狂的，难怪爹生气。可是，娜娜的放浪正是她悲惨命运的表现，不是吗？而且贤康也认为我很适合表演娜娜。”

淑灵问：“他什么时候说的？”淑娜说：“他刚回来的时候，不过，他也不同意我表演娜娜，可我为什么要听他的？”淑灵的心中微微泛酸：“是啊，他也懂戏剧吗？好为人师罢了。”淑娜上前攀住淑灵的胳膊：“姐，武贤康对你好吗？”淑灵脸露娇羞：“他对我很好。”淑娜放低了声音：“我也感觉武少爷不错。你回去问一问，如果武少爷能相中我，我可以做姨太太。”淑灵气道：“淑娜，别胡闹！”淑娜说：“少奶奶，我没胡闹，我真的愿意。”淑灵说：“你愿意我还不愿意呢。”淑娜冷笑一声：“看你的小气样子！你放心吧，我喜欢以前的武贤康，不喜欢现在的大姐夫，一点都不喜欢。我根本就不稀罕你的武贤康，我很快会爱上别人的，我有这种感觉。”

淑灵问她喜欢谁，淑娜说："现在我还不知道，但肯定会有那么一个人，正在哪个地方等着我呢。"

淑灵回家见到贤康，怨道："这几天淑娜被爹关在家里，都因为你，夸赞她有表演的天赋，说什么她和娜娜很相像。"贤康急忙给自己辩解："淑娜喜欢演戏，和我并无关系，我回来的时候她已经偷偷到外面的剧团里演戏，只是瞒着家里罢了。当初我确实说过，她的相貌适合扮演娜娜，但娜娜的举动疯狂大胆，我反对她去演，她也答应了我。"

淑灵说："果然是你的缘故。解铃还须系铃人，现在还得你去和她说，让她去掉演剧的念头。"贤康愧疚道："我也是随便那么一说，她就如此认真，现在让我怎么对她讲？"淑灵想了想："她喜欢你，对你心存幻想，愿意听从你的意见。咱们结婚，淑娜感觉受到了伤害，所以不顾一切去演《娜娜》，要报复所有的人——得了，还是我自己慢慢劝她吧，你要出面，事情只会更难办。"

淑娜在家里闷了十几天，习惯了幽禁的生活，不再吵嚷。龚易的态度因此渐渐软化，心中爱惜女儿，不忍对她过于苛刻，白天也就不再守在家里。佳菊等他走了，赶快就把房门打开，放淑娜出来松散，只是不许她离家。

淑娜央求她："娘，我给关在楼上半个月，快憋死了。"佳菊说："这半个月我也没有离家，而且我比你更累更难受，你只知道和你爹做对，我可是要顾及你们两个人。"淑娜说："我要出去走一走，只在附近，绝不走远。"

佳菊犹豫道："你爹知道了，会要了我的命。"淑娜说："他不会知道，我保证在午饭之前回家来。"佳菊说："淑娜，你千万要体会娘的一番苦心，早点回来。"淑娜嘴里答应，匆匆打扮一番，飞跑出门。

佳菊赶快和小暖一起上楼，给淑娜收拾房间。两个小时之后仍然不见淑娜回来，佳菊心中忐忑。突然想到淑娜会不会离家出走，从此消失？那样一来自己不但失去一个女儿，也会彻底惹恼龚易。佳菊越想越害怕，后悔不应该一时心软放淑娜出去，一边在心中暗暗祈祷。

龚易回家来，开口就问淑娜怎么样。佳菊感觉自己要死了，双手抱头扑倒到沙发里，听见龚易"嗵嗵"地上楼去，随即快速跑回来，一把拉起佳菊："淑娜呢？你放她出去了？"佳菊哭道："我看她太可怜……她答应我很快就会赶回来……她……”

龚易挥手打到佳菊的脸上，佳菊跌倒在地，哀求道：“淑娜这个孩子命苦，你要惩罚她，让我来替她承担。”龚易恨得跺脚：“你好糊涂！我关她不是为了惩罚她，是防她和那些人来往，让她断了演戏的念头……”

一句话没说完，淑娜从门外走进来，昂首走上楼。佳菊慌忙跟上去，问她跑到哪里去了，被父亲发现，惹来一通发作。淑娜沮丧地说：“我能去哪？直接到剧团去，可是他们已经换了一个美国女子扮演娜娜，剧团里没有我的位置了。”

佳菊长舒一口气：“谢天谢地！没有你的位置不是更好吗？咱不演就是了，何苦为了这事让你爹生气？”淑娜恨道：“反正我做什么事情你们都反对，都不喜欢！”佳菊说：“他不是反对你演戏，是反对你扮演那个下流的女人。”淑娜尖声道：“扮演下流女人和扮演圣女一样，都是表演。我扮演下流的女人，并不等于我就是下流的人。就比如我扮演一个仙女，不等于我就能成仙女。爹也算是一个有教养的人，连这样简单的艺术道理都不懂吗？”佳菊说：“我们不懂，你喜欢表演，以后演个别的吧。”

说着走出来，龚易看见淑娜回来，一腔怒火已经消散，站在楼梯边侧耳倾听她们的对话。佳菊悄声告诉他：“剧团里找别人代替她，没有她的位置了。”龚易哼了一声：“蠢东西，她以为自己在搞艺术，以为自己不可替代，其实人家看中的是她的色相，是那副诱人的皮囊！什么艺术？纯粹是下流无耻的色诱！”佳菊怨道：“你快别说啦，哪有做父亲的像你这样，朝自己女儿身上泼污水。”

下一次佳菊见到佳桃，谈起此事，忍不住落下眼泪：“淑娜的样子真让人担心，贤康和淑灵的婚事刺激了她。”佳桃不以为然：“淑娜经常在台上表演人间的悲喜剧，性情受到了感染，想法难免浪漫一些，要追求激烈的人生，激烈的感情，表达情绪的时候难免夸张一些。可她忘了，人生不是戏剧，让她醒醒吧。”

佳菊摇头：“她对贤康是认真的，我们却硬生生把贤康夺走，把他们分开，淑娜才变成这样。”佳桃说：“什么话？怎么是我们把贤康夺走？”佳菊说：“你明白我在说什么。”佳桃说：“即便我们成全他们，谁又能担保她一定就会幸福？一定不会变成现在这样？

佳菊说："她不会的，我可怜的淑娜。佳桃，你的心肠越来越硬了，现在你的心里只有贤康，只有武家的产业。"一句话激起佳桃心中的感伤："姐，除了这些，我还能有什么呢？而且，到头来恐怕我的这些牵挂也是一场虚空。"

淑娜到底还是离家出走了。晚春的一天，淑娜没有像往常一样回家。佳菊一夜未眠，天一亮就催促龚易快去找女儿。龚易直奔淑娜的学校，学校的老师说她已经几天没来。龚易又匆匆赶到淑娜以前演戏的剧场，剧场的人说那个剧社早已经解散，不知道那些人的下落。

龚易返身回到学校，终于找到学校剧社的一位女学生。听她说，龚淑娜在剧社里有三位最好的朋友，这两天一直悄悄商议什么事，神神秘秘的，如今那几位也都不知去向，他们的家人都在寻找。

龚易回去，和佳菊一起到淑娜的房间翻找，少了几件换洗的衣服和梳洗之物，还有一只楠木小提箱。看来淑娜这一次是主动离家，早有准备。佳菊急道："她会去哪里？她没有多少钱，只带了几件衣服，到了外面如何安身？"龚易气道："你问我，我哪里知道？"

佳菊越想越害怕，只觉得肝肠寸断："我们对孩子太苛毒了，把孩子逼走。这种世道，一个女孩子独身在外怎么活下去？"龚易也开始后悔，不该干涉淑娜演戏，那些表演虽然不堪，毕竟只是在舞台上，可惜后悔已晚。

佳菊牵挂着小女儿，大病一场。一个月后，龚易收到一封信，看信封上的笔迹就是淑娜的，寄信的地址只是简单写着济南。淑娜在信中说，她和几位进步朋友一起去迎接新的生活，担心家中阻拦，所以悄悄离开。现在她是在西部某地，离家并不太远。目前她在学习医疗，生活愉快，一切都好，请家中不要牵挂。

龚易拿着信赶快回家，佳菊听说淑娜有了消息，赤着双脚从床上跳下来，夺过家信翻看，又交给龚易，让他读给自己听，泪水不断："她怎么不说清楚她在哪？她想学习医疗，在青岛也可以啊，为什么偷偷跑出去？"

龚易说："孩子大了，各有志向，随她去吧，只要平安就好。"佳菊说："你快给她写信，问她什么时候回来，要不要家里寄钱给她，要不要捎些衣服铺盖？"龚易烦道："糊涂！我写了信往哪里寄啊，你看看，她根本没有留下一个地址。”佳菊说：“干什么搞得这样神神秘秘，是怕咱们找去吗？”

女儿终于有了消息，这些天来佳菊为她流了无数的眼泪，今天的眼泪却是不同，哭过之后，佳菊精神大爽。

38

淑灵生下一个男孩。孩子出生的那一天，正好传来日本天皇宣布投降的消息，于是龚易参照武家的族谱，为这个外孙子取名为武世胜。

佳菊搬到贤康家里住下来，照料产后的女儿和外孙。佳桃也过去跟着忙碌，佳菊说：“你就像淑灵的婆婆一样，这些事不应该由我来做，我是在替你呢。”佳桃说：“你不用朝我夸功，你是孩子的姥姥，该做这些，再说我哪会做这种事？淑灵小时候，我一抱她她就哭。那好像还是眼前的事，现在淑灵自己也有了孩子。”

佳菊说：“从前贤康很霸道，说他是武家人，我们淑灵和淑娜不是武家的，没想到淑灵成了武家的媳妇，现在又给武家添了后代。”

说着又想到淑娜，心中黯然。佳桃探头向屋里看一看，淑灵母子静静睡着，自己留在这里也帮不上什么，就走出来步行回家。初秋季节，路上树荫匝地，蝉鸣响亮，走到家时，额头上已经沁出一层细汗。

佳桃洗过手脸，换了一件短衫，听见外面有汽车鸣笛，伸头看出去，陶姐擦着一双湿手跑向大门。一辆小汽车停在武宅的大门外，车上下来男女二人，男子身材魁梧，女子服饰华丽，司机正从车里搬下两大摞纸盒子。

陶姐隔着大门与他们交谈几句，开门引他们进来。佳桃想不起来在哪里见过那个女人，那个男人的步态让她想起定威，太像了，但她不敢相信。疑惑之间，楼下的厅堂里响起一个熟悉的声音，大声呼叫自己的名字，果然是武定威。

佳桃赶快走下去，定威站在楼梯边看着她走下来：“佳桃，掌柜的，想不到吧？是我武定威回来了，哈哈！”佳桃上前拉住他的手：“果然是定威！你从哪里来？一直没有你的消息。”定威大声说：“刚从南京回来，也很久没听到家里的消息啦。”

芸姨娘闻声走出来，定威赶快上前行礼，拉过来身边的女人：“我给你们介绍，这是我的夫人杨青丽。青丽，这是我的婶娘，这是堂姐武佳桃，鸿运公司的掌柜的。”

和八年之前相比，定威的身躯肥壮了许多，精神气度上的变化更明显，头发梳拢得一丝不苟，戴上了一副金丝边的眼镜，留着一抹浓浓的唇髭，一身蓝色的西装做工考究，脚上的棕色三接头皮鞋擦得锃亮。身边那个杨青丽三十多岁，圆脸圆眼睛，烫发蓬松，容貌算不上特别俊秀，因为打扮得体，看起来风姿绰约。

杨青丽和各位打招呼，嗓音低哑，口气脆快，显然是一个敢说敢做之人。佳桃上前拉住她的手，请他们坐下。

定威打量着四周，感叹道：“都还是八年前的样子。当年我第一次走进这个门，感觉楼房那么大，屋顶那么高，这会儿看起来就显得矮小了许多。”佳桃说：“家里全都没变，是你走过的地方多，见过太多的高楼，眼界不一样了。”

定威扶一扶眼镜：“这几年我就没闲着，从香港到重庆，再到上海、南京，确实大开眼界。”杨青丽在鼻子里轻轻哼了一声：“走过多少地方，也还是一个使船打鱼的，去不掉那一身的海腥气。”

定威点头：“青丽说得对，我肚子里没有什么学问，后来在鸿运公司二十年，磕磕绊绊学会一点做生意的本领，渔民的许多习气还是没有改掉，这些年到外面一看，那些本领连雕虫小技都算不上。幸亏我遇到了青丽，她的舅舅在交通部任职，全靠他的提携，我才走到今天。”

侃侃而谈的同时，定威的手指不停地捻着嘴角的唇髭，说到得意之处，他会用手掌顺着唇髭抹下去，再捏一捏剃得干干净净的下巴。佳桃望着他，暗暗感叹。相隔八年，定威变成一个肥硕的中年人，威武壮大而且能言善辩，八年的时间原来可以让一个人变化如此巨大。定威的话语中间明显流露出对杨青丽的敬爱，还有一点自我贬损的腔调。佳桃不太喜欢他这样，问他现在做什么。杨青丽代替定威答道：“我舅舅帮助定威在交通部谋得一个职位，这一次被派回青岛来，做了接收专员。市里成立一个审议委员会，专门负责处理日伪产业，定威就是委员之一，主要负责接收水陆交通方面的敌伪资产。”

青丽说话的时候，定威一直扭脸看着她，目光柔和，再次开口说话时嗓音也轻柔了许多：“这些年我能弃商从政，全靠青丽的扶助。别人通常都夸耀自己有一个贤内助，我的青丽与众不同，既是贤内助，又是贤外助。”

青丽嗔道：“好啦！你不要在自家人面前说这些。”定威又是哈哈一笑，拖过那些纸盒子：“今天第一次见面，青丽还给大家带来了礼物，东西不多，可都是从上海带过来的正宗美国货。”

定威和杨青丽一起给大家派发礼物。送给芸姨娘的是一块包金的链表，送给佳桃的是一支美国金笔，给佳荷的是一只玻璃皮包，给贤康的是一双皮鞋。芸姨娘一听定威提到佳荷，眼泪立刻落了下来：“佳荷不在了，你还不知道？”定威大惊：“佳荷怎么了？”

芸姨娘已经倒在沙发里呜咽起来，佳桃简单把佳荷的事告诉定威。定威十分伤感：“当初还是我介绍佳荷认识的彭志，这个家伙行为古怪，让人难以琢磨。如果我不走，佳荷大概不会遭此大祸。”

佳桃不想让芸姨娘太伤心，大声招呼纬民和纬国下来见一见舅舅，定威送给他们每人一条玻璃皮带，当然也是美国货。芸姨娘擦干净眼泪，到厨房里张罗饭菜，要留定威他们吃饭。

佳桃想起当年定威带走的运昌号和运隆号，虽然明知道定威不可能把它们带回来，还是问了一句：“定威，说起接收敌伪资产，我倒想起鸿运公司当年被政府征用的那些船。”定威哈哈一笑：“你还记得它们，我可是早忘了。”一边转向杨青丽：“当年我在香港时，有过两条客轮，你见过吧？”

杨青丽说：“怎么没见过，那两条船太破了，那时候的柴油又贵，香港那边跑短程的客轮太多，根本不赚钱。用它们跑长途，又爱出毛病，赚一点钱都不够修船的费用，泊在码头里也要交钱，愁得我们没办法，只好当成破烂卖掉了。”

听她的口气，那两条船根本没有给他们带来任何好处，反而带来很多的烦恼。说话之间，吴妈和陶姐备好了酒菜，芸姨娘过来招呼大家就座。定威喜滋滋地脱去上衣，领带也松开了：“婶婶一定炖了鲜鲅鱼，我闻到香味了。算起来，我已经八年没有吃到本地新鲜的鲅鱼。”看他的意思是准备坐下来吃。杨青丽却提醒他，今晚已经约好了李委员一起吃饭谈事。定威一脸恍然，重新穿好上衣，和杨青丽一起告辞出门。

第二天，定威一个人悄悄到土货行来找佳桃，看起来神情萧索，也没戴眼镜，不像昨天那么神气，更接近八年之前的那一个定威。

佳桃猜到他为何而来："定威，昨天杨青丽在面前，我不方便提起小暖，你还没回去看她们吧？" 定威坐在那里搓脸叹气："天天忙公务，忙应酬，哪里顾得上。"

佳桃说："这些年来她们母女一直盼着你的消息，你终于回来了，应该去看看她们。" 定威为难道："事情不好办。当初在香港认识杨青丽的时候，我谎称自己孤身一人，妻子死于战火。如今我们结婚几年了，还生了一个儿子，如果现在给她知道家里还有这娘儿三个，她还不得吃了我？" 佳桃说："你只害怕青丽大闹，就不替小暖和两个女儿想一想？她们可是吃了不少苦，既然现在你发迹了，衣锦还乡，就应该让她们和你分享。"

定威说："她们吃苦不假，动乱的年代嘛，天下吃苦头的人太多了，能活下来就是万幸。而且这些年来我在外奔波，你一直替我照看家小，她们也苦不到哪里去。" 佳桃说："我只能照顾她们的衣食，和你不一样的，赶快回去看看她们吧。"

定威随便答应："这些年二姐按月把我的薪水发给她们母女，如今我回来了，就从这个月停下吧。我现在的收入还不错，足够供养她们。" 佳桃不放心："你真的可以吗？千万不要委屈了她们。" 定威挥一挥手："放心吧二姐，都是我的亲人，我怎么会让她们受委屈？"

然后定威又说起客轮的事："运昌号和运隆号的事，昨天守着青丽我没说实话。当年我带那两条船到了香港，船虽然旧一些，经营也十分辛苦，但赚钱还不错，比在青岛更强一些。没有那两条船，我根本娶不了杨青丽。杨青丽的舅舅在交通部做事，要提携我。我缺少资历，没有学问，手里只有那两条旧船，不能带到重庆去。那时候来富他们又不辞而别，交给别人经营也不放心，我只好把它们卖掉。卖船的钱全部拿去疏通关系，这才一步一步升迁走到今天，这样风风光光地回来。"

佳桃说："你在鸿运公司效力二十多年，勤勤恳恳，帮助我把鸿运船运一点一点做大。依你对鸿运船运的贡献，就算把运昌号和运隆号直接划到你的名下，也是应该的。靠着卖船的资本，你能走到今天这个位置上，也算是物有所值了。”

定威说：“你不计较最好，我们不是外人，可以实话实说。当初鸿运船运公司的那些货船、客轮都算是被国民政府征用的，包括运昌号和运隆号。作为个人，我其实是无权处置那两条船，更没权卖掉它们。那时是兵荒马乱的年代，这种事没有人追究，卖了也就卖了。如今抗战胜利了，当年征用的民间资产应该返还，现在忙着查收敌伪资产，一年半载的还顾不上这种事。你放心，将来清偿的时候，我一定帮你把鸿运船运的损失找补回来。”

说着，定威拉过身边的一个大包，里面装着两双皮鞋和几块绸料。又拿出皮夹，抽出二百美元递给佳桃：“你把这些交给小暖吧，我先不去看她们了，过几天约个地方和她们吃个饭。”佳桃说：“不如约到家里来吃，芸姨娘喜欢和熟人热闹，昨天已经备好了酒菜，你们偏要去和李委员聚餐。”

定威苦笑道：“哪有什么李委员，哪有什么聚餐。离开武宅以后我们直接回家了，煮了两碗面，吃过就睡了，可惜了那些炖鲅鱼。”佳桃也惋惜：“一家人分散八年，重聚时一起吃一顿饭多好。”定威说：“是啊，可青丽最讨厌海鱼的腥气，我也就没办法了。”

佳桃回家，小暖已经听到风声，带着两个女儿到武宅来打听消息，正坐在沙发里拭泪。当初定威南下时，大女儿玉美还是一个羞涩的女孩子，小女儿玉娇还抱在小暖的怀里，现在也长成一个瘦瘦的小女孩。

佳桃把定威捎来的东西和钱交给小暖，小暖看过，哭得更响：“我天天想他，天天盼他，提心吊胆地想了八年，想的、盼的不是钱，是他这个人。如今终于把他盼回来了，却不能见上一面！”

芸姨娘安慰她：“人已经回来了，要见面很容易的，等机会吧。”小暖哭道：“他是回来了，可他又有了女人，成了别人的男人，想见他还要找机会！”芸姨娘同情小暖的境遇：“定威是应该想想办法，到底如何安置你们母女。”

小暖渐渐平静下来：“这些年定威一个人在外奔波，我天天想着他会怎么样。现在他平安地回来了，这比都什么都好。那个杨青丽年轻漂亮，有本事，又给定威生了一个儿子，他们当然不会分开。我也不敢多想，只要他们能容留我们母女就好，只当我是老妈子好了，他的家里反正要用一个老妈子，我不要他工钱，只要一个吃饭安身的地方，让我的女儿们有一个家。婶娘是长辈，求婶娘劝一劝定威。”芸姨娘说：“算起来，武家的长辈只剩下我一个了，也只好我来劝他了。”

下个周末，小暖带着女儿玉美和玉娇来到土货行，佳桃把她们接到经理室中，她们今天要在这里与武定威会面。母女三人忐忑不安，尤其是小暖，一直面色惨白，双唇微微地翕动，好像在诵念着什么祝词咒语。佳桃心中可怜小暖，担心她会瘫倒在地，一直不离她的左右。

这些天，有人给小暖出主意，让她带着女儿去市府，当众控诉武定威抛妻弃女，道德不彰。小暖百般思量，只怕那样一来要毁了定威的前程，毁掉他这些年来的经营。她不肯，宁愿自己受委屈。

定威比约定的时间迟到了半小时，现在他开汽车开得非常快，学习美国大兵的做派，到了土货行的门口来一个急促的刹车，发出刺耳的一响。定威走进土货行，一见小暖母女立刻哈哈大笑，伸手去拉玉娇的手，玉娇慌忙躲到母亲身后。定威干笑一声，回头拍了拍玉美的头，玉美默默无语，眼神中充满了敌意。

一家人分别八年，再度重逢时却是相对无言，小暖垂头，一口一口地喘气，一边悄悄地拭泪。佳桃起身：“定威，你们一家子慢慢聊，我去给你们倒水。”定威摆手：“不必了，正好到了吃饭时间。佳桃，咱们一起去吃个饭吧。”

佳桃不肯，定威也就不再让她，带着一家人出去，慢慢走到饭馆里坐下，叫了一桌子菜，招呼小暖娘儿三个吃。一边挨个问过两个女儿在哪里上学，在读什么书。又说起这些年在外面的经历，自己从前没读过什么书，到鸿运公司以后硬着头皮学了一些文字，做生意是够用了，这几年混官场，感觉还是非常吃力。希望玉美和玉娇好好读书，他保证会送她们去读大学，做一个有文化的人。

言谈之间，定威口气当中的虚饰的意味渐渐淡去，也不再哈哈地干笑，越来越像一个家常的父亲了。两个女儿对他的敌意慢慢消去，定威又问起小暖这些年的生活，小暖说到佳桃对家里的关照。定威又是一番感叹，举杯向小暖致敬，感谢她含辛茹苦，一个人抚养两个女儿。他已经告诉佳桃，以后不必再发薪水，他会担起一个家长的责任。

一句话没说完，青丽突然从门外闯了进来，定威一见慌忙起身。青丽已经像一只敏捷的狸猫冲到他的面前来，扬手打了他一个大嘴巴：“到处找不到你，原来跑出来会女人！”定威抓住她的手：“乱讲！你找我干什么？咱们回去讲。”青丽指着玉美脚上穿着的皮鞋：“找你干什么？你个老贼，我要找我的东西！这个女人穿的是不是我在上海买的皮鞋？你以为我的东西多，我就会忘记，你就可以浑水摸鱼？她是谁？”

青丽越说越生气，又一巴掌打到定威的脸上。小暖看她一下一下地扇打定威的脸，定威只是一味地退让，忍不住上前拉开青丽。青丽回身，照样朝她挥巴掌：“滚开！你这个偷人汉子的烂女人！”小暖愤怒地把她推开：“你才是个烂女人！”定威赶快插到两人中间：“青丽，不要嚷，你找我干什么？我这就跟你去。”

青丽吼道：“我不干什么！我要看看你在干什么！难怪这几天你心神不定，这几个女人是谁？”定威说：“好了，别在这里胡闹，回家我再和你细说。”

青丽哪里肯走，闪身躲开，直奔玉美，要把她脚上的皮鞋抢下来，作为定威的罪证。小暖大怒，一把拉住青丽，她比青丽高出一头，力气也大得多，青丽根本招架不住。定威看见她吃了亏，抢上前去拖开小暖。青丽趁机爬起来，赤着一只脚，舞动双手到小暖的头上脸上一通撕扯。小暖被定威牢牢抱住，根本无法还手。

玉美一见母亲被人家欺负，扑过去要把青丽拉开。玉娇更不含糊，一边尖叫，一边抱住青丽的一只胳膊，一张嘴狠狠咬下去，再不肯松口。青丽痛得大哭，放开小暖来打两个孩子。定威也过来帮她护她，却不忍对两个女儿下重手。小暖那边没有了束缚，又看见两个女儿挨打，奋力扑向青丽。

五个人纠缠到了一起，定威害怕她们闹出事来，暴露了自己的身份，传出丑闻，用力推开小暖母女，拿身体护住青丽，连拖带抱，硬是把她从饭馆里带走。

事情闹到这种地步，定威无法再对青丽隐瞒，只好坦白一切。青丽其实早就怀疑定威对自己撒谎，现在这个谎言被戳穿，她又气又恨。自己嫁给定威，帮助把他栽培成了人物，没想到忙来忙去，自己只是人家的姨太太。事到如今，就算反悔也没有了退路，只好牢牢抓住定威，反客为主，占尽他的身心和财富。

于是杨青丽绝食毁物，抱着儿子寻死觅活，大闹一场，却只是关在家里闹，给定威留着面子。定威彻底被她震慑降服，百般劝说，又赌咒发誓，说杨青丽是正室的夫人，不是什么姨太太，他保证不再去见小暖母女，保证不许她们进门，保证不给她们一元钱。

青丽依旧吵闹不休，定威终于被逼出来一个好主意，安慰青丽："不要再纠缠这些小事了，好不好？过些日子我送你一份大礼，让你真正成为有钱人，风光体面。"杨青丽安静下来，问他是什么大礼，定威不肯说："到时候你就知道了，一份毫不声张的大礼，大气、实惠，包你满意。"

清早，日青百货商店还没有开门，几个接收委员会的官员闯进来，当众宣布一份通告：日青百货公司被怀疑为日伪敌产，从今日起查封审查，一切财物不得擅动，违者重处。周太太闻讯大惊，上前去和他们理论。官员照本宣读："仓库、货栈有敌伪物资寄托者、公司或商店投资当中有敌伪出资或者入股者、公司或商店有匿名投资者，必须申报。如不申报，必受惩处。"

周太太说日青百货公司是她的，没有寄放日本人的货物，也没有日本人入股。官员说："我们接到市民的密报，说百货公司里隐匿日本物资。按照规定，你的商店或者仓库里哪怕只有一把日本人存放的雨伞、一块日本人的肥皂，你都应该申报。否则一旦查实，都要受到处罚。"

周太太还要再争辩，官员们已经给库房、柜台等处贴上了封条，警告她不许妄自解封，然后扬长而去。

周太太大恨，却不敢声张。当年赵栋看好这个百货商店，拿地皮入股，加上一部分现钞，最终和周太太各占了一半的股份。周太太有些不甘心，但无法拒绝，就提出一个条件：赵栋不要干涉百货商店的经营，一切都由她来做主。赵栋一口答应，这些年来大家的合作很顺利，除了战时的短暂萧条，日青百货商店的生意一直很兴隆。

日本人投降，赵栋和周太太商量股权的处置办法，其实是想把自己的股份转让给周太太，价格可以低一点，只要能换回一部分现金，自己带着回国。

当前的局势不明朗，周太太当然不肯贸然交易，拖延不决，其实是存了一份私心，结果现在出了这种事。

周太太立刻给周税官打电话，让他快想办法。周税官先前已经听说武定威回到青岛，而且摇身一变，成了接收大员。从前两个人之间多有配合，交情不错，但一直是武定威巴结周税官。这些天周税官还在犹豫要不要先去拜访定威，现在不必犹豫了，必须去见。

定威端坐在沙发里，鼻梁上架着金丝边眼镜，态度却和从前一样热诚。寒暄之后，周税官要请定威出去吃饭叙旧，定威慌忙摆手："兄弟如今有公职在身，不比从前一样自由，一言一事都要谨慎，唯恐引起物议。"

周税官见他一本正经，也就不再兜圈子，直接说起日青百货公司的事："当年日青膏局毁于大火，我和夫人看好那个地段，投资建起日青百货公司。如今却被查封，实在不公平。"定威大感吃惊："日青百货原来是你们的？我可从来没有听说过。"周税官苦笑："准确地说，是我夫人的。你不知道我夫人的脾气，我的钱她可以随便花，她的钱我一元都不能动，她的生意更不许别人染指，我们夫妻之间一直就是这样。"

定威一脸为难之色："抗战之前，大家都知道日青百货公司专卖日本货，青岛的日侨都在那里购物。日本人占领青岛之后，当然更是如此。在大家的印象当中，这是日本人开办的一家百货公司，所以我们一开始就把它判定为日本产业，属于重点查没的对象。"

周税官满脸大汗："百货公司只是沿用日青膏局的名字，经营上偏重日本百货，但确实没有一点日资的成分。"定威冷笑："我们掌握的情况不太一样。清查敌产的政策当中，有一条规定是：市民可以举报隐匿日资、日货的行为，一旦查实，举报者可以按价提成，所以市民们非常积极，我们也经常能收到一些不可思议的举报。"

周税官明白，日青百货公司这一次是遇到了大麻烦，无法轻易脱身。明白了这一点，他反而轻松下来："那就请定威给指一条明路吧。"定威摘下眼镜，用手帕慢慢擦着镜片："也谈不上指路，看在老朋友的分上，我说一说我的想法。对周太太而言，眼前的形势是这样的：要么整个日青百货公司被当成敌产，查没充公。要么侥幸保全，周太太依然保有原来的股份，好像再没有别的结果。”周税官连忙说：“只要能够保全原有股份就好。”

定威放低了声音：“假如——我是说假如——日青百货还有一位或者几位隐秘的股东，可以让他们尽快把股份转让给某位中国人士，这样一来，他们自己可以平安回到日本去，百货公司也彻底摆脱了嫌疑。”

周税官说：“定威，过去你我交情不错，这一次还请你从中斡旋，事成之后我们必有重谢。”定威说：“咱们的交情自不必说，不过，现在就算我放过了日青百货公司，让手下的人揭掉封条，也是没用。如今负责查收敌产的，首先是军队，另外还有三个委员会，我所在的委员会成立的时间最早，负责接收敌伪的机构和资产。现在又增加一个专门接收敌伪不动产的委员会，马上还要成立一个接收敌伪霸占工商企业的委员会。大家互相之间权力重叠，界线模糊，一处资产，你也要查收，我也要查收，大家都认为属于自己所管。”

周税官说：“真是一团糟，难怪有人形容当前的接收乱象，就像群狗争食。”话一出口就后悔了，定威果然正色道：“什么混账话！这事可不是儿戏，明白说吧，就算我们不查收日青百货，别人也会去，你们还是慎重考虑吧。”

周税官回去，把定威的建议告诉夫人，周太太不甘心：“我苦苦经营多年，才有了今天的日青百货公司，有了这样的规模，凭什么要给他们白白抢去一半？”周税官安慰她：“那些股份本来也不是你的，他抢的是赵栋，不是你。况且，赵栋当年割去你一半的股份，你能忍受，现在为什么就不能忍了呢？”

周太太说：“这可不一样！当年赵栋入股，起码还拿出一块地皮，拿出许多资金，建议我多多经营日本货，又帮助积极招揽主顾，那些年住在青岛的日侨都到我的百货公司来购物，生意兴隆。”

周税官说：“夫人想开一点，你只要拥有一半的股份，剩下的一半究竟是属于赵栋还是属于王栋，没有什么差别，对吗？”

周太太疑惑道：“赵栋入股的事，我们从来没有声张过，他们怎么知道？不会是在讹诈吧？这些年来，德国人、日本人、北洋军阀我都见识过，我就不相信没有说理的地方，他们可别把我惹急了。”

周税官说：“在人屋檐下，不低头就要碰头。你不答应，好，人家就不揭封条，一直审查下去，百货商店只能一直关门歇业。如此一年两年，人气散尽了，伙计们也各谋出路去了，商店里的货物也都霉掉、烂掉了，到时候损失巨大，只有死路一条。不如现在依顺了他们，尽快办理妥当，尽快营业。”

周税官费尽口舌，总算把周太太安抚住，两个人一起去找赵栋商量。赵栋面色难看：“昨天夜里突然来了一伙人，带我到市府去，逼我签署了一份文件，把我在日青百货的股份全部转让给一位名叫杨青丽的女士。”

周太太急道：“杨青丽是谁？”赵栋说：“不知道，我注意到文件上的日期是一九三六年，提前了将近十年。他们警告我，如果不签字就要把我关押起来，审查我在青岛的过往。”周太太心中暗痛，后悔当初的想法太多，没有出钱买下赵栋的股份：“赵先生太软弱，如果是我，宁死也不会答应的。”赵栋哀叹一声：“形势比人强，这些股份必定要失去，我只求他们别难为我，让我顺利回国。”

39

汽车沿着滨海的马路前行，到某一个路口，佳桃吩咐司机停车等在这里，自己下了车，步行向前。

大约三十年前，佳桃第一次走过这条路，坐在一辆人力车上，尾随着杜冲和雅子。如今，脚下的马路大致还是三十年前的样子，海滨的建筑也比过去密集许多，周围已经很难找到过去那种大片的荒坡了。

拐过前面的街角，佳桃停住。从这里可以望到赵栋的那一幢日式的楼房，树荫掩映。当年佳桃就是躲在这里看着杜冲和雅子走进那幢楼里，看见自己的父亲从门里出来。在周围新式楼房的比照之下，赵栋的那一幢楼房显得陈旧而矮小。

佳桃低头，拉开提包，手枪安安静静地躺在那里。她让提包敞开着，提着它穿过马路，穿过耀眼的日光，推门走进赵宅。空荡荡的厅堂里没有人，地上散乱堆积着许多行李，头顶的天花板上传来一点杂沓的碎响，是拖拽重物的声音。

佳荷丧命的前夜，佳桃冒雨来到这里，请求赵栋出手救助。那个风雨之夜的羞辱和绝望、随后那个清晨的创痛和悲伤，佳桃刻骨难忘。赵栋根本没有理会佳桃的请求，她没能救下佳荷。现在佳桃站在空空的厅堂里，又看见冰冷的雨水滑过佳荷那张苍白的脸。

佳桃是从杜冲那里知道赵栋近日就要返回日本的消息的。昨天杜冲去找佳桃，说新东云纱厂被接收委员会查封，希望佳桃能到武定威那里替他说情。

这几年杜冲的容貌变化很大，鬓发苍白，形容衰老。他的大女儿原樱嫁到日本，但女婿并没有像赵栋早前许诺的那样被派到中国来，而是去了东南亚，最终在那里丧命，原樱自己也死在半年前的东京大轰炸之中。这一次赵栋又要把杜冲的小女儿原枝带去日本，杜冲坚决不肯。

佳桃问他赵栋什么时候回日本，杜冲说："这几天就要动身，这一次他真的把东云纱厂的股份转给我了，请你一定在定威面前帮助说明。"佳桃说："我试试吧。武定威现在是政府派来的接收委员，不是鸿运公司的伙计。"

赵栋准备的行李很多，看样子他这一次是想彻底离开青岛。佳桃正在犹豫要不要走上楼去，一个声音突然在头上响起："你又来干什么？我的手里已经没有了股份，我现在只想平安离开这里！"佳桃抬头，看见赵栋手里提着一只皮箱匆匆走下楼梯："赵先生跟谁说话？"赵栋这才看清楚佳桃："原来是武掌柜。我以为我的生意伙伴来了。"

佳桃打量四周："听说赵先生要回国了。"赵栋把皮箱放下："是啊，青岛一片混乱，前途未卜，先离开吧。当年雅子到青岛来和我团聚，你父亲把这栋楼房送给我。那以后我一直住在这里，算起来快三十年了。"

佳桃说："是的，时间过得很快。我今天来向赵先生道别。"赵栋说："谢谢！一九三七年的卢沟桥事变之后，日本在各地撤侨，我带着雅子和她的女儿匆匆回到日本，没想到几个月之后我们就回来了。我到青岛几十年，来来走走，已经不知道多少次了。我老啦，希望这一次也和从前一样，还有机会再回来。"佳桃说："希望赵先生如愿，青岛从来不是让人失望的地方。"

外面传来一阵隆隆的响声，大群的美国飞机从低空掠过，巨大的噪音震得人双耳胀痛，让人感觉机腹几乎贴着屋脊飞过去，整个楼房都在颤动。赵栋等那轰响消逝："今天他们在跑马场里举办受降的仪式，日本人向中国人、美国人投降。我在跑马场还有一点股份，想一想这种事情真有意思，很想亲自去看一看，又怕那种场面会让人伤心。"

远去的飞机折返回来，天空中的轰响渐渐沉重起来，窗子开始震颤，佳桃说：“我愿意陪赵先生一起去。”一边说，一边打开手中的提包，伸手进去。赵栋微微仰脸，盯着头顶動动的天花板，机群掠过，能听见高速旋转的引擎叶片划过空气的轰鸣。佳桃的手从提包里抽出来，手中多了一把手枪，对准赵栋。

赵栋看见了，一脸愕然，抬手做出一个制止的手势，嘴里大声说着什么。但他的声音完全被飞机的噪音遮盖，佳桃根本听不到，她甚至听不到手枪的轰响，只感觉自己的右臂猛地跳动一下，一股青烟在眼前弥漫开来，带着一股好闻的硝烟气味。赵栋肩头上的衣衫突然爆出一个孔洞，他的身体被重重地撞了一下。

赵栋踉跄几步，脸上现出痛苦的表情，转身跑上楼。佳桃追过去，感觉手臂接连跳动两下，墙上的粉灰飞溅起来。赵栋接连挨了几记重击，依然没有停下，紧紧抓着楼梯的栏杆，一条腿软软地拖在身后，奋力向上。这让佳桃格外恼怒，她追上楼梯，站住，双手把手枪稳稳托住，对准上面那个背影。这一次，她在机群的轰鸣声中听到两声微弱的枪声，赵栋仆向前去，消失在楼梯尽头。

佳桃走上去，赵栋颓然趴在地板上，浑身血迹，慢慢向前蠕动。前面的墙上挂着一把长刀，他是想拿到它。佳桃低头，脚下躲闪着赵栋的血迹，走到更近的地方，把剩下的子弹对着赵栋射出去。外面的飞机早已经飞远，这一次的枪声毫无遮掩，响得吓人。

佳桃转身下楼，一边把手枪放回提包里去。枪管热乎乎的，佳桃喜欢它散发出的硝烟的味道。她穿过厅堂，走出房门，走进明亮的日光之下，走过一片浓荫，感觉自己的身体异常轻盈，如同飘飞在空中一样。一辆黑色的汽车从对面悄然驶过来，擦身而过，停到赵栋的门前，一个瘦小的女人从车上下来，匆匆进门。

佳桃回到自己的汽车上，吩咐司机向前开。透过车窗，她看见刚才那个瘦小的女人从赵宅门里狂奔出来，身上的白色长裙在日光之下非常耀眼。佳桃认识她，是日青百货公司的女老板周太太。

杨青丽第一次到日青百货公司，带来了两只大花篮，摆放在大门外。百货公司在热闹的街角处，临街的两面都开着阔大的橱窗。杨青丽左看右看，心花怒放，因为这幢大楼的一半属于自己。

周太太一直好奇这位杨青丽是何等人物，今天终于见到了。杨青丽身姿小巧，五官生动。以前别人经常夸赞周太太小巧玲珑，夸赞她装扮时髦，今天她和杨青丽站到一起，才发现这些形容放到杨青丽的身上更恰当，杨青丽的发式和衣饰都学着上海的最新潮流，把周太太衬得又蠢又土又丑。周太太原本就憎恶这位半路闯进来的商业伙伴，现在她简直要把她当成不共戴天的仇敌了。

杨青丽把股权转让的合同拿给周太太看："日青百货公司，我喜欢这个名字。我的名字是杨青丽，正好嵌在'日青'二字中间，日青百货的招牌都不用改，看来，一切全都是前缘注定。"

周太太问："听口音，杨妹妹是南方人，怎么会到青岛来？"杨青丽说："我是湖南人，在香港认识了我先生，后来一起去了重庆，最近跟着他来到青岛，我喜欢这里。"忽然意识到哪里不妥，急忙又加上一句："实际上我年轻时就到过青岛，住过好几年呢。"

周太太问她的先生是哪位，杨青丽报出武定威的名字，连同他的头衔。周太太恍然大悟，故意问："杨妹妹怎么认识赵栋的？"杨青丽一脸狐疑："赵栋？赵栋是谁？"周太太说："日青百货公司的股东，向杨妹妹转让股份的那一位。"杨青丽摆手："那是好多年前的事了，不想提他——百货公司怎么还不开业？如今许多人从外面回来，还有那么多军人，平时总要花钱的，我们关着门，白白错过了多少买卖！"

周太太苦着脸："谁说不是呢！可人家不来解封，我们只好老实等着。"杨青丽昂然道："听他们的？凭什么不准咱们做生意？"嘴里说着，过去扯下柜台上的几张封条，对身边的伙计们说："你们都愣着干什么？快把这些东西撕了，收拾干净。明天就是一个好日子，可以重新开业了。"

周太太听她如此说，知道解禁的日子快到了，心中高兴，到柜台里仔细拣了几样化妆品，让伙计包好了，准备给杨青丽带回去。杨青丽正色道："百货公司里的货物怎么可以这样随便拿来送人？我们是股东，开了这样的先例，伙计们有样学样，以后这生意怎么做？”

一番义正词严的教训，让周太太大失颜面，心有不甘：“我喜欢这种口红和胭脂，要送给杨妹妹试一试。我也经常赠送朋友一些东西，都是记到我的账上。日青百货公司是我一手创建的，到如今十多年了，大小事务都有一套规矩，伙计们都懂的，不敢乱来。”

杨青丽听她口气不善，要缓和一下：“那我就带回去试一试，以前我可不太喜欢这些东洋货。我看店里的货物许多都是日本来的，日本人都走了，以后应该多进一些美国货。”

杨青丽回家，顺手把那些化妆品摔在一旁：“没见过世面的女人，只会装腔作势！我已经告诉她我的先生是武定威，她还是一口一个杨妹妹，死活不肯喊我一声武太太，真是可恶！”

定威听说她去了日青百货公司，还把自己的身份泄露出去，大怒：“你疯了？我千叮咛万嘱咐，要你别到外面宣扬咱们的关系，别说出我的名字和身份，你偏不听！”杨青丽嚷道：“我为什么不能说？我是在偷汉子吗？我不是你明媒正娶的老婆吗？我为什么要躲着藏着？你觉得那个老太婆才是你的老婆，对不对？”

一通乱嚷，气势上一下子压倒了定威，定威赶快放轻了声音，小心躲开这个危险的话题：“百货公司的事，我们占了大便宜，就应该放低姿态，一切顺其自然。你撕了封条，自作主张让公司开业，审议委员会的同人们会怎么想？我怎么去向下面的人解释？你真糊涂！没有一点城府！”

杨青丽扑过来，狠狠在定威的脸上抓了一把：“你想怎么解释就怎么解释，我就是没有城府！姓武的，你少跟我打官腔！你就是一个打鱼使船的，扒了这身皮我都能闻到一股鱼腥气！”定威的声音放得更低：“我哪里敢对你打官腔，我只是觉得你太着急了。”

杨青丽恨道：“我当然着急！这几年我费尽心机，给你争到了好位置，争到了好机会，我图什么？不就是要多赚些钱吗？眼前那么大一个公司，天天摆在那里吹风、晾日头，一张毛票赚不回来，谁不心疼着急？”

周太太那边也是一肚子怨气，回去对周税官说：“今天我总算见到那个杨青丽了，你猜猜是谁？”周税官问：“谁？咱们认识她？”周太太说：“反正我不认识，她说她的先生叫武定威，一位接收专员。”

周税官惊道：“武定威？真的？武定威的胆子也太大了，竟然敢玩这种戏法。我好糊涂，百货公司被封掉，还跑去找他帮忙。”周太太说：“你本来就糊涂，百货公司根本就是他派人来封掉的，做了一个局。我苦苦经营了十多年，这个杨青丽走过来，伸手一拈，就夺去了一半，真要把人气死！”

周税官摆手：“你怎么这样固执，非要在股份的事情上纠缠？你的股份不是一点没少嘛？别忘了，人家手里有权有枪，可以把文件做得滴水不漏。赵栋是多难对付的一个人，不是也被逼就范？”周太太冷笑：“就范又怎么样？照样没有保住性命。你说，会不会是武定威他们杀死了赵栋？赵栋一死，这件事就查无对证。”周税官说：“所以我劝你不要再争下去，弄不好你自身难保。”

周太太悻悻地说：“我心里不舒服。你没看见她得意扬扬的样子。一个接收大员的女人就这样狂妄，如果换成司令官的姨太太，换成市长夫人，会是什么样子？”周税官说：“这才刚刚开始，我们难受的日子还在后面呢。”

抗战胜利，龚易乐观地认为淑娜很快就会回来了。不久果然接到淑娜寄来的一封信，说她已经结婚，对方是一位军人，也是山东人，他们很幸福，方便的时候他们就会回家看望。

佳菊大喜，开始日夜盼望。结果没有盼到淑娜，只收到她的另一封短信，说他们将要渡海前往东北地区，短期之内不会回家，恐怕也不会再与家中联系，让他们不必挂念，一切安定下来之后她再与家中联系。

佳菊忧心道：“她这是去了关东，去做什么？”龚易慢慢说：“时局堪忧，恐怕又有一场大战要打，就从争夺东北开始。”佳菊落下眼泪：“淑娜嫁给一个军人，大概她自己现在也是军人了，跟着上战场打起仗来，枪炮之下多少凶险。”龚易安慰她：“淑娜不是说过，她在学习医疗，就算上了战场，也是救护伤员，不会……”佳菊急道：“那只是你的猜想！都怪你当初对她凶狠，把孩子囚禁得太紧，逼她离家。”

龚易看她着急，不再争辩。这些天银行里无事，龚易闲在家里写字，佳菊担心淑娜再有书信寄到银行，会不会丢掉？龚易被她扰得心烦，只好每天到银行去坐上半天。结果有一天龚易没有回来，打电话到银行，根本打不通。

一夜煎熬，天亮以后，一个银行的职员到家里来通知佳菊，说龚易昨天被人从银行里带走，接受调查。佳菊最近经常听说处置汉奸的传闻，许多人一去不回，龚易会不会也是这样？佳菊吓得魂飞魄散，慌慌张张跑去找佳桃。

佳桃也为龚易担心，直接去市府找定威。定威正一个人坐在桌边伤神，鼻子和腮边带着明显的抓痕。他把佳桃让到沙发上，自己坐到桌沿上拨了两个电话，告诉佳桃："他们现在开始清算联合准备银行，银行里的高级职员最近都要限制行动，龚易也在其中。"

佳桃稍稍放心："龚易进入联合准备银行，是由他三哥介绍的，到底只是一个做事情的，不会有什么大污点，这一点我可以替他保证。"定威说："佳桃，我这些年在外面获得的经验是：不要轻易替别人担保，不管他是谁。况且，动乱的年代，一个人有没有污点并不重要，重要的是有没有牢固的靠山。最常见的情形是：清白的人替有污点的人担罪受过，小污点的人替大污点的人顶罪，多少人稀里糊涂地掉了脑袋，真正的罪人反而逍遥无事。"

佳桃叹息："这么复杂！佳荷和周文密出事之后，我成了惊弓之鸟，一听见谁被带走，马上心惊肉跳。"定威说："龚易没事的，我已经和他们说好了，今天他就能回家了。"

佳桃问定威脸上的伤痕怎么回事。定威表情难堪："这次回到青岛，身份变了，可杨青丽处事太过张扬，劝她几句就朝我大吵大闹。"佳桃不耐烦细听房闱中的纠纷，问："小暖母女你到底怎么安排？小暖并不要求名分，只要一家人能在一起。"

定威说："可是杨青丽坚决不肯，上一次在饭馆里还和小暖母女打到一起。后来我几次试探，杨青丽毫不退让，还把我的钱包搜刮得干干净净，这些天闹得我心烦意乱。"佳桃说："怎么会这样！还是我继续照管小暖她们吧，我们姐弟之间不必客套。"定威摆手："这些年你一直在关照她们，从来没有间断过，我怎么好再麻烦你？青丽那边我自有办法对付。"

佳桃不再争论，又提起杜冲的事："听说新东云纱厂被你们查封了，杜冲前几天找我，说赵栋在抗战之前已经把纱厂的股份转到他的名下，新东云纱厂不是日资企业。"

定威坐得周正一些："佳桃，你不是来替杜冲求情的，对吗？"佳桃说：

“不是求情。”定威说：“那就好。实话说，杜冲的事情就算你求我，我也不会放过他的。我不会要他的性命，但我要让他倾家荡产，让他知道人生还会有那样一种滋味。”

佳桃问：“你和杜冲之间还有私人的仇怨？怎么回事？”定威说：“有些事情你不知道。我在鸿运船运的时候经常捎带一些东洋货，其中一种大宗货物就是日本的人造丝。当年杜冲收下我几船人造丝，翻脸不认账，编造种种借口拒付钱款，结结实实地坑我了一把，而且让我有苦无处诉说。”

佳桃说：“你果然是在走私，那时候我没有冤屈你。”定威摘下眼镜，慢慢擦着：“是的，你不知道我等这一天等了多久。当年杜冲先对我不仁，才有我今天的不义。其实也算不上不义，我只是公事公办。新东云纱厂的底细我已经搞得清清楚楚，赵栋一直是实际的控股大股东，抗战之初又强占了附近中国人的新泰纱厂，这些都是事实，无可辩驳。这样的工厂不算日资，什么样的工厂算？这样的日产不没收，要我们这些接收专员干什么？他们最好别再玩弄转移股权的小把戏，这件事毫无商量的余地，我就是要罚得杜冲倾家荡产！谁说我公报私仇，随便他们说去吧。”

佳桃站起来：“定威，你在外面这八年变化很大，我都不认识你了。”定威微微一笑，握一握拳头：“二姐，我也感觉自己变了，手里有权的感觉真好。”

当天下午龚易就被放了回来，定威要给他压惊，请他出去吃饭。几杯酒下肚，龚易心生感慨：“真没想到我还能坐牢，这可是第一次。定威，当年咱们第一次见面还是在武家庄的场屋里，那天定魁带你一起过来，原想大家一起吃饭，你却还要回去补渔网。算一算，到现在三十多年了，你从一个渔民变成了接收委员，我竟然变成阶下囚。”

定威安慰道：“你言重了，不过是审查一下，哪里就成了囚徒？我也没想到自己能走到这一步。说起来，人生的好多事非常奇妙，那一年我带着两条船到香港，有一天在街上闲逛，遇到内地逃出来的一位老先生，在街边摆了一个卦摊。我请老先生给我批一批八字，他说我在四十一岁之后会有二十年的官贵大运，这其中的前十年是贵而富的十年，是真富贵，后十年就要差许多，奔波劳苦，只能算是中等生活了。我可是第一次听说自己还能做官，特别高兴，别说做十年，做一年也行啊。后来我果然是在四十二岁那年进了交通部，做了一个办事员。”

龚易说：“八字批命的事，我一向是半信半疑。以前有位老先生排过我的八字，说我一世清闲，无所作为。”定威的手指使劲敲着桌子：“这不是说得很准吗？你还怀疑什么？”龚易说：“不是怀疑，我是有些不甘心呢。”

定威说：“那次老先生给我算命，还有更神奇的呢。我问他我命中有没有儿子。他说这个用八字看不出来，因为我不知道自己出生的时辰，四柱八字排不全，他不能算得太细致。但是可以摇卦问卜，就当场让我摇了一卜，然后断言说：我马上就要结婚，而且命中会有一个儿子。我只当他是讨好我，想要多赚几个卦金，也没把这话当真。结果两个月之后我就认识了杨青丽，一年以后就生了儿子，你说神奇不神奇？这个可是我自己经历过的，没有半点虚言妄语。”

龚易不想再谈这个：“定威，我和你不是外人，我说一句实话：看当前的局面，我宁愿活在日本统占时期。”定威问：“为什么？做亡国奴还没有做够吗？”龚易说：“对于老百姓而言，国家兴亡的大事虽然重要，可是自己的生活更要紧。抗战胜利以来，我们老百姓也没有见到实际的好处——过去受日本人欺负，现在受你们这些国统区回来的人欺负，最要命的一点是，大家感觉比过去一下子贫穷了许多。”

定威皱紧眉头：“这些年我接触过一些读书人，最大的特点就是喜欢抱怨，过得不舒心要抱怨，过得舒心了还是要抱怨。”龚易说：“我的抱怨可是有根据的，比如市面上过去使用伪币，你们回来了，要求把伪币兑换成法币。问题是你们把法币的币值抬得太高了，高得过分。一元法币竟然可以兑换二百元的伪币，这不是明火执仗的抢劫吗？而且是政府领导的抢劫。许多老百姓这些年来的积蓄一下子烟消云散，你说说，这样的胜利有什么意义？”

定威说：“这种换法确实不合理。在重庆动身之前，比我们先回来的人提醒我们，别的什么都不要带，只要多多带一些法币就行了。我和青丽还不太明白其中的奥妙，等我们飞回上海，走到街上，感觉我们一下子成了富豪，口袋里的法币一下子值钱了，像美元一样。当时真的很后悔，身上带的法币太少了。”

龚易问："依你直观的感受，法币的币值被抬高了多少？"定威想一想："这个不太好说，各地的物价不一样，所以在不同的物品上表现不一样。保守一点说，大约抬高了五到十倍左右吧。"

龚易说："就按你的估算来看，你们这些从国统区回来的人，个人资产一下子膨胀了大约十倍。相对地，我们这些沦陷区的老百姓，资产缩水了大约十倍。所以我们感觉自己穷了。"定威说："你一直在银行里做事，不过是钞票薄了一些，怎么会穷呢？"

龚易说："我还不算穷，可我和大家一样，感觉现在手里的钱比过去少了许多。最近民间流传一句话，你听说没有：想中央，盼中央，中央来了更遭殃。"定威说："你可不要乱讲。朝代更替，总有一些人得势、占便宜，另外一些人倒霉。忘掉你的伪币吧，等我帮你在银行找一个好职位，继续过你的清闲日子。"

为了新东云纱厂的事，杜冲亲自来找武定威理论。定威最近正被家务事闹得心力疲惫，胸中窝了一团无名火，现在见到杜冲，心中的旧仇新恨都被勾引起来。

杜冲给他解释新东云纱厂的股份演变："东云纱厂是由我父亲与赵栋合资创办，由我负责经营。后来父亲投资失败，被赵栋夺去控股地位。一九三七年卢沟桥事变之后，赵栋害怕中国人报复，把自己在东云纱厂的股份全部转让给我，当时还公开办理了手续。日本人占领青岛之后，赵栋回来，吞并了新泰纱厂，又夺去我手里的东云纱厂股份，成立了新东云纱厂。我认为，1937 年我已经完全拥有了东云纱厂，后来东云纱厂是和新泰纱厂一样被赵栋霸占的。所以，这一次处理新东云的资产，我应该享有新泰纱厂一样的权利。"

定威冷笑："我了解东云纱厂的过去，听起来确实是这么一回事。可有一件事你没有说清楚：1937 年赵栋转让股份给你，根本是为了遮人耳目，而且他也实现了自己的目的。当时几大日资的纱厂损失惨重，纱线、机器全被搬走，厂房被炸毁。东云纱厂却被当成了中资企业，全毛全翅地逃过一劫。这一次你们旧戏重演，又想蒙混过去。"

杜冲质问："我们有转让的正式文件，怎么是遮人眼目？如此说来，你们在日青百货公司的勾当是不是遮人眼目？是不是想蒙混过去？”定威慢慢地说：“这种事我们当然有一套认定的原则，你不懂，也不需要懂。”

杜冲怒道：“你信口雌黄！真奇怪，你这种人怎么会爬到这个位置上来？”定威问：“感觉不可思议，对吗？那我实话告诉你吧杜冲，这个委员的身份是我花费两艘轮船换来的。当初我还以为自己的代价太高了，现在遇到了你，遇到了新东云纱厂这种事，我觉得那两艘轮船的代价值得！太值了！”

杜冲大怒，伸手抓起桌子上的墨水瓶摔过来，定威闪身躲开，到底被墨水溅了一身。定威指着杜冲：“姓杜的，我警告你，你在这里做的一切，都可能成为惩罚你的罪证。”说着拿过一块手巾，擦一擦身上的墨迹，哪里擦得干净，气得他摔掉手巾，走到门边，伸头出去大叫一声，回来脱下脏污的上衣：“杜冲，从前我对你提起过一句老话：凡事留一面，日后好见面，结果被你嘲笑一顿。如果当初你对我客气一点，大家合作愉快，现在我肯定会放你一马，起码会让你保住你自己的那一份股份。”

杜冲吼道：“我不要你的假慈悲！我现在最后悔的是当时没有对你更狠一点，让你活到现在害人。”定威点头：“我知道，你们杜家人最喜欢搞这一套，你叔叔、你父亲、你们杜家的伙计都玩过这种手段，结果好像都不太妙，对不对？如果你真这么想，那你可就错了，而且你也不会再有那样的机会了。”

几个人跑进来，二话不说，上前按住杜冲，把他关押起来。

40

新近设立的青岛警备司令部到大学里征召兵员，周纬国悄悄退学，报名参加。佳桃听说以后大惊，认为不妥。芸姨娘也劝纬国留在大学里，待完成学业之后，再决定去向。纬国的态度很坚决，说他已经被录用，马上就要开始参加短训。

佳桃有些伤心：“以前你们的父亲专门和我谈过，希望你们长大以后远离政治，要么做学问，要么学一门安身立命的手艺。”纬国不以为然：“父亲正当壮年却自身难保，可见他的人生是失败的，他的建议也就没有意义。”

纬国的态度让佳桃惊骇，也很伤心："我不懂你父亲的职业，但他是一个认真生活的人，也很爱你们的母亲和你们兄弟。他知道自己在做什么，也知道必死的结局，他必定经过深思熟虑才说出那种希望。"

纬国说："我知道父亲是为我们好，可当前的形势已经大不相同，他的经验早已经过时。"佳桃说："我看你是坐不住板凳，想法太多，纬民就不这样。"纬国笑了："其实纬民比我更想去，可他正在恋爱，舍不得美妙佳人。"芸姨娘在一旁听说此话，赶忙问："纬民恋爱了？和谁啊？"纬国说："你去问他自己吧。"

晚上纬民回来，芸姨娘追着他盘问，到底逼着纬民拿出一张照片。芸姨娘戴上花镜仔细看过，心中大喜，赶快拿去给佳桃看。照片上一个弱小女子，身穿浅色的衣裙，喜吟吟地笑着。佳桃暗暗吃惊，恍然觉得那是川田雅子，细一打量，发式和服饰却是现在的样式。

佳桃询问这女孩子的身世，纬民说："她名叫杜原枝，父亲是企业家，开办纱厂。"佳桃便明白这果然是杜冲的女儿，从前她见过这个女孩子，活脱脱一个雅子的翻版，这让佳桃很不舒服，却说不出口来。

短训之后，纬国穿上了笔挺的制服，被分派到保安处下面的保安特勤行动队，十分得意。芸姨娘忐忑不安，忍了多日，到底憋不住，悄悄问纬国："你们平时做什么工作？不会有危险吧？"纬国说："不会的，我们负责政治侦查、治安侦查，反破坏、反间谍，眼下我只是帮助抄写和分发文件。"

芸姨娘听不懂这些："我看见这一身制服就心慌，你们工作的时候会动枪吗？"纬国说："平时不用，需要的时候才用。"芸姨娘更不放心，索性直接说出自己的心事："你知道你爹娘是怎么死的？我真为你害怕。"纬国说："姥姥不要替我担心，我知道他们怎么死的，我爹让人家乱枪打死在街头，我娘被日本人枪毙。就是因为我不想走他们的老路，不想像一条狗一样被人打死，才选了这个职业。以后我要拿枪射别人，不能让别人射我。"

芸姨娘吓得脸色发白："纬国，你要把我吓死吗？咱们自己小心就好了，也不能害别人的性命，好吗？"纬国笑了："我开玩笑的，哪里能随便开枪打人？姥姥不要担心，你要是真对我好，不如多给我一些钱花。"

芸姨娘说："你总是缺钱。纬民和你一样上学，他花十元钱，你就得花上五十元、一百元。”纬国说：“纬民傻，他还没有发现钱的妙处，钱可以解决很多难题——我在外面提起姥爷的名字，人家都说武家很有钱，说我是富豪的后代，可我总感觉缺钱，这种感觉很难受。”

芸姨娘说：“你姥爷确实赚了许多钱，可他死之后，武家的生意并不顺利。”纬国说：“生意不好，贤康照样像个少爷一样生活。其实最重要的一点是：我叫周纬国，不是武纬国，没有武贤康的运气好。”

芸姨娘被触到伤心处：“如果你娘还活着就好了。前些年鸿运公司的日子不好过，等等看吧，你二姨不会亏待你们的。”

晚饭之后，雅子和原枝突然到武宅来拜访，佳桃出来招待她们，心中暗暗吃惊，猜不透她们因何而来。

雅子穿了一件深蓝色的旗袍，鬓发梳拢得一丝不苟，岁月在她身上留下的痕迹像她的笑容一样浅淡。原枝安静地伴在母亲身边，白衣黑裙，每次母亲行礼，她都慌忙跟上，并且微微一笑，靠近嘴角的面颊上立刻显出一个米粒大小的笑涡。

雅子开门见山，说明她们的来意。杜冲因为新东云纱厂的事一直被关押，已经几个月了。雅子的女儿原枝和周纬民是好同学，她从周纬民那里知道武家与接收专员武定威的关系，想请佳桃出面，让杜冲能尽快被放出来。

佳桃恍然，难怪今天纬民头发梳得光光的，还换上一件新制服，人显得特别精神，一直围着自己没话找话。现在他就守在一旁，投向原枝的目光炯炯有神，那是爱恋的标志。

佳桃说：“杜冲的事我早听说了，我和他是好朋友，理应出手相助。武定威是我的堂弟，查封新东云纱厂属于他的公务，我不好过问，以避嫌疑。”雅子说：“纱厂随便他们处置好了，我现在只希望杜冲早一点回来，他的身体很差，忍受不了监禁的生活。”

芸姨娘一直盯着原枝细细打量，听了雅子的话，忍不住说：“定威他们为什么要抓人？这让她们母女怎么生活？最近定威也不来看我了，不然我真要好好说说他。”

一边说，一边伸手把原枝拉到身边，喜滋滋地上下摸索着：“佳桃，你看这孩子的脸蛋，像婴儿一般细嫩娇贵。”

原枝的身材、脸庞酷似三十年前的雅子，一个青春美丽的雅子，站在鬓发斑白的佳桃身旁，对照鲜明。如果现在能有一个酷似自己的小女儿站在这里，佳桃的心里会比现在好受许多。经过了这些年来的诸多创痛，佳桃一直以为自己坚强、豁达了，没想到，一个不相干的小女子，轻易就刺破了她的坚强。看来，无论何时何地，有些事情，有些情绪，都难以忘怀。

佳桃从心底反对纬民与原枝恋爱，但她明白，自己的态度并不重要，因为纬民不是贤康，不会事事听从她的安排，最终的决定权在芸姨娘的手里。

芸姨娘自有她的看法。两个外孙之中，纬民安静、安分，可以依靠。纬国的相貌与哥哥很像，性情却是迥然相异，处事冷淡，待人薄情，刚刚进入保安处就搬出了武宅，平时很少回家来。芸姨娘私下里揣度，自己将来只能倚靠纬民，所以对他的婚事格外用心。

芸姨娘很喜欢原枝，却对她的家境不太满意——经此事变，杜冲的大部分资产被抄没，家境大坏。不过，这兴许是有利的一面，现在的原枝应该不会心气太高，毕竟，纬民早早没了父母。

芸姨娘在心里算计着，一边拉着原枝和雅子的手闲话，纬民一直在左右徘徊。佳桃只好答应去找定威谈一谈，争取让杜冲早日回来。

佳桃在威廉饭店请定威吃饭，贤治给他们端水送菜，招待得十分得体，定威颇为赞赏："这小子像他爹，是块做生意的材料，就是不如他爹洋气。"

佳桃说："我打算让贤康来经营饭店，贤治做他的助手，在经营上做一下改变。"定威问她有什么新计划，佳桃说："也不算新东西，以前杨威廉曾经打算改造威廉饭店，增设客房，可惜后来他破产了。我算了一下，这种改造需要投入很大一笔资本，我现在拿不出来。"

定威笑了："二姐今天请我吃饭，不会是向我讨债的吧？"佳桃笑道："你不欠我的，找你讨哪门子债？可是，我想讨债的时候，还真得找你说话。抗战之前，鸿运船运公司被政府征用了四艘船，两处库房，炸的炸、走的走，到现在还没有补偿。"

定威说："这事还要再等一等，眼下还在忙着接收日伪资产、统计抗战损失，等这些事情有了一些眉目，才能处理抗战的民间损失。我看了一下，我们委员会接收的日伪敌产当中就有几条客货轮船，虽然旧了一点，用上十年八年总还是可以的，而且吨位大小适中，可以折价划归鸿运船运公司，依靠这些船，短期之内你就能把船运公司恢复起来。”

佳桃不感兴趣：“有了船也没有人，鸿运船运的船员早都散了，一切都要从头开始，太难。如今的局势并不安定，这种水上漂的东西总感觉靠不住。”定威笑着问：“你是不是担心再出来一个武定威，把船弄到别处卖掉？”

佳桃说：“不是，我现在老了，几个靠得住的伙计也上了年纪。就算贤康想做航运，我也不放心，不想让他离开我。”定威说：“不要船的话，补偿款就要再等一等了，什么时候能拿到也不好说。而且那些东西今天是钞票，明天就可能是废纸，靠不住。”

佳桃说：“过去几十年，青岛这地方的主人换来换去，城市却没有遭到太大的破坏。这是一个有利可图的地方，如果有合适的房产，我倒愿意要。”定威想一想：“嗯，这是个办法。当年许多日商都给管理人员和职工建造了宿舍，有的规模还很大，质量也不错。”

佳桃说：“其实威廉饭店的后面就有一处，边山寮，曾经是两家日商纱厂合用的高级员工宿舍，当时那些日本职员经常到威廉饭店喝酒。我看过那栋楼房，一共三层，砖石构造，感觉很好。”定威记下宿舍的名字：“既然你有这种想法，我回去查一查，替你盯着，免得被派了别的用场。”

然后佳桃终于说起杜冲的事，问他为何被关了这么久。定威说：“我猜这才是二姐今天请我吃饭的真正原因。”佳桃笑了：“前两天杜冲的妻子到家里来找我，我和她年轻时在一个学校里读书。”

定威说：“新东云纱厂的事，已经办结，谁讲情都没有用了。”佳桃说：“纱厂的事我没兴趣，把人放了吧。”定威悻悻地说：“当年杜冲青春得意的时候，太过嚣张，我早就想好好教训一下他，他又不知死，敢在日青百货公司的事情上胡说八道，所以才被关了这么久。”

佳桃说：“定威，咱们是一家人，说话不必兜圈子，你现在何尝不是扬扬得意的时候？”定威说：“二姐的意思，我现在也有点嚣张，对不对？”佳桃不语，定威说：“好吧，那我就收敛一些。今天就放他出来，不过你得告诉他，最好学乖一点，管好自己的嘴巴，再敢胡闹，我还要关他几年。”

佳桃出去等着杜冲，几个月的监禁让杜冲神气萧索，面容消瘦，鬓发更显灰白。佳桃安慰他几句，特意叮嘱他不要再提赵栋股份的事，以求平安。杜冲轻轻哼了一声："这是武定威释放我的条件吗？"佳桃说："是我对你的劝告，杜冲，学习做一个识时务的人吧。"

两个人走到外面，雅子母女得到消息，赶过来迎接杜冲，纬民也来了。佳桃与他们道别，看着他们慢慢走远。接连的挫败之后，那个青春得意、英俊帅气的杜冲变成了驼背的老人，步履迟缓，举动之间透出来灰败和猥琐的味道。

武佳桃曾经那么喜欢杜冲，甚至要为他而死。可是时光不能倒流，眼前这个杜冲早已经不是三十多年前的杜冲，意气风发，坚定地离开仇家的女儿武佳桃，迎娶了雅子，走上一条宽阔的人生大路。现在看来，那是一条漫长的下坡路，越走越低。

佳桃的眼睛潮湿了，现在的她也不再是三十多年前的武佳桃，她现在根本不喜欢这个杜冲。说起来这一点最让人伤心，你曾经那么深爱的一个人，现在你却对他毫无感觉。

贤康正式接手威廉饭店，几天之后就在家里和弟弟打了一架。佳桃听说之后匆匆回家，淑灵夫妇和贤治都在等着她，个个脸色凝重。

原来昨天在威廉饭店，贤康看见一个伙计行动诡秘，心生怀疑。盘问之后发现，刚才一伙客人宴会，最后剩了一些菜在桌子上，有两只螃蟹和一些海螺根本没动，伙计端下来之后悄悄收起来，准备晚上带回家去。

贤康说："如果伙计们都像你一样，今天带走两只螃蟹，明天带走半只鸡，威廉饭店不是要闹亏空？"伙计嘴里嘀咕："我拿的不过是客人的一点剩菜，以前大家都这样做，贤治每天还往外拿米拿面拿油呢！"

贤康警觉起来，去问别的伙计，大家也都见过贤治从饭店里拿粮食。再去问贤治，贤治辩白道："我每天拣客人的剩饭剩菜吃，拿走的只是自己的那一份口粮。"贤康问："你要那些粮食做什么？出去卖掉？"

贤治恼怒地回道："没有，我虽然不像武少爷一样有钱，却不贪恋钱财。"贤康继续追问，贤治嚷了起来："那些粮食我自有用处，不要你管。"贤康大怒，伸手扇了贤治一个耳光，贤治急了："你凭什么打我？你当我是武家的伙计吗？"贤康说："对！于公你是公司的伙计，做不好我有理由处罚你。于私我是你的兄长，有教训你的责任。"

贤治说："如今是法制社会，我为威廉饭店做事，换取一份酬劳，但我不是可以随意打骂的奴隶！你对我并没有尽到兄长的责任，没资格教训我。"

一番话让贤康更觉恼怒，抬腿要去踢他，被伙计们拉开。贤治怒气难消，直接跑回家来找佳桃评理，贤康也跟了过来。

佳桃先批贤康："兄弟之间有话好好说，干什么动手打人？"这会儿贤康冷静下来，后悔刚才太鲁莽了，垂头不语。贤治在一旁问佳桃："贤康根本没来过威廉饭店几次，又不懂饭店的生意，凭什么做经理？"佳桃说："他代表我，不懂的东西可以慢慢学，你在饭店里做得时间长，哥哥不懂的地方你应该帮一帮。"贤治感觉不平："我从小就和爹娘住在威廉饭店里，饭店的事一直是爹娘在做，现在饭店怎么成了武家的？"

佳桃给他讲清楚威廉饭店的历史："早年间，鸿运公司把威廉咖啡馆改成饭店，你爹娘结婚时我把饭店送给他们，经营一直不错。后来你爹赌马、买马，荡尽家产，饭店也被他抵押出去。那时候威廉饭店已经彻底破产，你母亲绝望投海。那以后我替他们还清债务，留下威廉饭店。所以现在它完全归属鸿运公司，也就是完全归属武贤康。当年的许多老伙计现在还在饭店里，你也可以问一问他们。"说着又取出一本账本："这是你娘留下来的账本，还是你拿给我的。上面的账目写得清清楚楚，你好好看一看吧。"

贤治伤心道："我明白了，他是武贤康，我是杨贤治，他姓武，我姓杨，所以他是经理，我是伙计，差别就在这里。"佳桃说："贤治，贤康是你哥哥，你们姓氏不同，却都是小美蓉的儿子。你哥哥是掌柜的，你要服从他，明白吗？我不会亏待你，我会帮你成个家，你们兄弟协力经营，让九泉之下的父母安心。"

一番话终于让贤治安定下来。佳桃又问他为什么从饭店拿粮食出去，贤治说："我常去玉美家，看见她们的粮食不够吃，想帮一帮她们。"

佳桃没想到小暖一家现在的生活如此艰难，感觉难以置信。贤治说，玉美的几个舅舅家里孩子多，生活艰难，玉美一家省出自己的口粮接济他们，日子因此过得很紧。

经过武定威的引荐，龚易被一家小银行聘为顾问，是一个养老的闲职，每天优哉游哉，当然薪酬也少，只能算是聊胜于无。龚易回顾自己几十年的履历，第一次日占时期出来做事，以后经历过北洋统治、民国统治、第二次日占，感觉现在赚钱最少，却是最舒心的一段。

这一天龚易早早离开银行回家，看见滨海的马路两边蹲着长长的一溜人，每个人面前守着一样或者几样东西在等买主，都是一些日常的器物，有桌椅板凳一类的小家具，又旧又脏，油腻腻的，还有旧衣、旧帽、旧鞋，甚至一些不像样的首饰。如今大家都缺少来钱的路子，只好拿出来这些东西卖钱，拿去买一点粮食吃。

龚易琢磨着，有钱人根本不会来买这些旧东西，穷人连肚皮都顾不上，哪里有钱来买这些？那么他们卖给谁呢？如果没有买主，为什么每天都有这么多人在这里守着？

一边胡乱想着，一边走过路口，迎头遇见一个佝偻身子的黑衣老汉。老汉一见龚易，连忙闪身站到路边，对着他不停地弓身点头，龚易停住脚，认出他是小暖的父亲薛四根。

小暖一共有三个弟弟，各家的孩子都不少，生活艰难。薛四根以前经常摇着舢板到青岛来找定威和小暖，两口子也尽力接济他们。定威南下之后，薛四根来得少了。如今抗战胜利，听说女婿定威回到青岛，还当了大官，薛四根盼望着定威能接济一下，却不知道定威已经抛弃了小暖母女。

龚易带着薛四根回家，小暖看见父亲掩着衣襟，胸前鼓鼓的，问他的怀里揣着什么。薛四根敞开衣服，露出来一个铁制的罐头盒，里面有小半盒吃剩的午餐肉，插着一把锃亮的钢勺，另外是半个黄皮的柚子。

小暖问他从哪里捡到这些。薛四根说："不是捡的，是美国兵给的。"小暖奇怪："你怎么认识美国兵？"薛四根说："最近常有美国的军舰驶过来，村里的人摇着舢板靠过去，船上的美国兵会把他们吃剩的东西丢下来。我今天过去试一试，捡到了这些。"

小暖怨道："别人去就罢了，你可不要去，像个讨饭的。"薛四根说："我们本来就是穷人，怕什么？你闻闻，这些肉可真香。这个是什么果子？以前没见过，给你尝一尝。”

小暖让他赶快丢掉，还不知道干净不干净。薛四根说：“怎么好丢掉，都是能吃的东西。我怕被别人拿去，不敢留在船上。龚先生给看一看这把勺子，听说是镍金的，是不是很值钱？”龚易接过来，是一把不锈钢的汤勺，勺柄上印有“made in usa”，说：“就是一把普通的钢勺，值钱的东西美国大兵怎么会丢给你呢？”

龚易年轻时走过一些地方，也在武家庄住过一段日子，知道乡间生活的艰难。通常，每年的春天是最难过的，缺少吃食，缺少烧柴，坡里的干草树枝都被搜刮得干干净净。没想到几十年过去，乡间的贫苦没有丝毫的改变。

小暖要带父亲回家，佳菊搬出一袋美国面粉，又找出龚其迈留下的几件衣服，让薛四根拿回去穿。龚易说：“现在到处缺粮，禁止运送物资出城，你给他这些，大包小包的拿着，走在街上碍眼。不如给他一些钱，让他回去自己买。”

佳菊说：“让小暖把这袋面粉分开，多装几个小袋子，带在身边，别人就看不出了。我可知道乡下人怎么过日子，你送给他粮食，他早晚会吃到肚子里去。如果给他钱，他可舍不得拿去买粮食吃，宁可饿着也要把钱揣起来，攒着。你要告诉他，钱放久了会不值钱，他根本不会相信。放来放去，最后变成了一堆废纸。”

小暖把面粉背到背上，带着父亲回家。正好贤治也从威廉饭店过来，带来了半袋米、一块肉。玉美问他：“你这个时间跑出来，不做生意了？”贤治说：“我只管采买，忙的时候也到厨房里打下手，最近生意平淡，这个时间没有我的事。”

小暖感觉不安：“贤治，现在粮食少，饭店的生意又不好，你一次一次地给我们送来吃食，你自己怎么办？”贤治说：“我是一个人，一张嘴好对付。再说我们就是开饭店的，天天守着吃食，边边角角的吃一点就饱了，总不会饿着。”

贤治没有说出来的是：他是一个孤儿，在与小暖母女三人相处的时候能感觉到家的温暖。小暖叮嘱他：“咱们可不敢把店里的东西拿出来送人，我们吃着也不踏实。”贤治说：“放心吧，我分得清楚。这些都是我自己的一份，所以只有这么一点儿。”小暖还要再说，玉美在一旁催她快去做饭，贤治在饭店里肯定还没有吃饭。

一家人吃过饭，薛四根要当天赶回去。小暖找来两只小面袋，把龚家给的一袋面粉分开装袋，再加上贤治刚拿过来的一点米和肉，全部给父亲带去。小暖和父亲各抱着一小袋，加上贤治和玉美，大家拿上东西分头走去码头，毫不引人注意。

41

纬国与朋友相约一起喝酒，早早离开保安处，沿着滨海大路走去饭店。经过一个路口，旁边的树丛下面围着几个孩子，低头观看脚下的什么东西。纬国走过去，原来草地上俯卧着一个男人，脸边一摊呕吐物。

那人身上的什么东西让纬国心动，到近前伸脚踢了踢他的胳膊，毫无反应。纬国蹲下去，扳过他的脸，果然是纬民，身上臭气熏天。纬国站起来，把几个孩子轰开，走回到路边的树荫下，两个人力车大正蹲在地上等生意，纬国指着他们说：“你们两个跟我来。”

两个人以为来了生意，赶快跑过来，纬国把他们带到纬民身边：“把这个人扶到海边去洗一洗。”两个人看了看纬民身上的秽物，都站着不动，等着纬国出价。纬国慢慢撩起衣襟，到裤袋里掏出一沓钞票，却只在手里晃一晃，又放回裤袋里，顺便让腰间的枪柄露出来。

两个车夫的肩膀突然塌了下去，眉眼也顺了，按照纬国的吩咐，左右搀起纬民走到下面的海滩上，撩着海水替纬民刷洗干净。再扶着他走回来，纬民有些清醒了，坚决不肯上车，气得纬国拉过他狠狠扇了两记耳光，让他醒一醒。

纬民终于安静下来，两个车夫把他们送回武宅，纬国付了车钱，自己搀着纬民进门。纬民彻底清醒，反而更加伤心。原来杜冲反对女儿原枝与纬民恋爱，禁止原枝再和纬民见面，纬民寄给原枝的信件也全部被退回来。失恋的纬民借酒浇愁，醉酒之后，随便什么地方倒下来就睡。

纬国不屑道："恋爱失败，何至于这样呢？"纬民恹恹地说："你懂什么！"纬国淡淡一笑："你信不信，我可以帮助你清除爱情的障碍，但你要拿钱酬谢我。我报个价，你考虑一下——先得说明，我可不要法币——二百银元怎么样？"纬民问："你打算怎么办？"纬国说："这个很容易，但必须像我这样的人物才能完成。反对你和原枝恋爱的人是杜冲，对吧？上一次杜冲被关押过几个月，那一阵子你和原枝的恋爱进展顺利，也对吧？这件事情全部的障碍就在于杜冲，那我就找一个借口把杜冲关起来，让他回到他应该去的地方。"

纬民正色道："谢谢！我的事不需要你来插手，更不需要你们的特务手段。"纬国笑了："我不过是试探你一下，我哪里可以随便抓人呢？你果然是好样的！那我就不亵渎你的纯真爱情了。刚才我根本不应该管你，让你接着在路边睡下去。朋友约我吃饭，好好的一桌酒宴都被你耽误了。"

纬国扬长而去。等到佳桃回家时，纬民还在伤心，佳桃批评他酗酒，又引起他的悲伤心事："杜冲反对我们恋爱，理由只有一个：我的姥爷是武振庭。二姨，我讨厌我的出身，讨厌我的姓氏。"

佳桃到他身边坐下："纬民，我年轻的时候也尝过失恋的滋味：我曾经和一位工厂的经理私定婚约，你姥爷反对那门亲事，理由是咱们武家与经理一家有过仇怨，他宁愿杀死我，也不同意我们的婚事。纬民，你知道我恋爱的对象是谁吗？"

纬民摇头："听姥姥说过一些，二姨是爱憎分明的人，疾恶如仇，那个人是谁？"佳桃轻吐一口气，顺便把那个名字吐出来："就是杜冲，原枝的父亲。"纬民伤心道："为什么他们反对？武家人不可以和杜家人结婚吗？"

佳桃说："我们那个时候，两家因为生意上的竞争，结有仇怨。如今杜冲反对，大概和他这几年的经历有关。纬民，听二姨的，忘掉原枝吧。"纬民一下子哭出声："不，我不能！"

佳桃慢慢地说："当年恋爱时，杜冲就是我的整个世界。失恋之初，我感觉活着已经毫无意义，就像掉进了一个深坑里，眼前一片漆黑，毫无希望，没有出路。值得庆幸的是，我自己慢慢从那深坑里爬了出来。这些年来我经常能看到杜冲，经常会想起当年那种痛不欲生的心情。我越来越明白，当初那种绝望和痛苦被我自己夸大了，杜冲也根本没有那么可爱。”

纬民哭了：“我懂了，二姨。可我难受，我把自己灌醉，也是为了忘掉她。”佳桃说：“不必喝酒也会忘掉的。我今天旧事重提，就是要告诉你，爱的情感是会变化的。你父亲曾经跟我谈过你们兄弟两个，他觉得你更像你母亲。他是对的，你这样醉生梦死，到头来伤害的只有你自己。醒醒吧，纬民。”

定威打电话给佳桃，市里已经成立了抗战损失清偿委员会，开始清偿战前损失。佳桃带着贤康一起过去，定威说：“我查看过档案文件，当年一共征用了鸿运公司的四艘轮船和两处仓库，凿沉的轮船和炸毁的仓库都有记录，我带走的运昌号和运隆号却不见记载。”

佳桃说：“它们也算被征用，怎么会没有记录？”定威说：“它们属于下落不明，补偿也可以，不补偿也有道理。在这件事上，我据理力争，清偿委员会最后接受了我的建议，四艘轮船与两座仓库全部计价赔偿。”

佳桃和贤康大喜：“太好了！这样才算公平。”定威说：“如此一来，算是我把运昌号和运隆号送还给了鸿运船运公司，以后你们都不要再提我卖船的事了，哈哈。”

然后定威谈起自己的家事：“有件事还要二姐回去跟小暖说一说，玉美早就到了出嫁的年纪，我一直在替她物色。有一位陈专员和我的关系很好，他的二儿子比玉美大三岁，正在读军官学校。最近他托人来试探我，希望两家结亲。”

佳桃说：“你们家的事，你直接去和她们说，不是更好，干什么要别人在中间传话？”定威苦着脸：“我哪里敢去？二姐，你看我坐在这里像个人物，其实活得真窝囊。那边的小暖和两个女儿冷脸对我，拿我当豺狼。这边的青丽对我咬牙切齿，拿我当盗贼。”

佳桃笑道：“别说得那么可怜，都是你自找的——玉美的事，最近贤治往那边跑得很勤，送米送面的，我看小暖和玉美都不烦他。”定威说：“贤治？那小子是不错，能干，可惜家世太轻薄。凭我女儿的人品、容貌，完全可以找一个更好的。陈专员的儿子大有前途，将来到军队里做几年，就成为一名校官，玉美也成了军官太太。”

佳桃把定威的话转告小暖，小暖迟疑起来。家里的生活近来越发艰难，以前她一直在龚家做事，最近龚易的收入大不如前，龚易和佳菊又经常往女儿那边跑，家里根本没有什么事可做，小暖不好意思再领他们的工钱，就正式向佳菊辞别。好在玉美也出去做工了，虽然薪水微薄，总是一笔收入。可最近法币贬得实在太快，玉美每次拿到薪水，赶快跑到黑市去把法币换成美元、银元，或者直接买回来米和面，总之是不敢存钱，一份薪水勉强只够三口人糊口。

这边日子难过，那边老父亲还经常跑来找小暖，向她要钱要粮食，乡下那么多侄子、侄女都张嘴等着粮食吃。现在玉美又到了出嫁的年纪，小暖更觉忧愁："给玉美找婆家，我只要那人诚实可靠就好，不计较家里钱财多少。我就是一个样子，定威能干，也赚了不少钱，可我跟了他之后，并没过上几天舒心的日子。"

玉美最恨父亲，连他看中的人物一道恨起来："什么专员、校官，他想的只是怎么样把女儿卖出一个好价钱，不管嫁的是人是兽。他什么时候真正关心过我们？"佳桃试探她："那么，你自己有中意的人了？"玉美害羞，不肯再讲，小暖说："我看贤治这孩子不错，本分，对人也好。"佳桃说："贤治的爹娘死得早，也算得上我的半个儿子，你们能看上他，我都高兴。"

玉美听了，一脸的喜色，佳桃要逗一逗她："不过要和陈专员的儿子比起来，贤治就差了许多，可陈专员的儿子呢咱又不敢高攀。那就算了吧，我也替玉美留意着，再找一个合适的人家。"一边说，一边暗暗朝小暖使眼色，小暖不明白她想干什么，胡乱点头，连声说是。

玉美有些急了，朝小暖怨道："娘，你别这山望着那山高！贤治一直对我好，这样的人不嫁，还要嫁给哪个？"佳桃故意问她："玉美，你可想好了，真的要嫁贤治？"玉美说："是，我早打定了主意。"话已经说出口了，玉美方才觉得不妥，抬头看见母亲和佳桃都在掩着嘴偷笑，羞得扑到佳桃身上，把脸埋进她的怀里："二姑诓骗我！"

佳桃大笑，抱住玉美："傻孩子，你不说，我也懂得你们的心思。你爹托我来和你们商量陈专员提亲的事，我倒给贤治做起媒人来，回头我怎么向你爹交代呢？"小暖说："我们原本就相中了贤治，就是没有说破罢了。"

佳桃对小暖说：“小美蓉临死之前虽然没有明说，其实是想把贤治托付给我，贤康是贤治的哥哥，也有责任帮助弟弟成家。如果玉美肯嫁给贤治，我不会亏待他们，一份体面的聘礼，一个合适的住处，我现在还拿得出来。”

玉美起身躲出去，佳桃就和小暖商量两个孩子的婚事，都同意尽快办理，简单热闹就好。改天佳桃又去找定威，定威听说玉美的态度，知道这个女儿脾气执拗，无奈地叹息一声，再不管她的事了。

定威已经把边山寮的材料准备好，又帮助办妥了全部手续。佳桃带着贤康、贤治一起过去查看，边山寮紧邻着威廉饭店，只要把内部稍加改造，便可以作为饭店的客房。

佳桃感觉很满意。日本第一次占领青岛的时候，威廉饭店曾经修整过一次，时间过去三十多年，店面日渐破旧，越来越显得局促狭窄。目前鸿运公司资本充裕，于是找人重新设计，把边山寮和原本的威廉饭店一起改造，连同相邻的几处民居也买下来，让它们构成一个统一的整体，顺便在附近又给贤治买了一个简单的小院落。

威廉饭店扩建完成，贤康却不急着营业，自己白天也留在家里闷睡。这个八月酷热异常，屋里屋外坐不住人。淑灵只穿着一件半袖的粉色绸衫，手里一把折扇不停地扇，依然感觉十分燥热，脖子上微微沁出一层细汗。

贤康建议回武宅去住一些日子，那种石砌的西式楼房高大敞亮，会清凉许多。两个人立刻领着孩子世胜出门，一进武宅的楼门，果然迎面一股阴凉之气。芸姨娘看见他们回来，也高兴，说这些年来家里的人越来越少，比从前冷清了许多，他们住在这里好，热闹。

陶姐从外面买菜回来，一进门就对淑灵大喊：“刚才我看见一个女子，身材相貌都像极了淑娜！”淑灵疑惑：“怎么会？她在哪？她回青岛必定先回家，今天早上世胜的姥姥才来过，并没有提起。”

陶姐说：“我在邮局那边看见的，淑娜烫了一头短发，变了不少，可她走路的姿态还是从前的样子，我从小看着她长大，她走路的样子再熟悉不过了。我还喊了她一声，她回头看我一眼，却不理我。”

淑灵说：“恐怕你是看错了，几年前她写信说要渡海去东北，那以后一直音信全无，她一定是参加了共产党，这种时候怎么敢回来。”陶姐说：“绝不会错！我越想越觉得那是淑娜，她的身边还有一位先生，穿西装，戴眼镜，一副斯文样子，像一个教书先生，可我不认识。”

淑灵被她说得动了心：“相貌近似的人很多，如果淑娜回来了，肯定先来看看我们。如今时局混乱，我希望那是她，又害怕是她。”

佳桃回来吃午饭，贤康和她谈起新实施的经济管制，国家新发行一种金圆券，一元金圆券兑换三百万元法币。同时发布一道没收法令，规定个人或者工商企业必须把金银、外汇兑换成金圆券。

佳桃不以为然：“一九三七年以后，我就不太相信纸钞了。除了周转货物需要用到的一些纸钞，我都存放银元和金条，我当然不会把它们换成钞票，不管它叫什么金圆券银圆券。”贤康有些担心：“听说上海的许多工商业者被抓入狱，罪名就是私藏黄金、外汇，或者投机倒把、囤积居奇。”

佳桃说：“上海是商业重地，也是这次经济管制的重点，当然要比别处更严厉一些，以为榜样。估计青岛不会那么严格，在这种事情上，鸿运公司不要出面反对，当然也不必跟风，先等等看。如果逼得急了，可以先交出一些银元。”

淑灵在一旁报怨：“也不知道你们的饭店还要改造多久，我看你和贤治都不紧不慢的，天天吃饱了睡，睡醒了吃。”贤康说：“你懂什么？你到街上看一看，那些饭店有几家开门的？今天修整店面，明天清理厨房、灶台。”

淑灵说：“看来像你一样的人物不少，修个灶台怎么拖那么久？”贤康说：“哪里是修什么灶台，根本就是不敢做生意，变着法子歇业，拖一天是一天。”芸姨娘说：“这可是新鲜事，做生意的怎么可以不营业？不营业怎么可以赚到钱？”

贤康说：“当然赚不到钱，这种时候不赔钱就算赚了。政府的管制措施之中还有一条，就是冻结物价，各处商家必须按照管制命令发布之前的物价出售货物，禁止抬价，也禁止囤积货物。可购物的价格却是越来越高，饭店照常营业的话，卖得越多赔钱越多。饭店又不敢毫无理由地歇业，那样会被加上一条消极抵制、扰乱市场的罪名。”

淑灵恍然大悟：“那你为什么不早说明白？害得我天天跟着你着急——二姨那边也是这样吗？”佳桃说：“差不多，借口却不太一样。土货行里只摆了一些蒲团、篾席、藤器、竹器，过去常见的大宗的花生油、豆油、花生、小麦、棉花等都是缺货，偶尔会摆出一点儿杂粮。政府规定不许涨价，那就是越卖越亏，不如不卖。而且摆出来的货物马上就被人买走，拿去到黑市上高价转卖。这个和良心没关系，真正挨饿的人，根本没钱到这里来买东西，来的人都是倒卖的商人。”

陶姐在一旁说：“前几天我听人说，不许大家存放金银、外汇，一定都要兑换成金圆券。我们手里只有几十块银元，我和来富商量，他让我等等看。我怕被人家查出来，惹来官司，就背着来富偷偷去换成了金圆券。”

淑灵冷笑道：“傻瓜，几十块银元就把你烧得睡不安稳了？在你手里这是一笔大钱，在别人眼里就是一根毛毛，谁有工夫来查你？”陶姐感觉不安，却努力要给自己寻找一些信心和支撑：“我看去换金圆券的人还不少呢，他们不会都傻吧？”

淑灵说：“你好好想一想，这些年先是用伪币，抗战胜利之后改成法币，这才几年又改成了金圆券。都是花花绿绿的纸，换来换去，我们百姓是越改越穷，越换越穷，以前的价格是一个月一涨，后来是半个月一涨，十天一涨，然后是几天一涨，一天几涨。”

陶姐还要挣扎：“你说的是法币，这回的金圆券不会那样的。”淑灵看她的样子可怜，不忍再说，陶姐自己却忍不住后悔：“我太傻、太老实了，辛辛苦苦积攒了这么多年才留下几十块银元，乖乖听从政府的命令，一下子全都交了出去，换回来几张金圆券，那些银元真让人心疼啊，来富知道了会打死我。”

佳桃在一旁示意淑灵不要再讲，她知道像陶姐一样的人很多，交出去的银元都是他们辛苦半世的积蓄。看当前的局势，经济管制恐怕最终还是要失败，结果必然是物价飞涨，金圆券重走法币的老路，一天比一天不值钱，最终变成废纸。这一番折腾，又要有许多人的资财被洗荡得干干净净，那些真正富裕的人，所受的损害反而微不足道。

经济管制很快失败，物价飞涨，日青百货的两位股东也彻底闹翻。

杨青丽是一个有想法的人，不过，过去她的想法再多，再有本事，也不能自己跑出去闯荡，还需要借助武定威。那时候定威就是她的一双手，是她的两条腿，代替她到世界上去交际、笼络，去捞取钱财。成为日青百货的股东之后，杨青丽终于可以自己出面，自然很想伸展拳脚，大干一番。

周太太却不甘心听从她的号令。周太太的头脑聪明，心肠狠硬，财运又好，这些年做什么生意都赚钱，还没有失手过。当初赵栋拿出一块地皮和真金白银的现钞，与她一起创办日青百货公司，虽然占有一半的股份，却放手让周太太去经营，自己全不干涉，只拿股息。

相比之下，杨青丽可要讨厌得多，倚仗权势霸占了赵栋的股份，本来就让周太太感觉窝囊、气闷，平时杨青丽还经常跑过来，对百货公司的经营指手画脚，摆出大股东的架势。人又特别爱贪小便宜，每次走的时候都要顺手捎带几样东西，却摆出一本正经的面孔，搞得伙计们都看不起她，大家都和周太太一样敢怒不敢言。

经济管制期间，周太太和许多商家一样，把一些紧俏的商品存放在库房中，百货公司的货架上只摆了一些卖不动的货品，支撑门面。

杨青丽提议，拿出一部分香烟、白糖、饼干等紧俏货，让伙计们拿到黑市里卖高价。周太太其实也很想这样做，却担心这是杨青丽设下的一个圈套，万一被查出来，就是投机倒把的罪名，杨青丽凭借关系可以脱身，自己却很难，搞不好连同自己的股份也被夺走。

反复算计之后，周太太决定做一次良心商人，坚决不肯卖高价，每天在百货公司摆出一些日用品出售，引来大批市民排队抢购。杨青丽气得大骂周太太不开窍，想要自己从库房里倒卖一些货物，周太太却不答应，伙计们也和周太太一个腔调。

杨青丽大怒："我是不是这个公司的股东？是不是占有一半的股份？"周太太说："你是，可这个公司一直由我在经营，我不能让你胡来。"杨青丽吼道："你要管我吗？这里的每一样东西都有我的一半，我有权处置！这些牙膏，是不是有我的一半？这些香皂，是不是也有我的一半？我想丢掉就丢掉，想烧掉就烧掉，想送人就送人，谁能管得着吗？"

一边质问，杨青丽一边从柜台里抓出货物，朝着门外狠狠摔出去。周太太气急了，心痛着那些东西，却不肯在气势上输给杨青丽："就你有权处置吗？我不可以吗？扔吧！扔吧！大家一起扔！"

于是她也像杨青丽一样，随便抓到什么就丢到门外去。伙计们呆立一旁，搞不懂她们这是闹的哪一出，都不敢上前拦阻。一开始，马路上的行人还只是站着看热闹，几个孩子最先动手，于是众人蜂拥而上，转眼之间就把她们丢出去的货物抢光了。

周太太大怒，咒骂着冲出门外去追赶众人，众人一哄而散。周太太盯着两个孩子狂奔，一定要把他们手里的东西抢回来，眼前突然绿光一闪，如同一座绿色的大山一下子压了过来，同时还有刺耳的啸叫之声，周太太只来得及发出一声惨叫，身子凌空飞出去，再重重地摔到路边。

一辆美军的吉普车疾驶而过，转过街角。众人乱嚷着“碰人了”，拥过去观看。周太太的身体团成一个古怪的姿态，凌乱的衣衫被浓血浸湿，手脚还能见到一点细微的痉挛。杨青丽跑出来，壮起胆子走过去，伸长脖子望一眼自己的死对头，刚才还是生龙活虎、能吼能骂的悍妇，现在却成了难看的一团死肉。杨青丽很清楚，转瞬之间发生的这一场剧变，自己其实难脱干系，赶紧悄悄跑开了。

周税官得到消息，匆匆赶到日青百货，扒开人群挤进去，看见地上半坐着一个女人，满脸满身的鲜血已经干了，眼睛还瞪着。鲜血刺目，但女人的身上有什么东西让周税官感觉很熟悉，他的心抖起来，被揪住一样的痛，他呻吟着蹲下身子，看清楚这正是他的女人。

周税官拉住那僵硬的手，大叫几声“太太”，原本已经干凝的血又从哪里开始流淌。周税官一屁股坐到太太面前，仰面悲哭：“太太，我刚刚还对别人说，我在这个城里活得舒心，有大满足，有一点小伤心。却原来最大的伤心在这里等着我，今天让我遇到了！”

悲哭当中，周税官忆起自己和这个女人离合聚散，打打闹闹，在一起纠缠了大半辈子，想不到会以这样突兀的方式完结。

周税官殓埋了太太，从伙计们那里问清楚出事的缘由，心中大恨。自从杨青丽霸占了日青百货的股份，周太太倍感抑郁，周税官百般劝解，要她忍一忍，再忍一忍，没想到最后她还是因为这个杨青丽而死。如果自己当初不加拦阻，任凭她去和武定威、杨青丽大闹起来，最终的结局或许还不会如此凄惨。

周税官又痛又悔，去找杨青丽理论。杨青丽辩道：“我们那天确实吵了几句，她自己跑到马路上去，美国大兵的汽车一向开得快，开得野蛮，直接把她撞倒了，这又关我什么事呢？”武定威在一旁提议，周税官应该尽快去向美国人提出交涉和申诉，多找一些证人。

新仇旧恨让周税官不再顾忌，自己跑到市府申诉，指控武定威和杨青丽仗势强夺股权，欺压商家。定威的上司把他找去，狠狠训斥一番，让他把这件事的缘由交代清楚。定威大惊，回去和杨青丽商量，责备她这一次不该插手百货公司的事：“这几年我们占尽了便宜，暗地里不知道多少人盯着咱们，要找一个机会把我扳倒，我们就应该处事谨慎。那年在香港，算命先生说我只有十年的官运，算来也差不多了。我对你说过多少次了，处事千万要小心，千万别惹麻烦，你偏不听。现在弄出这种事来，怎么办？”

杨青丽理亏，那些股份的来路见不得人，真要追查起来，很容易查出破绽。没办法，杨青丽只好拿出几根金条和四百银元交给定威，让他疏通打点，一边后悔自己多事。

那时候正逢经济管制开始，上上下下忙乱成一团，根本没有人顾得上这种民间的商业纠纷，定威私下里找到周税官，软话硬话一起说，警告他别再四处告状，到时候大家同归于尽。周税官安葬了太太，最初的悲愤已经淡去，又接管了日青百货的账目，事务繁多，完全回归了理智，也就不再声张。

这件事竟然被定威混了过去，手里还节省下一笔硬通货。定威当然不会把它们归还杨青丽，自己存放起来，作为赌资。小暖已经决定把玉美嫁给贤治，定威对这门亲事根本就不满意，勉强拿出五十块银元给小暖送过来，作为大女儿的嫁妆，算是尽了做父亲的责任。小暖想要拒绝，玉美却不答应：“不要白不要，这本来就是他应该给的。”

42

天凉之后，贤康他们搬回自己的小家，纬民和纬国又很少回家来，武宅就显得空荡荡的。佳桃怕芸姨娘一个人太寂寞，每天尽量赶回家里来吃饭，陪一陪她。

这天午饭时，陶姐从外面引进来一个女子，进门之后也不声张，轻盈的身影一下子飘到了芸姨娘身后，抱住她的脖子喊一声“姥姥”。

佳桃抬起头来，眼前的女子梳着一头干练的短发，一件淡青色长旗袍，脚上是平底黑皮鞋，正笑盈盈地向自己叫着“二姨”，过来抱住她的肩膀。佳桃恍然道：“是淑娜？你从哪里来啊？”

淑娜说：“我回来有些日子了，忙得顾不上回来看你们——这是陶姐炖的鱼吧？快给我吃一口。”一边说着，一边张嘴接住芸姨娘夹过来的一块鱼肉。芸姨娘说：“真的是你！怪不得那天陶姐说她看见你了。”

淑娜问陶姐什么时候看到的，陶姐说：“好些日子了，你旁边还跟着一个戴眼镜的先生。”淑娜想一想：“那你真是看错了，我才回来不久。”

看上去淑娜的样子变化很大，当初的娇媚艳丽一变成为稳重干练。不过，如果仔细打量一下，还能看出她用在服饰上的心思，发脚是烫过的，长衫外的罩衫下摆和衣襟都镶着钩织的花边。

淑娜坐下来吃饭，佳桃问她这些年去了哪里，现在做什么。淑娜说：“去了无数的地方，见识过许多人，差一点认识了死神。”佳桃说：“你走了，把你娘的一颗心也带了去，这几年她天天盼着你的消息，盼着你早早回来。既然回来了，为什么不给她捎个信？为什么不去看看他们？”

淑娜的眼圈一红：“我在这世上最亏欠的就是我娘。我现在很忙，也有不方便的地方，先不能回家。”

然后淑娜的话头一转，说起当前的局势。全国许多地方已经解放，从山东的范围来看，青岛目前已经成为一个孤岛，陆路交通已经中断。国民党支撑不住，抓住最后的时机，积极实施南迁计划，其中包括许多非常重要的资产。淑娜认为，青岛将来大有发展，鸿运公司的产业和资本留在这里才最安全，最有前途。

佳桃明白了她的来意：“淑娜，你今天回来，其实不是来看我们，是为了劝我和鸿运公司留在青岛，对吗？”淑娜说：“这是我目前的工作，顺便看望姥姥和二姨。”佳桃点头：“淑娜果然长大了。即使你今天不来，我也不会离开青岛，鸿运公司的实业和资产也不会迁出。”

淑娜问："贤康和姐姐也不会离开吧？"佳桃说："贤康刚刚改造好威廉饭店，更不会离开，以后鸿运公司的事我也要慢慢交给他。"

闲话几句，淑娜听见芸姨娘张罗着要给佳菊和龚易打电话，急忙起身，说她今天还要赶去见另一位朋友，得空的时候她会回家，家里人不必找她。佳桃知道留不住她，正好自己也要去土货行，就和她一起出门。

两个人刚走不久，纬国突然跑回家来，楼上楼下到处寻找一遍。芸姨娘跟在他后面问他要找什么。纬国各处看了一遍："不找什么，很久没回家了，随便看一看——我听说淑娜回来了？"芸姨娘说："是，很久没见她了，完全变了一个人，听说还结了婚。就是顾不上和我多聊一聊，只顾和你二姨说话。"

纬国问："她们说了些什么？"芸姨娘说："不知道。我出来进去的，听到了也没往心里去。"纬国说："姥姥怎么不留下她？"芸姨娘说："她现在很忙，吃了几口饭就走了，神神秘秘的。"纬国不再问，闲话几句，自己也走了。

佳桃到土货行，纬民也在那里。经过了失恋的创痛，纬民变得沉默寡言。现在他已经从学校毕业，还没有找到满意的职位，平时就到土货行里帮助做一点事。可是他对做生意毫无兴趣，经常拿一本书坐到角落的米袋上，一看就是大半天。

纬民看见佳桃，在那边远远地指了一下，佳桃顺着他的手势望过去，看见玉娇垂头站在那边的墙角里。纬民等佳桃走近，低声说："她早就来了，说要找你，问她什么都不说，只是流泪。买了东西给她吃，她也不要。"

佳桃过去招呼玉娇，玉娇看见她立刻又哭起来。佳桃把她拉进屋中，问她出了什么事？玉娇说了一声："我娘……"，声音就哽住了，哭得更伤心。佳桃疑惑小暖出了什么事，要带玉娇一起回去看一看，玉娇坚决不肯。佳桃急道："这个孩子真是急死人了，你娘怎么了？你突然跑过来到底为了什么？"

玉娇只穿了一身单衣，冷得直抖。佳桃就带她坐车先回武宅，找出自己的衣服给她穿上，再提出要送她回家，玉娇依然不肯。佳桃更为小暖担心，把玉娇交给芸姨娘，自己坐车去看小暖。

小暖住得离佳菊不远。以前武定威有钱的时候，买车、赌博，又回武家庄盖起几间大房子，向乡亲们炫耀，在城里却一直没有自己的房子，租住了一处庭院。定威南下之后，小暖带着两个女儿搬出来，换了一个更小的住处，名义上是要离龚家更近一些，实际是为了节省一些房租。

佳桃赶到那里，小暖的屋中却坐着一个陌生的妇人，身边围了大大小小几个孩子。妇人说他们才搬过来一个月，她不知道原来住在这里的人搬去了哪里。

佳桃去找佳菊，佳菊在家里照看世胜，她也很久没见过小暖。前些年佳桃按月发给小暖一份定威的薪水，小暖也到龚家帮佣。定威回来之后感觉惭愧，自己拍着胸膛，大包大揽要管起母女三人的生活，佳桃就停了那一份薪水，小暖也不再来龚家做事。可定威只管了几个月，被杨青丽知道，大闹一通，定威也就不提这一茬儿了。玉美出嫁之后不再出去做工，贤治的收入只够两个人的生活，偶尔也送一些钱粮过去，却不济事。佳菊曾经请小暖再来帮她看孩子，小暖不肯，却从没听她说起过打算搬家。

佳桃和世胜玩了一会儿，出来赶往威廉饭店。贤治前些日子帮助小暖搬家，但也不知道家里出了什么事。佳桃让他上车带路，一起去见小暖。

汽车驶到码头附近，周围平房散布，一片破败。贤治和佳桃下车，穿过狭窄的胡同，走进一个残破的小院，院里只有两间小房，一个满脸胡楂儿的男人正从门里走出来，匆匆离开，看样子是一个使船的。佳桃心有所动，让贤治留在外面，自己进门。

小暖趿拉着一双布鞋，蹲在门后洗脸，佳桃接连招呼她几声，她才闷闷地应了一声，却不肯回过头来看佳桃。两间屋子里陈设简陋，除了一张床，一个小橱，两张木凳，再无他物，佳桃突然明白玉娇为什么跑到自己那里了："玉娇今天去找我，我带她回我那里，可能要多住几天才能回来。"

小暖闷声说："在你那里好，那里干净，就让她在那里住下去好了。"佳桃说："你也过去吧，天要冷了，你这里缺吃少烧的。如今武宅里的人越来越少，空落落的也不好。"小暖说："不啦，只要玉娇有了一个安身之地，我就放心了。这些年来我给掌柜的添了好多麻烦，我这种肮脏下贱的人是不配住到武宅的。"

她的态度坚决，佳桃只好作罢，把身上带的钱都摸出来放到橱上，转身离开。回去的路上佳桃责备贤治对小暖母女照顾太少，不应该让她们搬到这种地方来住。她让贤治赶快到威廉饭店那边找房子，或者把小暖接过去和他们一起住，贤治连声答应。

夜里，玉娇睡在佳桃身边，终于说出家里的秘密。她们搬到码头这边，因为这里的房租便宜。住下以后就经常有人闯进院子里来，都是一些码头上的水手、渔夫，他们的借口各种各样，问路、找人、讨水喝，涎皮赖脸地胡乱搭讪。有些人来得很勤，而且不空手，三两斤面，两条鱼，什么都有。小暖就把大一些的鱼破开，收拾干净，撒了盐，挂在窗外晒干，准备拿去换粮食。

每次家里来了人，小暖就找个借口把玉娇打发出去。这些天附近的小孩子见到小暖母女，一齐冲着她们喊叫“三斤面”。玉娇终于明白母亲在做什么，又惊又怒又恨，从家里跑了出来。佳桃说：“不要责怪你娘，她不容易，都是被生活逼迫。”玉娇伤心道：“我知道。码头那边住着那么多穷苦的人，我们生活的这个世界好悲惨。”佳桃安慰她：“也许难过的日子还在后面，但愿一切会慢慢好起来。”

入冬以后，战局越来越严峻，越来越多的各色人物汇集到青岛，从这里中转，乘坐飞机或者轮船南下，一些富裕的本地市民也举家南下。经济的形势更加恶化，物价飞涨，粮食紧缺，饥民充巷。美国援助的小麦随同美国的士兵被运送过来，码头上日夜忙碌。有传言说，许多重要的地方开始布设炸药，将来会全部炸毁。

芸姨娘突然提出要回武家庄去居住，佳菊和龚易都劝她：“武家庄只剩下一处空宅子，有什么好留恋的？”芸姨娘说：“不光是空宅子，你父亲和佳荷、文密都在武家庄，我一个人留在城里干什么呢？用不了多久我也要去和他们会齐，我想离他们更近一点儿。”

佳桃早料到会有这样一天，并不深劝：“我们家的后代都在外面，您孤零零的一个人去那边住，谁能过去照料？我可是答应过佳荷，一定要好好照顾您的。”芸姨娘说：“我不需要别人照顾。三七年那一次，我住在武家庄的宅子里，坐在大门前就能望见山坡，那是你父亲所在的地方，我就感觉心里特别踏实。后来佳荷和文密也埋到那里了，更把我的心带过去了。”

佳桃明白芸姨娘心意已决：“等我安排一个可靠的人过去陪着您，我才放心。”纬民在一旁说：“二姨不用找别人，我就可以陪伴姥姥去乡下。”佳桃说：

“你能陪她多久？姥姥这一次可是要一直住下去的。”纬民淡淡地说：“我也可以一直住下去。几年前和姥姥去乡下住过那一段，我喜欢乡间，愿意到那里去过一种读书种田的平静生活。”

佳桃说：“如果这是你的真实心愿，最好不过。我原本打算以后把土货行交给你和纬国经营，现在看来，你们两个对这种事都没有多少兴致。当年你父亲曾经嘱咐过我，希望你们兄弟两个长大以后不要搞政治，可以读书钻研学问，或者学习一门手艺。纬国现在的职业，我帮不上他。如果你真心喜欢乡间的生活，我要帮助你。除了那一套老宅子，武家还有一些地，这些年一直给族人种着，我可以收回来交给你，只要认真勤勉一些，依靠出租那些土地，完全可以过上小康的生活。”

议定之后，佳桃让贤康、纬民先回武家庄去找武定仁，收拾房宅和土地。佳菊每天过来，和陶姐一起帮助芸姨娘收拾行装。

芸姨娘和纬民确定回乡，纬国的身份也决定了他的去向，注定要离开青岛南下。身在乱世，这些年来佳桃一次又一次与亲人道别，庆幸的是，最终大家都有重逢之日，但愿这一次也是一样。

家里还有许多衣料，佳桃找出来，亲自动手裁剪，给芸姨娘、纬民和纬国各自缝制了两套衣服，就像当年她给贤康做过的那样。在心里，她期望这次分别不会太长久，三两年之后，大家都能像贤康那样平安地回来。

手里忙着活计，佳桃想到芸姨娘这一去，陶姐要留在这边，吴妈又太老了，芸姨娘的身边还缺少一个照料生活的人。佳桃想到了小暖，先向芸姨娘试探，芸姨娘知道小暖做事稳妥，当然愿意。

佳桃立刻放下手里的活计去找小暖。小暖住在玉美家里，见到佳桃还有些不自在。佳桃说起芸姨娘要到武家庄长住，问她愿不愿意跟去照料生活。小暖伤心道：“算一算，我离开家快四十年了，娘也不在了，按理说，回去的意思不大，可我留在这里干什么呢？”

于是商定，春节之后小暖跟着芸姨娘回武家庄，玉娇暂时留在城里。

这个新年是芸姨娘在武宅过的最后一个新年，一家人当然都要聚到一起。除夕这一天，小暖和贤治、玉美两口子先到。刚刚坐下，定威和杨青丽带着他们的小儿子走进来，嚷着要给婶子、姐姐拜年，没想到小暖母女也在这里，一时尴尬。龚易赶快拉他到一边说话，佳桃带着杨青丽母子上楼。

佳菊看到亲人们都到了，眼前只缺少一个淑娜，她在城中，孤零零的一个人到哪里过年？越想心中越难过，躲到一边暗暗落泪。一会儿突然听见淑灵在楼上尖叫一声，狂奔下楼，冲出门去。大家还在疑惑，淑灵已经走了回来，手臂挽着一个漂亮女子。佳菊立刻哽咽着跑过去，抱住她们两个人大哭起来。

那女子就是淑娜："我回家，家里没人，就猜你们都在这里过年。"佳菊多年没见到淑娜，伸手把她上下摸个遍，泪流不止，龚易站在一旁也是泪流满面，淑灵拥着他们一起上楼说话。

陶姐和小暖准备好了饭菜，大家坐下来吃年饭。小暖躲在厨房里和陶姐一起吃，不肯出来。又因为有定威、纬国、淑娜几个人在场，大家说话时都很小心，尤其是定威，时刻提防着杨青丽和自己的两个女儿，害怕她们闹出冲突。这样一顿饭就吃得很累，气氛沉闷，大家随便聊一些家事，还有芸姨娘去武家庄的安排，幸亏有定威的小儿子和世胜，才算有了一点笑闹的生气。

淑娜匆匆吃过，最先起身要走。佳菊要带她回家度过除夕之夜，她说还有许多事要忙，佳菊又哭起来，跟她一起走出去。大家起来送她，纬国突然抢上几步拦在门口："淑娜姐先别走，跟我去一趟保安处，有些事要问你。"淑娜吃惊道："纬国，你这是要干什么？"纬国说："你先说说你最近在青岛都干了些什么。我们的特勤行动队一直在找你，可惜前几次都被你跑掉了。"

众人大惊，芸姨娘吓得身子抖成一团："纬国，你疯了吗？淑娜是你姐姐。"贤康伸手要把纬国从门边推开，纬国退后一步，从腰间掏出手枪："退后！这事和你们无关，我只找淑娜。"佳桃慌忙把贤康拉回来，一边申斥纬国："你想干什么？怎么这样对待自家人！"

纬国叫道："你们都别管，这是我的工作！"龚易怒道："纬国，你怎么亲疏不分，对自己人逞威风？"纬国高声回道："龚淑娜是共产党，不是自己人！"

龚易大怒，看他的枪口一直指向女儿淑娜，担心淑娜受伤害，自己顾不上害怕，猛地扑向纬国。纬国闪身躲开龚易的手，用枪柄朝龚易的脖子狠狠砸下去。龚易身子一软瘫倒在地。佳菊吓坏了，过去抱住龚易大哭。

贤康和纬民一齐朝纬国大吼，让他滚出去，别在家里耍威风。纬国掉转枪口，朝着身后开了一枪，一扇玻璃“哗啦啦”碎掉，一边大喝道：“都闭嘴！我在执行公务！你们哪个敢乱来，我的枪可不认人。”

淑娜说：“纬国，这屋子里面都是自家人，放下那东西，别伤了他们。你要带我走，我跟你去就是了。”纬国说：“那样最好，只要你配合我，我不会伤害别人。”

佳桃抢步上前，拦在纬国和淑娜中间：“纬国，把枪放下！我不会让你把淑娜从这里带走！”纬国冷冷地说：“二姨，我只是公事公办，淑娜跟我去一趟保安处，把她的事情说清楚就好。”佳桃怒道：“周纬国，你不知道你爹娘是怎么死的？如果他们在天有灵，看到你今天的作为，会多心痛？”

纬国轻轻说：“得了吧，这样的假设只能哄骗小孩子，一点意思都没有。我所做的一切，完全由我个人的意愿决定，跟别人全无关系。”佳桃说：“好吧，周纬国，你先打死我，再带淑娜走……你的爹娘都是死在别人枪下，淑娜今天跟你去了，很可能像你娘一样死掉。当年我无能，没能救下你娘，一想到她躺在雨水中的样子，我就万分愧疚，现在你可以成全我。”

纬国的脸扭歪了，用力抽一抽鼻子：“他们死得惨，所以我才要有权势，我要好好干，今天必须把龚淑娜带走。”佳桃说：“今天除非你杀掉我，别想带走淑娜。纬国，二姨的脾气你知道，我也杀过人。现在你开枪吧，先打死我！”

佳桃怒喝着，一边向纬国逼近。纬国只好慢慢退后，退到门边时轻轻吁了一口气，拿枪的手垂下去，突然一笑：“二姨，今天我就听你的。”说着又转向淑娜：“龚淑娜，别让我再看到你。”

纬国走了，淑娜急忙跑到父亲身边，龚易已经清醒过来，被扶到椅子上。佳菊不放心淑娜，害怕纬国会带人回来，催促她快点离开。佳桃也担心她路上出事，自己亲自送她走。新年的家庭聚会不欢而散。

那是一个混乱的春天，坏消息接连不断，人心惶惶，不过这一次的气氛与抗战开始的那一次略有不同。

定威和杨青丽决定离开青岛，急着卖出日青百货的股份。定威去找周税官，周税官苍老了许多，头脑却异常清楚，谈到自己的打算，态度明确：“我哪儿都不要去，几十年来，这个城市的主人换来换去，都不妨碍我在这里过着舒心的生活。从前我也离开过这个城市，在外面活得那么局促，那么艰难。”

定威说自己和太太要离开，想转让股份，周税官根本不感兴趣，说他没钱。定威说：“转让的价格好商量，如果别人接手过去，你可能不好与他们相处，到时候会很麻烦。”周税官不以为然：“杨青丽算是世上最难相处的一个人，我们这几年也都忍受过来了。随便换了谁，只会比她强。”

定威讨了个没趣，晚上又到武宅来试探佳桃的口气，佳桃也没有兴趣：“百货公司的生意不错，只是现在局势不分明。前两年你劝我恢复船运公司，我担心时局变化。现在看来，这种担心是有道理的。如果船运公司还在，现在我大概又要经历一次十二年前的痛苦了。”

定威说：“这年头做什么生意都有大风险，百货公司总比饭店好一些。”佳桃说：“威廉饭店的生意确实不如预想的好，算我看错了。以前父亲告诉我，做生意好比下棋，最重要的是你要随时知道自己下一步应该干什么。别人能看出去三步、五步，你要看出去十步、八步，才可能胜过他们。这些年来我费尽心思，有过多少的算计，那块棋盘却总是被一只大手掀翻，一次又一次。”

定威说：“我的身份不敢留在这里，不然我可舍不得让出百货公司的股份，这几年它可给我们赚了不少钱。问题是现在有钱人都往外跑，不容易找到接手的人。”

佳桃说：“那就降低价格，总会有人接手的。实在卖不出去，你不是还有两个女儿吗？可以留给她们。”定威被她说得一脸羞愧：“那样的话，杨青丽还不得吃了我？她宁可留下来吃共产党的枪子，也不会白白把股份送给别人。”

佳桃说：“定威，这两年你完全不管小暖母女，你这一走，一家人就要彻底分开了。”定威说：“我怎么没管她们？玉美结婚，我不是送了一份嫁妆？是小暖自己不顾脸面，做出那种事来。前几天有一个家伙总在我面前胡言乱语，说什么二斤面、三斤面，我还奇怪他脑子有什么毛病。后来才明白，这个混账东西原来是在嘲笑我。嘲笑我就罢了，我的女儿们今后怎么做人？”

佳桃就给他说起那些日子小暖母女的艰难生活，定威低头惭愧，用拳头一下一下砸向自己的额头。

纬民渡海来找佳桃，说昨天纬国回了武家庄，却没有去见芸姨娘和纬民，直接到山上的武家墓地。纬民听说之后赶上山去找他，在外祖父和父母的坟前果然有新鲜的香烛纸灰，没看到纬国的踪影。

眼下不是年节，纬国突然回去祭扫，来去匆匆，纬民猜想他是准备离开青岛，所以今天一大早就过海来，一探究竟。

贤康陪着纬民一起去找纬国，中午打电话回来，他们没有找到纬国，只听说他要跟随保安处撤往台湾，大概今天下午登船，他们要直接赶往码头上去。

放下电话，佳桃心中伤感，匆忙收拾一下赶往码头。码头上一片混乱，今天登船离开的大多是军人，两艘轮船泊在码头里，舷梯旁边有大群的士兵守卫，前来送别的亲属围住自己的亲人，洒泪相嘱。佳桃在人群中找到贤康和纬民，他们还没有找到纬国，但确定有保安处的人要在今天离开。

达美公司的马经理提着两只大皮箱，带着妻儿匆匆走过，看见佳桃，停住脚步喘口气："武掌柜怎么还不走？"佳桃摇头："我老了，哪也不想去，今天是来送人的。"马经理说："那么就再见吧，大家都好好活着。"佳桃说："对，好好活着。快点走吧，这两艘客轮就要开了。"

马经理叹气："这些客轮哪里轮得到我？去台湾的舱位都给了官僚们，达美公司的货轮被征用，运载货物去台湾，我正好带着家人搭船过去，也省下一笔路费。"

嘴里说着，重新提起皮箱，跑去追妻儿。贤康突然指着客轮说："你们看看那个人是不是纬国？"只见靠近船尾的地方，一个人伏在船舷旁，正垂头望着码头上告别的人群。纬民喜得大喊："是他！纬国！"一边向船上挥手。那人循声望过来，慢慢站起身，定定地望着这边，然后快步穿过人群，走下舷梯。

果然是纬国，穿着一件黑色的中山装，面色沉静。佳桃说："你要离开，为什么不告诉我们一声？"纬国说："不想惊动你们。你们怎么知道的？"纬民责备他："昨天都到家门口了，也不进去见一见姥姥。"

纬国说："我又不会离开太久，很快就回来，别搞得好像生离死别一样。"佳桃让他别乱讲："今天幸亏找到了你，如果让你悄悄离开，我对不起你们的爹娘。"

说着从提包中拿出两只锦盒："这一对金镶玉鼻烟壶是你娘最喜欢的东西。

她出事之后，我把它们留了下来。现在你们兄弟要分别，我把它们分开，你们每人一个，做个念想儿，以后看到它就会想起自己还有一个孪生的兄弟，大家将来很快能够再见。”

佳桃把两只锦盒交给纬民和纬国，又拿出一个绢包递给纬国：“这里有几根金条，南下之后，你孤身在外举目无亲，这一点东西带在身边，也许能派上用场。”

纬国默默接过去，揣进怀里，与大家道别，快步回到船上去。舷梯收起来，守卫的士兵撤掉，码头上安静了许多，只剩下一些送行人，依依不舍地盯着即将启动的海轮。

杨青丽疯子一样背着孩子跑过码头，后面很远的地方，定威扛着几只大包，挣扎前行。贤康和纬民急忙跑过去帮他。佳桃迎住杨青丽：“没听说你们今天要走，怎么这么急？”杨青丽泣道：“再不急就走不了啦！定威这个蠢货，原本订了后天的舱位，昨天去拿船票，结果早被主任给了别人，往后再没有别的船了！”

定威终于追上来，告诉贤康和纬民还要往前走：“不是这条船，我们去坐达美公司的货船。”杨青丽恨声说：“平日里假威风，夸口自己多有办法！到现在连自己的一条退路都没安排好，让自己的老婆孩子睡在货舱里，跟机器、棉纱做伴。”定威叹息：“你少抱怨几句吧，只要能登船离开这里就是万幸，这种时候哪里顾得上舒服！”

杨青丽背着孩子再往前跑，定威看她跑远，伸手到怀里掏出一卷票子：“二姐，这是日青百货公司的股票，好容易找到了一个买家，说好今晚交易，来不及了，就留给玉娇做嫁妆吧。”佳桃收下，告诉定威说纬国也登船南下，将来安定下来可以去找他，大家互相照应，到时候记得写信回来。

定威一家人登船。天近黄昏，小港之中泊满了大大小小的渔船，船桅猬立。纬民搭上一条渔船赶回武家庄，佳桃让贤康回饭店，她要一个人到海边走一走，然后自己回家去。那个家现在已经空荡荡的，一家人生离死别，各奔东西，只剩她和玉娇还住在那里，她不急着回去。

快到端午节了，不久以前青岛还是战火中相对平静的安全岛，也是与世隔绝的孤岛，聚集了众多的官贵和他们的家眷亲随。现在那些人乘船渡海，逃得无影无踪，留在这个城市里的是佳桃这样生于此、长于此的人群，不愿走，不甘走，或者根本就是无处可走。

街道上一片空寂，微风过处，送来远方沉闷的轰鸣，那是攻城的炮声。几十年来佳桃已经习惯了这样的炮声，似乎每隔几年，这个城市就要在炮火声中改换一次主人，他们威武而来，又仓皇遁走。而每一次改变，总让佳桃失去一些东西，失去一些亲人。那些都是佳桃精心经营的产业，是她最珍爱的亲人，就那样被他们鲁莽、轻率地捣毁，而且这些毫无理由的破坏甚至没有给破坏者带来什么好处。

“我讨厌这样！”佳桃忍不住对着空荡荡的街道大声说。当年她在仓促之间接管了武家的产业，在这些破坏与重建之间挣扎了几十年，苦心经营，看着贤康一代长大成人。不知不觉之间，她老了，眼袋松弛，皱纹爬上嘴角，鬓发如霜。佳桃心中一阵悲怆，生出一份无边无际的空虚感。似乎是突然之间，自己的一生已经走到了暮年，佳桃的眼睛湿润了。

海滩上空荡荡的，灰黄的海水涌荡，一片苍茫。滨海的路边，一个人力车夫远远冲着佳桃大喊：“太太要去哪儿，坐车走吧？”佳桃不理他，在码头上奔波半天，现在她感觉双腿酸痛，脚掌疼得厉害。人力车夫拉着车追上来，跟着佳桃走：“太太，快上车吧？我送太太。”

佳桃停住脚步，车夫紧赶两步，正好把车子停在她的脚边。佳桃小心坐上去，她已经很久没有坐过这种人力车了，怎么也想不起上一次是在哪里坐的。车夫拉起车子，回头问：“太太要去哪？”

佳桃说：“我哪儿也不去，其实我也不想坐车，我只是要告诉你，我不是什么太太，你应该叫我小姐。”车夫很机灵，立刻大声说：“好嘞，小姐要去哪儿？”佳桃笑了：“随便吧，你沿着这条路走，该停车的时候，我会告诉你。”

责任编辑：邵永忠
封面设计：黄桂月

图书在版编目（CIP）数据

青岛旧事／于左 著．—北京：东方出版社，2016．5（2021.4 重印）
ISBN 978－7－5060－8887－9

Ⅰ．①青… Ⅱ．①于… Ⅲ．①长篇小说—中国—当代 Ⅳ．①I247．5

中国版本图书馆 CIP 数据核字（2015）第 311999 号

青岛旧事

QINGDAO JIUSHI

于 左 著

东方出版社 出版发行

（100706 北京市东城区隆福寺街 99 号）

北京一鑫印务有限责任公司印刷 新华书店经销

2016 年 5 月第 1 版 2021 年 4 月第 3 次印刷

开本：710 毫米×1000 毫米 1/16 印张：25．25

字数：390 千字

ISBN 978－7－5060－8887－9 定价：68．00 元

邮购地址 100706 北京市东城区隆福寺街 99 号

人民东方图书销售中心 电话（010）65250042 65289539